Le Jardin d'Éden reconquis

Yvon Dionne

En référence à ce manuscrit:

Le Jardin d'Éden reconquis

Order this book online at www.trafford.com
or email orders@trafford.com

Most Trafford titles are also available at major online book retailers.

Printed in the United States of America.

ISBN: 978-1-4269-4595-3 (sc)
ISBN: 978-1-4269-4596-0 (hc)
ISBN: 978-1-4269-4597-7 (e)

Library of Congress Control Number: 2010915229

Our mission is to efficiently provide the world's finest, most comprehensive book publishing service, enabling every author to experience success. To find out how to publish your book, your way, and have it available worldwide, visit us online at www.trafford.com

Trafford rev. 10/12/2010

www.trafford.com

North America & international
toll-free: 1 888 232 4444 (USA & Canada)
phone: 250 383 6864 ♦ fax: 812 355 4082

Chapitre 1

Un homme dans la quarantaine, vêtu d'un complet bleu marine, avec carrure athlétique, le corps droit circule paisiblement dans le corridor d'un hôpital tout en exécutant une très légère pause devant plusieurs photos de confrères émérites ayant œuvré, ou participant encore aux activités de l'établissement. Il s'est arrêté définitivement devant l'une d'elles tout en esquissant un très large sourire. Il reconnaissait son très vieil ami, Arthur Thompson. Les deux ont entretenu une formidable amitié durant tous les cycles des études médicales, ainsi que durant les études postdoctorales en chirurgie générale. Par la suite, leurs cheminements ont pris des tangentes différentes. Tout en persistant à observer ladite photo, alors beaucoup de souvenirs se bousculaient dans sa tête, donc notamment celui à la fin de la session d'hiver de la première année à la faculté alors qu'ils demeurèrent coincés par l'échéancier de l'évaluation finale en histologie. Ils avaient dû, à cet effet, réviser conjointement et mutuellement les notes de cours durant toute la nuit qui allait précéder l'examen. L'homme plia davantage l'échine afin de pouvoir lire une inscription attachée au bas de cet encadrement: *neurochirurgien*. Soudainement, il se vit interrompu par une personne qui l'interpellait,

« M. que puis-je faire pour vous? »

Ce dernier quitta sa position première pour faire face à l'interlocutrice, une femme également dans la quarantaine, svelte, ayant les cheveux châtains bouclés; elle portait une blouse blanche à manches longues, et une jupe noire. Elle affichait un air décontracté.

« Bonjour madame ! Comment allez-vous? »

« Très bien merci! Et vous? »

«La grande forme!»

Tout en élevant les bras au ciel, il continua son parcours en direction de la dame; il lui serra la main, qu'elle lui a présentée d'abord. Et reprenant son sérieux, il enchaîna,
«Je cherche la secrétaire du directeur médical, car je dois le rencontrer à quatorze heures précisément aujourd'hui. Pourriez-vous, m'informer à quel étage je dois me rendre pour entrer en contact avec elle? »
Portant la main droite à sa bouche, elle s'esclaffa de bon cœur, puis la retira; elle cessa progressivement de rire.
«Vous observez présentement la secrétaire de celui qui vous attend et vous vous trouvez au bon endroit! Si vous voulez bien me suivre, je vous indique le chemin.»
En raison de la situation de vive surprise, celui-ci a paru comme hébété, immobile durant plusieurs secondes; timidement, il s'excusa,
«Vous me voyez absolument gêné de cette fâcheuse méprise!!! Je ne voulais surtout pas vous offenser d'une quelconque façon!»
Demeurant détendue, enjouée par la situation, toujours courtoise; tout en effectuant un demi-tour.
«Je vous en pris, rien de grave.»
Ils marchèrent jusqu'au bout du long corridor; elle s'arrêta si brusquement devant une porte. Elle lui demande,
«Qui dois-je annoncer?»
L'autre répliqua avec un certain empressement,
«Dr. Steven Nicholson»
Tout en regardant, avec un charisme contagieux le visage du visiteur, lui-même amusé, elle cogne à la porte.
«Dr. Frank Donovan, il y a un certain Dr. Steven Nicholson qui demande à vous rencontrer.»
Une voix grave se fit entendre.
«Très bien! Faites-le entrer.»
De sa main gauche elle tourna la poignée, et ouvrit la porte tandis que de l'autre, elle invita le médecin à franchir seuil.
«Bonne chance!»
Ce dernier en s'introduisant dans la pièce, se retourna en lui serrant la main droite tout en courbant légèrement le dos à la manière des nobles chevaliers.
«Je tiens à vous remercier pour votre grande gentillesse. Quel plaisir d'échanger avec vous. Au revoir!»
Puis, elle partit en direction inverse vers son poste de travail. Steven referma la porte derrière lui; au même moment, tout en demeurant assis dans son fauteuil derrière son bureau, le Dr. F. Donovan le salua de la main,

«Je vous souhaite la bienvenue dans notre établissement Dr. Nicholson. Je me présente, Dr. Frank Donovan, le directeur médical depuis bientôt dix ans, ainsi que le doyen de tous vos futurs confrères. Si vous voulez bien vous approcher pour prendre une chaise.»

«Merci Dr.!»

Réponse faite, accompagnée d'un hochement de la tête. Avec beaucoup de respect et à peine un sourire, Steven parla,

«Je vous remercie de me recevoir Dr.»

Il marcha vers le bureau de ce dernier; ils échangèrent une poignée de main, mais il a dû faire un effort supplémentaire pour établir le contact, car Donovan n'a pas bougé de sa position initiale. Steven instantanément s'interrogea sur la conduite absolument peu conforme de l'autre alors qu'il s'assoyait confortablement. Il décida de ne pas y donner suite. Il observait devant lui un homme dans la soixantaine, les cheveux blancs, portant le traditionnel long sarrau blanc, des lunettes avec une monture noire, un épaississement marqué de ses verres, laissant voir un regard perçant comme celui d'un jeune aigle; un visage peu expressif, plutôt maigre dans l'ensemble, ainsi que des jointures en «boutonnière» signant qu'il souffrait d'arthrite rhumatoïde.

«J'ai pris connaissance de votre impressionnant curriculum vitae. Au premier coup d'œil, j'ai définitivement tressailli.»

Il saisit une masse de documents reposant déjà sur un meuble adjacent la souleva comme pour les remettre à Steven, mais les ramena vers lui. La conversation s'annonça certainement courtoise, et cependant, subtilement étouffée par une rigidité glaciale. Le Dr. Donovan quitta le dossier de sa chaise, avança le tronc vers son bureau et fixa du regard l'invité. Ce dernier demeura perplexe devant le déroulement bizarre des évènements cependant il décida de ne pas intervenir. Pour sa part, le Dr. Donovan précisa davantage sa pensée, tout en tournant les pages,

«5/5 dans toutes les disciplines à la faculté de médecine et en surcroît à chacune des six années. Cette constance s'est poursuivie en regard des études postdoctorales en chirurgie et aussi finalement pour tout ce qui concerne votre entraînement en chirurgie vasculaire et thoracique à la clinique Mayo. Votre dextérité manuelle à la salle d'opération se veut tout à fait remarquable ainsi que l'ensemble de vos divers temps opératoires. Manifestement, vous avez très peu de complications opératoires, toute chirurgie confondue. Concernant l'élaboration de vos diagnostics, vous semblez avoir constamment une seconde, je dirais même une minute d'avance, si l'on vous compare à l'ensemble des chirurgiens partageant les mêmes compétences que vous.

Par surcroît, dans cette grande mecque de Boston, vous avez innové en proposant un outil pouvant suturer le rectum à sa partie distale lorsque le moignon résiduel mesure moins de 3 cm. Je comprends effectivement pourquoi nos comités ont retenu votre candidature. Bien que je n'ai aucun pouvoir décisionnel quant à votre nomination, je veux vous soumettre quelques recommandations, si vous le voulez bien?»

Nicholson modifia sa position assise, il passa sa main gauche dans sa chevelure coupée en brosse. Ses traits faciaux se durcirent quelque peu. Il commençait à se demander dans quelle galère il s'embarquait, tout de même prêt comme d'habitude à faire face à la musique.

«Pour vous dire franchement Dr. Frank Donovan, je ne m'attendais pas tout à fait à cette forme de rencontre, par ailleurs me voilà tout à fait disposé à accueillir vos conseils.»

Le directeur se leva. Il se dirigea vers un meuble fait de bois d'acajou surmonté d'une superbe peinture de Picasso. Il se retourna vers l'autre tout en affichant un sourire sobre,

«Désirez-vous consommer quelque chose? Une bière? Un scotch? Ou un rye?»

Le visiteur tourna la tête, puis désigna de l'index de sa main droite la bouteille de Canadian Club placée à part des autres et répondit,

«Ce whisky me conviendrait parfaitement. Merci!»

Le directeur versa d'abord du scotch dans son propre verre, et il y ajouta quelques cubes de glace. Se tournant de nouveau vers l'invité,

«Le prenez-vous sec?»

Le postulant répondit calmement,

«On the rock» comme le disent nos voisins du sud.»

Le Dr. Donovan a terminé de préparer les cocktails. Il se dirigea vers Steven, lui donna son verre. Puis, il s'assit dans la chaise adjacente à l'autre. Les traits de son visage devinrent détendus, quoique l'élocution demeure ferme. Il enchaîna,

«Dr. Nicholson, je dois vous informer que je parvins à créer au Royal Victoria comptant plus de cent médecins, un véritable esprit de famille autant sur le plan professionnel que social. Il n'y a pas de compétition à proprement parler, seulement une forme de camaraderie mutuelle.»

Ce dernier s'arrête momentanément de parler, le temps de s'hydrater. Il reprend,

«Vous avez, il me semble, tous les ingrédients pour semer la zizanie. Comprenez-moi bien Dr. Je ne veux pas vous attribuer de mauvaises intentions. Il se trouve que je connais trop les êtres humains…»

Le doyen ne termina pas sa phrase. Nicholson, quant à lui, se redressa lentement, tout en demeurant assis. Il paraissait nettement enchanté du respect que l'autre lui témoignait, sans verser dans l'euphorie.

«Dr. Frank Donovan, je comprends mieux maintenant et je conçois la légitimité de votre dernière intervention. Je ne vous cacherai pas que je représente ce qu'on appelle un vrai 'fonceur' également nettement prompt à réagir vite, deux attitudes formellement incontournables. Cela dit, par ailleurs je demeure un être social, j'aime m'entourer de gens surtout lorsque tout bouge. J'ai un profond respect de l'être humain en général. Je m'harmonise tout à fait confortablement dans une relation de dépendance avec l'autre, chaque fois ajustée selon les circonstances de temps et de lieu.»

Steven s'exprima avec beaucoup d'aplomb et maintenant il entretenait l'idée qu'il avait psychologiquement transféré à son interlocuteur cette profonde conviction de la connaissance qu'il avait de lui-même. Frank n'ajouta rien; il a repris la place dans son fauteuil derrière son bureau comme perdu dans ses pensées. D'une voix monotone, il reprit,

«Dr. Nicholson, il persiste un dernier point qui m'intrigue disons-le passablement. Je fais une référence à ce laps de temps vous plaçant en avance, si je peux m'exprimer ainsi, par rapport à tous vos confrères, toute activité professionnelle confondue. On retient vite l'impression que vous nécessitez moins de données scientifiques que les autres, je veux dire par là en termes de résultats d'investigations et/ou d'observations cliniques pour parvenir à un diagnostic et/ou une conduite à adopter, l'un et l'autre se voulant dans la grande majorité des cas, je l'avoue de par tout ce que j'ai obtenu de renseignements vous concernant jusqu'à ce jour, des plus pertinents. Je tiens aussi à vous mettre en garde. La médecine constitue une science très rigoureuse et elle a maintes fois, fait ses preuves quant à l'exactitude de ses interventions, elles-mêmes se basant sur la totalité sans exception de tous les éléments pertinents au tableau clinique. Elle n'a jamais performé à l'aide d'une quelconque intuition farfelue ni de flash de dernière minute, des arguments qui à mon sens, sous-tendraient une ou plusieurs déficiences, ou incapacités propres à l'individu. Nous ne voulons pas de toutes ces considérations abstraites dans cette vénérable institution. De même ce que certaines autorités dénomment sous le vocable de 'le sens clinique' il doit, lui aussi, faire partie intégrante, à l'image de la lumière et de l'ombre, de tout le processus d'investigations, et de traitements qui a tant de fois donné à la médecine ses lettres de noblesse; y déroger tant soit peu par toute autre attitude en dehors de toutes celles qui ont résisté à l'usure du temps, ainsi qu'en dehors de ce qui a fait de la médecine ce qu'elle est aujourd'hui, constitue une conduite totalement inacceptable. De plus cette tangente peut soulever le grand danger de créer une facilité éhontée, ou une illusion d'omnipuissance méprisable au plus haut point. M'avez-vous bien fait compris?»

Dr. Nicholson, entre-deux gorgées, demeura momentanément sidéré, puis faisant rapidement le point à l'intérieur de lui-même, d'abord il y eut un puissant éclat de rire qu'il fit entendre, par la suite, le sourire aux lèvres il argumente,

«Percevez-moi avant tout comme un homme de principe. J'ai une foi totale en les capacités de cette science que j'idolâtre. Les illusions et les compromis n'ont jamais participé à mon vocabulaire. De plus, je fonctionne globalement, passez-moi cette expression, 'comme dans les livres'. La médecine, à mes yeux, constitue en quelque sorte l'Alpha et l'Omega de mon existence. La totalité des façons de me comporter, en tant que professionnel, ne peut se baser que sur la connaissance que je bois, et de l'expérience acquise de par le fait que je vise que l'absolu; également, je tiens à jour, presque quotidiennement, les développements médicaux. Je ne possède pas d'autres explications pour bien vous rassurer. J'ajouterais que ces caractéristiques dont je vous fais part aujourd'hui, me poussent inexorablement à innover en recherche médicale ou en médecine curative ou d'appoint, tout en mesurant parcimonieusement les risques calculés afin de tenter de palier à la situation, et ici en prenant un seul exemple, parmi une foule d'autres, c.-à-d., ces sacrés innombrables temps d'attente certes interminable et rattachés à l'ensemble des examens d'investigation surtout lorsque la situation s'annonce urgente, là où je me dois de me débattre comme un diable dans l'eau bénite. À mon opinion, ils constituent vraiment le plus gros tendon d'Achille de la médecine contemporaine. Ainsi, comme tous les autres thérapeutes, je me dois nécessairement de les subir; en surcroît, j'obéis au fatalisme ou, en d'autres mots, les choses sont ce qu'elles doivent être. J'ai toujours eu qu'une vision de la réalité, de la vie: crue, et toujours crue!!»

Le Dr. Donovan ne broncha pas durant tout le monologue de Steven, les coudes appuyés sur les bras de son fauteuil, son menton reposant sur ses mains jointes. Sa réplique ne tarda pas, et toujours sur le même timbre de voix, tout en se vautrant à nouveau dans son fauteuil,

«Dr. Nicholson, non seulement de toute ma carrière professionnelle, mais aussi de toute mon existence, jamais une personne ne m'a parlé de la façon dont vous venez de le faire. Je commence à réaliser davantage que vous êtes définitivement un médecin à part, à tout le moins sur le plan de votre personnalité. Cette fois-ci il ne faut pas le comprendre de manière péjorative. Néanmoins, je ne retirerai aucune parole, et ni propos que j'ai prononcés précédemment, ne vous en déplaise. Je reste le gardien de l'harmonie professionnelle dans ce noble milieu. Par ailleurs, vous m'avez suffisamment rassuré. Nous pouvons donc de ce pas, nous concentrer sur des considérations plus pratiques.»

Les deux hommes terminèrent leurs verres. L'invité reprit,

«En ce qui concerne ma disponibilité à la salle d'opération, le suivi de mes patients à la clinique externe, et en plus, de la liste de garde en chirurgie, à qui dois-je m'adresser?»

Tout en se relevant de sa chaise, contournant son bureau, faisant face à Steven, en demeurant debout, Frank mentionna,

«Vous contacterez le chef du département de chirurgie, Dr. John Kelly, un de mes grands amis. Il verra à vous intégrer progressivement dans ces différentes activités. Il possède à son crédit, une carrière sans bavures.»

Steven se lève. Il se trouve à proximité du Dr. Frank Donovan; calme, et le sourire sobre il ajoute,

« Dr. Donovan, y aurait-il d'autres points dont vous voudriez que l'on discute maintenant?»

«Non, sincèrement je ne crois pas.»

«Si vous n'y voyez pas d'objection, je prends congé.»

«Certainement! Vous venez à peine de débarquer à Montréal. Les préoccupations ne doivent absolument pas manquer!»

Les deux hommes marchèrent côte à côte. Frank raccompagna Steven jusqu'à la porte de son bureau. Il a ouvert cette dernière avec sa main gauche. Il tendit sa main droite vers le confrère, qui fit de même; une poignée de main solide. Le visiteur se demandait momentanément sans trop se soucier si elle ne devait pas symboliser un rapport de force entre les deux. Frank reprit en maintenant l'expression neutre,

«Dr. Nicholson, j'ai eu un réel plaisir à vous rencontrer. À l'image de tous vos futurs confrères, vous deviendrez très certainement un rouage trop essentiel dans notre grand établissement, et je m'en réjouis davantage. Je demeure accessible en tout temps afin de répondre à vos questions et régler ipso facto les problèmes qui poindraient à l'horizon.»

Steven, en relâchant la main, et en arborant un large sourire, renchérit,

«Dr. Frank Donovan, j'ai également ressenti une immense satisfaction, veuillez me croire. Comme d'habitude je me dois d'offrir le maximum de mes possibilités pour soulager et aussi guérir tout patient quel qu'il soit, car sans lui, que deviendrions-nous?»

Intérieurement il aurait voulu également ajouter,

«Le maximum de mes possibilités dans le but de savourer à outrance, à pleine gueule une satisfaction pleine et entière, le nec plus ultra de mes exigences.»

Ni pas par orgueil, ni par snobisme; plutôt en tant qu'une composante fondamentale de son caractère, tout comme l'oxygène en regard de la survie des êtres vivants; mais cette assertion aurait signé une singulière maladresse, et aurait été éventuellement nécessairement mal interprétée. Il ne fallait quand même pas donner des armes à l'ennemi, même potentiel!

Frank, toujours froid, réservé,

«En effet ! Je vous donner pleinement raison sur cet aspect, cependant je trouve votre philosophie, et votre approche plutôt originales, et beaucoup d'autres ajouteraient quelles sont marginales!»

Nicholson effectua quelques pas de plus, de telle manière qu'il se retrouva maintenant dans le corridor. Étant toujours confortable dans sa peau, il conclut tout en saluant l'autre de la main droite,

«Je vous dis au revoir! Dr. Donovan passez une bonne fin de journée.»

Frank, sans faire le moindre geste additionnel, termina la conversation,

«Au revoir Dr. Nicholson, de même pour vous.»

Steven quitta rapidement l'hôpital tout en saluant au passage, par un léger sourire, en plus d'un hochement de la tête, la secrétaire qui l'avait reçu. Il se dirigea dans l'aire de stationnement de l'hôpital en direction de sa Aston Martin 2002 tout en se remémorant les différentes séquences de sa conversation avec le directeur médical et simultanément tentant d'y trouver un sens global étant satisfaisant à ses yeux. Soudainement, comme par un sublime enchantement, la brise en ce chaud après-midi d'automne avait, à sa grande surprise ralenti brusquement sa course lui permettant ainsi de savourer visuellement le coloris des feuilles éclairées par une tiède lueur du soleil. Il replongeait à nouveau dans la Nature, son outil par excellence qui lui a permis à maintes et maintes reprises de récupérer son équilibre. Il ne savait trop à quel endroit et comment il avait conquis cette attirance foudroyante. Lorsque des défis d'importance le côtoyaient, ou bien à proximité des évaluations académiques trimestrielles; lorsqu'il devait composer mentalement avec plusieurs préoccupations, lorsque le cafard de son âme perdurait, ou tout simplement pour être seul avec lui-même, alors il empruntait une route de gravier en pleine campagne et il demeurait en contemplation. À la saison estivale, il s'introduisait dans un champ, se couchait sur un ondin de foin fraîchement coupé, en saisissait une poignée de sa main gauche et qu'il humait intensément et là, il ressentait une satisfaction insondable à ce point que les parfums haut de gamme qu'il employait à l'âge adulte n'arrivaient même pas à la cheville de ce dernier vif bouquet. Il aimait également donner une accolade très prolongée à un arbre ayant un diamètre d'importance et majestueux en hauteur en l'encerclant de ses bras tout en ayant les pieds nus. Il y ressentait une forme d'énergie qui le revigorait, sans qu'il puisse se l'expliquer à lui-même. Il n'entretenait pas l'absolue nécessité de trouver une réponse tant il avait objectivé ce bienfait, quoiqu'il fallait qu'il le qualifie, malgré ses tenaces résistances intellectuelles, essentiellement de subtil.

Au-delà de toutes ces grandes considérations pourtant manifestement satisfaisantes, l'eau occupait le premier et le seul podium. En effet, au stade de l'enfance, remplir la baignoire au point qu'elle débordait au moment de s'y introduire, littéralement se trémousser allègrement, tant cette activité lui faisait presque perdre la notion du temps. Il se souvenait toujours de ces clips. Similairement, à l'adolescence dans les douches en milieux scolaires ou à la maison, les jets d'eau le cajolant, vraiment partout en tout point de son corps à une température plus que tiède lui plaisait infiniment; et il retardait toujours trop à fermer le robinet, en distinguant pertinemment, même à cette époque, qu'il ne s'agissait nullement d'un bénéfice secondaire ou indirect de la pulsion sexuelle en éveil! Depuis une date fort indéterminée, quoiqu'incluse à l'intérieur des premières années universitaires en médecine, un fantasme pour le moindre particulier le hantait périodiquement, à savoir qu'il se voyait localisé en plein milieu géométrique du plus vaste océan n'ayant que sa tête sortie hors de l'eau, et ne pouvant visualiser que l'eau répandue à l'infini peu importe où qu'il regarde; de ce fantasme, il n'avait aucune difficulté à en faire une fixation mentale immuable comme une pierre durant plusieurs minutes. Ce qui l'obsédait davantage, relevait du fait que cette superbe vision, lui faisait instantanément et automatiquement hérisser tous les poils de son corps; également, en quelque sorte faire vibrer son âme, une constatation pour le moins troublante, et tellement enivrante jusqu'à ce jour. Finalement, il avait profondément conscience, depuis le début de la vingtaine, d'une ferme relation persistante, d'une part entre son plaisir indéniable de consommer divers spiritueux à 40%, constituant par le fait même une habitude qui jusqu'à maintenant demeurait toujours socialement acceptable et, d'autre part, la composante commune à toutes celles-ci, l'eau. Étant royalement perdu dans ses pensées quasi aphrodisiaques en ce qui le concernait, tout à coup il heurta une autre personne.

«Oh ! Veuillez bien m'...»

Steven n'a pas eu le temps de présenter ses excuses, car l'autre dès qu'il a ressenti le choc, fit instinctivement volte-face. Nicholson s'exclama bruyamment en tendant la main droite,

«Bien, mon bon vieux chum Arthur! Tu parles d'une rencontre amorcée par une bousculade! Comment vas-tu?»

Arthur, de deux ans son aîné, à 1.70 m. 75 kg possédait une corpulence moins impressionnante que son ami perché sur ses 1.80 m. 90 kg. Il paraissait légèrement plus vieux que son âge, une ondulation naturelle de sa chevelure et toujours une tenue vestimentaire classique alors que Steven préférait les vêtements décontractés, retenant la cravate et le nœud papillon que pour les rencontres d'affaires très importantes ainsi que les grandes occasions. Arthur trouva la surprise agréable, et qu'il rehaussa par un large sourire. Il compléta la ferme poignée de main en rétorquant avec son calme légendaire,

«Salut le père! Quelle surprise! Je me porte à merveille. Et toi?»

L'ami, encore emballé par la situation, garda son intonation haute,

«Moi, tout baigne dans l'huile!»

L'excitation passée, ce dernier reprend,

«Je viens tout juste d'aménager à Westmount au 3737 de l'avenue de Vendôme, après avoir achevé mes 4 ans d'entraînement à la clinique Mayo de Boston en chirurgie vasculaire et aussi thoracique. J'ai appris seulement aujourd'hui que tu te spécialisas en neurochirurgie. Où as-tu fait tes stages post doctorats?»

 En se croisant les bras, Arthur répondit,

«Au cours de mes deux premières années, j'ai travaillé à l'hôpital de l'Enfant-Jésus à Québec puis, j'ai terminé ici d'abord à Maisonneuve-Rosemond et Sacré-Cœur. Une ambivalence me tourmentait quant à l'idée d'aller chercher un fellow à l'extérieur du Québec, cependant mon Helena compte tenu de l'âge de nos trois marmailles, et qu'en surcroît qu'elle se débrouille très peu en anglais, elle a, comme d'habitude, fait pencher la balance en sa faveur. J'ai finalement abdiqué.»

Les deux hommes se mobilisèrent lentement en direction de l'auto de Nicholson; ce dernier poursuivit,

«Ta famille se porte-t-elle bien? Quel âge tes enfants ont-ils, car si je me souviens bien ils semblent légèrement plus jeunes que les miens?»

«Effectivement!! Tout le monde manifeste une bonne santé. John: 14 ans; Sharon en a 12, Judy, âgée de 10 ans, la cadette.»

«Ta femme aime-t-elle toujours évaluer les patientes dans le cadre des cliniques des maladies du sein?»

«Elle adore énormément sa pratique, sauf qu'elle envisage de travailler à temps partiel pour mieux superviser tous nos enfants à la période de leur adolescence.»

Steven s'arrêta brusquement, neutralisa le système antivol de son auto. Arthur ne parut guère surpris de la nouvelle acquisition de son chum bien qu'il badinait,

«Là mon cher Steven, je te reconnais bien! Tu n'as pas changé; il faut toujours que tu te démarques constamment d'une façon ou d'une autre généralement, pour ne pas dire tout le temps, ton approche tend vers les extrêmes.»

Steven s'approcha de l'autre tout en demeurant à ses côtés et lui donna une tape sur l'épaule gauche en étayant son propos,

«Toi et moi, nous avons de profondes différences qui nous séparent. Tu pourrais facilement t'en acheter une. Tu aimes mieux user durant plusieurs années le même véhicule. Tu préfères davantage investir tes revenus après impôt. Tu agissais déjà de cette manière à la faculté!!! Concernant ton caractère, je te comparerais à la surface d'un lac en l'absence de tout vent. Je ne me rappelle pas une seule occasion où tu as élevé le ton, même si tu éprouvais beaucoup de contrariétés, alors qu'en ce qui me concerne, il faut que tout bougeotte à chaque instant présent, qu'il y ait énormément d'intensité; le mien, il n'est rien de moins que bouillant. Après toutes ces années de très durs labeurs, il fallait absolument que je me récompense!»

Les deux hommes s'enlacèrent très chaleureusement à l'invitation de Steven, puis ce dernier pris place dans l'auto, baissa la vitre et invite,

«Écoute mon bon vieux chum, que dirais-tu d'un souper en tête-à-tête dans un restaurant, une fois que j'aurais maintenu ma nouvelle vitesse de croisière, et que toutes les choses en ce qui me concerne rentreront dans l'ordre?»

Arthur acquiesça par un généreux sourire en répondant,

«Comme dans le bon vieux temps lors de nos 4 années communes de chirurgie générale!»

L'autre fit marche arrière, les deux se saluèrent de la main, et il partit en direction de sa nouvelle résidence.

Nicholson, dès son retour des États-Unis, avait fait l'acquisition d'une somptueuse maison comprenant un sous-sol, le rez-de-chaussée, et le premier étage. Le sous-sol comprend deux secteurs distincts; celui de l'emplacement pour garer 3 automobiles puis, l'autre surface renferme la totalité des appareillages mécanisés ou électriques incluant les unités de contrôles sophistiqués, tous assurant le bon fonctionnement de toutes les commodités installées aux deux autres planchers. Au rez-de-chaussée, lorsqu'on s'introduit à l'intérieur de la résidence par la porte principale au-devant de l'immeuble, l'on chemine dans un corridor de 8 pieds de large. Le premier accès du côté gauche débouche dans le salon qui comprend d'abord une aire où logent de superbes canapés, eux-mêmes encerclant un remarquable foyer et le tout se complète par un service de bar qui coupe le souffle; à l'autre extrémité du salon, une surface de même dimension que la première et dédiée au cinéma maison. Le même corridor, à sa droite, donne d'abord à la cuisine qui bénéficie de tous les atouts technologiques à la fine pointe, Steven étant passé maître dans l'art de préparer les petits plats. Puis en avançant dans cette aire commune, l'on parvient à une croisée des chemins. À droite, l'on retrouve la salle à dîner contenant notamment, une table en chêne massif en un seul bloc, et pouvant accommoder aisément 24 personnes. À gauche, l'on peut accéder à la chambre de bain, puis la buanderie. Le passage se termine par une porte communiquant à la piscine. En en face de nous se dresse un escalier; chaque palier est fait de marbre et les montants sont en bois de rose.

La piscine mesure 6.09 x 22.86 mètres, et elle est incluse à l'intérieur d'une verrière, tant au niveau de la toiture que des trois autres murs. Le défi technologique consistait à y maintenir en ce lieu une température ambiante précise, et surtout infiniment stable en tout les temps de l'année. L'entrepreneur l'accomplit brillamment. L'emplacement physique de la piscine faisait en sorte que le soleil, depuis son lever jusqu'à son coucher, rayonnait constamment sur la verrière. Au deuxième étage, il y a la chambre de Christopher et celle d'Élisabeth; de même que deux chambres pour les divers invités, en plus de l'inoubliable chambre des maîtres; également, l'on distingue la salle hautement insonorisée pour apprécier l'audition de la musique. Le bureau privé de travail de Steven, et où les murs et le plafond sont tapissés de bois d'acajou. S'y ajoutent les trois salles de bain. En tout dernier lieu, l'on s'arrête à l'aire de l'entraînement musculaire et d'aérobie, tous deux également de très haut de gamme.

Steven stationna son auto devant sa résidence; il y pénétra. Aussitôt il a aperçu sa chère épouse, Margaret, descendant l'escalier pour venir à sa rencontre. Une belle femme; 1.70 m.68 kg; 48 ans, d'où deux de plus que son mari; elle est svelte et seulement 7% de graisse corporelle; très bien proportionnée et une poitrine bien garnie; une chevelure or, abondante qui tombait sur ses épaules, tout en dégageant ainsi son front; les yeux légèrement en amande, le nez discret, un chaud sourire à faire pâlir la splendeur de Dieu. Ce jour-là, elle portait un ensemble de deux pièces de couleur beige pâle, sans motif précis. Les deux se sont rejoints au bas de l'escalier; ils s'embrassèrent tendrement tout en s'enlaçant. Puis, ils se détachèrent se dirigèrent lentement vers le salon et entre-temps Steven pris la parole,

«Mon bel amour, comment se passa ta journée?»

Légèrement excitée, elle s'enflamme,

«Les gens ont été formidables à l'hôpital St-Luc. Ils m'ont offert un beau comité de réception et en plus, des fleurs. Par la suite, j'ai rencontré le directeur du personnel. Il m'a offert le poste d'infirmière en chef de l'unité des soins intensifs; on l'affichait depuis plus de deux mois. Il n'a pas eu le temps de finir sa phrase que j'ai crié de joie!!! J'ai passé le reste de l'après-midi à visiter mes nouveaux quartiers, question de m'y faire.»

Sur ces derniers mots, le couple avait pris place sur un canapé, assis presque côte à côte, tout en se regardant. Steven posa sa main gauche sur le genou droit de sa femme.

«Je te l'avais bien dit de ne pas t'en faire inutilement. Tu vois que tout a fonctionné comme sur des roulettes. Quand entres-tu officiellement en fonction?»

«Lundi prochain, le 21 octobre, c'est la journée de ton anniversaire de naissance. Nous voilà en 2002 tu naquis en 1956, donc tu auras 46 ans. Pour la première fois, je m'absenterai ce jour-là.»

Curieux, le mari questionne,

«Comment se fait-il que tu me fausses compagnie?»

«Mon chéri, c'est à cause de la pénurie d'infirmières. Je dois me farcir deux quarts consécutifs de huit heures, deux fois par tranche de sept jours. Un premier quart à l'unité, et l'autre je le partage avec l'infirmier en chef du service de l'urgence. Il faut bien qu'il aille jouer dehors un peu!»

« Crois-tu que tu vas tenir le coup, parce que tu demeures consciente que cette situation risque de s'éterniser? Que tu naquis pour rendre des services sans retour parce que lorsque tu ne te mêles pas aux gens, tu as l'impression de ne pas exister, voici une chose. Il y a aussi ta qualité de vie; tu sais aussi bien que moi que tu n'as jamais eu le souci pour boucler les finances à la fin de chaque mois. Toi mon cher amour, tu as toujours eu de la misère à dire «non» à qui que ce soit.»

Margaret se tourna quelque peu afin de mieux faire face à Steven, et posa ses deux mains sur sa nuque.

«Tu oublies mon doux trésor, que je m'entraîne régulièrement dans ton Nautilus. Connais-tu mes dernières performances sur le tapis roulant? 10 km en 60 minutes, ce n'est quand même pas si mal. Si tu veux mettre à l'épreuve séance tenante ma tolérance physique, il ne faut surtout pas te gêner, mon cœur.»

L'époux hâtivement rétorque,

«Oublies-tu les enfants?»

«Nous avons tout notre temps. Christopher doit participer à une joute de football au C.E.G.E.P. Élisabeth, immédiatement après son cours à la faculté de droit, rejoindra son ami de cœur à un restaurant sur la rue Crescent. Il faudra un jour que tu te débarrasses de ce péché mignon de toujours les surnommer «les enfants». Je sais mieux que quiconque combien tu les aimes profondément, cependant ils ont grandi!»

Entre deux baisers il ajoute,

«Tu oses me faire la morale sur ce point. Je ne connais pas de femmes qui possèdent un franc instinct maternel aussi développé que le tien. Je vais certainement t'amener à rigoler avec mon prochain pléonasme, mais tu constitues avant tout une mère maternelle!!! Si nous en revenions à notre préoccupation principale! Nous aurions encore beaucoup plus de liberté de mouvement en nous allongeant sur la peau d'ours polaire tout en nous entourant de musique dans l'aire adjacente. Qu'en penses-tu?»

«Cette suggestion me va parfaitement. Allons-y!»

Le médecin en se redressant debout questionne,

«Juste avant, veux-tu un cocktail?»

«Non merci mon ange!»

Margaret se lève à son tour et main dans la main ils se déplacent dans la section du cinéma maison. Steven met en marche le récepteur; il le règle sur le câble. Il ajuste également les différents paramètres au niveau de l'égalisateur, et finalement le volume. Durant les prochaines minutes, nos tourtereaux échangeront en accord avec ces prochaines mélodies en mode successif; The power of love (Céline Dion), Take my breath away (Berlin), Love must be the reason (James Last), Endless Love (Lionel Richie) et Love is all (Yanni). Steven a déjà rejoint Margaret. Pour l'instant les deux demeurent en station debout, et ses mains étant placées de chaque côté de la tête de sa femme, il colle doucement et même avec une certaine révérence ses lèvres à celles de Margaret en prenant amplement le temps de bien les ressentir, de les goûter tout en les maintenant entre ses propres lèvres puis, elles se sont scellées hermétiquement, les mains ancrées de part et d'autre derrière les épaules dans une étreinte à en faire blanchir le bout de leurs doigts. Après le relâchement, Steven posa sa tête sur l'épaule droite ajoute,

«Ma tendre Margaret t'ai-je déjà dit à quel point je t'aimais? Je t'aime à vouloir en perdre la raison.»

«Moi je veux mourir de t'avoir trop aimé!!! Donne-moi tes lèvres si douces encore une fois mon prince charmant.»

Ils s'embrassent de nouveau avec la même ferme passion que la fois précédente. Puis Steven, du bout de sa langue se déplace lentement sur la joue; il commence à cajoler le lobe de l'oreille droite; plus tard il le pince entre ses lèvres tout en le massant. Margaret laisse échapper un subtil gémissement,

«Ce que tu peux posséder tant d'habileté à réveiller doucement mes instincts, mon incomparable Steven!»

Elle lui caresse la partie haute de ses épaules, ainsi que sa nuque en appliquant à ses mains des mouvements qui changent constamment de direction, quoique surtout lents; et ses paumes semblent se liquéfier pour épouser intégralement les masses musculaires de telle sorte qu'elle le força à s'interrompre tant l'impact sensitif, sensuel semblait rejoindre les profondeurs de son être et il laisse échapper,

«Ah! Super! Margaret, tu es femme jusqu'au bout des doigts, et même au-delà!»

Momentanément, ils se font presque face à face, leur front en contact intime.

«J'ai tellement, tellement manqué les caresses de ma propre mère, toi Margaret, tu as infiniment fait plus que de les compenser. Je n'aurais jamais pensé qu'un jour tu m'aurais rassasié à outrance. Merci!»

Nicholson l'embrasse sur le front puis, il retournera de nouveau dans voisinage de l'oreille droite, en embrassant délicatement chaque cm de la partie latérale du cou, subséquemment en l'humectant au passage. Il descendit, en maintenant la même méthode, jusqu'à la base de la gorge. Il gravit du côté gauche à un niveau comparable lui permettant entre-temps d'abaisser sans aucun empressement la jupe, et la petite culotte; puis il empoigne son épouse par les fesses, afin de raffermir le contact auprès de son propre physique. Durant ces instants variés, la respiration de Margaret commença lentement à se raccourcir; et elle ressentit un état additionnel d'excitation accroître progressivement et sûrement. Ainsi, ses massages perdirent quelque peu de leur synchronisation. Ses mains devinrent, comment le dire, plus possessives en amplifiant à sa faveur le contact avec le corps de son conjoint, et qui recouvriront bientôt toute la surface de son dos, et de ses flancs; ses doigts finissant de temps à autre par buter sur sa damnée ceinture; impatiente, et excitée, elle clame,

«Sapristi !!!»

Elle lui enlève délicatement, son pantalon, et son caleçon; également, elle saisit les fesses de son mari, dans le but de raffermir le contact, et sa tête reposant sur la partie haute, et droite de la poitrine de son époux elle exprime,

«Ohohohohoho Steven!! Quelle douceur!! Mon tendre amour!! J'ai la vague impression que tu veux retarder indéfiniment cette douce et tendre ascension.»

«Je veux t'exprimer combien je me sens incroyablement bien en cet instant, en plus que je t'aime éperdument. J'aime te le dire, et le radoter encore.»

Steven s'écarte quelque peu, simplement en recourbant vers l'arrière la partie haute de son corps. Il la regarde dans les yeux et il énonce,

«Mon ange, mon trésor, bien que nous avons fait l'amour depuis des lunes, pour moi, c'est toujours comme la première fois, et toujours un réel plaisir renouvelé, et non pas cumulatif.»

«Tes paroles me vont droit au cœur, mon cher Steven!! Tu es un gars incroyablement merveilleux. Je n'aurais jamais pensé qu'un homme aurait pu posséder une telle profondeur insondable de ses sentiments amoureux, affectifs vis-à-vis sa conjointe. Mon âme tressaille de joie.»

Les deux s'agenouillent sur la peau de l'ours polaire. Ils reprennent à s'embrasser avec une vigueur presque brute, sauvage, intercalée avec différents jeux de langues, soit par un certain attouchement réciproque de l'extrémité de celles-ci, ou bien un engloutissement de l'une d'elles dans la bouche du partenaire, donnant ainsi l'opportunité à Nicholson d'enlever gracieusement la blouse puis, le soutien-gorge de sa Margaret. Elle, de son côté, de retirer sa chemise. Ils s'embrassent à nouveau longuement et la succion qu'elle engendre, laisse échapper des bruits. Ensuite, l'époux en saisissant son épouse par les deux épaules, il amène sa bien-aimée à s'allonger sur la peau d'ours alors que son propre corps chevauche que partiellement l'autre. Durant ce processus, il a déjà commencé à prendre le contact de ses lèvres avec le haut de la poitrine de Margaret qui laisse tomber sa tête par en arrière tout en murmurant,

«Ah Steven!! Ce que tu peux être habile!! Que tu travailles bien mon super mâle!!»

Steven laisse ses lèvres flatter le sein droit. Il va le parcourir en entier, sans toucher au mamelon, qu'il scrute attentivement tant il le trouve beau puis, il appose très doucement, très délicatement ses lèvres chaudes sur celui-ci simplement pour le frôler, de muqueuse à muqueuse. Il prend un malin plaisir à ce contact si sublime puis, il l'embrasse à plusieurs reprises avant de l'engloutir entre ses lèvres tout en entendant des,

«Ahahahahahahahahahahah!»

De la bouche grande ouverte de sa femme, et accompagnant une lente oscillation de sa tête de gauche à droite. Durant tout l'intervalle, où il rend hommage au sein droit, la main droite de son mari caresse très doucement l'autre moitié du corps depuis la clavicule jusqu'à la limite supérieure du bassin; le mouvement va lentement d'une extrémité à l'autre. Tantôt il utilise le bout de ses doigts, tantôt la paume de sa main; Margaret manifeste des contractions musculaires involontaires variées l'amenant à mettre en mouvement son bassin en commentant,

«Oh! Mon Steven!! Oh mon amour!! Quel karma ai-je accumulé pour te retrouver sur mon chemin durant cette vie? Ta main, si douce!!!»

Elle parle langoureusement en étirant le dernier mot, et simultanément en amplifiant son intonation. Steven ne déprime pas le sein avec ses lèvres; il semble vouloir en préserver la courbure à la manière d'un peintre qui appliquant des retouches à son œuvre jusqu'au petit matin. Les seins qui ont nourri le sang de son sang. Il veut garder ces fresques du passé intactes. Il témoigne aussi de la tendresse, de la délicatesse à l'égard de sa femme, car les brusqueries, selon lui, n'appartiennent pas à une noble sexualité. Puis lentement, il bascule du côté opposé à sa conjointe. Il refait le même scénario avec le même perfectionnisme.

«Mon chéri!! Mon parfait amoureux, tu fais vibrer les chordae tendini de mon cœur qui palpite au diapason du bonheur, de l'extase que je goûte en ce moment présent. Tu me connais profondément, car tu agis avec un tel envoûtement!! Ah!!! Ce que tu peux devenir vraiment exceptionnel comme partenaire sexuel!»

Le discours de Margaret devient entrecoupé par sa respiration qu'elle doit reprendre, parce qu'elle la retient presque malgré elle, afin d'en apprécier pleinement ces délectables sensations, et aussi par les vagues de plaisirs ressentis qui perturbent toute son attention. Ensuite, Steven chevauche le corps de sa bien-aimée; il porte son seul intérêt dans le triangle étant délimité par ses seins et sa bouche, là où il cherchera très spécifiquement à durcir les mamelons par les contacts répétés, et rapprochés avec ses lèvres, et aussi sa langue. Margaret, charriée par l'excitation qu'elle arrive à peine à contrôler met, ici et là, trop de pression entre les lèvres de chacun d'eux lors des baisers, où l'un avalerait la langue de l'autre, tant ils se soumettent à l'instinct brut, endiablé. Par la suite, elle agrippe avec ses deux mains la tête de son époux, et elle l'enfonce alternativement au niveau de ses seins pour aller un peu plus haut et un peu plus loin! Elle renchérit, «Ahahahahahahahahaha Steven que c'est incroyablement bon !!!»

Le «bon» a été prononcé avec tant de fermeté, presque crié, que si on l'avait sorti de son contexte actuel, la situation aurait donné le change pour un accès subit de colère!!! Steven amorce lentement sa descente vers l'entre-jambe tout en laissant sa bouche ouverte afin de répandre son souffle chaud de même que le bout de sa langue durant tout son parcours charnel, et provoquant à plus d'une reprise des petites fasciculations musculaires localisées de la paroi abdominale, sous l'observation amusée de notre homme. Ultérieurement, en appuyant ses mains à la face interne des genoux, il écarte doucement ses cuisses. Il remonte celle de gauche en maintenant à chaque instant le contact de ses lèvres avec la peau. Plus tard, il prend deux coussins à même le plancher du salon; il les glisse sous les reins de Margaret dans le but d'élever son bassin. Margaret procède instinctivement à l'abduction de ses hanches.

«Ah! Steven! Steven! Mon amour! Mon amour!»

Déjà, son époux avec la pulpe de son index et son majeur gauche, il caressait les grandes lèvres, tout en projetant expressément la chaleur de son expiration. Il les écarta sans peine pour laisser voir les petites lèvres, et en plus l'évidente démonstration aveuglante que sa conjointe devenait passablement lubrifiée. Lorsqu'il embrassa la toute première fois celles-ci, Margaret eut un bref, vif sursaut tout en se passant les mains dans les cheveux et en déposant lourdement les bras de chaque côté d'elle, l'ensemble sur un mode répétitif.

«Ah que c'est bon! Maudit que c'est incroyablement bon à ressentir!»

L'une après l'autre, Steven enveloppa les petites lèvres en utilisant les siennes, et en maintenant stable ce contact durant plusieurs instants; puis, avec sa langue, il les caressa plus qu'abondamment.

«Oh que c'est bon!! Mon Dieu que c'est bon! Ahahahahahahah! C'est encore supportable! Quel ragoutant plaisir!! Ah! Que c'est bien fait ce corps physique là!!»

L'époux est parvenu en dernier lieu à son clitoris, le fameux pour ne pas dire mystérieux point «J» qu'il embrassa à plusieurs reprises pour ensuite s'en délecter avec sa langue. Elle s'exclame,

«Je vais exploser Steven. Tu es un génie de la sexualité mon amour. Il n'y a plus de mots pour dire comment c'est; c'est bon, et c'est chaud, voilà! Je transpire tellement, tant je suis excitée, tendue, et heureuse.»

Il allait ajouter un cran de plus à l'intensité. Il préleva avec la pointe de sa langue des sécrétions vaginales, et il en enroba généreusement le clitoris en le massant allègrement au moyen de ses lèvres, et aussi de sa langue. Margaret a tout simplement crié à tue-tête à plusieurs reprises,

«Ma foi, peut-il en être ainsi, connaître de nouveaux plaisirs auxquels même mon imagination pourtant fertile ne parvient pas à circonscrire! Pourtant, ce n'est pas ça l'orgasme! Ou bien il y a 2 orgasmes!!! Tant pis, on savoure plein la gueule!!! Que le diable emporte le reste!!!»

Steven se trouvait aux anges et heureux comme un poisson dans l'eau. Faire plaisir à sa chère femme même parfois en dépit d'un sacrifice, lui faisait presque perdre conscience en raison même de la volupté ressentie. Lorsqu'il se retira pour de nouveau aller l'embrasser, elle ne mouillait plus, oh! Que non! Elle ruisselait!!!

Immédiatement après le baiser, elle s'allongea sur lui et exprime,

«Toi, tu ne perds rien pour attendre, mon mâle excessif, je vais aussi te montrer de quel bois je me chauffe. J'ai aussi beaucoup de talent pour te faire plaisir!»

«Je ne le sais que trop. Avec ta langue tu pourrais ressusciter les vieux impuissants. Pas d'amour oral aujourd'hui ma tendre femme, sensuelle chérie.»

Margaret, étant tout spécialement enflammée,

«Pas maintenant Steven. Tu as droit toi aussi à des petites attentions.»

Tout en souriant, et en regardant dans les yeux de son époux, elle se déplaça jusqu'à son entrecuisse. En raison de la chaleur locale, ses deux testicules possédaient une manifeste mobilité. Elle a commencé à leur appliquer un massage, les souleva de sa main droite et simultanément caressant lentement la région du périnée avec l'autre main. Steven a procédé à une abduction forcée de ses hanches et déclenchant un vague inconfort, voire même une douleur.

«Oh! Ma bien-aimée!! Tu triches si merveilleusement!! Ces sensations cutanées insatiables!!»

Elle substitua sa main gauche par sa langue. Elle a continué de flatter l'entrecuisse de sa main droite. Au même moment, son divin conjoint augmenta la tension dans tous ses muscles.

«Ah non Margaret!! Quelle exquise sensation! Quelle ectasie divine!»
Elle a poursuivi en déplaçant sa langue chaude cycliquement sur la surface comprise entre l'anus et le scrotum, et en remontant jusqu'à ses deux gonades qu'elle licha passionnément, elle les embrassa éternellement, et elle les a introduit l'une après l'autre gloutonnement, voracement dans sa bouche.
Steven s'exclama à haute voix,
«Ce que ta manoeuvre se veut incroyablement douce et bonne à ressentir! Oh Margaret! Tu es une maîtresse en la matière!!! Il n'y a pas de phrase pour t'exprimer combien j'apprécie ces sublimes sensations vachement infinies.»
Elle se déplaça paresseusement ensuite vers son membre en érection qu'elle licha de haut en bas seulement sur une courte distance depuis la racine de ce dernier, prenant tout le temps qu'elle avait de besoin pour accroître celui-ci et causant, par le fait même de temps à autre, des vives contractions involontaires des muscles entourant sa prostate.
«Mon amour, tu es tout simplement époustouflante. La Vie, sans ces doux plaisirs envoutants de la chair, ne vaudrait pas la peine d'être vécue. Je me sens tellement au ciel! Probablement que là, ça ne peut pas être mieux!!!»
Maintenant Margaret est parvenue à l'extrémité de son pénis; avec sa langue elle procède à un massage des deux proéminences localisées de chaque côté de la terminaison du frein sur le gland. Puis, elle introduit complètement le gland dans sa bouche; sa chaude langue va le caresser langoureusement, et avec une dévotion indéfectible.
«AhAhAhAhAhAhAhAh! Là, tu me tortures définitivement Margaret!! Ce sacré mal qui fait du bien!! Un puissant euphémisme!!»
Steven présente de nouveau quelques spasmes musculaires au niveau de son entrecuisse causant l'évacuation de deux à trois gouttes d'un liquide transparent à l'ouverture de son pénis.
«Margaret, la prochaine stimulation déclenchera une éjaculation, et je te l'affirme! Me voilà tellement stimulé sexuellement, et terriblement excité que seulement la légère tension exigée, et même peut-être moins, pour recouvrir à nouveau le gland avec le prépuce, deviendrait certes fatale !!! J'aimerais te suggérer que tu te déplaces, afin que tu prennes ta position sur mon membre en érection et tu vas lui montrer que tu peux le faire sourire! Entre-temps, les circuits nerveux de ma moelle épinière auront le temps de refroidir.»
Elle redressa l'échine, et prenant place là, où il l'avait demandé en retenant l'extrême précaution de bien aligner les deux parties. À l'aide de ses puissantes cuisses elle amorça sa limpide descente jusqu'à appuyer ses

fesses fermement sur le bassin de son homme couché sur le dos, tout en lui servant le sourire de la championne. En maintenant cette même cadence, elle commença à se trémousser joyeusement.

«Ce que tu peux être belle, toi la femme de mes rêves, le dos droit, la tête rejetée par en arrière, et tes seins qui pointent légèrement vers le haut!!! Tu es tout simplement la plus superbe déesse.»

Le mari applique ses mains au niveau des deux flancs de Margaret pour assurer une plus grande stabilité et peaufiner la cadence.

«S'il te plaît, tu ralentis un peu plus, je ne veux pas atteindre l'orgasme tout de suite. Non! Tu n'as pas idée combien mon pénis dans ton volcan incandescent se sent aux petits oiseaux!! Tu es tellement lubrifiée que j'ai peur de passer droit et qu'il se retrouve dans ton ventre!! Je veux qu'il s'en mette plein la gueule; j'aime le gâter un peu!!! Il n'y avait qu'une perle dans l'immensité de tout l'univers infini; et c'est moi qui l'ai cueilli. Ohohoh ! Tu ralentis encore un peu ma puce. Ouf! Je pense que je viens de l'échapper belle!!! Fais une pause d'une dizaine de secondes, ensuite place-toi en première vitesse.»

Elle utilisa cet intervalle pour embrasser son chum.

«Aie! Attention Margaret, tu m'as écorché la lèvre inférieure tantôt, dans notre extase.»

Elle continue se divertir à nouveau. Steven remonta ses mains jusqu'à ses seins et qu'il caressait lentement. Margaret appliqua ses mains par-dessus les siennes en accentuant le contact pour signer sa complicité.

«Oh ! Steven que je suis une femme comblée de t'avoir auprès de moi afin de partager avec toi cette félicité humaine ah!»

«Non ! Margaret pas tout de suite!!»

Elle s'arrêta immédiatement.

«Allonge-toi ma femme adorée, je vais prendre la relève, et t'envoyer au ciel!»

Elle l'obéit, tout en l'embrassant. Il a pris place au-dessus d'elle, les coudes en complète extension, et s'introduisant dans son corps avec délicatesse, et il se mit en mouvement. Soudain, en quelque part dans le temps en l'espace de 2-3 élans de sa part, la stimulation est devenue maximale le prenant presque par surprise. Relevant quelque peu la tête, il atteignit le point de non-retour. La bouche ouverte avec l'expression caractéristique de son faciès,

« Ah !... »

Steven, plus vite qu'un éclair, réalisa que son adorable épouse avait simultanément atteint l'orgasme, et leurs toutes premières expressions audibles avaient aussi coïncidé parfaitement. La constatation s'avéra instantanément réciproque. Toujours à partir de ce même instant précis, l'expression vocale de leur orgasme respectif va s'amplifier de façon extraordinaire en termes de volume crié, de telle sorte que cette même expression se prolongea bien au-delà du temps habituel, et avec une telle force qu'ils en avaient la gorge déployée à s'en luxer les mâchoires et à s'en fendre leurs poumons. Déjà, et durant toute la persistance de la parfaite synchronisation de tous les cris suivants, ils ne participaient plus mentalement à la dimension espace-temps. Ils étaient fermement réunis physiquement, psychologiquement, et spirituellement 'Fondus et même confondus' dans une unicité primordiale, essentielle, sacrée, et dans une communion de tout leur être et âme par ce «Cantique des cantiques» (Bible) maintenant soigneusement, et brillamment décrypté par: le duo orgasmique.

Après cette avalanche de plaisirs extatiques, Steven ne changea pas d'un iota sa position, et des larmes perlèrent aux coins externes de ses yeux. Il baissa la tête et vit que Margaret demeurait encore dans les contrées où les trains ne reviennent jamais du point de départ. Lorsqu'une des larmes de Steven effleura son visage, elle revint à la réalité quoique stupéfaite.

«Où suis-je?!»

Elle tourna sa tête d'un côté, puis de l'autre.

«Où te trouvais-tu Steven? Je t'ai complètement perdu!»

Demeurant encore dans un état d'exaltation, il essaya de parler malgré des gros serrements de sa gorge,

«Que nous arriva-t-il, mon tendre amour?»

Sa femme, également trop émue mentionne,

«Sincèrement je ne le sais pas! Je ne me trouvais nulle part!»

Alors qu'il se déplaçait pour s'allonger auprès d'elle, à sa droite.

«Ce fut totalement la même chose pour moi, c.-à-d., que je t'ai perdu et que j'ai quitté le contexte actuel.»

«Oh, mon cher Steven en or! Tu pleures inévitablement en raison d'un bonheur indescriptible.»

Sans trop se mobiliser, il la prit dans ses bras et ajoute,

«Tu as raison; en même temps j'essayais de faire la part des choses relativement à cet inattendu extatique, je veux dire la pure coïncidence parfaite de nos orgasmes physiques.»

Tous les deux allongés, ils se font face progressivement en s'enlaçant.

«Mon incomparable Steven, durant un bref intervalle de temps, tu ne te trouvais pas là, parce que je faisais l'amour avec Dieu!»

«Margaret, ma bien-aimée, je te crois spontanément, car j'ai vécu le même phénomène car Dieu est asexué. Ton beau visage demeure imbu d'une telle béatitude extraordinaire!! Comme Dieu doit nous envier terriblement.»

Il s'allongera à nouveau auprès d'elle. Elle repose sa tête sur son bras gauche, dépose son bras droit sur sa poitrine, il s'évertue à la regarder sublimement.

«Bénie sois-tu toi ma femme; mes plus chaleureux remerciements pour m'avoir permis de partager ce moment inoubliable, et que je qualifie d'ultra crème.»

«Steven!»

«Oui! Ma bien-aimée épouse adorée!»

Son propos mêlé à un rire,

«Prends garde de ne pas t'attribuer l'habileté de Dieu, et de là, à t'enfler incroyablement la tête, et ton orgueil à ne plus en avoir les pieds sur la terre!»

Dans un puissant éclat de rire,

«Bien voyons donc Margaret! M'illustrer, je n'en ai pas eu l'intention! C'est toute une plaisanterie!»

Ils s'embrassèrent affectueusement une dernière fois; il conclut,

«Ma tendre femme, tu constitues mes vacances existentielles; vouloir te décrire, c'est ne pas te connaître du tout.»

Margaret, les larmes aux yeux ajoute,

«Que serais-je sans toi, toi le seul amour de mes amours?!! Que je me confonde avec tes vacances existentielles, me flatte éperdument, sache que je n'ai fait aucun effort pour arriver à ce résultat»

«Voilà donc ce qui te caractérise au plus haut point: en deux mots, ta simplicité, à l'image de celle de la Nature; tu n'as pas autant à te casser la tête que moi pour faire flèche de tout bois; en quelque sorte tu crées beaucoup à partir de presque rien; tu me désarmes, et en ce sens nous signons mutuellement notre délicieuse complémentarité.»

Alors que le couple se rhabille il développe,

«Tu sais ma chérie, le destin m'a baisé royalement.»

«Où veux-tu bien en venir au juste mon mâle en or?»

«J'ai toujours prêché qu'il ne fallait jamais entremêler l'amour et la sexualité, une idée qui par ailleurs est peu reconnue par la majorité des gens. Il se peut que je n'aie pas fourni suffisamment d'explications. Dans ma manière de voir les choses, l'un ne doit pas servir à combler les déficiences de l'autre. Ce que je veux dire, il n'y a pas nécessairement de relation étroite entre les performances sexuelles d'un couple et l'intensité de leur amour humain et vice-versa. Sinon il y aurait le danger de toujours vouloir maintenir une balance, ou un équilibre entre ces deux phénomènes ou, à l'inverse, si ces deux personnes s'aiment moins cette considération n'implique pas obligatoirement que leur sphère sexuelle soit affectée ou pire encore, vouloir mettre davantage l'accent sur cette dernière activité en pensant que cette initiative pourrait améliorer leur relation purement amoureuse. Tout comme vouloir procréer un enfant afin que ce dernier cimente l'unité de couple. Franchement!»

Le couple se déplace jusqu'au bar. Il ouvre une bouteille de bière pour lui, et il prépare un Martini sec à Margaret qu'elle sirote de l'autre côté du bar, tout en se regardant mutuellement.

«Avec ce que nous avons vécu aujourd'hui, toi mon homme accompli depuis longtemps, modifierais-tu quelque chose à ta théorie?»

«Tout survint si soudainement, que je n'ai pas eu le temps de prendre un recul suffisant. Je ne te laisserai pas languir pour autant. Une chose demeure très indiscutable et c'est que nous n'aurions pu jamais imaginer que cette synchronisation parfaite puisse se produire; d'accord sur ce point?»

«Effectivement!!! Si je te comprends bien, nous ne pouvions encore moins la planifier.»

Steven rejoint les lèvres de Margaret. Il l'embrasse longuement. Puis un sourire taquin s'imprimant sur son visage, Steven intervient,

«Tu es brillante comme toujours, mon amour!»

Margaret termine,

« D'ailleurs, tu l'as toujours su, et par surcroît tu adores la compétition lors de nos échanges musclés!»

Nicholson, devenant plus sérieux, il explique,

«Tu distingues maintenant une différence essentielle d'avec ce que les gens vivent à tous les jours. Cette après-midi, nous nous retrouvions dans le cadre de ce que j'appellerais, tout en laissant la porte ouverte à d'autres possibilités, la résultante d'un cheminement, donc expliquant d'une part l'imprévisibilité de l'évènement et d'autre part l'absence de tous les processus mentaux; c'est tout comme lors de la résolution d'un problème mathématique, lorsque l'on trouve la réponse, ou encore son équivalent orthodoxe, c'est-à-dire lorsqu'on trouve enfin la résultante, alors l'activité intellectuelle s'arrête.»

«Le fait que durant un si court laps de temps, je ne pouvais plus rien distinguer, au point de te confondre, implique une unicité, car lorsque tout est un, donc il n'y a plus de distinction possible, et si l'on rapporte ce

raisonnement à notre réalité à nous, alors je croirais fermement que ce duo orgasmique scellait la pureté, et l'authenticité de notre amour.»
Il s'étouffa en prenant une gorgée de bière, car trop surpris de ce qu'il venait d'entendre, et il balbutie,
«Bien là, trésor tu es devenue un génie à l'état pur; que tu parles bien! Comment arrivas-tu à cette conclusion?»
«Quand on vibre émotionnellement à en avoir mal aux tripes...»
«Margaret, tu as encore une fois parfaitement raison. Même avec ma capacité analytique, je n'aurais pu faire mieux que toi. Ta prestance coïncide avec de ce qu'il y a de plus essentiel en termes d'amour avec un grand «A »tout en reflétant simultanément la plus grande aspiration de mon âme.»
«Je te remercie très sincèrement, mon adorable Steven! Tu ne peux pas t'imaginer à quel point tu me touches avec tes propos. Tu es un homme de grande classe; il ne s'en fait plus comme toi, et c'est aussi simple que ça.»
Cette dernière intervention de son épouse avait rempli amplement de jouissance l'âme de son mari; il se portait encore mieux!
«Comment une telle intensité de félicité immaculée peut-elle habiter nos corps physiques, alors que d'autres gens souffrent immensément à m'en donner la chair de poule? Il y a même un patient vis-à-vis lequel j'ai dû diriger mon regard ailleurs, tant j'avais affreusement, et horriblement mal à l'intérieur de moi.»
«Je te comprends profondément chéri, car je vie moi-même dans le même milieu hospitalier. D'autre part, les évènements nous apportent la preuve que nous demeurons excessivement privilégiés dans notre existence.»

Ils entendirent la porte d'entrée s'ouvrir.
«Bonsoir papa! Bonsoir maman!»
Margaret à ses côtés, Steven clama,
«Déjà toi, Christopher!»
Chris fit son apparition dans le salon. Il démontra soudainement un état de surprise en voyant la blessure à la lèvre inférieure de Steven, et en même temps l'aspect incroyablement échevelé de la tête de sa mère.
«Que survint-il? Vous vous chicaniez par ha....»
Puis, l'adolescent manifesta un sourire timide, au moment où les deux conjoints joignent leurs mains.
«Bon! Considérez que je n'ai rien dit!»
Le père enchaîne,
«Tu ne devais pas avoir une partie de football ce soir?»

«Beaucoup de gens avaient oublié en raison d'un grave malentendu. Bon! Je vais aller faire mes devoirs. À tantôt!»

Christopher, âgé de 17 ans, monta les marches. Il referma la porte de sa chambre derrière lui; beau comme un cœur, un vrai Apollon 1.55m. 65 kg, avec la coupe de cheveux copiant le style des années 50'.Sans faire aucun exercice approprié, ses muscles abdominaux maintenaient une superbe saillance et faisaient de lui la coqueluche des filles de son âge; les fameux 6-packs!!! Il débutait sa dernière année de C.E.G.E.P. en science pure et il envisageait de devenir ingénieur en informatique. Un jeune homme, dont les résultats académiques qui côtoyaient les 85%, toutes les matières confondues. Il possédait une mémoire extraordinaire et toujours un trop plein d'énergie. Son pire handicap consistait en la difficulté à prendre des risques, quels qu'ils soient; conséquemment, ou bien il se soumettait plus que docilement à la décision du groupe, ou bien il devenait extrémiste, et dictateur, une approche l'obligeant à s'isoler dans son groupe. À 20.00 h Christopher descendit. Il retrouva sa mère dans le salon qui visionnait un film. Il enchaîne,
«Maman, est-ce que je te dérange?»
Margaret, assise dans une berceuse, se retourna légèrement la tête.
«Non mon fils. Que puis-je faire pour toi?»
«Sais-tu où se trouve papa?»
«Il m'a laissé entendre à la toute fin du souper, après que tu as fait ton jogging dehors, qu'il écouterait de la musique durant la première moitié de la soirée. As-tu affaire à lui?»
«Oui, en effet.» Un peu hésitant.
«Puis-je t'aider d'une façon ou d'une autre?»
«Je ne le crois sincèrement pas. Je voudrais une discussion d'homme à homme. J'espère que tu vois ce que je veux dire?»
Légèrement inquiète Margaret, toujours assise, le prend par le bras droit pour l'amener face à elle.
«J'espère qu'il ne se passe rien de grave, Christopher?»
«Non! Non! Maman, mon inquiétude a rapport avec les filles, dont une en particulier.»
«Tu as très exactement devant toi la personne ressource, et féminine par surcroît. Tu ne veux pas m'en glisser un mot, juste un petit mot?» Amusée.
Au même moment, utilisant l'index, et le pouce de la main droite, elle symbolise la pince qui se referme.

Christopher toujours debout, les mains dans les poches, demeurant à l'aise ajoute,

«Écoute maman, habituellement nous n'avons aucun problème à échanger sur un tas de sujets. Plus jeune, j'aimais bien m'asseoir sur tes genoux, passer mon bras autour de ton cou pour bavarder, tout comme depuis quelques années, s'asseoir toi et moi pour parler de nos préoccupations, des évènements divers de cette belle vie ou je ne sais quoi encore, et à quelques reprises, jusqu'aux petites heures du matin. Tu as été tellement attentive à nos besoins allant même jusqu'à les précéder! Ces complicités resteront pour moi des moments inoubliables. Je me sentirais plus à l'aise avec papa.»

«Ne vois-tu pas que je me place en meilleure position que ton père pour enseigner la psychologie de la femme plus spécifiquement d'une jeune fille sur le point de devenir une jeune adulte? En surcroît, je vais t'élaborer la liste des erreurs que nous les femmes nous rencontrons lorsque nous fréquentons ceux-ci à des âges variés!! Je te rassure tout de suite que je ne suis pas du tout une féministe, et qu'évidemment je n'irai jamais jusqu'à juger ou crucifier les hommes.»

«Évidemment, Maman!» Légèrement embarrassé.

«Conséquemment, tu pourrais retenir et utiliser ce qui te conviendrait le mieux à partir de ce que nous te dirons, moi et mon Steven.»

«Que je discute avec toi avant ou après m'être entretenu avec papa, la résultante donnera les mêmes conclusions en ce qui me concerne; et peut-être même qu'après ma rencontre avec lui, et bien il se pourrait que je n'aie plus à requérir ton aide.»

«Tel père, tel fils!» Elle s'incline.

Margaret reprend sa position initiale dans sa berceuse, et demeurant détendue elle réplique,

«Sais-tu que toi, et ta sœur vous êtes vraiment privilégiés d'avoir un père qui soit si facilement disponible pour discuter avec vous autres. Moi, je n'ai pas eu cette même chance. Bien que la famille comptait huit enfants sous le même toit, mon père nous accordait, peu de place individuellement, en raison de sa grande entreprise, aussi parce qu'il ne détestait pas la solitude. Je ne crois pas que ce soit par dépit, mais juste dans sa façon naturelle d'agir; je le ressentais ainsi. Quant à ma mère, le travail et les obligations quotidiennes passaient avant toutes les autres choses; elle se donna corps et âme pour bien élever ses enfants. Elle s'oublia sans pour autant en expérimenter une mélancolie existentielle. Le vrai sens des responsabilités, j'en connais très peu qui auraient pu lui en montrer. Bon! Assez parlé de moi!»

Christopher se sentit subitement coincé, mal à l'aise d'avoir à choisir entre sa mère et son père. Quelque peu hésitant, et ne voulant prendre aucun risque, impérativement il ajouta,

«Maman, je pourrais toujours te donner un compte-rendu, une fois que j'aurais terminé. Qu'en penses-tu?»

Margaret, sourire au coin de la bouche, elle philosophe,

«Mon cher Christopher, nous vous avons toujours enseigné qu'en tant qu'adolescents, et par la suite vous êtes devenus de jeunes adultes, nous considérions important de respecter votre intimité individuelle. Je ne changerai certainement pas d'idée à compter d'aujourd'hui, bien que je dois certes t'avouer que plus qu'occasionnellement, l'application de cette philosophie me donne une impression de me sentir inutile. Je voudrais tellement que vous n'ayez pas à souffrir toi et Élisabeth.»

Le fils se déplace à la droite de sa mère, se penche, et il l'embrasse sur la joue droite en lui chuchotant à l'oreille,

«Ma fantastique mère, ton besoin d'aimer sans retour, et en plus, de servir gratuitement quasiment qui que ce soit, font je que je te placerai très bientôt sur le même piédestal que Mère Thérésa!»

Cela dit, il l'embrasse à nouveau sur les 2 joues. Sa mère dans un éclat de rire repousse Christopher avec force et commente,

«Tu ne trouves pas que tu beurres trop épais!! Franchement!! Cependant, je l'accueille comme un compliment tout en précisant que je n'ai aucun mérite, car je ne fais aucun effort. Bon! Maintenant, va échanger avec ton père, sinon à minuit tu n'auras pas encore quitté le salon!»

Le fils embrasse une dernière fois sa mère. Il prend congé d'elle.

Steven, confortablement installé dans son lazy-boy placé au centre de la pièce, écoutait la belle sonate pour piano no: 14 « Moonlight » de L.Van Beethoven, et interprétée par celui qu'il considérait comme le meilleur de tous les pianistes M. Vladimir Horowitz. Il se délectait. Il ne jouait d'aucun instrument, et les cours de solfège lui puaient royalement au nez. Au milieu de son adolescence très morose, la musique est devenue pour lui une échappatoire, une prise de conscience que la joie spontanée existait en quelque part sur cette Terre. Il se souvenait aussi d'un chanteur, Jean Ferrat, auquel il lui vouait une grande adoration, et ses «Je t'aime! », deux mots que Steven n'avait j'avais entendu de la bouche de son père. Ce dernier était certes bienveillant, et il ne manquait jamais de gratifier ses enfants lorsque les efforts louables se voulaient un franc couronnement de succès; également, il les encourageait, et il leur témoigner sa grande fierté. Cependant, il ne

connaissait rien de la psychologie, ni la pédagogie; il ne jouait pas avec eux et il ne partageait presque rien. Néanmoins, ce fut différent avec Steven, parce que son fils lui tenait opiniâtrement tête. Parvenu à l'âge de 10 ans, son paternel en sainte colère lui déclara un certain jour,
« Ma maudite tête de cochon, je vais te casser ton sale caractère. »

Concernant sa mère, et pour des raisons que Steven ignorait à l'époque, elle manquait sérieusement de confiance en elle-même. Elle était peu débrouillarde, s'en remettait constamment à son époux pour régler les problèmes courants, et même insignifiants, de la vie. Une semaine s'était écoulée depuis la naissance de son fils, lorsque pour la première et seule fois elle a dit «Je t'aime» à Steven, et aussitôt après avoir prononcé ces deux mots, elle se sentit tellement, effroyablement mal à l'aise qu' elle n'a jamais récidivé. Ultérieurement, l'investigation de Nicholson révéla que son père avait eu pitié d'elle, pourtant belle à croquer. Elle avait fréquenté l'école que durant les six premières années, et son futur conjoint se sentant capable de prendre sur ses épaules, le poids de la famille, l'épousa.

Par ailleurs au fil des années, Steven avait eu l'opportunité d'acquérir environ huit cents disques vinyles 33 tours (LP), et plus tard tous les CD correspondants qui renfermaient de la musique et/ou des chansons qu'il catégorisait en termes de belles et nobles. Il possédait aussi celles des années 70',80' étant consacrées au «disco orthodoxe», dont 'self-control' et 'jump for my love'. Également, certaines pièces classiques comme la 9ᵉ de L. Beethoven ou la Toccata & Fuge BWV 565 de J.S. Back, jouée sur l'orgue de Saint-Pierre-le-Jeune, à Strasbourg; la magie du magnifique Ronnie Aldrich avec son chef-d'œuvre: 'the first time ever I saw your face'; les sérénades de Mozart; le roi incontesté du band' music, Hugo Strasser. Surtout, mais surtout un nombre indéfini d'adaptations signées par ***the gentleman of the music***, James Last. Tout ce bagage possédait comme dénominateur commun l'intensité des émotions qui l'électrisait littéralement dans tout son corps, et jusqu'à son âme. Il avait la profonde conviction, d'ailleurs parmi certaines autres (évidemment la volupté sexuelle), que la vie sans cette mélodieuse musique constituait une grande, et irréparable erreur.

Christopher entra dans la salle de musique.
«Salut papa!»

Le père aussitôt avait remis le fauteuil à la position verticale, puis il fit une rotation du tronc et avec sa main gauche, il invita Chris à s'asseoir dans une chaise berceuse, près de lui.

«Alors mon fils, durant souper tu m'as demandé mon emploi du temps pour cette soirée. Comme d'habitude, des interventions identiques, ou étant similaires en provenance de toi débouchent sur une requête pour une discussion. De quoi aimerais-tu que nous parlions?»

«D'un sujet d'homme à homme.» Christopher, nerveusement.

Le père amusé s'exclama,

«Oh! L'entretien risque de devenir plus qu'intéressant!»

Tout en se frottant les mains, paume contre paume, il continua,

«Depuis plusieurs années, nous avons beaucoup échangé relativement à beaucoup de sujets diversifiés, et j'ai toujours remarqué que comme moi, tu possèdes un sens analytique profond, et une superbe vision holistique. Tes questions se veulent toujours pertinentes, ce qui m'a permis, parmi d'autres paramètres, de suivre ta grande maturité croissante. J'aurais tant voulu faire la même activité avec mon père, mais les choses sont ce qu'elles sont. Ces moments particuliers que je partage avec toi, dans une relation père-fils, me tiennent infiniment à cœur. Je m'en trouve privilégié. Alors par quoi l'on commence?»

Le fils se rapproche de son père, tout en demeurant assis; il introduit le sujet avec une minime hésitation,

«Bien voilà, je connais plusieurs filles de mon âge, et qui sont en même temps de bonnes amies. Parmi toutes celles-ci, il y en a une que je regarde plus souvent, et sa manière de me sourire me plaît un peu beaucoup. Sensiblement de ma grandeur, ses cheveux noirs sont longs jusqu'à ses omoplates. Je m'aperçois qu'elle en prend particulièrement soin. Je la trouve légèrement grassouillette, de là arrondissant ses formes. Tu vois ce que je veux dire?»

«Ahahahahahahah ! Absolument Christopher, allez continue!»

Nicholson, tout à fait emballé, s'assoit sur le futon à gauche de Chris.

«Je ressens un drôle de feeling lorsque je la regarde, et j'éprouve une certaine difficulté à te l'expliquer. Cette situation m'arrive pour la première fois dans ma vie. Ce qui m'a énervé le plus se rattache au fait que mon copain Edward m'a dit de faire attention, car j'ai rencontré « une femme chaude». Papa, sais-tu exactement ce que cette expression veut dire?»

«Ce genre d'affirmation s'accommode ici à plusieurs interprétations. Certaines femmes aiment délibérément se faire remarquer, parce qu'elles savent qu'elles possèdent un superbe corps physique, et vraiment sans nécessairement que l'ensemble de leurs façons de se comporter puisse devenir dès plus inconvenable. Par ailleurs, si elles provoquent même subtilement les hommes, consécutivement, elles gardent une idée bien précise en tête, le plus souvent d'ordre sexuel avec ou sans autre objectif, ce qui revient à autre chose que de l'amour vrai. Je ne connais pas ton ami; à ton âge, un certain nombre d'étudiants ont à leur crédit une ou plusieurs victoires dans la couchette. Habituellement c'est avec différentes filles et son affirmation à l'égard de…»

Steven s'arrête momentanément et en fronçant les sourcils regarde son fils.

«Au fait, tu ne m'as pas informé de son nom!»

«Marilyn papa!! Marilyn Foster! Elle m'a bien précisé qu'elle comptait étudier en médecine pour opérer des cœurs.» Chris, avec empressement.

Le médecin à la fois légèrement surpris, et ravi poursuit,

«Ah oui!! La chirurgie cardiaque!! J'aimerais énormément un jour devenir son superviseur. Bon! Revenons à nos moutons. Sur quoi ai-je terminé?»

«Tu parlais de ce que Edward disait à propos de la nouvelle fille que j'ai rencontrée.»

«Je m'y retrouve maintenant. Donc, son affirmation à l'égard de Marilyn, pouvait tout simplement traduire une forme de fantasme ou d'une future conquête. Par contre, Marilyn avec le peu que je sais sur elle-même, m'apparaît sous l'angle d'une jeune étudiante sérieuse avec beaucoup d'ambition. À partir de là, notre énoncé de départ peut faire référence au charisme qu'elle dégage, auquel s'ajoute en général, un excellent contact avec son entourage, peut importe un homme ou une femme. Je réfère ici à cette notion d'entregent que des pensées un peu trop volatiles puissent traduire en quelque sorte, par des «filles ou des femmes soient faciles, soient chaudes!» À un cran plus élevé, l'on dénote l'altruisme.»

Christopher bondit,

«L'al…quoi?!!»

«Oh!! Excuse-moi mon très cher Chris!! L'altruisme, selon le dictionnaire, correspond au dévouement à l'autre, quand je dis l'autre, je veux dire au-delà des gens que l'on côtoie au quotidien et des membres de notre famille plus ou moins éloignés, c.-à-d., de purs étrangers; donc le dévouement à l'autre en règle géné….»

Son fils l'interrompt,

«Veux-tu dire, comme maman?»

«Évidemment, Christopher! Sans vouloir t'offenser, et ni vouloir créer de fâcheuses méprises à l'égard de Marilyn Foster, l'on ne trouve pas cette attitude chez tout le monde, encore moins à l'égard de nos jeunes adultes; «encore moins» ne veut absolument pas dire du tout. Mon propos manque-t-il de clarté?»

Le fils a un sourire ample et verbalise,

«Limpide comme de l'eau de source, et comme toujours d'ailleurs! Pour en revenir à Marilyn, je me comporte différemment avec elle, car concernant les autres filles, elles m'adressaient la première invitation. J'allais à leur appartement et là, on faisait l'amour jusqu'au matin.»

Le paternel intervient in extremis,

«Infiniment bon, hein!!»

Le fils déployant un sourire généreux, s'emballe,

«Un plaisir incroyable!!! Papa!!»

«Surtout avec le condom!»

Le père s'éclate de rire, à la fin de sa phrase. Il démontre de la difficulté à s'arrêter. Le fils quelque peu frustré rétorque,

«Bien quoi! Toi et maman, vous nous avez enseigné la nécessité de leur utilisation!»

L'autre en toute hâte se reprend,

«Excuse-moi mon brillant fils, je ne voulais pas te blesser d'une façon ou d'une autre.»

«Je t'excuse papa. Merci!»

«Oui, je sais! Cependant, ta mère et moi, nous n'avons jamais connu cette situation et ne mettrons jamais en pratique cette réalité. Quelque part, le contexte ressemble à toujours voir la réalité quotidienne avec des verres fumés.»

Christopher étant meurtri dans son orgueil, essaie de sauver la face en argumentant,

«Tu sais papa, aujourd'hui on les manufacture vraiment plus minces, plus lubrifiés, comme si….»

«Écoute mon fils, je ne veux pas te démoraliser. Les règles du jeu ont changé, afin de vous protéger. Pour l'instant, j'aime mieux m'arrêter sur ce sujet, et je le fais! M'as-tu bien compris!»

Malgré lui Steven est devenu autoritaire; nonobstant cette réaction aiguë, une larme s'échappa de ses yeux. Il avait le puissant goût de pleurer abondamment; il préféra donc se contenir sur le champ, en se marmottant intérieurement: «je me dois d'être un homme!!!!»

Christopher, pris d'une vive inquiétude interroge,

«Vas-tu bien, papa?!!!»

Steven, de sa main droite, tapote la cuisse gauche de son fils.

«Oui! Oui! Tout va! Ne t'en fais surtout pas!! Je ne sais pas pourquoi j'ai réagi ainsi?»

Ce tapotement, qu'il fit en triple, lui rappela généreusement ceux que sa femme lui a adressés, et lui témoigne encore, à de multiples reprises mais toujours à d'heureuses occasions, dans leur propre lit ou ailleurs. Il en demeurait profondément, excessivement marqué. Il y distinguait là une forme de bénédiction et/ou d'une sorte de gratification étant digne d'une royauté quelconque de la part de celle qui l'aimait éperdument.

Steven, après avoir repris son souffle psychologique, et du même coup son air investigateur ajoute,

«Alors Christopher, j'aimerais que tu me développes ton souci premier avec Marilyn?»

L'adolescent demeura silencieux durant plusieurs secondes.

«Papa, je ne veux pas me montrer irrespectueux envers toi, cependant j'apprécierais te formuler une remarque.»

Le père adopta un faciès glacial, quoiqu'il garde une douce intonation,

«Dis donc toi, as-tu perdu tous les pains de ta fournée?»

Passablement embarrassé, Chris manifeste plusieurs hésitations dans son discours,

«Papa, je ne me rappelle pas t'avoir vu te comporter antérieurement de la même façon que tu as su le démontrer il y a quelques instants, dans des circonstances similaires.»

«Je ne comprends réellement pas. Pourrais-tu, s'il te plaît, manifester plus de concision dans ton explication?»

Le fils, à plusieurs reprises, marcha dans les deux directions en avant de son père tout en parlant,

«Dans le passé, tu n'as jamais fermé la porte sur un sujet, et quel que soit ce dernier. Par ailleurs, tu m'as toujours démontré une splendide ouverture d'esprit face à la sexualité. Je finirais par croire que tu me blâmes d'utiliser les condoms, à moins que tu aies déjà conclu que je trichais ou, je ne sais plus, que je te mentirais actuellement, où quoi encore! C'est quoi ton réel problème avec cette mesure de protection, parce que, d'habitude tu réagis toujours en fonction de la logique?»

L'autre abdique,

«Tu as raison sur toute la ligne. Maintenant, je te le demande, viens ici assis toi près de moi; en passant, mes félicitations pour ton initiative.»

Christopher demeura muet et immobile alors que de la main gauche, son père maintenait son invitation; et finalement, il décida d'obtempérer et le paternel explique,

«Christopher, l'ultime but des vrais parents revient à fonder une famille, et de voir leurs enfants heureux.»

Le fils se calma progressivement; les deux se retrouvèrent maintenant assis partiellement face à face. Le fiston commente,

«Je le sais déjà, papa.»

«Ils veulent aussi, tout comme leurs rejetons, que ces derniers puissent goûter toutes les joies qu'ils rencontreront dans leur propre vie, par-dessus tout, les vifs plaisirs et aussi les joies que je qualifierais de primordiaux d'essentiels et évidemment les plus naturels qui soient.»

«Je ne te comprends plus totalement.» Le fils, légèrement surpris.

«Je vais te fournir deux exemples. D'abord passer de bons moments en allant voir une excellente représentation cinématographique, dans mon livre, il s'agit d'un plaisir artificiel. Manger un steak Wagyu 16 onces bien tendre cuit médium au-dessus de briquettes de charbon incandescentes et ce dernier accompagné d'un vin rouge de première qualité (Pinot noir, ou tout autre bon vin) j'appelle cette opportunité un vrai plaisir primordial. Maintenant, vois-tu davantage là où je veux en venir?»

«En effet!» Avec un sourire à peine visible.

Steven releva son bras droit pour encercler le cou de Christopher.

«Tantôt je souffrais beaucoup intérieurement concernant ces nouvelles indications, notamment tout ce que vous deux alliez devoir sacrifier en termes de sublimes, divines sensations de la chair contre une autre chair chaude humide, et lubrifiée par surcroît. Ma petite tempête s'explique également en regard de ce que j'ai partagé avec ta mère cette après-midi.»

«Qu'il y a-t-il eu de tant extraordinaire dans ce que vous avez vécu?»

L'adulte, particulièrement enjoué, poursuit,

«Je vais te donner un avant-goût en te mentionnant que mon fantasme sexuel plus merveilleux qui soit, comparé à cette expérience humaine céleste ne représente rien, absolument rien!»

«Hein!! Papa! Dis-moi vite!!» Excité.

L'interlocuteur philosophe,

«Tu me vois désolé Christopher!! Je ne peux pas te le révéler, tout simplement parce que cette expérience deviendra je l'espère, une partie intégrante, et directe de ton évolution sexuelle ou, en d'autres mots, de ta réalisation sexuelle. La présente rhétorique correspond à l'exemple suivant où le disciple rencontre son Maître zen et lui demande,

«Maître, en quoi consiste l'Illumination de la Conscience?»

«Marche!» Le guru répliqua simplement.

«Merci infiniment papa!» Enlaçant son père.

Immédiatement après ces quelques paroles, le père repoussa gentiment son adolescent et s'excuse,

«Je me dois de te demander de me pardonner pour cette subite bouffée d'autorité; je me suis conduit effectivement comme un con.»

«Déjà fait papa!» Présentant un faciès excessivement rassurant.

«Maintenant pouvons-nous revenir à la raison même de cet échange? Si je me souviens bien, tu te comportes différemment avec Marilyn.»

Le fils quitte sa dernière position pour prendre à nouveau place dans la chaise berceuse et il relate,

«Contrairement aux autres, avec elle je dois toujours faire le premier geste, et c'est là je fige sur place et que tout se brouille. En bout de ligne, elle a l'impression que je ne livre pas la marchandise promise. En passant, avec elle je ne pense pas au sexe, ce contexte se voulant drôle à te révéler, parce que je la sens comme «la belle aux bois dormants» qui ne désire qu'un pur amour. Je t'en supplie papa, je veux que ce propos reste très confidentiel entre toi et moi! J'ai tellement, mais tellement de la difficulté à me reconnaître dans un tel discours! J'ai même l'air un peu fou!»

Le père plus que manifestement réjoui exécute un signe de la croix à la région pectorale gauche.

«Tu as ma parole mon Chris adoré!! Je ressens un indescriptiblement contentement face à ce qui t'arrive; tu vas à la découverte des premiers balbutiements de l'amour vrai, tu peux l'appeler le grand amour avec un «A», je n'ai pas le moindre problème avec cet énoncé; par voie de conséquence, notre échange me rappelle totalement de merveilleux, et tendres souvenirs.»

Christopher, à l'image un enfant qui s'impatiente d'ouvrir son cadeau de Noël.

«Raconte papa! Je t'en pris.»

«Comme toi mon vénéré fils, au début j'agissais avec impétuosité en regard des filles, cependant en allant pas jusqu'à l'étape de macho, et que Dieu m'en bénisse! Vois-tu, lorsque quelqu'un possède une grande facilité à gérer les situations de la vie courante, alors de façon naturelle il étend sa manière de se comporter dans ses relations avec d'autres personnes, même lors des fréquentations. Bon sang!!! Ce que je peux faire vieux jeu pour utiliser un terme qui n'a certainement plus cours de nos jours. Avant ta mère, j'ai connu deux filles; la première était plutôt réservée, et le fait que j'adore constamment provoquer les évènements, sans toutefois devenir cavalier, la rendait inconfortable. Le tout a créé des tensions. Par contre la deuxième demoiselle était nettement extrovertie; nos dynamismes respectifs s'harmonisèrent; cependant, elle me faisait souvent remarquer que je possédais une trop forte personnalité, et elle avait subtilement la tendance à manifester de la paranoïa. Je te donne un exemple. Dans l'une de nos dernières conversations, je lui fis part que l'on n'attire pas les mouches avec du vinaigre; ça l'a fait vraiment sursauter. Sa réponse m'a estomaqué.

«Bien, là! Tu me prends pour une mouche!!»

Disons que ces deux expériences m'ont ébranlé sans toutefois me faire perdre confiance en moi-même. J'entretenais une certitude raisonnable que quelque part que je demeurais fautif par insuffisance de moyens, mais en définitive mon souvenir est resté nébuleux. Je vais maintenant te révéler une règle d'or à l'effet que dans une relation entre deux personnes, il s'avère rare, je dirais même rarissime qu'une seule des 2 personnes porte le fardeau, et que l'autre soit blanc comme de la neige immaculée. La parenthèse étant fermée, je poursuis mon histoire. Au cours de ma dernière année d'internat, donc avant de m'embarquer en chirurgie générale, j'ai dû travailler à l'hôpital Notre-Dame. Lorsque j'effectuais ma garde de soir, je rencontrais souvent une infirmière qui me séduisait par son sourire angélique. Progressivement, je lui ai porté une plus grande attention. J'ai aussi royalement apprécié son professionnalisme avec les patients, et surtout une courtoisie raffinée, remarquable avec chacun d'eux; dès cet instant elle m'a définitivement plus. Par la suite, il survenait à plusieurs reprises qu'elle a contacté un interne en fonction, de préférence moi parmi les autres qui pourtant affichaient leur disponibilité,et concernant des considérations médicales.

À chacune de mes interventions pour l'aider vis-à-vis un patient, j'ai noté combien elle se sentait vraiment à l'aise, qu'elle baignait dans la simplicité concernant nos échanges professionnels réciproques; elle était toujours enjouée, et amusante, cependant exigeante en ce qui touchait le service à rendre à chacun des patients sous sa seule responsabilité. Je constatais rapidement que je n'avais pas à m'imposer aucun effort particulier et surtout, chemin faisant, que je n'exerçais pas un quelconque dirigisme. Tout baignait dans l'huile. Je dirais même au-delà de mes projections. Alors peu à peu, notre relation mutuelle a progressé, dans un contexte excessivement particulier de deux êtres humains égaux, nonobstant toute autre considération sociale et académique. Elle n'a pas eu à m'en faire des remarques ou me l'enseigner, car on le vivait spontanément. Nous avons commencé à mettre sur pied diverses sorties surtout durant les fins de semaines.Quand nous avons entrepris de comparer les grilles d'horaire de travail pour vérifier si nous pouvions nous retrouver sur le même étage, là j'ai vu que je tombais vraiment en amour, dans un contexte global que je n'aurais jamais pu imaginer ni planifier en aucune façon. Voilà, c'est la magie de l'amour. J'amorçais mes premiers pas dans ce domaine elle m'a accompagné d'une manière absolument admirable. La toute première fois que nous avons fait l'amour, il y avait comme un consensus des plus naturels, semblable à si nous nous étions exécutés depuis des années. Le lendemain matin nous avons rencontré son père. Je me suis agenouillé, et je lui ai demandé la main de sa fille.»

Aussitôt le paternel s'éclate de rire.

«Ai-je manqué quelque chose papa?»

«Absolument pas, Christopher. Je me remémorais la réplique que son père m'a exprimée.»

Le père continue de rire.

«Et il m'a dit: «Seulement la main, ça ne te donne rien; tu ferais mieux de toute la prendre!!!!!!»

Christopher complètement émerveillé, envieux à l'égard de son père dit, «WOW ! Quelle belle histoire. J'aimerais tant vivre une telle expérience.»

L'autre, se fait à nouveau philosophe et enseigne,

«Mon cher Chris, lorsque le fruit atteindra sa maturité, il tombera et tu n'auras plus aucun effort à produire pour le cueillir. En attendant, je pense sincèrement que tu devrais t'asseoir avec Marilyn, lui expliquer que tu te caractérises par une difficulté importante à faire les tout premiers gestes. Surtout tu devras t'empresser de la rassurer à l'effet qu'elle n'a rien, mais absolument rien à voir dans toute cette situation. Dans un deuxième temps, vous devriez très probablement trouver un compromis à deux; pour fin de compréhension, je t'en soumets un. À une occasion, elle prend l'initiative. La fois subséquente, il t'appartiendra de te mettre en mouvement, et ainsi de suite, c.-à-d., à chacun son tour. À chaque fois que tu prendras les rênes, vous devriez vous entendre mutuellement à l'effet que Marilyn devra faire preuve de diligence…»

Le fils ayant de la difficulté à suivre son père l'interrompt,

«Attends-moi une seconde papa! Que veux-tu dire par diligence? Je ne comprends pas.»

«Cette expression signifie que Marylin Foster ne devrait pas se montrer impatiente, désespérée ou dominatrice, mais plutôt qu'elle t'encourage dans l'effort que tu vas démontrer lorsque toi, tu devras poser les premiers gestes. Avec le temps, tu y parviendras plus facilement et plus souvent. Je me dois de te le dire tout de suite, Christopher, tu devras passer par cette discipline si tu veux aspirer au bonheur dans ta vie de couple.»

Soulagé, Christopher se lève, et dans un deuxième temps son père fait de même; les deux, face à face, le fiston démarre,

«Papa, tu m'as rendu un superbe service comme tu l'as toujours si bien fait. Je te remercie très sincèrement du plus profond de mon cœur. Si j'avais eu à choisir le paternel idéal, alors je n'aurais pas eu le besoin de réfléchir en ce qui te concerne. Ta présence est toujours au bon endroit et au bon moment afin que je maintienne mes deux pieds sur Terre, mon cœur et mon âme au ciel!!! Une réalité faisant de toi un père tellement extraordinaire»

Des larmes perlent des deux côtés, ils s'enlacent dans une étreinte qui ne finit plus. L'adulte balbutie presque,

«Mon fils adoré, je bois avidement ces moments de grande intensité en termes d'échanges affectifs; tu me combles d'une telle joie, que je pense que les mérites vont à la Vie, même si l'on se contentait que de ceux-ci qui représentent la sublime consécration de mon statut, et de rôle de père. Je remercie le Seigneur de posséder un formidable fils tel que toi. Je t'aime tellement.»

«Moi aussi!»

Le père recule d'un pas, et chacun essuie ses larmes.

«Christopher, as-tu terminé tes travaux académiques?»

«Il me reste trois problèmes de physique à résoudre et je procède à ma révision en chimie. Je m'y remets maintenant.»

Steven appose sa main droite sur l'épaule droite de son fils.

«Très sage décision Christopher! Allez va! Mon jeune homme.»

Les deux se serrent la main, se quittent. Nicholson reprend sa position initiale; il poursuit l'écoute musicale, et vers la toute fin de la soirée comme d'habitude il nage d'un trait, 25 longueurs de piscine en style crawl.

Sur le chemin du retour, il s'arrête au bar pour consommer une bière. Durant ce temps-là Margaret, à l'autre extrémité du salon, visionne depuis plus d'une heure toutes les diapositives de leur dernier voyage en Europe. Saturée par celles-ci, elle se lève pour aller jaser avec son conjoint.

«Alors mon cher Steven, me proposes-tu une consommation?»

Au même moment, elle le rejoint derrière le bar, ils échangent un doux baiser.

«Que dirais-tu d'un pink lady, ma chérie?»

Ils s'embrassent à nouveau.

«Un excellent choix! Mon inconcevable amoureux.»

Il lui prépare donc la boisson et il la remet à Margaret.

«En y repensant, tu ne m'as pas parlé de ta rencontre avec le directeur médical. Veux-tu t'étendre sur le sujet?»

L'autre hésitant, prend une gorgée de bière. Il tarde à répondre et donc sa femme prend l'initiative,

«La rencontre ne se déroula pas comme tu le prévoyais.»

Le mari subitement surpris, et ennuyé réplique,

«Pourquoi tu parviens si vite à cette conclusion!!!?»

«Je ne sais pas. Un énoncé qui surgit de nulle part.»

Nicholson, a l'habitude de se débrouiller parmi les intrications les plus insondables, à telles enseignes que plus c'est complexe, plus il manifeste du plaisir. Et sous un angle différent, dans cet échange actuel il aurait apprécié pavoiser intellectuellement, cependant dans celui-ci comme dans tous les autres du même style, il aurait tant voulu, en d'autres mots, qu'elle peaufine davantage son argumentation tout en restant plus cérébral au lieu d'avoir raison dans ce qu'elle lui avançait sans pouvoir en aucune façon fournir le comment, et le pourquoi, et aussi les tenants et les aboutissants de ses affirmations spontanées.

Il s'agissait d'une caractéristique importante de la psychologie de sa femme qui le mettait littéralement hors de lui-même à chaque fois. En surcroît, parce qu'elle avait effectivement toujours raison, alors ces deux caractéristiques faisaient doublement mal. Lui de son côté a toujours parcimonieusement structuré à outrance son discours et sa pensée, parce que cette habitude appartient à sa façon naturelle d'agir; également, lorsqu'il se retrouve sur la défensive, il prend mille et une précautions pour ne pas se faire prendre en défaut. Habituellement lorsqu'il recevait une telle gifle, il trouvait toujours le moyen de se gargariser avec un dix onces de spiritueux, sans plus, juste pour obtenir une simple et pure relaxation. Cependant, il survient en de rares circonstances où il se voit absolument coincé. Évidemment, pour ne pas gâcher la sauce, lorsque la situation constitue pour lui un ferme absolu en ce sens, il doit très rapidement inventer quelque chose, soit de changer subitement de sujet, soit de trouver un prétexte pour s'absenter sur-le-champ, ceci lui évitant ainsi de répondre ou bien, au bout du compte, il toussait, inspirait profondément en écrasant son orgueil, et transformait sa colère en une tentative laborieuse de sourire.

«Franchement, je considère que cet individu adopte trop facilement des préjugés, ou bien il formule trop vite ses conclusions. Comme le disait mon père, «on ne juge pas un crapaud à le voir sauter!»

Margaret s'éclate de rire et éprouve des difficultés à vouloir s'arrêter.

«Ma parole!!! Quelle bizarre d'expression; je n'en reviens simplement pas!»

Lui demeure calme avec une expression sobre et développe,

«Toi ma chère Margaret, tu es une pure citadine. Moi mes racines plongent dans la campagne. La vraie vie, tu ne peux pas t'en faire la moindre idée de ce qu'elle peut représenter. Marcher les pieds nus sur la terre natale, principalement à la période estivale; boire le lait chaud au moment même où on l'extrait de la vache. Le cochon ou le veau gras que l'on saignait après l'avoir suspendu. La tranche de pain boulangé à la maison que l'on coupe, et que l'on brunissait les deux faces sur un poêle à bois. Une omelette préparée à partir d'œufs encore tièdes, et en provenance du poulailler. La très grande majorité des repas servis dérivèrent à partir des produits de la terre, donc toute la Nature dans toutes ses extensions s'y trouvait résumée, comme sur le principe d'un hologramme. Sur chacune de nos langues, ce fantastique bouquet goûtait toujours au-delà du mets que l'on savourait, parce qu'il y avait la rosée du matin, la sueur au front de la matinée et de l'après-midi; finalement au coucher du soleil, la profonde satisfaction d'une journée fort bien remplie, dans les champs tout comme derrière le poêle et les chaudrons. Quel goût! Sans oublier la fabrication maison du fromage, beurre, pain, vin, bière et toutes les retombées de la boucherie. On se situe quand même loin des repas surgelés ! L'évolution technologique, comme ils le disent, et l'Internet pour lequel on déploie sa fierté, équivalent à de la bouillie pour les cochons.»

Il manifestait beaucoup de difficulté à contenir ses émotions lorsqu'il parlait de ses origines. Ce soir encore, il ravalait souvent pour ne pas pleurer. Margaret légèrement inquiète,

«Vous êtes-vous disputé?»

Steven se fait rassurant,

«Non pas du tout!! Je lui ai tout simplement expliqué de la façon dont je fonctionnais et de la vision que j'entretenais de la médecine. Je pense qu'il m'a paru satisfait. En changeant de sujet, essaie donc de deviner qui j'ai rencontré en sortant de l'hôpital.»

Son épouse avale une gorgée de son breuvage, et elle réfléchit un court moment et mentionne,

«Je ne vois pas de qui il pourrait bien s'agir.»

«D'Arthur!!! Tu sais mon très vieil ami d'université, celui qui amorce nos rencontres par son expression «Salut le père!»

Son épouse, instantanément ravie, elle ajoute,

«Tu fais vraiment référence à Arthur Thompson, celui qui se maria avec Helena Foster! Pour une surprise en voilà toute une!! Est-ce que sa famille se porte bien?»

«Oui!! Ils n'ont aucune tuile! Je me questionne toujours à l'effet qu'il m'aborde toujours avec ces mots-là. Pourtant, je le précède en âge. Au fond, son commentaire ne me dérange pas, je te dirais même qu'il me flatte, lui qui à l'âge de 20 ans, je le considérais déjà comme un homme accompli!» Durant cet intervalle, Élisabeth effectue son entrée dans la résidence; manifestement folle de joie, elle s'exclame,

«Papa! Maman! Où puis-je vous rejoindre?»

Margaret réplique hâtivement,

«To père et moi sirotons au bar!»

Les deux époux quittent leur place initiale, vont à la rencontre de leur fille entre le bar et le canapé; elle arrive presque en trombe dans le salon. Aussitôt qu'il vit sa silhouette, Steven comme d'habitude, ouvrit grand les yeux, et s'extasia d'une manière plus qu'évidente, tout en continuant à pavoiser visuellement, comme si l'on aurait offert à Chris l'auto de ses rêves, c.-à-d. la Rolls-Royce «Corniche». Il enclenche,

«Bonsoir ma petite Princesse, d'où provient cette agitation?»

Pourquoi cet engouement à l'égard de sa propre fille? D'abord le surnom de « Princesse », le père l'a retenu en rapport avec une série télévisée intitulée 'Papa a raison', et mettant en scène que des acteurs américains, et cette série coïncidait avec la période de sa jeune adolescence. La relation intime, chaleureuse entre un père toujours souriant et sa fille, ça l'avait sidéré plus qu'infiniment. D'observer de quelle manière il parvenait à toujours trouver un bon côté à tout évènement en plus de son habileté, à en couper le souffle, pour régler harmonieusement dans un rapport affectif intense les différentes préoccupations de sa fille à son dernier stade de l'adolescence; son père l'interpellait souvent par 'ma petite Princesse'. Toute cette production contrastait affreusement avec les dures relations interpersonnelles de Nicholson avec ses deux parents. Cependant, dans la réalité de tous les jours, il avait aussi découvert, et hautement apprécié chez Élisabeth sa spontanéité, et son caractère aussi incisif que le sien. Âgée de vingt ans, une diva de la beauté, elle étudiait le droit, mais dans la perspective d'atteindre la magistrature. Il est apparu tôt une complicité naturelle sans égal entre les deux personnages. Un jour, à l'âge de 18 ans, il lui fit la triple confidence suivante,

«Ma chère Élisabeth, toi et moi nous constituons l'unité d'une certaine manière du point de vue biologique, et infiniment plus dans toutes nos façons communes de se comporter, tout comme si, en quelque sorte je me prolongeais en toi et réciproquement. Ta spontanéité, en tant qu'une caractéristique fondamentale, primordiale du jeune enfant, m'apporte une douce brise dans mon existence, où se mêle aussi ta candeur, et le bouquet qui en résulte me comble d'une indicible joie.»

Son amour pour elle s'imprégnait de ces deux valeurs faisant en sorte que le paternel pouvait périodiquement se dissocier de tout son côté purement rationnel, cartésien, analytique et ainsi aimer pour aimer tout en laissant la place à une subtile impression d'absence de limitations. Toutes ces considérations allaient différencier quelque peu cet amour qu'il témoignait à Élisabeth de celui d'avec sa femme, là où il avait un rapport certain avec divers faits de leur existence respective commune et matérielle.

«Princesse, l'amour qui me rattache à toi devient à la fois identique, et différent de celui que je témoigne à ma Margaret; identique en termes d'intensité, différent parce que le nôtre, toi et moi, me relie à ma pure essence, peut-être mon âme. Il devient franchement difficile de faire la part des choses dans les tréfonds de l'inconscient, cependant le tout demeure extrêmement profond, et imbu d'une félicité sans égal. Aussi étrange que le contexte puisse paraître, notre amour établit un pont avec le réveil de la sexualité que je me remémore parfaitement, non pas sous l'angle de l'érotisme, ni sur le plan physique, et encore moins en regard de l'instinct sexuel, mais plutôt de cette pulsion sexuelle incitant qu'à la pure beauté, la noblesse, la grandeur d'âme, et dont la manifestation la plus populaire aboutit à cette recherche du «prince charmant» chez les filles et de «la femme de mes rêves» chez les adolescents. Évidemment, ta simple jeunesse a certainement contribué à recréer mentalement ce pont. Toutes ces subtilités évoluant à l'intérieur de ce même corps et de ce même esprit, c.-à-d., moi qui maintient une relation intime avec les deux plus formidables femmes que la Terre ait pu porter, alors j'ajouterai que nécessairement l'ensemble ne peut que générer des effets appréciés et bénéfiques dans ce que je partage avec Margaret.»

«Mon très cher papa, excuse-moi de ma profonde ignorance en regard de ce type d'acrobatie, quoique je puisse ressentir une ultime satisfaction à t'entendre. Tout ce que je veux se résume à ton bonheur, et à celui de maman, car je vous aime tellement.»

«Élisabeth, les moments que nous passons ensemble, me remplient de tressaillements, me procurent l'ultime satisfaction de mon rôle de père, et font partie des moments les plus privilégiés, les plus sacrés de toute mon existence jusqu'à ce jour. Seulement et seulement pour ces moments savoureux inoubliables, la Vie vaut vraiment la peine qu'on l'apprécie hautement. Ce que je viens de t'exposer, je le dois uniquement à toi seule, ma fille adorée; je ne vivrai jamais assez longtemps pour te remercier plus que suffisamment. Que Dieu doit m'aimer pour t'avoir rencontré sur mon chemin. Lorsque je me distance de toi, mon amour incommensurable à ton égard fait que j'éternise l'union, même davantage, la communion de nos deux êtres dans la séparation.»
À cette occasion, il avait embrassé sa fille sur les deux joues au cours d'une longue étreinte, et des larmes de joie fusaient de part et d'autre.

«Steven! As-tu entendu ce que Élisabeth nous a annoncé?» dit Margaret.
En réagissant comme quelqu'un que l'on réveille par le fait qu'on lui parle,
«Excuse-moi Margaret! Quoi?! Quoi?! Je n'ai pas compris.»
Élisabeth, encore frénétique s'exclame,
«Cher papa, mon chum Roger Scott m'a demandé si je voudrais bien l'épouser. Ne trouves-tu pas sa requête merveilleuse?!! À vrai dire, il s'agit d'une éventualité à laquelle j'accordais de plus en plus de temps. Nous nous connaissons depuis plus d'une année; et également, l'on s'entend parfaitement. Il se montre gentil, tendre, affectueux, il fait même très bien l'amour. Il manque un peu de force de caractère ou bien peut-être c'est moi qui en a trop!!! Nous voulons de deux à cinq enfants. Il ne compte pas déménager à l'extérieur du Québec, comme le démontre la tendance pour plusieurs médecins. Il ne fume pas et pour son cadeau de mariage, il m'a demandé d'abandonner la cigarette. Je lui ai répondu dans l'affirmative.»
Les parents, enthousiasmés, en chœur,
«Nos plus sincères félicitations à toi notre enfant chérie.»
Suivi par un échange de chaleureuses accolades, et des baisers; ensuite Margaret reprend,
«Ah! Parce qu'il étudie en médecine! Généraliste ou spécialiste?»
Élisabeth complètement ébahie, s'exclame,
«Quoi! Je n'en crois pas mes oreilles? Ne me dites pas que je ne vous avais pas encore informé de ce qu'il faisait dans la vie?»
La mère, plus prudente ajoute,

«Je ne crois sincèrement pas, ou bien il faut que nous l'ayons oublié. Tu sais, tenant compte que tout va trop vite à notre époque, alors les oublis deviennent légitimes.»

L'époux s'éclate de rire et baliverne,

«S'il survient des problèmes dans sa carrière professionnelle, il pourra compter sur un juge qu'il mettra dans sa poche!»

Son rire se prolongea à la suite de son propos.

Margaret sursaute légèrement, quoiqu' elle demeure calme.

«Tu n'as pas honte de dialoguer de cette façon Steven!!! En voilà des manières!»

«Chérie!! Tu vois bien que je plaisante! Je pourrais même appliquer le contexte à moi-même!»

Élisabeth vient au secours de son père,

«Il a pleinement raison chère maman. Moi-même, j'ai adressé la même réflexion à Roger et on a ri à s'en fendre les poumons. Pourtant maman, tu devrais connaître suffisamment papa pour te rappeler à l'occasion que son humour devient plutôt corsé.»

La mère reprend,

«Ma fille, aurais-tu oublié ma question?»

«Non maman! Il étudie en prévision de sa première année en médecine interne.»

Le mari baille et conclut,

«Il commence à se faire tard. Que diriez-vous si nous remettions cette palpitante conversation à demain?»

«Tout à fait d'accord papa; vous me voyez complètement crevée.»

Steven et sa femme terminent leur breuvage. Leur fille monte déjà à sa chambre. Le mari éteint les lumières puis, il met en fonction le système d'alarme; joignant Margaret par la taille avec son bras droit ils cheminent lentement vers la chambre des maîtres.

En conformité avec les instructions du directeur médical, le Dr. Frank Donovan, Steven rencontra le chef du département de chirurgie le Dr. John Kelly à sa résidence. Un homme dans la soixantaine, les cheveux blancs, et modérément obèse à la région du tronc, toujours souriant et porteur d'un charisme contagieux. Il porte des verres qui sont fixés à une monture noire et solide. Il informa Steven qu'il aurait deux jours en salle d'opération plus ses follow-up à la clinique externe de chirurgie.

«Dr. Kelly, quand croyez-vous, selon vous que je pourrai espérer opérer davantage?» Nicholson légèrement soucieux.

«Je ne pourrais pas vous répondre avec précision. Si vous voulez bien considérer ma suggestion. Vous pourriez probablement vous entendre avec vos confrères afin que vous soyez de garde à leur place, en plus de vos gardes que l'on va vous attitrer. Ainsi, vous apporteriez plus d'eau au moulin, en provenance de la salle d'urgence.»

«Effectivement, il s'agit d'un point intéressant; cette solution ne pourrait pas se prolonger indéfiniment, en ce qui me concerne, au plus quelques mois, parce que je me consacre d'abord à ma famille. Je ne veux pas que la médecine devienne ma maîtresse, bien que j'adore incroyablement ma profession.»

Un mois plus tard, il a obtenu une troisième journée au bloc opératoire conséquemment à la mort subite du Dr. Norman Poole, en raison d'un infarctus cardiaque très étendu. Cette addition représentait pour lui, un excellent compromis. De son côté, Margaret s'intégrait tel que prévu à l'hôpital St-Luc. Quant à Christopher et Élisabeth, ils poursuivaient avec brio leurs études. Cette dernière se fiança effectivement à Noël avec Roger Scott. La famille, par la suite, après plusieurs mois, parvenait enfin à établir une routine quotidienne bien rodée.

La veille de la fête de la St-Jean en juin 2003, au milieu de la matinée, un confrère de Steven, le Dr. Michael Lawton, l'intercepta à la sortie de la salle d'opération, manifestement très consterné.

«Steven! Pourrais-tu me rendre un petit service?»

«De quoi s'agit-il Michael?» Nicholson, perplexe.

«Voilà, ma fille m'a téléphoné il y a à peine une heure de l'unité des soins intensifs de l'Institut de Cardiologie de Montréal.»

L'autre empressé de savoir.

«Comment se fait-il qu'on l'ait ainsi hospitalisé dans un centre de soins tertiaires?» L'autre empressé de savoir.

«Elle a 35 ans, et est enceinte d'à peine 7 mois. Tantôt, elle m'a avoué que depuis un mois environ, elle ressentait des douleurs dans la poitrine qu'elle a attribuées à divers troubles d'ordre digestifs. Cependant, depuis une semaine, en raison de l'accroissement de la fréquence et de l'intensité des douleurs, elle a décidé de prendre un rendez-vous avec son gynécologue. Lorsqu'elle sortit de son cabinet hier en fin d'après-midi, subitement la douleur augmenta tellement intensément, qu'elle s'est s'affaissée par terre

inconsciente. Conséquemment, on l'avait transférée dans cet hôpital. Les cardiologues là-bas l'ont informé qu'elle présentait une obstruction à 85% du tronc commun. Je m'empressai de la calmer en lui disant que j'allais discuter avec l'équipe de médecins ainsi qu'avec le chirurgien cardiaque.»
«Bon sang, est-ce qu'elle va s'en sortir!! L'angioplastie percutanée n'a pas donné les résultats escomptés?»
«Aussitôt qu'elle a raccroché, j'ai contacté le Dr. Jeff Sanders, celui qui doit l'opérer; et non, rien n'a fonctionné; tout l'arsenal pharmacologique parvient difficilement à la soulager.»
«De quelle manière survint ce désastre? Elle est beaucoup trop jeune!! Je ne peux pas y croire!»
«Elle fume comme une cheminée; durant l'investigation à l'Institut ils ont mis en évidence un niveau de cholestérol sérique qui atteignait le ciel.»
«Si je viens qu'à rencontrer cet obstétricien, ni son dentiste, ni sa mère vont le reconnaître!» Nicholson rage.
«Merci du fond du cœur pour ta gratitude, cher Steven. La violence n'a jamais rien arrangé; au contraire, elle complique tout, mais tout.»
«Parfait! Parfait! Mes mots allèrent au-delà de ma pensée, il s'agit tout de même d'une situation dégueulasse!»
«Voyons donc mon fidèle ami! Tu prends une longue pause, autrement tu ne survivras pas très longtemps!»
«Toi! Le philosophe!»
Nicholson respire profondément puis enchaîne,
«Probablement qu'ils veulent l'opérer le plus rapidement possible.»
«Aussitôt qu'elle aura donné son accord. Mon fils mourut, en moins de deux mois d'une foudroyante leucémie aiguë en décembre dernier; il venait juste de recevoir sa promotion de notaire. Après ma femme, il me reste qu'elle.»
Michael s'effondre en larmes. Steven l'enlace et le console,
«Tout se passera à merveille. Tu les connais aussi bien que moi les gars là-bas; de véritables champions, parmi les meilleurs. Allez, dépêche-toi à te rendre à son chevet.»
Michael reprend ses distances, il essuie ses yeux, et retrouve son calme.
«Bon! Écoute-moi Steven! Il faut quand même que je t'informe de mes patients. Il m'en reste trois; deux d'entre eux auront leur congé d'ici un à deux jours. Quant au troisième cas, je l'ai opéré ce matin pour une double greffe aorto-iliaque bilatérale en utilisant ses artères fémorales profondes, car à l'angiographie, ses superficielles ne me disaient rien qui vaille. Il demeure présentement aux soins intensifs, et se comporte à merveille.»

«Je te remercie Michael; je lui rendrai une visite tout juste avant d'aller souper.»

Tout en éloignant brusquement l'autre à l'aide de ses deux bras, il dicte, «Toi, tu pars tout de suite voir ta fille à l'ICM!!»

Vers les 17.30 h, alors que le chirurgien roulait dans la direction de son domicile, son téléphone cellulaire déjà intégré à son auto résonna; c'était l'infirmière des soins intensifs du Royal Victoria l'informant que le patient du Dr. Lawton n'avait plus de circulation à son pied gauche, cependant, l'artère pulsait à la première vérification lors de son entrée en ces lieux. Steven, de très mauvaise humeur, répliqua qu'il exécutait un demi-tour pour évaluer la situation. Il appelle aussitôt chez lui,

«Bonsoir Margaret! Des imprévus me retardent, et ça serait beaucoup trop long à t'expliquer; il me faut retourner à l'hôpital.»

«C'est ce soir que tu devais dîner avec Arthur dans le cadre de vos soupers annuels. Ce dernier m'a contacté il y a à peine quinze minutes pour confirmer que tu le rejoindrais. Évidemment que je lui en ai fourni la certitude.»

«Ah! Non de non!! Chérie peux-tu le rejoindre pour remettre le souper à plus tard?»

«Mon trésor, ton ami n'est chez lui; nous avons parlé par l'intermédiaire de son cellulaire. Malheureusement, je ne connais pas son numéro.»

«Nous devions manger chez Moishe, et essaie de le rejoindre à cet endroit. Je ne sais pas à quelle heure que je rentrerai. À plus tard mon amour! »

«Parfait ainsi. Je t'embrasse, mon Steven adoré!»

L'examen de Nicholson confirme les observations de l'infirmière, et il dirige immédiatement son patient au bloc opératoire afin d'enlever le blocage par un gros thrombus de l'artère fémorale profonde. Puis, il reprend la direction de la maison. À peine avait-il franchi le seuil de la porte que son pager retentit; de nouveau les soins intensifs. Il apprit que la pulsation au membre inférieur gauche a de nouveau disparue. Il embrasse rapidement Margaret et il retourne au Royal Victoria. Chemin faisant, il analyse les possibilités qui se résument qu'à une seule, tenant compte qu'aujourd'hui il se rendit au département de radiologie pour réévaluer l'angiographie pré et celle postopératoire du patient de Lawton; effectivement, Steven ne pouvait pas compter sur l'artère fémorale superficielle. De son automobile, il prescrit une angiographie d'urgence. Les résultats démontrent une obstruction complète de toute la circulation artérielle du membre, d'où inévitablement il procède à l'amputation. Le patient de Lawton ne s'est jamais réveillé depuis sa toute première chirurgie du matin. Quel réveil infiniment cruel, et épouvantable il vivra!

Steven sort de l'hôpital un peu après minuit; il y a foule partout et ce fait l'agace au plus haut point. Il circule donc sur la rue Sherbrooke en direction opposée du centre-ville, et il décide de retourner chez lui en empruntant la rue Victoria. En raison de la fatigue, et de son impulsivité, au moment de la croiser, il se rend compte qu'il aurait dû virer à droite. Passablement irrité, il poursuit sa route en se disant qu'il y parviendrait par la rue Prince Albert, auparavant il doit croiser la rue Burton. Il effectue l'arrêt, puis il redémarre. Trop concentré à ne pas perdre de vue son prochain court objectif, il a à peine le temps de tourner la tête de 45 degrés sur sa gauche, ses yeux devenant subitement, complètement éblouis par une puissante lueur blanche. Concluant ipso facto à une collision entre deux véhicules, il freine de toutes ses forces. Au même moment, un tumultueux bruit de ferraille couplé simultanément à une onde de choc apocalyptique sur la portière à proximité de lui se fait sentir. Il a eu l'impression durant un court instant qu'un énorme bélier mécanique le projetait, depuis le point d'impact, à une distance infinie. Il a conscience que sa tête a frappé quelque chose d'excessivement dur et sa pensée se tourne durant une poussière de fraction de seconde vers Margaret et ses deux enfants ensuite, il perd complètement conscience.

Chapitre Deux

En moins de temps nécessaire qu'il ne le faut pour le dire, un immense attroupement a pris forme sur les lieux de cet accident. L'Aston Martin sous le puissant choc s'est déplacée d'au moins trois mètres de sa position originale. La vitre de la porte avant du côté du conducteur est réduite en miettes, et le sang de Nicholson coulait abondamment sur l'extérieur de sa portière. Tout près, un camion de type 4 x 4 immobilisé, et la partie avant de celui-ci montrant que des dommages insignifiants. Le camionneur, un blanc environ dans la vingtaine, 1.70m, 70 kg est sorti précipitamment du véhicule avec une arme de fort calibre dans sa main droite. Il hurle,

«Écartez-vous! Laissez-moi passer, sinon je tuerai celui qui me servira d'obstacle!»

La foule lui libéra un passage tout en exécutant une flexion antérieure du tronc, ou en s'allongeant par terre pour qu'une balle n'allant nulle part atteigne une innocente victime. Le fuyard a pris la direction vers la rue Sherbrooke. Puis, la sirène d'une voiture de patrouille est devenue très rapidement assourdissante; aussitôt le véhicule immobilisé, deux policiers armés sortirent de l'auto. L'un d'eux criant d'une voix puissante,

«Quelle direction a-t-il prise?»

La foule lui indiqua l'orientation. L'autre policier retourna à sa voiture et il communiquait,

«À toutes les unités, la personne recherchée a délaissé son véhicule au coin de Prince Albert et de Burton, là où je me trouve actuellement; on l'a vu s'enfuir vers la rue Sherbrooke; il est armé et dangereux. Ensuite, dans sa fuite il causa un accident. Envoyez-moi une ambulance dans les plus brefs délais. Je crois que l'on va avoir besoin des cisailles hydrauliques de désincarcération. Faites vite!»

Toujours l'arme au poing, le 1er policier avance prudemment en direction du camion et il constate qu'il n'y a pas de complice. Il replace l'arme dans son étui. Il s'approche de l'automobile et il observe que la personne demeure inconsciente, cependant il perçoit bien la pulsation à la région carotidienne droite. Il visualise au passage, une plaie béante à la région frontale gauche. Puis, il se tourne vers les gens.

«Allez-vous-en chez vous! Dispersez-vous rapidement!»

Peu de temps après, l'ambulance arrive. Les ambulanciers transportent le matériel routinier. L'un d'eux se déplace du côté passager avant de l'Aston Martin, cependant la portière coince toujours. Alors, il casse la vitre de la porte, en s'assurant qu'il n'y a pas de débris de vitre sur lesquels il pourrait se blesser, ensuite il pénètre à l'intérieur. De l'extérieur, son coéquipier lui fournit l'appareil pour prendre la tension artérielle et le stéthoscope.

«La pression est à 110/70; la fréquence cardiaque environ à 125/min; elle m'apparaît régulière. Tu transmettras au plus vite toutes ces données à la centrale; le médecin attitré nous fournira les instructions, et dépêche-toi à m'apporter un soluté 1000 ml. NaCl .9 % et je vais lui installer un cathéter intraveineux à son avant-bras droit.»

Une unité des pompiers arrive. Deux d'entre eux s'apprêtent à enlever la portière du conducteur avec les cisailles hydrauliques. L'ambulancier qui fait la navette, revient à l'auto et informe,

«Le médecin m'a redit qu'il fallait administrer le premier soluté aussi vite que possible ensuite de le remplacer par un autre soluté identique, et le laisser s'écouler à 200ml/h durant son transfert au plus proche hôpital. Il a rajouté de faire un pansement compressif au front tout en cherchant à rapprocher les bords de la plaie.»

Les pompiers viennent de terminer d'enlever la porte; un ambulancier coupe la ceinture de sécurité; ils positionnent le corps de Nicholson, avec beaucoup de précautions sur la civière et on l'immobilise selon le protocole établi; ensuite on transfère Steven dans l'ambulance; un technicien médical communique avec le contrôleur,

«La centrale, à quel hôpital allons-nous transférer l'accidenté? Je dois vous dire qu'il se trouve dans un état critique.»

«Rendez-vous à St-Luc! Bien que l'urgence ait largement dépassé sa pleine capacité, les autorités là-bas se sont entendues avec notre médecin de service. Merci!»

Un ambulancier s'assoit à l'arrière; l'autre met tout en branle pour se frayer plus facilement un chemin. Le véhicule quitte les lieux.

Plus tard, le personnel ambulancier franchissent les portes d'entrée de la salle d'urgence. Une infirmière vient à leur rencontre.

«Où doit-on vous le laisser?»

L'infirmière a déjà noté la respiration superficielle peu ample de Steven.

«Dépêchez-vous!!! Emmenez-le rapidement à la salle de réanimation. Maudit! Pressez-vous!»

Par la suite, l'infirmière précède le patient et elle se rend au poste central d'observation; de là, celle-ci enfonce une touche spéciale rouge du clavier téléphonique, et elle avertit,

«Attention code rouge à la salle de réanimation! Je répète, code rouge à la salle de réanimation.»

L'urgentologue en service arrive en courant; et deux autres infirmières le suivent de près. En une fraction de seconde, il constate la dépression respiratoire qu'il relie aussitôt au traumatisme crânien. Il prescrit,

«Allez!! Et faites vite!! Apportez-moi le nécessaire pour procéder à une intubation endotrachéale en plus d'un respirateur MA2. Pendant ce temps, continuer à le dévêtir. Il sera nécessaire aussi de lui ouvrir une deuxième veine, de préférence avec une aiguille de calibre 16 connectée à un soluté .9 % NaCl et Lactate Ringer. N'oubliez surtout pas également, de lui poser une sonde vésicale.»

D'une voix ferme et forte,

«J'exige une unité de radiologie ici, maintenant; je veux également qu'on le programme pour une résonance magnétique; avant j'insiste pour procéder à une échographie crânienne préliminaire, et de plus en prévoir une de contrôle dans huit heures. Branchez-le à l'ECG. Veuillez bien exécuter les prélèvements sanguins standards et prévoir en permanence 3 unités de sang. Je vais aussi lui faire une ponction artérielle, de même qu'installer un cathéter intra-artériel, afin de suivre de près sa tension sanguine. Que tout le monde se bouge les fesses!»

Ultérieurement, on a branché l'accidenté au respirateur MA2, et son visage montre une enflure épouvantable; il n'est pratiquement pas reconnaissable sensiblement le même constat pour son membre supérieur gauche. Les traitements prescrits ont normalisé ses paramètres cardio-vasculaires. L'on a mis en évidence une fracture du crâne avec un léger enfoncement osseux à la région fronto-temporale gauche; aussi une fracture complète non comminutive de l'humérus gauche; s'ajoute une fracture incomplète du radius gauche; finalement des fractures de la 7e, 8e 9e et 10e côtes de la paroi thoracique gauche. On répare la plaie frontale à la salle d'opération par le neurochirurgien, selon la règlementation qui l'exige, en raison qu'il s'agit d'une fracture ouverte du crâne. On le transfère aux soins intensifs sous respiration assistée. Il aura une résonance magnétique de contrôle au début de la matinée. À l'urgence, une infirmière fouille dans les vêtements du médecin, ou de ce qu'il pourrait en rester de ceux-ci afin de trouver des pièces d'identification. Elle saisit son porte-monnaie, et sursaute en l'ouvrant et s'exclame,

«Ce n'est pas vrai!!! Le Dr. Steven Nicholson!! Le conjoint de Margaret!! Pauvre femme! Elle ne doit pas le savoir encore.»

En se retournant dans son lit, Margaret s'est aperçue que son conjoint n'est pas rentré à la résidence de toute la soirée, et ni de toute la nuit suivante. Quelque peu étonnée, elle regarde le cadran sur sa table de nuit.
Elle se dit en elle-même,
«6.30 am, donc ça ne vaut plus la peine de m'étendre à nouveau. Je vais prends ma douche ensuite je boirai mon café.»
Environ trente minutes plus tard, Élisabeth se lève également; comme d'habitude, elle ouvre la télévision; au même moment, la mère ajoute de l'eau dans le percolateur. Songeuse, elle s'arrête,
«Je téléphone à l'hôpital pour aviser Steven que je lui apporte le petit déjeuner.»
Elle loge l'appel,
«Bonjour! Ici la standardiste du Royal Victoria. Que puis-je faire pour vous rendre service?»
«Allô! C'est Margaret Nicholson à l'appareil; je suis la femme du Dr. Steven Nicholson. Auriez-vous l'amabilité de l'informer à l'effet que je vais lui apporter le petit déjeuner; il a travaillé toute la nuit sans rien ingurgiter, il mangerait autant qu'un ours.»
«Attendez-moi un très court instant, que je vérifie s'il se trouve dans notre hôpital».
Margaret contrariée, ironique par ce qu'elle vient juste d'entendre, se parle à elle-même,
«Où veux-tu donc qu'il se trouve?!!!»
«Mme Nicholson je regrette, le nom de votre mari n'apparaît pas sur mon moniteur.»
«Il vient probablement de partir. Je vais donc l'attendre à la maison, car il arrivera d'une minute à l'autre. Merci! Bonne journée.»
«Mme Nicholson ne raccrochez pas!»
«Pourquoi?!!»

«Je lis sur l'écran du moniteur que votre époux a quitté nos lieux vers 0.30 am et que depuis personne ne l'a vu.»

«Pardon! Impossible!! Il doit y avoir définitivement une erreur quelque part!!»

«Non madame, il n'y en a pas.»

«Très bien. Merci encore!»

Margaret, plonge dans une totale confusion. À voix haute,

«Je n'y comprends absolument r...»

Soudainement, elle entendit de la chambre d'Élisabeth un hurlement qui l'a glacé jusqu'à la moelle des os; et il fut suivi immédiatement par des pleurs carabinés entrecoupés de bribes de phrases,

«Ah non! Pas lui!...Pas mon père! Pas vrai!...Dites-moi que je rêve! »

Margaret est probablement parvenue à comprendre l'explication entre la conversation téléphonique et la réaction d'Élisabeth. Foudroyée par une folle inquiétude, elle gravit les marches deux par deux et pénètre, en même temps que Christopher dans la chambre de sa fille. Couchée sur son lit à plat ventre, elle pleure à chaudes larmes. Le fils vraiment déboussolé, questionne,

«Qu'as-tu? Veux-tu bien me dire de qui ou quoi, il s'agit?!»

Margaret se fait très hésitante. Elle ne veut presque pas savoir, et surtout de ne pas confirmer son hypothèse. Elle s'assoit sur le lit, elle prend doucement les épaules de sa fille, l'appuie tendrement contre elle. De son côté, Élisabeth demeure inconsolable. Christopher marche les cent pas; l'agitation persiste sans qu'il sache le pourquoi. La gorge de la mère se noue par moment.

«Ma petite fille, explique-moi davantage?»

Entre deux pleurs elle informe,

«Papa a eu un accident à son retour de l'hôpital!»

Christopher survolté parle fort,

«Papa, un accident! Où et quand le drame s'est-il produit? Va-t-on finir par me répondre à la fin?»

Margaret relève en position droite le corps de sa fille. Elle assèche ses larmes et poursuit,

«Qu'as-tu réellement entendu? Le service des nouvelles vient-il juste de t'en informer?»

«Ils ont dit qu'un voleur conduisant un 4X4 percuta son auto. Maman! J'ai reconnu sa plaque minéralogique!»

Elle pleure de plus belle. Margaret voudrait aussi verser des larmes, elle ne désire pas démoraliser ses deux ouailles. Chris les larmes aux yeux tout en continuant de virer en rond comme un lion en cage négative,

«Je ne veux pas le croire!»

Soudainement, il devient agressif et argumente,

«Tu t'es certainement trompée! Depuis quand que tu t'intéresses à sa plaque d'immatriculation, hein!! Et est-ce ce qu'il y a a quelqu'un qui peux partager ma détresse ou bien si je ne représente pas autre chose que de la merde?»

Margaret se relève tout doucement; elle entraîne avec elle sa fille; elle regarde, les yeux mouillés, son fils. Elle tranche,

« Viens par ici mon fils. Tu vaux infiniment plus que de la merde et je ne veux plus que tu croies ou énonce à nouveau cet énoncé. »

Christopher commence à pleurer. Il rejoint sa mère qui l'enlace par la taille. Il questionne,

«Donc, tu me dis la vérité......Où se trouve-t-il présentement?........ À quel hôpital?.....»

La mère, d'une voix douce ajoute,

«Votre père partit de l'hôpital un peu après minuit. Il n'est pas revenu à la maison, et n'est pas retourné à l'hôpital. La standardiste du Royal Victoria me l'a confirmé il y a à peine une demi-heure. Toi, Élisabeth que sais-tu de plus?

Christopher pleure toujours, la tête appuyée sur l'épaule de sa mère, tout comme sa sœur.

« ......Ils ne craignent pas pour sa vie......Cependant, ils le décrivent dans un état critique...À l'hôpital St-Luc.»

Margaret n'en peut plus, elle a mal à l'âme à en faire la grimace; elle veut garder l'échine droite. Tout bas elle se rassure,

«Je dois rester forte si je veux aider convenablement mes enfants. Je pleurerai plus tard!»

«Écoutez-moi bien les enfants. Je vais passer la journée auprès de lui. Tant qu'il y a de la vie, il y a de l'espoir!! Nous allons tous miser sur cette conviction profonde. Je vous donnerai des nouvelles sur l'heure du dîner, donc garder vos cellulaires ouverts. Également, j'intercèderai auprès de l'hôpital pour que ce soir nous lui rendions visite ensemble autour de son lit; à cet effet, je ne perçois certes aucun problème. Je connais bien le neurochirurgien; c'est un grand ami de votre père, et sa compétence lui sort par tous les pores de la peau. Je lui demanderai de se déplacer du Royal Victoria et de venir jeter un coup d'œil. Nous devons ressembler à l'image de votre père c.-à-d., forte et faire ce que l'on doit faire; le contraire lui déplairait, à savoir que l'on soit le moindrement différent de son profil. Je vais vous demander de descendre en bas, prendre votre petit déjeuner, et ensuite d'aller à vos cours.

Les enfants assèchent leurs yeux. Les deux embrassent tendrement, et longuement leur mère. Par la suite, ils suivent les recommandations de cette dernière. Elle demeure au deuxième plancher quelques instants; le poids de la douleur la fait s'agenouiller. Elle pleure en silence.

Margaret laisse son auto dans le stationnement de l'hôpital St-Luc, et elle monte en flèche vers les soins intensifs. Paula, une de ses camarades de travail sortait au même moment, et elle mentionne,

«Bonjour! Tu me vois vraiment peinée de ce qui vous arrive.»

«Je te jure que l'accident m'a donné tout un choc ainsi qu'aux enfants. Au fait comment va-t-il?»

«Tous ses signes vitaux se stabilisent. Il ne donne pas du tout d'indices d'un quelconque saignement. Il demeure dans un coma profond, mais l'examen neurologique pratiqué ce matin ne montrait pas, d'après les notes du neurologue, d'anomalie. On l'a installé hier à un respirateur mécanique. Il présente énormément d'enflures au niveau de son visage ainsi qu'à son bras et aussi à son avant-bras gauche; je ne vois pas du tout d'un bon oeil que tu te rendes le voir, je veux dire maintenant».

«Allez va te coucher! Tout va bien se passer!»

«Bye!»

Margaret se dirige au chevet de son époux; en le voyant ainsi, elle se retourne sur elle-même de 180 degrés laisse échapper plusieurs larmes ensuite, elle fait marche arrière. Elle va l'embrasser sur sa joie droite et elle circule jusqu'au pied du lit, saisit son dossier médical, tourne les pages les unes après les autres. Le rapport préliminaire de la résonance magnétique démontre une minime quantité d'œdème cérébral diffus, cependant on suggère fortement un contrôle.

«Puis-je vous emprunter ce dossier, madame?» interroge Fraser.

Margaret fit une volte-face; elle observa la présence d'un médecin.

Plutôt tonique elle ajoute,

«Bonjour Dr. Peter Fraser! Comment allez-vous?»

«Bien et merci! Je t'exprime ma plus grande consternation, Margaret. On m'a demandé en consultation à cause de ses fractures. La celle qui me préoccupe le plus intéresse son humérus. La problématique relève du fait que le trajet du nerf radial passe excessivement proche du trait de la fracture complète. J'ai donc vraiment peur qu'accidentellement ledit nerf parvienne à se coincer ou littéralement se déchirer. Évidemment que l'une et l'autre de ces fatalités compromettraient très sérieusement la profession de votre époux. Je veux procéder, en raison de ce même raisonnement à une réduction ouverte dans les plus brefs délais, cependant il faut que j'obtienne l'autorisation du neurochirurgien. En ce qui concerne l'autre fracture, c.-à-d., celle du radius gauche, un plâtre conviendra amplement.»

«En avez-vous discuté avec lui?»

«Oui, il pense que je pourrai en effet l'opérer cet après-midi, sous un bloc régional. Donc, il constituera mon dernier cas de la journée. En ce qui touche les côtes fracturées, tu sais parfaitement que lorsqu'il n'y a pas une angulation pouvant perforer des organes internes, l'on n'intervient pas.»

Le Dr. Peter Fraser s'accapare du dossier, il griffonne des notes, et le renferme. «Mes salutations, Margaret.»

«Je te souhaite une bonne fin de journée, mon cher Peter.»

Le médecin la quitte. Elle s'assoit près du lit de son Steven, et lui tient la main droite. Tel que convenu, vers midi elle informe ses ouailles de l'état de Nicholson. Lorsqu'on le transfert des soins intensifs pour le transporter au bloc opératoire, Margaret en profite pour regagner la maison où ses enfants l'attendent; tout paraît tellement calme que l'on entendrait une mouche voler. Réunis autour de la table, elle démarre,

«Mes enfants, j'ai complété les arrangements pour que nous puissions aller le voir ce soir. Cette perspective vous convient-elle toujours?»

Élisabeth hésitante,

«Son visage doit être…..Tu sais ce que je veux dire.»

«Amoché. Cependant, aussitôt qu'il va pouvoir s'asseoir dans son lit, le gonflement disparaîtra vite.»

«Vais-je te contrarier si je remettais la visite à demain, car j'ai encore de la difficulté à me remettre du présent choc. Je ne pense pas que je pourrais facilement supporter ce que je verrais.»

Christopher, avec empressement renchérit,

«Moi aussi maman; nous avons passé au travers d'une rude journée; je partage le même avis que ma sœur. Ma décision ne t'ennuie pas trop, j'espère?»

Margaret se fait on ne peut plus rassurante,

«Soyez sans crainte mes enfants chéris, et je conclus même que vous m'apportez le meilleur conseil de cette foutue journée. Je vais quand même téléphoner à mon hôpital afin de les avertir de me prévenir à la moindre détérioration de son état. J'ai également pris deux journées de congé; je dirais même que l'on m'a presque félicité!! Quel bordel que ce désastre causera à sa très jeune clientèle. J'ai appris que les policiers n'ont pas encore mis la main au collet du maudit voyou qui a percuté Steven.»

Le lendemain matin, Margaret se présente vers les 10.00 am à St-Luc. Marchant en direction du bureau d'admission, la personne responsable l'interpelle,

«Mme Nicholson!»

«Oui! Qu'y a-t-il?»

«Des bonnes nouvelles Mme Nicholson! Votre mari a quitté les soins intensifs il y a à peu près une heure. On l'a déménagé sur l'étage de la neurochirurgie et il a une chambre privée. »

Margaret emballée finalise,

«Merci beaucoup! Je cours de ce pas.»

Lorsqu'elle s'introduit dans la chambre, son mari a pris place dans son fauteuil et il semble perdu dans ses pensées.

«Bonjour mon sublime amoureux! Ce que tu peux avoir fait de grands progrès mon chéri!»

Elle traverse rapidement la superficie qui les séparait. Ils s'embrassent longuement, passionnément, et en appliquant toutes les précautions utiles. Elle s'assoit à proximité de lui, et éclate momentanément en sanglots. L'autre inquiet, prend les devants,

«Comment vas-tu Margaret? Les enfants?»

«Le choc nous a ébranlés épouvantablement!!! Élisabeth l'a appris en regardant les images du reportage. Je ne veux plus jamais entendre de nouveau le cri qu'elle a laissé échapper, un cri d'outre-tombe! J'ai dû me montrer forte afin d'atténuer rapidement l'impact chez les enfants. Plus je te regarde mon Steven, plus je constate que tu ne sembles pas heureux de la tournure des évènements. Dis-moi, aurai-je eu tort de parvenir à cette conclusion?»

«Quelques minutes avant que tu arrives, j'ai reçu un coup de fil du Dr. Michael Lawton, le médecin qui m'a demandé de le remplacer avant-hier. Sa fille enceinte de presque sept mois, si je me souviens bien, a développé rapidement de l'angine cardiaque très sévère. L'on devait pratiquer chez elle des pontages coronariens, d'urgence hier soir. À la phase d'induction de son anesthésie générale, elle a soudainement évolué vers un infarctus massif, étendu, et intéressant toute l'épaisseur de la paroi cardiaque; elle mourut sur la table d'opération, ainsi que son enfant.»

«Doux Jésus! Quelle tristesse!»

«En effet, surtout que Michel se trouvait à la salle d'opération!»

«Quand comptes-tu recevoir ton congé?»

«Probablement en fin de soirée. Le neurochirurgien, le Dr. Gordon Jackson veut me réévaluer complètement lorsqu'il finira sa tournée. Jusque-là, je le comprendrais aisément, cependant ce qui m'intrigue le plus se rattache au fait que je devrai repasser une 3e résonance magnétique programmée à 17.00 h; il m'en a fait part ce matin aux soins intensifs, au retour de la deuxième. Je lui ai demandé pourquoi, et il a simplement mentionné que l'examen relevait purement de considérations académiques, parce que je me trouvais déjà à l'intérieur d'un centre hospitalier universitaire!»

Margaret, à court d'argumentation commente,

«Son explication ne semble pas te satisfaire; après tout, il ne s'agit que d'une banale vérification. L'orthopédiste Peter Fraser m'a confié que le choc a presque failli atteindre ton artère ménin….Je ne sais plus son nom.»

Son mari vient à son aide et précise,

«L'artère méningée moyenne.»

Margaret d'un hochement de la tête.

«C'est effectivement ce mot; je te remercie! Alors, en cas d'une atteinte de celle-ci, il semblerait que l'hémorragie aurait pu causer un épouvantable saignement interne, ou quelque chose de cette nature.»

«Un hématome sous-dural qui aurait comprimé dangereusement mon cerveau. En définitive, tu as peut-être raison quant à ce dernier contrôle qui permettra de fermer ce dossier. Je te lâcherai un coup de téléphone aussitôt que le médecin aura passé; tu viendras me chercher avec ta voiture. Pour quelques nuits, je devrai dormir dans mon lazy-boy à cause de mon bras gauche, et en plus, évidemment, de mes côtes cassées.»

Sa femme se relève debout, elle embrasse de nouveau tendrement, et longuement son mari.

«Bon, j'y vais. Continue à te reposer. On se revoit ce soir!»

En la saluant de sa main droite il termine,

«Salut ma chérie! Je t'aime fort.»

Il quitta les lieux, comme prévu. Sa convalescence allait s'étendre sur huit semaines consécutives incluant déjà deux ou trois d'entre elles pour sa réadaptation. En surcroît, le fait qu'il soit gaucher lui causa quelques embêtements. Il a aussi assuré son automobile en y incluant l'option « valeur à neuf », alors l'assurance couvrit tout.

Environ 15 jours après son accident, Steven reçoit un vendredi après-midi, un appel téléphonique.

«Bonjour! Puis-je parler au Dr. Steven Nicholson s.v.p.?»

«Moi-même qui vous parle; je m'adresse à qui?»

«Le Dr. Gordon Jackson, je suis neurochirurgien à l'hôpital St-Luc, et votre médecin traitant lors de votre hospitalisation. Vous souvenez-vous de moi?»

«Oui! Je me souviens même très bien. Voulez-vous bien me révéler la raison de votre coup de téléphone?» Nicholson perplexe.

«Voilà, nous avons évalué à maintes, et maintes reprises les résultats des résonances magnétiques, de même que les radiographies standards et les échographies crâniennes que je vous ai prescrites. Je voudrais que nous regardions tous ces résultats ensemble. Je vous prierais de vous rendre à la salle de réunion des radiologistes, s.v.p.»

«Vous savez bien que je n'ai pas d'expertise dans ce domaine-là; puis-je vous demander ce que vous avez trouvé de franchement anormal ou de particulier?»

«Cet échange ne peut pas se réaliser au téléphone. Pourriez-vous me fournir une date de disponibilité de votre part?»

L'autre, en riant,

«Je suis déjà en convalescence, ainsi il n'y a pas de conflit d'horaire!»

«Bon! Disons lundi prochain à 14.00 h au département de radiologie; cette suggestion vous irait-elle, Dr.?»

«Comme un gant! Rien de grave j'espère!»

«Je ne le pense pas. Même si la médecine est précise, il n'en demeure pas moins qu'il persiste des zones grises. Alors, à lundi prochain!»

«Merci! Je vous souhaite une bonne fin de journée!»

Margaret au même moment arrive au bas de l'escalier.

«Mon chéri, à qui parlais-tu au téléphone?»

«L'hôpital m'a téléphoné. L'on m'avait demandé à faire quelques banales vérifications.»

Steven se dirige au bar. Il consomme rapidement 10 onces de cognac, question d'y voir plus clair!

Lorsque Steven a ouvert la porte de la salle, une puissante, et mauvaise surprise l'assaille en constatant la présence de plusieurs personnes. En riant il baliverne,

«L'on ne m'a pas prévenu qu'il y aurait une partouze!!»

Tout le monde rigole. Le Dr. Jackson prend la parole,

«Je m'excuse de ne pas vous avoir informé de façon plus complète au téléphone. Prenez donc place dans le fauteuil en avant de vous. Peut-être connaissez-vous certains de mes invités?»

Le visiteur porte un regard attentif et déclare,

«Au moins un seul, c.-à-d., le Dr. Mervin Mendelson, un neurologue de l'Institut neurologique de Montréal, et je vous salue!»

«Moi de même Steven!»

Le Dr. Jackson poursuit,

«À ma gauche, Dr. Ronald Lewis, radiologiste rattaché à la résonance magnétique et le Dr. Gregory Jansen, radiologiste, mais ayant acquis une spécialisation additionnelle en échographie. Ces deux médecins travaillent ici. À ma droite, voici le Dr. Herman Grossman du John Hopkins' hospital, radiologiste en résonance magnétique tout comme le suivant, le Dr. Stanley Cameron de la Clinique Mayo de Boston.»

L'invité étant complètement renversé,

«Vous avez apporté avec vous toute votre puissante armada, à ce que je vois! Tout ce rassemblement signifie quoi, au juste Jésus-Christ?»

«Votre cas, Dr. Nicholson se veut probablement unique au monde.»

Il cherche à dissiper une crainte épouvantable en riant,

«Vous m'en voyez flatté!»

«Tous ces gens, Dr. Nicholson, ont vu et revu à plusieurs reprises tous vos examens radiologiques, en plus des échographies. Ils maintiennent tous l'unanimité en regard de certains points. 1) Vous avez à l'intérieur de votre crâne une sorte d'opacité mesurant approximativement 3x4 cm qui est localisée entre les deux sinus frontaux, tel que vous pouvez la constater sur les clichés placés près de moi. 2) Elle ne possède pas une quelconque explication avec votre accident récent. 3) Les différentes coupes faites en résonance magnétique démontrent bien qu'elle n'envahit pas encore les différentes composantes adjacentes. 4) Depuis la région frontale, elle s'allonge vers l'arrière jusqu'au chiasma optique. 5) De haut en bas, elle inclut le sinus sagittal supérieur, mais sans son invasion intra-luminale. Elle se termine à la lame criblée. 6) Sa texture manque d'homogénéité. 7) Nous avons affaire à une densité étant plus proche de l'os que du cartilage.»

Steven passe plusieurs fois la main droite dans ses cheveux, et il paraît quelque peu résigné, consécutivement il s'enquiert,

«Votre diagnostic?»

Le Dr. Stanley Cameron intervient,

«Là se trouve tout le problème, Dr. Nicholson.»

«Votre diagnostic le plus probable?»

Le Dr. Herman Grossman précise,

«Le manque flagrant d'une homogénéité doit sérieusement nous faire penser à un cancer osseux, tout le monde s'accorde sur ce point, mais il n'existe aucune investigation, invasive ou non, en médecine qui peut nous éclairer davantage. La densité franchement particulière devient aussi un argument de poids.»

Sur ce dernier mot, sauf Steven, chacun fait une flexion antérieure de la tête en signe d'approbation.

Le Dr. Ronald Lewis conclut,

«Nous avons révisé toute la littérature médicale et nous avons échangé avec tous les anatomopathologistes de nos institutions. La somme des données recueillies orienterait en fonction d'un cancer osseux, certes définitivement atypique, et malin dans sa présentation, où la composante anaplasique (anarchie cellulaire) l'emporterait sur celle dite différentiée (à tout le moins, une légère homogénéisation des cellules).

Nicholson, démoli, joue le tout pour le tout, comme dans une partie de poker et suggère,

«S'il s'agissait seulement d'une malformation congénitale?»

Le Dr. Gregory Jansen réplique,

«Dr. Nicholson, je n'aurais nullement besoin de vous répertorier les complications ainsi que les séquelles toutes deux inimaginables, suite à un envahissement de n'importe laquelle des structures avoisinantes par cette opacité.»

Nicholson devient subitement, complètement décontenancé, et il se lève debout tellement rapidement qu'il saisit tout le monde par surprise. Il commençait à transpirer, et manifestait de l'agitation; il argumente,

« Jésus-Christ, je viens à peine de sortir d'une situation qui m'aurait tué; et maintenant, vous oseriez m'annoncer ce damné contexte merdique!!! Effectivement, je possède un fort caractère, mais laissez-moi quand même souffler un peu! N'oubliez pas que vous dialoguez avec un simple être humain! »

Ses yeux deviennent plus que rapidement mouillés, sans équivoque et rajoutant,

« Je ne pense carrément pas que je pourrais supporter plus longtemps cette fatalité!!! Avez-vous considéré ma femme, et mes enfants!!! Si l'un d'eux nécessitait une transplantation cardiaque, oui!! Je lui donnerais le mien. Je les aime tous tellement! Comment se fait-il que la vie puisse se montrer si chiante vis-à-vis moi ?!!! »

Tous en chœur,

« Nous vous comprenons entièrement Dr. Nicholson »

Ensuite, tel un bon vieux soldat plus qu'endurci, Steven relègue au passé instantanément toute trace d'émotions. Il s'assoit lentement et se replie,

«Je tiens vraiment à m'excuser devant vous tous d'avoir perdu mon contrôle. En bout de ligne qu'attendez-vous de moi? Une biopsie à l'aiguille peut-être?»

«L'on ne peut absolument pas envisager cette technique, en raison de la proximité de ce gros sinus sagittal supérieur; et si on pénétrait à l'intérieur, ça causerait une hémorragie torrentielle. Il faut y aller sous vision directe, donc une trépanation. » Dr. Jackson rajuste le tir.

«Quand prévoyez-vous m'opérer?»

«Hier!» Le Dr. Mervin Mendelson avec un léger sourire.

«Donnez-moi quelques jours afin que j'entreprenne vite des dispositions légales. Je voudrais également que cette intervention ait lieu dans mon milieu, c.-à-d., au Royal Victoria avec le Dr. Arthur Thompson, si vous n'y voyez pas d'inconvénient?»

«Nous procéderons à ce qui est nécessaire pour lui faire parvenir tous les clichés, ainsi que les expertises de ceux ici présents, au plus tard dans 48 heures. Pour ce qui concerne l'instauration des mesures légales, je pense que votre réaction, quoique légitime, nous paraît trop exagérée tenant compte qu'il ne s'agit que d'une simple biopsie, sans plus.» Dr. Jackson s'accorde.

Steven totalement siphonné, se lève debout une autre fois, calmement à cette reprise et commente,

«Je vous demande la permission de prendre congé immédiatement. Je contacterai personnellement le Dr. A. Thompson. Je vous remercie pour tout ce travail de bénédictins que vous avez effectué, et un merci tout spécial aux Drs. Herman Grossman et Stanley Cameron d'avoir fait un aussi long voyage.»

Aussitôt que Steven a quitté l'hôpital, il communique personnellement par son cellulaire avec son notaire attitré, Henry Bernstein afin de le rencontrer pour réviser son testament et en prenant surtout soin d'insister sur la confidentialité extrême de la manœuvre. Puis, il se déplace à son bar préféré ayant pignon sur la rue Crescent où jadis, en tant qu'étudiant universitaire, il appréciait beaucoup les 5 à 7. Le barman de l'endroit, Dave Rosenberg de 15 ans son aîné, voyait en Steven les qualités des grands vainqueurs. Les deux partageaient de nombreux bons souvenirs. En le voyant, Dave comprend qu'une tragédie s'abattait sur son petit gars. Le médecin s'assoit au bar et commande,

«Quelque chose ne fonctionne pas mon cher ami?»

«Donne-moi un scotch double, tu laisses tomber, si tu veux bien.»

Il le boit d'un trait ensuite en commande un autre. Dave, inquiet,

«Je ne t'ai jamais vu dans cet état minable. Je sais que ni ta femme, ni ta famille, ni ta profession, donc ces trois ne peuvent pas expliquer ton désarroi. Il y a deux jours, tu encensais les deux premiers atouts et pour le dernier tu jubilais. Finalement, ta convalescence évolue très bien. Tu ne veux pas me répondre, oui, ou non?»

L'autre fait de même pour le 2ᵉ, puis en commande un 3ᵉ.

«Aussi loin que ma mémoire peut remonter je ne t'ai jamais observé boire de cette façon; je ne t'apprends rien en te disant que tu ne choisis pas la bonne solution. Je te connais que trop bien; tu n'aurais pas une maladie grave par hasard?»

Nicholson se lève promptement debout vraiment de mauvaise humeur, et il hurle,

«Tiens, ma femme qui se pointe ici!»

Dave ne comprend pas et balbutie,

«Quoi!? Ta femme savait que tu te trouvais à cet endroit!»

L'interlocuteur devient presque hors de lui-même; il avale le 3ᵉ verre et insulte,

«Va te faire foutre!»

Il quitte le bar pour retourner chez lui.

Le téléphone sonne à la maison. Margaret, depuis sa chambre, répond,

«Bonjour! Je suis la secrétaire du notaire H. Bernstein; au sujet du rendez-vous de M. Nicholson, ce dernier ne pourra pas....»

Margaret étonnée l'interrompt sur le champ,

«Vous parlez actuellement à son épouse!! De quoi s'agit-il au juste?»

«Je regrette madame, je dois communiquer avec lui seulement?»

Margaret choquée, se moque,

«Vous devez tout juste de sortir fraîchement de l'école, ou même pire encore, simplement effectuer un stage de perfectionnement pour faire une telle erreur!! Je vous prie immédiatement de me révéler la raison de votre appel!»

«Oups! Non! J'ai confondu le numéro de son cellulaire avec celui de sa résidence. Je ne comprends pas, on a inversé les deux numéros dans son dossier.»

Margaret fulmine,

«Venez-en au fait tout de suite!! Je n'ai que faire de vos niaiseries!»

«Votre mari a communiqué personnellement à M. H. Bernstein pour le rencontrer dans les plus brefs délais possible, c.-à-d., jeudi le 12 de cette semaine, à 11.00 h am. La rencontre ne pourra pas avoir lieu, car mon patron ne se rappelait pas que ce même jour-là il devait prononcer un discours à la chambre des notaires. Conséquemment, il m'a demandé de déplacer le rendez-vous à mardi de l'autre semaine, et à la même heure. Cette date vous convient-elle?»

L'épouse se gorge d'ironie,

«Absolument parfait!! J'en prends une sacrée note, et je vous souhaite tout particulièrement une excellente fin de journée!!»

Au moment de raccrocher le combiné, Margaret descend l'escalier et elle constate le retour de son mari. Il s'introduit dans sa résidence. Elle amorce,

«Bonjour mon aimable trésor!!! Tu arrives de l'hôpital, je présume; je ne comprends pas ce que tu pouvais y fouiner là, car tu tiens tes dossiers toujours à jour.»

Elle s'approche, l'embrasse, juste le temps de coller ses lèvres contre les siennes. Elle se rétracte rapidement pour devenir soucieuse.

«Que t'arrive-t-il mon chéri? Ton haleine pue amplement l'alcool. Tu n'as pas certes l'habitude de prendre un verre lorsque tu travailles sur le plan professionnel. Plus je t'observe, plus je constate que tu n'es pas tout à fait dans ton assiette; j'avancerais même que tu as décidément une tête d'enterrement. Parle-moi, je t'en prie!»

Démontrant de l'indifférence et ne regardant pas sa femme dans les yeux.

«Bof! Tu sais aussi bien que moi qu'il y a de ces journées que tu veux oublier rapidement.»

Le ton de Margaret se raffermit quelque peu,

«Steven dit-moi, ton rendez-vous archi confidentiel chez le notaire et ta consommation d'alcool à un moment totalement inopportun ont-ils un point en commun?»

Pour cacher sa réaction de vive colère, et ses traits tendus, son mari lui tourne presque le dos en se dirigeant vers le salon et il débloque,

«Une pure coïncidence, je t'assure.»

Margaret n'en peut plus. Elle rejoint, presque en courant, son conjoint pour lui faire face.

«Steven! Je veux que tu me regardes dans les yeux, et que tu me dises en quoi consiste le problème. Depuis que nous sommes mariés, jamais ta manière d'agir ne s'est révélée à moi aussi étrange. Tu n'as jamais eu de problèmes à me confier tes aléas de la vie, nonobstant leur degré de gravité. Je t'aime! Je vais bientôt démontrer une crise de panique. J'ai un fort pressentiment que ce que tu vas me confesser d'un moment à l'autre se veut vachement important. Parle!»

Il reste muet sans la regarder face à face. Margaret les larmes aux yeux.

«Tu ne vois pas que je souffre, qu'as-tu à la fin?!! Finiras-tu par me le dire?»

Il passe sa main droite dans ses cheveux; il l'évite pour se rendre au bar.

Margaret essuie ses larmes, ensuite elle se ressaisit, et elle adopte les schémas de comportement qui lui réussissent si bien à l'hôpital.

«Attends-moi Steven, je dois absolument faire le point, et je t'interdis de prendre une goutte d'alcool, tu m'as bien compris!!! Je ne t'ai jamais parlé de cette façon, et là, tu as dépassé infiniment les bornes!! Donc ce matin, j'ai côtoyé le mari tel que je l'ai toujours connu, et puis tu reçois un appel de l'hôpital...»

Déjà, avant même de verbaliser le mot 'hôpital' son débit verbal avait passablement ralenti; parvenue à celui-ci, elle prononça distinctement les trois syllabes.

«Idiote!!! La bataille se déroulait bien au Royal Victoria. Je vais appeler le directeur médical. Je me souviens qu'il persistait de la tension entre vous deux. Je veux en avoir le cœur net, sinon j'arrache des têtes!»

En même temps qu'elle a décroché le combiné, Nicholson, d'une voix presque agonisante informe,

«Margaret, je reviens de St-Luc.»

Elle s'exclame,

«St-Luc!!! Diable pourquoi?»

Son époux, résigné passe aux aveux,

«Ma chérie tu ferais mieux de t'asseoir.»

Ils prennent position côte à côte sur le canapé. Margaret qui n'en peut plus, éclate en sanglots. Entre-temps son mari poursuit,

«Je m'excuse mon amour, tu me vois sincèrement désolé de te causer tous ces désagréables tourments. Je t'aime plus qu'il ne faut pour t'en demander pardon; cependant, je n'ai absolument rien de joli à te faire part. Sèche tes larmes, je t'en prie!»

Quelque peu décontractée elle commente,

«Je t'écoute, et excuse-moi parce que mes nerfs ont lâché comme jamais ils ont craqué avec autant d'intensité dans nos rapports jusqu'à ce jour. Quel scénario imprévisible!»

«J'accepte tes excuses avec un plaisir inconcevable ma bien-aimée. Tu te souviens, lorsque tu m'as rendu visite dans ma chambre, je t'ai dit que le médecin avait demandé une troisième résonance magnétique juste avant mon départ?»

«Oui, tu m'as formulé exactement ce commentaire; mon souvenir reste limpide comme du cristal.»

Avec la gorge serrée, il chemine à nouveau,

«Dès la toute première résonance, ils avaient déjà découvert un problème indépendant de mon accident.»

«Que veux-tu dire au juste? J'ai de la misère à te suivre?»

«Les trois examens montrent la même chose c.-à-d., une masse juste en arrière de mon os frontal.»

Il lui décrit la réunion dans les moindres détails.

Margaret se tourne un peu, elle embrasse longuement son mari puis elle appuie sa tête sur son épaule droite en pleurant amèrement.

L'autre, les yeux pleins d'eau et tout en exerçant de petits tapotements sur l'épaule de sa conjointe.

«Ne t'en fait pas ma femme adorée, 'I will survive' tel que le chante Gloria Gaynor ; cependant, nous devons convenir de ne pas en parler maintenant à nos enfants. Il faut d'abord laisser retomber la poussière. Tu le veux bien ma chérie?»

Margaret se redresse, et le regarde dans les yeux.

«Oui Steven, je considère que tu as une bonne idée à court terme.»

«De plus, je me tiendrai à tes côtés quand on leur relatera qu'il s'agit d'une anomalie congénitale, ou sinon, très probablement un vulgaire kyste, mais qu'en raison des limitations techniques en médecine, il faut y voir de plus près. Avec cette forme simple d'explication, on pourra leur apprendre ce développement quelques jours avant l'opération, qui n'aura pas lieu avant mercredi prochain.»

Trois jours plus tard, Nicholson rencontre Arthur au Royal Victoria.

«Alors Arthur, as-tu eu le temps de faire le tour du dossier?»

«Oui! Je me demande pourquoi ils ont fait appel aux deux médecins américains. Je pense en effet que nous avons amplement le potentiel pour établir une expertise à toute épreuve.»

«Tu sais Arthur, quand on a affaire à une grande éminence…?»

«L'humilité ne t'étouffe pas, toi! Me voilà rassuré que tu le prennes de cette façon.»

«Maintenant, je dois confirmer avec toi que tu veux toujours procéder à l'opération. D'accord?»

L'ami se faisant hésitant,

«Écoute-moi bien Steven, une ambivalence m'obsède passablement en raison de notre grande amitié qui me pose un problème.»

«Pourtant, il s'agirait que d'une simple procédure. Tu n'enlèves pas des morceaux à ce que je sache. Je fais confiance qu'en tes compétences et ton professionnalisme. Notre amitié, en ce qui me concerne dans cette perspective précise, je la mets tout simplement de côté.» Le confrère ennuyé.

«Je ne sais pas. Je dois sérieusement y réfléchir encore un certain bout de temps.»

«S'il faut que je m'agenouille ici pour te le demander, je vais le faire, crois-moi sur parole! Tu oublies peut-être ma Margaret. Tu sais à quel point elle a de l'estime pour toi; d'où peut-elle bien provenir celle-ci? Franchement je n'en ai rien à cirer. Puis, lorsque Christopher se blessa à la tête dans une partie de hockey l'hiver dernier, elle t'a appelé et t'a obligé à te déplacer à St-Luc. Arthur je te le dis, si tu me fournis une réponse négative et qu'un drame allait survenir, elle ne pourrait jamais reposer en paix! Je parierais qu'elle va considérer ton objection comme une décision, totalement, totalement impardonnable. »

«L'estime qu'elle a pour moi repose sur le simple fait que j'ai vu en elle, la mère que j'ai eue. Je le sais qu'elle a agréé intuitivement et je l'ai ressenti en sa présence. De plus, je lui ai fait cette confidence à l'effet que si je divorçais, elle figurerait la toute première sur ma liste. Ne te méprends surtout pas Steven, je nage effectivement dans un bonheur avec mon épouse. En de rares occasions, j'ai l'image de ta femme dans ma tête pendant que je fais l'amour avec mon épouse. Il y avait une perle dans l'univers, et toi tu l'as cueilli. Finalement, je ne te cacherai pas que je t'ai déjà envié, cependant, pas à en faire une obsession, quand même!!»

«Bien toi! Si je ne te connaissais pas aussi bien qu'aujourd'hui, je te garantis que tu aurais eu mon poing en pleine figure!»

«À ton mariage, elle a dansé avec moi et elle m'a si bien enlacé que j'ai réagi très, mais très fortement dans mon pantalon! Dans des moments similaires lors de cocktails, ou de grands dîners, elle diagnostique avec exactitude mon niveau de bonheur, ou de malheur dans mon âme. Tu possèdes une sacrée bonne femme! Tu me vois tout à fait à l'aise d'en discuter avec toi, car chez nous, d'une façon ou d'une autre (avec les enfants), je récupère toujours mon équilibre. Finalement, oui j'accepte de faire ce prélèvement biopsique.»

Steven jubile,

«Je le savais que je pouvais compter sur toi et je t'en remercie du plus profond de mon cœur.»

«Au moins, tu as de la classe!»

Les deux rigolent abondamment. Steven a rencontré le notaire, tel que prévu. En compagnie de sa femme, il a expliqué à Élisabeth et Chris la raison de sa prochaine hospitalisation, le lundi suivant.

Steven entra dans la salle d'opération à 10.00 h am. Et maintenant, il dort profondément. L'infirmière étant en interne avec le chirurgien étendent les champs opératoires. Dans un deuxième temps, Arthur intervient,

«Scalpel s.v.p.»

Le neurochirurgien procède à une incision du cuir chevelu à la région fronto-temporale gauche, et il scie la paroi osseuse, puis il amène une rétraction de la dure-mère, de l'arachnoïde et de la pie-mère (les 3 enveloppes du cerveau). Il parvient à visualiser l'opacité observée sur les clichés de la résonance magnétique. Au moment où il fait la demande de l'aiguille à ponction biopsique, il mentionne,

«J'ai une vague impression de sentir comme une sorte de courant d'air et je considère cet inconvénient très inacceptable!»

L'anesthésiste, le Dr. Perry Buchanan observe et il a constaté que l'on a fermé hermétiquement la porte, les fenêtres et également l'arrêt complet de la ventilation.

«Arthur, tu ne dois nullement t'inquiéter à ce sujet.»

Sans qu'aucune personne ne soit pas capable de le visualiser, un Être-Lumière apparut dans la salle. Il emprunta une forme humanoïde et était vêtu d'un grand manteau de couleur or. Son visage respire une telle béatitude céleste et un halo de lumière blanche l'entoure; son corps flotte dans les airs. Il se déplace à proximité d'Arthur et de l'infirmière en interne, causant un désagrément au médecin qui dispute,

«Vous l'infirmière, pourquoi vous me bousculez au moment où je dois poser un acte demandant une haute précision?»

«Je ne comprends pas Dr. Thompson, une distance d'au moins un mètre nous a toujours séparés.»

«Me prendriez-vous pour un imbécile par hasard?»

L'anesthésiste insiste,

« Arthur, l'infirmière ne dit que la vérité. »

Il essaie de percer la masse avec l'aiguille. Il n'y parvient pas et ordonne,

«Passez-moi plutôt le scalpel, je vais découper une mince couche sur le côté latéral; ce décisif changement devrait également faire l'affaire de l'anatomopathologiste. Perry, est-ce que tout évolue normalement de ton bord, je veux dire un ciel bleu sans aucun nuage?»

«Rien à signaler Arthur. Tu peux procéder.»

Le neurochirurgien appose la lame en bordure de cette masse; il doit exercer une certaine pression, cependant le résultat tarde à se produire. Il réalise instantanément qu'il s'agit de la première fois qu'il doit faire face à une toute nouvelle lésion, conséquemment il ne peut vraiment pas évaluer avec netteté la consistance de celle-ci; jusqu'à maintenant, elle lui apparaît comme caoutchoutée. En effet, la lame semble glisser. Néanmoins, il procède à un nouvel essai. À ce moment précis L'Être-Lumière intervient et du chakra de la paume de sa main droite, il dirige un fin rayon rouge exactement sur le double tranchant de la lame, et ainsi amenant cette dernière à couper dans la masse avec la même facilité que de faire un sillon dans l'eau. En raison qu'il existait déjà une pression appliquée par le neurochirurgien, en conséquence le trajet de l'incision a complètement fauché le bord latéral et simultanément s'est dirigé obliquement vers le centre plutôt que de demeurer dans le même plan vertical. Arthur à la fois surpris, et satisfait, retire le scalpel. Au même moment, il s'échappait de cette masse un liquide abondant d'un vert scintillant. Arthur énervé, crie, «Vite!! La succion! Comment se fait-il que les examens aient passé à côté de cette trouvaille?»

Il observe à nouveau le fluide et il réalisa, avec horreur, fureur, sa qualité purulente, en raison de sa viscosité manifeste; de plus, il se répandait avec une rapidité incroyable. Il paraît savoir trop parfaitement où se diriger amenant conséquemment le chirurgien, fou de rage, à hurler de nouveau, «Bordel! Ce putain de liquide semble posséder une forme quelconque de vie, par surcroît, il se fout totalement de nous, et de nos actions.»

Quelques secondes plus tard, l'Être-Lumière envoie un rayon bleu au chakra du cœur de Steven, et ce dernier cesse de battre; l'alarme sonne instantanément. Perry s'exclame,

«Le patient a un arrêt cardiaque!! Vite les manœuvres de réanimation. Approchez le défibrillateur. Je continue à le ventiler et toi Arthur, tu viens appliquer le massage!»

«Je ne peux pas Perry, le pus déborde de partout, je dois absolument en enlever le plus possible. Cette chute de la pression artérielle va faciliter davantage la dispersion de ce maudit damné liquide. Toi, l'infirmière en interne, va-y!»

Perry regarde le moniteur cardiaque horrifié, il hurle,

«Pas possible!! Il a développé une dissociation électromécanique!»

Arthur essaie encore avec la succion d'aspirer du fluide, et du fait que rien n'avance, conséquemment, il signe toujours sa rage folle,

«Vérifiez-moi cette succion; il y a obligatoirement une fuite. En avez-vous une autre disponible immédiatement?»

L'Être-Lumière est présent sur les lieux, demeurant totalement impassible, il observe calmement. L'infirmière en externe rétorque,

«Pas dans cette salle, Dr. Thompson. Voulez-vous que j'aille dans une autre salle?»

Yvon Dionne

«Je veux une succion qui fonctionne et je la veux tout de suite! Dois-je aller la chercher moi-même ou bien vous accompagner par la main? Toute cette maudite merde m'écœure royalement!»

Le massage cardiaque se poursuit. Perry commente,

«Pourtant, j'ai examiné son tracé d'électrocardiogramme; il se révélait absolument normal. Je n'y comprends rien. J'ai 35 ans d'expérience et on ne parvient jamais à corriger ce foutu type d'arythmie en raison qu'elle correspond à celle d'un cœur mourant. On donnera d'emblée un choc de 400 watts. Grouillez-vous le cul, sapristi!»

On administre le choc électrique, sans le moindre succès; l'anesthésiste commande de nouveau,

«Préparez-vous pour une autre décharge immédiatement!!! Injectez le bicarbonate juste avant.»

Il n'y a pas un endroit du cerveau qui ne baigne pas dans le fluide qui maintenant semble figer sur place. Arthur désespéré continue à crier,

«Des compresses s.v.p. des compresses; plus vite que ça! Débarrassez-moi de cette succion.»

Il essaie d'enlever le matériel purulent avec les compresses; ce dernier n'adhère aucunement.

« Cette situation va complètement me faire perdre mon contrôle; une première dans mon existence. Je le jure que je vais botter avec force le cul de plusieurs médecins lorsque je sortirai de cette salle d'opération; je vais leur montrer, à tous ces enfants de chienne de quelle manière on pratique la médecine. »

Perry sonne l'avertissement,

«Attention tout le monde! On donne le choc!»

La manoeuvre ne fonctionne pas. Perry revient à la charge,

«Préparez-moi une seule ampoule de 1 ml d'adrénaline pour une injection intracardiaque!! Allez, encore plus vite!! Injecter un autre bicarbonate tout de suite!»

Arthur en voie de découragement jette, avec force, dans un coin de la salle, une paire de ciseaux et il se lamente,

«Il développera une méningite carabinée, comme jamais on en a décrit dans les livres. Je n'ai jamais visualisé du pus se répandre aussi vite; on aurait dit qu'on le poussait par je ne sais trop quoi ou qui. Qu'est-ce que je suis en train de déblatérer là?! Que j'accorde de la vie à cette décharge purulente, donc quelque chose diable de purement matériel!!! Je suis définitivement en train de perdre toute ma raison; et je me déconnecte puissamment de la réalité si crue au quotidien!!! Me voilà totalement, totalement désespéré.

Je suis infiniment trop, trop fatigué! Je n'en peux plus. J'aurais fait un bad trip à la cocaïne, et j'aurais obtenu un résultat moins chiant que cette situation dégueulasse.»

Jusqu'à maintenant on a administré à Nicholson tous les traitements appropriés, sans le minimum de bénéfices escomptés. Perry statue,

«Après l'injection de l'adrénaline intracardiaque, nous donnerons une troisième et dernière décharge; en l'absence de résultat, on aura fait tout ce qu'il y avait à faire.»

Même après cette dernière tentative, l'échec le plus lamentable persiste Perry questionne,

«On arrête tout! D'accord Arthur?»

Il ne parle pas et il exécute un hochement de la tête pour confirmer son approbation. De sa voix étranglée,

«Infirmière! Nous accomplissons le nécessaire pour refermer la plaie. Je vais d'abord fixer son fragment osseux. Perry, depuis combien de temps que l'arrêt cardiaque persiste?»

«Attends un peu que je regarde mes notes; 15 minutes exactement. Je fume une bonne cigarette, ensuite je reviendrai pour lui enlever toute la tuyauterie.»

Arthur, assis sur un tabouret, demeure immobile. Il enlève ses gants et son masque; alors, une profonde tristesse remplit son visage, et il pleure. Les infirmières sortent aussi de la salle. Rien ne se produit au cours des 5 minutes suivantes. Ensuite l'Être-Lumière appose sa main au-dessus de la poitrine de Steven; à peine une fraction de seconde passée, le cœur reprend un rythme tout à fait normal; par la suite, notre entité va quitter définitivement la pièce. Arthur se lève promptement debout afin de recommencer à ventiler Steven tout en hurlant avec force,

«À L'A I D E!!! Le patient a repris la vie!! Revenez tout le monde!! À L'AIDE!!!»

Une infirmière qui passait devant la porte l'a entendu. Elle ouvre la porte.

«Puis-je vous aider?»

«Rappelez vite l'anesthésiste par l'interphone; et à son arrivée, vous allez m'aider à refermer la plaie opératoire.»

Perry arrive en courant, l'infirmière en interne l'accompagne. Il argumente,

«Je n'arrive pas à y croire encore. Je te le dis, mon Arthur, je n'ai pas d'autres choix que de me soumettre à une impossibilité scientifique. Je te le jure qu'il y a un miracle en dessous de l'arrêt de son cœur. Je ne suis pas un cave, une tarte de la pire espèce. Personne sur la terre ne va me faire renier mon patrimoine scientifique!!! Toi l'infirmière, appelle tout de suite au département d'inhalothérapie pour qu'il m'apporte un respirateur mécanique type MA2 dans la prochaine minute et téléphone aussi aux soins intensifs pour réserver un lit en toute priorité.»

En regardant par accident sur le plateau qui contient les instruments, Arthur constate que le fluide a taché seulement les deux tranchants de la lame du bistouri. Il regarde l'infirmière dans les yeux en lui tenant les deux épaules avec ses mains et élabore,
«Écoute-moi attentivement!! Je vais te détailler des instructions, de la plus extrême importance.Tu vas donc apporter cette lame immédiatement à l'anatomopathologiste en personne; tu la lui donnes de main à main, et tu lui demandes de prendre une partie de ce liquide resté sur un tranchant de la lame et de le regarder immédiatement au microscope pour savoir s'il y décèle un quelconque germe pathogène puis, exprime-lui la nécessité de me rappeler le plus vite possible. Avec cette autre partie du spécimen, sur l'autre tranchant, il va le mettre en culture bactérienne et virale. M'as-tu bien compris?»
«Oui Dr. Thompson!»
Il revient à la charge,
«Toi! L'infirmière, aussitôt que tu auras tout terminé ce que le Dr. P. Buchanan t'a demandé, tu viendras m'assister afin que l'on termine la chirurgie. Il me faut une nouvelle paire de gants, en plus d'un autre masque chirurgical.»
«Oui, Dr. Thompson!»
On a refermé la plaie du patient, et le respirateur MA2 supplée à sa ventilation. On le transfère aux soins intensifs où Arthur s'y trouve déjà. Il regarde une infirmière assise au poste de service; elle s'avance,
«Que puis-je faire pour vous Dr. Thompson?»
«Pour le patient que vous venez tout juste d'admettre, M.S. Nicholson je veux un électroencéphalogramme de toute urgence; par la suite un matin et soir jusqu'à nouvel ordre.»
«O.K! Dr. Thompson. Allez-vous passer pour signer cette ordonnance au dossier?»
«Oui, merci!»
Une autre infirmière au poste de service le signale,
«Dr. Thompson, j'ai l'anatomopathologiste au bout de la ligne; il tient absolument à vous parler.»

Arthur se rend au poste et démarre,

«Dr. Thompson à l'appareil.»

«Dr. Wallace McGregor, l'anatomopathologiste en chef. Vous m'avez adressé une requête spéciale concernant un M. Steven Nicholson. J'ai d'abord regardé au microscope conventionnel, et puis au microscope électronique par balayage le fameux échantillon que m'a apporté votre infirmière. Je n'ai décelé aucun organisme infectieux quel qu'il soit. Par ailleurs, j'ai aussi fait ensemencer tout le reste de celui-ci. Pouvez-vous me dire, bordel à quel endroit vous avez prélevé ce putain de spécimen infiniment particulier et étrange?»

«Dans une structure kystique logée dans son crâne. Pourquoi?»

«Parce que je n'ai jamais vu quelque chose de comparable jusqu'à ce jour. Je l'ai également fait analyser par la chromatographie en phase gazeuse, la ligne demeura absolument plate. Afin de vous fournir un exemple, même dans le cas de l'eau distillée à 100 %, il y a au moins une légère double élévation. J'ai bien peur que ce soit une substance inconnue sur la Terre ou que l'on a découvert tout récemment, mais vraiment tout récemment, et ne figurant certainement pas parmi un des 108 éléments connus du tableau périodique. En partant de ce contexte, vous pouvez comprendre sûrement que j'ai absolument à considérer une éventuelle présence de tout microorganisme quel qu'il soit, et que l'on ne peut pas visualiser par les fréquences lumineuses adaptées aux possibilités diverses de l'œil humain; conséquemment, je ne peux pas soutenir une opinion claire, tranchante quant à la conclusion ferme d'absence totale d'infection.»

«À court terme le plus important pour moi se voulait d'éliminer une quelconque infection commune, car ce liquide-là se répandit dans tout son système nerveux central à une vitesse phénoménale. Je ne serais pas surpris d'en retrouver à la ponction lombaire!!! Vous avez fait de votre mieux; finalement, vous m'avez compliqué sérieusement la vie parce que si de telles bibittes existent, donc l'on demeure totalement, totalement impuissant. Que Dieu nous vienne très vite en aide! Néanmoins, merci pour vos efforts plus que louables.»

«Bonne journée Arthur!»

Arthur reste au même endroit; il attend le fameux tracé d'électroencé-phalogramme (EEG);au bout d'une interminable heure, il pourra enfin en faire l'analyse. Les différentes courbes du tracé prennent la même allure que celle perçue sur un enregistrement d'électrocardiogramme (ECG), lorsqu'on diagnostique une pure fibrillation auriculaire. Pour se souvenir plus facilement de ce tracé très particulier en cardiologie, Thompson mentionnait que la ligne ou chaque ligne avait la chair de poule! Pour Arthur il s'agissait certes d'une mort cérébrale officieuse ou «technique» cependant, définitivement pas officielle. Il ne pouvait pas se concentrer sur la fin de sa journée, car entre-temps, le déroulement des évènements tout au long de cette matinée l'obligeait inévitablement à rendre une visite à Margaret pour lui donner un long compte-rendu. Il ressentait une vive appréhension mortelle quant à la façon dont elle réagirait. Il se disait en lui-même:

«Sacré non d'un chien!! J'aurais pourtant tant voulu que ce satané jour ne survienne jamais, à la manière de Job de l'Ancien Testament! « Périsse le jour où j'allais être enfanté et la nuit qui a dit ' Un homme a été conçu! ' Ce jour-là, qu'il devienne ténèbres,» Jb, 3-4

La sonnerie de la porte se fait entendre à la résidence des Nicholson. Margaret ouvre et s'annonce,

«Arthur! Tu ne peux pas t'imaginer quel bonheur ta visite me procure !! Donne-toi la peine d'entrer!»

«Je te remercie, ma très chère Margaret. Quelle belle après-midi!!»

Ils se dirigent vers le salon, ils s'assoient l'un en face de l'autre.

«Ta journée à l'hôpital a-t-elle déjà pris fin!?» Questionne Margaret.

«En effet, j'avais cédulé que Steven au programme.»

«Excuse-moi, j'oubliais; veux-tu boire quelque chose Arthur?»

«Je te remercie Margaret, mais je n'ai pas soif.»

«Comment l'intervention se déroula-t-elle? Tout d'abord, crois-tu que ce soit cancéreux?»

«Tu sais bien que je ne peux pas te fournir une réponse précise à ce sujet; à ma première impression, je redis bien une impression, il ne me semble pas qu'il s'agisse d'un cancer quelconque.»

Folle de joie, Margaret s'élance vers son Arthur qui se redresse debout instantanément; les deux s'enlacent; elle l'embrasse sur la joue droite:

«Tu ne peux pas t'imaginer comme je déborde de joie. J'ai fait du sang d'encre noir toute la matinée. Je craignais le futur comportement de mon mari. Depuis que je le connais, il n'a jamais pris suffisamment d'alcool pour que quiconque ait pu s'en apercevoir; ce cancer aurait engendré une situation complètement différente. Enfin, ce dénouement nous permet de passer à autre chose.»

Les deux reprennent leur place initiale.

«Espères-tu qu'il pourra quitter l'hôpital d'ici la prochaine fin de semaine?» Intervient l'épouse.

«Je ne crois pas Margaret.»

«La procédure de ce matin, tel que mon Steven me l'a décrite, consistait seulement à prendre une biopsie à l'aiguille sous la vision directe, oui ou non?»

«On a dû modifier quelque peut l'approche, en utilisant un scalpel, parce qu'avec l'aiguille, l'on n'aboutissait nulle part; car je me figurais, après plusieurs tentatives que la technique avec l'aiguille aurait nécessité une trop grande pression.»

«Si ta première impression rejette la thèse d'un cancer, alors tu n'as probablement pas enlevé toute la masse, ou bien je me trompe?»

«Tu as parfaitement raison, et tu persistes à montrer ton intelligence, comme toujours d'ailleurs. Nous avons décidé de la laisser en place. De toute manière, dans la perspective d'une néoplasie maligne nous n'aurions pas pu faire davantage.»

«Alors, où se situe le problème!?»

Arthur se fait un peu plus hésitant, mais procède,

«Il faut que je te dise une chose. La séquence des évènements nous a échappé quelque peu.»

L'épouse ajoute déjà un soupçon de fermeté,

«Ne me dis pas que Steven est mort sur la table d'opération!»

«Évidemment que non! Où vas-tu chercher une pareille stupidité?»

«Excuse-moi Arthur, j'ai terriblement les nerfs trop à fleur de peau ces jours-ci.»

«J'accepte tes excuses, tu le sais bien.»

«Quel élément a contrarié ton plan de match?»

«À l'exploration, il s'agissait d'une sorte de kyste duquel il s'échappa un drôle de liquide.»

«Comment se fait-il que subitement tu te permettes de nager dans une forme d'imprécision?! De tous les examens que vous avez effectués, vous ne pouviez pas retenir le moindre indice de ce que tu me décris à l'instant?»

«Non! Absolument pas!»

«Ah là!! J'ai de plus en plus de difficultés à te suivre. Tout d'abord, pourquoi tu qualifies ce liquide de drôle?»

«Parce qu'il possédait une couleur pastel, en médecine, ce fait relève de l'extraordinaire, même du 'jamais vu'.»

«Pourtant ce drôle de liquide, tu l'as certainement tout enlevé avec la succion.»

«À vrai dire, je n'avais jamais eu le temps. Il se répandait à une vitesse incroyable!»

«Tu as bien raison. En tombant par terre, tu n'avais ni le temps, et ni la nécessité de l'enlever par succion.»

«Pas une seule goutte n'a touché le plancher. Il se répandit partout à l'intérieur de sa tête.»

Margaret sursaute,

«Tu me dis quoi, là!!? Nous parlons de la vie de mon mari, et tout ce que tu trouves pour argumenter ton approche c'est que tu n'as pas eu le temps d'agir!!!»

«Margaret, je te supplie de ne pas t'emporter car je trouve déjà la situation déjà assez difficile, en ce qui me concerne. Tu vas très probablement trouver la prochaine question vraiment hors contexte, cependant à ta connaissance Steven a-t-il eu de temps à autre des inquiétudes ou des troubles touchant son cœur?»

«Pourquoi cette question? Non, à ce que je sache. Plus j'y pense, plus je considère ta question complètement niaiseuse. Tu sais aussi bien que moi que mon époux avec l'entraînement physique rigoureux qu'il s'impose, en plus du fait qu'il court à une vitesse de 10 km en quinze minutes sur son tapis roulant, donc en définitive ses performances excluent totalement une forme de maladie cardiaque, ou bien je ne me retrouve pas devant toi aujourd'hui. Alors, crache!»

Arthur essaie de rester calme, il démontre beaucoup de difficultés.

«Merci Margaret! Ta réponse me soulage énormément.»

«Ah bon! De quelle façon?» Elle se calme un peu.

«Moi, l'anesthésiste, et le cardiologue nous avons retenu les trois aspects suivants, c.-à-d., l'angine silencieuse, un spasme de ses coronaires, et un caillot sanguin obstruant la circulation cardiaque. Maintenant, il ne reste seulement que les deux dernières possibilités qui puissent paraître encore plausibles.»

Margaret cogite pendant un moment, ensuite elle clame tout haut,

«As-tu perdu la tête?!!!! À quoi peut bien rimer toute cette maudite merde?!! Êtes-vous certain que vous avez opéré le bon patient, parce qu'à compter de maintenant, je ne te reconnais plus du tout Thompson, actuellement, dans ta façon d'agir?! Tout d'abord un drôle de liquide. Peux-tu me dire Arthur ce qu'il peut bien y avoir de drôle dans une sacrée salle d'opération?! Ensuite, ta liste d'épicerie des diagnostics cardiaques. As-tu bu Arthur? As-tu fumé un joint de marijuana ou tiré une ligne de coke avant d'entrer chez moi? »

Thompson, tout comme un jeune agneau entrant dans l'abattoir.

«Au moniteur cardiaque, il est apparu une dissociation électromécanique; l'anesthésiste n'en revenait tout simplement pas.»

Margaret s'arrête un autre instant, et elle mijote. Elle sait trop qu'elle a entendu cette expression il n'y a pas si longtemps. Par bonheur, tous les souvenirs réapparaissent rapidement.

«Margaret, as-tu entendu ce que je t'ai dit? Comment réagis-tu? Dis-moi quelque chose à la fin!!!!»

En elle-même elle se disait «l'occasion me revient!», ce fut lors d'un cours avancé en réanimation cardiaque qui était destiné aux médecins et aux infirmières et qui dura trois jours, dans un hôpital de Boston. On a passé en revue toutes les arythmies, et relativement à celle-ci, le chargé de cours, un cardiologue de profession, signifiait clairement que personne, dans toute l'histoire de la médecine, et dans le cadre d'une réanimation par une approche externe, donc personne ne survivait. Elle s'étonna qu'elle réagisse de cette manière tout en mettant habilement de côté toute la composante affective, et sentimentale.

«Margaret, vas-tu enfin me répondre?»

Elle prend un grand élan procurant une verbalisation qui sera en mode crescendo,

«Mon mari a fait un arrêt cardiaque!»

«Je t'avoue que oui, mais il s'en est sorti.»

Bouillante de colère,

«Dans quel état résiduel je te pris?»

Arthur cafouille passablement,

«Le premier tracé de l'électroencéphalogramme qui a été effectué aux soins intensifs ne démontre pas du tout des ondes rectilignes, je te le jure; j'ai par ailleurs jugé l'amplitude passablement faible.»

«Que veux-tu dire, d'une manière très limpide?»

«Une mort cérébrale «technique», mais pas officielle, pas encore.»

Toujours affreusement en colère au grand désarroi d'Arthur.

«Donc en résumé si je comprends bien, Jésus-Christ je te confie la vie de mon Steven à laquelle, se greffait une banale biopsie à effectuer. Je te confie mon mari qui possédait un cœur solide à toute épreuve. Le résultat final, c'est que j'aurai qu'un homme végétatif qui avalera des mouches parce que sa bouche restera ouverte en permanence, et qui a fait un arrêt cardiaque qu'il n'aurait jamais dû faire.»

Arthur se lève debout, en demeurant excessivement coincé.

«Ne sois pas si sévère; il y a eu tellement d'imprévus incontrôlables!»

Margaret se lève également debout pour le regarder dans les yeux.

«La cerise sur le sundae est à l'effet que tu as le culot, trou-du-cul de démolir affreusement, horriblement mon cher Steven, en lui servant des imprévus à la tonne, toi à qui je vantais tes compétences à qui voulais l'entendre et surtout à mes enfants.»

Arthur désespéré.

«Tu ne comprends donc rien! Comment peux-tu me crucifier avant de connaître tous les faits véritables. Pour ce qui concerne de ce fameux liquide, même notre anatomopathologiste n'avait jamais examiné un tel spécimen tellement il croyait qu'il provenait d'un contexte extra-terrestre.»

«Vous devenez complètement fous, cinglés vous autres les médecins, ma parole!!! Avoir recours à quelque chose de spatial pour s'en sortir. J'en connais que l'on a dû interner sous la haute contrainte dans un milieu psychiatrique de troisième ligne pour moins que ta bavure!!! Tu me déçois infiniment Arthur! Tu m'écœures royalement!»

«Margaret tu n'as qu'à appeler le Dr. McGregor; il va te confirmer ce que je viens de t'apprendre. L'anesthésiste a aussi demandé une consultation en cardiologie pour analyser le tracé d'électrocardiographie enregistré durant l'opération de Steven. Le cardiologue est demeuré bouche bée de voir apparaître cette dissociation alors que tous les autres cycles cardiaques précédents se révélèrent normaux. En fait, l'arythmie apparut comme dans un ciel bleu. Aucun des prélèvements sanguins déjà effectués, et ni l'évolution de l'induction de l'anesthésie, ni tous les paramètres notés par le Dr. Perry Buchanan, rien, rien ne pouvait laisser prévoir cette éventualité catastrophique. Le cardiologue, revint à nous plus tard, et après avoir conversé avec des sommités sur l'Internet, il nous a bien certifié que le renversement de cette arythmie constituait une première dans l'histoire la médecine; qu'on n'avait jamais publié rien du genre dans les revues médicales de tout acabit. Tu dois me croire Margaret.»

«Va te faire foutre!»

En prononçant le dernier mot, elle lui sert une foudroyante gifle au visage avec un retour aussi ferme. Arthur fait quelques pas dans le but de quitter.

«T'ai-je dit de partir? J'ai encore affaire à toi!»

Arthur court presque, en direction d'elle, et l'empoigne au niveau des deux épaules; il hurle vraiment bruyamment,

«Ma maudite folle surtout écoute-moi bien! Tu vas fermer ta grande gueule pendant que je vais tout t'expliquer. Tu es certes mieux de fourrer mon avertissement dans ta petite cervelle d'oiseau dégénéré, et aussi tellement con!!! Absolument rien ne m'a paru normal dans cette salle d'opération,

à commencer par un courant d'air venant de nulle part au moment où je m'apprêtais à toucher au kyste, puis ce foutu liquide qui semblait contenir de la vie, ensuite l'arrêt cardiaque, une énigme jamais résolue, puis son cœur qui redémarre seul, et spontanément; tu deviens tellement aveuglée par ta rage haineuse, démoniaque que tu te refuses systématiquement à analyser cette impossibilité réalisée. Finalement, l'anatomopathologiste fut tellement surpris qu'il se demandait si je ne lui avais pas joué un sale tour, tant il démontrait de l'étonnement. Alors si tu veux demeurer honnête, tu vas devoir gifler tout le monde, et pas seulement moi!!!!!!»
Consécutivement, il relâche son emprise.
«Te rappelles-tu qui je suis? La fille du richissime industriel Tom Gates. Parmi un de ses meilleurs amis, il y a le renommé avocat Kenny Dryden de la firme d'avocats d'Ogilvy. Avec les milliards de mon père, et les avocats de cette firme, je vais te poursuivre en justice, je vais te ruiner, te jeter dans la rue toi et ta famille, je vais t'écraser comme j'écraserais une petite vermine avec mon talon. Et je vais aussi te faire radier à jamais de ta profession; je te le jure sur la tête de mes 2 enfants. Maintenant, fous le camp vite d'ici!»
Margaret monte jusqu'à sa chambre s'allonge à plat ventre dans son lit et pleure sans arrêt avec une rage sans précédent. Lorsque les enfants entrent le soir, elle est venue à eux avec les yeux tellement rouges que pour un bref instant ils ressentirent la peur. Elle leur raconte tout en détail. C'est à trois maintenant que l'on pleure si longuement dans les bras des uns et des autres. Élisabeth ajoute,
«Je vais t'épauler maman. À la faculté de droit, ils connaissent tous les juges et je trillerai sur le volet celui qui se voudra le plus impitoyable, le plus sans-cœur; je n'aurai de repos que lorsque ce neurochirurgien viendra licher mes bottes, et me suppliant de lâcher prise sur lui et sa famille!!!»

Le lendemain après-midi, un huissier se rend au Royal Victoria, et remet en main propre à Arthur un document légal, et dans lequel on mentionne, avec copie jointe, qu'une procuration liant les Nicholson, autorise l'un à gérer les biens de l'autre, et d'assumer toutes les décisions quelles qu'elles soient, dans le seul intérêt de l'autre, advenant que ce dernier souffre d'une quelconque condition physique et/ou mentale ne lui permettant pas de voir à ses obligations, toute nature qu'elle quelle soit. Le même document ordonne au Dr. Thompson de ne plus agir, à compter de la réception dudit document, à titre de médecin traitant de Steven. Arthur a connu une difficulté incroyable à s'entendre avec un de ses confrères pour prendre charge de son patient. Le Dr. Alexander Powell a fini par abdiquer pour des raisons de dignité humaine.

Margaret a demandé à ses supérieurs un congé sans solde, et pour une période indéterminée, avec le maintien en force de toutes les clauses de son contrat, et nonobstant la convention collective. Sa toute première priorité concernait ses enfants. Elle a engagé un psychologue, et un psychiatre et leur exigeant, bien que sur appel, une entière disponibilité en tout temps car la rémunération proposée faisait qu'ils ne pouvaient pas refuser. Sur le plan académique, elle a adopté, ipso facto, des dispositions extraordinaires dès la rentrée, à l'insu de ses ouailles, afin qu'elle puisse obtenir l'information pertinente en tout temps en regard du moindre changement quel qu'il soit. Aux soins intensifs, elle engagea sous contrat deux infirmières licenciées compétentes, et en permanence 24/24. Par contre, la maison demeurait affreusement grande, vide, et froide. N'eût été de Christopher et d'Élisabeth, elle l'aurait déclaré en vente immédiatement! Elle ne dormait plus dans la chambre des maîtres, plutôt dans celle des invités. On plaça l'auto de Steven au fond du garage, et recouverte d'un tissu protecteur. Les enfants bientôt quitteraient définitivement la maison, alors qu'allait-elle faire devant ces deux autres absences? Finalement, elle devait également à tout prix redonner un sens à sa vie; sur quelles bases? Lorsqu'elle ruminait trop, le jour ou la nuit, elle se dirigeait au chevet de son conjoint, car elle possédait un accès privilégié en tout temps. Elle faisait parcimonieusement sa toilette, lui prodiguait des nombreuses caresses interminables; elle l'embrassait sur une joue avant de prendre congé. Cette abrutissante, macabre, inhumaine routine s'est poursuivie durant plus de 6 mois.

L'électroencéphalogramme hebdomadaire démontrait tout au plus une augmentation de deux fois l'amplitude de ses ondes cérébrales, et de manière randomisée, donc à peu près pas d'indice de la restructuration des cellules nerveuses. Durant cette même période, Margaret a intenté des poursuites au droit civil contre Arthur, et a fait parvenir une copie conjointe accompagnée d'une demande formelle d'enquête auprès du Collège des médecins; advenant un échec devant ce dernier elle irait en appel devant le Code des professions. Thompson de son côté a été hospitalisé en psychiatrie en raison de sa tentative de suicide qui avait presque réussi; maintenant, son psychiatre assure tout le suivi en externe. Durant la 25e semaine postopératoire, Steven a démontré qu'il luttait contre le ventilateur mécanique MA2, indiquant ainsi qu'il remontait des profondeurs. Au cours de ces 48 h, c'est l'équipe médicale entière qui a progressivement réduit sa dépendance psychologique vis-à-vis le respirateur, puis on retira le tube endotrachéal. Il respirait maintenant de lui-même, et il continuait aussi à dormir. Les électroencéphalogrammes de contrôle demeurèrent stables. Conséquemment, l'administration de l'hôpital R.V., et conjointement avec le médecin traitant, a convoqué Margaret pour lui dire que l'on transfèrerait son époux dans un centre de longue durée. Durant cette réunion, elle les informa qu'elle aménagerait chez elle une chambre spécialement adaptée à ses besoins, et leur a demandé de patienter au maximum un mois, le temps de débuter, et de compléter les rénovations; elle alla même au-devant d'eux pour préciser qu'elle honorerait tous les frais encourus pour le mois additionnel au Royal Victoria. Le cœur en purée, le même jour elle a rendu visite à son mari sur l'étage des patients chroniques, et dans une chambre privée, à sa demande. La tête appuyée sur l'épaule droite de son conjoint, à haute voix,

«Je te l'affirme! Tu vas mourir chez nous!»

L'Être-Lumière surgit dans la chambre; il projeta une lumière d'un blanc immaculé au sommet du crâne de Steven, et en même temps il a fait en sorte que sa composante émotionnelle soit au neutre, le temps que ses cellules cérébrales acquièrent leur pleine vitesse de croisière. Le patient ouvre les yeux. L'entité aussitôt quitta l'endroit.

«Je me considère encore trop jeune!»

Margaret a bondi aussi rapidement qu'une sauterelle excessivement apeurée; médusée, elle a jeté vivement son regard au visage de son cher époux.

«Je t'ai toujours aimé Margaret!»

«Oh! Steven!»

Elle éclate en sanglots; elle l'embrasse passionnément tout en pleurant.

«Je deviens folle ou bien, il me faudra accepter de l'être effectivement. Le tracé d'électroencéphalogramme demeure plat, je le sais! Je viens tout juste de le lire! Là, tu me parles!!»

«Je te l'ai toujours souligné, l'important concerne essentiellement l'état du patient. Comment vont les enfants?»

Margaret se redresse, essuie ses larmes, dévore son mari de ses yeux.

«Ton absence s'avéra extrêmement dure pour eux. Pas un seul jour ne s'écoula sans qu'ils laissent échapper quelques larmes, et à chaque fois, mon cœur palpitait comme un coq qu'on égorge.»

Steven essaie de se mobiliser.

«Ma chérie, aurais-tu l'amabilité de m'aider à me redresser afin que je puisse m'asseoir dans le lit, parce que mon bras gauche demeure encore douloureux.»

Elle se précipite pour l'aider puis, elle se place près de ses jambes, et pleure légèrement.

«Mon amour, j'ai cru mourir de chagrin! J'ai failli vendre la maison!»

«J'ai hâte de revoir Arthur. Je veux le remercier d'avoir accompli un si bon travail; sans lui peut-être que j'aurais trépassé!»

Margaret subitement pleure à nouveau, avec intensité, et accompagnée d'une agitation extrême.

«Pourquoi tu pleures ma bien-aimée? Qu'ai-je bien pu te dire pour te blesser?»

«Excuse-moi mon Steven, tu me vois tellement bouleversée, heureuse et oui! Soulagée!!!» Parmi les sanglots.

«Je te comprends tellement. Approche ici que je goûte à tes lèvres si sensuelles.»

Ils s'en mettent plein la gueule. Au même moment, le Dr. Alexander Powell s'apprête à s'introduire dans la chambre et il balbutie,

«Oh! Excusez-moi, j'ai dû me tromper de chambre!»

Ils le voient quitter.

L'épouse ajoute plusieurs caresses à son visage et descend du lit.

«Alors, que comptes-tu faire?»

«Il n'y plus grand-chose qui puisse me retenir ici.»

Le Dr. Powell fait de nouveau son entrée, et il est tellement surpris qu'il en échappe le dossier du patient par terre, et demeure bouche bée sans arrêt. Son malade le regarde et lui parle,

«Voici votre patient. Comment expliquer cette résurrection?!! Je ne le sais pas plus que vous. Il faudrait peut-être que vous fassiez vérifier votre équipement!»

Powell a retrouvé la parole et argumente,

«Extraordinaire! Absolument incroyable! Pourtant, le tracé de ce matin demeurait presque plat, ne démontrant rien en termes de régénérescence nerveuse; de plus, l'examen neurologique produit aussitôt après le tracé confirmait parfaitement l'EEG. Je ne peux absolument pas fournir aucune explication qui soit logique, sauf pour soulever une hypothèse selon laquelle toutes les cellules de votre cerveau se sont retrouvées comme profondément endormies, sans avoir eu à ne subir, en aucune façon, des altérations, et il se produisit une synchronisation de masse, sur le même principe que lorsqu'on se réveille brutalement. Mais je n'aime pas le mot 'endormies' je dirais même davantage qu'elles acquirent en raison spécifiquement du déroulement des évènements, une sorte d'équilibre, comme sur un fil d'acier, entre la récupération fonctionnelle et le point de non-retour, c.-à-d., de souffrances cellulaires, et……De la mort de celles-ci. Le prochain EEG devrait nous revenir dans les limites de la normale.»

«Dr. Powell, comme je me porte très bien, verriez-vous une objection à signer mon congé aujourd'hui.» Souligne le patient.

«Pour vous dire franchement, votre requête paraît plutôt précipitée. Il y a moins de 15 jours, vous respiriez toujours sous assistance mécanique! Nous pouvons établir un certain compromis. Je procède à un examen neurologique complet, et si je ne décèle rien, mais absolument rien, alors je m'incline, à la condition de me revoir dans deux jours; à ce moment-là on va refaire un EEG de routine, en plus d'un examen neurologique complet.»

«Entièrement de votre avis!!!»

Le Dr. Powell s'exécute d'une façon méthodique; il ne parvient pas à mettre le doigt sur le moindre déficit verbal, moteur et sensitif.

«Je réitère donc ma décision de vous signer votre congé.» dit Dr. Powell.

Steven avec l'aide de sa femme descend du lit; il pose les deux pieds en même temps sur le plancher, et aussitôt il s'affaisse presque sur ses genoux. Margaret folle d'inquiétude hurle,

«Steven! Qu'as-tu ?»

Il ne s'en fait pas outre mesure. Il poursuit ses efforts; il parvient à une extension complète des articulations, et finalement ses membres inférieurs atteignent la rectitude.

«Je te prie de ne pas t'en faire pour des riens chérie!! Je t'assure, et je vais t'expliquer. Depuis la dernière fois que j'ai marché en station debout, les muscles de mes jambes, de mes cuisses, et incluant aussi tous les autres muscles qui participent à la marche s'atrophièrent. Lors de ma 2e année d'entraînement dans les hôpitaux, un orthopédiste possédant aussi la fonction de chargé d'enseignement m'a informé d'une façon à la fois colorée et également humoristique que les muscles inutilisés fondent comme de la neige au beau milieu d'un été torride, et ils se raffermissent à la même vitesse qu'une fleur dans un désert aride. Mon cerveau a enregistré les sensations de ma dernière station debout et il s'attendait à recevoir le même message; mes muscles ayant diminué de volume, il a dû se réajuster de façon expresse en ce jour. »

«Tu m'as fait si peur pendant un court instant mon tendre amour! Si tu veux m'attendre, je retourne à la maison; je te ramène du linge.»

Les Nicholson entrent au bercail, les enfants s'y trouvant déjà depuis une quinzaine de minutes. En revoyant son père, Christopher se dépêche moyennant un grand élan qui a failli faire tomber Steven vers l'arrière, puis il l'enlace, les larmes aux yeux.

«Oh! Papa comme il fait bon de te revoir. Tu m'as tellement manqué!»

Le fils se rétracte quelque peu et s'interroge,

«Comment se fait-il qu'en un éclair tu ailles aussi bien, et pour ne pas dire normalement, surtout aussi vite?»

«J'ai peur mon fils qu'il reste des questions sans aucune réponse; par surcroît, j'ai manqué tout le spectacle!!! Je voudrais t'exprimer que toi aussi tu m'as manqué, cependant le propos sonnerait faux puisque je demeurais toujours inconscient.»

Élisabeth depuis sa chambre, a constaté une effervescence verbale à l'étage inférieur; piquée par sa grande curiosité, elle descend l'escalier forcément avec une légère flexion de la tête vers le bas, de telle sorte qu'à l'avant-dernière marche elle la redresse, elle voit son père, et elle crie,

«Papa!»

Elle s'écroule au bas de l'escalier. Steven ayant pressenti sa réaction a pu s'avancer à temps pour agripper les épaules avec ses mains tout en grimaçant pour amortir le choc au sol. Margaret crie à son tour,

«Ma petite fille!»

S'adressant à son frère,

«Vite Christopher!! Va chercher un coussin pour mettre sous sa tête.»

Le père, les larmes aux yeux, marmonne,

«La pauvre, quelle intensité de choc! Ma petite Princesse! Reprends vite conscience.»

Élisabeth ouvre les yeux, elle tente de se relever; son père la retient.

«Élisabeth! Ne bouge pas! C'est encore trop tôt.»

Elle éclate en sanglots; elle parvient à communiquer,

«Oh! Papa prend-moi dans tes bras je t'en conjure. J'ai eu tellement de chagrin, tu ne pourras jamais t'en faire une idée.»

Son père obéit, en grimaçant encore.

«Ton message me va droit à mon cœur ma petite Princesse. Tu vois, je suis revenu; le cauchemar se trouve derrière nous!!! Allez maintenant! Je vais t'aider à te relever….tu y parviens.»

Élisabeth continue d'essayer de communiquer à travers ses pleurs,

«Je t'aime tellement mon papa!!! Comment se fait-il que tu paraisses passablement en forme bien avant le temps projeté?»

«Il me semble que je viens d'entendre la même chose il n'y a pas si longtemps. C'est une très longue histoire, et pour l'instant j'ai une faim de loup. Je crois bien que j'avalerais toute une longe de T-bone. Tu permets Margaret que j'aille m'étendre dans le salon, je ressens une certaine fatigue; quelle rude journée, cependant je nage dans un bonheur vraiment extatique!?»
«Mon très cher amour fait comme chez toi; une bière en passant?»
«Une bière? J'en boirais une 24, mais froide!»

Le lendemain matin, aussitôt que les enfants les quittèrent, Margaret va rejoindre son époux dans la salle de musique. Il s'allonge dans son lazy-boy, et elle s'assoit en face de lui, mais dans un axe oblique.
«Steven, je dois t'informer de quelque chose d'excessivement grave, je te préviens tout de suite, je n'avais pas le choix d'agir ainsi parce que mon amour pour toi n'a pas de limites, et je pense que tu pourras comprendre mes gestes.»
«De la façon dont tu parles, on croirait que tu as tué quelqu'un.»
«Pas tout à fait. Après ton opération effectuée par Arthur, ce dernier m'a rendu une visite de courtoisie pour m'expliquer que la chirurgie devint vachement compliquée.»
«Te fous-tu de moi quand tu parles de cette façon?»
«Absolument pas. Pour te faire un court récit, il m'a avoué qu'il y a eu plusieurs imprévus et pas toujours contrôlables. Tu me connais, déjà là je ne portais plus à terre, tant que je rageais!! Tu parles!! Jouer ta vie sur un manque de projections; mais le plus grave s'en vient.»
«Le plus grave? Que veux-tu dire par ces mots?»
«Reste bien assis dans ton fauteuil, et surtout ne t'énerve pas!!! Tu as fait un arrêt cardiaque d'une durée de 20 minutes.»
L'époux, debout, hurle puissamment,
«Un arrêt cardiaque de vingt minutes!!!! Bordel!! Tu débloques comme jamais! L'as-tu bien entendu te dire cette chose épouvantable?»
«Absolument certaine!! L'anesthésiste a confirmé ce trouble du rythme cardiaque en mentionnant une dissociation électromécanique complète.»
«Jésus-Christ! Je me déplace aujourd'hui même aux archives pour prendre connaissance du protocole opératoire, et du compte-rendu en entier de l'anesthésiste. Avec cette arythmie si spécifique, je devais absolument mourir!!! Thompson t'a-t-il révélé de quelle façon l'anesthésiste et/ou le cardiologue a/ont normalisé mon rythme cardiaque?»

«J'ai appris exactement la même chose lors d'une fin de semaine en cardiologie. Pour en revenir à ton cœur, il a redémarré spontanément, parce que tout le monde avait déjà quitté la salle d'opération après cette ressuscitation infructueuse.»

« **Q U O I !** Mais tu délires à plein tuyau ma parole!! Pour qui me prends-tu pour avaler de telles élucubrations?!! Un jeune enfant avec sa couche aux fesses, qui n'est pas encore propre et qui va accepter tout spontanément sans questionner. Peut-être un maudit psychotique dégénéré ayant des hallucinations auditives. Tu ne vois donc pas que j'aime mieux croire au Père Noël.»

«Selon Arthur, il survint une pagaille tellement épouvantable que tout a pris une allure surnaturelle. Quand il m'a rapporté toute cette maudite merde, j'ai presque failli le tuer, je te le jure!» Margaret pleure.

«Tu me vois profondément désolé, ma Margaret, cette surprise m'a fait sortir de mes gonds tant elle s'avère absolument insupportable, et je tiens à te rassurer à l'effet que j'ai réagi par l'entremise purement de mon instinct de survie. Maintenant, la fin de l'histoire va ressembler à quoi?»

«Durant les 25 semaines, ton EEG quotidien demeura toujours presque plat jusqu'au moment de ton réveil soudain, et évidemment inattendu.»

«M'as-tu tout raconté?»

«Steven! J'en suis arrivé à la conclusion que ta vie a reposée sur des imprévus plus un arrêt cardiaque qui ne devait pas survenir. Toi-même tu as présenté une grosse réaction de surprise en l'apprenant.»

«Ton raisonnement tient la logique, et je l'approuve d'emblée. Y a-t-il autre chose?»

«Dans ma colère démentielle, je l'ai giflé d'aplomb et j'ai démarré des poursuites au civil de même qu'une requête formelle d'enquête auprès du Collège des médecins.»

Margaret craignait énormément qu'il la désavoue totalement.

«WOW!!! Tu as foncé à pleine vapeur, et sans mettre les gants, mais je veux que tu saches que j'aurais fait la même chose.»

«Oh Steven! Ta réponse me comble infiniment de joie, tout en sachant que je me réfère à ton meilleur ami.»

«Je ne te cacherai pas que ce long déroulement m'afflige énormément d'autre part, tout comme toi, je ne peux pas tolérer aucun compromis, quel qu'il soit en regard de notre amour que nous éprouvons, l'un pour l'autre, tu me vois encore plus intraitable lorsque celui-ci fait face à un danger gravissime. Puis-je te poser une question difficile?»

Au même moment où elle asséchait ses larmes.

«Ne te gêne surtout pas! Je te donne carte blanche!»

«Tenant compte des divers développements qui survinrent depuis hier, que penses-tu faire maintenant?»

«Sincèrement, là je ne sais plus vraiment trop. Aurais-tu une suggestion à me proposer?»

«Tu conviendras très certainement que pour prouver les dommages, tu devras gravir une très haute montagne, même trop haute.»

«Je te l'accorde spontanément! Donc, la poursuite au civil n'a plus sa place, oui ou non?»

«En effet, tu vas simplement te casser le cou en plus te couvrir de ridicule. Pour ce qui concerne l'enquête par le Collège, il s'avère impossible de faire marche arrière. Cependant, en leur signifiant l'arrêt des procédures légales au Civil, ils deviendront moins incisifs, advenant un éventuel blâme contre Arthur. Je te suggère cette conduite.»

«Mon incomparable amour, considère que tes deux suggestions, je les ai déjà expédiées.»

«Je ne voudrais pas que tu te fasses trop de bile concernant Thompson Évidemment, il ne va pas t'embrasser passionnément, d'où la blessure se voudra passablement longue à guérir. Il peut facilement faire la part des choses, et le plus important encore, il a le cœur à la bonne place. Je ne t'apprends rien en te disant que je ne placerai pas ma tête entre l'arbre et l'écorce; par ailleurs, tu as suffisamment de classe pour savoir où, et quand le rencontrer pour faire tes représentations pour vous entendre.»

«Tu peux compter sur moi, mon charmant époux. Je lui élaborerai ma très grande désolation, en ne demeurant, en aucun temps, fautive.»

Lorsque le Dr. Thompson reçut la révocation de l'action en justice, il ne connaissait pas encore la nouvelle condition de Steven, demeurant cloîtré chez lui, et effectuant la navette qu'entre son domicile et le service externe de psychiatrie tout en remplissant quelques obligations quotidiennes ou mensuelles. Il décida de téléphoner à Margaret,

«Mme Nicholson?»

«Oui, à qui ai-je l'honneur de parler?»

«Arthur!»

«Excuse-moi, je n'avais pas reconnu ta voix.»

«Dois-je te remercier pour l'annulation de la poursuite civile?»

«Tu n'as pas nécessairement à le faire, car rien ne devint drôle pour nous deux au cours des derniers mois.»

«Pourquoi as-tu posé ce dernier geste?»

«Parce que Steven, je le sens heureux maintenant.»

«Mes plus sincères condoléances!»

«Non Arthur! Il est guéri!»

«Ton humour noir me fait aussi mal que ta gifle; puis, tu peux le mettre là où je le pense. Prendre plaisir à faire du mal aux autres, c'est un aspect de toi auquel je n'aurais jamais cru. Je vais raccrocher!»

«Je te dis la pure vérité Arthur! Il a fait son entrée dans la maison depuis quelques jours.» Margaret pleure.

«À ce moment-ci, il doit courir vraiment à fond de train sur son tapis roulant, je suppose! Ton bordel de coup de théâtre, je ne le trouve pas suffisamment pathétique.»

Elle se ressaisit rapidement.

«Apprécieriez-vous une conférence à trois, Dr. Thompson?»

«Dans ton arrogance, tu ne lâches pas prise, ma salope!»

De la cuisine, elle interpelle son mari,

«Steven! Arthur est au téléphone!»

L'époux sans dire un mot, se dirige vers le téléphone du salon.

«Comme dissociation de la réalité, il s'avèrerait trop difficile de faire mieux, ma maudite chienne!» Vocifère Arthur.

«Salut Arthur! Tu me reconnais maintenant?»

«Non! L'affront a assez duré!! Ce que vous pouvez me démontrer des manières machiavéliques, chiantes à en vomir!»

«Arthur ne raccroche pas tout de suite! Te rappelles-tu en première année de médecine, le mémorable premier jour où l'on a fréquenté la faculté et qui correspondait au fameux jour de l'initiation? Le soir même nous avons fumé un joint de mari et nous avons dormi avec deux transsexuels!»

Arthur s'écrie,

«Steven! Je te reconnais sans l'ombre d'un doute!!! Margaret excuse-moi!»

«Déjà excusé mon cher!» Renchérit Margaret.

«Arthur nous avons fait parvenir tous les documents étant relatifs aux évènements de la salle d'opération, au Collège; Margaret y a inclus un document dans lequel elle signifiait qu'elle annulerait les recours. Ce matin le syndic du Collège m'a téléphoné pour m'informer qu'il allait retirer définitivement la plainte.» Steven informe.

«Margaret»

«Oui, Arthur»

«J'ai eu tout le temps de réfléchir depuis ma tentative de suicide, et j'ai compris, mais sans l'avoir encore accepté, que c'est en raison de ton amour incommensurable pour ton époux, que tu te devais d'agir de la sorte. Maudit que ton mari doit apprécier plus que hautement cette chance! J'ai encore besoin de beaucoup de temps afin de cicatriser mes plaies. Quelque part j'ai dû, malgré moi, devenir le dindon de la farce et je ne cesse de me demander comment les évènements ont pu se produire et pourquoi la vie m'a choisi.»

«Arthur, tout comme moi qui a plongé dans le coma pendant près de six mois, qui se demandera toujours le comment j'ai pu échapper à la mort causée par une dissociation électromécanique complète sans un traitement possible. Je n'en crois pas encore mes oreilles.»

«Entièrement d'accord, Steven.»

«Parfois la Vie montre son aspect incroyablement injuste, intraitable cruel!» Margaret souligne.

«Oui, mais Steven, à ce que je peux constater, d'une certaine façon il s'en sortira indemne, alors que moi je devrai vivre avec une immense tache sur mes états de service.»

«Arthur, Margaret, je pense que nous devrions tous tourner la page.»

«La fatigue me gagne. Je vous remercie de ce que vous avez fait, et le temps finira éventuellement à faire en sorte de renouer les liens entre nos deux familles. Sur ce, je vous laisse. Salut!» Arthur conclut.

«Fais attention à toi!! Salut!» Les Nicholson en duo.

Tel que prévu, Nicholson a rencontré le Dr. Alexander Powell, pour un contrôle de son EEG; et il s'avéra absolument normal au même titre que l'examen neurologique complet.

«Steven, auriez-vous objection à repasser une nouvelle résonance; à cet effet, j'ai pris cette humble initiative de vous inscrire au programme d'aujourd'hui.»

«Vous me forcer un peu la main, ou comme le mentionnait un de mes anciens professeurs au collégial: « je vais choisir un volontaire!» Non! Franchement je ne vois aucune objection, car j'ai hâte d'en finir une fois pour toutes.»

«Merci de vous l'entendre dire, confrère.»

La résonance s'est inscrite dans les limites de la normale sauf pour l'opacité, qui maintenant montrait une vaste vacuité interne; aucun signe d'envahissement des structures adjacentes.

«Dr. Nicholson, vous rappelez-vous de l'entretien que vous avez eu avec le Dr. Jackson plus les 4 autres invités.» Powell interroge.

«Parfaitement Alexander, pourquoi?»

«À toutes ces personnes nous leur avons soumis, votre dossier médical au complet, incluant les examens spéciaux de l'anatomopathologiste. Suite à leurs réflexions individuelles et collectives, ils en arrivent à la conclusion d'un diagnostic indéterminé.»

«Sous un autre angle, leurs conclusions n'excluraient pas la possibilité d'une néoplasie maligne.»

«Pour vous dire bien franchement, cette possibilité ne fait pas partie du dossier officiel, et ils y croient très peu; ils soulèvent la recommandation à l'effet que vous passiez une résonance magnétique tous les trois mois, pour une durée totale de deux ans; voyez en cette recommandation l'aspect purement théorique et académique.»

Lors de cette consultation, un huissier s'est présenté à Steven, et lui remit un document sous plis en provenance du Collège. Il faisait mention de l'inquiétude des membres du bureau quant à la persistance dans son intégralité, ou non, de l'entier patrimoine des connaissances théoriques et pratiques relevant de la totalité de ses études médicales. Le même document lui ordonnait, et en présence de tout le bureau du Collège, de répondre verbalement à cent questions par un panel étant composé de 5 chirurgiens compétents en chirurgie générale, vasculaire thoracique et choisis, comme d'habitude, exclusivement par le Collège. On fixa le résultat comme acceptable à 90%. Concernant la date de convocation, elle relève du médecin traitant de Steven, qui fournira, au grand bureau un document attestant l'intégralité fonctionnelle et aussi anatomique du système nerveux global de son patient. On a fixé la réunion spéciale au 1er décembre 2003. Steven répondit correctement à 100% des questions soumises; il reçut l'aval de tout le Collège pour poursuivre, sans aucune restriction quelle qu'elle soit, l'exercice de sa profession, prévue pour après les Fêtes de 2003; Margaret également reprit le boulot, en même temps que son époux. Dans l'intervalle, dès le lendemain de l'examen verbal par la Corporation des médecins, le couple séjourne durant six semaines sur les plages les plus réputées au sud des États-Unis, histoire de refaire le plein; les enfants vont les rejoindre durant toute la période des Fêtes.

Chapitre Trois

Steven sort de la salle d'opération. Il s'assoit dans la salle à café des médecins, et engage la conversation avec Ray Campbell, anesthésiste.

«Salut Ray! Comment se sent-on lorsqu'on a empoché 10 millions à la Loto-Québec?»

«J'ai gagné l'argent tellement récemment, à peine cinq jours se sont écoulés.»

«Alors, que fais-tu ici?»

«Je me perçois nettement du genre philanthrope. En quelque sorte je suis né pour aider.»

L'autre se faisant plus sérieux.

«J'admire ta façon de parler, toi qui n'a que 30 ans.»

«J'envisage investir le quart de la somme dans des placements qui sont absents de risque, quel qu'il soit, et sans trop d'égard aux rendements qui seront nécessairement moindres. Un autre quart pour la sécurité de ma famille à court et moyen terme, et le reste, je vais le distribuer.»

«De quelle façon comptes-tu t'y prendre?»

«Je ne le sais pas vraiment trop encore. Je te garantis que je ne veux pas simplement donner pour donner!! Les gens, ou tous les organismes qui recevront les divers montants devront promouvoir de manière effective l'épanouissement des individus, et d'eux-mêmes.»

«Je ne t'apprends rien concernant les racontars, et les demies-vérité sur le rendement des dons que tout ce monde reçoit.»

«Je sais qu'il survient des irrégularités. Mon pitbull de garde affamé s'appelle la paranoïa. Par ailleurs, j'ai pris la précaution d'inscrire mon droit de veto en tout ce qui concerne les regroupements, et obtenir un compte-rendu très détaillé par une personne indépendante lorsque des décisions s'appliqueront à tout être humain. Finalement, j'aurai aussi le tout dernier mot en ce qui concernera le choix ultime de chacun des membres des conseils d'administration, et j'assumerai la présidence incontestée de chacun de ces conseils.»

Une infirmière se présente dans le local.

«Dr. Steven Nicholson, on vous demande à la salle d'urgence pour une consultation.»

«Merci ! J'y vais de ce pas.»

«Écoute Ray, on reprendra cette discussion à un autre moment, et sache que j'y tiens!»

Il descend les escaliers depuis le 5e étage jusqu'au rez-de-chaussée. Le Dr. Ralf Zimmerman, urgentologue l'accueille.

«Il s'agit d'un jeune homme de 25 ans qui roulait en motoneige, et en perdant le contrôle de son engin, a heurté de plein fouet un arbre. Son abdomen présente une défense musculaire coussinée du côté gauche; le lavage péritonéal a ramené un liquide rosacé.»

«Où se trouve l'accidenté?»

Ralf lui indique la direction avec sa main droite.

«Dans la salle trois, au fond et à gauche.»

Steven commence à effectuer son examen au niveau du ventre, lorsque soudainement un faisceau subtil de couleur orange pâle, indétectable par Steven, et par qui que ce soit, émerge à la racine de son nez juste au-dessus des deux arcades sourcilières du médecin; (le 3e œil et /ou le 6e chakra des hindous). Le faisceau adopte l'allure d'un cône pyramidal, et d'où la contiguïté de la base de ce cône s'établit avec l'accidenté. Aussitôt Steven ressent un besoin irrésistible, et totalement illogique, sans savoir très exactement pourquoi, de se tourner légèrement la tête vers la poitrine de l'individu; en un éclair, il voit les viscères internes, dont notamment une déchirure en cours à la jonction de la crosse de l'aorte et de la carotide gauche. Totalement pris par surprise, il recule rapidement d'un pas tout en clignotant des yeux à plusieurs reprises, et en se frottant répétitivement les yeux avec ses mains, et le cône disparaît.

«Quoi docteur, te voilà malade!!! Moi, j'ai besoin des soins urgents, et l'on devrait s'occuper de toi! Ah! Le monde à l'envers!»

«Attendez quelques instants s'il vous plaît.»

«Oh! Toi le punk!!!! Dois-je te considérer médecin, ou concierge? Tu n'as qu'à me le dire enfoiré!!!» L'autre s'exclamant avec force.

«Ne t'en fais pas mon petit gars, une simple poussière dans mes yeux, et je te sors de là en moins de deux.» Le médecin reprenant ses esprits.

Au fond de lui-même, il est perplexe et cogite,
«Que m'arrive-t-il?! Et pourtant, je me porte vraiment à merveille. Bof!!!
Probablement juste une brève inattention en rapport avec mon angle de
vision. Enfin! J'ai conclu brillamment! Mon verre de contact qui se déplaça.
Déjà deux raisons; où et quand la troisième?! WOW ! Quelle simplicité
rattachée à un raisonnement aussi illogique.»
En sortant de la salle, il revoit Ralf.
«J'ai examiné ton patient, et je parviens à la conclusion d'une perforation
de sa rate. Je le monte en chirurgie tout de suite.»
«Merci Steven!»
Le chirurgien a fourni les consignes en conséquence. Une heure plus tard,
au bloc opératoire, Ray a terminé l'anesthésie du jeune patient. L'autre
s'apprête à inciser la peau. Il fait ensuite son exploration de la cavité
abdominale. Il note une déchirure de deux centimètres de la rate proche
de son pédicule vasculaire; conséquemment, il doit évidemment procéder à
la splénectomie. Vers la fin de la chirurgie, au moment où il suture le plan
musculaire, Ray sonne l'alarme.
«Steven tout va bien de ton côté?»
«Oui, Ray! Y a-t-il un problème?»
«La tension artérielle chute constamment. Je vais placer le Dextrose 5%
1000cc sous pression, et installer un NaCl .9 % 1000cc par approche de
la veine sous-clavière gauche.»
Par précaution, le chirurgien fait le chemin inverse, et il ne note aucun
saignement dans le ventre; il suture à nouveau le péritoine; il s'apprête à
fermer le plan musculaire. Ray dramatise.
«Il reçoit l'équivalent de 6 litres à l'heure de solutés, et la pression ne cesse
de baisser. Infirmière faite monter 3 unités de sang!»
«Entendu, Dr. Campbell!»
Au moment où Steven termine de réparer la peau, Ray hurle.
«Steven!! Je n'ai plus de pression! Le cœur roule à 150/min, le patient se
détériore toujours de plus en plus!»
«Ton manomètre doit faire défaut.»
«Non, j'utilise actuellement le troisième, et j'obtiens toujours les mêmes
lectures. STEVEN !!! Son cœur vient d'arrêter!»
«Infirmière! Scalpel s.v.p. plus des écarteurs thoraciques. Je procède à une
réanimation cardiaque interne.» Planifie Nicholson.
Il pratique une grande, et profonde incision entre la 3e et 4e côte gauche; il
utilise les écarteurs, et dans la prochaine étape, il pourra insérer sa main qui
se rendra au cœur. Aussitôt qu'il écarte celles-ci, un torrent de sang coule

abondamment sur le plancher, plus des trois quarts de la quantité contenue dans le corps physique du patient. Hélas une seule constatation à savoir que le jeune homme décède. Parce que l'accidenté mourut à l'intérieur de vingt-quatre heures après son admission au Royal Victoria, on devra pratiquer une autopsie. Selon les directives établies, Nicholson ne pourra prendre connaissance du rapport avant dix jours.

Comme tous les soirs, il entre au bercail. Il a rejoint sa femme à la piscine et elle termine de nager. Elle sort partiellement de l'eau, saisit la ceinture du pantalon de son mari, et elle l'entraîne dans l'eau, là où ils s'embrassent longuement. Par la suite, ils en ressortent, vont se changer et finalement, ils s'assoient sur les chaises étant autour de la piscine; verre à la main; un cocktail pour elle, une bière pour lui

«As-tu eu une bonne journée mon chéri?»

«Dans l'ensemble oui, sauf qu'en fin d'après-midi un jeune accidenté qui roulait en motoneige, m'a glissé entre les doigts.»

«Tu veux dire qu'il trépassa.»

«En effet et d'une hémorragie interne.»

«À l'étage abdominal?»

«Non, intrathoracique.»

«Aviez-vous pu le diagnostiquer avant de le monter au bloc?»

Il demeure muet, car il repense à sa vision instantanée.

«Mon amour, as-tu compris ma question? Tu sembles ailleurs.»

«Oui! Je l'ai parfaitement entendu. Non! Je te dis que nous ne pouvions même pas nous en douter. Les accidentés se comparent parfaitement à une boîte de Pandore.» Il balbutie un peu.

«Il a dû se déchirer un certain vaisseau dans le voisinage de la crosse aortique.»

Il échappe son verre sur le marbre et il devient brusquement irritable.

«Tu n'as quand même pas lu tout le rapport d'autopsie, et l'hôpital ne t'a sûrement pas appelé!»

«Qu'as-tu tout d'un coup, bordel?! Non!! Mon idée ne vient pas, ni de l'anatomopathologiste, ni du coroner ni de l'hôpital; cette idée a monté simplement dans un ciel bleu. C'est comme d'habitude, et sans que je ne sache le pourquoi. Ta subite saute d'humeur, me donne-t-elle raison par hasard?»

Le mari trouve la situation excessivement intolérable, il se voit à un cheveu d'exploser; cependant ultimement son orgueil le contient, car là, il s'agirait dans une certaine mesure, d'une faute professionnelle; et il aimerait mieux mourir que de l'avouer, en plus même se l'avouer.

«Te donner raison? On le saura dans un peu plus qu'une semaine. En réalité j'ai comme aperçu que tu voulais jouer les médecins, sans les doctorats.»
«Ce que tu peux devenir soupe au lait!! Je viens simplement de te dire que l'idée a monté toute seule, et que je n'y peux rien; comment veux-tu que j'en arrive à te faire la leçon, comme si je l'avais prémédité!?»
«Je vais aller me chercher un autre verre; vas-tu me rejoindre?»
«Oui, le temps de ramasser les dégâts.»

Il marche d'un pas rapide vers le bar, il saisit la bouteille de scotch, et il boit 5-6 bonnes gorgées. Par la suite, il s'en verse dans un verre, quoiqu' il demeure derrière son bar. Nicholson entretenait une profonde obsession relativement à cette vision trop brève, dont il avait encore une grande difficulté à se convaincre qu'elle avait bien existé, et en lui-même,
«Une vision tellement instantanée, surtout nouvelle, c.-à-d., un précédent, et que le retard causé par un réflexe non aiguisé d'un chat m'en a fait manquer un bout. Ce phénomène proviendrait-il de mon imagination? Là, je ne sais vraiment plus. Pourquoi ai-je tourné instinctivement la tête vers le thorax? Mon sens clinique intervenait-il à ce moment précis, pour que ma tête ait ainsi tourné machinalement? Ah!!! J'en ai les frissons, juste à y penser!! Relativement à mon expérience, est-ce qu'elle m'a inspiré, sachant pertinemment que dans le contexte de la traumatologie, tout se brise jusqu'à preuve du contraire, et de là mon sens hautement analytique et intégrateur aurait accompli le reste, et en fin de compte amener cette rotation de la tête? Elle aurait pu aussi bien tourner vers les jambes, oui! Non!!

Il persiste quelque chose qui m'échappe. Enfin, je possède la certitude que je n'aurai aucun blâme à assumer, quel qu'il soit, et peu importe les conclusions de leur autopsie. Bon! J'y repense, aurais-je dû considérer que la supposée douleur abdominale haute soit en fait une réponse à une irradiation, qui elle relevait certes d'une atteinte du nerf phrénique associé aux mouvements du diaphragme, et qui dit le nerf phrénique, évidemment dit automatiquement la localisation intrathoracique? **NON!!** Et **NON!** Parce qu'il y avait précisément cette déchirure splénique et le sang abdominal a chatouillé le diaphragme, et aussi par voisinage le nerf phrénique!!! Je m'y perds drôlement en conjectures. J'espère infiniment que je n'aurai plus à passer par une autre sordide, diabolique vision du genre.»

Margaret rejoint son mari au bar. Elle constate qu'il paraissait plus que préoccupé, et avec quelque chose en surplus dans son regard qu'elle ne pouvait pas expliquer. La pression étant probablement diminuée.

«Steven possèdes-tu une humeur me permettant de te parler?»

«Oui, Margaret.»

«Il y a moins d'une minute, je t'ai observé parcimonieusement, et j'ai mis en évidence quelque chose que je ne peux pas saisir dans ton regard.»

«Comment dois-je prendre cet énoncé?»

«Je m'attends à ce que tu le prennes calmement.»

Il demeure quelque peu embêté et il recherche un élément de discussion autre que le phénomène inexpliqué. Il essaie de sourire!

«Margaret je me dois de discuter avec toi d'un propos que je n'ai jamais partagé entre nous, depuis que je te connais.»

Sa femme devient très surprise et s'attend à n'importe quoi qui ne sent pas bon depuis une maîtresse, en passant par l'utilisation des drogues illégales auxquelles il est devenu esclave et en terminant par l'état d'un homosexuel frustré. Avec quelques hésitations manifestes dans la voix.

«Me recommandes-tu de m'asseoir?»

«Seulement si tu le juges nécessaire, en ce qui me concerne, je n'ai pas de problèmes avec ta décision; autrement tu peux demeurer debout. »

«Je t'écoute. »

«Margaret nous avons toujours trouvé une solution d'une façon ou d' une autre, à nos diverses tensions dans notre relation, et conséquemment protégeant notre harmonie. Tu me vois très désolé de t'informer qu'il y en a une qu'on ne peut pas du tout résoudre.»

Margaret ressent un qui-vive insoutenable, calme….Hum.

«J'arrive toujours à te suivre jusqu'à maintenant.»

«Ce pépin concerne ta capacité très adroite, et à travers ta soi-disante renversante intuition, à énoncer des affirmations d'emblée certes vraies évidemment, et rattachées à un cadre réaliste simultanément spécifique, mais sans jamais que tu sois capable de fournir le moindre indice quel qu'il soit.»

«Tu as totalement raison, et….»

«Il s'agit d'une caractéristique innée de toi qui ne peux pas, mais ne peut pas du tout s'ajuster même adéquatement avec n'importe quelle partie de mon caractère logique, raisonnant, cartésien et scientifique.»

«O.K! Tu ne peux pas énoncer un seul mot à moins de lui faire subir une montagne de vérifications; je te réassure immédiatement à l'effet que je ne te manifeste pas la moindre ironie.»

«Merci Margaret!!! Le fait est que jusqu'à ce jour, j'ai toujours avalé, excessivement douloureusement, ma pilule parce qu'enfin ton intuition prodigieuse n'a certainement aucun caractère négatif, ni péjoratif, et donc ne constituant pas un défaut. Par contre, aujourd'hui en regard d'une situation plus que particulière, intéressant un jeune homme de 26 ans qui décède tout en demeurant sous mes soins, je voudrais te signifier sans vouloir t'apostropher royalement que je ne pouvais pas le prendre du tout; je te prie de me croire, en surcroît, tu as ma parole.»

«Mon cher Steven, je veux t'exprimer ma reconnaissance concernant tes explications qui s'avèrent plutôt claires, en plus du fardeau que tu dois supporter. Je perçois totalement les différences subtiles en accord avec l'évènement d'aujourd'hui. À partir de maintenant, comment allons-nous procéder?»

«Chacun de nous, je te le répète encore, chacun de nous doit demeurer éternellement sensibilisé à cette contradiction totalement incorrigible et chacun de nous doit apprendre à pouvoir faire mieux avec, à chaque fois qu'elle se mélange à une quelconque circonstance.»

Margaret se met à rire avec vacarme.

«Tu constitues tout un vrai de vrai remorqueur en trouvant toujours un commentaire à la fine pointe vis-à-vis toute situation affligeante!!»

Son conjoint immédiatement se met à rire à gorge déployée; ensuite ils s'embrassent chaleureusement et s'enlacent avec force.

Quelques semaines plus tard, en longeant le corridor l'amenant à une des salles d'opération, Nicholson reconnut au passage un voisin qui habite non loin de lui, Tony Carter, un imposant adversaire aux cartes, ayant une corpulence à 150 kg; les deux chums jouent au Texas Hold'em poker des nuits entières.

«Voilà mon partenaire aux cartes!! Salut Tony!! Il fallait que tu t'ennuies sérieusement pour venir me jaser ici ce matin!» Souligne Steven.

«J'aurais bien voulu t'offrir cette raison-là.» Tony piteux.

«À t'écouter, on dirait que tu soulèves un problème sévère?»

«Ils m'ont trouvé un cancer de l'intestin, le gros, et il se localise presque à la sortie des selles.»

«Ton chirurgien t'a-t-il expliqué quel genre d'opération tu subirais?»

«Tu sais, votre jargon c'est du vrai chinois. Quand même, je me rappelle que je porterai un sac le reste de mes jours, et que je ne viderai plus jamais mes intestins en m'assoyant sur un bol de toilette.»

Le médecin en lui-même,

«Doux Jésus! Une résection abdominopérinéale!»

Il demeure pensif; à ce moment précis, le cône lumineux réapparaît de nouveau, forçant Steven à regarder vers le tronc de Tony, où il voit très clairement la partie abdominale de l'aorte. Dans son trajet il s'est formé un énorme anévrisme d'une largeur de l'ordre de 9 cm, et donc pouvant rupturer à la moindre variation significative de la pression sanguine et instantanément la mort survient. Steven irrité, et anxieux, recule vivement de quelques pas et, au passage, heurte un commis de livraison. Il se frotte les yeux puis passe sa main droite dans ses cheveux.

«Ah! Non! Pas encore cette maudite vision de malheur!! J'en ai plein mon casque!»

Tony inquiet.

«Je constate que tu ne vas pas bien Steven? As-tu des problèmes avec tes yeux?»

L'autre se ressaisit et échange,

«Je ne sais plus où je m'en vais avec mon acuité visuelle.»

Il s'arrête brusquement et il regarde droit dans les yeux son pote.

«L'échange qui va suivre devra rester confidentiel entre toi et moi! Tu me donnes ta parole solennelle, et sacrée!»

Tony fait un signe de croix à la région gauche du thorax et ajoute,

«Silencieux comme une tombe! Je n'ai eu qu'un vrai ami dans ma vie, et je le vois en face de moi. Alors, raconte!»

«Depuis que l'on m'a opéré dans la tête, soudainement sans que je ne m'y attende, mes yeux voient réellement à travers tous les corps comme s'ils y possédaient l'option des rayons X, et ces images se révèlent beaucoup mieux que tout, car la couleur s'y ajoute automatiquement. Ce que je veux dire, c'est que je visualise avec la même clarté que lorsque je travaille à la salle d'opération devant un ventre ouvert. Je ne peux pas dire que ce phénomène appartient à des vagues hallucinations visuelles; ou encore dans le cas d'un alcoolique chevronné, qui du jour au lendemain, décide de cesser complètement de boire, conséquemment il verra des images devant lui, et il croira sérieusement à leur existence.»

«Je sais ce dont tu parles!!! J'ai vécu cette expérience-là une fois, j'ai failli capoter!»

«Je m'inquiète sérieusement! Mon cerveau se détraque-t-il pour de bon? Ce phénomène va-t-il finir par me nuire au moment où j'opère un patient? S'il fallait que les images s'additionnent comme les clips des vidéos que l'on nous présente sur les chaînes de musique; alors dans ce contexte cette perspective s'avère absolument ahurissante, et même rien que d'y penser une fraction de seconde. Ensuite, si d'autres images surviennent alors que je conduis mon Aston sur la métropolitaine! J'aurai l'air de quoi !!? Malheureusement, je ne t'ai pas tout révélé!»

«Tu veux dire quoi au juste?»

«Voilà, si soudainement j'observe des choses dans le corps du patient et qu'au moment de la chirurgie, je ne retrouve plus rien, rien de ce que j'ai visionné précédemment. Je ne me considère quand même pas assez fou pour opérer un patient en me basant strictement que sur une impression. En te parlant tantôt, j'en ai eu une autre.»

«Ah oui! Vraiment!?»

«Oui! Un anévrisme de l'aorte.»

Tony fait la grimace.

«Un quoi!!?» Tony grimaçant.

«J'essaie de te l'expliquer avec le plus de simplicité possible. As-tu déjà remarqué le pneu d'une bicyclette lorsqu'il en est arrivé à une usure importante? Il survient à l'occasion que l'on voie sur le côté de celui-ci un gonflement localisé par un étirement du caoutchouc qui a trop aminci. Donc ton aorte, est le plus gros vaisseau sanguin de tout ton système, avec les années sa paroi a étiré, à la manière d'un élastique, mais qui ne parvient pas à revenir à sa position initiale. Finalement, je le vois comme un ballon de football sur son trajet, débordant les parois tout autour de cette grosse artère.»

«WOW!! Un danger pourrait-il poindre à l'horizon?»

«Une perspective qui pourrait se cristalliser plus vite qu'on le pense, si l'on maintient nos bras croisés. Je voudrais te proposer un plan.»

«Un plan! Quel plan!?»

«Je vais donc me servir du nom de ton chirurgien pour te faire passer un examen, et on appelle cette technique une échographie; lorsqu'une femme enceinte va la passer, on lubrifie son abdomen pour ensuite faire glisser aisément une sonde reliée à un écran, sur lequel on voit le bébé.»

«Oui, je sais de quoi tu parles. Ma femme vers la fin de sa première grossesse, elle ne percevait plus les mouvements du bébé et nous nous sommes rendus à l'hôpital. Elle a passé le même test dont tu fais allusion et le résultat est revenu tout à fait normal; je te le jure que je voyais que de la noirceur sur la petite télévision.»

Le médecin éclate de rire.

«Ne t'en fais pas, car les radiologistes en analysent des centaines tous les jours et ils ont l'habitude! Alors, pour finir mon explication, une fois que l'écho sera terminée, s'il persiste vraiment un anévrisme comme je le suppose, conséquemment on le verra, et même davantage parce que le radiologiste va pouvoir prendre des mesures précises.»

«On sait bien aujourd'hui avec tout l'avancement de la technologie on visualisera bientôt les péchés des gens sur les écrans, et on n'aura plus besoin d'aller au confessionnal le premier vendredi de chaque mois.»

«Sacré puissant farceur!!! Voilà cet aspect que j'apprécie au plus haut point chez toi. Je pourrai par la suite corriger cet anévrisme, mais tu devras raconter la même histoire que moi, et surtout ne pas vendre la mèche, car ta bêtise me coûterait ma carrière.» L'autre riant de bon cœur.

Nicholson fait une légère pause.

«Quel est le nom de ton médecin traitant?»

«Le docteur John Kelly.»

Le chirurgien évalue à nouveau la situation en lui-même.

«Que pourrais-je décider de plus pour assurer mes arrières? Devrais-je analyser autrement cette saga? Je n'ai pas droit à la moindre erreur. Il s'agit d'une vie humaine en péril à tous les instants! Je ne peux quand même pas l'opérer sur le champ ! Comment puis-je en informer mes confrères de ma trouvaille? En le révélant au Dr. Kelly, il s'objectera en argumentant que son patient n'a pas besoin d'autres soins préopératoires avant de subir sa résection abdominopérinéale. S'il avait à considérer cet autre contexte, évidemment qu'il faudrait qu'il le soumette à des examens radiologiques supplémentaires. Je ne peux pas non plus lui parler de la dimension de l'anévrisme, car là, cette boutade causerait la pagaille totale, et j'y perdrais toute ma crédibilité. D'un autre côté, je ne peux sérieusement pas m'en tenir seulement qu'à cette prétendue deuxième vision? En termes d'attitude cartésienne, scientifique, je donnerais ici l'image grotesque d'un damné imbécile heureux. Donc, l'échographie devient un excellent choix et j'ai une confiance inébranlable en Tony.»

«Mon copain, à quoi penses-tu?»

«Je faisais simplement le tour de ce que l'on a échangé c.-à-d., une forme de résumé.»

«Cher ami, je repense à ton problème de vision et je crois que je connais quelqu'un qui pourrait t'aider.»

«Sais-tu son nom?»

«M. Luc Richard. Ce nom te dit-il quelque chose?»

«Pas vraiment. Il exerce dans quelle spécialité?»

«Il ne possède pas de doctorat en médecine.»

L'autre choqué, fulmine,

«Tu te fous royalement de ma gueule, ma parole! Comment peux-tu oser me référer à ce charlatan quand j'ai de graves problèmes avec mes deux yeux!!»

«Écoute-moi! Je te réfère à un gars très, très spécial. Il m'a déjà sauvé la vie. Ne me demande surtout pas de t'apporter des précisions sur cette circonstance, car ton initiative serait inutile. Tout ce que je peux te révéler, c'est qu'il commence là où la médecine a atteint ses limites. Depuis le temps que l'on se connaît toi et moi, je te demande juste de me faire confiance. Promets-moi que tu le verras.»

«Cher Tony, tu sais que je t'aurais toujours donné la communion sans confession! As-tu ses coordonnées? Oui, oui!! Je te promets que je lui rendrai visite.»

«Tu n'auras qu'à regarder dans le bottin. Personne d'autre ne porte ce nom. Il s'agit peut-être d'un dernier service que je te rends avant de partir.»

«Partir!!? Tu veux me dire très exactement quoi?»

«Lorsque je t'ai informé tantôt que je n'irais plus jamais à la selle de façon normale, j'ai observé ton visage, et j'ai interprété que je subirais une opération très compliquée, et surtout très dangereuse. En définitive, partir voulait dire mourir sur la table d'opération, ou bien quelques heures plus tard.»

«Tu deviens carrément disjoncté! T'as perdu la boule!!»

«Oui!! En effet!!! Tu as enfin trouvé pourquoi je fréquente ces lieux! Ah! Ah! Ah!»

«Nous partageons le même âge; évidemment que tu n'es peut-être pas aussi en forme physiquement que moi.Tu ne consommes plus d'alcool depuis au moins dix ans, tu ne fais pas de diabète, ni de cholestérol, ni de haute pression. Et tu n'as pas de troubles pulmonaires francs sauf ton essoufflement lié à ton embonpoint, et pas des problèmes cardiaques. Dans ces conditions, et dans un endroit comme ici, on réanime même les morts! Par précaution, ne me fait pas cette putain de vacherie!!»

Les deux s'enlacent, les larmes aux yeux.

Une infirmière du bloc opératoire surgit et elle semble énervée.

«Dr. Nicholson! On vous a cherché partout! Votre patient dort!»

«Merci! J'arrive à l'instant même! Toi mon cher Tony, je te souhaite bonne chance!»

«Merci beaucoup ami Steven, je crois que je vais en avoir beaucoup de besoins».

Environ dix jours plus tard, Nicholson se présente au département de radiologie, secteur échographie et prescrit,
«Mademoiselle!»
«Oui Dr. Nicholson!! Venez-vous pour des examens que vous voulez prescrire?»
«En effet, le nom de ce patient est M. Tony Carter; je fais référence à un patient du Dr. Kelly, cependant je le remplace aujourd'hui.»
«Si vous voulez bien compléter la réquisition; et quand voudriez-vous que l'on fasse l'examen?»
«Il ne faut pas y voir à proprement parler d'une vraie urgence cependant j'apprécierais que le patient l'ait si possible cet après-midi, et auriez-vous l'amabilité de m'avertir aussitôt que vous allez libérer M. Carter, car je voudrais en discuter avec le radiologiste attitré.»
«Pas de problème Dr. Nicholson et bonne fin de journée.»
Vers la fin de l'après-midi, on signale le chirurgien sur son pager. Le message l'informe qu'on l'attend en échographie.
«Bonjour Gregory!» Mentionne Steven.
«Salut Steven! Je suppose que tu t'amènes pour prendre connaissance du résultat de l'échographie de M. Tony Carter? Il est impressionnant cet anévrisme de l'aorte et il mesure tout près de 9 cm de diamètre.»
«Je le sais. Euh! Pardon! Je l'ai évalué autour de cette valeur.»
«J'ai noté la minceur extrême de cette paroi qui, en passant, résiste aux dépens seulement de la couche centrale musculaire. Je me demande bien comment il se fait qu'elle parvienne à résister encore? Dans ces conditions actuelles, le tout aurait dû péter depuis un sacré bon bout de temps.»
«À ce point-là?»
«Absolument Steven! Au prochain éternuement, toute saute!»
«Merci!»
«De rien!»
«N'oublie pas notre prochaine partie de tennis!»
À 16.00 h, la réceptionniste de l'hôpital confirme à Steven que le Dr. John Kelly vient de quitter le Royal Victoria. Alors, il appelle la salle d'opération pour l'aviser d'une correction très urgente d'un anévrisme de l'aorte. Tout se déroula parfaitement. Lorsque le Dr. John Kelly revient à l'hôpital le lendemain matin, il devient fou de rage d'apprendre que son patient a subi une chirurgie et il fait signaler Nicholson pour qu'il se dirige à son bureau.

«Depuis quand un chirurgien pratique-t-il une opération chez un patient qui ne lui appartient pas, et en surcroît sans demander la permission à son médecin traitant?»

«Ne t'énerve pas mon John! Si tu lisais le dossier, tu constaterais que je n'avais pas le choix.» L'autre calme.

«Figure-toi que je l'ai déjà fait! À partir de quoi tu t'es basé pour lui faire passer une échographie?»

«Je vais te le dire. Tony et moi partageons une profonde amitié. Nous jouons au poker. La semaine dernière je l'ai rencontré, allongé sur une civière dans le corridor adjacent à la salle d'opération. Je lui ai dit que je le reverrais après sa chirurgie intestinale. Hier, je lui ai rendu visite et il se plaignait de divers malaises à son ventre. Je lui ai donc précisé qu'il devait, évidemment, avertir son médecin traitant. Il m'a dit de simplement regarder rapidement, et que si le coup en valait la peine, alors, il ferait appeler son chirurgien traitant. J'ai fait l'examen de son ventre et j'ai perçu une masse sur la ligne médiane juste au-dessus de l'ombilic. J'ai noté que celle-ci pulsait en la comprimant, et au même moment il me disait que ce qu'il ressentait à la compression, il le jugea identique à sa douleur initiale. Finalement, je m'autorisai à demander une échographie pour exclure un anévrisme de l'aorte et tout le reste de l'histoire se trouve au dossier.»

«Pour qui me prenez-vous? Vraisemblablement le plus petit des poissons qui avalerait une grosse baleine. Palper un anévrisme chez un patient de 150 kg avec un ventre considérable et certes comparable à celui d'une femme enceinte qui accoucherait de triplets à neuf mois de grossesse. Considérez-vous que vous charriez beaucoup trop?»

«Écoute John, tu n'as qu'à le confirmer avec M. Tony Carter lorsqu'il se réveillera et tu verras que je te dis la vérité.»

«Que tu n'eusses pas aucun choix en raison de l'urgence, je peux vivre avec cette réalité. Par ailleurs, parce que tu ne pouvais absolument pas toucher à cet anévrisme, alors définis-moi ton point de départ?»

«En me servant de l'auscultation, j'ai pu augmenter ma certitude mise en branle par la palpation. En effet, le sang quitte un rétrécissement, c.-à-d., la partie normale de l'aorte, pour voyager dans un plus grand espace, et puis à nouveau s'engager dans un rétrécissement. C'est une façon identique aux chambres cardiaques avec les valves du cœur qui sont plus étroites.»

«Vous utilisez probablement un stéthoscope électronique!»

«Vous avez de la difficulté à accepter mon opportunisme, et de vous avoir fait passer un anévrisme entre les dents.»

«Vous voulez dire chanceux, et ce terme m'apparaît plus approprié vu les circonstances. Je ne supporte pas votre sale insolence! Je vais rédiger un rapport au Comité d'Évaluation Médicale et Dentaire et eux décideront de la meilleure conduite à tenir. Maintenant, veuillez quitter immédiatement mon bureau! »

«Ah bon! Tu veux jouer les gars durs avec de gros bras, et bien sache, que ton attitude me convient parfaitement. Après une si longue attente, enfin la vraie compétition!»

Au bout d'environ trois semaines, Nicholson reçoit une décision du CEMD par lettre recommandée.

«Par la présente, nous vous informons que nous avons étudié le dossier du bénéficiaire suivant: M. Tony Carter. Suite à vos représentations ainsi que celles du Dr. John Kelly, nous arrivons à la conclusion ferme que dans toute votre approche spéciale, il s'est produit clairement une irrégularité par cette insuffisance de recueil de données pouvant conduire à ne retenir ici comme seul diagnostic: un anévrisme disséquant de l'aorte abdominale. Nous souhaitons vous rappeler que toute démarche clinique possède une rigueur intransigeante quant aux étapes successives menant au meilleur dénouement possible connecté à l'état de santé d'un patient. Nous vous recommandons fortement de prêter attention, et aussi de corriger dans les plus brefs délais ces lacunes. Sachez également que nous aurons un œil très attentif à votre pratique intra hospitalière.

Maintenant en ce qui concerne, il y a déjà plusieurs semaines passées, le cas du jeune homme décédé d'une hémorragie intrathoracique non diagnostiquée, nous avons révisé toutes les radiographies pulmonaires produites avant son entrée au bloc opératoire, et le CMDE conclut que l'accident, en lui-même a provoqué une déchirure minimale, et laquelle déchirure se localisait, quelque part, au niveau de la crosse aortique. À un moment précis, ayant commencé après la dernière radiographie des poumons, cette déchirure a pris de l'expansion, de manière identique à l'image d'un anévrisme artériel disséquant. Conséquemment, nous ne retenons pas de blâmes contre vous en regard de cette tragédie finale.

Faites attention! Nous continuerons de vous épier.

Dr. Frank Donovan

Au moment de lire cette lettre, Nicholson se trouvait au bureau de son domicile. Il a terminé la lecture moyennant un coup de poing donné avec grande force sur son meuble, étant fou de rage comme il ne l'a jamais expérimenté de toute sa vie, parce qu'il se voyait plus que totalement coincé. Dorénavant il savait, et il acceptait qu'il puisse compter sur ce nouveau phénomène visuel, et dont il attribuait la raison à cette opacité d'allure kystique derrière son front. Cette solennelle acceptation devenait primordiale, afin que son outil subtil vienne à son aide plus fréquemment. Également, à partir de maintenant il ne pourrait plus jamais, mais plus jamais utiliser ce superbe privilège du ciel, enfin….L'explication ultime de sa déception apocalyptique repose sur deux réalités, tenant compte qu'il se définit en tant qu'un puriste. Tout d'abord, il aurait hypertrophié à outrance son obsession absolutiste. Ensuite, la médecine représentant pour lui l'Alpha et l'Omega de sa vie, conséquemment, il aurait soulagé un plus grand nombre de patients, pour qui cette médecine scientifique moderne, traditionnelle, et contemporaine ne peut pas ou ne peut plus du tout leur venir en aide.

Margaret frappe à sa porte, et entre dans le bureau. Puis elle s'assoit.

«Steven, j'écoutais de la musique dans ta salle, lorsque j'ai entendu un bruit sourd et sec. L'as-tu entendu?»

«Bien sûr ma chérie, car j'ai frappé avec mon poing sur mon bureau.»

«Mon amour quoi ou qui t'a mis autant en colère?»

«Je viens de recevoir une lettre du CEMD de l'hôpital, me reprochant d'avoir fait une chirurgie d'urgence sans prévenir le médecin traitant du patient.»

«Avais-tu vraiment une certitude raisonnable qu'il allait mourir sans ton intervention, je veux dire un acte inconditionnel?»

«Bien sûr! Voyons donc!» Il parut irrité.

«Il existe nécessairement un malentendu quelque part. Ou bien je me réfère à une chasse aux sorcières, car le Dr. F. Donovan doit, en toute certitude, continuer à se chamailler avec toi, ou il doit manquer quelque chose au casse-tête.» Ennuyée.

Le mari ne répond pas. Il se demande s'il doit en informer sa femme de sa nouvelle aptitude.

« Comment va-t-elle réagir? Si je ne dis rien, alors elle va lire la lettre et me questionner de toute façon; et si elle ne le faisait pas, je conclurais qu'elle commence à douter de mes compétences!!!»

«Mon trésor, tu ne me réponds pas.»

«Évidemment que je ne partage pas un amour fou avec lui. Margaret je dois te confier quelque chose, et je te rassure à l'instant qu'il ne s'agit pas d'une mauvaise nouvelle! Après que tu le sauras, je te demanderai de garder ce secret entre nous.»

«Je t'écoute.»

«Avant que je t'en parle, je vais te poser une seule question, et je veux que tu démontres ta franchise habituelle. Ne t'en fait pas la question ne devrait pas te rendre inconfortable. D'accord?»

«Bien, tenant compte des prémisses, oui!»

«Margaret, depuis ce dernier jour miraculeux où j'ai quitté l'hôpital en tant que patient, est-ce que je demeure toujours à tes yeux, rigoureusement toujours, dans les moindres fins détails, le même Steven que tu as côtoyé toujours depuis le début de notre mariage, oui ou non?»

Margaret répond au moment, où son conjoint a prononcé la dernière syllabe,

«Oui!!!Oui!!! Sans aucune, aucune hésitation! De plus, je dois te faire une confidence.»

«Ma tendre épouse cette spontanéité, infiniment essentielle à mes yeux de ta réponse me satisfait au-delà que tout ce que j'aurais pu espérer de dénouements. Maintenant, si tu veux poursuivre, car tu as réveillé ma curiosité.»

«Voilà, après ce que Arthur m'a avoué lorsqu'il est venu me rendre visite aussitôt après ton opération, je demeurais certaine que tu n'aurais plus conscience de la réalité, même lorsqu'éveillé.»

«Jusque là, je t'accompagne.»

«Ton réveil si brutal, si je peux m'exprimer ainsi, m'a évidemment rassurée, cependant l'extrême rapidité de ta résurrection en elle-même, a engendré un minime doute dans mon esprit. Conséquemment, depuis ce jour-là et jusqu'à ce moment-ci, j'ai intentionnellement voulu vérifier par-dessus vérifier que je ne faisais pas face à…..Comment pourrais-je te l'exprimer plus clairement…?»

«Un feu de paille?»

« Oui! Exactement, et absolument l'idée que je voulais te traduire le plus justement possible.»

«Ma Margaret, si tu n'avais pas présenté ce réflexe légitime, tu m'aurais profondément déçu.»

Elle manifeste quelques larmes.

«Ah! Mon Steven, tu gardes le don de me rassurer. En fait, je ne me sentais nullement fautive, sauf que te surveiller à ton insu, me donnait la nausée. Maintenant, de quoi voulais-tu me parler au juste?»

«Depuis que j'ai recommencé à travailler, il est survenu à deux occasions et malgré moi, ah!ah!ah!ah! J'ai vu de mes yeux de chair les viscères des patients. Le premier cas correspond au jeune homme qui a eu un accident avec sa motoneige, tu t'en rappelleras sûrement. J'ai vu la déchirure au niveau de la crosse aortique et la carotide. À ce moment-là cette trouvaille m'a passablement surpris; conséquemment, je ne pouvais pas m'en faire une idée précise. Le deuxième cas correspond aussi à celui que la lettre mentionne et j'ai constaté son anévrisme disséquant; donc, la vérité est 2/2.Oh! En passant, le CMDE ne m'a pas reconnu de fautes relativement au premier cas spécifique.»

«Te trouvais-tu dans une forme de transe?»

«Absolument pas! Tous les dégâts apparaissent aussitôt que j'utilise cette vision, et ils persistent jusqu'au moment de la cessation de celle-ci. Je ne peux pas du tout la provoquer, et toutes les personnes autour de moi n'observent vraiment rien de spécial, comme d'ailleurs moi non plus; pas de lumière sortant de mon front, en forme cône, ou je ne sais pas quoi d'autre.»

«Tu n'as pas une sorte de prodrome juste avant ou juste après, ou tout ce que tu voudras de signes ou de symptômes?»

«Non! Pas du tout!»

«Si tu faisais face à une forme quelconque d'épilepsie temporale avec les signes habituels associés d'hallucinations auditives ou visuelles?»

Il devient tendu et s'exprime,

«Veux-tu bien me dire d'où provient cette question? En passant, je te remercie d'accélérer mon enterrement!»

«Voyons donc Steven! Dépêche-toi de reprendre ton aplomb habituel! Comment oses-tu m'accuser de compliquer ta vie. J'essaie du mieux que je peux de t'aider, et toi tu me craches au visage!!!»

«Si je te laisse poursuivre ainsi, très certainement que tu considéreras l'intervention de, je ne sais pas comment on appelle ces choses? Ah oui! Oui! Des entités subtiles. Pourquoi pas, tant qu'à se questionner, y voir un acte de Dieu ou du diable en personne?!!»

Margaret, folle de rage.

«Ton attitude suffit Steven!!!! Si tu veux vivre seul sur ton île, il s'agit simplement que tu m'en informes! Ne fais surtout pas en sorte que je commence à nouveau à douter de ton statut psychologique!!!!»

L'époux, immédiatement rit à s'en luxer la mâchoire inférieure.

«Je voulais juste m'amuser un peu, et tu es tombée incroyablement dans l'attrape!!!!»

Margaret, elle aussi, rit de bon cœur.

«Oh toi!! Tu retiens toujours cette méchante habitude!!!»

Ils s'embrassent passionnément. Après cette vite euphorie, ils regagnent tous deux leur sérieux.

«Concernant ton hypothèse d'une quelconque épilepsie, présentement je n'ai aucune réponse, exception faite que le tout dernier EEG, est demeuré strictement normal; selon mes barèmes, et en ce qui me concerne ce dénouement annule le diagnostic d'épilepsie.»

«Dans un tout autre ordre d'idée, deux mots inhabituels sortirent de ta bouche «entités subtiles!!». J'en ai perdu momentanément le souffle. Qui t'a fourni ces notions?»

«Il y a quelques instants, m'apparut le souvenir de différentes histoires cliniques de patients psychiatriques invités par des gens imaginaires à quitter leur corps, et de les suivre!!! Il faut qu'ils délirent énormément pour croire en de telles réalités. Incidemment, j'arrive à expliquer le pourquoi ils deviennent des patients psychiatriques chroniques, par surcroît lourdement médicamentés.»

«Quelqu'un d'autre que nous partage-t-il cette connaissance?»

«Personne! Tu peux me croire! Si un seul médecin le savait, alors ma carrière en prendrait pour son rhume, et même elle se terminerait.»

«Évidemment que je te comprends parfaitement; au cas où ce phénomène relèverait d'une anomalie de ton cerveau, à la suite de ton fameux arrêt cardiaque, voudrais-tu le découvrir, et simultanément le corriger?»

«Il faudrait que ma démarche ait lieu dans un autre pays, et demeure archi confidentielle, ce qui s'avère à peu près impossible de nos jours. Pourquoi voudrais-tu que je corrige, ou plutôt que je modifie une propriété de mon cerveau quand il me donne l'ultime précision du diagnostic?»

«Quand même, tu as expérimenté seulement deux dossiers; mettrais-tu ta vie en jeu si l'on te demandait de miser sur ta prochaine vision.»

L'autre surpris passablement.

«Je ne me considère quand même pas débile, et taré jusqu'à ce point là!»

«Alors, donc actuellement, tu doutes de toi-même, concernant cette fraîche aptitude.»

Là, il ne la trouve plus drôle et argumente,

«Veux-tu bien me dire où exactement tu veux en venir!!?»

«Simplement qu'une anomalie ne peut pas logiquement toujours assurer la perfection. En d'autres mots, dis-moi de quelle manière n'importe quelle anomalie conduirait toujours à la vérité? Cette perspective n'a aucun sens, ou bien je ne comprends plus!»

«Sur ce point précis, je m'accorde avec toi, et je n'irai pas jusqu'à me vautrer derrière mon orgueil, la fierté de moi-même, et quoi encore, pour aller à l'encontre d'un raisonnement aussi fondamental, et indiscutable.»

«Je te remercie de ton formidable appui, Steven!»

«Tu n'as pas nécessairement besoin de me remercier et je dirais même davantage, c'est moi qui devrais le faire, et en raison d'une satisfaction additionnelle que tu me procures en te retrouvant au diapason de mes principes, et de mes manières d'agir. Maintenant, par rapport à ma toute dernière interrogation, du point de vue strictement pratique, tu attends exactement quoi de moi?»

«Là, tu comprendras que tu me prends passablement au dépourvu. Si l'anomalie en elle-même n'atteindra jamais cette perfection, alors comment vas-tu t'y prendre pour élucider qu'une quelconque vision future te conduit à l'erreur?»

«Il y aura toujours les examens cliniques, para cliniques, de même que les opinions de mes confrères, bordel!»

«Dans le cas de Tony, je veux admettre que l'échographie se voulait, de par sa précision, nettement avantageuse. Par ailleurs, dans l'autre cas il ne subsistait absolument rien de ce sur quoi tu espères compter en référence à ta dernière réponse.»

«Je sais que tu as parfaitement raison, et tu me fais effroyablement mal en m'amenant à envisager une telle situation où je n'aurai aucun point de comparaison quel qu'il soit. Non de Dieu!!! Que veux-tu que je te dise?! L'erreur humaine, en réalité, participe également à toutes mes prérogatives professionnelles, à ce que je sache!!!»

«Vas-tu te cacher, à chaque fois derrière cette erreur humaine, lorsque ta vision te donnera un résultat carrément faux, et des conséquences plus que fâcheuses?»

Il voit presque Donovan devant lui et qu'il veut étrangler avec un désir infiniment ardent, et même infiniment insondable. Par la suite, et lentement il s'articule excessivement douloureusement,

«Mon amour, je veux te prévenir que je risque de devenir intensément émotionnel; il se pourrait même que tu ne me reconnaisses pas durant la prochaine minute, et je m'en fous carrément. Je ne sais pas qui a pu t'aider, et je m'en fous éperdument. As-tu couché avec Donovan, je ne le sais pas du tout et, encore une fois, je m'en fous infiniment. Tu me vois psychologiquement totalement, totalement mis à poil, nu. Tu m'as pulvérisé comme jamais Dieu n'aurait su si habilement y parvenir. Finalement, tu me vois incroyablement baisé d'aplomb!!!»

«Je ne peux pas t'en vouloir de ta réaction, mon tendre amour; je sais que je te ramène durement à ta propre image, et il devient normal que tu ressentes un incroyable inconfort face à ton impuissance à satisfaire ton absolutisme en pareille situation.»

«WOW!! Ce que tu peux me connaître!!!»

«Cette considération fait partie des prérogatives du mariage!!»

Les deux rient à s'en fendre la rate, puis l'époux plus grave,

«Margaret, on va jouer carte sur table pour affronter la réalité comme nous l'avons toujours fait avec éclat en nous redressant la colonne. Partante?»

«Oui! Certainement!»

«Maintenant, pour chaque nouvelle vision, j'essayerai, non je me dois de phraser autrement, je vais aussi tenir compte de tout élément qui pourrait influencer significativement le résultat, et les conclusions de cette vision spécifique. OK?»

«OK!»

«Lorsque je me retrouverai absolument tout seul avec ma vision, sans autre argument quels qu'ils soient, j'insiste à te préciser par une totale insuffisance et/ou incapacité, d'aller à l'encontre de ma vision, alors je demanderai à Dieu de m'aider. M'appuies-tu toujours?»

L'épouse hésitante balbutie,

«Oui, parce que je n'ai pas de meilleures réponses ou bien de meilleures solutions à te proposer.»

Le médecin s'exaspère et commente,

«En réalité, existe-t-il une meilleure réponse ou solution?»

«Je te dis que je ne le sais pas!»

«Vois-tu ma chérie, ta dernière réponse exprime clairement qu'il y en a effectivement une solution, et que pour toutes les raisons du monde, tu manifestes ton impossibilité de me la fournir.»

«Que veux-tu que je te dise?»

«O.K. sauf que moi je vais demeurer nécessairement, et éternellement inconfortable, car je hais à m'en confesser à un prêtre, l'imprévu et là, tu m'en as fabriqué un qui va me poursuivre plus fidèlement que mon ombre. D'autre part, parce qu'il s'agit d'un imprévu, et que dans son essence, il annule irrévocablement toutes les possibilités d'ajustement quel qu'il soit, alors conséquemment, comme l'envers d'une pièce de monnaie, donc je dois faire face à un nombre infini de possibilités de me voir pris en défaut, et en fin de compte, je dois apprendre à vivre avec ce marasme!»

L'épouse tout attristée.

«Steven! Je n'ai jamais voulu te coincer jusqu'à cet extrême-là et tu le sais trop.»

«Évidemment que je le sais, et probablement plus que toi. Je te conjure de retenir que je me vois pris à choisir entre deux feux qui brûlent à égale intensité. Ou bien je vais ruiner ma vie et celle de ma famille, ou bien je demanderai l'aide à Dieu, et s'il la refuse j'aurai à vivre le reste de mes jours avec les décisions que j'aurai prises, en plus des conséquences, à ces décisions, que j'aurai également à assumer. En tout temps, je te supplierai à genoux, s'il le faut, de m'offrir ta compréhension. Pour le reste, je verrai à faire investiguer la vision, en utilisant n'importe quel symptôme oculaire autre que celui dont je viens de t'informer.»

«D'accord, mon tendre époux.»

Steven se lève debout, contourne son bureau pour rejoindre sa femme qui elle aussi se redresse le corps et ils s'enlacent.

«Margaret, j'apprécie au plus haut point ces discussions musclées, car je retrouve en toi un écho de tout moi-même. Aurais-je toléré une épouse passive en me laissant parler dans le désert comme un pauvre con? J'en doute fort et je m'en fiche éperdument à ce moment-ci.»

«Steven, je ne pouvais plus savoir si à un certain moment, de laquelle la femme ou de l'infirmière qui argumentait avec toi. Et je savoure ces entretiens, car ils me repoussent parfois à aller jusqu'à mes limites et probablement encore un peu plus loin. Tu corresponds à ce petit extra de thrillant qui me manque parfois lorsque je travaille à l'hôpital.»

«Je termine par une constatation. Aussi loin que ma mémoire pourrait remonter, jamais un seul individu n'a pu me tenir tête d'une manière aussi brillante que toi tu l'as fait durant ces dernières minutes; ce fut certes ta performance du siècle!!!! Que Dieu te bénisse mon amour!»

«Je n'en attendais pas moins de toi, trésor! De mon côté, ma mémoire ne peut jamais remonter suffisamment loin pour t'avoir vu descendre aussi bas, du haut de ton piédestal et réduire en ultime fine poussière ton orgueil, mon prince charmant ah!ah!ah!ah!ah!ah!»

«Verrais-tu plus intéressant de poursuivre cette communication dans un climat baignant dans une plus grande et céleste détente, une plus grande complicité sensuelle?»

«Partante!»

Ils s'embrassent affectueusement en se rendant lentement à la chambre des maîtres.

Il prit d'abord un rendez-vous en ophtalmologie dans une clinique de la ville. L'examen n'a pas expliqué tous les scotomes scintillants aux deux yeux. L'ophtalmologiste lui a aussi fermement recommandé des examens radiologiques afin d'éliminer une compression de ses deux nerfs rétiniens depuis leur sortie de la cavité orbitaire, et jusqu'aux cortex occipitaux correspondants, et de même qu'une cartographie cérébrale en médecine nucléaire. Nicholson lui a répondu qu'il y donnerait suite sans faute. Les examens s'avérèrent tous normaux. Ultérieurement, il avait contacté un neurologue, le Dr. Barry Schwartz de la Clinique Mayo à Boston; il le rencontre présentement.

«Salut Steven! Un revenant par hasard!»

«Bonjour ma vieille branche! Non n'y compte pas. J'ai les deux pieds à Montréal.»

«Que puis-je faire pour toi?»

«Tout d'abord, je veux que tu n'inscrives rien nulle part; si toutefois tu n'avais pas le choix d'inscrire des notes, tu le ferais devant moi seulement, et tu me donneras le dossier au complet à mon départ de Boston. De par le contexte que nous nous trouvons dans une clinique privée, ma requête devrait certes te faciliter grandement la tâche. Si tu décidais de me faire passer plusieurs examens, alors il faudrait que tu t'arranges pour que mes coordonnées n'y figurent pas. Il faudra aussi que tu fasses en sorte que je reparte avec tous les films radiologiques, et toute la paperasserie associée, tant directement qu'indirectement. J'ai suffisamment d'argent pour honorer tes dépenses.»

«Je pense que la première chose à laquelle je procèderai se résume à te faire voir en psychiatrie. Je n'ai jamais rien entendu de semblable. Si je ne t'avais pas autant connu, j'aurais appelé la sécurité à l'instant même. Alors, dépêche-toi de me rassurer avant que je ne change d'idée.»

«Barry, à l'insu de l'hôpital où je travaille et à St-Luc, parce que ma femme y œuvre, j'ai fait photocopier absolument tout, tout ce qui se rapporte à moi, et je te l'ai apporté.»

«Steven, je t'avertis solennellement, il y a un aspect que tu ne pourras pas négocier avec moi, même si tu m'offrais tout l'argent du monde et c'est de camoufler un quelconque handicap qui pourrait nuire significativement à ta profession médicale.»

«L'on n'aura pas à négocier très longtemps, car moi aussi j'y ai souscrit personnellement une totale impossibilité; et je vous rassure à l'effet que vous ne m'avez pas froissé.»

«Alors, pourriez-vous m'exprimer clairement ce que vous attendez de moi, ou éventuellement de nous?»

«En rapport directement, et exclusivement avec la capacité que j'ai de pouvoir visualiser l'intériorité d'un corps humain sous une modalité dira-t-on de flash et qui perdure moins de cinq secondes, laquelle capacité a pris naissance à la suite de mon opération au cerveau, et compliquée d'un arrêt cardiaque venant vraiment de nulle part. Je voudrais donc obtenir de toi, et éventuellement de vous, cette confirmation à l'effet que mon cerveau a maintenu constamment son intégrité jusqu'à ce moment-ci ou, en d'autres mots, qu'il ne présente pas une quelconque anomalie sous aucune manière quelle qu'elle soit tant de son anatomie que de son aspect fonctionnel, c.-à-d., sa physiologie, l'un et l'autre mutuellement reliés, et par surcroît, sa structure tout comme son fonctionnement sont formellement comparables aux performances cérébrales reconnues, et établies de tout temps en tant que le standard médical. Et deuxièmement, que tu me confirmes que je ne souffre d'aucune maladie psychiatrique contenue dans le répertoire le plus complet qui soit des pathologies psychiatriques. »

«Je tiens tout d'abord à te remercier pour la limpidité aveuglante de ta requête. Secundo, te considères-tu prêt à me et nous donner absolument, inconditionnellement carte blanche?»

«Séance tenante!»

«Je t'ai toujours admiré pour ne pas dire idolâtrer pour ton formidable cran, et ton superbe sens des responsabilités face aux obligations de toute nature. Même parmi mes meilleurs candidats que j'ai connus, et Dieu seul sait que j'en ai beaucoup connus, je n'ai aucune difficulté à t'affirmer que tu les dépasses.»

«Quand commençons-nous?»

«Attends un peu, nous sommes lundi. Demain matin est-ce que ça t'irait?»

«Comme un scout, toujours prêt!!!»

«Oui! Oui! J'oubliais ton inconcevable sens de l'humour. Maintenant, il persiste la douloureuse question des honoraires. Moi-même, j'occupe une haute place dans les finances de la clinique Mayo, et je me dois de te demander un dépôt aujourd'hui d'USA $ 250,000.00 au moyen d'une transaction bancaire par câble. Toujours possible pour toi?»

«Oui, sans aucun problème. J'ai déjà averti ma conjointe avant mon départ et elle a déposé ce matin USA $ 300,000.00 dans son compte.»

«Aussitôt la transaction complétée, je mettrai tout en œuvre pour que vendredi de cette semaine, nous puissions te fournir les conclusions les plus réalistes qui soient. Tu comprendras facilement que nous ne détenons pas la vérité avec un V majuscule. Il faudra nous assurer ta disponibilité la plus entière.»

«Comme un soldat, toujours au rendez-vous! Merci de tout cœur.»

Tout se déroula comme prévu. Le patient n'aura pas eu une seule heure de disponible depuis le mardi matin, et jusqu'au vendredi midi. Il est d'abord évalué par un neuro-opthalmologiste, un neurologue, et un cardiologue. Il a eu à subir toute la panoplie des examens radiologiques, en plus des tests à choix multiples de tout acabit en psychologie et sociologie. S'ajoutèrent des interviews archi complexes visant à ce que notre patient se contredise constamment face à 3 psychiatres, après qu'il ait échangé avec chacun d'eux individuellement. La cédule s'échelonnait de 7.00 am à 19.00 pm Steven a manifesté un pincement au cœur en reconnaissant que les mieux nantis bénéficient de l'ultra crème en termes des services rendus. Le vendredi après-midi, on l'a convoqué à une réunion à la clinique Mayo pour prendre connaissance des résultats. En plus du Dr. Barry Schwartz, il y avait le Dr. Stanley Cameron, un radiologiste, que Steven rencontra une première fois à St-Luc, Dr. Mike Cusano, cardiologue, Dr. Sandra Cutler, une neurologue, Dr. Huseyn Gokalp neurochirurgien, Dr. Kathy Jakobson, neuro-ophtalmologiste, Drs. Jay Lipstein, Thomas Morton et Ralph Pelman, tous trois psychiatres, Dr. Anton Mathewson, et Dr. Jonathan Peterson, rattachés à la radiologie interventionniste.

«Dr. Nicholson, nous vous souhaitons tous la bienvenue. J'habillerai, le costume d'un maître de cérémonie, si je puis m'exprimer ainsi, et vous aurez toute la latitude de questionner qui que ce soit du groupe. Nous commençons par la conclusion étant la plus facile. Vous ne souffrez pas d'aucune maladie psychiatrique. Deux) l'intégrité de votre cerveau tant du point de vue anatomique que physiologique se révèle parfaite à 100 %. Trois) la masse résiduelle, et ayant une opacité centrale nous apparaît comme inerte en ce sens qu'elle n'a pas subi un quelconque changement, à la résonance magnétique, à la radiographie isotopique en médecine nucléaire, incluant aussi certes la cartographie sélective au scanneur, et finalement l'artériographie de la totalité de la circulation artérielle, et du retour veineux de tout le contenu de votre boîte crânienne. Quatre) nous n'avons pas trouvé ni l'origine, ni le comment, et le pourquoi des images dont vous nous avez fait mention. Ont-elles une relation quelconque avec cette masse? Nous ne pouvons le dire de façon précise, cependant notre humble opinion ne converge pas non plus dans cette direction. Dans la mallette, que vous voyez ici sur le bureau, vous retrouverez la totalité, sans exception, de toutes les recherches, et de toute nature, que nous avons effectuées, et incluant les films radiologiques dont vous devenez dès maintenant l'unique propriétaire. Également, vous y retrouverez notre document résumant la totalité des conclusions énoncées au cours de cette présente réunion, et chacun des médecins ici présents y a apposé sa signature. Dr. Steven Nicholson, avez-vous définitivement obtenu une complète satisfaction de toutes vos attentes, concernant tout ce que l'on a fait?» Barry élabore.

Les larmes aux yeux.

«Comment aurais-je pu demander mieux?!! Je ressens à l'intérieur de moi, présentement, une satisfaction intellectuellement orgasmique, et pour le prix que j'ai payé, j'aurais facilement donné le triple!!!»

Aussitôt arrivé à sa résidence, Steven a ouvert trois bouteilles de Dom Pérignon et en compagnie de Christopher, d'Élisabeth, et de Margaret ils ont proclamé «un toast !!!» pour chacune des conclusions de l'expertise. La fête se déroula, par moment, bruyante, durant toute la soirée chez les Nicholson. Le lendemain matin, manifestant beaucoup de révérence, le médecin alla remercier le beau-père pour sa contribution financière et en même temps, il lui a montré le rapport de Mayo tout en le commentant à l'aide de mille et une explications.

Le surlendemain, il se souvint de la promesse qu'il avait faite à Tony, et pour Steven une promesse demeure une promesse. Il jeta un coup d'œil dans l'annuaire. M. Luc Richard demeurait sur la rue Bélanger Ouest. Lorsqu'il débarqua de son auto, il a vu un pâté de maisons collées les unes sur les autres, débutant à une intersection et se prolongeant jusqu'à l'intersection suivante; à en juger par la couleur sombre de la brique, elles atteignaient au moins l'âge de 50 ans. Il commence à hésiter, puis contre toute attente, son initiative ne lui disait plus rien. Il marche de long en large sur le trottoir. Finalement, il décide enfin de gravir lentement les marches, et toujours ambivalent, il rebroussa son chemin. Au même moment, la porte s'ouvre.

«Dr. S. Nicholson je suppose. Pourquoi faites-vous demi-tour lorsque votre démarche est dans le but de rechercher de l'aide?»

Le visiteur se sentit coincé.

«Bof! Je me demande ce que je fais ici. J'ai déjà obtenu les réponses que je voulais.»

«Pas encore la bonne.»

Le médecin, stupéfait, et en colère.

«Pourtant, j'avais clairement exigé de mes confrères, et de Tony…Ah oui! Il m'a recommandé à vous; de quoi je parlais?!! Le souvenir me revient! Je leur avais formellement ordonné de garder les informations extrêmement confidentielles!»

Luc, d'un calme contagieux.

«M. Nicholson, personne n'a communiqué avec moi, je vous le jure. »

«Comment se fait-il que vous connaissiez le but de ma visite? Je dois envisager une impossibilité!» L'interlocuteur bégaie presque.

«Si vous voulez bien vous donner la peine d'entrer, alors à ce moment-là je pourrai peut-être vous donner satisfaction.»

M. Luc Richard, apparu à Steven comme un homme dans la quarantaine avancée, environ 1.5 m, 70 kg, vêtu d'une chemise à carreaux et donc, de ce qu'il y a de plus commun, portant aussi des jeans et des chaussettes passablement défraîchies. Il habite un 4 1/2, un peu du genre de ceux que l'on retrouve dans les quartiers résidentiels de l'est de cette ville. L'endroit respirait la propreté, mais il aurait nécessité un minimum de rénovations. Luc le conduisit à son bureau, là où il régnait un fouillis indescriptible, non pas par un manque d'ordre, mais parce qu'il n'y avait pas grand comme un timbre de poste de surface de plancher, et de mur qui n'est pas recouvert. Une imposante bibliothèque bien garnie occupait toute la surface d'un mur de la pièce. De la musique de chambre jouait à bas bruit.

«Vous avez une superbe voiture, M. Nicholson!»

«Oui, en effet; vous pouvez m'appeler Steven.»

«Je vous sens inconfortable en ces lieux, est-ce que je me trompe?»

«Euh! Un peu.»

«Évidemment quand on habite dans les quartiers huppés de Westmount que l'on se véhicule en Aston Martin de l'année, le contraste se veut plutôt violent, qu'en dites-vous?»

Nicholson est désorganisé, mais le discours devient tranchant,

«Il semble évident que vous travaillez pour les services secrets. Depuis quand, et de quel droit vous osez vous ingérer dans ma vie privée sans m'en informer!?»

«Je ne fais partie d'aucun service secret, et je n'ai absolument pas le temps de faire des enquêtes, et je vous prie de me croire! Simplement que je vous observe et vous démontrez une défensive prête à exploser.»

«Oui! Je l'admets volontiers, ensuite vous semblez m'analyser.»

«Au moment même de vous parler, vous avez déjà, dans une certaine mesure, tenté outrageusement de vous formuler une opinion de moi, ce qui répond certes à une légitimité en ce qui vous concerne. Cependant,

votre principale préoccupation à cet instant consiste à vouloir connaître mes compétences, car vous ne semblez vraiment pas si certain que je peux vous aider d'une quelconque façon.»
L'interlocuteur surpris.
«Vous m'attribuez des intentions que je ne possède pas, enfin…»
«Je possède un doctorat en médecine chinoise et je suis un membre du Canadian Board en médecine homéopathique. Je détiens une certification par le collège des médecins de cette province en acupuncture et je suis certifié maître horloger en regard des marques les plus prestigieuses, à commencer par la Cartier et la Rolex; je conserve ici tous les documents pertinents le prouvant et, mine de rien, vous portez à votre bras cette dernière marque de montre. Je travaille pour la plus ancienne et aussi la plus importante bijouterie dans cette ville et je vends également des BMW. Durant les cinq dernières années consécutives, la compagnie m'a décerné annuellement le titre de meilleur vendeur au Canada et je risque de vivre la même apothéose encore une fois cette année. D'ailleurs, chemin faisant jusqu'à mon bureau vous avez probablement remarqué tous ces cadres prestigieux qui sont accrochés sur les murs.»
Le médecin devenant plus détendu.
«Dites-moi donc, où achetez-vous du temps!?»
«C'est définitivement mon pire handicap.»
«Effectivement une belle brochette! Que faites-vous dans ce … »
«Taudis.»
Le visiteur adopte un faciès comparable à un enfant qui a fait un mauvais coup.
«Vous m'enlevez les mots de la bouche!»
«Je ne crois pas que mon appartement vous importe beaucoup ce matin. Je vous propose donc d'effectuer l'analyse de votre profil psychologique. Qu'en dites-vous?»
«Je ne comprends pas du tout où vous voulez en venir, puisque vous semblez déjà connaître le but de ma visite.»
«Non seulement je le sais, mais je le vois aussi!»
Steven se redresse vivement sur sa chaise suite à un saut plus vite qu'un éclair.
«Ah! Parce que vous aussi vous…»
«En effet, mais je tiens à ce que ma crédibilité soit pour vous un fait incontestable, et comme elle doit d'ailleurs le devenir pour qui que ce soit qui échange avec vous, d'où je vous soumets à nouveau ma même proposition. Il s'agit de l'analyse de votre profil psychologique par les

couleurs de l'aura que je voie chez toute personne et j'ai plus de 20 ans d'expérience.»

«Me voilà libre toute la journée. Voyons si votre système montre une précision, et jusqu'à quel degré elle peut culminer.»

«Merci! Je tiens d'abord à vous informer auparavant que vous pouvez m'interrompre en tout temps pour des questions, ou des commentaires, et même des objections. Alors pourquoi des objections? Les personnes qui rejettent tous leurs résultats d'analyse énergétique font partie de trois catégories. 1) Si elle ne possède pas une connaissance dès plus complète de son caractère, alors il y a des nouveaux éléments de son analyse qu'elle voudra légitimement renier. 2) Il est raisonnable de considérer qu'elle perçoive un ou plusieurs des élément(s) de son analyse à titre d'une imperfection ou d'un défaut face à la perception qu'elle a ou qu'elle croit avoir d'elle-même, conséquemment vouloir légitimement le(s) rejeter. 3) Il survient que la Vie ne donne jamais l'opportunité à quelqu'un de fructifier un ou plusieurs talent(s), ou des aptitudes, ou bien des possibilités dont il en est l'unique possesseur. Par exemple, si conformément à son analyse, quelqu'un possède le talent, l'aptitude, la possibilité de collectionner les diplômes autant qu'il en veut et que, par ailleurs, ce dernier vit dans un contexte malheureux de pauvreté inhumaine et de misère sociale au-delà de l'entendement humain alors, il devient trop évident: a) qu'il ne pourra rien faire croître sinon, misérablement, qu'un seul diplôme; b) il ne pourra certes pas me croire. Cette introduction vous va-t-elle ainsi?»

«Oui, vous me voyez subjugué par votre simplicité votre calme, ces deux caractéristiques étant désopilantes.»

«Pour chacune des étapes, je vais toujours développer sous l'angle de cette trilogie qui sont vos modes de penser, de parler, et aussi de vous comporter . En passant, la musique vous dérange-t-elle?»

«Au contraire, une douce caresse à mes oreilles, et je présume que vous le saviez déjà!»

«Je vous décrirai d'abord vos façons d'être lorsque vous ne subissez pas de pressions superflues sur vos épaules, que vous manifestez de la bonne humeur, et que vous vous sentez bien dans votre peau. Voici la définition de votre essence (vos racines, et à partir de l'image symbolique d'un arbre) .Il y a deux couleurs qui la composent: 1) bleu ombré 2) vert ombré.»

«Envoyez toute la sauce! Et les couleurs pour égayer la galerie!»

«Bleu ombré. Vous êtes une personne énigmatique, très difficile à percer, et qui s'interroge une fois, et pas deux fois. Vous fonctionnez par devoir et donc vous faites quelque chose sans jamais vous poser de questions. Dans votre discours, «Je dois» revient constamment. Vous foncez toujours, et sans la moindre hésitation. Vous vous identifiez au Savoir, seulement dans ce que vous avez appris et vous aimez vos enfants, mais vous ne le dites qu'à vos petits enfants.»

«Objection! J'ai toute la facilité du monde à le dire à mes enfants.»

«Vous ne m'apprenez rien. Je vous le confirmerai dans une autre étape de votre analyse; à cet effet, je vous informerai également un peu plus tard que vous avez aussi la facilité de catégoriser, de classifier et donc je vous recommande d'utiliser cette aptitude maintenant. Ce conseil vous aidera dans cette présentation.»

«Merci!»

«Ce sont des gens distants, froids, et très fiers d'eux-mêmes. Le respect constitue pour eux une valeur hautement sacrée, j'entends ici celui étant dirigé à votre égard, et ils sont loyaux envers leurs proches, et ceux qu'ils respectent. Ils ne visent que l'absolutisme; la perfection à 100% n'est pas encore suffisante. Tout ce qui s'associe à des contenus livresques et des diplômes, l'un et l'autre, qui appartiennent à votre patrimoine particulier, deviennent totalement inattaquables. Et ils recherchent constamment la connaissance poussée dans un domaine précis, que ce soit en médecine ou en mécanique ou autre. Vous êtes toujours excessif dans tout ce que vous faites. Dans votre vocabulaire les mots 'partage' et aussi 'compromis' n'existent pas. Vous pouvez devenir arrogant et agressif si vous voulez quelque chose, et que surtout si vous avez la conviction que «JE DOIS » l'avoir. Vous êtes marié à l'eau, j'entends ici, les douches, les lacs, la pluie, et finalement les boissons alcoolisées.»

«Maintenant, je comprends mieux un fantasme concernant l'eau et que j'entretiens depuis des dizaines d'années.»

«Vous êtes vantard pour étaler vos connaissances, et vous comprenez, et savez des choses dont vous ne soupçonnez même pas; pour les autres qui participent à votre environnement, le tout prend l'allure d'une connaissance spontanée. Vous êtes toujours en train de nous convaincre, et vous n'acceptez pas la contrariété!! Il impose ce qu'il veut, et comme une éponge, il «scan» ceux qui l'entourent, puis après il extrait d'eux, les informations recueillies. Il se sent vraiment au-dessus de tout, donc patience et il ne fait jamais rien pour rien.»

«Absolument vrai!»

«Il adore la solitude.»

«Oh! Que oui!!!Oui!!!Oui!!!»

«Vert ombré. Il est un bourreau de travail et il n'accepte absolument pas l'inefficacité, ni l'incompétence. Il est très susceptible et il ne regarde que ce qui l'intéresse. Il spéculera qu'à partir des données nombreuses et complexes et une fois qu'il se met en mouvement, il n'arrête pas, et se rend toujours au bout. Ses observations sont archi précises. »

«Vraiment renversant comme exactitude!»

«Il énonce constamment des opinions et plus les problèmes deviennent complexes, et plus il s'amuse. Il possède une grande habileté intellectuelle et une superbe capacité analytique et en plus, une puissante capacité d'intégration de même qu'une excellente mémoire, d'ailleurs tout comme son jugement qui fait toujours flèche de tout bois.»

Nicholson rit de bon cœur.

«J'espère que vous ne me dites pas des choses que je veux entendre!»

«Son obsession se résume à la quête du Savoir et il va toujours au fond des choses. Il possède une approche purement holistique, ce qui veut dire qu'il part toujours de l'ensemble, et non de la partie. De plus, sa capacité de concentration est phénoménale, et aussi, sa capacité d'apprentissage est remarquable. Sa compétence fait qu'il devient le seul à se comprendre. »

Le médecin essuie plusieurs larmes.

«Je peux certes aider tout le monde, mais personne ne peut m'aider; quelle sacrée écrasante solitude existentielle.»

«Sa vie personnelle et l'autre, intérieure sont simples. Il demeure fidèle dans le mariage et ce sont des gens très, très convaincants. Ils possèdent une façon très exigeante, aussi très impératrice d'obtenir.»

Luc fait une pause.

«J'ai terminé cette première étape.»

«Je n'en crois pas mes yeux!» L'invité enthousiasmé.

«Êtes-vous fatigué?»

«Au contraire! Je veux S A V O I R!!!» Il s'exclame joyeusement.

«Nous allons entreprendre la deuxième étape.»

«Combien y en a-t-il au total?»

«Cinq.»

«Dans celle-ci nous analysons vos modes de penser, de parler et d'agir chaque fois que vous laissez une situation pour passer immédiatement à une autre. Je réfère ici à votre ego, et c'est également l'image que vous entretenez de vous-même, et par une correspondance, le tronc de l'arbre.

L'ego débute vers l'âge de 5 à 6 ans, au moment où l'enfant commencera à régurgiter ce qu'il a appris auparavant.»

«Je ne comprends pas.»

«Par exemple, la maîtresse de la maison qui prépare le déjeuner, et le téléphone sonne; dès ce moment-là, c.-à-d., durant son trajet depuis le poêle jusqu'au téléphone elle vivra dans ce que j'appelle son ego, et je tiens immédiatement à préciser qu'il ne s'agit pas du tout de l'ego dit freudien et ça en aucune façon, et il faut l'oublier à l'instant même. Aussitôt qu'elle s'embarque dans la nouvelle démarche, elle plonge nécessairement dans son ego; elle pourra donc en ressortir à nouveau dépendamment et expressément selon le déroulement des évènements lors du contenu de la conversation téléphonique. En d'autres mots, si une certaine journée vous avez vécu 150 situations différentes, vous avez visité votre ego 150 fois. Maintenant, est-ce plus limpide?»

«Oui, et merci!»

«Dès les premières secondes de toute situation différente, vous devrez entreprendre mentalement un fin processus afin de déterminer tous les moyens obligatoires pour vous ajuster le plus adéquatement possible à celle-ci. L'ego sert aussi à se défendre, je veux dire faire valoir ses points, ses droits, tout comme se défendre du point de vue physique. Votre ego est orange ombrée.»

L'autre acquiesce.

«Nous pouvons continuer, et combien de couleurs au total?»

«Il y en a 12; 6 ombrées, 6 claires, et environ 18 milliards de possibilités. »

« Dans votre ego, vous posez une montagne de questions pour trouver la façon de faire, et surtout ne pas vous faire avoir. Vous haïssez à vous en confesser à un prêtre de vous voir pris en défaut.»

«Je n'en reviens tout simplement pas!! Votre dernière caractéristique, je l'ai soumise, mot à mot, à ma femme il y a quelques jours à peine! Bordel!!!!»

«En accord avec votre ego, vous devez absolument avoir le pur contrôle absolu des choses et des personnes.»

«Il faut bien que quelqu'un mette ses culottes, je veux par là dire qui se montre avant-gardiste à prendre les décisions; je dirais même plus, qu'il les pressente.» Nicholson souligne avec force.

Luc rit amplement.

«J'aime bien ton langage coloré et je continue. Vous doutez, doutez encore et doutez toujours. Vous êtes perfectionniste, méthodique et très exigeant envers vous-même.»

«En effet, je ne me pardonne rien et je suis impitoyable face à moi-même. Voilà quelque chose que ma tendre Margaret me reproche avec raison d'ailleurs.»

«Il recherche opiniâtrement des solutions à tous les problèmes, dans le but d'effacer ses doutes, et réduire à zéro tous les imprévus. À l'occasion, il manifeste de surprenantes bouffées d'agressivité, et il est extrémiste dans leurs actions.»

«Je crois que tu l'as mentionné dans la première partie.»

«Tu as parfaitement raison, et cette caractéristique apparaît à nouveau dans ton ego.»

«Tout ou rien?»

«En effet! Il retient un certain fanatisme. À la limite s'il devient vraiment coincé, et en surcroît, étant menacé, alors la fin justifiera amplement les moyens. Il possède une logique séquentielle, linéaire et aussi cartésienne. La planification intempestive, et à très long terme constitue sa deuxième priorité inattaquable après sa notion de contrôle.»

«Je me situe à l'opposé de ma femme sur ce dernier point. Ne lui demande pas ce qu'elle va faire demain matin, car à chaque fois elle te répond: «Une heure à la fois!» Ah!ah!ah!ah!ah! Je taquinais, car elle dit réellement «un jour à la fois.»

«La troisième étape réfère à tes modes de penser, de parler et d'agir lorsque tu établis un contact avec quelqu'un que tu ne connais pas ou que tu vois rarement, ou bien que tu t'achètes quelque chose qui est neuf. Par cet énoncé, je définis la personnalité, le feuillage de l'arbre, et finalement l'image que les autres retiennent de toi. Ici aussi, et avec vif empressement je précise que ce mot n'a aucun rapport quel qu'il soit avec ce que l'on reconnaît généralement à travers le public, et les professionnels de la santé là, où la personnalité dite freudienne correspond à l'ensemble du caractère, tandis que de la façon dont je l'utilise, je réfère seulement à une partie du caractère, c.-à-d., du profil psychologique. Tu es rouge clair.»

«Qu'arrive-t-il avec les membres de ma famille?»

«Elle n'entre pas en considération, et je t'explique. Lorsqu'il s'agit d'un étranger, tes façons d'être respecteront les caractéristiques que je vais t'énumérer sous peu, et si tu revois régulièrement cette personne alors, tu logeras de moins en moins longtemps dans ta personnalité. Finalement, en persévérant à la rencontrer, alors tu n'y iras plus, tout comme on constate le cas avec ton épouse, et tes enfants.»

«Quand tu mentionnes que je me trouve de moins en moins longtemps dans ma personnalité, qu'exprimes-tu exactement?»

«La personnalité dans le contexte très précis dans lequel je l'utilise, ne dure que 4 minutes et pas une seconde de plus. On l'a calculé, et prouvé scientifiquement. De quelle façon ils y sont parvenus? Bof, ça serait une trop longue histoire. On a même écrit un livre dans le cadre des relations interpersonnelles et intitulé: Les 4 premières minutes.

«En tant qu'esprit scientifique, cette toute dernière argumentation ne me suffit pas sauf, que je demeure profondément certain que tu sais où tu t'en vas.»

«Je souligne une autre considération pratique concernant la personnalité. Prenons l'exemple de l'épouse cloîtrée dans sa maison; les seuls étrangers avec qui elle aura affaire correspondront à ceux qui vont lui téléphoner ou sonner à sa porte. Donc au maximum, elle ira 1-3 fois par jour dans sa personnalité. Cependant la serveuse au restaurant, elle parle toujours avec des étrangers, donc elle vivra dans sa personnalité disons à toutes les cinq minutes.»

«Ah là! Je saisis parfaitement. Merci!»

«Un dernier point. La personnalité touche aussi les choses. Utilisons le cas suivant à l'effet que Steven passe devant une quelconque mercerie, et tu vois un fabuleux complet pour la première fois, et donc tu te situes dans ta personnalité. Si tu prends vite la décision de l'acheter, parce que tu es excessivement emballé alors, la transaction va avoir lieu à l'intérieur de cette même période de 4 minutes. Cependant en arrivant chez toi, alors que tu ne te trouves plus dans ta personnalité, mais plus probablement dans ton essence.... »

«Ton essence?» Steve intrigué.

«Oui! Oui! L'essence, la toute première étape, et la plus longue que l'on a épluchée. Essaie de t'en souvenir, c'est bleu ombré et vert ombré.»

«Ah Oui!! Tu as raison!!! Tu admettras qu'il y a beaucoup de matériel dont je ME DOIS de me souvenir, mais c'est tellement captivant!»

«Te trouvant comme je le disais, probablement dans ton essence, alors en quelque sorte tu vas voir avec d'autres yeux ton achat, et peut-être te dire en toi-même: «Qu'ai-je bien pu trouver de si beaux pour avoir décidé de l'acheter. Maintenant, je le regrette presque». Reprenons la même situation devant la mercerie. Cette fois-ci, tout en demeurant enchanté du complet, tu restes quand même ambivalent durant plus de 4 minutes, alors au bout de cette période de temps, parce que maintenant tu te situes dans ton essence ou ton ego, il se peut que, même sur place, tu décides de ne pas l'acquérir.»

«Durant que tu me décrivais ce mécanisme, apparurent dans mon mental des souvenirs, où il m'arrivait à plusieurs reprises de me fâcher contre moi-même pour ce que j'appelais des achats impulsifs.»

«Déjà que de l'impulsivité tu en possèdes passablement trop dans ton analyse de ton profil psychologique par les couleurs de l'aura.»

«Je le constate en t'écoutant, et je n'ai pas de problème à vivre avec.»

«Voici tes caractéristiques. Ce sont des gens de pouvoir, et qui ont du leadership. Ils prennent les bonnes décisions surtout dans l'intérêt des autres et possèdent une autorité naturelle. Ils sont sûrs d'eux-mêmes, et fiers. Ils inspirent confiance de même qu'ils sont en mesure d'indiquer la bonne direction à suivre, dans une décision ou face à un problème. Leur force se situe dans la grande facilité à atteindre l'affectif des autres et leur charisme n'a rien de comparable tout comme cette notion d'entregent. Les propriétés de ta personnalité font que tu as toute la facilité voulue pour dire «Je t'aime!» à ceux que tu affectionnes le plus.»

«Tu m'as pourtant dit que je ne peux pas dépasser 4 minutes dans ma personnalité et que, par surcroît, elle n'entrait pas en ligne de compte dans mes rapports avec les membres de ma famille; n'y aurait-il pas là une contradiction manifeste?» Steven intrigué.

«Ta question se veut des plus pertinentes. D'abord les caractéristiques rattachées à la personnalité de ton analyse, et seulement ton analyse, se révèlent parmi les plus sentimentales, les plus émotives, et aussi les plus affectives, et nécessairement les plus adaptées à l'amour humain, si je les compare aux onze autres couleurs, sauf le violet ombré. D'autre part, tout ce que j'ai déjà dit en regard de chacune des étapes, alors elles sont toutes incluses à l'intérieur d'un même être humain c.-à-d. toi. Comme la relation familiale constitue une relation privilégiée, elle trouve ses affinités avec ce qui lui ressemble le plus en termes de tes aptitudes contenues à l'intérieur de toi.»

«Vu sous cet angle, c'est très logique, en effet.»

«Nous passons maintenant à tes fruits, c'est à proprement parler de la résolution des divers problèmes en utilisant ta créativité et ton imagination. Il va de soit que tous tes autres processus mentaux étant localisés ailleurs dans ton analyse vont y participer. Tes fruits sont orange clair. Encore ici, les fruits de l'arbre symbolique.»

«Oh!! Tu aurais eu une certaine difficulté à essayer de me convaincre du contraire! Ah!ah!ah!ah!»

«Ce sont de réels purs génies et ils n'ont absolument aucune barrière. Ce fut aussi la même chose pour Albert Einstein dans ses fruits.»

«Bien là! Tu n'as quand même pas vécu à son époque!»

«Non, évidemment! Je peux, dans les faits, réaliser l'analyse de qui que ce soit par l'intermédiaire d'une simple photo. En passant, tu constates que je ne t'ai posé strictement aucune question, que des affirmations tranchantes sans retenue qui sortirent de ma bouche.»

«Excuse-moi Luc, je n'ai pas eu le temps de le réaliser tant soit peu, et j'espère que tu ne m'en voudras pas. On demeure tellement submergé dans un rapport unidirectionnel.» L'autre ébahi.

«Ils ont une curieuse façon de travailler, car ils doivent s'illusionner. Cette approche va grandement les faciliter à bouger, et quelle qu'elle soit la modalité ou, en d'autres termes, ils sortent des cadres préétablis, tant sociaux que scientifiques, et autres. À partir de là, ils créent avec la plus grande liberté qui soit.»

«En effet, de quelle façon une découverte pourrait porter ce nom si on l'assujettit à tout encadrement quel qu'il soit.»

«Ils apportent, et aussi ils donnent d'une façon extraordinaire!! Il devient stressant de les accompagner, car ils créent d'une façon particulière et qui déroute les autres. Ils prennent un crayon, du papier puis ils créent, car fondamentalement ils n'ont même pas à réfléchir ni un long, et ni un court moment tout simplement parce qu'ils créent de la façon la plus pure, sans presque rien. Ils ont une génitalité très active et spécialement ouverte.

Le médecin s'éclate puissamment de rire.

«Pas possible! Tu viens fourrer ton nez jusque dans notre lit conjugal. Génitalité ouverte, hum! À plusieurs reprises, j'aurais voulu suggérer à Margaret, la participation d'une tierce personne.»

«Femme OU homme, en raison de ta bisexualité.»

Il ne sait plus quoi penser.

«Je n'ai jamais voulu coucher avec des hommes. Oui, j'ai éprouvé des plaisirs avec les adolescents de mon âge, ce qui à l'époque, je pouvais considérer comme normal dans le cadre de simples jeux sexuels, mais sans avoir jamais à remettre en question mon identité sexuelle.»

«Tu as parfaitement raison Steven, et je tiens à préciser qu'il ne s'agit pas de ce qu'on appelle en psychiatrie une forme de refoulement inconscient, tout simplement parce que cette caractéristique spécifique de tes fruits ne se retrouve pas dans ton essence où là, tu aurais certes expérimenté une situation différente, mais complètement différente à savoir une franche bisexualité vécue en ce sens, et voilée si les circonstances t'y avaient forcé.»

«Le fait que je n'ai jamais eu de problème à enlacer mon copain Tony et qu'à chaque fois le contexte m'a fait plaisir au point de prolonger l'étreinte donc, je réalise maintenant que ces enlacements dépassaient tout ce qu'on inclut dans les manifestations d'une grande amitié.»

«Nous allons terminer avec la dernière portion, les émotions. Tu vas probablement me souligner qu'il y a une quantité presque indéfinie de manières de manifester la totalité des émotions, sauf qu'ici en ce qui concerne l'analyse du profil psychologique par les couleurs de l'aura, comment je pourrais te phraser le tout? Je réfère donc à l'allure la plus générale qui soit ou, en d'autres mots, les lignes directrices qui vont influencer significativement tes émotions, quelles qu'elles soient. Je me dois de te préciser un élément. Vous ne pourriez absolument pas vivre simultanément dans deux étapes, quelles qu'elles soient: essence, ego, personnalité, fruits; dans votre auto, le boîtier de transmission ne peut pas se déplacer simultanément en position PARK et DRIVE ou toute autre combinaison. Ici les émotions influencent simultanément les quatre étapes mentionnées de l'analyse énergétique.»

«J'ai pigé.»

«Ta première émotion est rouge ombré. Je mentionne la première émotion parce celle-ci va devenir la première à influencer toute situation dans laquelle tu entres après avoir quitté la dernière; tu n'as qu'à te souvenir de l'emploi de cette expression dans l'échange que l'on a eu au sujet de l'ego' chaque fois que vous laissez une situation pour passer immédiatement à une autre différente de la précédente'. Une notion de fatalisme va les caractériser et donc une soumission dite stoïque vis-à-vis toute souffrance. À cet effet, ils diront machinalement «c'est ça la vie!» Également une reconnaissance formelle de ce qu'il dit, mais surtout de ce qu'il fait; elle devient une obligation criante pour celui qui requiert son aide.»

«Sous quelles modalités?»

«Un simple remerciement ou 'je t'offre une bière froide'; 'quel excellent travailleur!!!'; être rémunéré financièrement; partager un repas, un chalet; d'une façon ou d'une autre, la récompense due au rouge ombré se veut incontournable sinon, crois-moi, il va t'oublier une fois pour toutes. Tu n'as qu'à te référer à l'image d'un mercenaire, et toi, tu t'y identifies plus que parfaitement.»

«Tu as absolument raison!»

«Les émotions doivent être intenses, voire même violentes. Voici l'exemple que je donne. Lorsque ton équipe de hockey compte un but durant la saison régulière, tu applaudis, mais pas davantage. Par contre, si ton club compte le but vainqueur en période de prolongation de la septième partie de la finale de la coupe Stanley, alors là tu cries, tu te trémousses debout avec les autres autour de toi, tu vibres intensément à l'intérieur de toi; voici exactement ce contexte essentiellement qui procure ta raison de vivre.»

«C'est parce que l'on se trouve entre hommes que je peux te l'exprimer. Lorsque je fais l'amour avec ma femme, le moment que j'apprécie le plus, en dehors de l'orgasme mâle, revient définitivement à entendre ma femme hurler à s'en éclater les poumons. J'aime suffisamment cette situation pour que je lui provoque plusieurs orgasmes, avant le mien.»

«Ce sont des personnes très sociales et tout doit constamment bouger autour de toi, mais sans agitation, et ni désorganisation, sinon ou bien tu provoques les choses, ou bien tu quittes les lieux. Dans tes échanges, « il faut » revient trop souvent et tu aimes amplement cuisiner.»

«Je suis plus qu'estomaqué de toutes tes révélations!!! »

«Ta deuxième émotion est violet clair. La deuxième émotion intervient seulement lorsque les exigences de la première émotion atteignent leur acmé; il survient souvent carrément le contraire, ou bien que ses exigences sont que très partiellement satisfaites. Dans un cas comme dans l'autre, le contexte final amène ladite personne à devenir plus ou moins contrariée ou bien définitivement à souffrir. Conséquemment, tu passes à la deuxième émotion qui t'apportera de l'aide seulement et seulement si la situation s'harmonise relativement parfaitement à la seconde émotion. La chaise musicale entre la première émotion et la deuxième recommence à l'infini à chaque fois que tu passes d'une situation à une autre étant différente de la précédente. Le violet clair n'engendre que l'harmonie, et conséquemment il laisse toujours la place au rouge ombré, ou il le copie littéralement. J'ai terminé l'analyse énergétique de ton profil psychologique par les couleurs de ton aura.»

«Stupéfiant!!!Renversant!!!»

«Steven, je dois te faire une rare confidence, et j'en ai définitivement pas l'habitude. Tu possède la plus extraordinaire, la plus puissante analyse que j'ai réalisée jusqu'à ce jour et j'en fais depuis plus de 20 ans.»

Steven regarde Luc dans les yeux, d'une manière solennelle.

«Luc, je te signerai le contenu de l'analyse que tu as élaborée de mon profil psychologique à 99.999% et jamais je n'ai montré autant de sérieux à énoncer une affirmation. C'est un véritable viol psychologique.»

«Personne ne me l'a présenté sous ce vocable qui se veut superbement adapté. Je t'en remercie! »

« Ma gratitude à ton égard est insondable. » Commente Nicholson.

« Maintenant, changement de sujet, en ce qui concerne les images des viscères à l'intérieur d'un corps physique que tu vois, tu as pleinement

raison de les voir, parce qu'elles se rattachent à ton troisième œil. Il est localisé entre tes deux sourcils, à la racine de ton nez, et qui demeure ouvert, et fonctionnel. Ce fait ne relève aucunement d'une quelconque propriété de ton cerveau, ni de la masse avec son centre clair qui, comme te l'ont confirmé les gens de la clinique Mayo, est maintenant aussi inerte qu'une pierre. Tu retiens bien ceci: ton 3e œil te donnera toujours, mais absolument toujours une image très exacte. Toute fausse image devient totalement, formellement exclue. Retiens également qu'en fonction de ces images tu conserves toujours ton libre arbitre ou, en d'autres mots, la liberté de ce que tu dois décider, et faire, ou bien de ce que tu ne dois pas faire. Moi aussi, je possède cette masse localisée au même endroit que toi, sauf que le destin m'a préservé du drame horrifiant que tu as connu. Je te préviens fermement à l'effet que tu ne peux absolument pas faire ce que tu veux de ton troisième œil. Seulement les entités subtiles, qui te guident tout le long de ta vie, font apparaître les images discutées antérieurement.»
«Si je t'avais rencontré avant, j'aurais peut-être sauvé US $ 250,000.00 !!!»
«Seulement $ 249,500.00!»
«Allons-nous pouvoir nous rencontrer à nouveau?»
«Comme tu l'as si bien dit, il faudrait que j'achète du temps Ah! Ah!Ah! Ah!Ah!Ah! Oui, me rencontrer, c'est toujours possible à chaque fois que tu en ressentiras le besoin.»

Steven passe le reste de la journée à l'hôpital et il retourne chez lui au moment du souper. En s'introduisant dans la demeure, il s'exclama,
«Salut tout le monde! Me voici très heureux comme jamais j'aurais pu l'être.»
Puis, il se rend rapidement à la salle à manger.
«Que t'arrive-t-il mon chéri? Je t'ai rarement vu aussi enjoué!»
«Ah! Si j'avais pu rencontrer ce type auparavant j'aurais économisé la somme d'USD $ 249,500.00!!! Il a fait l'analyse entière de mon profil psychologique! »
«Papa!!! USD $ 500.00 pour analyser tout ton profil psychologique; je connais des gens qui le font très bien à CAD $ 50.00!» Chris sursaute.
«Jamais je ne pourrai me rappeler t'avoir vu dans ces états en raison d'un homme; une femme j'aurais plus facilement compris!» Énonce Margaret.
«Vous ne savez pas la meilleure des nouvelles!» Le mari, larme à l'œil.
«Quoi ?!!!» Élisabeth émotionnée à l'extrême.

«Ma petite Princesse, Christopher, et toi ma chère épouse adorée, il n'y a absolument rien d'anormal chez moi, entre la tête et les pieds!»
Christopher montrant du dépit.

«Franchement, comme farce tu aurais pu faire beaucoup mieux!»

«Attend un peu mon fils, ton père va s'expliquer.» Margaret intervient.
Le paternel continue à jubiler.

«Le gars que j'ai vu possède aussi une masse dans son crâne, comme la mienne et avec la même localisation. Il l'a su dès l'âge de douze ans et il demeure toujours en bonne santé! J'oublie encore un autre évènement à savoir que mon troisième œil demeure ouvert et les images que je vois, seront toujours véridiques, toujours précises!»

«Troisième œil? Tu veux dire quoi au juste? Papa souffrirais-tu d'une infirmité par hasard?» Christopher grimace.
Élisabeth vient à la rescousse de son père.

«Ce que tu peux dire des grosses imbécilités, toi Christopher!!! Tu n'as jamais vu les hommes et femmes avec une petite tache entre les deux sourcils juste en haut du nez? Là se trouve le 3ᵉ œil»

«Pauvre conne, papa n'a rien au visage!»
Margaret arbitre,

«Les enfants cessez de vous chamailler! Laisser donc parler votre père.»

«Christopher, mon 3ᵉ œil, il s'avère impossible de le voir. Voilà tout ce que je sais pour l'instant. Dans son bureau, j'ai noté une image sur laquelle je voyais le dessin de quelqu'un assis au sol, ayant les jambes croisées et aussi comme des soleils, tous de couleur différente, alignés verticalement en projection de sa colonne vertébrale et l'un de ceux-ci se retrouvait entre les deux sourcils, et à la base du nez. Je ne l'ai pas questionné sur cette image, car je croyais qu'un psychotique en pleine phase d'hallucination visuelle l'avait dessiné.»

«Assis-toi pour l'amour du ciel! Explique-moi en quoi cette personne se veut tellement extraordinaire.» Margaret réplique

«Sans faire aucune sorte d'enquête, il savait tout de moi; mon voyage à Boston; que je vivais à Westmount; que l'on m'a opéré dans la tête, etc., etc.» L'époux se calme et raconte.
Christopher commente,

«Le salaud t'a fait suivre par un détective privé qui t'a espionné à ton insu!»

«Pas du tout mon cher fils. Il a simplement vu ces détails quelque part à l'intérieur de moi, et je ne sais vraiment pas où; très certainement dans la mémoire qui est contenue dans mon cerveau. Je n'ai pas encore fini, car j'ai vraiment eu la vive certitude qu'il lisait dans mes pensées. Une chose est certaine, c'est qu'il voyait, il ne devinait pas du tout, il voyait réellement mes réactions avant que je les manifeste!»

Élisabeth instantanément pleure abondamment, et devient en agitation. Le père ahuri.

« Qu'as-tu ma Princesse?!»

À travers ses larmes abondantes, elle essaie avec difficulté de parler, «Promets-moi...Que tu...Le reverras...Plus jamais!»

«Pourquoi!!!?» L'autre abasourdi.

Élisabeth parle à travers ses pleurs,

«L'an dernier, j'ai suivi un cours optionnel qui traitait de l'Inde. À un certain moment, on nous a informés qu'il existait, je pense qu'ils ont appelé ces gens, des yogis.»

Christopher rit fort,

«Tu deviens complètement folle ma parole!!! Yogi, c'est le nom d'un ours dans les bandes dessinées; il apparaît aussi sur des boîtes de céréales.»

Élisabeth folle de rage.

«Ah! Sois sûr qu'on ne voit plus de gens cons et tarés comme toi!! Les yogis, selon le reportage véridique, certains se voulaient bons, et les autres pas. Les mauvais yogis ont cette capacité de siphonner toute la mémoire de toute une vie de quelqu'un, et le garder je ne sais trop où en eux-mêmes. Tout ce qui resterait de l'autre se résume à un cerveau sans mémoire, sans ses expériences, sans rien du tout et il paraît qu'il devait tout réapprendre à nouveau, même parler, et manger. Ton gars ressemble trop à un yogi!»

«Ma Princesse, j'ai échangé avec un Québécois pur sang, et je n'ai aucun doute à ce sujet. Il ne ferait même pas mal à une mouche, et j'en possède l'absolue certitude. D'ailleurs, je lui ai demandé de le revoir.»

Élisabeth reprend à nouveau à pleurer abondamment. Steven est sur le point d'exploser.

«Princesse! Pas encore toi?»

«Ces mauvais yogis...Ils ont des pouvoirs (shidis)...Ils peuvent devenir aussi petits qu'un atome......Acquérir le poids de la Terre; ils peuvent changer totalement d'apparence; il en reste un ou deux que j'oublie.»

L'autre plus calme; et également Élisabeth qui essuie ses larmes.

«Voyons donc Élisabeth!! S'il te plaît, laisse-moi respirer un peu!! Tu prends les Yogis vraiment trop à cœur; tu t'en fais franchement trop, bien que je te crois sur ton dernier point. Je comprends effectivement tes appréhensions, par ailleurs je lui fais totalement confiance.

Christopher en colère.

«Quand même pas à USD $ 500.00 de l'heure!»

Le médecin rit amplement.

«Voyons!! Là, il m'a rendu un service. Une intervention énergétique, selon son appellation, aurait correspondu entièrement à autre chose et il m'a tellement impressionné que je lui en aurais certes donné le double!!! Les prochains échanges se dérouleront dans une brasserie du coin, et où on discutera cordialement.»

«Que fait-il dans la vie, le type en question?» Margaret interroge.

«Il vend des BMW; il travaille dans une bijouterie, probablement la celle sur Ste-Catherine Ouest. Il possède plusieurs diplômes prestigieux; je t'assure qu'il ne ressemble pas du tout à un deux de pic, loin de là. Tu me connais ma chérie, s'il m'a épaté aussi intensément, alors on a affaire à tout un bonhomme.»

«Son nom?»

«M. Luc Richard. Il demeure ici sur l'île, et plus précisément sur la rue Bélanger.»

«En termes d'analyse, en quoi la différence avec tout ce que tu as pu entendre ou voir?»

«Il n'y aura jamais rien qui arrivera à la cheville de ce type d'analyse. Il alla même jusqu'à l'intimité de notre lit conjugal.»

«Je ne comprends pas, explique-toi!» Margaret plus qu'étonnée.

«Il m'a confirmé mon statut de chaud lapin!!»

Les enfants rigolent.

«Plus j'y repense Margaret, plus je me dis que je verrais peut-être une idée intéressante à ce que les enfants, et toi puissiez vous soumettre à l'analyse du profil psychologique par les couleurs de l'aura, que par la suite nous les échangions entre nous. Ainsi, en connaissant ou projetant les réactions de l'autre, l'on pourrait améliorer davantage des relations déjà satisfaisantes. Je vous préviens tous, il s'agit carrément d'un viol psychologique. Je ne peux pas l'imposer à qui que ce soit; prenez tout le temps pour bien y penser.»

Les mois s'écoulèrent; tout allait pour le mieux pour Steven sur le plan professionnel. Les visions subtiles se manifestaient automatiquement presque régulièrement; il arrivait aussi qu'elles ne se produisaient pas à la grande surprise de Nicholson concernant de nombreux cas. Avec l'addition des séquences d'absence de cette lumière conique, il en arriva à deux conclusions. 1) Les cas cliniques en question ne relevaient pas strictement de la chirurgie. 2) La simplicité débordante de la démarche clinique et/ou du traitement chirurgical. Un certain lundi avant-midi, alors qu'il allait quitter le bloc opératoire, une infirmière du staff lui parla,

«Dr. Nicholson, on vous a adressé une consultation en chirurgie à la salle d'urgence, et le Dr. Ken Forgetty a signé la requête.»

«Je vous remercie! J'y vais maintenant et veuillez m'aviser lorsque mon prochain patient dormira.»

«Oui, Dr. Nicholson, j'y veillerai.»

Arrivé à la salle d'urgence, il prend connaissance de la consultation. Il s'agissait d'une dame dans la quarantaine, qui la veille en fin d'après-midi, a assisté aux funérailles d'un proche parent. Durant la soirée, en raison d'un mal de tête épouvantable, elle a avalé une aspirine, mais avec le minimum d'eau. Alors, au cours de la deuxième moitié de la nuit, elle ressentait assez souvent des vives douleurs à l'estomac, et comme les symptômes ont persisté elle se rendit à l'hôpital. Durant la période de temps où Ken l'interrogeait, elle l'a momentanément interrompu, car son estomac, à la suite d'une forte contraction, l'a forcé à vomir un grand placard de sang rouge vif. Dès ce moment-là, du point de vue médical, on la traitait très intensivement, toujours à l'urgence. Aussitôt après la lecture, le chirurgien se rend au chevet de la dame.

«Bonjour madame Christine Hewitt! Je me présente. Je suis Dr. Nicholson, chirurgien. L'urgentologue qui vous a pris en charge m'a demandé de lui fournir une opinion complémentaire.»

«Faites ce que vous avez à faire, Dr. Nicholson, je me suis présenté ici pour me faire soigner en espérant guérir.»

Il la questionne à nouveau puis l'examine. La vision subtile l'informe que le comprimé ne se désagrégea pas complètement, et que la partie résiduelle s'est enfouie dans l'épaisseur de la muqueuse gastrique; elle érodait une artère gastrique majeure. Lorsqu'il eut fini avec la patiente, il demanda à rencontrer Ken dans un local adjacent.

«Je vous salue, Dr. Ken Forgetty!»

«Moi de même, Dr. Steven Nicholson !! Avez-vous eu le temps d'évaluer ma patiente, Mme Christine Hewitt?»

«Oui, je viens à peine de terminer.»

Son pager le signale.

«Attendez-moi un instant, j'appelle la salle d'opération, et leur demander de patienter un peu.»

À son retour.

«Alors Dr. Nicholson, qu'en pensez-vous?»

«Vous avez fait que de l'excellent travail, mais je vais inscrire dans votre requête, que je dois l'opérer le plus rapidement possible en raison de l'urgence.»
Ken, très étonné.
«Pardon! Que me dites-vous là? Elle évolue sous irrigation gastrique continue avec du sérum physiologique presque glacé et, sauf pour les trois litres de départ, qui nous ramenaient sur un mode continu dans la bouteille, un liquide certes pas plus que rosacé, tout le reste des retours depuis une heure, montre que de rarissimes apparitions de sérum rougeâtre. Alors, pourquoi manifester autant d'agressivité? Moi, je vous ai juste demandé une consultation sur le plan académique, car je me perçois comme tout à fait à l'aise avec ce cas.»
«Ken, les trois premiers litres correspondaient au sang déposé sur toute la superficie de la muqueuse gastrique, et vos rares apparitions témoignent d'un saignement encore actif, mais sous une épaisse couche de caillots sanguins.»
«Ah bon! De quelle façon auriez-vous pu mettre en évidence ce que vous avancez maintenant!!?»
«C'est au niveau de mon examen de la région gastrique, j'ai retrouvé un empâtement localisé à la grande courbure, mais adjacent et incluant l'antre pylorique de l'estomac.»
Ken, ironique.
«Continuez parce que vos trouvailles m'intéressent passionnément.»
«Selon mon opinion, j'ai retenu que le comprimé d'ASA s'est enfoncé dans l'épaisseur de la paroi, et au moment où nous discutons, il gruge une importante artère gastrique.»
«Donc, vous pensez que vous allez me convaincre de ce qui n'apparaît même pas à titre d'une hypothèse, mais une certitude selon vous, alors que la patiente se porte bien, et que ses signes vitaux maintiennent une haute stabilité. Je pense qu'il faudra que vous alliez devoir vous lever de bonne heure pour me faire changer d'idée!»
«Lorsque l'immense caillot ne pourra plus résister au flot d'une artère ayant une ouverture béante, vous deviendrez moins confortable dans vos petits souliers.»
Ken monte le ton de plus d'une coche.
«Sachez Dr. Nicholson que je travaille selon le livre commun à tous les urgentologues en Amérique du Nord, notre bible à nous!!! Dans ce cas précis, il nous enseigne que seulement lorsque les retours de sérum physiologique continuent de toujours se maintenir nettement rouges et /

ou que l'on a certaines difficultés à stabiliser les signes vitaux que là, il faut considérer le recours à la chirurgie. En ce qui concerne Mme Hewitt, nous nous trouvons excessivement loin de cette éventualité.»

«Moi les livres, Dr. Forgetty, je m'en suis servi lorsque j'avais le cul assis sur les bancs de la faculté et sachez que les livres auront toujours une limitation. Alors, vais-je enfin l'opérer !!?»

Le pager sonne à nouveau. Il avise qu'il doit faire admettre d'urgence une patiente au bloc opératoire, il annule donc le présent cas étant déjà sous anesthésie.

Ken ayant le sourire aux lèvres ironise,

«Dites donc vous! C'est vous qu'on surnomme, à ce que j'entends placoter, le surhomme, ou devrais-je dire Dieu le Père et en anglais the Godfather!»

Le chirurgien en colère questionne,

«Que vous arrive-t-il? Quelle mouche vous a piqué?»

Ken rit amplement et ajoute,

«On ne fait pas mieux comme le roi des emmerdeurs!»

«Je vous préviens de surveiller votre langage, Dr. Forgetty!»

«Peut-être qu'on ne vous en a pas encore informé, cependant ici tous les urgentologues vous ont quelque part et jusqu'à l'épaule s'il vous plaît. Pour qui donc au juste vous vous prenez avec votre putain de Jésus-Christ d'air condescendant? De quelle manière vous osez défier, osez rabrouer les gens de notre compétence, et de parvenir à mettre les doutes dans leurs esprits? Vouloir les diriger comme des marionnettes, tout comme vous essayez aujourd'hui de le faire avec moi!!! Si tu veux l'opérer, il va falloir que tu passes sur mon corps mort! Assez clair, fumier!»

Steven fou de rage, saisit l'autre par le collet de sa blouse blanche avec ses deux mains.

«Écoute-moi bien ma sale face de rat! Je vais opérer cette patiente tout de suite, et si tu ne comprends pas je vais te le rentrer dans la tête à coup de marteau, et à coups de pied dans ton cul. C'est-y assez clair le roi des cons!!?»

Il le relâche sans se méfier; il reçoit un puissant uppercut en plein dans la figure. Il culbute sur le dos.

«Moi, c'est de cette façon-là que je te fais comprendre que je corresponds encore au médecin traitant!!»

Au même moment, une infirmière en panique s'introduit dans la pièce sans prévenir, et Nicholson se relève lentement en essuyant son nez qui est taché amplement de sang.

«Doux Jésus!! Que se passe-t-il ici?»

Ken répond tout en replaçant sa blouse,

«Le Dr. Steven. Nicholson a eu une montée de pression artérielle et il devint étourdi; en surcroît, son nez pisse le sang. Je l'ai informé d'une bien triste nouvelle.»

Mme Hewitt, durant les deux heures suivantes, a continué de présenter de rares retours rouges peu abondants, et incluant des signes vitaux stables. Alors, le Dr. Ken Forgetty a décidé de lui donner son congé avec une prescription d'un puissant antiacide en comprimé. Lui-même retire le tube de levine, sauf que ce dernier avant son retrait complet était recouvert par l'immense caillot gastrique. Conséquemment, la manœuvre de le retirer provoqua un morcellement du caillot et maintenant, le sang sort à pleine bouche de la patiente. Kent annonce,

«Faites couler le soluté à sa pleine vitesse, je vais lui ouvrir une sous-clavière, et apportez un salin .9 1000cc ici; croiser six unités de sang et qu'une infirmière appelle la salle d'opération pour qu'elle s'assure de la disponibilité d'une salle, et un chirurgien général libre, qui que ce soit, sans oublier évidemment l'anesthésiste. La patiente monte immédiatement au bloc opératoire.»

Heureusement pour cette patiente, car on a rempli toutes les conditions exigées et déjà 2 unités de sang qui coulaient en permanence tout comme deux solutés sous pression. L'anesthésiste a eu d'immenses difficultés à surmonter, notamment de faire la succion de l'excédent de sang qui lui empêchait de visualiser les cordes vocales. Steven quant à lui attendait le OK de l'anesthésiste. Lorsqu'il a ouvert l'estomac, il a vu un hématome occupant deux fois l'espace normal de cet organe et il a dû, malgré lui, clamper temporairement l'artère gastrique gauche juste le temps de faire 3 sutures en X en utilisant de la soie 1-0 sur le point de saignement. On sauva Mme Hewitt vraiment, vraiment in extremis.

Le soir Steven entre à sa résidence. Christopher l'aperçoit le premier dans le corridor central.

«Papa! Que t'arriva-t-il au nez? Il m'apparaît enflé!»

«Quelqu'un m'a eu.»

«Avez-vous engagé une bataille!!!?»

«Pas tout à fait»

«Alors, raconte! J'ai hâte de savoir l'histoire! J'espère que tu as donné toute une correction à l'autre!»

«Même ses proches ne le reconnaîtraient pas!»

Margaret et Élisabeth arrivent sur l'entre fait.

«Papa!! Il t'est arrivé un accident!! Ton nez semble dévié.»

«Ni blessé, et je n'ai pas cogné sur quelqu'un!»

Les enfants en écho.

«Alors!!?»

Leur père se résigne un peu.

«Vous savez que depuis quatre mois je prends des cours de kung-fu, les techniques de combat de Bruce Lee. Moi, et un autre de mes confrères à l'hôpital, pour certes nous amuser, alors l'un taquinait l'autre avec quelques techniques de combat et vice-versa. Lui fait de la boxe amateur depuis cinq ans et il m'a absolument surpris avec un fort jab, en plus d'un uppercut. J'ai rapidement perdu l'équilibre, et je suis tombé à la renverse.»

Margaret ne parlait pas; elle préférait observer. Christopher super excité.

«Quand le match de revanche? J'y pense, tu m'as menti tantôt!»

«Fiston! Quand tu auras atteint mon âge, et peut-être un peu moins, tu comprendras ce que signifie l'orgueil d'un homme, et ce qu'il peut amener au possesseur à faire pour le sauvegarder surtout vis-à-vis des moins âgés que lui. Donc il n'y aura pas de match revanche avant que j'aie terminé mon cours!»

«Mon père qui va défendre la veuve et l'orphelin!»

«Toi, tu regardes trop la télévision!!»

Margaret demeurait toujours silencieuse. Après le souper, elle se rend le retrouver près de la piscine. Il lui donnait l'impression qu'il faisait état d'une outrageuse blessure à son cher ego, et qu'il avait préféré se défiler dans la noirceur et la tranquillité. Elle s'assoit sur ses genoux lui entoure le cou de sa main gauche et avec sa droite, elle lui caresse doucement le visage.

«Il se passa quel évènement aujourd'hui, mon super mâle?»

«Je l'ai décrit de fond en comble aux enfants; n'as-tu pas écouté!!?»

Oh! Si! Un puissant jab suivit d'un uppercut t'aurait, ou bien donné des gonflements ailleurs que juste sur ton nez, ou bien plus, t'aurait cassé des dents et/ou la mâchoire.»

«Je t'assure!»

«Si je te disais que mon frère a fait de la boxe professionnelle, tiendrais-tu toujours la même version?»

«Bon! Bon! Tu m'as eu! J'ai eu une puissante et orageuse prise de bec avec l'urgentologue de garde aujourd'hui.»

Margaret totalement ébahie s'exclame,

«Tu as échangé des coups avec un autre médecin de l'hôpital! Dis-moi que je rêve!»

«En effet, il m'avait demandé en consultation, et la dame, selon ce que j'ai trouvé avec mon nouvel outil récent, on se devait absolument de l'opérer d'urgence. Je lui ai dit, et il n'a rien voulu comprendre alors en le serrant par le collet je lui ai fait savoir ma façon de penser, et il m'a pris par surprise, en raison de mon manque flagrant d'expérience! »
«La chirurgie devenait-elle inconditionnellement nécessaire, selon ta vision spéciale?»
«Oui! Un énorme caillot gastrique qui camouflait une artère gastrique qui saignait abondamment. L'on a tellement, mais tellement mis d'efforts pour la maintenir en vie que la transpiration nous a trempés comme si nous avions pris chacun une douche.»
«Est-ce que ta nouvelle possibilité rendrait à plus ou moins long terme, tes confrères jaloux, et envieux ou même parano?»
«J'en ai bien peur ma douce moitié.»

La semaine suivante, l'exécutif du CEMD se réunissait. Il y avait les Dr. Frank Donovan président, Dr. John Kelly vice-président, Dr. Ken Forgetty, à titre de secrétaire, Drs. Michael Lawton, et Wallace McGregor conseillers.
Il s'agissait d'une réunion spéciale, et à l'ordre du jour un seul item figurait et nommément le Dr. Steven Nicholson. Frank Donovan prit la parole,
«Chers collègues, il y a un fort malaise qui circule dans cet hôpital, et qui concerne toujours ce même médecin, le Dr. S. Nicholson. Qu'en pensez-vous?»
D'abord, Dr. Lawton élabore,
«Je trouve qu'il devient comme trop simpliste concernant les diagnostics différentiels; par ailleurs, il ne commet pas plus d'erreurs que la moyenne et même peut-être moins.»
Dr. McGregor argumente,
«Les diagnostics qu'il soumet sont toujours corroborés à 99.99% par les différentes pièces que nous recevons au laboratoire, et également par nos propres conclusions, une trilogie qui n'est absolument pas négociable. Je n'ai rien à signaler.»
Dr. Kelly rajoute,
«Comme le mentionnait le Dr. M. Lawton, l'on dénote la pauvreté de ses diagnostics différentiels. Il paraît tellement trop sûr de lui-même bien que lorsqu'on le questionne, ses explications nous paraient assez fréquemment

échevelées. Il y aurait là une ferme contradiction inexplicable et ma foi, peu rassurante.»

Dr. Forgetty explique,

«Je veux d'abord faire le point entier en rapport avec l'incident rattaché au dossier de Mme Hewitt. Comme vous le savez déjà, après cette enquête approfondie, et un précédent demandé exceptionnellement par le conseil d'administration du Royal Victoria, l'on n'a pas dirigé de blâmes contre aucun de nous deux, quant à la façon dont chacun a réagi, médicalement parlant. Relativement au tumulte, nous voulons assumer tous deux l'entière responsabilité. Sous un autre angle, lui et moi réagissons de manière très explosive en termes de caractère, et puis, en me désignant le chef de notre groupe alors, notre vive frustration collective m'a fait monter la moutarde au nez. Nous, les urgentologues de la maison, avons eu une réunion pour discuter des façons d'agir du Dr. Nicholson et on le perçoit définitivement très différent des autres chirurgiens, incluant ceux de sa propre discipline. Il est au-dessus de tout, et pas à-peu-près et tranchant dans ses opinions. Il s'emporte avec assez de facilité s'il se voit contrarié. La première chose que chacun de nous faisons, lorsque nous prenons à tour de rôle le service de garde à l'urgence, oui! C'est de vérifier quel chirurgien en devoir nous accompagne. Lorsque le nom coïncide avec le Dr. Nicholson, alors le dépit apparaît dans nos faces. Qu'il excelle, oui je l'admets bien volontiers, mais je pense qu'il tient absolument à nous le faire savoir.»

Dr. Donovan conclut,

«Membres du comité exécutif, j'affirme que nous possédons le mandat clair de faire toute la lumière concernant le Dr. S. Nicholson. Avant d'aller plus loin, je tiens absolument à ce que rien, mais rien ne sorte de cette réunion. Cela dit, je vous soumets la proposition suivante: de par le fait du climat malsain qui s'instaure progressivement au Royal Victoria; de par le fait, en surcroît, que chacun des membres du comité exécutif a identifié le dénominateur commun en la personne du Dr. Steven Nicholson, alors il est recommandé par le Dr...»

Le Dr. Kelly lève la main droite.

«...Par le Dr. John Kelly et secondé par le Dr.....»

Ken agite son crayon en levant légèrement le bras.

«...Par le Dr. Ken Forgetty d'étudier la totalité des dossiers du Dr. Steven Nicholson durant les trois prochains mois, et de nous réunir à nouveau afin d'élaborer les conclusions les plus pertinentes et de signifier, s'il y a lieu, les recommandations aux parties concernées. Qui lève la main?»

Tout le monde présent lève le bras droit, sauf l'anatomopathologiste Dr. McGregor.
Donovan avec un large sourire signant une pleine satisfaction.
«Merci!»

Durant cette même année-là, l'on poursuivait déjà depuis plus de trois mois la construction au centre-ville d'un flamboyant amphithéâtre qui devait servir entre autres de grande salle de spectacle et en prévision de cette vocation utile, l'on avait dépensé des sommes d'argent fabuleuses pour que les installations électriques, audionumériques et de nombreux autres équipements obéissant à la technologie la plus récente et aussi la plus innovatrice qui puisse exister restent conformes, adaptés à l'évolution des représentations de toute nature. L'on se trouvait au stade d'érection des gigantesques piliers de béton renforcés, comme il se devait, avec des montages de tiges de fer de près d'un pouce de diamètre entrecroisées ou soit reliées les unes aux autres avec d'autres tiges de moindre calibre soudées aux premières, et le tout étant mis en place lors du coulage du béton. Comme d'habitude Eddy Burkhart, un ouvrier, se rendait sur ce chantier de construction chaque jour. Ce matin-là, le contremaître lui a demandé de se diriger sur une passerelle située à l'extrémité nord de l'édifice en construction, et à plus de 50 mètres du sol. Son supérieur, afin de l'aider à repérer plus facilement l'endroit, ajouta que juste à proximité de celui-ci, se trouvait une plateforme sur laquelle on avait empilé plusieurs centaines de tuyaux de fer ajustables en longueur, et servant à soutenir temporairement les plafonds suspendus fabriqués en béton, et que par-dessus ceux-ci, l'on a déposé une plaque de métal de seize mètres carrés et de trois cm d'épaisseur. L'employé allait utiliser son téléobjectif auquel se greffait un système d'éclairage au laser, afin de vérifier, une fois en position, les points d'ancrage à l'extrémité sud de la charpente sur lesquels devaient s'asseoir l'immense structure d'acier qui allait, à l'étape suivante, supporter le futur toit, donc vérifier que ces points d'ancrage respecteraient le niveau horizontal avec ceux pris en référence à l'extrémité nord. Alors, Eddy se rendit au point désigné, et prépara ses instruments. Puis, il amorça la lecture de plusieurs paramètres, et il dut enregistrer ceux-ci. Au même moment sur le terrain, mais à l'extérieur du périmètre nord des fondations, un groupe de travailleurs terminait de compléter un chargement de longues pièces de bois, et qui incluait 50 énormes poutrelles d'acier de 12 pieds de long étant destinées à être expédiées à l'endroit correspondant au futur parterre. Ils y fixèrent les quatre câbles d'acier à un immense crochet relié à une énorme grue.

Une semaine auparavant, les médias électroniques avaient eu la rumeur que l'organisation terroriste d'Oussama Ben Laden, en plus de tous les autres étant associés à la bande d'Al Qaida, c.-à-d., les mêmes, qui un an auparavant ont attaqué le World Trade Center et le Pentagone, avaient récemment dressé la liste de cibles potentielles futures pour de nouvelles attaques terroristes et Montréal y apparaissait. Quelques jours après, le secrétaire aux relations extérieures de la Maison Blanche, rendait une visite au premier ministre du Canada à Ottawa, et le rassurant à l'effet que cette fameuse liste n'existait pas. Dans la métropole, les diverses autorités se montrèrent convaincues. Aujourd'hui, au bureau du premier ministre du Québec, situé à Montréal, celui-ci recevait la visite du maire de New York pour la signature d'une entente certes historique et devant aboutir à la construction d'un train à haute vitesse,(TGV) ainsi que le réseau ferroviaire adapté entre les deux villes impliquées. CNN se trouvait en ville pour couvrir le reportage.

Lorsqu'il a reçu le signal, l'opérateur s'affairait vitement à enclencher les diverses commandes destinées à soulever le chargement, et ensuite à effectuer une rotation de 120 degrés de la grue. Au moment, où la charge passa au voisinage de l'endroit où travaillait Eddy, l'opérateur ressentit très subitement un fulgurant mal de tête à telle enseigne qu'il perdit conscience sur le champ. En raison de ce triste évènement, il effectua une mauvaise manœuvre causant ainsi une déviation significative de la trajectoire et le chargement de pièces de bois, plus de fer est tombé presque en chute libre jusqu'au sol, en accrochant sur son parcours la plateforme adjacente à la passerelle en question. Tout ce qui se trouvait dessus tomba également. La puissante onde de choc ainsi engendrée a fait perdre l'équilibre à Eddy. Il amorça une descente, et environ trois mètres plus bas une tige de fer qui possédait le plus grand diamètre, et dépassant le pilier de ciment lui transperça le corps en pénétrant par la fesse droite. À une courte distance, l'illusion laissait croire que Eddy se trouvait assis sur la tige; en effet son corps, après la grave tragédie, est demeuré presque à la verticale; il perdit conscience. Dans l'enceinte, l'accident prit tout le monde par surprise. Un travailleur paniqué se mit à courir et chuta à plat ventre par terre; la plaque de métal auparavant localisée sur la plateforme lui coupa complètement son cou et son sang giclait à une bonne distance à chaque battement de son cœur. La toute première évaluation suggérait que 150 travailleurs furent critiquement blessés ou tués, dont notamment un homme qui à l'aide d'une torche coupait une tige de fer; dans son grand énervement, il jeta le chalumeau sans regarder, et il courut vitement. Le feu d'acétylène brûla instantanément les 2 conduits de caoutchouc. L'explosion se produisit, faisant voler en mille morceaux le corps du soudeur devant les yeux horrifiés de plusieurs.

Ce qui devait ressembler à une catastrophe majeure dans la métropole, prit en moins de temps qu'il ne le faudrait pour crier 'lapin' une tournure internationale. En effet, l'incident sur le chantier se répandit comme une traînée de poudre et CNN s'y est rendue en hélicoptère. En chemin faisant vers le sinistre, CNN apprenait du propriétaire de la grue que son opérateur correspond à un taliban immigré au Canada depuis un an. Et vlan!!! Un kamikaze s'enlève instantanément la vie pour causer une sale boucherie humaine. Toutes les chaînes télévisées du Canada et des États-Unis ont interrompu leur programmation pour montrer « Lived » les horreurs du désastre. Le secrétaire à la défense des États-Unis, M. Rumsfield a fait augmenter le niveau d'alerte de jaune à rouge. Aucun avion en Amérique du Nord ne pouvait ni décoller, et ni atterrir. Les F-18 tant américains que canadiens balayaient tout le ciel. Les frontières des 2 pays devinrent hermétiquement fermées. À Montréal, tout le service de la GRC demeura sur un pied d'alerte. On a évacué tous les grands immeubles du centre-ville de Montréal par une mesure de prudence, et personne ne se fait prier. Les grandes chaînes de télévision au Québec incitaient au calme, et de plus offraient aux gens plusieurs numéros de téléphone qui s'affichaient en permanence au bas des écrans pour ceux et celles qui voudraient un support moral, et psychologique. En dehors des services de sécurité, de secours, et des blessés transportés par les ambulances, personne n'entrait ou ne sortait du large périmètre qui entourait le lieu de la catastrophe.

Sur les lieux de la tragédie, ce fut la pure consternation, les pleurs et les cris déchirants. Des dizaines d'auto-patrouilles arrivaient de même que les ambulances. Un policier de la GRC se rendit à la grue, suivi d'autres en civil, avec l'arme au poing, et ils avançaient prudemment des deux côtés de celle-ci. Il a donc demandé à l'opérateur de sortir, mais rien n'a bougé. Avec beaucoup de circonspection, il ouvrit la porte de la cabine et aussitôt le corps du travailleur tomba au sol inanimé. L'on a cru instantanément qu'il s'était enlevé la vie, et on l'a présenté ainsi aux médias. De plus, il ne possédait pas de cartes d'identité! À l'intérieur de l'enceinte, les corps gisaient; le bilan final s'est s'élevé à 80 morts et 75 blessés grièvement. L'on s'occupait vite à les transporter dans les différents hôpitaux. Au même moment, un travailleur libère le crochet étant relié à la grue et un nouvel opérateur y a repris place. L'on a fixé une civière sur une plateforme de 2 x 4 mètres pour se rendre à Eddy. Dès qu'on lui toucha, il s reprit conscience et grimaçait de douleurs. L'on pensait couper la tige avec une torche, cependant un urgentologue du Royal Victoria se trouvant sur les lieux, on lui demanda conseil, et il a conclu que ce qui se dégagerait en termes de fumée pourrait devenir certes trop préjudiciable à Eddy, sous la forme de contamination chimique ou d'infections rebelles. Finalement, l'on devait scier la tige pendant que plusieurs personnes assureraient la stabilité de l'accidenté. Les deux premiers qui ont commencé à couper le métal ont perdu conscience de telle sorte que l'urgentologue a dû prendre la relève. À chaque aller et retour de la lame, Eddy bougeait malgré tous les efforts, et à chaque fois il criait à en perdre son souffle, et en se tenant la tête avec les deux mains. Lorsque le médecin eu fini, il descendit et il pleurait comme un enfant; il avait tellement transpiré qu'il pouvait tordre son uniforme. Quelques instants plus tard, on le traitait pour un gros choc neveux, et par surcroît, compliqué de convulsions générales. On conduisit Eddy B. au Royal Victoria. Dans tout le brouhaha, le Dr. Michael Lawton le prenait en charge, mais Steven qui s'occupait d'un autre accidenté du même groupe dont il devait amputer le membre inférieur droit, jeta un rapide coup d'œil. Le bout contaminé de la tige de fer avait cheminé dans le corps d'Eddy, et s'arrêta au moment où elle toucha le foie. Steven nota en surplus une aigrette de fer qui s'est repliée durant le trajet, mais qu'en retirant la tige tout en exerçant une traction inverse, alors cette aigrette allait reprendre sa forme initiale et conséquemment donner une image d'un hameçon, ce qui causerait un déchirement de la veine cave inférieure et une mort à coup sûr. Parce que cette pièce de métal faisait face à la colonne vertébrale, l'on ne pouvait pas la mettre en évidence par une radiographie standard et l'on ne pouvait absolument pas lui faire faire ni un scanneur, ni une résonance magnétique.

«Michael, puis-je te donner un conseil?»

«Oui, et fais vite!»

«La tige de ton patient touche son foie, et tu dois couper l'aigrette de métal avec une pince avant de bouger d'une quelconque façon la tige, sinon tu vas embrocher sa veine cave.»

«Comment peux-tu le savoir? Le radiologiste n'a rien vu d'autre que la tige.»

«Parce que la pièce se loge en position postérieure, face à la colonne vertébrale.»

Lawton très aigri.

«Prépare-toi, parce que l'on va te crucifier!»

L'autre sursaute, et simultanément l'on perçoit un fort bruit d'enfer autour d'eux.

«Ai-je bien compris ce que tu as dit!!?»

Lawton réalisant sa bourde.

«J'ai dit que j'allais me préparer, et faire le tour de la tige avec de la soie.»

«Je te remercie de la confiance que tu m'accordes!»

Durant l'opération d'Eddy, c'est certes par l'intermédiaire d'une réticence presque infinie que Michael suivit le conseil de Nicholson, et ainsi sauva le patient.»

La GRC, appuyée du FBI et d'Interpol, en arrivèrent seulement en fin de soirée à mettre la main sur la réelle identité du taliban et ils parvinrent unanimement à la conclusion que l'opérateur n'avait aucun lien, quel qu'il soit avec une quelconque organisation terroriste; de plus, ils ont exclu la thèse farfelue du présumé suicide parce qu'il décéda d'une hémorragie intracrânienne, l'autopsie produite au centre médicolégal de Montréal a mis en évidence un anévrisme rupturé. Au cours de la nuit suivante, sur le contexte international les choses retournèrent tranquillement à la normale. Par ailleurs, le FBI demeurera dans la métropole durant une semaine de plus. Les consultations en psychologie, et à d'autres centres de ressource démontrèrent que des débordements. À la basilique Marie-Reine-Des-Cœurs, des funérailles grandioses ont été célébrées. On avait descendu à nouveau le niveau d'alerte au jaune, et toutes les personnes en Amérique du Nord manifestèrent un soupir de soulagement.

Steven et sa famille nageaient de nouveau dans le grand bonheur; ce n'est qu'après quelques mois, qu'un huissier se présente en soirée au domicile des Nicholson.

«Bonjour jeune homme. Puis-je rencontrer ton père?»

«Oui monsieur.»

«J'ai la fonction d'huissier et j'ai une enveloppe à lui remettre en main propre.»

«Très bien, je vais le chercher.»

Christopher se rend au bureau de son père.

«Papa, il y a un huissier qui vient de sonner à notre porte, et il veut te remettre une enveloppe.»

«Très bien j'y vais.» Le paternel irrité.

«Dr. Steven Nicholson?»

«Oui!»

«Je vous remets cette enveloppe et bonne fin de soirée.»

Il l'ouvre:

> « Docteur Steven Nicholson, par la présente on vous convoque à une réunion spéciale du comité exécutif du CEMD qui aura lieu dans la salle habituelle, en ce mardi 21 octobre 2003 à 13.00 h. En cas d'absence de votre part, il y aura une sanction disciplinaire que l'on vous imposera. Veuillez donc s.v.p. cher Dr. Vous gouverner en conséquence. Signé: Dr. Frank Donovan »

Il n'en croyait pas ses 2 oreilles. Il ferma la porte avec force, et il alla boire deux verres de gin. Margaret et Christopher le rejoignirent.

«Mon chéri, qui a sonné à la porte? »

«Maman, j'ai ouvert la porte à un huissier.» Christopher mentionne.

«Steven que te voulait-il?» L'épouse épouvantée questionne.

«Il m'a remis une enveloppe qui provient du Royal Victoria. Me voilà convoqué à une réunion du comité exécutif.» Le mari toujours irrité.

«Dans la lettre, te mentionne-t-il la raison?»

«Pas du tout, ce qui fait que je ne peux pas me préparer adéquatement en aucune façon. J'ai l'impression que l'on va me pendre avant que je puisse présenter une défense pleine et entière.»

Il donne un fort coup de poing sur le bar.

«Christopher, peux-tu nous laisser seuls?»

«Papa, cette lettre m'intrigue.»

Son père le regarde dans les yeux.

«Christopher, ne me mets pas davantage en colère! »

Margaret regarde son fils, et il les quitte.

«Que vas-tu faire?»

«Je me dois de m'y rendre, je n'ai pas le choix, sinon ils vont me coller une sanction. Je me sens comme un mouton fraîchement né qui se rendrait à l'abattoir.»

«Veux-tu que je contacte la firme d'avocats de mon père?»

«C'est très gentil de ta part ma tendre épouse, pour l'instant le motif me paraît superflu.»

«Crois-tu y voir probablement un rapport avec l'incident à l'urgence entre toi et le Dr. Forgetty?»

«Oui j'endosse cette première idée, et il se trouve que cet urgentologue participe au comité exécutif.»

«Pas sérieux! Comment considères-tu t'en sortir? Demeures-tu toujours bien certain que tu n'auras pas de besoin d'un bon avocat, car j'en ai un en tête et c'est le renommé Steve Fletcher?»

«Sortir de quoi?!! Quand tu ne le sais pas!!! En référence à l'avocat, je n'en vois pas davantage l'utilité, mais un chaleureux merci!»

«Ce maudit Donovan, il t'a invectivé dès le premier jour, et il ne veut pas te lâcher.»

«Bon, écoute-moi! Je vais essayer de me détendre en auditionnant de la musique. Je te rejoindrai quand tu iras te coucher; il faut que tu frappes à la porte de la salle de musique.»

«Très bien, et l'on s'en reparlera plus tard. Je t'ai proposé cet avocat en me servant de mon intuition. Je t'aurai prévenu!»

Steven fait son entrée dans la salle du CEMD. Les membres présents l'attendent auxquels s'ajoute à la toute, toute dernière minute, le Dr. Arthur Thompson. Frank prend la parole,

«Bonjour Dr. Nicholson. Nous nous réjouissons de votre participation. Le but de la présente réunion spéciale est d'en arriver à faire la lumière d'abord, sur la tenue de vos dossiers, et deuxièmement en ce qui concerne le climat malsain instauré, et qui persiste toujours à dégénérer depuis votre arrivée dans cet hôpital.»

L'autre excessivement surpris.

«Dites donc les gars, vous avez le culot de me refiler à moi seul la facture, parce qu'il y a un problème généralisé. J'aurais dû écouter ma femme et ensuite arriver ici avec un avocat.»

«Je tiens à vous préciser que nous voulons régler un climat, et non pas partir en guerre contre vous, à moins que vous y teniez absolument.»

Le ton de Nicholson monte de quelques crans.

«Pour vous l'avouer franchement, je me considérais déjà pendu avant même d'entrer dans cette salle. Vous dites que vous ne désirez pas la guerre, cependant Dr. Donovan vous m'empêchez de parvenir à une défense pleine et entière, constituant par le fait même une sordide et écœurante infamie, espèce de crétin archi débile! Que me reprochez-vous, parce que je ne voudrais pas passer toute l'éternité ici à entendre vos pleurnichages de bébé?»

«Vous me paraissez tout seul dans votre monde Dr. Nicholson. Vous ne discutez plus avec vos confrères, vous leur imposez vos idées, non pas vos idées, mais votre idée parce que très curieusement il n'y en a toujours qu'une seule qui vous tienne à cœur, indépendamment du cas clinique, et ce qui m'apparaît vraiment particulier, et même trop. Qu'avez-vous à dire à ce sujet?»

«Moi je questionne, j'examine, je prends ma décision et je l'applique. J'ai suffisamment d'expérience clinique pour ne pas constamment me voir assis entre deux chaises. Que les autres se doivent de jongler un peu plus longtemps, cet état de fait ne me concerne pas.»

«Pouvez-vous admettre Steven, que tous les cas cliniques ne s'avèrent pas tous identiques à ceux contenus dans les livres, et que parfois ils se situent dans une zone grise?»

«Je reconnais que vous avez raison parce que, moi-même j'ai toujours maintenu, cette règle d'or professionnelle inattaquable. Je vous informe que j'en ai déjà fait part au Dr. Forgetty, cette maudite face de cochon. En ce qui me concerne, avec l'addition des années, alors mon patrimoine s'accumule nécessairement, et consécutivement j'ai de moins en moins d'ambivalence. C'est donc dire que maintenant, à toute fin pratique, il n'en persiste plus.»

«Votre autosuffisance commence à me taper sur les nerfs. Il y a dans cet hôpital des chirurgiens d'une même discipline, comme la vôtre ou non, qui ensemble totalisent entre 75 et 100 années d'expérience et ils leur arrivent encore d'avoir à se consulter en équipe, et afin de trancher entre deux maladies, la celle qui deviendra le diagnostic final. Qu'en pensez-vous?»

«Lorsque le Dr. Christian Bernard a pratiqué la première greffe d'un cœur humain, tous les chirurgiens cardiaques de toute cette fichue planète ont déblatéré contre lui. Donc, est-ce que je vais commencer à m'en faire pour une centaine de médecins ou d'années?»

«Vous faites la démonstration de votre entêtement stupide à maintenir vos positions et de ne vouloir rien négocier.»

«Avez-vous perdu la tête Dr. F. Donovan?!!! Selon vous, je devrais faire comme les autres, au lieu de me comporter selon moi-même avec mes valeurs, mes principes, et tout mon bagage médical. Vous voulez que j'agisse à l'image de ce petit chien de poche marchant la tête basse et la queue entre les deux jambes. Votre sale approche court à l'encontre du développement psychologique normal, et contenant l'estime de soi, la reconnaissance de notre propre potentiel, cette fierté de soi-même, plus l'accomplissement de toutes les étapes faisant en sorte que l'enfant qui devient adolescent, et finalement une personne adulte qui a atteint sa complète autonomie et devenant pleinement conscient de son identité intégrale à tous les points de vue. De là, elle peut accomplir des choses prodigieuses tout comme les grands hommes, et les grandes femmes de l'histoire humaine qui, en raison de leurs superbes entêtements, ils sont parvenus à leur fin, Jésus-Christ!!!»

«Dr. Nicholson vous vous cachez derrière n'importe quoi, incluant de la merde, afin de ne pas vous conformer à nous.» Dr. Forgetty commente.

«Toi! Forgetty tu continueras à lire ta bible d'urgence et tu poursuivras à traiter tes patients afin qu'ils meurent tous à coup sûr; et tu as encore bien de besoin de la sainte tétée de ta mère. Dr McGregor, mes diagnostics ont-ils toujours, toujours parcimonieusement coïncidé avec tous les spécimens anatomopathologiques et ainsi qu'avec chacun de ceux-ci que je vous aie soumis, en y incluant nécessairement vos propres conclusions?»

«Oui, sans aucune exception!»

Steven hurle.

«Que vous voulez vous de plus? Trous-du-cul!!!!! Que vous êtes tous!!»

«Si vous croyez vous en sortir de cette manière-là, vous vous trompez sérieusement! Nous avons aussi étudié tous vos dossiers.» Frank parle.

«Vous m'avez tous vachement joué dans le dos, comme des minables lâches et des ordures d'enculés!» Nicholson fâché.

«Dr Steven Nicholson, nous voudrions savoir pourquoi, en considération de chaque patient, la majorité de vos dossiers renferment à peine une à 2 questions, l'examen physique se limite le plus souvent à une technique. Par exemple, dans le dossier 1044567 vous avez bien diagnostiqué une appendicite aiguë seulement avec deux interrogations, une pression de la main à la fosse iliaque droite, une formule sanguine. Vous avouerez que l'ensemble est nettement insuffisant comme données. Et n'importe quel autre médecin sérieux, en se basant sur votre collecte d'information étant anémique, aurait certes fallu qu'il soulève en hypothèse, pas moins de 10 maladies différentes! Un autre dossier, 15467896, vous avez opéré une coarctation de l'aorte en vous basant sur une question: «Portez-vous des bas de laine en plein milieu de l'été?!» Un seul élément de votre examen physique, étant la différence de pulsation entre les artères des membres supérieurs versus les membres inférieurs et une radiographie standard des poumons!!! Dossier 9259003, vous avez drainé un abcès du foie localisé sous le diaphragme en vous appuyant que sur ces trois questions, une palpation de son foie, la température de la patiente, une formule sanguine, et un bilan hépatique. Une façon de faire, absolument scandaleuse. Nous avons demandé à quatre médecins internistes d'âge mûr, mais rattachés à l'hôpital Notre-Dame, s'ils pouvaient aboutir au même diagnostic que vous, seulement avec vos renseignements. Ils ont répondu unanimement que cet étrange défi correspondait à de la pure folie. Dans le dossier 2323007, vous avez opéré un cancer du rectum en vous fiant à quatre questions, le toucher rectal, et une rectoscopie. Il n'y a aucune biopsie au dossier et vous avez enlevé tous les ganglions mésentériques atteints par la tumeur sans aucune erreur d'y inclure les autres qui sont sains. En surcroît, nous avons demandé à quatre chirurgiens d'expérience et de l'extérieur ce qu'ils en pensaient. Voici leur conclusion unanime. Ou bien vous avez Dieu pour vous guider la main, ou dans votre chance vous vous avérez vraiment totalement incompétent.» Le dossier de M. Tony Carter où vous avez posé la main sur un anévrisme de l'aorte abdominale seulement par une seule échographie, car tout le reste du dossier paraît excessivement nébuleux. Le dossier de Mme Christine Hewitt fait que vous allez à l'encontre d'un protocole médical qui fait autorité en Amérique de Nord sous le prétexte d'une trouvaille que même le gastroscope n'aurait pu mettre en évidence. Un autre dossier, celui de M. Eddy Burkhart, où vous auriez diagnostiqué une aigrette de fer que même notre scanneur par balayage n'aurait pas décelé.»

«J'ai senti la parcelle métallique sur le bout de mon doigt. Elle a failli me causer une écorchure!» Steven en riant.

«Arrêtez!!! Dr. Steven Nicholson!!!! Votre arrogance devient totalement inacceptable. À vos yeux, nous représentons que des marionnettes qui bougeottent au gré de votre…..Je ne saisis trop quoi. Vous allez devoir vous conformer à ce que toute la majorité des médecins du Royal Victoria adopte en termes de démarche clinique scientifique!!»

«Écoutez-moi bien attentivement Dr. Donovan!! En premier, allez en enfer pour embrasser la quéquette du diable. Einstein a découvert la loi de la relativité et tout ce qui va avec. Il se retrouvait tout seul sur la Terre et dans l'univers. Actuellement, et jusqu'à de nos jours, très peu, mais très peu de scientifiques démontrent la superbe capacité de jongler avec les théories d'Einstein, je vous l'affirme tout de suite qu'aucun de ces respectables, et vénérables scientifiques n'a jamais pu prendre en défaut ce génie, et ses théories. Comprenez-moi très clairement que Einstein de par ce qu'il a réalisé, les autres en avaient ras le cul, et jusqu'à sa mort. La polémique va beaucoup plus loin. Aucun de ces respectables et vénérables scientifiques n'a pas pu certes admettre, au moins face à lui-même, que lui et les autres possédaient beaucoup moins de connaissance qu'Albert Einstein. Et au lieu de cette admission, ils ont préféré lui chier dessus afin de sauver leur misérable orgueil et renommée. Je vois très exactement la même chose qui se produit dans mon cas, dans cette réunion. Tout ce qui ne reflète pas l'usuel, tout ce qui ne s'ajuste pas à la sacro-sainte routine, tout ce qui ne respecte pas cette conformité, et qui de surcroît, court à l'encontre de cette prétendue normalité s'appliquant à tout aspect de la vie que l'on voudra, devient simplement diabolique. Serai-je, en face de vous tous, qu'un saint martyr comme A. Einstein, et le Dr. Christian Bernard? Tant que tous mes diagnostics obtiendront l'appui, sans aucune réserve inconditionnelle des conclusions anatomopathologiques, vous ne pouvez rien contre moi!» Donovan, fou de rage.

«Assez, assez et encore assez!! M'avez-vous bien compris?»
L'invité reste calme.

«Si je n'ai fait qu'enlever les ganglions mésentériques affectés, alors quel mal y a-t-il, veuillez donc me le dire? Dr Forgetty a dû, malgré lui, envoyer Mme Hewitt vite au bloc opératoire, alors pourquoi vous voulez m'inveciter d'incompétence? Dr Lawton m'a confessé que j'avais raison sur toute la ligne concernant l'aigrette de fer. Si j'ai bien enlevé tous les ganglions cancéreux sans ôter un seul qui était sain, je suppose que je savais parfaitement où je m'en allais et faisant en sorte que je ne peux quand même pas allez à l'encontre de l'évidence criante et aveuglante quand je fais mouche à tout coup!! Allez-vous finir de me démolir systématiquement, Jésus-Christ?!! Vous faites mon procès pour incompétence alors que la vôtre sort pas vos neuf trous physiques!!!»

«Comme je le mentionnais lors d'une réunion antérieure de ce même comité, nous les urgentologues de cet hôpital nous nous réunîmes pour faire l'expertise en ce qui vous concerne. Nous devenons foncièrement écœurés de travailler sous votre sale gouverne. Vous ne respectez rien de tout ce que nous savons; il y en a même l'un des nôtres qui en a fait une dépression. Tu n'as certainement aucune politesse, aucune courtoisie, et conséquemment ton attitude nous amène tous, à constamment vérifier et vérifier de nouveau ce que l'on avait pourtant acquis. Je t'avoue ressentir une montagne de frustrations, mais le plus dégoûtant de tout c'est que nous perdons constamment la face devant les patients et ces derniers, nous prennent tous pour des stagiaires étudiant à la faculté de médecine!! On ne veut plus rien savoir de toi!!» Dr. Forgetty argumente.

«Voici la solution! Je vais vous materner chaudement avant que vous ne commenciez votre quart de travail!» Steven, calme.

«Fils de pute!» Forgetty hurla à s'en fendre les poumons.

Au même moment où il criait cette expression, et à l'image d'un tigre excessivement affamé et fou de rage qui aurait fait de même vis-à-vis sa proie, Ken, à la vitesse de l'éclair, bondit vivement de sa chaise, il traversa de l'autre coté de la table pour mettre Steven knock-out, mais ce dernier avait pressenti l'attaque, et en utilisant une technique de kung-fu, avec l'extrémité des doigts de sa main droite, et en complétant une extension de son coude, il frappa Forgetty de plein fouet au milieu de son sternum, et lui causa une fracture complète, non déplacée de celui-ci. Conséquemment, Ken se vit projeté vers l'arrière et il tomba au sol en grimaçant, et aussi en pleurant tellement la douleur devenait insupportable. Quelques membres du comité l'ont aidé à se relever, et s'asseoir sur sa chaise, ce dernier avait maintenu son tronc penché vers l'avant afin d'être plus confortable avec sa douleur sternale; il est inutile de préciser qu'il parlait avec énormément de difficultés.

« Maudite charogne d'ordure, on t'aura!!!!»

«Je vous en prie, la situation a trop dégénéré!» Frank tempère.

«Non Frank, laisse-le se défouler! Il paraît que pour le moral, il n'y a pas mieux pour faire sortir la vapeur!» L'invité en verve.

«Bon, écoutes salaud! Nous ne savons pas encore ce qui te différencie de chacun de nous, on va s'employer à le trouver.» Arthur débloque.

Steven totalement hors de lui-même, presque en perte de contrôle.

«Tout d'abord, tu représentes le plus puant, le plus écœurant des fils de chienne que je n'ai jamais rencontré jusqu'à aujourd'hui. Ensuite, comment oses-tu manger avec ces chacals? T'ont-ils lavé le cerveau? Un étudiant en première année à la faculté aurait obtenu de meilleurs résultats en regard de **ta chirurgie que tu avais appliquée sur ma personne et qui m'a envoyé droit aux enfers! Et de là, comment oses-tu vouloir m'enseigner de quelle façon on fait de la bonne médecine, maudit fumier?** En passant, quelle belle tache sur tes états de service merdiques! Pour en revenir à ce qui nous concerne, tout se réduit en fait à la simplicité, parce que je profite énormément, excessivement d'opportunisme et j'ai le cran de foncer. Je me compare à Rambo, car rien ne me fait peur, ce qui me procure une plus grande liberté d'intervenir, alors que vous autres vous demeurez coincés dans une camisole de force que constituent vraiment tous vos protocoles scientifiques, et vos conventions médicales. Servez-vous de votre imagination et votre gros bon sens. Oh Arthur! J'oubliais, il n'y a que de la merde à la place de ta cervelle!»

«Nous en avons assez entendu. Tout ce qu'on a pu verbaliser ici, nous l'avons enregistré par l'entremise d'un sténographe dans l'autre salle; nous avons fait installer un micro hypersensible à l'intérieur de cette lampe du plafond.» Frank dilapide.

Nicholson toujours très enragé saisit le bord de la table de réunion, et la renverse complètement, en criant à la manière de Tarzan, puis continue à parler.

«Frank, je vois en toi que putréfaction, un enfant de chienne bâtarde, un con. En sortant d'ici je vais aller rencontrer mes avocats de la firme Ogilvy et je vais vous en faire voir de toutes les couleurs, et vous allez en manger de la merde.»

«En terminant, je me dois de t'informer que nous allons analyser de long en large le contenu de l'entretien de cet après-midi de même que nous allons continuer à étudier tous tes dossiers pourris. Il faudra t'attendre éventuellement à une forme certaine de sanction qui pourrait survenir, et qui risquerait d'aboutir à une décision par le conseil d'administration de cet hôpital. Seul le temps nous dira de ce qu'il adviendra.»

«Frank!»

«Oui, Dr. Nicholson.»

«Va te faire enculer, taré!!»

Il quitte la réunion. Il se rend à son bar sur la rue Crescent, et avale trois verres de gin. Il file à la maison où là, il se dirige au bar et consomme trois autres verres. Margaret sortant de la salle à dîner vient le rejoindre.

«Mon amour, définitivement que rien ne va, à ce que je peux voir.»

«Ils veulent ma peau.»

«Tu veux dire Donovan ainsi que les urgentologues?»

«Également Arthur!»

«Qui! Ton meilleur ami!! Aurait-il sniffé des lignes de cocaïne? Mon sang bout présentement! Ce trou-du-cul! Ce fils de pute!!! Donc, je comprends mieux!»

«Mieux quoi!!?»

«Helena, sa femme m'a appelé cet après-midi question de faire un brin de jasette. Pour la 1ière fois, je l'ai trouvé passablement indifférente à tout ce que je lui disais comme quelqu'un qui s'en fout éperdument à tel point que j'ai failli lui dire: «Écoute donc!! Pourquoi au juste me téléphones-tu?» Elle a toujours, toujours maintenu la même façon de se comporter, un sourire vraiment chaleureux, probablement trop, mais derrière celui-ci, elle est une maudite tête de cochon autoritaire. Combien de fois Thompson a subi l'humiliation d'aplomb par elle, et ses enfants, les pauvres!»

«Je me rappelle de deux situations. Concernant la première, et datant d'environ dix ans, en matinée j'avais fait une cuite de pain, et vers la fin de la journée j'en ai apporté un à sa famille. Arthur m'a accueilli. Quelques instants plus tard, ses trois enfants nous ont rejoints et il leur a dit:»

«Oh!!! Regardez ce magnifique pain encore tiède que mon grand ami nous a apporté. Il sent tellement bon. Quel festin nous allons avoir ce soir!»

«Ses enfants vivaient le même contentement que celui qu'ils ressentent lorsqu'ils ouvraient leurs cadeaux de Noël. Au même moment, Helena descendait les marches de l'escalier, et en maintenant son radieux sourire, elle leur dit d'une voix calme, presque envoûtante.

«Non! La dégustation du pain ne se déroulera pas ce soir. Vous autres, les enfants, vous montez dans vos chambres, vous terminez vos travaux et allez dormir.»

«Aussitôt dite, aussitôt elle nous quitte. Thompson a fait un demi-tour, et il pleurait amèrement. Concernant la deuxième situation, elle remonte à il y a deux ans. À ce moment précis, j'accomplissais les démarches en vue de l'obtention d'un passeport. J'ai demandé à Arthur s'il voulait devenir mon répondant, comme le stipulent les règlements. Au cours de notre rencontre, la plus vieille de ses filles et âgée d'environ 16 ans est venue rejoindre son père. Margaret, tu as absolument manqué quelque chose!!! Cette jeune adolescente avait perdu totalement, mais totalement toute,toute expression émotive, tant au niveau de son visage que de ses façons d'agir; on aurait dit vraiment comme toute de cire. Le tableau m'a vraiment glacé le cœur et je te demande de me croire bien qu'Arthur a toujours agi en tant qu'un papa gâteau envers ses enfants. Helena n'a pas la langue dans sa poche pour déblatérer devant des personnes sa vie sexuelle. En relation directe avec ce contexte précis, une journée où elle recevait des gens, elle a affirmé à son mari, et devant ces mêmes personnes, qu'elle ne prendrait pas la pilule anticonceptionnelle, et que ça revenait strictement à son époux d'apprendre à se tenir tranquille, sans bouder.»

«Tellement triste à entendre.»

«Voilà pourquoi, lorsque Thompson m'a dûment admis qu'il a ressenti un raffermissement de son membre dans ses pantalons tout en dansant avec toi le jour de notre beau mariage, j'ai eu toutes les misères du monde à me retenir de lui rétorquer fermement que « la seule et meilleure chose qui aurait pu t'arriver précisément ce jour-là, c'était de faire l'amour avec ma femme sur le plancher de danse. Au moins pour une fois dans ta vie, tu aurais pu effectivement ajouter à ton cher patrimoine, de baiser avec une femme sexuelle jusqu'au bout de ses doigts, et même jusqu'au au bout de ses cheveux et pas comme Helena qui dirige et étale ta vie sexuelle devant toute la visite qu'elle reçoit»

Margaret demeura bouche bée pendant plusieurs secondes et puis, elle ria tellement fort, et tellement longtemps qu'elle avait certes éprouvé certaines difficultés à regagner sa respiration normale.

«Comment se fait-il qu'une vieille amitié de plus de vingt ans puisse se terminer sur une note franchement dégueulasse?»

«Je ne peux pas te répondre Margaret, au moins j'ai quitté la réunion avec un mince prix de consolation.»

Sa femme, totalement surprise.

«Ma parole! Tu te fous de ma gueule Steven. Je n'arrive même pas à m'en imaginer la nature. Dis-moi que je ne me retrouve pas encore en face d'une boutade humoristique de ta part pour me jouer un tour!»

«Pas du tout Margaret. Forgetty et moi nous avons engagé la bataille.»

«Séance tenante????!!!»

«En effet, il venait tout juste de m'invectiver, alors je n'ai eu qu'à lui faire part d'un commentaire manifestement sarcastique pour le mettre hors de lui-même. Il se projeta sur moi, mais comme j'avais en quelque sorte flairé sa réaction, je l'ai bien accueilli avec une manœuvre de kung-fu, et je lui ai fracturé son sternum parce que, par la suite, il démontrait tellement de souffrances. J'ai senti que l'os cédait sous le bout de mes doigts.»

«Bien!!! Il a eu ce qu'il méritait ce salaud! Ne peut-il pas te poursuivre pour coups et blessures?»

«Et non! Tu sais bien que je me trouvais en une pure légitime défense. Il se souviendra définitivement longtemps de moi, car il en aura pour des mois à ressentir sa douleur sternale. Même s'il se rendait jusqu'à me traîner en justice, je n'aurais aucune peine à m'en sortir.»

«Ah bon! Je suppose que le témoignage de tes ennemis te facilitera la tâche. Tu ne fais pas du tout dans le sérieux mon cher mari!»

«À mon insu, ils ont tout, tout enregistré sur une bande magnétique et également en engageant un sténographe qui se retrouvait dans la pièce adjacente.»

Margaret subitement folle de rage.

«Ah non!!! Cette maudite cochonnerie ne pourra définitivement pas se poursuivre ainsi!!! Je vais demander des conseils à nos avocats et je vais faire venir les médias pour leur décrire le régime dictatorial, de terreur dans lequel ces charognes, et ces enfoirés t'ont placé. J'ai tellement mal que je pleurerais d'une colère purulente. Je regrette amèrement de ne pas avoir corrigé davantage ce fils de putain de Thompson; quant à Donovan, je lui arracherais la tête pour la jeter sur un tas de fumier, et je vomirais dans ce qui lui resterait de corps! »

«Sacré bordel!! Calme-toi un peu!!! Tu me vois infiniment touché par ta loyauté et ta témérité, et de plus ton initiative ne servira vraiment pas à quelque chose, car ils ne voudront au grand jamais devenir le dindon de la farce au beau milieu d'un long procès. Au passage, je voudrais te faire remarquer que tu me fais découvrir depuis mon opération au cerveau, un autre côté de toi nettement impitoyable, et qui me donne presque la chair de poule, tant tu te montres machiavélique et si sans-cœur. Je ne voudrais jamais, pour tout l'or du monde te confronter, oh! Non!!! Par ailleurs, dans le passé nous n'avons jamais vécu toutes ces péripéties.»

Margaret ayant décompressé, elle enlace son bien-aimé.

«À toi mon ultime amour, daigne recevoir en cadeau ma protection contre ma foudre purement en raison de l'immunité indéfectible que je t'accorde à l'instant.»

Les deux s'embrassent longuement, et passionnément.

Les mois s'écoulent. La période de Noël 2003 a perdu un certain éclat en raison de l'épée de Damoclès au-dessus de la tête de Nicholson; celui-ci a recommencé à travailler à la fin de janvier 2004. Un jour il rencontre en consultation une patiente.

«Bonjour madame Edwidge Carlton, que puis-je faire pour vous?»

«Docteur, je viens vous voir parce que lorsque je mange une nourriture grasse, j'ai une douleur que je ressens là sous le sein droit, et puis il faut que je vous dise que je suis assez incommodée par les nausées et les vomissements qui s'ajoutent à la douleur et d'une manière contradictoire, il me semble qu'ils m'apportent un soulagement!»

«La douleur voyage-t-elle?»

«Non! Docteur.»

«Ressentez-vous des brûlements d'estomac, de la lourdeur d'estomac, de la digestion lente? Avez-vous souvent des éructations répétitives?»

«Non! Docteur.»

«Comment se comportent vos selles? Y a-t-il du sang? Prennent-elles une coloration noire?»

«Mes intestins vont très bien, et sont très réguliers. Je n'en surveille pas la couleur! J'essaie de faire attention le mieux que je peux à ma ligne, mais j'éprouve de la difficulté et je pèse toujours 175 kg.»

«Le nez, la gorge, les oreilles, le cœur, les poumons, et les articulations, remarquez-vous des problèmes?»

«Pas du tout, malgré que je fume un paquet de cigarettes par jour.»

«Vos urines, et vos menstruations, avez-vous des symptômes?»

«À 45 ans, mes menstruations ne fonctionnaient plus aussi régulièrement qu'avant. Quant aux urines, j'en perds peu lorsque je tousse, ou que je cours. On m'a dit que j'avais une descente de vessie.»

«Prenez-vous de nombreux médicaments? Avez-vous souffert de haute pression ou de plusieurs allergies?»

«Non! Docteur.»

«Vous a-t-on hospitalisé dans le passé?»

«Oui, pour les accouchements. J'ai également subi une chirurgie pour ôter ma matrice et ils ont tout enlevé à ce qu'ils m'ont dit. Je suis allée aussi à l'hôpital pour les amygdales, l'appendicite, et les varices; je pense que vous appelez cette chirurgie un stripping.»

Il procède à un examen physique minutieux auquel il consacrera, pas moins de vingt minutes, sans pour autant lui apporter de réels éléments contributifs additionnels, bien que par sa vision subtile, il avait déjà vu les calculs biliaires. Également, il programmera madame Carlton à une liste exhaustive d'examens sanguins et radiologiques.

«Madame Edwidge Carlton, je demeure à peu près certain que vous faites des pierres au foie étant accompagnées de crises de foie. Si les examens reviennent positifs, il va falloir que je vous opère.»

«Pas encore une autre opération!»

«Que voulez-vous! Si l'on attend trop, l'infection pourrait bien se jeter dans votre vésicule et de là, on court vers une superbe possibilité de rupture de celle-ci, et évoluant consécutivement vers une péritonite biliaire, donc une complication que même la personne la plus sans-cœur qui soit ne voudrait pas voir son pire ennemi en souffrir!»

«Puisque vous le dites.»

Trois semaines plus tard, il hospitalise Dame Carlton et le jour prévu, elle entre au bloc opératoire. L'anesthésiste est le Dr. Allen Brickstone.

«Bonjour Allen!»

«Bonjour Dr. Nicholson!»

«Allen, m'autorises-tu à commencer?»

«Oui, elle vous appartient.»

Il procède donc à l'incision de la paroi abdominale, et après avoir écarté le péritoine qui accède directement avec toute la cavité abdominale, comme d'habitude, il fait une exploration manuelle de celle-ci, sauf qu'en cours de route une vision apparut, montrant la présence d'une hernie hiatale ainsi que d'une laxité importante du cardia. Il s'arrête un moment et se dit en lui-même.

«Comment se fait-il que j'aie une deuxième vision? Pourquoi à ce moment-ci plutôt qu'à celui où j'ai examiné la patiente? Je dois définitivement me faire une idée dans les plus brefs délais. Luc restait très ferme en précisant que les visions subtiles montraient toujours, toujours une exactitude sans faille. Maintenant, il me faut décider si je corrige ou non cette hernie? Pourquoi une damnée ambivalence apparaît-elle à ce moment-ci? Alors, tu fais ce que tu dois faire!!!»

Allen devient soucieux.

«Dr. Nicholson, y a-t-il quelque chose qui ne fonctionne pas?»

«Pas du tout Allen! J'examinais le mésentère rattaché au petit intestin et j'ai palpé comme une vague nodosité qui me paraissait suspecte, mais en y regardant de plus près, la palpation me dicta une fausse alarme.»

«Je te remercie de cette précision, Steven.»

La cholécystectomie de routine, tout se déroula à merveille.

«Allen, tantôt lorsque je faisais l'exploration de sa cavité abdominale, j'ai oublié de t'informer que j'avais mis en évidence une hernie hiatale, et un cardia vraiment béant. Je vais maintenant corriger les deux problèmes en pratiquant une fonduplicature de Nissen.»

«Moi, je n'ai pas de problème avec cet imprévu. La patiente maintient une parfaitement stabilité. Tu comptes prendre combien de temps?»

«L'histoire de 45 minutes tout au plus.»

«OK! Tu peux poursuivre.»

Pour réussir sa fonduplicature, il doit prendre la partie la plus haute de l'estomac, et l'enrouler autour de l'œsophage; en raison de la quantité très importante de graisse à l'intérieur du ventre de la patiente, il devra utiliser une longue pince crawl pour exécuter la manœuvre. En cours de route, et subitement, il apparaît un niveau de sang bleuté qui s'élève rapidement dans l'abdomen.

« Steven!!! La patiente vient de me présenter une subite et significative baisse de sa pression artérielle, et sur le moniteur cardiaque, le cœur roule à 110/ min.» Allen devenant soucieux.

«Ton observation ne me surprend pas Allen, car une hémorragie veineuse s'est déclarée; je ne sais pas vraiment exactement d'où elle peut provenir.»

Donc, le chirurgien doit utiliser un nombre imposant de compresses pour éponger le surplus de sang, et malgré tout, il suffit à peine à cette tâche, de telle sorte que sa visibilité se veut presque constamment hypothéquée. Les minutes s'écoulent.

«Allen, je vais devoir dégager la grande courbure de l'estomac, parce que l'hémorragie est définitivement plus en profondeur.»

«Je te remercie encore une fois de cette précision Steven; et moi de mon côté, j'installe un cathéter dans une jugulaire interne et un autre cathéter de gros calibre par une approche sous-clavière gauche pour lui donner de la flotte.»

Nicholson continue son exploration laborieuse; lorsqu'il parvint à renverser l'estomac sur lui-même, il constate que la fuite de sang remplit toujours la cavité abondamment. Il n'en finit plus de demander des compresses.

«Allen, je suis dans l'obligation de couper en deux le pancréas au niveau de la taille, entre la tête et la queue, car je ne sais pas du tout où se situe cette satanée fuite.»

«D'accord Steven!!! Et moi de mon côté, je dois définitivement envisager des mesures plus draconiennes. Je démarre deux transfusions sanguines tout de suite. Infirmière! Apportez-moi immédiatement deux unités de sang et je veux absolument qu'il y en ait toujours 4 autres unités croisées en permanence. M'avez-vous parfaitement compris?»

«Parfaitement, Dr. Brickstone!»

Steven poursuit son investigation, mais en coupant le pancréas en deux, il vient de multiplier considérablement les diverses fuites sanguines; donc il devra d'abord suturer les hémorragies qu'il vient tout juste de causer tout en continuant à éponger la quantité de sang provenant des profondeurs de la cavité abdominale. Par la suite, il peut reprendre sa fouille, mais le sang qui continue sans arrêt de jaillir hypothèque chaque seconde son champ visuel.

«Steven, son cœur commence à me démontrer de l'irritabilité, et je n'aime vraiment pas ce contexte!!! Puis, tranquillement l'on s'enlignera vers un autre problème de taille et certainement presque insurmontable, c.-à-d., des troubles divers de la coagulation sanguine parce que au moment où je te communique, je lui administre sa douzième transfusion de sang et des troubles de coagulation tu sais aussi bien que moi ce que ceux-ci veulent impliquer, c'est que le sang va pisser partout.»

«Écoute Allen! Je viens tout juste de trouver la source du saignement primaire et il s'agit d'une branche veineuse qui se traduit par un défaut congénital et qui a son point d'insertion au début de l'artère splénique. Je procède à la suturer solidement, par la suite je vais enlever la queue du pancréas.»

«Tu oublies cette manoeuvre tout de suite Dr. Nicholson, car tu vas utiliser définitivement trop de minutes, et je t'assure que depuis peu de temps je ne vois plus vraiment comment que je pourrai assurer la survie de cette patiente. J'ai installé un Swan-Gang par la veine sous-clavière droite et sur mon écran le wedge s'élève depuis un bout de temps, ce qui veut dire du point de vue pratique que l'on se dirige tout droit vers une insuffisance cardiaque gauche. Déjà, comme je te l'ai signalé tantôt, son cœur présente des arythmies qui deviennent maintenant de plus en plus fréquentes, et de plus en plus multifocales.»

«Allen!! Tu ne peux absolument pas me refuser cette priorité!! Si je laisse la queue du pancréas, alors les enzymes vont digérer tout ce qu'il y a de viscères dans le ventre; dans dix jours, l'intérieur va certes ressembler à de la soupe aux pois.»

«Dr. Nicholson, ou bien tu m'écoutes, ou bien tu assumeras totalement et irrévocablement la mort de cette patiente. Je ne peux quand même pas te tordre un bras!»

«J'ai compris!»

Il fait du mieux qu'il peut pour rendre tout vaisseau sanguin étanche sauf, évidemment, la queue du pancréas. Il vient simultanément de comprendre profondément qu'il s'embarque malgré lui dans une galère orageuse épouvantable digne d'un scénario de Stephen King. En effet, la patiente demeurera aux soins intensifs durant trois mois consécutifs, dont un total de soixante jours en continuité, où la Dame Carlton aura sa respiration qui sera assistée par un ventilateur mécanique MA2. Également, à l'intérieur de ces trois mois elle retournera à la salle d'opération pour un total de dix visites. Quant à son poids, il diminuera de 175 kg à 75 kg, au moment de sa sortie des soins intensifs. En surcroît, elle devra attendre encore huit semaines avant de seulement commencer à s'alimenter de façon normale par la bouche. Son hospitalisation aura duré en tout six mois, jour pour jour. Ironiquement, la journée où le médecin traitant a signé son congé, elle décède d'un accident cérébro-vasculaire massif.

Dans les jours qui ont suivi, Nicholson a reçu une visite d'un huissier, et lui apportant une enveloppe dans laquelle il reçoit une convocation.

« Dr. Nicholson, par la présente, nous vous convoquons à une réunion spéciale du comité exécutif du CEMD qui aura lieu le 2^{ième}lundi du mois de septembre 2004 à 13.00 h nous vous demandons de respecter la grande ponctualité et votre présence se veut formellement obligatoire, sous peine de sanctions disciplinaires lourdes. Nous vous remercions de votre coopération.

Signé: Dr. Frank Donovan »

Tel qu'on lui a ordonné, Nicholson se présente à la réunion à laquelle assistaient les membres habituels, en plus de 3 médecins invités. Frank démarra la séance,

«Dr. Nicholson nous vous souhaitons la bienvenue. Aujourd'hui nous allons vous demander des éclaircissements en ce qui touche le dossier portant le numéro: 3846451, donc celui de Dame Edwige Carlton. Tout d'abord, nous voudrions savoir de quelle façon vous êtes parvenu à diagnostiquer un trouble du sphincter, nommément le cardia, et également mettre la main sur une hernie hiatale?»

«Simplement par mon exploration manuelle de routine après que j'ai eu terminé la laparotomie.»

«Dr. Nicholson, essayez-vous de nous faire croire que simplement par une exploration manuelle vous puissiez apprécier à sa juste valeur la laxité du cardia, alors qu'il s'y retrouvait une quantité fantastique de tissu adipeux qui remplissait presque toute la cavité abdominale.»

«Si je prends ainsi la peine de vous affirmer que j'ai mis en évidence deux anomalies, donc elles se trouvaient définitivement là.»

«Dr.Nicholson vous oubliez certes un petit détail qui retient son importance capitale.»

«Ah bon! De quel détail s'agit-il au juste?»

«Je relève dans votre protocole opératoire que vous avez effectué votre première incision de manière parallèle au rebord inférieur de la cage thoracique, plutôt qu'une incision verticale, et donc dans la même direction que les muscles grands droits (les fameux six packs). Ainsi, votre incision vous éloignait considérablement de la région sous-diaphragmatique du côté gauche. Nous vous informons Dr.Nicholson, que nous avons dû faire appel à quatre chirurgiens d'expérience provenant de l'extérieur, c.-à-d, du C.H. Maisonneuve-Rosemont, et en leur demandant de vouloir commenter, ou d'évaluer, d'après votre protocole opératoire que vous avez transcrit, la faisabilité à l'effet de pouvoir apprécier le tonus d'un cardia, et ainsi que la présence d'une hernie hiatale dans les mêmes conditions «adipeuses» dans lesquelles vous vous trouviez; leur seule unique conclusion respectait l'unanimité à savoir que vous auriez eu certes infiniment plus de simplicité à rechercher une aiguille dans une botte de foin!!!»

«Ma dextérité manuelle m'a permis de le faire, et il faudra que vous viviez avec.»

«Vous maintenez toujours votre insolence!!! Vous ne voyez pas que vous crachez sur cent ans d'expériences accumulées par des confrères. Votre façon excessivement arrogante de vous comporter ici, ne fait que diminuer considérablement votre crédibilité, s'il vous en reste encore.»

«Donovan le con des cons, je t'informe que de mon côté j'ai obtenu vite un avis légal et que l'unique conclusion de vos gars de l'extérieur, justement parce qu'ils pratiquent leur profession à l'extérieur de ces nobles murs, en référence aux quatre crétins d'internistes de Notre-Dame, les quatre crottés chirurgiens, lors de ma fichue rencontre avec le CEMD qui ne travaillaient pas au Royal Victoria mais quelque part sur la planète, et en plus des quatre chirurgiens de l'hôpital Maisonneuve-Rosemont, alors leurs seules conclusions archi niaiseuses qu'elles seraient affirmées individuellement ou collectivement, n'ont aucune validité et vous ne pourriez pas du tout les déposer devant aucune cour!!! Cela dit, Dr. Donovan, je n'ai aucun autre choix que d'affirmer que vous, ainsi que tous vos confrères travaillant dans cet hôpital, vous devenez tellement en insuffisance d'argumentation pour me démolir que vous devez constamment ramener autour de la table des médecins tarés de tous les coins de la planète; quelle honte pour un noble établissement!!!Je me souviens, en faisant présentement allusion à une éventuelle poursuite, que je devais dûment recevoir de la part du conseil d'administration de cet hôpital une décision, et j'attends toujours. »

«Je me dois d'admettre, malgré moi, qu'en regard de la légalité vous avez totalement raison, et pour ce qui concerne mes trois invités actuels, je me fous carrément de ce que vous nous affirmez. Concernant la décision à venir, le conseil avait préféré attendre tous les rapports de cette présente réunion touchant le dossier E. Carlton avant de statuer sur l'éventuelle sanction. Maintenant, si je vous disais que ni la défectuosité du cardia, ni la hernie hiatale, ni l'une ni l'autre n'ont existé.»

«Trou-du-cul!!! Mon point légal s'applique en totalité à ces quatre enculés de chirurgiens ici présents. Donovan, devant ton obstination farfelue, tu démontres que tu es un idiot qui en surcroît n'a pas de cervelle. Ensuite, je vous répondrai que vous tous délirez à plein tuyau, comme pas un n'a su le faire jusqu'à ce jour, et qu'il valait la peine que je vive jusqu'à ce jour pour voir ce spectacle!»

«Mme Edwidge Carlton n'a pas mentionné, ni de reflux, et ni de douleur à l'estomac si l'on relit votre histoire clinique, car il s'agit bien votre histoire et de votre signature. Que répondez-vous?»

Frank lui présente la page originale du dossier.

«J'admets effectivement prendre connaissance de mon histoire, et de ma signature, puis ces objections prouvent quoi au juste? Absolument rien! Ou bien je n'ai pas posé la question qu'il aurait fallu que je pose, ou bien elle n'a pas cru nécessaire de m'en parler, ou bien encore, elle ne l'a pas fait en raison d'un pur et simple oubli ou d'une perte de mémoire. Vous voulez jouer la carrière d'un médecin sur des stupidités monstrueuses comme celles-ci?! Messieurs, si j'ai pris la peine de vous attester que les deux malformations existaient, en peropératoire, alors elles se trouvaient de toute évidence là, comme je vous l'ai affirmé antérieurement. »

«Dr.Nicholson, vous avait-t-on informé que le conseil d'administration du Royal Victoria avait exigé qu'une autopsie soit faite? Et les résultats ne montraient aucune anomalie du cardia, et encore moins la présence d'une hernie hiatale?»

Steven s'esclaffe bruyamment.

«Vous désirez vraiment m'impressionner avec les constatations de cette autopsie lorsque tout l'intérieur de cette cavité ne ressemble en rien à une anatomie le moindrement normale, parce que le pancréas avait eu tout le temps de digérer le contenu en entier!!! Vous manquez franchement de sérieux!!! Surtout de classe et ce que tu peux être imbécile Donovan!»

«Nous avons relevé tous les antécédents de cette personne. Trois mois avant la cholécystectomie que vous avez faite, Mme Carlton a passé une gastroscopie, une manométrie de l'œsophage et un transit digestif haut au Jewish Hospital. Nous avons certes cru bon pour la circonstance d'inviter le gastroentérologue qui avait pratiqué le premier examen, le Dr. Melvin Shumaker, ainsi que Dr. Dick Buchanan qui a supervisé le deuxième, et finalement le radiologiste qui a analysé les films de son repas baryté, le Dr. Jeffrey Wagman; il a eu la gentillesse d'apporter les épreuves; si vous voulez, on peut se servir du négatoscope afin que vous puissiez mieux les apprécier.»

«Vous allez encore me convaincre qu'ils n'ont rien vu.»

«Dr.Nicholson voudriez-vous visualiser cette bande vidéo sur laquelle l'on a enregistré toute la séance de gastroscopie, ou encore mieux les courbes de pression de la manométrie, et elles sont à votre disposition aujourd'hui.»

« Dr. Shumaker, Dr. Wagman et Dr. Buchanan, je vous poserai une seule question?»

«Nous n'y voyons pas d'objection.» En chœur.

«Se peut-il qu'un accident cause une compression forte, et prolongée à la région juste au-dessus de l'ombilic, et je vous fournis à titre d'exemple un

volant d'auto et conséquemment que l'excès de pression à l'intérieur de l'estomac, ait pu déchirer les fibres du cardia, et causer la hernie hiatale?»
«Vous comprendrez certes Dr. Nicholson que nous ne possédons pas une telle expertise, et que conséquemment nous ne pouvons pas vous formuler une opinion exacte.» Dr. Shumaker répond.
«Mon confrère a entièrement raison.» Dr. Wagman réplique.
«Voyons donc les gars!!! Servez-vous de votre ordinateur entre vos deux oreilles! Théoriquement, ou sur papier, cette éventualité que vous jugez demeure-t-elle plausible? »
«Avec toutes les réserves qu'il se doit nécessairement, je retiens une hypothèse intéressante, mais je dis bien qu'une hypothèse et pas autre chose.» Dr. Wagman et Dr. Shumaker balbutient.
«D'accord avec mes confrères.» Dr. Buchanan conclut.
«Frank!»
«Oui, Dr. Nicholson»
«Ton cher sténographe dans ton autre pièce a-t-il tout compris, et a-t-il tout transcrit?»
«Non, Dr. Nicholson»
«Pourquoi?»
«Parce qu'il n'y avait personne dans l'autre pièce et pas de micro non plus; tu peux prendre tout le temps que tu veux pour le vérifier. Avec toutes les preuves accablantes que nous t'avons soumis à cette réunion, il y en a assez pour t'envoyer en enfer.»
«Nous nous reverrons peut-être au tribunal, licheur de culs!»

Steven partit de la réunion en furie, et il n'avait qu'une obsession en tête, et c'était de communiquer à nouveau avec M. Luc Richard de toute urgence. Il téléphona chez lui,
«M. Richard, pouvez-vous me recevoir le plus rapidement possible?»
«Qui est-ce qui parle au bout du fil?»
«Je m'excuse de ne pas m'être identifié, Dr. Steven Nicholson»
«Survint-il quelque chose de grave?»
«Le moins que l'on puise dire.»
«Vous me voyez légèrement coincé pour toute la journée.»
«Je vais vous soumettre une offre que vous ne pourrez sans doute pas refuser c.-à-d., $ 5,000.00 comptant en échange de cet entretien que je fixe à nouveau dans les plus brefs délais.»

«Bon! Je vais alors déplacer quelques rendez-vous, cependant vous me payez en liquide, et pas de reçu.»

«Merci beaucoup!»

Il se rend à toute vapeur à l'appartement de Luc, en dépassant avec son Aston Martin évidemment la limite de vitesse permise.

«Il faut que votre visite s'avère drôlement importante pour une telle somme d'argent!»

«Luc, lors de notre dernière rencontre, tu m'as certifié que les images que je verrais par l'intermédiaire de mon troisième œil relèveraient de l'absolue vérité et rien de moins. Ton dogme demeure-t-il à ce degré effectivement inébranlable?»

«Oui, et je ne changerai pas du tout d'idée, quoi que tu m'annoncerais par la suite.»

«Il s'agit d'une patiente que j'ai opérée pour une cholécystectomie, et juste auparavant lors de mon exploration de la cavité abdominale, une autre image m'apparut, et je visualisais un cardia dysfonctionnel ainsi qu'une hernie hiatale. Il se trouve qu'il y a eu des complications d'une manière inimaginable. Je viens de sortir d'une réunion du comité exécutif du CEMD et ils veulent me ruiner.»

«Tu veux probablement parler de madame Edwige Carlton.»

L'autre fait un superbe saut.

«Comment le sais-tu!? Deviendrais-tu un fakir? Ou un…De quelle façon ma fille Élisabeth a appelé ce truc?...Ah! Oui, un yogi!!»

«Ni l'un, et ni l'autre je te rassure. J'ai aussi la capacité de voir dans tes pensées; et à partir de là, tu m'as appris sans le savoir, le nom de cette patiente. Lorsque tu m'as décrit ce qui s'est déroulé durant la séance opératoire, toujours parmi toutes tes pensées, j'ai alors automatiquement nécessairement observé le visage de ladite patiente qui d'ailleurs me fait rappeler que je l'ai déjà croisée.»

Le médecin mélange des pleurs avec des rires.

«Je pense que je vais me pincer la peau pour bien m'assurer que je me connecte toujours cette réalité terrestre!!! Ce que tu peux posséder des dons, et tu n'abuses absolument pas de t'en péter les bretelles. Alors, tu connais cette personne.»

«Dans les faits, je ne la connais pas vraiment, sauf que j'ai assisté à un mariage de l'une de mes cousines et elle se trouvait dans la salle.»

«Le problème qui se présente réfère au fait que la dame en question, environ trois mois avant sa chirurgie, elle se rendit au Jewish Hospital, là où elle a subi les examens suivant: une gastroscopie, une manométrie de l'œsophage et ainsi qu'un repas baryté; et les investigations se révélèrent complètement normales.»

«Quel rapport existe-t-il entre ce que tu viens de me dire et l'opération que tu as pratiquée chez elle? Je ne t'accompagne plus.»

«L'addition de ces trois examens para cliniques exclut formellement la présence des deux anomalies que je t'ai mentionnées au début de notre conversation. Alors, consécutivement, il persiste une contradiction.»

«Peux-tu t'expliquer davantage?»

«Mes images subtiles demeurant toujours très véridiques, pourquoi les tests qu'elle a passés au Jewish appartiennent à la normalité?»

«Simplement parce qu'il est survenu un léger accident à Mme Carlton.»

«Un accident d'auto!!? Vraiment!!?»

«Non! Pas dans le contexte d'un véhicule, plutôt lors du mariage où je me trouvais. Évidemment, je ne nageais certes pas dans la surprise, en tenant compte de sa corpulence, et qu'elle a un très bon appétit. Elle aime autant sinon plus, prendre de l'alcool. Ce jour-là elle a levé le coude souvent. Plus tard, durant cette même journée, elle a saisi plusieurs cacahuètes dans sa main droite, et les avait avalées rapidement, sauf qu'une d'elles a coincé quelque part dans son pharynx haut. À ce moment-là, elle manifestait déjà de nombreux signes d'une superbe ingestion d'alcool, quoiqu'il y persistait suffisamment de réflexes pour démontrer également qu'elle s'étouffait. Dans l'assemblée, il y avait aussi son neveu qu'elle a élevé depuis sa tendre enfance en raison du décès de sa mère. Il s'est créé entre les deux un puissant lien affectif et bien au-delà de ce que l'on pourrait concevoir. Celui-ci révélait une musculature identique à Monsieur Univers; ses mains, et ses poignets étaient le double des miens; crois-moi!!! Il fut vraiment impressionnant à constater. Aux États-Unis il a gagné cinq fois de suite, le titre de Monsieur Olympia de l'organisation Weider, donc un précédent dans toute l'histoire du culturisme. Alors, le neveu s'est placé derrière sa seconde mère et avec ses bras puissants, il a fait le tour de sa taille; il a entrelacé ses mains un peu en haut de son ombilic et là, il a exercé une fantastique subite pression vers le haut de telle sorte qu'il a soulevé celle-ci avec autant de facilité que j'ai à le faire avec une feuille de papier. Il fallait voir le spectacle!!! Je te jure que l'arachide est sortie! Cependant, un point intéressant à retenir est que la dame avait grignoté constamment, en plus d'un repas copieux et il s'est écoulé moins de soixante minutes entre sa sortie de table et son étouffement.»

«Voilà la preuve que j'attendais, sauf que je ne pourrai rien faire pour m'innocenter, car elle mourut; d'où même ton témoignage devient inutile. Le neveu peut-on le contacter?» Nicholson découragé.

«J'ai bien peur que ce soit difficile, car récemment en passant devant un kiosque de journaux, j'ai vu sa belle photo en première page d'une revue sportive. Piqué par la curiosité, j'ai jeté un coup d'œil, et le reportage m'apprit qu'on l'avait opéré très récemment en conjoncture avec une valve cardiaque et qu'il trépassa sur la table d'opération à suite d'une poussée extrême de sa pression artérielle. Les médecins ont vite conclu que le trouble valvulaire relevait de la prise intempestive de stéroïdes.»
«Bordel!»
«Je voudrais te glisser un mot concernant ton chum Tony Carter.»
«Vas-y!»
«L'on a affaire à un vrai homosexuel, qui à l'époque ne le savait pas, je veux dire par là, qu'il demeurait conscient seulement de tendances particulières. L'histoire naturelle de ces pauvres gens est de cacher leur statut d'une façon ou d'une autre, de considérer leur condition comme un châtiment. J'ai mis en évidence sa grande affectivité; à partir de là il n'avait pas la capacité de le supporter, alors il a presque réussi à se suicider. Sa sœur avec qui je travaille au bureau me l'a amené juste à temps. Il nous a montré la joie d'un jeune enfant ouvrant ses cadeaux d'anniversaire de naissance, d'apprendre qu'il possédait la totalité des caractéristiques d'un homosexuel orthodoxe. Sauf que, son apparence physique lui a fermé considérablement la porte; il se replia sévèrement sur lui-même, et tout son contexte émotionnel négatif s'est jeté sur ce qui symbolise la masculinité dans les rapports sexuels entre eux, c.-à-d., le rectum. Et ces mêmes émotions négatives accumulées à l'intérieur de lui continueront à agir. Ce qui fait que du point de vue pratique, elles vont lui causer éventuellement à plus ou moins brève échéance, une maudite rechute métastatique. Ces faits ne correspondent absolument pas à lire dans le futur, mais tout simplement à ces lois de fer de l'inconscient.»

Concernant tout le chapitre, de l'homosexualité masculine et féminine, l'analyse du profil thérapeutique par les couleurs de l'aura, va définir trois classes. A) La très grande majorité des vraies personnes qui sont homosexuelles élucidées par cette **seule** méthode vivent bien dans leur peau; et ils s'épanouissent dans un environnement propice. B) Lorsque l'essence jaune ombrée, en tant qu'exemple classique, ne s'associe pas à l'un de ces ego suivants (liste non limitative de combinaisons essence -ego): orange clair (Oc) rouge clair (Rc) bleu ombré (Bo) ou violet clair (Vic), alors dans chacun de ces cas, l'on aura affaire à une homosexualité

« déphasée » ou« dissociée »mais PAS en regard de la réalité quotidienne. Tous ces hommes et ces femmes manifesteront un désir fulgurant de se maquiller, et même à passer à l'acte. Sur le plan social, on les étiquettera d'homosexuels(les), sur la seule base de leurs maniérismes. De plus, tous ceux-ci vont souffrir intérieurement, et passablement en rapport avec des profondes déchirures, et/ou de la confusion extrême. Extérieurement, ils se verront dans une impossibilité absolue d'établir une relation harmonieuse, durable. De plus, l'approche thérapeutique, et scientifique moderne quant aux résultats, se voudra vraiment très décevante. C) Tous les autres, donc tous ceux et celles qui prétendent s'approprier le titre d'homosexuels (les),et dont l'analyse de leur profil thérapeutique par les couleurs de l'aura ne peut en aucune manière y confirmer leurs façons de se comporter (en pensée, en parole et gestes), alors cette dernière catégorie de personnes s'associe indiscutablement à de très sérieuses perturbations inconscientes, et donc ils(elles) deviennent les seuls(les) pour qui une approche d'emblée thérapeutique, psychiatrique obtient une pressante justification. Par contre, en voulant traiter les vrais(es) homosexuels(les), l'on nuit carrément à leur santé.»

«Que va-t-il m'arriver?»

«Je ne veux pas te le dire, même si fondamentalement je le peux, car ma révélation nuirait à ton libre arbitre; et en ce qui me concerne, je m'appuie sur un principe sacré que je n'ai jamais transgressé, et qui ne se négocie absolument pas.»

Nicholson reprend ainsi le chemin de sa résidence. En entrant, sa Margaret quittait le salon; elle l'accueille,

«À ce que je vois, les évènements ont tourné au vinaigre à la réunion du comité exécutif.»

«À vrai dire, une des plus sombres journées de ma vie.»

Les deux vont s'asseoir sur un canapé du salon et Steven lui relate le contenu de la réunion du comité exécutif ainsi que sa visite chez Luc.

«Que va-t-on faire mon amour?» Margaret, effondrée.

«Le Bon Dieu le sait, et le diable s'en doute fort. Me voilà complètement désemparé.»

«Retournes-tu à l'hôpital à compter de demain?»

«Oui, juste pour vérifier mes follow-up. Je ne me vois pas du tout en train d'opérer ni que j'acquière des nouveaux patients, bien que sur le plan technique, il n'y a aucune interdiction présente à ce que j'effectue de la chirurgie. Tous ceux qu'il me reste sur les étages évoluent bien, je devrais avoir signé le congé à tous d'ici quinze jours au plus tard.»

«En ce qui concerne ta présence sur la liste de garde en chirurgie.»

«Je vais faire parvenir une lettre par huissier à Kelly pour l'aviser de refaire la liste de garde, parce que je ne me considère plus en état de demeurer sur la ligne de tir. S'il ne voulait rien savoir, j'enverrai une copie au collège des médecins afin de me couvrir partout, face à de possibles sanctions hospitalières.»

«Crois-tu en une parfaite décision de mêler cette haute instance à toute cette bouillie pour les chats.»

«Peut-être aussi afin de me rassurer moi-même que je te formule cette idée. Je ne sais même plus.»

«Du côté de l'hôpital, jusqu'où crois-tu qu'ils peuvent aller?»

«Je pense qu'il faut retenir toutes les possibilités depuis aucune action jusqu'au…»

Margaret le regarde en pleine face.

«Steven, penses-tu très sincèrement qu'ils pourraient même aller jusqu'à te congédier?!»

«Ma tendre épouse tu me connais suffisamment pour savoir que je ne pourrais pas me cacher derrière la moindre illusion. Le congédiement fait aussi partit des avenues possibles.»

«Si cette terrible éventualité devait nous arriver, alors pourrais-tu travailler ailleurs?»

«Tout dépend des motifs, le cas échéant, qu'ils retiendraient, mais ils ne peuvent pas en invoquer un qui ne soit pas déjà prévu dans la loi sur la santé et les services sociaux.»

«As-tu déjà commencé à explorer cette loi?»

«Oh! Seulement dans les grandes lignes; c'est pire que du vrai chinois, cette littérature spécialisée.»

«Je veux revenir un instant à ces motifs qu'ils pourraient retenir. Peux-tu les énumérer?»

«Je pense sincèrement qu'ils vont considérer l'insubordination; bien que ce soit une faute, elle ne touche pas à l'intégrité professionnelle en soi. Avec un tel dossier, je n'aurais qu'à me présenter dans n'importe quelle armée et avec mon niveau de scolarité, certes je monterais en grade jusqu'à officier. En ce qui concerne, selon leur propre dire, le manque d'obéissance, très certainement que l'adjudant me dirait: «On en a vu d'autre avant toi, et tout le monde sans exception, a passé par la même serrure de la porte.»

«Pourquoi fais-tu référence à l'armée? Ton âge constituerait, je pense, un obstacle.»

«Tu ne penses tout de même pas que j'aurais postulé pour ce secteur d'activité!! Franchement Margaret, tu m'as presque déçu.»

Sa femme, irritée.

« Steven!!! Parfois j'essaie de bien t'évaluer, mais avec beaucoup de difficulté, à savoir si tu utilises ton ironie ou pas, si tu fais une farce ou pas. Je me rappelle d'un entretien récent où tu as poussé l'ironie jusqu'à un niveau presque insupportable, et aussitôt après tu as ri de bon cœur.»

«Je demeure toujours marqué par l'image de l'un de mes oncles qui a passé sa vie dans l'armée, en tant qu'un adjudant; intraitable, donc tout devait passer là, et pas ailleurs, archi autoritaire, et toujours un ton sec même parmi sa propre famille. Heureusement, que l'épouse provenait d'un moule comparable, mais leur seul garçon en a bavé royalement; devenu un type antisocial plus ou moins fonctionnel, à seize ans, on le proclama en tant que chef incontestable, dans une école de réforme. Il avait étudié dur sous la stricte gouverne du Maître des maîtres. Cet oncle-là a décédé d'une maladie du cœur, et cette finalité ne surprit personne. Au milieu de mon adolescence, je me rappellerai qu'à une occasion il était revenu de Québec après avoir emprunté l'auto de mon grand-père paternel. Il entra chez nous fou de rage, avec les jointures des mains largement tachées de sang. Il nous a raconté qu'en circulant sur l'autoroute 20, il y avait eu un jeune morveux qui avait du plaisir à le dépasser puis il venait se placer juste devant lui pour le ralentir, et il a maintenu ce manège 4 à 5fois. À l'approche d'une bretelle, l'oncle a forcé l'autre à s'y engager. Il semble qu'il ait eu vraiment peur et a accéléré rapidement. L'adjudant conduisait une Buick de marque Wildcat avec un moteur V8 sous le capot, un Cleveland 454 po. Cubes couplé à un carburateur Holley à quatre barils. Il l'a rejoint avec une énorme facilité. Puis, il a débarqué de son auto et il a fait subir au jeune une de ces dégelées; il n'a même pas eu le temps de protester. À un autre moment, mon grand-père paternel embarque dans son auto, et il me demandait de le conduire, car il devait faire des courses dans la ville de Trois-Rivières. À environ 10 milles du pont, il ajouta,

«Voudrais-tu savourer en dessous de ton pied droit la puissance de ce moteur sous le capot jeune homme? »

«Je possède une assez bonne idée de ses capacités; par ailleurs si vous insistez… »

«Bien sûr!! Écrase-moi cette pédale dans le tapis!! »

Instantanément, j'ai collé la pédale de l'accélérateur au plancher et je le tenais là fermement. Parvenu à la partie la plus haute du pont je roulais à 120 milles/h. Calmement le vieux,

«Si ça ne te dérange pas, tu peux ralentir un peu. Je constate que tu es un bon conducteur, car tu tiens très fermement le volant. »

«Impressionnant comme oncle! Donc pour en revenir au sujet antérieur dans la situation d'un manque flagrant de discipline, de toute évidence, ce contexte ne poserait pas de gros problèmes. Tu laisses quand même sous-entendre qu'il pourrait y avoir pire.»

«Certainement. Un congédiement décidé sur la base d'une incompétence scientifique, signerait en ma faveur la peine de mort ni plus, ni moins.»

Margaret ravale à quelques reprises.

«Ce type de congédiement aurait autant d'implications selon toi.»

«Je ne pourrais plus travailler dans aucun hôpital.»

«Quant aux cliniques privées?»

«Ma chérie, tout ce que l'on opère dans ces cliniques se résume à de la chirurgie plastique; et en ophtalmologie, le traitement au laser pour corriger la myopie. Dans un cas comme dans l'autre, le patient arrive le matin, il quitte en fin d'après-midi, ou au plus tard le soir.»

«Pour ce qui concerne de pratiquer à l'extérieur du Canada, aurais-tu là, un avenir?»

«Oui, parce que je possède un fellow américain, sauf que là-bas aux États-Unis, car je pense que tu as vraiment en tête ce pays, aucune compagnie d'assurance ne voudrait me couvrir pour les fautes professionnelles, le prix de la prime ne pourrait jamais suffire. Chez nos voisins du Sud, le fait de ne pas posséder une couverture professionnelle, revient comme chez nous, à ne pas s'assurer pour conduire un véhicule motorisé!!! Tu vois ce que je veux dire!»

«Si tu retournais, tout en demeurant toujours en fonction de cette terrible décision de l'hôpital, à la pratique générale?»

«Margaret, je peux comprendre amplement ta forte insécurité. Il faudrait absolument que je reprenne tout, depuis presque le commencement.»

«Le corps physique demeure la même constitution pour un chirurgien qu'un médecin de famille.»

«Je ne peux pas te contredire sur ce point précis, mais l'autre pratique touche une infinité de maladies auxquelles n'importe quel chirurgien n'a aucune connaissance ou si peu, si peu; et au niveau des prescriptions des médicaments, leur éventail se veut considérablement plus grand que le nôtre et de beaucoup. Il y aurait une seule occasion où un tel transfert devient possible et c'est lorsque le candidat décide de modifier, soit durant son entraînement en chirurgie, ou soit après tout au plus 4-5 années de vie professionnelle à la salle d'opération. En ce qui me touche, je dois oublier cette perspective, une fois pour toutes.»

«Enfin, tu me fermes tellement toutes les portes qu'il ne reste plus rien à espérer.»

«Que veux-tu que je te dise?!!! On a bâti le système ainsi.»

«En définitive, tu n'auras plus de revenus, ni en tant que chirurgien, et ni en tant que médecin tout court.»

«Tu as touché en plein dans le mille!»

Margaret commence à paniquer.

«Tu vas faire quoi du restant de ta vie?! Je ne gagne pas des salaires suffisants pour supporter tous nos acquis!»

«Voici une question, au moment où nous parlons, que je ne peux pas te répondre pour l'instant; tout ce que je pourrais te dire c'est qu'advenant un congédiement pour ce motif de merde, j'aurai un recours possible, c.-à-d, la Commission des Affaires Sociales, et si je gagnais à cette instance alors je poursuivrais l'hôpital en cours civil pour un dédommagement financier.»

«Tu me parles donc d'une éternité pour obtenir des auditions!!! Sinon, pour obtenir le jugement, mais en attendant il va bien falloir vivre. Christopher et Élisabeth étudient encore pour plusieurs années à venir; et leurs dépenses d'études vont augmenter énormément les prochaines années; où va-t-on trouver l'argent?»

«Ne me demande pas de régler les problèmes du monde entier en une seule journée ma chérie; s.v.p., reprends un peu de tes aplombs. À court et moyen terme, je vais puiser dans mes placements d'argent.»

«Tu as raison, mais il va falloir tôt ou tard continuer à répondre à toutes ces questions.»

«Margaret, toi et moi, nous avons toujours tenu tête à la Vie, et nous avons toujours maintenu le cap.»

«Tu te dois quand même d'établir des nuances; jusqu'à ce jour, la vie nous a passablement choyés, mais passer du jour au lendemain sans aucun revenu, il y a là un univers de différences entre les deux.»

«Je voudrais te demander qu'une chose. Tant et aussi longtemps que le rideau ne tombera pas, nous devons garder ce déroulement entre nous. Dois-je te demander de me donner ta parole?»

«Non Steven!»

À compter de ce moment précis, et pour une longue période de temps, Margaret a perdu son beau sourire spontané. Elle s'excusa auprès des enfants en invoquant une ménopause contraignante. Quinze jours plus tard, un huissier se présente chez les Nicholson; il apporte une réponse du comité exécutif du CEMD.

« Dr. Steven Nicholson, suite à l'étude de votre dossier :1) Nous vous recommandons fortement de cesser toutes vos activités au C.H. Royal Victoria à compter de maintenant.2) Nous vous faisons part de la résolution suivante: il est proposé par le Dr. Frank Donovan, et secondé par le Dr. Ken Forgetty de soumettre le dossier du Dr. Steven Nicholson au Conseil Administration du Royal Victoria afin qu'il décide de la ou bien des sanction(s) à appliquer.

Signé: Dr. Frank Donovan

Il lit le document dans la cuisine puis il interpelle son épouse,
«Chérie, peux-tu venir me rejoindre s'il te plaît?»
«Je descends tout de suite de notre chambre.»
Elle arrive auprès de son époux en coup de vent.
«Margaret, l'avocat Steve Fletcher demeure-t-il toujours disponible?»
«Oui, pourquoi?»
«Tiens, prends connaissance de cette lettre.»
Sa femme en fait la lecture et stupéfaite,
«Ce texte veut signifier quoi précisément?! Que tu n'as plus le droit de te présenter à cet hôpital.»
«Je ne le pense pas, mais je veux voir ce que l'avocat dira à ce sujet.»
«Je l'appelle à l'instant même.»
Elle revient un peu plus tard.
«Il pourra te rencontrer dans une heure environ. Tu as juste le temps de te faire beau gars et de t'y rendre. Ne t'en fais pas, on le proclame le meilleur dans ce cabinet d'avocat pour tout ce qui concerne les poursuites de fautes professionnelles qui impliquent des médecins. Cette loi sur la santé et les services sociaux, il la connaît sur le bout de ses doigts et autant que les Témoins de Jéhovah peuvent connaître leur bible «Les Saintes Écritures la traduction d'un monde nouveau » et, oui! Dieu seul sait combien ils la connaissent; ils savent par cœur dans quelle page se retrouvent quels versets. Moi, je leur lève mon chapeau même si je m'oppose d'une façon catégorique à leur philosophie.»
«Il me fallait bien juste toi pour me faire sourire en ces circonstances pénibles!!» L'époux rit amplement.

«Bonjour Me Fletcher!»

«Bonjour! Je présume m'adresser au Dr. Steven Nicholson. Ah oui!!! Votre épouse a appelé il y a peu de temps. Alors que puis-je faire pour vous?»

«Si vous voulez prendre connaissance des différentes correspondances émises par le comité exécutif du CEMD du Royal Victoria.»

L'avocat utilise une dizaine de minutes.

«Ils jouent les fier-à-bras à ce que je vois.»

«Dans la correspondance de ce matin, veulent-ils m'informer du fait que je ne peux plus me présenter à l'hôpital?»

«Aucunement, Dr. Nicholson. Vous avez ma parole que vous possédez toujours le plein droit d'y travailler. Par ailleurs, ils vont recevoir avant la fin de la journée, un document en provenance de la firme, et dans lequel je vais leur signifier que cette expression «Nous recommandons fortement » ne se retrouve nulle part dans les articles de la loi, et qu'en conséquence du point de vue pratique, elle ne trouve aucune application justifiable aux yeux de cette même loi.»

«Je vous remercie Me Fletcher.»

«Puis-je vous faire un commentaire additionnel.»

«Je vous en prie.»

«Il faudra vous attendre à la plus sévère de leurs sanctions, et c.-à-d., un congédiement sur le motif d'incompétence professionnelle. Le dossier a évolué beaucoup trop vite à mon avis; il doit certainement y avoir quelques fanatiques parmi le groupe. Y a-t-il autre chose?»

«Lorsque je recevrai la décision du conseil d'administration, est-ce que devrais vous revoir.»

«Vous avez raison, n'oubliez pas qu'ils doivent absolument et, selon la loi, vous convoquer à cette unique réunion du conseil d'administration. Dès la réception de leur décision, et si elle se cristallisait, à l'image de ce que je projette, alors il faudra mettre en branle les recours habituels. En ce qui concerne la Commission des Affaires Sociales vous avez seulement 90 jours pour déposer la requête. Il faut compter entre 6-12 mois d'attente avant que nous puissions avoir une date d'audition, et à partir de là encore 4-6 mois d'attente avant le jugement.»

«Je vous remercie Me, au plaisir de vous revoir.»

«Je vous remercie Dr. Nicholson.»

Steven n'a plus de patients hospitalisés, et le Dr. John Kelly a accepté, non pas sans une opposition virulente de modifier la liste de garde en chirurgie, sans toutefois que les Nicholson aient dûment à faire appel au collège des médecins du Québec. Alors n'ayant plus d'obligations professionnelles, il veut discuter d'un projet avec son épouse,

«Ma douce chérie, d'ici à ce que nous recevions la décision du conseil d'administration, on peut profiter ensemble de passer la prochaine fin de semaine au casino de Charlevoix, loin de la ville. À la fin septembre et tout le mois d'octobre, le panorama dans la vallée va nous couper le souffle. Cette perspective nous donne trois jours pour bien nous préparer, et nous débarquerions là-bas vendredi en fin d'après-midi.»

«Pour te dire franchement, je ne me sens pas d'humeur suffisamment à la fête pour ce séjour, par ailleurs si tu le voudrais, davantage pour qu'on se retrouve un peu plus, loin des tracas quotidiens alors, j'irai que pour cette raison, mais je te préviens, pas de folies financières.»

«Juré! Pourquoi nous ne prendrions pas un peu d'avance sur l'horaire ainsi tu auras un avant-goût de ce séjour!»

«Que veux-tu dire au juste, mon coquin de mari?»

«Commencer à rêver en position horizontale, qui sait...»

Chapitre Quatre

La veille de leur évasion, le 10 octobre 2004, Margaret jouait au bridge toute la soirée avec un groupe d'amies. Nicholson de son côté, visitait son ami Tony et les deux jouaient depuis un bout de temps plusieurs parties de poker. À un certain moment le pager du médecin les interrompt.

«Je ne comprends pas. Je n'ai plus de patients, et c'est probablement une erreur.»

Il laisse tomber et il continue de jouer; à peine cinq minutes s'écoulent que le pager retentit encore.

«Bon! Je les appelle, puis après on aura la sainte paix.»

Il signale,

«L'hôpital Royal Victoria bonsoir! Que puis-je faire pour vous venir en aide?»

«Dr. Steven Nicholson; je vous ai communiqué parce que mon pager a sonné deux fois, mais je n'ai plus de raisons de me rendre à l'hôpital. Il doit y avoir forcément une erreur.»

«Dr. Nicholson, une personne qui est admise à l'urgence m'a prié de vous contacter le plus tôt possible.»

«J'ai terminé de faire de la garde! Vous deviez bien le savoir; veuillez s.v.p. en informer ladite personne. Au revoir!!!»

«Ne raccrochez pas!»

Trop tard, il a interrompu la communication. Steven, en colère,

«Que leur prend-il donc à l'autre bout? Bon! Enfin, on va pouvoir continuer et excuse-moi Tony!»

«Ne t'excuse pas, rien qu'en considération des aléas de la vie.»

Le pager sonne de nouveau.

«Ils verront de quel bois je me chauffe!»

«L'hôpital Royal Victoria bonsoir! Comment puis-je vous aider?»

«Je vous ai dit que je n'avais plus affaire à votre hôpital, bordel vous ne comprenez donc rien!»

«Je m'excuse Dr. Steven Nicholson, il s'agirait d'Élisabeth Nicholson, votre fille.»

Steven subitement énervé,

«Ma fille!! Mais!!!…Mais!!! Depuis quand l'a-t-on admise?»

«Environ une heure.»

«A-t-elle eu un accident?»

«Non, elle se plaint d'un mal de ventre important.»

«Donnez-moi le nom du chirurgien de garde ce soir?»

«Dr. John Kelly.»

«S.v.p., faites le message à ma fille que j'arrive immédiatement!»

«Très bien Dr.»

Se tournant vers Tony,

«Écoute Tony, cet appel concerne ma fille Élisabeth; et on vient juste de l'admettre à l'urgence du Royal Victoria; elle se plaint de malaise au ventre et je veux la rejoindre immédiatement.»

«Crois-tu en un problème sérieux?»

«Je n'en sais pas plus que toi. Alors, je file. Bye!»

«Bye! Et aussi bonne chance!»

Nicholson arrive à la course folle dans l'hôpital à 20.00 h, et il s'introduit à l'urgence.

«Où se trouve ma fille? Elle porte le nom de Élisabeth Nicholson.»

«On l'a transporté dans la première salle.» Une infirmière lui répond.

«Merci!»

Il se déplace au chevet d'Élisabeth. Sa première constatation l'inquiète beaucoup. Elle est pâle, la peau moite, et elle semble fiévreuse, en plus, elle souffre passablement.

«Ma petite princesse, ressens-tu cette douleur pour la première fois?»

«Oui, papa.»

«Explique-moi le début de son apparition.»

«Je me trouvais chez mon futur conjoint Roger, et nous écoutions une représentation cinématographique tout en savourant une coupe de vin, lorsque tout à coup j'ai constaté du côté droit de mon ventre une vive douleur presque en coup de poignard, après une dizaine de minutes elle a diminuée rapidement d'environ de 50%, mais pas davantage. À partir de là, elle augmenta lentement et vraiment constamment; présentement j'ai plutôt de la difficulté à bien la supporter, et elle m'amène à grimacer de temps à autre.»

«Très bien mon ange. As-tu noté autre chose?»

«Je dois t'avouer quelque chose, et j'ai bien peur que tu sois fâché contre moi.»

«Pour l'instant ce qui compte, c'est de te sortir de cette situation, et pour le reste, on tâchera de trouver des compromis ou on essaiera de s'expliquer du mieux que l'on pourra, comme on a toujours su très bien le faire jusqu'à maintenant. Cela dit, qu'as-tu à me dire?»

«Papa, je pars pour la famille?»

Le père à la fois surpris et contrarié minimise difficilement ses réactions.

«Enceinte!!!! Ce n'est quand même rien de catastrophique. Depuis quand le sais-tu?»

«L'urgentologue en devoir me l'a appris en se basant sur les tout premiers examens.»

«Selon toi, tu es enceinte de combien de mois?»

«Pour te le dire franchement, je n'ai jamais trop porté attention à mes menstruations, car elles sont tellement irrégulières. J'ai remarqué que mes deux dernières ne me semblaient pas tout à fait comme d'habitude.»

«Tu utilisais les contraceptifs, alors tu as certainement dû oublier quelques pilules. Pourrais-tu parvenir à te rappeler quand tu as omis de la, ou de les prendre?»

«Tu sais, quand on développe un automatisme comme le marcher, on ne prête plus attention.»

«Ne t'en fais pas inutilement et je ne vois vraiment rien de grave pour l'instant. Aurais-tu une objection à ce que je jette un vite coup d'œil à ton ventre?»

«Tu sais bien que non papa, et même si tu devais me faire un examen gynécologique, cette procédure ne me gênerait aucunement; et de toute façon, vous deux vous m'avez conçu alors, pourquoi démontrerais-je un inconfort?»

Steven note que l'abdomen manifeste modérément de la distension. À l'auscultation le péristaltisme se veut important avec des sons aigus ici et là, et à la palpation, il y perçoit une fermeté de la paroi musculaire sous-jacente intéressant la moitié droite du ventre ainsi que la région du flanc droit. Voulant quantifier cette fermeté, il en arrive à la graduer pour ce moment à une défense amplement coussinée. Il parvient sans peine à conclure qu'il se déroule un évènement vraiment sérieux, mais selon lui, loin de mettre la vie de son Élisabeth en danger.

«L'autre médecin t'a-t-il dit ce qu'il en pensait?»

«Non papa! Il ne jase pas beaucoup, et il a une véritable face de bœuf; je ne me sens pas à l'aise avec lui.»

Au même moment, l'urgentologue pénètre dans la salle où se trouvent les Nicholson,

«Tiens! Mademoiselle reçoit de la visite!»

Le paternel se retourne en lui faisant face.

«Je recherche de la familiarité dans votre visage, et je n'en trouve pas. Peut-être que je me trompe?»

«Pourquoi le faudrait-il au juste, selon vous? Je me présente, je suis le Dr. Jim Cunningham, urgentologue.»

«À ce que je vois, vous semblez nouveau ici.»

«Son père, je présumerais. Pour la première fois, un visiteur s'intéresse davantage au curriculum vitae du médecin en devoir que de l'état de son proche parent, ou peut-être même de son enfant.»

«En effet, voici ma fille. Vous ne semblez pas d'un commerce facile.»

«Dites donc vous, ai-je des comptes à vous rendre par hasard? Je vous recommande de vous mêler de ce qui vous regarde monsieur!!!»

«Je ne viens pas ici pour y semer le trouble. Ma fille m'a contacté afin que je l'accompagne.» L'autre encore souriant.

«Alors, je suppose que vous attendez pour des nouvelles fraîches? Je vais seulement vous dire ce que je sais.»

Jim relie ses notes d'observation.

«Élisabeth Nicholson?!»

«Oui, vous avez le bon nom.»

«Attendons voir un peu….Nicholson, il s'agirait bien d'un nom qui me dit quelque chose et je l'ai entendu à plusieurs reprises depuis mon arrivée il y a dix jours. Ah! Oui! Les souvenirs me reviennent. On m'a raconté que mes confrères travaillaient en compagnie d'un certain chirurgien halluciné à ce qu'il paraît. J'ai eu vent qu'il allait le mettre à la porte d'ici peu de temps. J'aurais bien aimé le demander en consultation, je vous jure que je lui aurais montré le droit chemin à ce gars-là.»

Le visiteur devient sérieux et il serre fermement les poings.

«Pourrait-on passer maintenant aux choses sérieuses? On attend encore pour savoir ce que vous en pensez?»

«Calme tes nerfs l'ami!! Je retiens comme diagnostic le plus probable une grossesse tubaire. Tout concorde par son test de grossesse, la formule sanguine qui ne démontre pas d'infection, juste une réponse de stress avec l'augmentation prononcée des éléments jeunes, et un côlon droit distendu, et je me demande même s'il ne s'agit pas d'une intussusception sur la radiographie standard de l'abdomen; la présence d'air dans ces quelques anses de l'intestin grêle brouille les cartes. Enfin pourquoi je vous informe de tous ces nombreux détails additionnels? Que pouvez-vous bien y comprendre!»

«Une dernière petite question cher docteur, connaissez-vous le nom du gynécologue de garde?» Nicholson se détend…juste un peu.

«Le Dr. Brian Laidlaw. Pourquoi son nom vous intéresse-t-il? Vous ne me semblez vraiment pas faire trop confiance aux médecins, mon très cher monsieur. La paranoïa, je la connais et je peux vous corriger l'humeur avec une bonne injection d'haldol dans une fesse, et peu de temps après, vous allez me suivre comme un petit chien archi docile.»

«Juste que je voudrais m'assurer que, ni un forgeron, et ni un boucher allaient opérer ma fille!»

«Ma parole quelqu'un qui n'a pas froid aux yeux, et qui fait de l'humour en plus. Je pense que l'on va bien s'accorder ensemble. Si vous n'avez pas d'autres questions plates, je continuerai à soigner d'autres patients qui attendent.»

Jim se rend au poste des infirmières, il prend le prochain dossier; mais au même moment le Dr. John Kelly qui allait bientôt quitter l'hôpital, passe par l'urgence.

«Dr. Cunningham, je me présente, Dr. John Kelly chirurgien général aussi en vasculaire et thoracique; avant de partir, je voulais m'assurer s'il y avait des cas en attente qui m'auraient concerné.»

Les deux se serrent la pince.

«Enchanté de faire votre connaissance Dr.John Kelly. Pour répondre à votre question, je n'ai pas encore de consultation à votre attention. Il y en aurait peut-être eu une il y a une heure; mais je vais plutôt recommander la patiente en gynécologie.»

«De quel cas il s'agirait au juste, si advenant que le gynécologue me la refile?»

«Une jeune patiente dans la vingtaine qui se présente pour une vague douleur à la fosse iliaque droite, et aussi sous-ombilicale ayant apparue en fin d'après-midi. Le test de grossesse est positif.»

«Je vous remercie mon cher docteur, et je vous souhaite une bonne fin de soirée.»

«Son paternel l'accompagne, et je pense qu'il a eu dans le passé de bien mauvaises expériences dans ses contacts avec les médecins, car il ne me paraît définitivement pas nous porter dans son cœur. Il est arrogant, hautain, et aucune difficulté à m'invectiver. J'aimerais bien croiser le fer avec lui dans une ruelle, enfin je pense allègrement que là, j'aurais de la vraie compétition en kick boxing.»

«Ils nous identifient tous à Dieu, en plus que leurs attentes démontrent trop souvent de l'hypertrophie; et après ils s'en prennent à nous; tu devras t'y habituer.»

«Vous ne m'avez pas demandé le nom de la patiente.»

Tout en se dirigeant vers la porte de sortie.

«Je le saurai largement vite lorsque le gynécologue va me demander en consultation.»

«Mlle Élisabeth Nicholson.»

John se retourne excessivement vite sur lui-même, et très enragé.

«Vous avez dit qui!!!?»

«Mlle Élisabeth Nicholson, pourquoi vous réagissez si vivement?»

Le Dr. Kelly arrache le dossier des mains de l'autre.

«La merde nous tombe dessus!!!»

«Quoi!!!?» Jim manifestement confus.

«Le nom du Dr. Steven Nicholson vous dit-il quelque chose?»

«Pas vraiment; dois-je lui accorder de l'importance?»

«Je parle du médecin, et aussi du chirurgien dont vous avez certainement entendu parler. On veut s'en débarrasser à tout prix.»

«Ah!! Donc lui!!! Alors, je comprends mieux ses façons d'agir.»

«Je vais appeler le directeur médical, le Dr. Frank Donovan.»

«Pourquoi?»

«Je ne veux pas prendre de chance. Le Dr. Nicholson représente un vrai trouble-fête; il n'y a pas meilleur emmerdeur que lui. Donc, je reste ici.»

Durant ce temps, Élisabeth et son père attendent.

«Papa, la douleur continue toujours, toujours d'augmenter et elle devient vraiment difficile à supporter. Aie! Aie! Aie! J'ai mal papa, je t'en prie fait quelque chose, ou tu parles à l'autre médecin, ou bien je ne sais pas quoi. Outch!!!»

Il ne répond pas immédiatement et il réévalue le tableau clinique selon les observations relevées, incluant tous les examens para cliniques; il en viendra très progressivement à la conclusion qu'il faudra choisir entre la grossesse tubaire droite ou bien une souffrance du gros intestin à préciser.

«J'aurais voulu continuer à opérer ma princesse, mais là, me voilà ni plus ni moins qu'un honnête citoyen. Demeurer si impuissant, ça me tue! C'est infiniment insupportable.»

«Comment allez-vous, Mlle Nicholson?» Jim revient dans la salle.

«J'ai de plus en plus de douleurs, s.v.p. donnez-moi un analgésique par la bouche, ou par une injection intramusculaire!»

«Pas pour l'instant, et je sais bien que votre père s'accordera avec moi; qu'en pensez-vous, Dr. Nicholson!!?»

«Oui, ma petite princesse, il a raison.»

«Vous devez trouver la situation excessivement dure de vous rabaisser aux pieds d'un urgentologue, alors que vous en avez beaucoup rabroué cavalièrement au cours de toutes ces années?»

«Allez-vous demander également une sainte consultation en chirurgie générale, considérant les signes de souffrances de son côlon droit?»

«Moi, je vais faire les choses dans l'ordre que moi seul je vais établir. Je trouve malheureux que le noble Dr. Ken Forgetty ne vous ait pas corrigé suffisamment.»

«Parmi les choses, dont vous établirez votre ordre, allez-vous demander le Dr. John Kelly en consultation? En passant, Forgetty ce n'est pas autre chose que de la merde, comme son acolyte de Donovan.» Le paternel sur le point d'exploser.

«Si tu continues fumier, je vais royalement t'infliger des blessures de kick boxing. Vous comprenez vite à ce que je vois et votre réaction me fait vraiment plaisir à constater. Oui, je le vois sur ma liste! Satisfait le con?»

Le Dr. Cunningham repart.

Steven perplexe ne sait vraiment plus à quel saint se vouer, et l'attente interminable devient plus qu'insupportable.

«Élisabeth, je voudrais examiner à nouveau ton abdomen.»

«J'ai terriblement mal mon papa. Aie! Oui, vas-y, aie! Outch!! Que mon ventre fait mal!»

Au deuxième examen, la paroi abdominale lui paraît nettement plus rigide que précédemment; elle a presque la dureté du bois. Au même moment, la vision subtile apparaît, et il constate avec stupéfaction et horreur qu'il existe une obstruction à plus de 75% de l'artère mésentérique supérieure; pire encore, le caillot se localise, en aval de l'artère colique droite. Donc en cas d'arrêt complet du sang, alors plus du tiers du petit intestin et 75% du côlon droit, vont se détériorer et ultimement perdre leur viabilité. En conclusion il faudrait intervenir sans faute, et le plus rapidement possible. Au même moment, un infirmier entre, s'approche d'Élisabeth pour prendre ses signes vitaux.

«Infirmier!»

Ce dernier lève la tête, il cherche qui l'a appelé.

«Infirmier!! Vous me reconnaissez, Dr.Nicholson qui vous parle et vous allez m'aider. Il faut qu'on amène cette patiente vite au bloc opératoire et immédiatement.»

«Dr. Nicholson, vous ne travaillez même plus dans cet hôpital!! Je ne peux pas.»

«Ou bien vous me portez secours, ou bien elle va mourir!»

Avec beaucoup de résignation, l'infirmier empoigne l'extrémité de la civière. Le convoi s'engage dans le corridor cependant Cunningham les a vus, et il court en leur direction.

«Que se passe-t-il ici?! Par quelle damnée autorité Dr. Nicholson vous prenez l'initiative de déplacer cette patiente? Tout d'abord, où allez-vous?»

«Écoute bien ce que je vais te dire Jim, je t'élabore exactement de quoi ma fille souffre.»

«Vas-y!»

«Elle a une occlusion de son artère mésentérique supérieure, juste en aval de son artère colique droite. Maintenant, est-ce que tu sais ce que cette obstruction implique?»

«Non!»

«Si l'obstruction se complétait, c'est au moins trois mètres de son grêle, et certainement 75% de son côlon droit qui se nécroseront.»

«Me voilà content de votre cours d'anatomie, dites-moi comment vous parvenez à un diagnostic aussi difficile?»

«J'ai entendu avec le stéthoscope un souffle artériel à sa fosse iliaque droite.»

«Vous croyez que je vais gober votre histoire; un souffle artériel chez une jeune patiente dans la vingtaine, je ne pense même pas que ce soit décrit dans les livres.»

«Vous demeurez tous les mêmes, vous autres les urgentologues le livre et toujours le livre! Y a-t-il des choses que vous avez faites dans votre vie sans avoir à vous servir d'un livre? Même pas dans la situation de faire l'amour, vous me confesserez!!! En médecine, tous les livres, et tous les extraits actuellement publiés décrivent-ils absolument tout, mais tout ce qui surviendrait à tous les corps physiques au cours des dix dernières années? Bien sûr que non! Finalement, je vous dis que je l'ai entendu!»

«Entendre ce souffle dans tous ces bruits intestinaux importants, à mes yeux, vous charriez trop.»

«Je vous prierais de me croire! Pourquoi ne pourrais-je pas entendre un murmure artériel parmi les bruits avoisinants? Laissez-moi vous révéler quelque chose. En cardiologie, ces gens-là doivent mettre en évidence des murmures cardiaques mélangés avec différents bruits causés par: 1) les échanges gazeux dans le parenchyme pulmonaire et à l'occasion 2) compliqués par d'autres bruits étant présents, et prenant l'allure de râles sibilants tant au niveau pulmonaire que des bronches. 3) Le pompage du sang par le cœur et voyageant dans les quatre chambres cardiaques. Vous savez aussi bien que moi que des cardiologues ne peuvent entendre ce que leurs confrères parviennent à saisir avec leurs oreilles.»

«Ah! La Merveille!! Ce cher chirurgien qui trouve toutes les maladies sans faire aucun examen.» Jim élève le ton.

«Je vous parle de ma fille. Au moins, vous démarrez une perfusion d'un anti thrombotique de votre choix, et je n'en aurai rien à redire.»

«Vous êtes complètement givré. Je n'aurais jamais rien entendu d'aussi grotesque. Pour qui me prenez-vous, un imbécile!?»

Le Dr. Kelly en voyant Steven discuter avec Jim, et il les rejoint.

«John, s'il te plaît, ma fille a l'artère mésentérique supérieure bloquée à au moins 75% en aval de la colique droite. Si tu veux l'opérer à ma place, ta décision ne me dérange pas du tout.» Le père supplie.

«Dr. Nicholson vous avez un grave problème d'hallucination visuelle et j'en ai vraiment ras-le-bol de vous. Même si je parvenais à considérer un tel diagnostic, je n'interviendrais pas sans certes, au préalable, lui faire une angiographie du tronc mésentérique. Où vous croyez-vous au juste? À faire de la médecine de brousse en pleine jungle, ou peut-être vous vous considérez le clone du fameux médecin de Startreck.»

«John, je t'en supplie, décolle au moins un anti thrombotique veineux, puis après, on aura amplement le temps d'argumenter et de faire valoir nos points.»

«Va chez le diable Nicholson!!! Tu ne te différencies pas du tout d'un psychotique; tu te crées des mondes à toi, en plus tu te prends pour Dieu. Moi tout ce que je te demande, c'est de laisser ta fille sous nos soins, et d'aller te coucher chez toi.»

«Si vous pensez que je vais laisser mourir ma fille sans rien faire, vous vous trompez sérieusement.»

«J'ai revu les notes d'observation de Jim, et tous les autres examens. L'intussusception semble aussi probable que la grossesse tubaire, et dans les 2 cas, elles nous octroieraient le temps de faire d'autres examens. Je peux négocier avec toi pour procéder à un lavement baryté à double contraste sans préparation intestinale. Et si l'on notait la présence d'une intussusception intestinale en évolution, tu sais aussi bien que moi que le lavement en règle bien plus que la moitié par étirement mécanique. Quant à la grossesse tubaire, je prescrirai sans délai une échographie et durant ce temps-là je ferai venir le Dr. Laidlaw immédiatement, même si je reconnaissais l'inutilité de le faire. Alors, ne me demande pas en plus d'extraire l'eau des roches.»

«John, elle aura tout le temps plus que nécessaire de mourir; administre l'anti thrombotique et fait l'angiographie; les deux prendront à peu près le même temps que tes deux examens précédents, et inutiles. Bordel!!! Il ne s'agit quand même pas de la fin du monde, en référence à ce que je te demande! Allez John, s'il te plaît, et s'il le fallait, je m'agenouillerais devant toi immédiatement.»

Durant un court laps de temps, le Dr. John Kelly est demeuré muet, et manifestement ambivalent. Utilisant une parole douce, et chaude,

«Steven, comprends bien. Si je parviens à t'écouter, et que tes attentes ne se maintenaient pas debout devant une angiographie normale, alors je mangerais de la merde et je ne pourrais jamais me le pardonner.»

Frank Donovan fait une entrée fracassante à l'urgence.

«Steven, je ne le répèterai pas une deuxième fois, tu sors de cet hôpital tout de suite! Tu es complètement fou!»

L'autre ne répond pas. Il se dit en lui-même,

«Je pourrais toujours m'entendre avec ma fille pour quitter cet hôpital contre l'autorisation de son médecin. Après, à quel endroit vais-je aller?!!! Me voici complètement coincé.»

«John pour la dernière fois, je te le demande!»

«Va te faire soigner Nicholson! Le monde te perçoit tellement malade dans la tête que n'importe quel psychiatre se découragerait au départ; tu es même trop psychotique pour une admission à St-Jean de Dieu.»

«Je vais l'opérer sans vous autres!»

Il s'apprête, à prendre l'ascenseur pour monter au bloc opératoire alors que sa fille devient presque inconsciente, en plus présentant une dramatique élévation de la température.

«Je vais t'arrêter, moi!» Hurle Jim.

Nicholson se départit de la civière; il adopte une position de défense kung-fu. Il élève amplement la voix,

«Je ne veux absolument pas me battre! M'entendez-vous bien?!! Vous tous, vous vous rappelez certainement le cas de la jeune femme ayant sensiblement le même âge que ma fille, approximativement 2 à 3 ans passés, dans la province de Québec. Elle se complaignait également de douleurs abdominales. Dans les journées qui suivirent, des praticiens généraux, des urgentologues, et aussi des chirurgiens qui l'examinèrent. Personne, je vous le dis, personne n'a jamais considéré cette possibilité d'une maladie vasculaire dans son abdomen, parce qu'on l'étiquetait trop jeune, sauf qu'à l'autopsie, ils ont trouvé l'obstruction de toute sa circulation mésentérique, avec des caillots sanguins partout, tout comme ma fille. La famille a poursuivi en justice tous les médecins concernés, et évidemment on les innocenta simplement, essentiellement parce que ce type précis de maladie, on ne pouvait pas le retrouver dans aucun livre; et il s'avérait totalement normal, selon le juge, que tous ces médecins se trouvaient dans une impossibilité totale de considérer un tel diagnostic excessivement rare. Je sais parfaitement que tout le monde présent ici retient des souvenirs de cette tragédie.»

Immédiatement, il crie à s'en rompre les cordes vocales,

«Vrai?????!!!!!!!»

Tout le monde, hoche de la tête. Jim n'en peut plus,

«Il ne faut fermement pas que vous tombiez tout droit dans sa duperie. Il possède une incroyable habileté dans les lavages de cerveau. Réveillez-vous, vous tous parce que vous oubliez deux détails majeurs. L'autre jeune femme souffrait depuis trois jours si on compare à moins de six heures dans le cas présent et en plus, l'autre ne portait pas d'enfant. Le Dr. Ken Forgetty m'a confessé que vous possédiez toutes les preuves les plus structurées, et les plus convaincantes qui puissent être à l'effet qu'il met constamment la vie du public en danger. Ce soir, allez-vous prétendre aller à l'encontre de vos irréductibles conclusions par surcroît, écrites dans les correspondances du comité exécutif, ou bien encore, si vous démontrez le courage de vos convictions?»

Donovan, en accord avec Jim.

«Écoutez-moi! Actuellement, nous faisons des fous de nous-mêmes en retenant les points de Steven. Si nous poursuivions cette attitude, alors demain qui que ce soit qui marcherait dans la rue pourra élaborer des diagnostics provenant de nulle part et nous, nous allons lui embrasser les pieds. Le Dr. Nicholson n'aurait aucune difficulté à vendre de la glace aux Esquimaux. »

Le père, désespéré.

«Regardez ma fille, elle est inconsciente, et elle présente aussi une forte hyperthermie, une respiration étant superficielle et la moiteur de sa peau. Lorsque je fais une bonne pression du doigt sur sa peau, le retour capillaire veineux retarde largement. ELLE EST EN TRAIN DE MOURIR!»

«Nicholson, tu corresponds vraiment à la réincarnation d'Adolf Hitler. Il fut mondialement reconnu simplement, parce qu'il s'avérait un orateur parfait, qu'il pouvait en tout temps provoquer l'acmé, plus le délire de satisfaction de la foule, indépendamment de l'idée qu'elle imposait.» Jim souriant.

Le paternel ajoute:
«Toi, le con calamiteux tu te trouvais dans la foule, et tu le saluais avec véhémence. De plus, tu lui envoyais des baisers, et en lui léchant son cul plein de merde.» Le paternel ajoute.

Ensuite, le père reprend à nouveau la civière; il s'apprête à s'introduire dans l'élévateur. Jim s'élance vite vers Nicholson et celui-ci l'accueille en transférant tout son poids sur sa jambe gauche, puis en soulevant la droite et en appliquant une puissante savate à la face de Jim. En raison de l'impact énorme, Jim recula et son dos heurta un mur; il s'affaissa au sol. Nicholson le relève avec énormément de facilité, en dépit qu'il pèse 100 kg, et il lui assène un fort coup de poing au plexus solaire et amenant Jim à se plier en deux vers l'avant; alors, Steven saisit sa tête, et il la projette contre un pilier de soutien adjacent à lui; J. Cunningham demeura inconscient et allongé sur le sol. Cependant, Steven ne se rendait pas compte que John arrive derrière lui avec une chaise; alors que Kelly se trouvait sur le point de l'atteindre, Élisabeth qui, lors d'un miraculeux moment de lucidité cria, «Attention papa, derrière toi!!»
Le père se tourna de 180 degrés puis, s'allongea très rapidement sur le plancher, et avec son pied droit il frappa violemment les organes génitaux du Dr. Kelly; ce dernier a échappé la chaise. Puis, Steven a aussitôt balayé la chaise au loin avec son long bras gauche. Il se relève en station debout, saisit la chevelure de John, et le forçant ainsi à redresser son corps. Alors Nicholson lui asséna un coup du revers de la main, avec une technique de kung-fu, sur le larynx de l'adversaire, lequel tomba sur le plancher en train de s'étouffer ainsi qu'en tentant de vouloir reprendre son air; même que du sang s'échappait de sa bouche. En observant que la force herculéenne de Nicholson causait tant de dommages, Donovan essaya d'appeler la police, mais l'autre le voyant, l'a rejoint très rapidement, et il lui assena un rapide et puissant coup de poing à la joue gauche, et il lui cassa la mâchoire à 2 endroits. Aussitôt après, il embarqua la civière dans l'ascenseur pour se rendre à la salle d'opération. Un agent de sécurité qui arrivait en trombe, et le voyant s'approcher des salles d'opération, signala ses confrères de modifier le code de la porte d'entrée du bloc opératoire alors que lui appela le 911, «Vous appelez à la station de police, décrivez votre problème?»
«C'est un agent de sécurité de l'hôpital Royal Victoria qui vous parle. Nous avons ici un médecin très psychotique et excessivement dangereux qui a blessé trois personnes, et il veut tuer sa fille!»

«Nous envoyons une auto-patrouille.»

«Envoyez-en plusieurs, car il a une grande force physique, et il porte une arme.»

«Je vous envoie alors trois auto-patrouilles, en plus, l'escouade tactique.»
Depuis le poste de police,

«Attention à toutes les voitures!!! Un médecin psychotique, dangereux et armé, se trouve au Royal Victoria et il a déjà blessé trois personnes. Selon les renseignements, il veut tuer sa fille. Je vous envoie aussi l'escouade tactique.»

En un rien de temps, on observe déjà dix voitures, gyrophares tournant et sirènes s'immobiliser à l'entrée du Royal Victoria; l'escouade tactique arrive en même temps. On procède au déploiement habituel, et ordonné des membres de l'unité tactique selon la nature de l'évènement, et de leur logistique d'intervention. L'un d'eux, s'avance et il demande à la personne à la réception qui est très énervée,

«La salle d'opération, à quel étage?»

«Le 5e»

Le fusil de très gros calibre à la main, les membres de l'unité s'assurent de bloquer derrière eux toutes les sorties possibles, et ce, à tous les étages. Pendant ce temps Nicholson arrive à la porte du bloc opératoire et il a le temps d'apercevoir l'agent de sécurité qui filait au bon pas de course. Il l'a vite rejoint, et l'a ramené près de la boîte de contrôle permettant l'accès de l'autre côté.

«Donne-moi cette combinaison, ou bien tu ne reverras pas le soleil se lever demain matin?»

«Va te faire foutre, fils de pute!»

Il lui administre deux puissants coups de poing au ventre, et un autre à la figure.

«Alors, tu vas parler, ou si tu veux que je te massacre encore?»

Au même instant, les gars de l'escouade tactique encerclent Steven.

«FREEZE!!!! Lâchez votre arme, et mettez les mains derrière votre tête, placez-vous en position agenouillée au sol, et ne fais aucun autre geste déplorable qui nous obligerait à vous tuer. En tout premier lieu, laissez tomber votre arme.»

«Je n'ai aucune arme.»

«On nous a dit que vous portiez une arme, conséquemment laissez tomber votre arme!»

Tous les officiers ont le droit sur la gâchette; ils s'apprêtent à tirer.

«Je jure au nom de Dieu que je ne portais aucun pistolet, ni aucune autre arme blanche quelle qu'elle soit.»

«Placez vos mains derrière la tête, agenouillez-vous; pendant ce temps nous allons vous fouiller. Je vous préviens si vous bougez d'un poil de cheveu, on vous tue. M'avez-vous compris clairement!!?»

«Oui, officier.»

Les vérifications quant au port d'une arme, reviennent certes négatives. Un officier lui passe les menottes, et ensuite sous bonne escorte face aux caméras de plusieurs médias, il embarque dans l'auto-patrouille. On le conduit aux quartiers de la police de la rue Parthenais. 23.45 pm Jim a eu la mâchoire luxée en plus de son nez fracturé à trois endroits; on réparera le tout, le jour suivant. John a subi un traumatisme très important du larynx, et l'ORL l'opère d'urgence en raison d'une insuffisance respiratoire et il gardera sa trachéotomie pendant 2 longs mois. Ils ont remis en place le maxillaire de Donovan le lendemain. Élisabeth, et son bébé sont morts à 3.45 h am le 11/10.

Margaret entra chez elle à une heure du matin. Elle n'a pas vu l'auto de Steven, et a pensé qu'il l'avait placée dans le garage. Donc, croyant qu'il dormait en haut, elle s'est s'allongée sur un canapé où elle a sommeillé. Le téléphone de la résidence sonna à 7.30 am Margaret très surprise.

«S T E V E N ! Où te trouves-tu!!? Je croyais que tu étais arrivé avant moi et que tu dormais déjà dans notre chambre.»

«À Parthenais.»

«Q U O I !!!!! Que fais-tu là? Que se passa-t-il?» Énervée.

« C'est une si longue histoire. Te serait-il possible de te rendre ici. J'ai droit de recevoir une visite.»

«Je suis déjà arrivée!!»

Elle ne prend même pas le temps de déjeuner. Elle réveille Chris pour qu'il se prépare, et constate que les draps du lit d'Élisabeth non pas bougé, d'où elle conclut qu'elle a passé la nuit chez Roger Scott. À Parthenais, Steven l'attend dans une petite salle et le policier fait la surveillance à l'extérieur. Ils s'enlacent et s'embrassent longuement puis, ils s'assoient.

«Steven, tu as dû certes faire de l'excès de vitesse, avec ton caractère bouillant et tu t'en es pris comme d'habitude au policier qui a dû t'infliger une obstruction à la justice.»

«Je voudrais bien que le scénario soit plus simple. Je vais te demander de rester calme, car ma description risque de devenir très émouvante. Hier, Élisabeth…»

«É L I S A B E T H !!!!! Rien de grave j'espère!»

«Calme-toi!! Je t'en supplie!! On a admis notre fille au Royal Victoria en raison d'un mal de ventre….»

«Une gastro-entérite probablement ou l'appendicite.»

«Elle m'a fait signaler sur mon pager pour la rejoindre. Connaissais-tu son état de grossesse?»

«E N C E I N T E !!!!! Depuis quand?»

«Difficile à préciser.»

«Tu veux me dire qu'elle a fait un avortement?»

«Pas exactement.»

«Bien alors, quoi? P A R L E !!!! Car ton silence me tue!»

«Je te préviens, le contexte devient sérieux. Elle a fait une thrombose de l'artère mésentérique supérieure.»

«En français, tu veux dire quoi?»

«Qu'une partie de son petit intestin, et de même qu'au moins 75% de son côlon droit, advenant que l'obstruction soit complète à 100%, vont se nécroser, je veux dire mourir, comme lorsque le cœur fait un infarctus et qu'une partie de celui-ci décède.»

«Advenant qu'une obstruction devienne complète, pourquoi tu parles au conditionnel? Est-elle devenue complète, oui ou non?»

«Je ne le sais pas.»

«TU NE LE S A I S P A S!!!!! Pourquoi, tu ne le sais pas? Où veux-tu en venir à la fin ? P A R L E !!!!! Jésus-Christ!!!!»

«Comme d'habitude personne d'autre que moi ne l'a vu et j'ai tenté de convaincre tout le monde, sans succès comme tu devrais trop bien t'en attendre. Ensuite, j'ai voulu la monter au bloc opératoire, et ils me sont tombèrent dessus à bras raccourcis.»

«E U X ? Q U I E U X !!!!!?»

«L'urgentologue de garde, John Kelly et Donovan. Je leur ai tous donné une raclée dont ils vont se souvenir, et la police arriva sur l'entrefaite; ils m'ont coffré.»

«Élisabeth est encore hospitalisée au Royal Vic. As-tu eu des nouvelles récentes d'elle?»

«Pas du tout. Changement de propos, je vais te demander de contacter la firme d'avocats; j'aurai mon audition préliminaire aujourd'hui, pour voir si l'on pourrait me libérer sur caution. Alors, il faudrait qu'ils se bougent les fesses vites. Il y en a toujours au moins de deux à quatre au palais de justice, cependant il faut quand même qu'on les informe dûment que l'on m'a arrêté.»

«Je m'en occupe. Tu n'as pas dû bien dormir.»

«Pas une seule seconde.»

Le policier cogne à la porte,

«M. Nicholson connaissez-vous un M. Ray Campbell?»

«Oui, un confrère de l'hôpital.»

«Il demande à vous parler.»

«Faites-le entrer, merci!»

«Ray...?» Margaret questionne.

«L'anesthésiste qui avait gagné un gros montant à la Loto-Québec; un chic type, et peut-être même le seul au Royal Victoria avec qui je n'ai pas eu de démêlées, à part, bien sûr de l'anatomopathologiste McGregor.»

Ray s'introduit dans la petite salle exiguë.

«Salut Steven! Bonjour Mme Nicholson!»

«Quel bon vent t'amènes?» Le père souriant.

«Je viens pour te donner des nouvelles de ta fille. Son nom est Élisabeth, à moins que je me trompe»

«Oui, tu as raison. Comment va-t-elle?»

«Steven, Mme Nicholson, vous me voyez sincèrement désolé.»

Margaret pousse un cri effroyable, et elle pleure à chaudes larmes et sans arrêt.

«Qu'arriva-t-il?» Le paternel balbutie.

«Lorsque Michael Lawton arriva, elle avait déjà évolué vers un état de choc septique sévère et, évidemment, il jugea impossible de l'opérer.»

Il se lève debout, en larmes, il serre la main à Ray.

«Je te remercie pour ton aide et ta visite me touche profondément.»

Ray quitte la pièce, et lui pleure en voulant s'approcher de son épouse cependant elle ne fait pas le moindre geste et elle quitte sans lui parler, et sans l'embrasser. Effondré, il mijote,

«Mon Dieu! Mon Dieu! Ma petite princesse qui est morte; je ne pense pas que je pourrai m'en relever. Ma pauvre Margaret, je comprends qu'elle ne l'ait pas du tout accepté, pourquoi ne pas revenir à moi au moins pour me serrer? Ce grand choc l'aurait-elle trop bouleversé, probablement que ça correspond à cette triste avenue, de toute façon qu'elle autre damnée raison pourrait-il exister?»

Sa pensée demeure au neutre quelques instants et...

«Ah non! Pas ce résultat! Je ne peux pas le croire! Non!! Impossible!!! Non, je ne veux même pas y penser un seul instant! Non!!! Elle ne peut pas parvenir à cette sordide conclusion!! Je connais trop ma Margaret!! Non! Cette éventualité me déchire l'âme!! Elle n'arriverait quand même pas à me rendre responsable de la mort de notre fille!! Je ne peux plus me fier à mon jugement, et je devrais considérer le contexte une fois que j'aurai la tête froide, mais quand!!!?»

Il pleure à nouveau. Le policier qui le surveille cogne à nouveau sur la porte, et l'ouvre.

«M. Nicholson, voici votre avocat.»

«Faites-le entrer!»

Steve Fletcher s'introduit dans la pièce. L'autre toujours en pleurs lui serre la main et il l'invite à s'asseoir.

«M. Nicholson les charges retenues contre vous sont très importantes. 1) Assaut sur des personnes. 2) Coups et blessures graves prémédités. 3) Des menaces de mort adressées à un agent de sécurité de l'hôpital. Je ne sais absolument pas si à l'audience préliminaire, le juge voudra vous libérer moyennant un cautionnement, et je me demande même si on ne va pas exiger certes de vous une expertise psychiatrique afin d'évaluer votre condition mentale, et parvenir à déterminer votre aptitude à subir un procès. Pour l'instant, je veux savoir très exactement ce qui s'est passé. Cessez de pleurer, veuillez vous ressaisir immédiatement!»

Le médecin parvient tant bien que mal à raconter la suite des tragiques évènements.

«Vous me voyez très content d'entendre que nous avons beaucoup de circonstances atténuantes, que d'autre part vous ne portiez réellement pas d'arme. J'ai également fait faire quelques vérifications vous n'avez aucun dossier judiciaire ni au Canada, et ni aux États-Unis; également, on vous considère comme un citoyen respectable. Nous aurons besoins de tout ce matériel, vous pouvez me croire.» Steve Fletcher se détend et ajoute.

«Comment se fait-il que mon épouse vienne à peine de vous contacter et que déjà vous ayez fait tous ces contrôles?»

«Simplement que ma blonde écoute toujours les nouvelles à au moins quatre fois par jour; elle m'a fait part de ce qu'elle a entendu à la radio aux environs de minuit. Donc, je suis entré au bureau à 5.00 am et j'ai démarré les recherches.»

«Vous agissez toujours ainsi avec vos clients?»

«Surtout, lorsque j'ai affaire à des millionnaires, et des milliardaires.»

«Je comprends!»

«Il y a un point qui m'embête sérieusement. De quelle façon pouviez-vous parvenir à un diagnostic dont vous saviez qu'il causerait la mort de votre fille et qui, si j'ai bien compris, devint la seule motivation qui a engendré cette réaction en chaîne désastreuse, alors que deux autres médecins s'entendaient sur un autre diagnostic?»

«Je leur ai dit que j'avais perçu un souffle vasculaire, ils ne m'ont pas cru.»

«Je dois vous croire sur parole, car je n'y connais rien, rien là-dedans, quoique votre réponse me laisse douter que vous dites la vérité et voici pourquoi. Après votre visite à mon cabinet, en me servant de la loi de l'accès à l'information et en insistant que j'avais à vous représenter au conseil d'administration lorsque l'on vous aurait convoqué, je leur ai demandé de me faire parvenir l'information pertinente et rattachée aux différents documents que le comité exécutif du CEMD vous avait fait parvenir par un huissier ainsi que par lettre recommandée. De ce que j'en ai compris, il semble bien que voyez toujours des constatations ou bien d'autre(s) chose(s) que je ne puisse pas définir, soit qui précèdent de beaucoup les observations, ou les conclusions des autres médecins, soit qui entrent trop en contradiction avec leurs opinions. Également, il m'est apparu très, mais très nettement que votre possibilité et/ou votre capacité particulière(s) ne générait (ent) pas que des faits isolés ou accidentels, loin de là, plutôt une constante. Ai-je raison, M. Nicholson?»

«À mes yeux à moi, ces faits relèvent de mon opportunisme, et de mes compétences ainsi que mon large éventail d'expériences.»

«Votre réponse m'apparaît logique et plausible. Alors, nous allons nous revoir en début d'après-midi devant la cour.»

Vers 14.00 h, les policiers ont escorté Nicholson menotté jusqu'au box des accusés. L'avocat de la couronne en plus de l'avocat de la défense ont fait leurs représentations; le juge a enfin accepté de le libérer moyennant un cautionnement.

«Je fixe cette caution à $ 250,000.00, et elle est assortie d'une condition spéciale, c.-à-d., que quelqu'un qui connaîtrait l'accusé doit la verser, et ainsi je raffermirais ma crédibilité en son statut de bon citoyen.»

Le beau-père du médecin se trouvant dans l'assemblée se lève.

«M. le juge, Steven a marié ma fille Margaret, et je vais verser la caution.»

«M. Nicholson, je me dois de vous mettre en garde de ne pas quitter la province de Québec sous aucun prétexte, et de demeurer disponible en tout temps afin que cette cour puisse vous contacter; et toute violation constituera un outrage au tribunal. M'avez-vous bien compris?»

«Oui, M. le juge»

«Une dernière question M. Nicholson, selon l'horaire que j'ai devant moi, je vais présider à votre procès au criminel, voulez-vous un procès avec juge seulement, ou avec juge et jury?»

Steven regarde en direction de son avocat. Ce dernier lève deux doigts de la main droite.

«Avec juge et jury, M. le juge»

«Dans ces conditions, je vais rendre un jugement sur le banc, et séance tenante je libère donc cet accusé M. Steven Nicholson en attendant son prochain procès.»

Steven en sortant du palais de justice s'empresse de rejoindre le beau-père, Tom Gates et il lui serre la main tellement fermement que l'autre fait une légère grimace.

«M. Gates, je ne sais pas comment vous remercier adéquatement; sans vous je moisirais sous les verrous.»

«Sache qu'il m'a fait infiniment plaisir de t'aider, car j'ai toujours cru en toi.»

«Avez-vous posé ce geste pour cette unique raison?»

«Probablement que je dois profiter de cette opportunité pour te révéler ce que j'ai toujours maintenu ultra secret en moi-même depuis que tu marias Margaret.»

«Votre propos semble extrêmement sérieux, je vous écoute.»

«Tu représentes le fils que je voulais tant. Mon cher fils unique Larry, brillant comme pas un, m'a toujours très sévèrement déçu. Sa moyenne académique toute année confondue variait entre 95-100%, incluant ses quatre premières années universitaires en administration et s'il avait pu persister encore douze mois, il aurait décroché un doctorat. Le soir du 1er avril 1975, mon épouse et moi, nous nous trouvions aux Bahamas lorsque je reçus un appel urgent et qui m'informait qu'on l'avait hospitalisé à Maisonneuve-Rosemont et qu'il n'allait pas bien du tout. Je descendis à Montréal dans mon jet privé et lorsque j'arrivai près de lui, il exprimait son dernier râlement. Il est décédé d'une surdose de cocaïne. À l'aide d'une firme de détectives privés, j'ai fait faire toutes les recherches possibles et impossibles. Il avait commencé à utiliser la marijuana à sa première année à la faculté ensuite, tranquillement il a grimpé vers les sommets. Jusqu'à ce soir d'avril 75, il me succédait, car j'aurais quitté mon poste de président plus hâtivement. Steven, j'ai eu tellement mal de voir s'effondrer mes rêves que j'ai fait une crise de cœur.»

«Pouvez-vous me faire connaître le rapport entre votre fils et moi?»

«Ton père et moi partagions une grande amitié.»

«Ah!! Je ne le savais vraiment pas. Il ne m'a jamais parlé de vous; de toute façon, il se montrait peu bavard!»

«Sans vouloir te tourner le couteau dans la plaie, au lieu de flatter ton orgueil, il préférait se vanter des prouesses de son fils qu'à ceux qui le connaissaient, et à qui l'entendait. En quelque sorte, lorsque Larry a passé dans l'autre monde, toi tu entrais à la faculté de médecine de l'université Laval, et symboliquement, je devenais sans ton consentement, ton père spirituel à l'époque et sans cette perspective je n'aurais pas pu survivre.»

«Conséquemment, mon consentement, M. Tom Gates, vous l'avez reçu rétrospectivement instantanément, et sans aucune réserve quelle qu'elle soit!»

Tom Gates, la voix amplement étranglée,

«Je te dis merci!»

«Croyez-moi, votre confidence me fait excessivement chaud au cœur, M. Gates.»

«Steven, il y a une dernière chose à laquelle je veux m'entretenir avec toi et j'aurais préféré des circonstances différentes.»

«De quoi s'agit-il?»

«Toute la ville connaît les évènements de la nuit dernière.»

Aussitôt, il lui montre la première page du Journal de Montréal et elle est entièrement occupée par Steven étant menotté, entouré de policiers à sa sortie du Royal Victoria et on pouvait y lire en lettres de couleur rouge clair: Un médecin complètement fou se prenant pour Rambo et Bruce Lee blesse grièvement 3 personnes, et en menace une autre de mort.

«Je ne pourrais définitivement pas prédire les retombées demain matin, les jours, et les mois à venir. Tu comprendras que je voudrais protéger mes investissements. En toute sincérité, il m'a fait très grandement plaisir de financer au complet l'achat de ta résidence, mais avec ce qui vient de se produire, tout en considérant que tu as à peine remboursé 10% de ta créance, alors je te proposerais ceci: que j'acquière un droit de propriété sur l'immeuble en question jusqu'à concurrence de 90% de sa valeur d'achat. Ainsi, si les évènements se devaient de mal tourner, mais au-delà des projections les plus libérales, alors tu ne la perdrais pas.»

«En toute honnêteté avec vous, vous m'avez délivré d'un gros poids, j'allais même vous en parler, quoique je redoutais tellement que vous rejetiez mon idée avec une singulière méprise.»

«Pourrais-tu venir signer les documents?»

Le médecin surpris.

«Immédiatement?»

Gates maintient une immobilité remarquable. Steven ajouta,

«Très bien!»

« Il te suffit de monter dans ma limousine, le notaire nous attend.»

Steven complètement lessivé craignait beaucoup de manquer de sa chère concentration, et alors il fait remorquer son auto chez lui et prend un taxi pour s'y rendre. En refermant la porte d'entrée derrière lui, il entend son fils et sa femme, dans une forte étreinte, pleurer dans le salon. Il demeure immobile sur place un instant puis, il s'assoit à son bar, mais ne consomme rien. Après un trop long moment, les pleurs s'atténuent et Margaret, ferme dans son propos, questionne,

«Se pourrait-il que tu aies fait une erreur?»

«C'est impossible. Luc m'a bien affirmé que les visions demeurent toujours véridiques.»

«Comment se fait-il donc que tu fasses autant confiance à quelqu'un que tu rencontres que 2 fois dans ta vie? Décidément, tu ne possèdes pas cette habitude!»

«Comme je te l'ai mentionné, lui aussi a son 3ᵉ œil fonctionnel depuis sa naissance et jamais il ne l'a trompé.»

«Pour toi, tu en arrives à la conclusion fantaisiste que le tien, et le sien s'équivalent, et pourtant combien de fois tu m'as littéralement harcelé sur le fait qu'il n'y a pas 2 patients identiques. Je ne comprends plus! Explique-moi!»

«Parce que le mien également ne se trompait jamais.»

«Je suppose que tu as derrière toi quarante années d'expérience!

«Non! Évidemment! Tu le sais bien!» Le mari intrigué.

«Alors, comment se fait-il que tu places les performances de ton 3ᵉ œil sur le même pied d'égalité que celui de ton cher Luc.»

«Si son oeil réussit à 100% et que le mien performe à 100%, alors les deux s'avèrent identiques.»

«Ton Luc, ne m'as-tu pas dit qu'il vendait des BMV et qu'il travaillait dans les montres, en plus des horloges?»

«Exact! Pourquoi?»

Margaret grimpe de plusieurs coches.

«Veux-tu bien me dire ce que des autos BMV, des montres, et horloges ont en commun avec les organes du corps humain!»

«Tu me coinces un peu et je ne vois pas de liens.»

«Ton Luc, tu ne m'as jamais dit qu'il pratiquait la médecine.»

«Il possède un doctorat en médecine chinoise, et il avait aussi obtenu l'endossement par le collège des médecins pour exercer l'acupuncture, et de prestigieux diplômes en homéopathie.»

«Toi tu ne connais rien de ces trois choses, et lui ne connaît rien de la chirurgie, exacte?»

«Je dois te donner encore raison.» L'époux impuissant.

«Je viens juste de te faire cette démonstration que tant au niveau de la profession qu'au niveau de la connaissance de base, ni l'un et ni l'autre avez quoi que ce soit en commun.»

«Oui!! Oui!! Je le constate facilement. Où ton argumentation nous mène-t-elle?»

«Tout simplement comment pourrait-il et, en passant toi aussi, et donc comment pouvez-vous trouver un dénominateur commun au niveau de votre 3ᵉ œil, si dans tout le restant, et n'oublie pas la dernière réponse que tu m'as exprimée, vous n'avez pas plus de correspondance qu'une pomme avec la planète Pluton.»

«Donc, ta conclusion?» L'autre, perdu.

«L'expertise de son 3ᵉ œil ne peut certes pas s'appliquer au tien, voilà l'erreur grotesque que tu as certes commise. Maintenant, veux-tu connaître l'ultime dénouement?» Margaret en colère.

«Je pense que je vais l'apprendre d'une façon ou d'une autre.»

«Tu as assis la vie de M A fille sur une solution d'extrême facilité, je vais aller même plus loin, sur une échappatoire qui ne reposait sur rien, rien de concret, aussi à rien de vérifiable, et donc qui appartenait complètement à l'imaginaire plutôt qu'à la vraie réalité palpable de tous les jours.»

«Encore une fois Margaret, ma vision subtile ne peut absolument pas me procurer une fausse image. Dois-je t'entrer cette réalité dans la tête à coup de marteau?» Nicholson excédé.

« Pathétique médecin, si évidemment il en persiste encore des attributs, tu as aussi sous-estimé une situation excessivement spéciale parce que justement, tu avais affaire à ton propre enfant, de surcroît, gravement malade. De là comment pouvais-tu ainsi demeurer toujours totalement impartial, donc en mettant de côté tous tes attachements familiaux, et maintenir vraiment ton objectivité limpide? Non, et non! Tu ne le pouvais absolument pas, simplement parce que tu faisais face pour la première fois à ce genre de réalité, conséquemment, et absolument en insuffisance de préparation, pour en définir les tenants et les aboutissants, tout comme les pourquoi et les comment. Je me rappelle que toi et les saints imprévus correspondez tout simplement à Dieu avec le diable, et tu en chies dans

ton pantalon quand ils se présentent à toi. Je t'affirme solennellement qu'à ce moment-là, le contexte t'a pris sévèrement en défaut.»
«Tu ne parles pas sérieusement.»
Maintenant, montrant une furie démentielle.
«Ai-je l'air de faire des sacrées farces? Tu avais subi cet ensorcellement de quelqu'un qui t'était apparu comme un cheveu sur la soupe; tu es allé carrément contre tes principes tant du point de vue personnel que ceux scientifiques, les deux, dont tu te vantais toujours, d'être intouchables et tu t'étais dirigé vers lui la tête baissée et pire encore, la tête entre tes deux jambes. Tu ne constitues même plus l'ombre de toi-même!»
«Je n'aurais jamais pu croire un seul instant que tu m'aurais calomnié aussi sévèrement; ta débandade dépasse tout entendement.»
Margaret se dirige vers lui, folle de rage, et lui administre une puissante gifle au visage puis hurle à s'en fendre l'âme tout en le ruant avec ses poings, ses avant-bras sur sa poitrine, et en répétant sans cesse à travers les pleurs et des cris additionnels,
«Tu as causé la mort de M A fille mon salaud, mon écœurant.»
Une fois cet orage terminé, elle le quitte et elle monte dans sa chambre en pleurant. Christopher, le visage rouge comme une tomate et charrié par l'agressivité sans borne s'approche de son père en lui crachant au visage.
«Tu ne mérites que cette insulte!! Tu me dégoûtes, maudit trou-du-cul, et sans-cœur de la pire espèce. Ma mère est le seul VRAI parent que j'ai connu, elle va me supporter financièrement et je quitte la maison. Elle seulement, aura mon droit de visite. Je m'en vais en appartement. Je ne veux plus jamais te revoir, et si tu parvenais à me contacter, j'irai sur les toits crier à qui voudra l'entendre que mon père est devenu un assassin au même titre que Hitler et Staline.»

Christopher prépare ses valises. Pendant ce temps, Steven a le cœur en marmelade. Il se dirige vers l'escalier, s'assoit sur la première marche il se met à pleurer, et à crier de toutes ses forces tout en s'allongeant le dos sur les autres marches. Il se contorsionnait de douleurs atroces et au-delà de l'entendement humain. Il se débattait sans arrêt, comme s'il recevait à répétition, des chocs électriques à ses différentes régions du corps, ou qu'on le touchait simultanément à plusieurs endroits avec des bouts de tiges de fer incandescents. Son visage se déforme par la souffrance et à l'aide de ses poings, il frappe tellement fort les barreaux, et les marches que la peau déchire par plusieurs endroits; par autres moments il semble presque convulser, toujours en pleurant, il crie de toute son âme. Il se tient la tête à deux mains, la relâche et il recommence sans cesse. Parfois, il se replie sur lui-même en position comme de fœtus, puis rallonge tout son corps tout en persistant à hurler avec force sa douleur si infinie et la répétition donne l'allure d'un accordéon étant en plein mouvement. Christopher et Margaret passent à côté de lui avec la plus totale indifférence et le fiston esquisse même un sourire. Steven va pleurer, et crier encore plusieurs minutes. Exténué, et sa chemise inondée de transpiration, il se rend péniblement au bar, et il s'imbibe de gin. Il s'est endormi au même endroit. Le lendemain après-midi Margaret revient seule à la maison. Elle cherche son mari et le trouve assis dans la salle à manger, la tête et le haut du corps allongé sur la table et il dort. Sur la surface de la table, on retrouve toutes les photos d'Élisabeth qui furent prises depuis sa naissance. Les pas de sa conjointe l'ont réveillé.

«Steven»

«Tu viens voir si je vis encore!» Calme et aussi manifestement abattu.

«Écoute Steven, je ne suis pas venue pour qu'on s'engueule. Je voulais t'informer que j'ai fait réserver une grande suite à l'hôtel Hilton de Place Bonaventure pour moi et Chris; la chambre est le 3432, et le téléphone 878-2333.Je ne sais pas pour combien de temps que j'y resterai, car il va falloir laisser retomber un peu la poussière, car je me dois de réfléchir; je devrai également installer notre fils…» Margaret se faisant compréhensive.

«Ah! T A fille et notre fils!»

«Je t'en prie, il faudrait rester calme! Je disais donc que je dois installer notre fils dans son studio que l'on a trouvé sur Sherbrooke Ouest tout près de l'hôtel Ritz Carlton. Tu sais qu'Élisabeth sera exposée ce soir, et ses funérailles auront lieu demain. Je voulais savoir à quelle heure que tu penses nous rejoindre pour la veillée du corps; les portes ouvriront à 19.00 heures.»

«Concernant Christopher?»

«Je lui ai dit de venir seulement si le cœur lui tentait, et advenant cette perspective, qu'il n'aurait aucune excuse pour donner un spectacle. Il m'a répondu que sa sœur n'aimerait pas qu'il y ait du grabuge en cet endroit, et que par respect pour elle, il resterait sage comme une image.»

«Prends-tu note de mes coordonnées?» Elle ajoute.

«Non! Je suppose que la question suivante est-ce que tu vas boire? Avant que tu me la diriges, je te réponds non! Je n'ai qu'une parole.»

«Me voilà rassurée!»

Yvon Dionne

«As-tu autre chose à me dire?»
«Je ne crois pas, pour l'instant.»
«Alors, laisse-moi seul avec Élisabeth, ma princesse que J'A I M E!»
Il arriva à 20.00 h au salon funéraire en pleurant, et déjà beaucoup de gens
se trouvaient sur place. Il a essuyé ses larmes et il alla embrasser la joue
droite de sa fille en lui a disant avec le timbre normal de la voix,
«Je t'aime Élisabeth, ma petite princesse.»
Margaret et Christopher ont maintenu un regard glacial. Le mari a pris
place près de Margaret et il a recommencé à pleurer et n'a jamais cessé. Il
n'a pas dormi de la nuit; un café après un autre et encore un autre. Il se
présenta en pleurant, et qu'au moment où le cortège funèbre entra dans
l'église. Il ne s'était pas assis avec Margaret et Christopher, mais dans
le banc en arrière. Il n'a jamais cessé de pleurer. Au cimetière, le prêtre
a adressé les prières habituelles et il s'était mobilisé du côté opposé à sa
femme et de son fils.
Au cours de la descente mécanique du cercueil, à environ la moitié de son
trajet, très subitement le médecin a fait un très grand saut, et il tomba
intentionnellement à plat ventre sur le couvercle du cercueil. Il pleurait,
et il criait en se débattant comme le diable dans l'eau bénite; à travers ses
pleurs il hurlait, et répétait sans jamais s'arrêter,
«Je ne t'ai pas tué ma petite princesse. Je t'ai toujours aimé follement. Il
ne faut pas les croire, et je t'en supplie. Je t'aime Élisabeth!!! Je t'aime ma
princesse. Je te le jure que je ne t'ai pas tué. Non, je ne t'ai pas tué. Je me
trouvais avec toi à l'hôpital, tu as mis toute ta confiance en moi et je te la
retournais avec mon grand amour et toutes les considérations médicales;
à ce moment-là ta foi en moi, était totale et même encore plus. Lorsque
je me battais, tu m'avais prévenu pour que je ne sois pas blessé par mes
ennemis. Comment aurais-je pu vraiment te tuer? Comment? Totalement
impossible. Je t'aime tellement, presque plus que toute autre personne.
Tu représentais tout pour moi, comme moi vis-à-vis toi. Non!Non! Je ne
t'ai pas tué, je jure que je ne t'ai pas tué, bien que personne ne me croie.
Je t'aime et je te dis la vérité. Tu sais parfaitement que je dis la vérité,
seulement la vérité et toute la vérité. Je t'aime tant Élisabeth!!»
En raison de son poids et de l'impact, le cercueil descendit tout droit au
fond de la fosse; le système mécanique ne fonctionnait plus correctement.
Conséquemment, chacun des employés de l'entrepreneur devait tenir une
courroie, et avec l'aide d'autres gens, ils vont soulever le cercueil. D'autres
saisirent Steven qui pleurait; il se débattait toujours en parlant à Élisabeth.
Margaret, pressentant qu'il se passerait quelque chose, sans en prévoir la

198

moindre idée de la nature de celle-ci, tout comme d'habitude, elle avait fait réserver les services d'un médecin et devant se montrer immédiatement disponible en tous les points du cortège; il injecta un médicament à l'époux; ce dernier s'endormit en moins de deux minutes. Lorsqu'il se réveilla, il reposait depuis plusieurs heures dans son lit à sa résidence.

Le procès de Steven a eu lieu plus tôt que prévu. Le ministère public, représenté par Me Manning, s'évertua à bâtir autour de Steven l'image d'un être si marginal, très despotique, possédant un caractère explosif, qui n'avait pas peur de toujours rabaisser ses confrères pour avoir plus de liberté d'action, et afin de demeurer sans pitié envers eux. Toutes ces caractéristiques allaient faire en sorte, dans la stratégie de l'avocat de la couronne, que tout le personnel à l'hôpital, sauf Steven, devenait des victimes innocentes, et qu'en somme les évènements de la soirée du 10 octobre 2004 ont représenté tout simplement le fruit que Nicholson a récolté, le fruit d'une semence cultivée savamment depuis longtemps et entretenue par l'accusé. À cet effet, il avait interrogé presque la majorité des médecins qui ont travaillé avec Steven; la hargne que chacun d'eux a transférée à tous les membres du jury valait la peine que quelqu'un la visualise.

Le ministère public s'était acharné également à démontrer que Steven correspondait à un grand parleur et un petit faiseur, en établissant des diagnostics sans pouvoir les prouver sur la base du peu d'information de toute nature possible qu'il recueillait pour pouvoir justifier ses chirurgies, et conséquemment, en ramenant donc les membres du jury à concevoir, et accepter que le fameux soir fatidique, il s'avérait dès plus normal qu'aucun médecin ne puisse lui accorder une quelconque crédibilité, ces mêmes médecins, qui tantôt remplissaient le grave rôle de victimes meurtries, maintenant devenaient de valeureux chevaliers partis en guerre sainte contre le péril identifié contre l'accusé, et avec en arrière d'eux, l'emblème symbolisé par l'institution très hautement hiérarchisée, et respectée en termes de valeurs sociales, qui avait pour nom le collège des médecins. De manière cristallisée, toujours selon M. Manning, Nicholson sans aucune hésitation avait même sacrifié sa propre fille afin d'en rajouter davantage à l'aspect déjà hideux du personnage; ce faisant, la couronne touchait une corde excessivement sensible, et touchante chez chacun des membres du jury, nommément l'affectivité et sa jumelle vraie, la sentimentalité.

«Votre Honneur!!! Je demanderais au Dr. Frank Donovan de venir à la barre.» Manning s'exclame.

« Dr. Frank Donovan, s.v.p. veuillez vous déplacer jusqu'ici.» Le juge parle.

«Dr. Donovan, quand est-ce que la première fois vous avez rencontré le Dr. Nicholson?» Manning questionne.

«Quelques journées seulement avant son accréditation par nos comités afin que par la suite, il puisse travailler au Royal Victoria.»

«Quel genre d'impression avez-vous retenu à partir de cette première conversation?»

«Il se montrait trop sûr de lui-même; il n'était jamais respectueux de toutes les suggestions que je lui fournissais; il défiait toujours cette autorité que je représentais et ne tenant jamais compte des nuances à mes différents points de vue; de plus, il me dépréciait à chaque instant, d'une façon ou d'une autre, un pur égocentrique et également excessivement entêté.»

Manning sourit légèrement

«Alors, pourquoi avez-vous donc accepté sa candidature?!»

«Tout d'abord, je n'ai pas le pouvoir légal d'accepter ou de refuser un candidat. Deux) Nos comités évaluent la sélection d'un médecin sur la base de sa connaissance acquise, et de son expérience, et il revient à moi de superviser son aspect humain (charisme ou non….), et ainsi que la personnalité entière de tout futur candidat; trois) en raison de l'insuffisance aiguë et tellement dramatique, depuis plusieurs années, de cette catégorie d'individu hautement spécialisé constituant déjà une denrée rare, cette situation a forcé l'hôpital à placer en premier sur sa liste des priorités, les urgents besoins du public. Cependant, et rétrospectivement, j'ai toujours maintenu une certitude plus que raisonnable que l'accusé a honteusement abusé de cette carte d'atout, et il en a profité pour, de façon préméditée, s'imposer sans vergogne, et sous toutes les possibilités imaginables et inimaginables.»

«Ces impressions que vous avez décrites il y a quelques moments, se dirigeaient-elles seulement contre vous?»

«Bien sûr que non!! Tout le monde dans notre établissement, et je dis tout le monde sans exception, avait subi, de façon très significative, par ces caractéristiques du Dr. Nicholson, des retombées étant manifestement douloureuses, et je me dois vous le dire, déchirantes»

«Durant le soir du 10 octobre 2004, il se déroula une discussion orageuse entre la personne accusée ici présente et le Dr. Cunningham, Kelly et vous-même. Qu'avez-vous à dire sur ce fait?»

«Les évènements se déroulèrent précisément de cette manière.»

«Pourquoi Dr. Donovan?»

«Le fait subsiste, que le Dr. Nicholson, ce soir-là, demeura égal à lui-même en affirmant que sa fille souffrirait d'une maladie vasculaire, et basant son affirmation simplement, et aussi strictement par cette audition d'un souffle vasculaire à la fosse iliaque droite, lequel souffle ne se trouve dans aucun livre médical. Par ailleurs, les Dr. Cunningham et Dr. Kelly considéraient hautement une pure origine gynécologique ou un trouble associé à son colon droit, et ces deux vrais diagnostics reposaient fermement sur des prélèvements de sang, d'urine, et ainsi que sur des examens d'imagerie radiologiques.»

«Après?»

«Dr. Nicholson avait continué de se comporter comme il l'a toujours fait depuis qu'il avait commencé à travailler au C.H. Royal Victoria, c.-à-d. qu'il a réagi comme un prompt dictateur puissant, tout comme l'histoire l'a déjà clairement démontré à l'humanité et qu'à chaque fois qu'on le prend en défaut, ou mieux encore, qu'on le coince, consécutivement, il agit comme un Maître Suprême ou quelqu'un se trouvant seul sur la Terre, et/ou le seul dépositaire de la Connaissance. Dans ces viles circonstances, il utilise n'importe quel moyen, et je le répète dûment, n'importe quel moyen afin de parvenir à ses buts ou, en d'autres mots, toujours dans ces circonstances spécifiques, pour lui, et pour lui seulement, la finalité justifie amplement les moyens.»

«Maintenant, Dr. Donovan, si nous nous référons à cette déposition du Dr. Nicholson, il a basé ses comportements sur la seule motivation que sa fille représentait à ce moment-là une condition menaçant sérieusement sa vie. Avait-il raison?»

«Premièrement, comment pourrais-je statuer qu'il avait raison lorsque son diagnostic ne reposait sur rien d'autre qu'une illusion psychotique?!! En ce qui nous concernait, la condition si sévère de Mlle Nicholson se voulait plus que largement documentée et précisément évaluée.»

«De quelle façon, Dr. Donovan?»

«La grossesse ectopique à l'intérieur de la trompe de Fallope droite est devenue un des deux diagnostics retenus, et il constituait en lui-même une réelle urgence parce que la rupture de cette trompe devenait, hors de tout doute possible, effectivement une condition pratiquement incontournable et imminente, et qui provoquerait subséquemment une hémorragie sévère en l'espace de quelques minutes, puis un terrible choc hypovolémique, et la mort aussitôt. En ce qui concernerait le colon droit, une intussusception prolongée........»

Manning avec beaucoup de délicatesse intervient,

«Désolé de vous interrompre Dr., pourriez-vous décrire à cette cour ce que vous entendez exactement par une intussusception?»

«Il s'agit simplement du repli de la paroi colique sur elle-même et en regard d'une longueur variable de ce chevauchement. Si ce repli persiste durant une longue période de temps, alors la circulation sanguine s'interrompt, et il s'en suivra la nécrose très aiguë de la paroi, et puis de fil en aiguille, sa déchirure et ultimement le redoutable choc septique et la mort.»

«Dr. Donovan, vous rappelez-vous d'un autre cas exemplaire montrant le plus nettement possible, l'attitude certes peu scientifique et excessivement insouciante du Dr. Nicholson?»

«Oui, le dossier 3846451»

Au même moment, où l'on prononça le numéro du dossier, le Dr. Nicholson soudainement très anxieux applique un coup de coude à Fletcher.

«Steve, si Manning questionne le Dr. Donovan sur ce dossier précis, nous allons en enfer.»

Fletcher instantanément se lève debout en protestant,

«Objection Votre Honneur! Nous n'agissons pas comme le fait un comité d'évaluation médicale et dentaire!»

«Objection rejetée!» Le juge tranche.

«Et maintenant, Dr. Frank Donovan, pourriez-vous, s.v.p. nous résumer succinctement ce dossier?» Manning revient à la charge.

«Le Dr.Nicholson avait opéré tout à fait inutilement cette dame pour ce que lui seul appelait «le sphincter béant et une hernie du cardia de l'estomac». Lorsque nous l'avons questionné, lors de notre séance du CEMD, il ne pouvait absolument pas nous développer une quelconque explication qui lui aurait permis effectivement d'étayer son diagnostic; entre temps, il a tenté de toutes ses forces de laver le cerveau à tous les membres présents avec des arguments relevant de la pure folie. Il demeura incroyablement surpris en apprenant que durant les trois mois qui ont précédé, cette même dame avait subi une évaluation complète de son tractus gastro-intestinal haut, et que l'on n'avait pas détecté une seule anomalie. La réalité la plus dramatique qui soit se résume à ce que la patiente a failli mourir sur la table d'opération. Et puis, en raison même des complications incalculables, directement secondaires aux manœuvres chirurgicales diaboliques du Dr.

Nicholson, elle a dû passer à travers dix autres interventions chirurgicales avec ce but ultime de réparer les désastreux dommages indescriptibles en mots humains, provoqués par ce chirurgien maniaque et totalement fou.

«Merci!!! Dr. Frank Donovan, vous pouvez maintenant retourner à votre place.»

«Me Manning, avez-vous d'autres témoins à interroger?»

«Non, Votre Honneur.» Le juge poursuit.

«La défense peut commencer.»

Durant toute l'intervention du Dr. Donovan, tous les membres du jury, de par leurs expressions faciales, et tout en regardant fixement le médecin, démontraient sans aucun doute possible leur dégoût purulent envers la personne accusée. Aussitôt, Fletcher se penche vers son client.

«Dr. Nicholson, il faut neutraliser le témoignage du Dr. F. Donovan, à tout prix, autrement nous allons inévitablement perdre notre cause.»

«Je n'ai pas la moindre idée afin de pouvoir vous aider.»

«Conséquemment, je demanderai immédiatement au juge d'arrêter tout et j'exigerai de vous déclarer vous-même coupable. Sincèrement, et avec regret, je n'ai pas d'autre choix.»

«Toujours à votre tour, Me Fletcher !!!» Le juge secoue.

«Votre Honneur, je vous informe à l'instant que nous allons…»

Au même moment, son client exerce une forte traction à la manche du veston de Fletcher.

«Votre Honneur, je voudrais parler à mon client.»

«Bien, mais faite vite!»

«Quoi donc Steven!?» Fletcher largement embarrassé.

«Steve, je pense qu'il y a une personne qui pourrait nous aider.»

«Qui!?»

«Monsieur Luc Richard»

«M. Richard?»

«C'est une histoire un peu trop longue à vous raconter, mais souviens-toi seulement qu'il se retrouvait sur les lieux et qu'il avait observé l'accident de Mme Carlton, je veux dire le dossier 3846451, et il sait qu'elle a déchiré son sphincter du cardia.»

«Je ne comprends vraiment pas de quoi vous voulez me parler!»

«Me Fletcher, pouvons-nous enfin procéder?» Le juge insiste.

«Une question d'à peine quelques minutes Votre Honneur.»

Se tournant de nouveau vers son client.

«Écoute Steven, sais-tu où il habite?»

«Sûrement!»

« Conséquemment, je vais prendre immédiatement toutes les dispositions nécessaires pour que l'on aille le chercher, et tu prieras intensivement le ciel à l'égard de sa disponibilité. Penses-tu que son témoignage en vaudra vraiment la peine?»

«Je ne le sais vraiment pas!»

Fletcher, totalement irrité et sur le bord de la vraie panique, crie contre sa volonté même,

«Maudit Steven!»

«Me Steve Fletcher je ne tolèrerai pas une seconde fois votre langage ordurier! Avez-vous bien compris?» Le juge souligne sévèrement.

«Votre Honneur je m'en excuse immédiatement! Je ne ferai pas deux fois la même erreur.»

«Je vous demande que vous procédiez M A I N T E N A N T !!!!!! Je ne le répèterai pas deux fois!»

«Oui, Votre Honneur !!! Donnez-moi seulement le temps de mettre en route les procédures pour faire comparaître un témoin additionnel.

«O B J E C T I O N!!!!!!!!! Votre Honneur !!!!!!!» Manning vocifère.

«Considérez cette intervention comme une requête certes inhabituelle, dont vous me faites part, Me Fletcher.» Le juge discute.

«Votre Honneur, je tiens à préciser que l'initiative en vaut totalement la peine.» Fletcher avec empressement.

Manning fou de colère.

«Votre Honneur je n'accepterai jamais une chose comme celle-ci!!!!»

Le juge, d'une voix percutante.

«Taisez-vous Manning!!! C'est moi et moi seul qui prend la décision finale ici !!!! Vous, Me Fletcher faites ce que vous avez à faire, mais je vous avertis solennellement, si votre approche se révèle totalement inutile, je jure que je vous accuserai de me causer un grave outrage au tribunal. Vous savez très certainement les conséquences incroyables d'une telle méprise.»

«Oui! Votre Honneur» Fletcher hésitant et balbutiant.

Regardant son client avec le visage imbu de gravité.

«Écoute-moi soigneusement Nicholson, en raison de cette intervention du juge, ma carrière ne tient plus que par un seul fil, et conséquemment la moindre erreur me ruinera complètement à jamais.»

«Steve, tu m'avais déjà informé que si nous ne faisions rien, alors nous perdrions le procès, en plus, je devrai vivre en prison le reste de ma vie ou quelque chose du genre. Finalement, ou bien le couperet tombera sur moi, ou sur toi.» L'autre désespéré réplique.

«Très bien, nous allons jouer une partie de poker en statuant un bluff; si je gagne, nous allons nous mettre immédiatement d'accord à l'effet que tu vas devoir me payer le triple de mes honoraires!»
L'autre, spontanément, avec un certain empressement.
«Accepté Fletcher !!! Parce que je n'ai strictement rien à gagner, mais tout à perdre.»
Fletcher donne ses instructions à quelqu'un de son équipe et ce dernier quitte les lieux immédiatement. Le juge hurle puissamment,
«FLETCHER !!!!!!!!! MAINTENANT !!!!!!!! SINON JE TERMINE CETTE POURSUITE !!!!!!!!À MA FAÇON!!!!!!!!!!»

De son côté, la défense orchestrée par Steve Fletcher ne s'attarda pas vraiment à perdre son temps lors de son contre-interrogatoire, car elle y décelait des sables mouvants excessivement dangereux et qui auraient déjà ajouté que du poids à la preuve du ministère public. En effet allait-on demander à l'ennemi représenté ici par les autres médecins adversaires de devenir compatissants!!!
Fletcher joua la carte de la rationalité en y amenant à la barre, un des anatomopathologistes du Royal Victoria, le Dr. Wallace McGregor.
«Dr. McGregor, connaissez-vous bien l'accusé présent à la cour?»
«Oui Me, il était assis près de vous, il y a quelques instants.»
«Dr. McGregor, selon vous est-ce qu'il existe plusieurs manières d'évaluer la compétence professionnelle d'un chirurgien?»
«Oui Me, et elles sont toutes cumulatives»
«Qu'entendez-vous exactement par cumulatives?»
«Pour simplifier, j'aimerais prendre l'exemple du sirop d'érable.»
«Objection Votre Honneur! Les témoignages se rattachent à la science, pas l'agriculture!» La couronne intervient.
«Me Manning, pour l'instant je mets en réserve votre objection, et le témoin peut continuer.» Le juge commente.
«Je vous conseille de retrouver cette relation avec cette cause qui nous occupe.» Le juge se tournant vers le témoin, ajoute.
«Oui, M. le juge.» Le témoin rétorque.
«Me Fletcher, vous pouvez continuer à interroger le témoin.» Le juge parle.
«Dr. McGregor veuillez poursuivre l'élaborer de votre parallélisme.»
«Lorsqu'un acériculteur parvient à classifier son sirop grade AAA alors, peu importe la nature des étapes précédentes, elles seront nécessairement conformes. L'on peut évaluer les chirurgiens depuis son questionnaire du

patient jusqu'aux prélèvements, et/ou toutes les pièces anatomiques qu'il nous fait parvenir, car nous autres les anatomopathologistes, représentons le dernier maillon de la chaîne.»

«Me Manning, objection rejetée. Me Fletcher vous pouvez, à cet instant poursuivre.» Le juge conclut.

«Dr. McGregor pourriez-vous élaborer davantage?» Fletcher interroge.

«Voilà! Si tous les prélèvements et /ou toutes les pièces anatomiques demeurent parfaitement conformes au seul diagnostic et j'insiste à dire à un seul diagnostic alors, ladite démarche clinique doit nécessairement s'adapter parfaitement à la rigueur scientifique.»

«Dr. McGregor, suffirait-il seulement de produire des spécimens et d'écrire des diagnostics.»

«Ah! Non Me! Il doit y avoir absolument une concordance rigoureuse entre la nature de ces divers spécimens, en plus de(s) diagnostic(s), et surtout la(les) conclusion(s) des différentes analyses qui seront faites par chacun de nous autres et cette trilogie n'admet aucun compromis.»

«Dr. McGregor, étiez-vous déjà en fonction au Royal Victoria, lorsque le Dr. Steven Nicholson débuta sa carrière professionnelle à ce même hôpital ?»

«Oui, Me.»

«Dans votre expérience professionnelle, et en relation seulement avec l'accusé, en partant de la nature du spécimen, en passant par son seul diagnostic, et en terminant par votre conclusion respective à chacun de ses spécimens, est-ce sa moyenne à lui reflétait celles de ses confrères qui appartiennent à la même spécialité?»

«Sans aucun doute et je dirais, sans aucune retenue, bien meilleure.»

«Il y a combien de médecins exerçant la même profession que vous au Royal Victoria?»

«Au total, 5, Me.»

«Diriez-vous que les quatre autres partageraient la même opinion que vous?»

«Objection Votre Honneur! Le témoin ne pourrait pas répondre pour les autres.» Me Manning proteste.

«Oui, Me!» Le témoin prend une initiative spontanée.

«Objection rejetée! Veuillez continuer, s.v.p.» Le juge tranche.

Le juge se tournant avec un air sévère vers McGregor.

«Le témoin se doit de répondre qu'aux questions provenant de moi, ou de l'avocat immédiatement devant lui!»

«Oui, M. le juge, merci!» McGregor s'incline.

«Pourquoi Dr. McGregor?» Me Fletcher reprend.

«Parce que moi et mes confrères, nous nous réunissons souvent pour débattre des cas litigieux ou embêtants. En ce qui concerne le matériel que le Dr. Nicholson nous fournissait, c'était toujours limpide et d'une extrême précision.»

«Votre Honneur, je n'ai plus de question.»

«Me Manning, à vous.» Le juge intervient.

«Je n'ai aucune question à poser au témoin.»

«Faites venir votre prochain témoin, Me Fletcher.» Le juge poursuit.

«Je demande à la barre, le Dr. Herbert Sexton.»

«Dr. Sexton, quelle est votre fonction?»

«Médecin légiste.»

«Avez-vous pratiqué l'autopsie sur le corps d'Élisabeth Nicholson?»

«Oui!!»

«Dr. Sexton, vous avez donc rédigé un rapport médical?»

«Effectivement.»

«Votre Honneur, la pièce A-7 et dont le ministère public possède lui aussi une copie.»

«Merci Me ! Poursuivez Me Fletcher.» Le juge acquiesce.

«Je vais tout d'abord lire ce rapport. En tenant compte des observations de l'autopsie, j'ai retenu le seul diagnostic principal suivant: le décès qui est consécutif à un choc septique gravissime (causé par le retard du traitement approprié). Les autres diagnostics. 1) Anomalie congénitale de la paroi du côlon droit sur une distance de près de 12.00 cm à la jonction de la demie proximale et distale de son côlon droit, et de par l'absence de la couche musculaire. 2) La nécrose de la paroi du côlon droit à la jonction de la demie proximale et distale de celui-ci devint ici secondaire à un excès important de distension. 3) Cette distension, à défaut d'y retrouver une étiologie primaire plus satisfaisante, relève d'une intussusception du côlon droit. 4) Dissémination des produits toxiques, et des bactéries en partant de la lumière du côlon droit via la circulation; elle causera secondairement un trouble généralisé de la coagulation, et la présence de thrombus, et de caillots, notamment dans le cœur, les poumons, les reins, le cerveau, le foie, la rate, le côlon transverse et gauche, l'intestin grêle, avec le résultat final de nécrose de chacun de ces organes par absence d'oxygénation en raison de cette obstruction par les thrombus disséminés. Curieusement, la nécrose de la paroi du grêle s'avère plus marquée que dans tous les autres organes; la cause la plus probable que j'ai conclue intéressait la proximité du foyer de dissémination, et aussi de l'ascension à contre-courant, et en direction du grêle, d'une plus grande concentration des produits toxiques, bactéries dans la circulation artérielle irriguant le grêle, durant les troubles marqués de la perfusion systémique. Avec stupéfaction, j'ai constaté que je ne pouvais définitivement pas inclure dans l'explication que je viens tout juste de vous développer, certaines autres anses nécrotiques du grêle, qui pourtant étaient nécrosées avec la même intensité que les précédentes. Il y a là, certes un phénomène et une explication obscurs, et compliqués, qui appartiennent, nécessairement tous les deux à un autre vague mécanisme pathologique.»

Puis Fletcher se tourne vers le témoin:

«Dr. Sexton, j'extrais un élément de votre rapport. «Cette distension, à défaut d'y retrouver une étiologie primaire plus satisfaisante, relève d'une intussusception du côlon droit.» Maintenant, pourquoi cette ambivalence, ou cette incertitude relative.»

«C'est parce que je n'ai pas retrouvé tous les signes dits classiques que l'intussusception laisse généralement paraître.»

«Dr. Sexton, vous avez bien entendu le témoignage de plusieurs médecins affirmant que Mlle Nicholson, durant son séjour à l'urgence, souffrait d'une intussusception de son gros intestin. En référence à votre propre rapport d'autopsie, maintenez-vous, ou si vous annulez ce diagnostic?»

«Je n'ai pas d'autres raisons que de l'annuler en très grande partie, car d'autres processus engendrent exactement le même résultat.»

Le client de l'avocat de la défense sourit sobrement.

«Lesquels Dr. Sexton?»

«Un mégacôlon toxique, par exemple.»

«Si je vous demandais d'en citer un autre, pourriez-vous?»

«Certainement Me. Une torsion du côlon droit.»

«Maintenant, je fais ici référence à un autre extrait de ce même rapport. « Curieusement, la nécrose de la paroi du grêle s'avère plus marquée que dans tous les autres organes; la cause la plus probable que j'ai conclue intéressait la proximité du foyer de dissémination, et aussi de l'ascension à contre-courant, et en direction du grêle, d'une plus grande concentration des produits toxiques, bactéries dans la circulation artérielle irriguant le grêle, durant les troubles marqués de la perfusion systémique.» J'ai observé qu'ici également, vous jouez simultanément sur deux tableaux. Pourquoi?»

«Me, lorsqu'il arrive, que dans une partie du corps, il y a un arrêt total de la circulation du sang, alors les changements consécutifs deviennent très nombreux, et aussi très dévastateurs, je veux dire la nécrose et…..La mort,

comme précisément c'est le cas ici où, entre le moment où les caillots se formèrent, et le temps final de l'autopsie certainement qu'il s'est écoulé plusieurs heures, et plus ce nombre d'heures s'accentue, plus il deviendra difficile de reconnaître les structures. Avec tout ce que j'ai pu observer tout comme le fait tout médecin légiste étant digne de porter ce nom, il faut remonter le temps pour élucider le mécanisme d'action au départ et pour moi, dans ce cas précis alors, les évidences manquèrent fréquemment.»
«Depuis combien d'années exercez-vous ce métier?»
«25 ans. Me.»
«Maintenant, Dr. Sexton, je vous soumets encore un autre extrait. «Avec stupéfaction, j'ai constaté que je ne pouvais définitivement pas inclure dans l'explication que je viens tout juste de vous développer, certaines autres anses nécrotiques du grêle, qui pourtant étaient nécrosées avec la même intensité que les précédentes. Il y a là, certes un phénomène et une explication obscurs, et compliqués, qui appartiennent, nécessairement tous les deux à un autre vague mécanisme pathologique.» Veuillez expliquer aux membres du jury, pourquoi vous apportez cette nuance?»
«Si les caillots sanguins produits étaient tous consécutifs à un trouble généralisé de l'hémostase, alors cette distribution aurait obligatoirement présenté une uniformité; ce raisonnement semble définitivement ne pas s'appliquer dans le cas ici, et pour cette raison, l'explication qui a suivi fut disons laborieuse quoique réaliste.»
«Pourquoi certaines des anses du petit intestin devraient obéir à un autre mécanisme pathologique?»
«Simplement parce que celles-ci, du point de vue anatomique, elles se localisent plus loin, et je dirais beaucoup éloignées de la rupture colique, et/ou qu'elles reçoivent leur apport sanguin d'une artère différente de celle qui nourrit les autres anses.»
L'accusé, totalement enjoué, le cache avec un minimum de difficultés.
«Alors, pourquoi dites-vous que ces anses logent trop loin de la fissure colique ou reçoivent un apport sanguin d'une autre artère?»
« Je le sais d'une certaine façon, mais je ne retiens pas en tête tous les tenants, et les aboutissants me conduisant à cette conclusion spontanée. Ce fut vraiment une autopsie difficile à exécuter, C'est apparu comme une conclusion si spontanée en quelque sorte, et pendant que je déplaçais certaines anses, cette observation a frappé mon mental en un vif éclair, et par ailleurs j'étais superbement fatigué. Conséquemment, je n'y avais pas attaché une trop grande importance. En passant, j'ai décidé de procéder à l'autopsie au même moment que le corps de Mlle Nicholson n'avait pas

refroidi complètement et que les divers organes démontraient une relative souplesse.»

Fletcher prend un ton plus ferme, cependant il ne veut vraiment pas que le témoin devienne trop anxieux ou qu'il perde son contrôle,

«Il y a un accusé susceptible d'aller en prison pour au moins 10-15ans. Écoutez-moi bien, je ne vous demanderais pas l'impossible, mais vous possédez un doctorat en médecine, moi je représente en tant qu'avocat et je dois compter sur vous afin que je puisse libérer mon client ici présent des charges qui pèseront contre lui. Pourriez-vous, conséquemment nous soumettre un diagnostic qui aurait produit les mêmes, ou sensiblement les mêmes observations que celles que vous nous avez décrites, ou en d'autres mots, qui relirait tous ensembles les dommages constatés?»

«Objection Votre Honneur!! La défense tenterait tout simplement d'intimider d'une façon cruelle le témoin, et d'apporter des éléments scientifiques non fondés pouvant tout de même faire gagner sa cause!!!! Là, je m'objecte violemment Votre Honneur!!!!!» Manning avec véhémence.

«Objection rejetée!!» Le juge décide.

«Pourquoi osez-vous me harceler si durement?» Sexton, nerveusement.

Fletcher insiste,

«Simplement, parce que vous portez le titre d'expert, et donc essayez de vous détendre un peu et veuillez répondre à la question précédente.»

«Je ne le sais pas, et pas du tout!!! Je ne chausse pas les souliers d'un chirurgien vasculaire qui, sur une base quotidienne, manipulerait des vaisseaux ayant gardé leur pleine intégrité, et tout en voulant enlever un b…l…o…c…a…g…e.» Sexton au bord des larmes.

Manning dangereusement fou de colère frappe durement son bureau avec son poing et il hurle,

«Votre Honneur! Assez c'est assez!! M'avez-vous bien compris! Vous devez arrêter ce contre-interrogatoire inhumain, scandaleux de la partie défenderesse. Le témoin n'est pas là pour ultra satisfaire l'ego de Me Fletcher. Indépendamment de la prochaine réponse de ce témoin, je ne vais jamais agréer, simplement parce que le témoin est sous un intense choc émotionnel. Nous ne sommes pas ici à 'Juste pour rire' »

Le juge philosophe un peu,

«Manning je me dois de vous accorder partiellement raison néanmoins je préfère entendre encore une à deux réponses de la part de ce témoin. S'il voulait noyer son poisson, je terminerais et/ou j'ajournerai la cour tout en gardant en tête d'annuler son témoignage. Ainsi donc, cette objection est rejetée.

Sexton est demeuré momentanément immobile comme une statue, et il est silencieux. Fletcher, sans trop le savoir pourquoi, ne préfère surtout pas intervenir.

«Oui! Un blocage vasculaire localisé.» Par la suite, le médecin ajoute.

«Vous l'avez déjà mentionné auparavant, et donc vous n'apportez rien de nouveau.» Fletcher déçu.

«Je le sais.»

«Alors, où se situe donc la différence, un blocage artériel localisé demeure toujours un blocage artériel localisé? Vous pouvez donc regagner votre place.»

«Non, attendez!!!!» Sexton rayonnant d'énergie.

«Quoi encore!?» Fletcher ayant capitulé.

«Dans tout ce qu'on a observé, a écrit et a dit, le blocage circulatoire se voulait toujours une conséquence à des évènements antérieurs.»

Fletcher mi-figue mi-raisin poursuit,

«Je vous perds! Qu'avez-vous de mieux à nous proposer?»

«Ce que je veux dire, c'est qu'en faisant un revirement de 180 degrés, et de voir plutôt ce blocage comme devenant la cause principale, unique fondamentale, au lieu d'une conséquence, alors….»

«Ainsi, allez-vous conclure qu'une seule cause vasculaire résumerait tout le tableau clinique?» Fletcher a un regain de vie.

«Effectivement, parce qu'actuellement je me remémore une réponse antérieure: «des anses grêles recevant leur apport sanguin d'une artère différente de celle qui nourrit les autres anses» avec «blocage» que j'ai mentionné lorsque mes nerfs ont lâché.»

« Selon vous, quelle serait cette cause?»

«Bien voilà, il s'agirait ici d'un thrombus qui se localise au niveau de l'artère mésentérique supérieure.»

«Avez-vous autre chose à ajouter, ou si vous partez?»

«Vous comprendrez Me Fletcher, que d'avoir à réviser tout le dossier en ces quelques minutes, je dois relever un imposant défi, et en surcroît sous un autre angle.»

«Je le sais, mais j'aimerais que ce soit aujourd'hui!»

Manning, désespéré.

«Objection Votre Honneur!!! Je m'oppose formellement à cette conduite inqualifiable de la défense! À cette intimidation qui recommence!»

«Me Manning, pour l'instant je mets en réserve votre objection.» Le juge.

Le juge se tournant vers le témoin mentionne,

«Si vous considérez la complexité du dossier comme insurmontable, alors je vais conséquemment faire ajourner la séance.»

«Je ne crois pas que l'ajournement soit une approche nécessaire Votre Honneur» Sexton regardant le juge.

«Me Manning, objection rejetée, mais vous serez à même de la formuler à nouveau après la prochaine déclaration du témoin.»

«Me Fletcher, vous pouvez poursuivre.» Juge se tournant vers la défense.

«Dr. Sexton, parvenez-vous à une conclusion définitive?» Fletcher.

«Oui! Me Fletcher! Le fait qu'au moment de l'autopsie, le colon droit ne présentait aucun de signe de nécrose sur toute sa longueur, et j'insiste énormément sur ce fait, alors le caillot sanguin doit nécessairement et inévitablement se loger après la bifurcation de l'artère colique droite.»

«Finalement, votre diagnostic?»

«Un blocage de l'artère mésentérique supérieure, étant en aval ou après la ramification de l'artère colique droite.» Sexton, pompeusement.

«Dr. Sexton, je vous remercie et vous pouvez retourner à votre place.»

«Des questions Me Manning?» Le juge s'enquiert.

« Non, Votre Honneur. »

« Je demande au Dr. John Kelly de venir témoigner. » Fletcher.

« Dr. Kelly, je vous rappelle que vous avez prêté serment! »

« Oui! Me Fletcher. »

« Dr. John Kelly, vous allez décrire succinctement devant cette cour, vos compétences.»

« Je pratique la chirurgie, générale, vasculaire et thoracique.»

« Le Dr. Steven Nicholson partage-t-il tout à fait les mêmes habiletés que vous, tout en insistant sur l'option de la chirurgie vasculaire?»

« Oui!»

« Dr. Kelly, avez-vous entendu la description exhaustive des résultats de l'autopsie?»

« Oui! »

« Avez-vous suivi de près, et complètement compris le raisonnement du Dr. Sexton lui permettant d'en arriver à son diagnostic final? »

« Oui! »

« Dr. Kelly, demeurez-vous totalement d'accord avec les affirmations du Dr. Sexton? »

« Effectivement. »

« Selon vous, existe-t-il un autre diagnostic qui aurait pu posséder une plus grande sélectivité afin de décrire les dommages de l'autopsie touchant le gros colon droit et des anses du grêle? »

« Non! Me »

« Vous pouvez quitter Dr. Kelly. »

« Le ministère public a-t-il des questions? » Le juge prend la parole.

« Non! Votre Honneur. »

«Me Fletcher, avez-vous d'autres témoins à assigner?» Le Juge.

«Oui! Votre Honneur. Je demande à interroger le Dr. Cunningham.»

«Dr. Jim Cunningham, je vais vous poser une seule question, et je vous demande de bien y réfléchir avant d'y répondre de même que je vous rappelle que vous avez prêtez serment, et qu'un parjure peut vous coûter jusqu'à 10 ans d'emprisonnement. Et voici ma question. Quel diagnostic précis, et j'insisterais à ce qu'il soit précis, que le Dr. Steven Nicholson ici présent, vous a mentionné après qu'il avait eu terminé d'examiner sa fille Élisabeth?»

«Celui de thrombose de l'artère mésentérique supérieure, mais en aval de l'artère colique droite.»

«Dr. Cunningham, vous pratiquez en tant qu'urgentologue?»

«Oui!»

«Le diagnostic de thrombose de l'artère mésentérique supérieure, vous dit-il dit quelque chose, ou si je dois déposer le livre que l'on considère comme la bible en Amérique du Nord en ce qui concerne tous les soins à la salle d'urgence.»

«Oui! Je le connais.»

«Également vos connaissances en ce qui touche ses complications.»

«Totalement en connaissance de cause, Me»

«Si vous faisiez face à cet affreux diagnostic médical, que feriez-vous Dr. Cunningham?»

«Je démarrerais une perfusion d'un anti thrombotique.»

Fletcher élèvera la voix à chaque question aussi son niveau émotionnel.

«L'accusé ici présent, vous a-t-il formulé très précisément cette cruciale recommandation, vis-à-vis laquelle vous avez refusé tout comme le Dr. John Kelly, de manière excessivement catégorique, et arrogante?»

«Oui» Dr. Cunningham baisse la tête.

«Je doute franchement que tous les membres du jury aient entendu la réponse. Veuillez parler plus fort et plus près du micro.»

« O U I»

«Autre chose, Dr. Cunningham?»

«Oui! Me. Je ferais aussi signaler le chirurgien vasculaire de garde et je lui demanderais d'arriver au plus vite.»

«L'accusé vous a-t-il demandé très spécifiquement cette requête tout en voyant sa fille mourir?»

Le témoin a énormément de trouble à se retenir pour ne pas pleurer.

«O U I»

« Toute autre considération qui effleurerait votre esprit?»

« Je ferais en sorte qu'il n'y aurait aucun délai à la salle d'opération en faisant monter immédiatement le malade.»

«Selon cette déclaration de l'accusé, vous, le Dr. Jim Cunningham vous obstruiez sauvagement, odieusement son chemin alors, qu'il ne voulait que prendre l'ascenseur pour faire monter sa chère fille techniquement morte à la salle d'opération?»

«O U I» L'autre pleure à chaudes larmes.

«Si je ne m'abuse, vous vous dévouez actuellement à faire la limpide démonstration à l'effet que, lorsqu'un médecin parvient au diagnostic de cette maladie, vous devez agir dans les plus brefs délais. Qu'avez-vous à dire?»

«Pas encore assez vite!»

«Merci! Dr. Cunningham.»

« Des questions Me Manning? » Le juge intervient.

« Aucune votre honneur. »

À ce moment précis, M. Luc Richard fait son entrée à la cour, escorté par deux policiers.

«Votre Honneur!!! Je voudrais assigner M. Luc Richard à la barre des témoins.» Fletcher parle au juge.

«Vous pouvez procéder, et gardez toujours à l'esprit mon avertissement solennel.»

«Évidemment, Votre Honneur!»

Se tournant vers l'assemblée, Fletcher incline très légèrement la tête vers l'avant tout en regardant de face M. Richard.

«Voudriez-vous s.v.p. venir à la barre?»

Après les procédures rituelles Fletcher,

«M. Richard, connaissez-vous le Dr. Nicholson?»

«Oui.»

«L'avez-vous rencontré plusieurs fois?»

«Jusqu'à ce jour, deux fois.»

«Possédez-vous une forme quelconque d'apprentissage en médecine?»

«Oui, je possède un doctorat en médecine chinoise; je suis agréé par la corporation des homéopathes dans la province Québec, et celle des États-

Unis; de plus, je suis endossé sans limitation par le Collège des médecins du Québec en ce qui concerne la pratique de l'acupuncture.»

«Pouvez-vous nous montrer les attestations appropriées dans chacune de ces trois disciplines?»

«Certainement!»

Il ouvre son porte-documents, il saisit trois diplômes.

«Les voici!» Luc précise.

Fletcher tient dans sa main gauche les trois documents, et les présente au juge, et aussi à la couronne.

Fletcher commente,

«Votre Honneur, je veux déposer ces trois pièces devant la cour.»

«Une quelconque objection Me Manning?» Juge sollicite.

«Aucune, Votre Honneur.»

«Me Fletcher, vous pouvez continuer.»Le juge ajoute.

«Décrivez-nous votre niveau de la connaissance de l'anatomie humaine?»

«Je connais tout depuis le niveau de la cellule et jusqu'à l'organe, et de l'organe à la totalité des treize systèmes sans exception.»

«Pour ce qui de la pathologie?»

«Je peux différentier avec beaucoup de dextérité, en plus de facilité toute anormalité, et de même avec la même facilité, la pathophysiologie de tout organe, ou de système du corps humain, mais je ne peux pas vous décrire tous les noms scientifiques étant rattachés à toutes les maladies humaines, comme il s'avère effectivement le cas pour qui que ce soit qui pratique la médecine scientifique, que l'on mentionne les praticiens généraux ou des spécialistes.»

«Une hernie du sphincter du cardia vous dit-elle quelque chose?»

«Oui, pour sûr!»

«Également, une hernie hiatale?»

«Sans aucun doute possible!»

«Mon client, et simultanément la personne accusée, le Dr. Nicholson m'a informé qu'il vous avait rencontré au sujet d'une soi-disante Mme Carlton qu'il a opérée dans le passé, et incluant un postop excessivement orageux. Il m'a également relaté que ce cas spécifique avait été débattu au cours d'une rencontre du CEMD du Royal Victoria, et donc, là où il travaillait. Considérant la totalité de tout ce que je viens de vous dire, confirmez-vous dans son intégralité, tous les renseignements provenant de l'accusé ici présent?»

«Il avait partagé avec moi précisément la même information, et je me souviens des moindres détails.»

«M. Richard, qu'avez-vous en commun avec Dame Carlton?»

«On m'avait invité à un mariage auquel elle assistait également. Durant toute la journée, elle consomma fréquemment des boissons alcoolisées, elle a grignoté à de nombreuses reprises, et principalement juste après un copieux repas. Soudainement, elle s'étouffa en raison d'une arachide qui lui a obstrué ses voies aériennes; mais son neveu, qui avait acquis, en tant que culturiste, un développement musculaire phénoménal, l'a empoigné au niveau de la taille, et ensuite, il a appliqué une puissante poussée vers le haut et l'arachide sortit, vous pouvez me croire et en causant une hernie hiatale traumatique et tout le reste. Cependant, ces évènements survinrent après l'évaluation radiologique de tout son tractus gastro-intestinal haut, incluant, incidemment, une gastroscopie et, avant la chirurgie pratiquée par le Dr. Nicholson.»

«Merci M. Richard!»

«Me Manning, avez-vous des questions à poser au témoin?» Le juge.

«Oui, Votre Honneur.»

« Vous pouvez interroger le témoin. » Le juge conclut.

«M. Richard, tout ce que vous avez témoigné lors de l'interrogatoire de la défense, appartenait en totalité à un raisonnement mental, oui ou non?»

«Pas en totalité un raisonnement mental.»

«Précisément pourquoi M. Richard?»

«Simplement, parce que je l'ai vu.»

«Vous avez vu quoi?!!!» Manning devient furieux.

«J'ai observé la hernie hiatale post-traumatique, et ainsi que la hernie du sphincter du cardia.» Luc, d'un calme indescriptible.

Durant ce même intervalle, Nicholson jubilait et l'exprimait ouvertement.

Manning durcissant le ton.

«M. Richard, vous avez juré sur la Sainte Bible de dire la vérité, toute la vérité et rien que la vérité. Un parjure vous conduira tout droit en prison.»

«C'est très exactement ce que je fais, vous dire la vérité.»

«Par quel moyen l'avez-vous précisément vu?»

«Mon troisième œil, comme pour le Dr. Nicholson.»

«JE VOUS DEMANDE RESPECTUEUSEMENT PARDON!! Sachez que nous n'occupons pas cet endroit pour avoir du plaisir, ou bien pour faire la fête, et si vous avez une gravissime maladie mentale, s.v.p. faites-nous-le savoir, MAINTENANT!!!»

«Mon habilité a strictement aucun rapport avec tout ce que vous venez de mentionner.»

«Je vous avertis que je ne tolèrerai absolument pas une affirmation aussi démentielle; m'avez-vous compris clairement?» Le juge statue.

«Limpide comme de l'eau de source Votre Honneur; tout ce qu'il vous reste à faire, c'est que je puisse vous démontrer ma capacité de voir avec mon 3e œil.»

«Je ne comprends strictement rien de tout ce que vous me relatez, et je commence à penser très sérieusement que vous me semblez nettement une personne avec le mental lourdement perturbé.»

«Je tiens à réassurer qui que ce soit dans cette cour, que je me perçois physiquement et mentalement en parfaite santé. Il vous suffit juste de me donner l'opportunité de prouver mon point.»

«De quelle façon prévoyez-vous prouver votre point?»

«Simplement en regardant qui que ce soit présent dans cette cour, et lui révéler s'il profite d'une bonne santé; dans la situation contraire, s'il souffre et/ou a souffert d'une ou plusieurs maladie(s), et en même temps identifier cette ou ces maladie(s). Aussi simple que de crier lapin!»

«Bordel, à quoi rime tout ce cirque-là?!!!» Fletcher parle à son client.

«Je te le jure Steve qu'il peut vraiment faire tout ce que je fais, et je dirais même davantage.»

«Steven, je joue le tout pour le tout, et si je fais un fou de moi-même, je me suiciderai, parce que je ne pourrai jamais plus garder ma tête haute et droite.»

Fletcher se lève debout et s'introduit,

«Votre Honneur, qu'il intervienne sur ma personne.»

«Avez-vous déjà, en tout temps de votre existence, connu, ou rencontré ou communiqué d'une façon ou d'une autre, avec le témoin?» Le juge.

«Non je le jure!!! Votre Honneur.»

Manning littéralement charrié par une rage indescriptible, et une panique crie,

«O B J E C T I O N Votre Honneur! De la pure folie démagogique, et l'on n'a jamais rien écrit, ni phrasé en termes de procédures, ni de règlements et ni d'articles, tant dans le droit civil que criminel, à cet effet!»

Le juge sollicite,

«Écoutez-moi! J'utilise mon gros bon sens. Depuis que M. Luc Richard témoigne, je l'ai observé parcimonieusement, et tout me porte à croire, maintenant que je fais face à un individu responsable, et qu'il argumente seulement de ce qu'il connaît. Il possède une très grande confiance en lui-même, par-dessus tout, il démontre un calme désarmant. Dans toute ma carrière, je n'ai jamais pu rencontrer une telle personne. Même en retenant ces attributs, M. Richard demeure pleinement conscient que, dans la situation contraire, il aura d'abord à assumer un parjure en plus d'une extrême obstruction à la justice, et finalement le plus fort outrage à ce tribunal, cette trilogie qui va lui en coûter au moins 25 ans de prison avant toute libération conditionnelle et, OFF RECORD, je jure devant Dieu que je ferai tout ce qui en mon pouvoir, et même au-delà pour le clouer certes derrière les barreaux. ON RECORD, maintenant usant de prudence, je vais interroger le témoin.»

«M. Richard avez-vous très clairement entendu chacun des mots que j'ai prononcés, OFF et ON RECORD, et j'attends de vous un «oui» ou un «non» catégorique?» Se tournant vers M. Richard.

«Oui! Limpide comme de l'eau de source, Votre Honneur.»

«M. Richard, incluant la triple offense, et les 25 ans fermes de prison qui sont également totalement transparents dans votre esprit et votre mental?»

«Totalement transparent; j'ai très bien pesé chaque mot, chaque phrase que vous avez dits, et vous me percevez pleinement d'accord avec tout, sans aucune réserve.»

«Ainsi, j'autorise la poursuite du procès.»

«Objection rejetée.» Se tournant vers Manning.

Manning crie,

«Votre Honneur, vous faites preuve d'un laxisme sans borne!»

«Me Manning je vous ordonne de vous rétracter sur le champ, et si M. Richard établie de façon incontestable la preuve de ce qu'il avance, je vous accuserai d'outrage au tribunal.» Le juge, sévèrement.

«Votre Honneur, je me rétracte complètement et irrévocablement de ce que je viens de prononcer.»

Regardant à tour de rôle Fletcher et Luc, le juge mentionne,

«Que le procès se poursuive.»

« M. Richard, vous avez maintenant l'autorisation du juge.» Fletcher.

« M. Fletcher, on a enlevé vos amygdales, et votre appendice; vous devez soigner votre diabète.»

«100% vrai!»

L'anesthésiste Ray Campbell, étant présent dans l'assemblée, se dresse debout et demande,

«M. Richard s.v.p.!»

«Très tôt dans votre enfance vous auriez subi une chirurgie cardiaque dans l'objectif de corriger une valve défectueuse, la tricuspide. Rien à signaler par ailleurs.»

«Totalement vrai, merci!»

Un membre du jury annonce,

«À mon tour, maintenant!»

«Aucune chirurgie, ni aucun traitement médical.»

«Impressionnant!»

Une dame dans l'assemblée s'enquiert,

«Pouvez-vous m'observer?»

«Vous êtes enceinte depuis six semaines; vous avez des jumeaux, deux garçons, et rien d'autre, en dehors que vous produisez du gras dans le sang, une hyperlipémie de type 2.»

«Incroyable!»

Un policier, près des portes de l'entrée, lève son bras gauche et ajoute,

«Pouvez-vous satisfaire ma curiosité?»

«Vous souffrez d'hypertension artérielle, et les vaisseaux nourrissant votre cœur présentent une obstruction juste modérée. Tout le reste relève de la normalité.»

«Ce que vous pouvez voir juste!»

Un autre membre du jury dans la soixantaine balbutie,

«Auriez-vous l'obligeance de me vérifier?»

«Dans votre tendre enfance, je note une leucémie aiguë qui vous aurait affecté, cependant sans aucune rechute. Votre glande thyroïde fonctionnait trop lentement et avec le Synthroïd, elle a repris son rythme normal. On vous a enlevé un polype étant non cancéreux au niveau du colon gauche par rectoscopie.»

«Je vais vous amener toute ma famille!»

«Pourriez-vous......» Manning s'introduit humblement.

«Vous avez un anévrisme vasculaire localisé à une région très critique de votre cerveau, vous causant actuellement un défaut visuel de votre œil gauche et des maux de tête insupportables depuis au moins trois ans. Une chirurgie appropriée résoudra le problème, mais il faut procéder d'ici une semaine.»

«J'ai tellement peur de l'opération!» Manning se met à pleurer.

«Sans aucun doute possible, M. Richard certifie amplement son champ de compétence en tant qu'un expert incontestable et incontesté.» Le juge.

Puis, le juge se tournant vers Fletcher.

«Avez-vous d'autres témoins à faire entendre Me Fletcher?»

«J'ai terminé, M. le juge. Je voudrais ajouter que la défense souhaite de tout cœur, pour des raisons humanitaires que Votre Honneur n'impose pas d'outrage au tribunal au procureur de la couronne.»

«Accordé, séance tenante.»

Le juge regardant les deux avocats mentionne,

«Me. Manning et Me. Fletcher, procédez immédiatement à vos plaidoiries respectives?»

«Oui! Votre Honneur!» En chœur.

Les plaidoiries terminées, le juge s'adresse aux membres du jury et il leur a formulé ses instructions; ensuite ils allèrent faire leurs devoirs. Après deux jours de délibération, ils rendent un verdict.

«L'accusé, veuillez vous lever debout.» Le juge prononce.

«Membres du jury, avez-vous un verdict?» Le juge se tournant vers le jury.

«Oui, votre Honneur » Un membre du jury affirme.

« Faites donc la lecture du verdict.»

«Sous le premier chef d'inculpation, voies de fait et coups et blessures au Dr. Frank Donovan, nous déclarons l'accusé coupable.»

«Sous le deuxième chef d'inculpation à savoir que vous avez proféré des menaces de mort à un agent de sécurité, donc nous déclarons l'accusé coupable.»

Steven se sent mal, et demande à s'asseoir, mais son avocat lui répond négativement, sous le regard sévère du juge.

«Sous le troisième chef d'inculpation, tentative d'homicide non prémédité sur la personne d'Élisabeth Nicholson, nous déclarons que l'accusé est non coupable.»

«Sous le quatrième chef d'inculpation, des voies de fait et des coups et blessures au Dr. Jim Cunningham, nous déclarons l'accusé innocent.»

«Sous le cinquième chef d'inculpation, des voies de fait et des coups et blessures au Dr. John Kelly, nous déclarons l'accusé non coupable.»

Le juge se tourne vers Steven, questionne,

«M. Steven Nicholson, avez-vous bien entendu le verdict du jury?»

«Oui, M. le juge.»

«Alors, voici ma sentence. Concernant le premier et aussi le deuxième chef d'inculpation, je vous condamne à débourser la somme totale de CAD $ 50,000.00. Et également, je vous condamne à deux ans de probation. M. Nicholson, savez-vous exactement de quoi il en retourne?»

«Non, M. le juge.»

«À compter de ce jour, et pour les deux prochaines années consécutives, vous ne devez en aucun temps vous voir condamné pour une offense au civil et au criminel, incluant de l'ivresse au volant, et même un billet de contravention pour un excès de vitesse, ou toute autre raison; le cas échéant, vous allez comparaître de nouveau devant moi, et c'est là que je vous condamnerai sans hésitation à un emprisonnement ferme de 20 ans, sans aucune libération conditionnelle possible. M. Nicholson, avez-vous bien entendu ce que je viens de vous énoncer?»
«Parfaitement, M. le juge!»
«Moyennant le respect intégral de vos deux obligations, je fais de vous un homme libre dès maintenant.»
Steven avec la gorge très serrée, les larmes aux yeux termine,
«Merci! M. le juge»
Il s'assoit immédiatement, car il perdait conscience. Son avocat s'inquiète,
«Allez-vous bien, Steven?»
«Vous m'avez sauvé 20 ans de prison! M E R C I !!!!!»
Il enlace son avocat tout en pleurant. Puis il ajoute,
«Me. Fletcher!»
«Oui, M. Nicholson»
«Pourriez-vous s.v.p. me faire parvenir une copie du jugement lorsqu'on vous l'aura livré?»
«C'est la moindre des choses Steven.»

Steven durant les deux semaines suivantes, demeura sous le choc qu'il aurait pu écoper de vingt ans d'emprisonnement sordide en l'absence la performance si miraculeuse de son avocat. Il a payé dans les plus brefs délais la somme de $50,000.00 au greffier de la cour, et a fait parvenir un chèque de $ 10,000.00 à son avocat attitré à titre formel de remerciement additionnel, car il s'est rappelé douloureusement, et amèrement les 24 hres passées à la prison à Parthenais, et où il en demeura infiniment marqué, traumatisé. Là, mêlé à d'autres truands de tout acabit, il se remémorait le dernier film qu'il avait visionné environ dix jours auparavant, the Shawhack Redemption et il vomit à profusion dans la cellule, de même qu'il faillit, de justesse, s'embarquer vite dans une fulminante psychose de dissociation. Actuellement, il avait incroyablement, durement mal dans les tréfonds de l'âme. L'humiliation qu'il a subie rejoignait l'intensité dévastatrice d'un autre film vu un an auparavant, the Schindler' list, et notamment à la séquence, où des êtres humains étant totalement nus paradaient devant un officier allemand qui rigolait d'eux, et qui se payait du bon temps. Chaque fois qu'il repensait à ce court séjour, il vomissait tout le reste de la journée, et il s'endormait totalement épuisé de fatigue, de souffrances qui le torturaient. Il a fait également parvenir sa copie du jugement à sa femme par un huissier! À la fin de cette période, un autre huissier qui lui a apporté la décision du conseil d'administration du Royal Victoria laquelle l'informait de la révocation à jamais de tous ses privilèges en s'appuyant sur les deux seuls motifs légaux, l'insubordination et l'incompétence scientifique. Par prudence, il avait remis les clés de son auto à Tony, et ce dernier ne pouvait lui redonner temporairement que si Steven n'avait aucunement bu durant les douze dernières heures consécutives, lorsqu'il se dirigeait dans un bar, il s'y rendait toujours en taxi; il revenait chez lui par le même outil, et avec de gros pourboires. Il commençait à se demander ce qu'il faisait dans cette grande maison qui pour lui, ressemblait symboliquement à un navire; lui, le capitaine et sa chère femme, l'âme de ce vaisseau, donc à ses yeux la partie étant la plus essentielle. Quinze jours après avoir reçu le jugement de la cour Margaret rend une visite son mari qui vient de terminer de nager. Les deux s'assoient sur un canapé en bordure de la piscine.

«Salut Steven! Comment vas-tu?»

«Comme tu peux le constater»

«Quelle insulte, la façon dont tu m'as fait parvenir le jugement.»

«Il me fait plaisir de l'entendre!»

«Ton ironie ne me touche guère»

«Quelle est la raison de ta visite?»

«À vrai dire, je ne le sais pas trop. En relisant le jugement, j'ai appris que tu avais atteint avec une haute précision ton diagnostic.»

«Comme d'habitude!»

«Tu me vois totalement dépassée par les évènements, mais je ne peux pas encore le regretter, pas à court terme du moins, même si je t'ai dit que tu avais tué M A fille!»

«Tu y crois toujours?»

«Je sais que tu réagiras probablement négativement à ce que je vais te dire, mais au fond de mon cœur, je le savais qu'il devenait impossible pour toi de lui causer le moindre mal. Encore une fois, les choses ont évolué de cette façon, je m'en tiendrai exactement à ce contexte pour l'instant, que ma décision te plaise ou non.»

«Je ne me rappelle certes pas de t'avoir demandé quelque chose jusqu'à maintenant?»

«Me voilà autant assommée de par ce qui nous arrive, que de par la mort d'Élisabeth»

«Commences-tu à trouver que les choses vont vite parfois?»

«Je t'en prie Steven! Ne me complique pas la vie plus qu'il ne le faut.»

Il monte sa fermeté de quelques degrés et ajoute,

«Crois-tu que je me réjouisse, et que je m'extasie? J'ai perdu Élisabeth, et tu m'as fait perdre mon fils, et en ce qui te concerne, je resterai encore ambivalent. Je viens de recevoir la décision du conseil d'administration de l'hôpital et ce fut la révocation de tous mes privilèges sur la base de l'incompétence scientifique. J'ai mis vingt-cinq ans à bâtir une vie, et tout s'écroule comme un fragile château de cartes. Je me rappellerai toujours clairement qu'à l'âge de cinq ans, à la ferme, debout sur le perron de la laiterie par un soleil éblouissant, mon père m'avait demandé ce que je ferais une fois devenu adulte et je m'exprimai tellement spontanément tout comme si je l'avais toujours su, médecin.

Il pleure amèrement un certain temps.

«De mon côté, je vis très franchement un affreux cauchemar auquel je continue de ne pas pouvoir ralentir l'élan.»

«Essaies-tu de me dire quelque chose?»

«Je ne sais pas où commencer, et même si je dois intervenir»

«J'espère seulement que tu auras beaucoup d'imagination!»

«Qu'adviendra-t-il de notre vie de couple?»

«Une chose demeure très certaine, rien ne pourra plus, plus jamais évoluer comme auparavant; c'est comme lorsque l'on fait un pli dans une feuille, tu as beau faire tout ce que tu voudras, le pli laisse toujours une cicatrice aveuglante. Entre toi et moi, et bien il n'y a pas seulement un pli, la feuille au complet qui en compte une quantité infinie de ceux-ci. Pourrais-tu s.v.p. comprendre que je n'ai presque plus rien pour m'accrocher à la vie?»

«Ta situation ressemble passablement aussi à ce que je vis.»

«Au moins, tu as encore Christopher, T O I !!!»

«Merci de m'avoir aidé!»

«H E I N !!!!!?»

«En entendant le prénom de notre bien-aimé fils, je me rappelle maintenant pourquoi je voulais te rencontrer.»

«Quoi au juste?»

«J'y arrive! Justement au sujet de Chris, il m'inquiète énormément.»

«Pourquoi exactement?»

«Je pense qu'il développe un gros sentiment de culpabilité; je le surprends souvent à pleurer. Il a également lu le jugement.»

«Bienvenue dans le fan-club!»
«Ce que tu peux devenir chiant, quand tu le veux!»
«Bien toi, va te faire cuire un œuf si ça t'enchante!»
«Steven, je me sens impuissante face à lui.»
«Crois-tu que tu vas continuellement casser les pots, et moi je passerai en arrière, pour occuper mon temps à les réparer? As-tu réalisé qu'il a mal face à nous deux qu'il a tant aimés, qu'il n'a d'ailleurs jamais cessé de nous aimer?»
«Veux-tu m'aider?»
«Son crachat me pue encore au nez»
«Si tu ne le pouvais pas en tant que son père, au moins fais-le en tant que médecin.»
«J'ai encore trop de mal. Si ce jour-là j'avais agi comme mon père, il aurait perdu toutes ses dents.»
«Dis-moi, que puis-je faire pour obtenir ton aide?»
«Sache que je souffre autant que toi, même si tu ne veux pas me croire, son crachat est comme l'odeur d'une sale moufette, cent mille lavages ne parviennent pas à enlever la senteur.»
«Son geste t'a vraiment paru si terrible?»
«Moi, qui possède une l'imagination qui se déploie aux confins de l'univers, pourtant je n'arrive pas encore à circonscrire la méchanceté purulente de l'être humain; j'ai encore de la misère à la réaliser, et tu peux me croire.»
«S'il voulait te rencontrer?»
«Je me demande sincèrement laquelle de ses paroles qui remettrait du baume sur mon âme?»
«Ton entêtement te pousse-t-il à agir ainsi?»
«Je le voudrais tant!»
«Crois-tu qu'un jour que vous pourrez vous parler, et je t'assure que je n'ai pas derrière la tête, l'idée que tu lui pardonnes?»
«Le plus triste dans toute cette affaire, il demeure toujours la chair de ma chair, comme Élisabeth.»
Steven pleure à chaudes larmes quelques instants, sa femme ajoute,
«Ah! Dieu vient à mon aide!!»
«Aide-toi et le ciel t'aidera»
«Salaud!!»
«Plus j'y pense, tu avais déployé autant de cruauté sordide avec Arthur que moi.»
«Pour des raisons différentes, en passant!!»
«D'où vient cette méchanceté viscérale, inhumaine?»

«De mon père, que j'ai haï parce qu'il ne m'a jamais accordé la place que je méritais, et même dans notre propre famille; combien de fois je me considérais au même titre qu'un meuble.»

«Ce que je vais te révéler a atteint mon esprit spontanément sans que j'aille eu la possibilité de prendre un quelconque recul. Probablement que pour un certain temps qui risquerait de se vouloir d'ailleurs fort long, je préfèrerais plus établir une relation davantage basée sur une amitié avec Christopher, parce qu'un réel ami habite symboliquement plus loin autant biologiquement qu'en la distance physique qu'un fils sous son propre toit. Chemin faisant alors tous les deux, probablement qu'unilatéralement ou conjointement, nous réveillerons des liens plus étroits; je ne te garantis rien, quoiqu'au fond du plus profond de mon intériorité, il perpétuera toujours mon fils adoré, et qu'à ce même endroit infailliblement, il fera toujours un avec moi. De quelle maudite façon cette situation pourrait-elle évoluer autrement?»

«S'il te plaît, accorde-moi donc l'opportunité de te remercier chaudement pour ce compromis que tu viens d'élaborer?»

«Certainement, et tu te souviendras que cette initiative m'a pris tout mon petit change.»

«Quand pourrais-tu le rencontrer?»

«Je constate la totale impossibilité de te répondre pour l'instant. Peut-être que la meilleure chose à considérer serait de téléphoner. Tu loges toujours au Hilton?»

«Oui, je ne sais pas encore pour combien de temps.» Margaret parle.

«Je voudrais te dire que ta visite m'a fait plaisir, seulement parce que la solitude dans cette grande maison me tue.» Steven souligne.

«Ta franchise me touche.»

«Je voudrais que tu réfléchisses à un point»

«Lequel?»

«Devrions-nous divorcer? Un peu à l'exemple de Christopher, nous en tenir qu'au niveau de l'amitié?»

«Le souhaites-tu réellement?»

«Je vais te l'envoyer tout cru, et en pleine face. Je me perçois totalement incapable de voir le jour, où je pourrai te faire l'amour, simultanément tout en pouvant mettre de côté que tu m'avais accusé d'avoir assassiné T A fille.»

«Ce divorce pourrait-il se faire sans pleurs, ni grincements de dents, et ni déchirements de toute sorte?»

«Il n'en tient qu'à toi.»

«Veux-tu procéder immédiatement?»

«Donnons-nous le temps de bien mûrir notre décision.»

«Comme tu le voudras»

«Je te rassure à l'effet que mon cœur ne s'en réjouit pas du tout.»

«Je le sais parfaitement, Steven»

«Pourrais-tu également me promettre que nos beaux moments, nous les garderons chacun de notre côté, intacts?»

«Avec plaisir!»

«Peux-tu me promettre une autre chose?»

«Envoie toujours!»

«Que ce soit seulement nous, à l'exclusion de qui que ce soit, incluant tout spécialement un quelconque juge, qui aurons à décider du partage des actifs.»

«Je t'assure que je peux vivre avec cette approche en tout temps.»

«Il reste un os.»

«Encore une autre de tes expressions colorées; elles vont me manquer. De quoi s'agit-il?»

«Ton père a fait placer un droit de propriété jusqu'à la concurrence de 90% de la valeur de la maison.»

«Quand je le te disais tout à l'heure, qu'il m'avait constamment mis à l'écart, bien tu vois par toi-même ce qu'il peut faire. Tu l'as appris de quelle façon?» Margaret folle de rage.

«Il m'a fait signer le document notarié lorsque nous sortîmes du palais de justice après ma première comparution, plus les vingt-quatre heures sans dormir.»

«Maudit enfant de chienne!! Toi tu n'as pas plus pensé de m'en parler non plus! Vous faites un beau couple!»

«Tu as complètement perdu la tête, Jésus-Christ! Si Tom Gates n'avait pu se présenter à l'audience cette journée-là pour payer ma caution de $ 250,000.00, alors j'aurais pourri en tôle, jusqu'à mon procès devant juge et jury.» L'ex-mari fulmine.

«Excuse-moi Steven, là je comprends que tu n'avais absolument pas le choix.» Margaret, confuse.

«Puis-je te dire une dernière parole, avant de te donner congé?»

«Tout ce que tu voudras»

«Malgré les difficultés inimaginables, incalculables que je vis et que tu vis de ton côté, je veux te dire que tu restes un amour!»

«Toi aussi, mon Steven!»

Ils s'embrassent seulement sur les joues et ils se disent au revoir.

Margaret alla vivre avec son fils dans son studio pour une période de un an, après entente mutuelle. Les deux ont passé la période des Fêtes chez ses frères et sœurs à elle. Nicholson quant à lui, il l'avait vécue en solitaire dans cette immense résidence. Pour le moment, son seul point d'attache essentiel appartenant à sa salle de conditionnement physique ainsi que la piscine; il savait déjà que la déchéance finale arrivait à son terme et qu'il la remettrait à son créancier, Tom Gates. Le transfert eut lieu au printemps 2005, et aussi le beau-père exigea que Steven lui vende l'Aston Martin pour le prix symbolique de $ 1.00, suite auquel Gates lui a accordé une quittance totale, irrévocable sur l'immeuble. Steven s'installa dans un beau 4 ½, sans luxe localisé dans l'est de la ville, et il a acquis une auto pour moins de $30,000.00, taxes incluses. Au mois de mai de la même année, on le convoque aussi à une réunion spéciale du comité de discipline du collège des médecins. Là-bas, ils ont retenu sa déposition; ils l'ont informé, avant qu'il prenne congé, qu'ils lui feraient parvenir leur décision par un huissier; la sentence, il l'a connu le mois suivant: une radiation permanente du collège, reposant en partie sur la saga de l'hôpital, aussi touchant la tenue de ses dossiers, et surtout en rapport avec les évènements de la soirée du 10 octobre 2004. La lettre fut signée par le secrétaire du comité de discipline, le Dr. Frank Donovan, le vilain directeur médical au Royal Victoria! Consécutivement, Steven annula d'un trait toutes les démarches entreprises auprès de la Commission des Affaires Sociales, visant à faire renverser la décision de la révocation de ses privilèges par ledit conseil d'administration du C.H. Le divorce n'a donné de maux de tête à personne; tous les actifs furent scindés en deux parties égales. Il buvait maintenant sur une base quotidienne, mais en protégeant son autonomie!!! N'ayant vraiment plus rien devant lui, il se réconfortait sur ses réalisations passées. Quelques semaines plus tard, Christopher téléphona à son père afin de savoir s'il voulait le recevoir. Les deux se fuyaient en permanence depuis les funérailles d'Élisabeth. Le père l'a invité à dîner.
«Salut Christopher!»
«Bonjour père.»
«Comment vas-tu?»
«Disons que la vie pourrait aller mieux.» Le fils pas enthousiasmé.
Le paternel demeurant émotionnellement au neutre poursuit,
«Tu dois probablement te préparer à faire ton entrée dans une université. À laquelle iras-tu faire ton cours en génie informatique?»
Il répond sans hésitation,
«Aucune d'entre elles.»

«Ah bon! Te considères-tu bien à ton aise pour m'en parler, ou sinon rien de grave?»

«Je n'ai pas terminé ma dernière session au C.E.G.E.P; je n'avais plus le goût d'étudier.»

«De quelle façon ta mère a réagi?»

«Elle n'a pas fait de crise de nerfs, à peine déçue. Je comptais un peu sur elle pour qu'elle me motive davantage. Elle a beaucoup changé, car elle ne représente plus cette femme combative que nous avons connue. Dans le passé, il fallait la retenir pour ne pas qu'elle travaille trop, et tu devrais sûrement t'en rappeler. Aujourd'hui, elle se demande pourquoi elle fait son travail d'infirmière.»

«La surprends-tu souvent à pleurer?»

«Non, pas réellement, le vague à l'âme, ou le cafard elle le subit presque quotidiennement.»

«De ton côté, envisages-tu de reprendre une démarche quelconque de formation académique, ou si tu as mis le clou final au cercueil?»

«Bof! Je regarde beaucoup de possibilités de cours aux adultes.»

L'autre sursaute et complète,

«Q U O I !!!! Excuse-moi mon fils, je ne voulais pas te froisser.»

«Je comprends amplement ta réaction; je pense qu'elle relève du fait que lorsque nous vivions tous ensemble à notre chère résidence, ta facilité à répondre à nos questionnements, et ton image de fonceur me stimulaient à maintenir un constant dépassement.»

«As-tu trouvé quelque chose d'intéressant?»

«Pas du tout, je veux dire que rien ne me dit quelque chose.»

Steven se rappela ce que son beau-père disait à propos de la déception indescriptible vis-à-vis son propre fils.

«Comment occupes-tu tes journées?»

«Je joue à des jeux sur l'ordinateur.»

«Quand même pas à la longueur de journée!!!? Sous un autre rapport, financièrement, de quelle façon que tu arrives à te débrouiller?»

«Ma mère me donne un peu d'argent.»

«Et.....»

«Si tu veux, je préfère ne pas t'en parler.»

«Ne vois pas cette rencontre d'aujourd'hui en aucune façon selon les rapports qui existaient entre toi et moi dans le récent passé. Considère là davantage comme un pur dialogue d'homme à homme, et peut-être même comme presque deux étrangers.»

«Tu tiens vraiment à le savoir?»

«Dans la condition actuelle dans laquelle je baigne, il y a un bout de temps que les foutues valorisations dites morales, individuellement ou encore collectivement, ne m'empêchent plus de dormir.»

«Je me prostitue dans le village gay, et je commerce la marijuana et la cocaïne!»

«BORDEL!!!!! Je t'avoue sincèrement que là, par rapport à ma propre morale, et mes principes, tu me mets sérieusement à l'épreuve. Il n'y a pas trop longtemps, je t'aurais infligé une correction dont tu te serais rappelé le reste de tes jours, mais par les temps qui courent, si tu bâtis ton bonheur de cette façon-là, alors je n'ai presque rien à te reprocher. Maintenant, côté sexe, te protèges-tu?»

«Oui, car dans le village gay, qu'on identifie de cette manière-là, j'ai vu beaucoup de sidatiques, et ils font vraiment, vraiment pitié à voir. Je gagne des tonnes d'argent en quelques semaines.»

«Tu excuseras mon inexpérience.»

«Je me farcis des avocats, des prêtres, des administrateurs de grosses compagnies, et le premier ministre du Québec de manière très, mais très privée, évidemment! Je n'ai même plus à faire le trottoir. En moyenne je gagne $ 1,500.00 – 3,000.00 par jour.»

«Côté drogue, te piques-tu?»

«Ah!! Jamais!!! C'est beaucoup trop dégueulasse.»

«As-tu informé ta mère de toutes ces activités?»

«Elle entretient probablement certains doutes, mais pas davantage.»

«T'a-t-on déjà pris en flagrant délit à vendre de la drogue?»

«Oui, à une seule occasion, mais je me trouvais en compagnie d'un avocat homosexuel. Alors que le policier m'interrogeait, l'avocat m'a dit à l'oreille :

«Si tu me fais une pipe à chaque jour pendant trente jours, je te sors de là d'un seul claquement de doigts, cependant si tu ne respectes pas ton contrat, alors je te livrerai avec de terribles accusations, et tu auras un dossier judiciaire haut de dix pieds!»

«Connaîtrais-tu son nom par hasard?»

«Confidentialité assurée, tu le sais bien; cependant, l'agent le connaissait suffisamment parce qu'il a dit sans aucune hésitation, et sans se douter de l'identité sexuelle de l'autre: «Bonsoir Me Steve Fletcher! »

Le paternel s'est étouffé d'aplomb avec sa gorgée de café, et il ne s'était pas étendu davantage sur le sujet.

«Puis-je te poser une question, mon fils?»

«Tout dépend…..»

«Si je te coince trop, alors tu n'auras pas à répondre du tout.»

«OK!»

«Si je te demandais de me vendre de la mari, aurais-tu les couilles de le faire?»

«Combien en veux-tu de grammes?»

«Attention! M'offres-tu de la bonne marchandise au moins?»

«Je te vends la celle que je fume, et tu nous as toujours habitués à plus que le maximum de la qualité, même si parfois ton caprice me cassait vraiment le cul; j'en ai même sur moi. Toujours partant?»

«Comme il s'agit ma toute première expérience, que dirais-tu si l'on fumait chacun notre joint?»

«Je veux te prévenir, les premières bouffées que tu aspireras, tu auras l'impression que le produit a passé sa date d'expiration, je veux te dire carrément pourri. Ensuite, tu y prends plaisir.»

À la première et la deuxième aspiration, Nicholson a toussé comme un déchaîné; le calme a dominé par la suite. Il versa CAD $ 100.00 à Chris. Le paternel en raison de son irréductible besoin de contrôle, il est demeuré toujours lucide, quoique son pur aspect émotionnel ait pris la place, mais toute la place! De son côté, le fils habitué au centuple en a goûté plein la gueule à ce paradis artificiel; cependant dans cette situation extrêmement privilégiée, il s'est autorisé plus ou moins consciemment à montrer son attachement à son cher paternel, car depuis fort longtemps, il lui manquait affreusement, évidemment qu'en 'situation dite normale' il succombait inlassablement à sa fierté de jeune mâle. Environ après une heure qui se soit écoulée, après avoir fumé.

«Papa, j'ai fait une dépression après ton départ. Je te voyais partout, et même dans ma soupe.»

«Moi alors, toute la fierté que j'avais investie en toi, mon Christopher, celle-là même qui me procurait tout mon sens à la vie, ne crois-tu pas qu'avec sa disparition subite, que je ne suis pas tombé dans un grand et profond canyon?»

«Papa, puis-je te demander quelque chose?»

«Tout ce dont tu veux mon fils adoré!»

«Je voudrais que tu me prennes dans tes bras comme tu savais si bien le faire durant ma jeunesse, sentir la chaleur de ton haleine dans mon cou et si douce à ressentir.»

«Nous n'avons qu'à aller sur le divan du salon, mais à une condition.»

«Tout ce que tu voudras papa.»

«Crois-tu toujours que j'ai tué ta sœur?»

«Non! Je n'y crois plus du tout, et cela, depuis que j'ai lu le jugement. J'ai tellement eu honte de moi-même, que j'ai pleuré amèrement trois jours et trois nuits. Comme je souffrais toujours intensément, j'ai décidé d'en finir une fois pour toutes en me suicidant avec une surdose de cocaïne. J'ai acheté tout ce qu'il fallait. J'ai introduit l'aiguille dans une veine et au moment où j'avais commencé à pousser sur le piston, j'ai hurlé de tous mes poumons: «Papa, pardonne-moi!!» et au même moment, un de mes amis a défoncé la porte de ma chambre, et tomba par terre en mourant, parce qu'il avait reçu un couteau dans la poitrine, pour la raison qu'il ne voulait pas payer sa livraison d'héroïne. Alors de mon bord, j'ai tout arrêté immédiatement.»
Les deux s'y déplacèrent et les enlacements se multiplièrent.
«Ah! Papa comme je me sens bien dans tes bras! Si tu savais comme j'ai tellement pleuré, avant, et après ma tentative de suicide, de ton manque flagrant d'amour.»
«C'est la pareille situation pour moi! J'ai déboursé plus pour les papiers-mouchoirs que n'importe quoi d'autre qui se trouvait dans mon panier d'épicerie.»
Peu à peu, sous l'effet des émanations résiduelles de la fumée, Chris a commencé à promener ses lèvres à tous les endroits du visage de son père; progressivement les baisers prirent la place, et Steven y répondit comme un homme assoiffé d'eau depuis trente jours.
«Caresse-moi sur le corps papa, car je voudrais rattraper le temps que j'ai perdu à te manifester mon affection.»
Le père écouta son fils, et savamment, comme il savait si bien le faire avec Margaret, il a pratiqué un massage aux muscles tendus de son fils et en a relâché les nœuds. Christopher enflammé par la démonstration de cette sublime sensibilité, alors ce dernier la transféra intuitivement au niveau de l'affectivité et de toute la composante émotionnelle. Puis, il commença et il a continué à caresser à son tour son paternel; bientôt ils enlevèrent leur chemise, et ils persistèrent à s'embrasser passionnément en se caressant.
«AH! Papa que c'est bon!!! Si seulement tes doigts pouvaient pénétrer profondément dans ma peau, afin que je puisse sentir plus intensément tout ce que tu réveilles en moi.»
D'un côté comme de l'autre, les mains descendirent jusqu'aux fesses tout en les manipulant vigoureusement.
«Mon cher papa adoré, si une photo vaut mille mots, cette expression va s'appliquer aussi pour les attouchements que tu me fais.»
«Également réciproque mon très cher Christopher»

Le paternel, parmi toutes les avalanches des émotions qui les noyaient littéralement, a toujours attendu patiemment, et parfois difficilement, que son fils prenne l'initiative à chaque étape qui se succédait. Ainsi, le jeune homme déboucla, en premier, la ceinture du pantalon de son père et l'autre fit de même.

«Mon cher fils, à ce que je peux constater, tu possèdes un beau pénis. Je me rappelle d'une sacrée histoire classique, où une jeune femme naïve et purement innocente, raconter la nuit de sa lune de miel à son père, un vieux maudit cochon.»

«Puis ma fille, ton chum a-t-il empli toute ta pantoufle?»

«Je ne le sais pas au juste. Tout ce que je peux te dire, j'ai entouré son machin avec mes deux mains, il en dépassait un bon bout. Christopher, ta future femme te dira certainement la même chose!»

«Toi non plus mon cher papa, tu n'as pas à t'affliger de complexes!»

Les activités se sont donc limitées, en tout et partout, à la fellation, la masturbation et l'éjaculation. Ensuite, ils se sont vite endormis, l'un contre l'autre dans le lit. Steven se réveilla le premier, vers 10.00 am avec un épouvantable mal de tête. Son fils a suivi peu longtemps après.

«Mon cher fils, manifesterais-tu certains regrets en fonction de ce que nous avons partagé hier?»

«Mon papa des papas, je recommencerais à l'instant même!»

«Changement d'idée, que comptes-tu faire les prochaines semaines?»

«Je décolle avec des amis ce soir pour me rendre à Vancouver à bord d'un bimoteur. Nous avons prévu de faire de nombreuses escales ici et là, afin d'explorer le pays.»

«Que vas-tu faire là-bas?»

«Nous devons écouler une cargaison de mari et de cocaïne qui arrivera au port dans dix jours, et il va y avoir de fantastiques partouses à plus de 40 personnes.»

«Comment vas-tu payer ton billet?»

Le fiston a placé rapidement sa main droite, et les doigts écartés à son entrejambe avant.

«En nature papa, en nature!!» Il s'esclaffa bruyamment.

«Maintenant, parlons business.»

«Tu veux dire?»

«Vends-moi 10 grammes de hash.»

«Le max. que j'ai sur moi, c'est six.»

«OK! Je les prends tous.»

«Je vais te faire un prix d'ami: $ 250.00, OK?»

«Aucun problème!»
«Durant ton départ, Fletcher peut-il me donner des tuyaux pour savoir où m'en procurer?»
«Certainement!»
Au moment où Christopher le quitte, ils s'embrassent longuement sur la bouche.

Steven a acheté la marijuana davantage pour faire plaisir à son fils, et lui fournir un peu d'argent comptant, que pour une utilisation régulière, et conséquemment, il s'en débarrassa. Son plus grand défi, et aussi en même temps sa pire obsession, consistait à occuper constamment son mental. Il se rendait dans un GYM à chacune des avant-midis de la semaine simplement pour maintenir sa force musculaire sans trop l'accroître, et lorsque la météo le permettait, il joggait à l'extérieur. Dans son logis, il écoutait de la musique grâce à son abonnement au câble en alternance avec un autre passe-temps consistant à jouer qu'à des jeux de stratégie pure ou aux échecs par le biais de son ordinateur. Le reste du temps, il le meublait à cuisiner, à mettre en conserve différentes recettes et voir à l'entretien ménager. Il buvait surtout à la fin de la journée, et jusque tard en soirée. Sur le plan social, il s'est renfermé considérablement bien qu'il réservait ses sorties pour jouer au poker avec Tony, simplement saluer très occasionnellement son ex-épouse ou parler avec son Dave Rosenberg son barman préféré à rebâtir le monde!!! Durant l'hiver, il pratiquait le ski de fond; il se plaçait toujours à distance des autres, et en d'autres temps, et à la manière des ours, il hivernait entre les quatre murs de son appartement et tournait en rond dans sa saprée cage, tout comme eux; précisément à l'occasion de ces écarts de temps, il devenait plus vulnérable aux blues de l'âme.

Il y passait des journées entières à s'interroger sur le fameux pourquoi fondamental du basculement de sa vie, la sempiternelle répétition des questions, des évaluations afin d'essayer, sans jamais obtenir de succès de départager la part des responsabilités appartenant à sa trilogie: lui, le genre humain et Dieu. Parce qu'il se démontrait très exigeant envers lui-même, il n'avait aucune difficulté à se placer sur le bûcher avant les deux autres. Au bout du compte, il persistait toujours, toujours que d'intraitables interrogations générant mentalement un néant plus vaste que l'univers dans sa totalité. Donc, il essayait d'établir un parallélisme entre deux imprévus, nommément: 1) son châtiment terrestre et inattendu jusqu'à la dernière minute (médecine, Élisabeth, divorce, propriété; en termes de moyens, il demeurait constamment la bouche bée) et, d'autre part 2) sa pure incapacité de pouvoir réagir plus adéquatement face à sa destinée présente, et quotidienne (même pas de planification possible à un moyen terme) étant interchangeable au fait que lors de ses convocations devant le comité exécutif, quand il se considérait comme pendu avant qu'on le juge, c.-à-d., la pure incapacité de pouvoir argumenter, sous un mode cartésien orthodoxe, quoi que ce soit d'autre. Cette double putride impuissance à la fois dévastatrice, et machiavélique, paralysante, morbide, déshumanisante et générée par la situation à l'échelle des humains se voulait ainsi plus foudroyante que l'explosion simultanée produite de toutes les bombes atomiques existant sur la planète. Dans sa façon de tenter de s'ajuster à cette double réalité, il obéissait scrupuleusement à la voie extrémiste ou bien dans son appartement il cassait tout sur son passage, ou bien il se payait des cuites légendaires. Son rejet par l'establishment a laissé des séquelles d'une incroyable profondeur en termes d'une méfiance presque maladive vis-à-vis l'environnement humain, et accompagnée de récurrents ressentiments haineux.

Durant cette période, quelqu'un cogne à la porte de l'appartement de du médecin.

«Bonjour Dr. Nicholson! »

«Vous faites erreur sur la personne, car elle n'habite plus ici.»

« Je me présente, Brad Taylor et le directeur du personnel à l'hôpital Royal Victoria.»

«Êtes-vous suicidaire?» Le médecin fou de rage.

«Pas du tout, pourquoi?»

«Parce que je vais te démolir si tu ne t'en vas pas à l'instant même!!»

«Je saisis parfaitement votre acte. Vous vous rappelez certainement du Dr. Ray Campbell?»

«Oui! Pourquoi?» L'autre devenant manifestement perplexe.

«Rien du tout, il a insisté pour que je vous rende une visite.»

«Il n'y a absolument rien que vous puissiez faire pour moi.»

«Excepté de répondre à une de vos questions.»

«Je vous préviens que vous faites en sorte de ne pas me faire perdre mon temps, sinon vous n'allez pas quitter cet appartement en de très bonnes conditions physiques.»

Il permet à Brad Taylor d'entrer, les deux s'assoient autour de la table dans la cuisine.

«Maintenant, déblatère vite ton propos!!!»

«Dr. Nicholson, avant d'occuper ce poste à l'hôpital, j'ai aussi exercé la profession de négociateur à temps plein pour les syndicats tels que FTQ et CSN durant vingt ans. J'ai fait ce à quoi s'occupe actuellement M. Lucien Bouchard, qui fut ancien premier ministre de la province de Québec.»

«Je me fous royalement de ton curriculum vitae, et tu m'ennuies déjà sérieusement.»

«Steven j'ai suivi, derrière le rideau, tous les évènements te rattachant à cet hôpital. Personne ne m'a mandaté et je l'aurai fait par un pur intérêt personnel.»

«Absolument tout appartient déjà à de l'histoire ancienne et, diable, que faites-vous encore ici?»

«J'ai appris durant toutes ces années de négociations une réalité brute foncièrement cruelle. Dans une communauté d'employés, s'il y en a un parmi eux qui brise involontairement, mais constamment l'harmonie, bien qu'il est intelligent, et c'est un très bon travailleur, etc., etc., je veux dire qu'absolument personne ne pourra dire, et reprocher quoi que ce soit contre lui, ou si je le reformule, il fait absolument tout de manière plus que correcte sauf qu'il perturbe certes involontairement, mais constamment l'atmosphère des autres travailleurs, alors la décision finale, aboutira sous la modalité de congédier pour de bon ce coéquipier, car la fin justifiant les moyens, mais en prenant n'importe lesquels, et j'insiste à nouveau à dire sur n'importe quels moyens.»

«Me révèlerais-tu à l'instant que toute cette foutue merde se résume à une pure mise en scène?»

«Malheureusement, j'ai bien peur que oui!»

«Quelles preuves formelles possèdes-tu?»

«Aucune. Simplement mon intuition me conduisant à une explication qui fournit la dernière pièce d'un casse-tête, la réponse satisfaisant tous les tenants et les aboutissants de ce scénario.»

«Qui ou quoi t'a motivé à ce projet?»

«Pas tant quoi que qui!!! Le Dr. Campbell a marié ma seule fille et lui, il se consacre corps et âme à défendre la veuve et l'orphelin.»

«Maintenant, je comprends et j'apprécie davantage votre intervention et je tiens à vous remercier du plus profond de mon cœur, et de mon âme.»

M. Taylor quitte sous les salutations du locataire.

Du milieu du printemps jusqu'à la mi-automne, il a aussi repris goût à se promener en campagne comme à l'époque de sa jeunesse ainsi que de s'adonner à la lecture de bouquins traitant de sociologie, et de philosophie de l'existence. Aussi des ouvrages écrits parmi les plus grands penseurs au cours des derniers siècles, dont Nietzsche, David Bohm, Jean-Paul Sartre, Theillard de Chardin, et constamment au bord de lacs isolés de la civilisation, comme il aimait souvent l'exprimer.

Au cours de l'année suivante, en juillet 2006, Margaret rendit visite à son ex-mari en milieu d'après-midi. Elle porte un décolleté sobre.

«Bonjour Steven! Puis-je entrer?»

«Oui, avec plaisir! Quel bon vent t'amène?»

«Une simple visite de courtoisie.»

«Entre, et allons nous asseoir dans le salon. As-tu reçu des nouvelles de Christopher?»

«Non, pas depuis son départ pour l'ouest. Comment va ta santé? Plus je te regarde, plus je constate que tu as maigri.»

«Tu as certainement raison, et je l'ai constaté seulement depuis quelques mois, pourtant je dévore amplement. J'ai également tendance à devenir plus facilement fatigué, malgré mes excellentes nuits.»

«Steven, je ne t'en ai pas parlé jusqu'à ce jour, il y a un autre homme dans ma vie depuis plusieurs mois déjà.»

«Je tiens tout d'abord à te dire que je suis content pour toi. Comment les rapports évoluent entre vous deux?»

«Disons que je ne me presse pas, car je me souviens que tu as toujours représenté à mes yeux un mari exceptionnel, et je veux prendre le temps qu'il faudra pour bien le connaître, et delà je développerai une certitude raisonnable que je me sentirai suffisamment bien avec lui.»

«Tu sais, tu n'as pas tellement perdu de ta beauté, de ton charme et ton sourire demeure intact et tellement resplendissant.»

Ce dernier propos a fait rire à gorge déployée Margaret et qui par magie automatiquement renvoie, et bascule sa tête un peu loin vers l'arrière et conséquemment en amenant les muscles peauciers de la gorge à se contracter. Soudainement Steven note une petite tuméfaction d'environ 1 cm, située entre les deux insertions, sur la première côte gauche, du plus gros muscle oblique de chaque côté du cou (le fameux point de repère des vampires!).À toutes les autres positions du cou de son ex-épouse, cette tuméfaction disparaît comme par enchantement.

«Margaret, au moment où tu riais, il y a à peine une minute, j'ai noté la présence d'une petite masse au bord gauche du sternum. Alors puis-je te demander de me faire une extension modérée de ton cou, et si tu pouvais penser à quelques histoires qui te feraient rire amplement à nouveau, ton autre extension du cou me donnerait le temps de la palper.»

«Je n'aurais qu'à me remémorer lorsque le tuyau sous le réservoir de la toilette a cassé, et que tu t'y installas dans une drôle de position que tu as dû maintenir pendant 45 minutes au moins.»

Elle rit à nouveau, juste le temps nécessaire pour que Steven se lève, apprécie la consistance du nodule.

«Alors, tu en penses quoi?»

«As-tu un médecin de famille?» L'époux, perplexe.

«Non! Pourquoi?»

«Je me serais informé auprès de lui afin de savoir s'il avait déjà constaté cette anomalie; et si oui, depuis quand?»

«Non, je n'ai pas de médecin; tu le sais bien que j'ai fréquenté les hôpitaux seulement pour les accouchements.»

«Je te recommanderais définitivement de t'en trouver un qui pourrait te suivre régulièrement.»

«Bien tu sais également qu'ils deviennent de plus en plus rares de nos jours, et il va s'écouler un bon bout de temps avant que je mette le grappin sur l'un d'eux. Enfin, je ne ressens pas de douleur, alors le temps venu, je ferai comme tout le monde, et j'irai à l'urgence.»

«Je ne crois pas que ta planification demeure la meilleure décision.»

«Pourquoi au juste?!!! Dois-je comprendre que je devrais m'en inquiéter davantage?» Margaret, intriguée.

«Oui, en effet.»

«Toi, vois-tu cette tuméfaction d'un autre oeil?»

Le mari procède plus que lentement, délicatement, et il s'annonce,

«Il ne s'agit pas d'un simple kyste.»

«Je comprendrai que tu ne puisses pas te faire immédiatement une idée précise.»

«Ce n'est pas non plus, un lipome sous-cutané.»

«Un Q U O I?»

«Il ne ressemble pas à ces tuméfactions que ta mère présentait un peu partout sur le corps.»

«Ah!! Des boules de graisse sous la peau. Je ne le pense pas, car je les percevais franchement plus volumineux. Écoute mon Steven, ne t'arrête pas à une simple trouvaille accidentelle. Peut-on maintenant passer à autre chose?»

«Margaret il s'agit d'un ganglion.»

«Je ne veux pas te froisser, mais je pense que tu te trompes. Dans toute ma carrière, je ne me rappelle pas avoir observé un nodule à un tel endroit semblable chez un patient, et pourtant des gens malades, j'en ai soigné un nombre considérable.»

«Un ganglion sus-claviculaire.»

«Puis après!!! On en a même là, dans le cou! Tu te rappelles quand les enfants souffraient de maux de gorge ou d'amygdalites, tu détectais des ganglions douloureux apparaissant juste sous leur mâchoire.»

«Celui que je viens juste de trouver n'appartient pas au territoire cervical antérieur.»

«Considères-tu important que tu me signales cette précision?»

«Oui! Certainement!»

«Il n'y a donc pas de ganglions isolés?»

«Les ganglions se rattachent entre eux.»

«Le ganglion que tu prétends avoir mis en évidence aujourd'hui, à quelle composante anatomique participe-t-il ?»

«À la chaîne ganglionnaire qui est localisée au médiastin, je veux dire l'espace entre les deux poumons dans la cage thoracique.»

«Jeune, j'ai souvent fait des bronchites, selon le médecin et je finissais par guérir sans aller à l'hôpital. Probable que cette tuméfaction est en relation avec cette maladie. Ton avis?»

«Non! Il n'existe aucun rapport.»

«Il doit quand même avoir sa raison d'exister!»

«Tu devrais te soumettre à une radiographie des poumons.»

«Je ne me rappelle pas en avoir déjà eu, depuis mes accouchements.»

«On ne pourra pas dire que tu abuses du système de santé.»

«Une radiographie des poumons, dans quel but exactement? Pour voir les cicatrices de mes bronchites.»

«Les bronches cicatricielles ou déformées, ne se voient que lorsque les gens ont fait des bronchites toute leur vie, et pas seulement en bas âge.»

«Si je n'ai pas fait de tuberculose ni de pneumonie, et ni de pleurésie, à ce dont je me souvienne, pourquoi diable dois-je en avoir une?»

«Disons en guise de simple précaution.»

«Si le résultat revenait normal, alors comment vas-tu enfin m'expliquer la présence de ce ganglion?»

«Dans cette perspective, il nous faudrait faire encore plus d'examens de toute sorte.»

«Comme quoi par exemple?»

«Des prises de sang.»

«Quoi d'autre encore en termes d'examens divers, ou si celles-ci, une fois faites, si elles suffiraient?»

«Dépendamment des résultats sanguins, on reprend, ou on poursuit le plan d'investigation.»

«Attends un peu toi! Pourquoi n'as-tu pas dit: «que l'on reprend ou non le plan d'investigation.» Donc, tu sais déjà que les prélèvements sanguins ne suffiront pas?»

«Je ne le crois définitivement pas.» Il s'est fait avoir d'aplomb.

«En définitive, il ne s'agirait plus d'un problème franchement localisé. Une maladie systémique me paraît illogique.»

«Pourquoi en arrives-tu à cette conclusion.»

«Tout simplement parce que j'ai tellement de la difficulté à concilier qu'un seul ganglion, advenant qu'il en soit réellement un, puisse se rattacher à une maladie répandue entre la tête et les pieds.»

«Irais-tu jusqu'à dire une impossibilité?»

«En répondant « non », le contexte signifierait que je doive envisager une maladie généralisée, oui, ou non?»

«Pourquoi pas?»

«Si cette radiographie des poumons, et les prises de sang selon toi vont s'avérer insuffisantes, alors ta liste d'examens s'allonge-t-elle à l'infini ?»

«Il y aurait fort à parier que l'on assisterait à un tel dénouement.»

«Ah! J'y pense. Où avais-je la tête, idiote?!»

«As-tu oublié quelque chose? »

«J'aurais dû te formuler cette question dès le début. Depuis que l'on a discuté, une vision de mon corps physique a-t-elle apparu.»

«Malheureusement non!! Et je t'assure que je n'en ai pas l'absolu contrôle. Je voudrais t'expliquer quelque chose.»

«Je t'écoute.»

«Dans le champ de la médecine, il arrive parfois qu'un signe physique à lui seul renferme le diagnostic, sans que l'on procède à une batterie de tests. Comprends-tu bien?»

«Jusqu'ici, oui.»

«Je vais te développer deux exemples. Si quelqu'un consulte pour de l'arthrite, alors simplement en observant tous ses doigts, si je constatais la présence d'articulations «en boutonnière», conséquemment même au cabinet privé, je peux lui affirmer instantanément que parmi toutes les causes d'arthrite, il souffre d'arthrite rhumatoïde.»

«Pas mal intéressant.»

«En voici un autre, et que je qualifierais de haut de gamme. Lorsqu'un radiologiste évalue les os des doigts de quelqu'un, et en relation avec la densité sous le périoste, et si en cours de route il s'aperçoit que juste en dessous du périoste.....Le périoste, tu te rappelles?»

«Il me semble que ce soit la couche la plus extérieure de l'os, et aussi en même temps la plus solide.»

«En effet, ceci me permettant de continuer; si juste en dessous du périoste, il peut déceler de la résorption de l'os, par diminution de densité osseuse, exclusivement au niveau de celui se situant à l'extrémité du doigt, alors il pourra écrire dans son rapport radiologique final et avec fierté qu'il avait diagnostiqué une hyperparathyroïdie.»

«Une Q U O I!!!»

«La parathyroïde correspond à quatre petites glandes situées derrière une autre glande, et cette fois-ci la thyroïde, juste en dessous de la pomme d'Adam proéminente que chez les hommes. Lorsque la première glande fonctionne anormalement trop, il survient que la personne perd tout son calcium dans ses os.

«Que c'est compliqué que le corps humain.»

«Alors, si je reviens ici donc à mon radiologiste, il pourrait définitivement traiter cette personne seulement, seulement en se basant sur le résultat de sa radiographie. Vouloir diagnostiquer cette maladie pourrait prendre des semaines, et une quantité incroyable d'investigations.»

«W O W!!!»

«Maintenant, je veux revenir à ton ganglion dans ton cou. Sur le même principe que la résorption sous-périostée, il signe certes une maladie qui est clairement définie, et forcément de nature ganglionnaire.»

«Quelle surprise qu'elle soit de nature lunaire. Oh!! Quelle belle rime, tu ne trouves pas!!?»

Il se tut, il adopte un regard plus triste que songeur.

«Que survient-il Steven, tu as subitement changé d'air?»

Steven s'approche de Margaret l'enlace, appuie sa tête sur son épaule (à lui) et soudainement, elle crie très bruyamment.

«Ah! N O N ! N O N ! S T E V E N !!! N O N !! PAS Ç A !!!! »

Il se retire tout en maintenant une main sur son épaule droite, et qu'il masse doucement, et il essuie plusieurs larmes avec l'autre main pendant que son ex-épouse pleure à chaudes larmes. Puis, elle se calme un peu elle parle:

«Je me demandais pourquoi tu mettais tant de temps pour donner un verdict de lymphome malin; ne prends pas négativement cette remarque.»

«Je sais bien que tu ne voulais pas me blesser.»

«À quoi dois-je m'attendre maintenant?»

Soudainement, il voit sa vision surgir. Tous les ganglions dans toutes les parties de son corps montrent une forte atteinte, et au niveau de sa moelle osseuse, c'est l'anarchie totale. Il s'assoit, se prend la tête à deux mains et pleure intensément; de son côté Margaret l'accompagne d'emblée et parmi les sanglots.

«Ma pauvre Margaret, pourquoi cette merde doit-elle t'arriver? Ce que je peux haïr la Vie et Dieu; je ne voudrais pas le voir à moins de trois mètres de moi, car je ferais feu sur lui avec un bazooka. »

«Combien me reste-t-il de temps à vivre?»

Il reprend à pleurer chaudement.

«Ne me demande pas cette question, je t'en supplie!»

«IL FAUT QUE JE SACHE !!!»

«Moins d'un an.»

«Dois-je subir la chimiothérapie?»

«Je ne le sais pas, ou en d'autres mots, je ne peux pas t'y contraindre, et en même temps, je ne peux pas te suggérer de l'éviter, en raison de ma maudite ambivalence.»

«Et en fonction de ma qualité de vie résiduelle?»

«Me voilà tellement déchiré, et le fait que je ne possède plus aucun pouvoir quel qu'il soit. Ah! Ce que cette tragédie peut me faire mal en dedans. Je n'en ai pas eu assez que les médecins m'ont châtié; pas assez que le collège des médecins me condamne à perpétuité; pas assez d'avoir perdu Élisabeth, il faut que je sois encore puni par mon impuissance de t'aider. Une punition par-dessus une autre punition, encore par-dessus une autre punition. Dans un système financier, en plus des intérêts et des intérêts composés, il y aurait encore les intérêts composés à partir des intérêts déjà composés !! Je regrette, je ne pourrai pas le supporter du tout. Je crois que je vais en perdre la raison.»

«Je vais y repenser encore, cependant il m'apparaît très peu probable que j'accepte de me soumettre à un quelconque traitement médical.»

«Si tu as besoin de support, tu sais où j'habite 7/7.»

Le regard de Nicholson s'est mobilisé soudainement vers les gyrophares d'une auto-patrouille de la Sûreté du Québec qui stationne derrière son auto.

«Steven!!!!! As-tu conduit en état d'ivresse?»

«Je n'ai eu aucune contravention, et même pas un seul excès de vitesse au cours de la dernière année.»

«Il doit donc avoir commis une erreur d'adresse.»
Le policier sonne à la porte, et le mari répond,
«Bonjour M. l'agent. Que puis-je pour vous?»
«Je recherche la résidence de M. et Mme Steven Nicholson.»
«Vous arrivez justement au bon endroit; je me présente, Steven Nicholson,
mais ma femme et moi nous avons divorcé, et elle n'habite plus avec moi
présentement.»
«Il s'agit bien de vous, le Dr. Steven Nicholson.»
«Effectivement! Mais donnez-vous la peine d'entrer.»
Le policier s'avance jusqu'au salon et questionne,
   «Madame, veuillez vous identifier»
«Je suis l'ex-conjointe de M. Steven Nicholson.»
«Pourquoi tant de cérémonies M. l'agent?» L'époux intrigué.
«Avez-vous un fils du nom de Christopher Nicholson?»
Ils se tiennent côte à côte tout en s'enlaçant et cette dernière, énervée.
«Notre fils a-t-il eu des problèmes?»
«Effectivement, madame.»
Elle présente des sanglots; entre temps, son conjoint intervient:
«Pouvez-vous nous dire de quoi il en retourne?»
«Vous a-t-on informé que votre fils faisant le trafic de la drogue?»
Margaret sursaute, et hurle,
«M O N F I L S U N D E A L E R D E D R O G U E S!!!!!»
Elle se tourne rapidement vers son ex-mari.
«Steven, aurais-tu déjà eu connaissance que Christopher faisait partie des
réseaux de drogues.»
«Absolument pas!»
Margaret revient à la charge,
«M. l'officier, avez-vous des indices de ce que vous avancez?»
«Plus que des indices Mme Nicholson, des preuves irréfutables.»
«De quelle nature vos preuves?» Son ex à son tour s'enquiert.
«Les autorités policières de Vancouver et de la GRC, nous ont fait parvenir
le dossier au complet.»
«Que contenait-il au juste?»
«Des photographies de votre fiston parlant avec les caïds de la drogue;
des enregistrements de conversations dans lequel il s'impliquait dans des
livraisons de cocaïne par le port de Vancouver; et ces enregistrements
respectaient les conditions rigoureuses de dépôt comme la preuve à la
cour. Finalement des aveux de délateurs l'ayant identifié sans l'ombre d'un
doute.»

«A-t-il eu des condamnations antérieures?»

«Non, parce qu'il entretenait une relation homosexuelle avec plusieurs hauts dirigeants gouvernementaux, et il faut certes croire qu'il produisait de solides performances pour que tous les autres parviennent à l'innocenter à chaque fois. Les fils de médecins, on en a vu de toutes les couleurs.»

«Puis-je vous demander de démontrer un peu plus de respect à l'égard de ma femme. Qu'advint-il de notre fils?»

«Pas de bonnes nouvelles.»

«Expliquez-vous, s'il vous plaît?»

«Vous feriez mieux de vous asseoir.»

«Pourriez-vous montrer plus de précision?»

«Il semblerait bien que votre fils ait monté trop vite dans la hiérarchie, et il a tenté de tromper ses supérieurs de plusieurs millions de dollars.»

«Allez-vous nous révéler qu'ils l'ont tué?»

«I a été battu à mort à coups de bâton de baseball à son visage, et il n'a plus de bijoux de famille. Vous savez ce que je veux révéler; ils l'ont attaché par les organes génitaux et ils l'ont fait traîner derrière un bon cheval, et après ils l'ont achevé avec un bâton de baseball au visage.»

Margaret pleure de rage et Steven, infiniment dégoûté du policier.

«Pour qui est-ce que vous prenez-vous pour nous jeter en plein visage votre condescendance? Guère mieux qu'un sale trou-du-cul. Je pourrais te laver la gueule avec du savon, fils de pute!!! Si ce n'était pas du juge, c'est tout ton corps entier que je réduirais en viande hachée, fils de maudite chienne»

«Viens m'infliger une correction, après j'irais voir son Honneur, et je te ferai coffrer; tu vas en prendre pour vingt ans!»

Steven maintenait son visage d'un rouge écarlate. Margaret sans savoir pourquoi, tout en obéissant à son intuition, se place devant Steven et elle le tient solidement; puis, elle lui parle,

«S T E V E N, prends sur toi! Je t'en pris tu dois te calmer!»

«OK, maintenant, tu peux me relâcher. »

«Totalement certain? Même au point de le jurer S T E V E N?»

«Je t'en donne ma parole Margaret.»

Conséquemment, elle se retire et il reprend,

«Bon maintenant, où se trouve le corps?»

«Il arriverait à l'aéroport P. E. Trudeau, et par le vol 737 d'Air Canada vers 23.00 h»

«Maintenant puis-je vous demander de nous quitter, nous avons besoin de nous recueillir en silence»

L'agent quitte les lieux sans faire d'autres histoires. Les deux autres ont pleuré toutes les larmes de leur corps.

«Mon Steven, aurais-tu une objection à ce que je demeure ici à compter de maintenant jusque qu'après les funérailles?»

«J'allais justement te le proposer.»

«Je vais quitter l'autre ces jours-ci; je n'ai pas suffisamment d'intimité pour lui ouvrir mon cœur et mon âme. J'ai vraiment besoin qu'il me comprenne intégralement sans que j'aie à expliquer du matin jusqu'au soir tous les tenants, et tous les aboutissants de chacune de mes manières de me comporter.»

«L'aimes-tu?»

«Nous évoluons actuellement au stade d'une amitié très, très profonde. Nous avons fait l'amour cependant, dès le départ je lui ai aussi spécifié clairement que je participais par pur besoin physique, et non en regard de l'expression d'une preuve quelconque d'amour; et depuis, il n'y a pas eu d'autres développements.»

«Je te le répète, je t'offre ma disponibilité 24 hre/jour et 7/ 7.»

«Je te remercie, et sache que tu me touches énormément. Par rapport à Christopher, ce qui me désole, c'est que vous n'avez pas eu l'occasion de vous réconcilier et maintenant, il n'y a plus rien à faire.»

«Quoi, il ne t'en a pas fait mention!?»

«Au moment de me quitter pour partir en voyage, il ne m'a nullement laissé entendre qu'il te verrait; en définitive, est-ce qu'il t'a réellement rencontré?»

«Oui, il m'a visité. Nous avons dîné ensemble.»

«J'aurais de la misère à ingurgiter que vous ayez retrouvé votre relation d'antan.»

«Pourtant, on le réalisa. Au début nous demeurions évidemment sur nos positions puis progressivement il s'était ouvert émotionnellement en me confessant que je lui avais manqué affreusement. Suite à ses paroles, j'ai versé des larmes; nous nous rapprochâmes très timidement l'un de l'autre; puis est survenu l'enlacement tout en pleurant, et à partir de ce moment-là le courant a circulé à nouveau.»

«RÉELLEMENT ! ! ! ! !» Soudainement Margaret, quelque peu contrariée.

«Puisque je te l'affirme!»

«Que ça changerait de noir foncé au blanc immaculé en l'espace d'une seule rencontre, ou bien on parle d'un miracle ou bien il y autre chose. Je ne suis quand même pas née de la dernière pluie!»

«J'ai complètement oublié de t'informer que Christopher m'avait confessé, qu'après avoir lu le jugement, il avait failli de justesse se suicider avec une surdose de cocaïne; l'aiguille se trouvait déjà dans la veine et au même moment il hurlait à tue-tête afin que je lui accorde mon pardon. Un ami avait défoncé sa porte de chambre, et il s'est affaissé brutalement au sol avec un couteau dans la poitrine et ce qui le sauva miraculeusement.»

«Mon Dieu! À cette époque-là, j'allais rendre visite à plusieurs membres de ma famille, et je l'ai laissé vraiment tout seul pendant environ dix jours. Je comprends parfaitement que ce témoignage avait facilité très grandement votre rapprochement, il me manque encore des venants de ta part.»

Il est légèrement embarrassé, cependant un souvenir apparaît.

«Ma chère Margaret, une journée un professeur de psychiatrie enseigna aux étudiants en médecine que l'inconscient contrôlait la contrepartie consciente avec la même facilité que le fait Monsieur Univers avec une marionnette faite de papier mouillé. Et en plus le premier ne se soumet pas au temps horaire, une notion qui n'est pas connue sur la Terre, mais il nage dans l'éternel présent; et à partir de là, il peut rassembler le temps de le dire, une quantité parfois considérable de souvenirs appartenant au conscient passé, et finalement causer d'abrupts revirements de 180 degrés pour ne pas dire 360.»

«W O W!!!! OK! Tu me vois tellement soulagée de te l'entendre dire, mais seulement, et seulement parce que je prends en considération tes deux dernières explications à la fois nécessaires, suffisantes. Au moins il pourra dormir en paix. Si jeune et je me sens parfois terriblement fautive de son changement de direction dans la vie.»

«Tu ne dois pas parler de cette façon; tu demeures sous le choc autant que moi, et j'ai rapidement compris que tes raisons de me blâmer dans le passé se sont avérées purement légitimes, et je t'avais pardonné depuis longtemps parce que je t'aimais suffisamment pour le faire.»

Elle rejoint rapidement Steven, et l'enlace très affectueusement tout en pleurant; ensuite, ils s'embrassent sur les joues.

«Tu persistes à rester vraiment un gentleman, comme j'en ai rarement vu un. Je crois que ma nouvelle maladie aurait débuté le jour de cette diabolique querelle à la maison après ton audition préliminaire, parce que je n'ai jamais plus maintenu l'ombre de moi-même à partir de ce moment-là.»

«Je me sens également si fautif en raison de t'avoir poussé à divorcer, je veux que tu saches que je l'ai fait, parce que je t'aimais assez pour te redonner ta liberté et non par vengeance, sauf que tu n'avais presque pas, je dirais même sans hésitation, que tu n'avais définitivement pas le choix de le considérer sous cet angle. Vas-tu contacter ton ami? »

«Oui, je vais aller le revoir, et mettre poliment les choses au clair afin qu'il parte en apportant tous ses effets.»

«Comment s'appelle-t-il déjà?»

«Matthew Dylan.»

«Il risque peut-être de le prendre mal.»

«Il s'en ira en profitant de son plein consentement ou je le quitterai et dans le pire des scénarios, j'appellerai la police pour le faire sortir de chez moi.»

Margaret quitte son ex-mari et elle se rend au prochain téléphone public.

«Bonjour Matthew!»

«Salut Margaret»

«Écoute-moi! Je viens juste d'apprendre que l'on a assassiné mon fils, j'ai besoin de me retrouver parmi les miens pour quelques jours.»

«Je te comprends parfaitement!!! Quand allons-nous nous rencontrer de nouveau?»

«Après l'enterrement de mon fils.»

«Veuille bien accepter mes condoléances.»

«Merci Matthew! À la prochaine!»

« D'accord!»

Tel que convenu, Margaret habita à l'appartement de Steven.

Une semaine passe. Lorsqu'elle arrive chez son ami, il l'accueille,

«Bonjour ma déesse!»

«Matthew, je dois t'informer de quelque chose étant d'extrêmement grave. Assoyons-nous autour de la table dans la cuisine.»

«Tu n'es pas du tout dans ton assiette.»

«En plus, l'assiette ne se trouve plus sur la table, et ni dans l'armoire.»

«Bon sang! Tu me fais presque peur.»

«Je n'irai pas par les quatre chemins. Je viens d'apprendre que je souffre d'une grave leucémie, et qu'il ne me resterait guère plus de six mois à vivre.»

Matthew s'apprête à la saisir par les deux épaules avec ses mains, elle recule rapidement sa chaise.

«Pourquoi ne veux-tu pas que je te réconforte?»

«Matthew, j'aurai beaucoup de choses à régler avant de crever, et j'aurai besoin d'énormément de solitude pour faire le point.»

«Évidemment que je te comprends, et en quoi puis-je t'aider?»

«Justement, tu ne peux plus me procurer de secours, ni d'aide»

«Pourrais-tu m'excuser un instant?»

«Évidemment!»

Matthew se dirige rapidement vers la chambre de bain, et il débarre un tiroir de l'armoire, puis il aspire par le nez deux lignes de cocaïne. Par la suite, il retourne dans la cuisine.

«Tu deviens certes trop injuste envers moi, mais je facture le tout à ta perturbation émotionnelle. Que fais-tu de ma compassion, et en plus de ma tendresse?»

«J'ai absolument de besoin de me replonger dans les choses qui m'ont donné le plus de sens à ma vie, afin de ne pas devenir folle du jour au lendemain et toi tu es arrivé seulement à l'extrémité de ma vie; tu n'y peux rien et d'ailleurs moi non plus, alors facture-les au destin si tu veux. Peux-tu comprendre cette situation?»

«Si toi tu me révélais maintenant que je ne pourrais plus rien faire pour toi, alors qu'adviendrait-il de nous?»

Margaret ne parle pas tout de suite, et ne le regarde pas dans les yeux.

«Matthew, je vais te demander de partir, de ne plus me revoir.»

«Tu ne penses qu'à toi, toi! Tu n'as pas le droit de te comporter ainsi, sinon tout ce que je peux représenter, se résumerait à strictement rien à tes yeux.»

«Je te demande de ne rien exagérer. Tu l'as toujours su, qu'on s'en tenait constamment qu'à une grande amitié.»

Matthew sent qu'elle lui glisse d'entre ses mains.

«S'il te plaît, N E PARLE PAS A U PASSÉ!!!! Pas encore!!»

«J'ai pris ma décision, et même Dieu ne peut pas la changer.»

«Oublierais-tu par hasard que nous, nous avions fait l'amour à plusieurs reprises.»

«Ensuite?» Margaret, fatiguée.

«Je t'aurai quand même servi royalement; et les multiples cris que tu as exprimés me le prouvent.»

«Dois-je te rappeler que l'on avait tiré, toi et moi, la situation au clair, c.-à-d. que nous avons fait l'amour, mais qu'en aucun temps je ne t'ai réellement aimé.»

«Tu dis que tu ne m'as pas aimé, et pourtant la fougueuse passion que tu as su me démontrer à chacune de ces occasions, elle ne pouvait pas relever seulement de cette chair; tu n'arriveras pas à me faire croire à cette conclusion.»

«Je ne veux pas revenir sur ce que l'on a statué entre nous.»

«Je crois seulement que tu m'as aimé, et que tu n'avais jamais voulu te l'admettre à toi-même. Tu sais lorsqu'on se localise dans la zone grise ou dans le no man's land parmi les superbes et chauds ébats physiques, il peut s'avérer difficile de trancher ce qui appartient à l'amitié de ce qui relève de l'amour.»

«Même si j'aurais pu t'aimer à ma propre insu, comment veux-tu que je puisse argumenter adéquatement sur une réalité qui n'a pas monté à ma conscience, et en plus que tu pourrais affirmer gratuitement tout ce que tu veux; même dans la situation contraire, il n'en reste pas moins que toute bonne chose doit avoir sa fin.»

«Tu entras dans ma vie, je n'avais jamais aimé d'autres femmes avec autant d'intensité que toi.»

«Ah non !!! Tu ne vas pas me servir cette putain de niaiserie!»

«Conséquemment, je me sentirais trahi si je satisfaisais à ta requête.»

«Maintenant, tu vas te montrer égoïste, et toi qui me l'a reproché il n'y a pas si longtemps»

«Permets-moi de t'accompagner en un signe de reconnaissance de ce que nous avons partagé.»

«Si je t'écoutais, on croirait vraiment que nous avons vécu ensemble, et cela, depuis toujours.»

«Pas tellement la durée que la qualité de ce que nous avons partagé toi et moi.»

«Tu entretiendras cette consolation d'avoir connu du sacré bon temps au moins à une époque de ta vie.»

«Je ne peux pas accepter que tu me largues de cette façon!»

«Crois-tu que j'ai plus de facilité d'accepter de mourir si jeune?»

«J'aimerais que l'on se revoie au moins à une ou deux reprises, si mon invitation ne te dérange pas.»

«Je regrette, je voulais que tu partes ce soir.»

«C E S O I R!!! Tu exagères!!» Il élève la voix.

«Écoute! Ou bien tu pars dans la plus grande simplicité, ou je te quitte et je me fous de tes oppositions.»

«Envisagerais-tu donc de me manipuler comme une marionnette, ou un torchon de table usé que l'on jette!!?»

«Il ne faudrait pas que tu le prennes dans ce sens-là; je ne t'ai jamais manqué de respect à ce que je sache!»

«Sauf que tu commets ta première infraction aujourd'hui.»

Margaret sent la soupe trop chaude, et elle se lève avec l'idée de sortir à l'extérieur de l'immeuble, cependant il a fait de même.

«Où comptes-tu aller?»

«Je vais prendre une bouffée d'air, juste le temps que l'atmosphère se calme un peu ici.»

«Je ne pense pas que tu puisses aller quelque part dans les prochaines minutes.»

«Q U O I ! ! ! Je voudrais bien te voir m'en empêcher!!»

Matthew saisit Margaret par le poignet gauche, et la tira avec force vers lui. Elle se retrouva donc face à lui, corps à corps, et tout en immobilisant le chignon avec son autre main, il s'efforça de l'embrasser sur la bouche, cependant elle agitait beaucoup trop la tête de gauche à droite. Donc, il relâcha son poignet, et il avait utilisé ses deux mains pour immobiliser les côtés de son visage, et là il parvint à l'embrasser malgré les contractures de celle-ci. Alors, elle profita de la circonstance, et elle leva rapidement son genou droit afin de traumatiser ses parties génitales, mais pressentant la manœuvre, il tourna en un éclair son bassin d'environ 60-90 degrés en resserrant ses cuisses, et tout en persistant à immobiliser le doux visage; ensuite il revint à sa position initiale.

«Ma salope de putain! Je vais te contenter comme jamais une personne n'aurait pu le faire jusqu'à cette journée, et tu me remercieras à la fin en me faisant une pipe.»

Les deux mains de Margaret devenues momentanément en liberté, elle allongea consécutivement les 2 bras de chaque côté d'elle et lui asséna deux puissantes claques de chaque bord de sa face, ce faisant, il avait relâché son visage juste le temps de se secouer la tête, et reprendre ses esprits, il l'avait quand même ressaisi avant qu'elle n'ait pu amorcer une réelle esquive.»

«Mon écœurante! Tu sors ton agressivité et peut-être tantôt tes griffes. Je vais te montrer la bienséance.»

En prononçant la dernière syllabe, il l'atteignit au visage droit avec un puissant coup de poing et elle perdit conscience. Il l'a laissé tomber sur le sol, depuis sa hauteur sans retenir quelque peu sa chute.

« Maintenant, qui dirige, ma chérie!!!?»

Il prit amplement le temps de retirer sa chemise, baisser complètement sa braguette, d'enlever son pantalon, et son sous-vêtement tout en regardant d'un air triomphateur, et condescendant sa proie. Puis, il s'allongea en position ventrale sur elle, qui reposait sur le dos, et avec la tête tournée du côté droit en flexion antérieure. Il lui a déchiré, en empruntant une manière manifestement barbare, sa blouse, également son soutien-gorge, et en la regardant comme un prisonnier qui a purgé vingt ans en tôle et qui, devant lui, apparaît soudainement une déesse aphrodisiaque. Ensuite, il laissa tomber brutalement sa tête sur l'un et l'autre des seins, en les massant avec brutalité, et il les mordait littéralement; il poursuivit son activité durant plusieurs minutes. Après, il a progressé en direction de son bassin, et il lui a enlevé sa jupe, et sa petite culotte. Il a écarté très brusquement et avec une telle force, complètement, mais complètement et presque au-delà de leur amplitude, ses cuisses et dévora de ses yeux le vil spectacle durant plusieurs secondes tout en promenant sa langue autour de ses propres lèvres de manière circulaire, et en salivant sur le plancher, tout comme l'aurait performé si brillamment, dans un dessin animé, le loup en regardant fixement les trois petits cochonnets, ou la brebis fraîchement née morte de peur. Il se rallongea au-dessus d'elle, toujours inconsciente, et il la pénétra sauvagement d'un seul trait sans une minimale précaution en référant notamment aux déchirures. Et les allers-retours de son bassin à lui se voulaient rapides, fermes, violents. Au moment de chaque retour, il s'est bien appliqué de sorte que l'impact des deux corps physiques causa un déplacement remarquable du corps de Margaret, car lui-même pesait dans les environs de 100 kg. En même temps que ce mouvement pendulaire et interminable de son bassin, il l'avait l'embrassé partout sur le visage, en laissant en même temps échapper de la salive, et avec ses dents, il lui a blessé ses lèvres, et sa langue. Enfin, lorsqu'il a orgasmé, il poussa un très puissant cri à la manière d'un pur orthodoxe Viking victorieux, et puis il ria à gorge déployée. Une fois que l'acte purement physique se termina, il l'a assis sur une chaise de la cuisine et l'a ligoté fermement, sans recouvrir son corps. À ce moment-là, elle se réveilla en grimaçant de douleurs tant au niveau de la face que du périnée qui la faisait souffrir affreusement; à ce dernier endroit, il se manifesta un écoulement constant de sang de l'ordre de 60cc/min, et qui n'a jamais cessé et consécutivement a entraîné une marre sanguine sur le plancher. Lui ne cessait pas de l'admirer avec ses yeux qui brillaient d'une noirceur d'outre-tombe; il s'accorda suffisamment de temps pour la contempler avidement, et tout en croisant ses gros bras.

«Puis, ma grande, as-tu fait un bon sommeil?»

Elle le regarda avec un mépris sans précédent, et lui cracha au visage. Il devint subitement fou de rage, et il s'est essuyé lentement en la regardant.

« Tu n'aurais pas dû faire cette connerie! »

Il lui administra une puissante claque au visage, moyennant un grand élan de son bras. Elle se tordait de douleur.

«Ce que tu peux avoir du caractère ma poupée.»

Malgré la douleur elle réplique,

«Détache-moi et tu verras jusqu'à quel point j'en ai, trou-du-cul?»

«Je te conseille de rester polie avec moi, car je vais prendre un plaisir fou à te tabasser la face jusqu'à ce que j'obtiendrai ta soumission sans réserve.»

Elle hurle,

«ME SOUMETTRE À TOI ! Espèce de taré, de con calamiteux. Tu n'as pas choisi la bonne femme. Tu continues à reprendre la tétée de ta mère.»

Il lui a infligé une autre forte claque au visage, et une autre puissante au retour, et elle crie de douleur.

«C'est moi qui dirige ici; ou bien tu vas te le fourrer dans le crâne, ou bien tu vas mourir.»

«De toute façon, je vais crever dans moins d'un an; aussi bien passer de l'autre côté tout de suite devant un crétin de super mâle qui possède des excréments puants à la place d'un cerveau largement débile.»

«Maudite charogne, de putain, tu vas me le payer cher!»

Il quitte à nouveau précipitamment, et alla se servir deux autres lignes de cocaïne; il est revenu à l'endroit initial, lui administra deux autres claques à un visage déjà passablement œdémateux, plus un solide coup de poing à l'épigastre.

Elle en perd le souffle durant presque trente secondes puis se redresse sur sa chaise tant bien que mal toujours en souffrant infiniment.

«Ce que tu travailles bien, comme quand tu me faisais l'amour!»

«Tu me vois tellement désolé que tu n'aies pas assisté à ma performance, la meilleure de tout le siècle présent. Je crois que j'ai chargé tellement fort que ton clitoris avait dû se rendre jusqu'à ton nombril; tout le reste devint aussi élargi que la métropolitaine. Quand j'ai vu que ton bassin saignait, j'ai vidé 40 onces d'alcool à 99% sur tes plaies vives; les plus importantes, et les plus béantes bouillonnaient et Dieu qu'il fallait voir le spectacle. Tu as réagi par des mouvements convulsifs des hanches et tellement sensuels que mon shaft redevint de nouveau raide et aussitôt je l'ai replanté encore avec plus de vigueur; comme c'était bon !!»

«Alors, qu'on en finisse parce que c'est seulement toi qui a de l'action, et que je ne peux pas participer.»

«Tu veux en finir, bien je peux satisfaire ton désir!»

Il la quitte pour se rendre à un tiroir, et revient avec un long couteau pour dépecer. Il laissa traîner la pesanteur de celui-ci sur sa poitrine de gauche à droite, et causant une incision de toute l'épaisseur de la peau et le sang gicla abondamment.

«Tu apprécies toujours ma tendresse!?»

« Tu te souviens quand tu éjaculais en moi, et que je te répétais; «Ah ! Matthew, c'est si bon, et c'est si chaud !!! Tu vois je ressens encore cette même chose à ce moment-ci, et toi tu en retiens encore le mérite.»

«Une vraie nymphomane! Cet aspect, tu me l'as bien caché!»

«Tu ne sais rien de moi, pauvre enculé, fils de pute sidatique!»

«Bien alors, découvre-toi!»

«Si tu insistes! Ta quéquette ne parvenait jamais à toucher le fond de mon vagin et de buter contre le col de l'utérus comme le faisait si bien mon ex-mari; à ces moments-là, il rejoignait mon âme, par en dedans. En ce qui te concerne, la tienne quoique grosse,cependant elle s'est avérée amplement déficiente en longueur, et conséquemment j'ai toujours eu l'impression que je faisais l'amour avec un gamin qui porte encore des couches mouillées, et qui s'imagine toujours qu'elle sert seulement à pisser, maudit innocent!!! Veux-tu un conseil pour rehausser ton estime merdique, évidemment si t'en meurs d'envie.»

«Jamais une femme ne m'avait parlé de cette façon; nous aurions fait un très beau couple. Ça sera ton seul conseil avant que tu meures, mais en un gentilhomme je vais te remercier pour tous les tressaillements que tu m'as fait connaître.»

«Comme ton machin si niaiseux ne peut pas atteindre suffisamment de rigidité, je te suggérerais de prendre ce couteau de 12 pouces, et de me l'enfoncer dans le vagin, de pousser intensément et je pourrai donc partir pleinement satisfaite pour la première fois avec toi.»

«T'es complètement sautée!!! Tu disjonctes!!!!»

«Tu te dégonfles déjà! Ah!! Je l'ai toujours su que tu ne valais rien, sauf pour recevoir, encore une fois la tétée de ta mère toute crottée, et sentant l'odeur fraîche de la moufette à 100 kilomètres à la ronde.»

«Ne me pousse pas au bout!»

«Vas-y crétin, fais-toi au moins plaisir une fois dans ta vie archi ratée. En passant, lorsque tu m'avais dit que le fond de mon vagin, tu l'as perçu au niveau de mon nombril, bien là, tu m'as menti Jésus-Christ de charogne!!»

«Veux-tu le voir?»

«Ouais, et j'espère ne pas avoir à porter de lunettes.»

«T U L E   V E U X V R A I M E N T?»

Margaret utilisa tout l'air résiduel de ses poumons.

«ES–TU S O U R D! JÉSUS-CHRIST DE F I LS D E P U T E?»

Conséquemment Matthew s'agenouilla, et il écarta plus que largement les deux cuisses, et il avait ouvert très largement ses deux mâchoires. Puis, il les appliqua avec une pression plus qu'il ne le fallait sur les petites lèvres et incluant le clitoris, et ensuite, il les referma avec une force inouïe à s'en casser ses propres dents. Après il s'est éloigné, et incluant tout le contenu à l'intérieur de ses mâchoires qu'il cracha tout au niveau de son nombril. Margaret eut un cri déchirant ininterrompu à en donner des frissons et le sang tombait en grande quantité sur le plancher.

Matthew, avec le sang rouge clair qui dégoulinait de tous les endroits de sa bouche ajoute,

«Tu le voulais, et bien tu l'as eu; et je t'ai menti, car votre fameux point 'J' à vous les femmes, je l'ai amené à ton nombril.»

Il a repris le couteau sur la table, et il s'approcha de Margaret en enlignant l'arme tranchante à l'entrée du vagin. Elle cria avec rage,

«Vas-y et donne un seul bon coup, car si tu te reprends tu marcheras la tête entre les deux jambes le restant de tes jours, gros lard minable!»

Matthew amorça la pénétration du couteau dans le vagin de Margaret, et aussitôt l'on a défoncé la porte avec un bélier et les policiers, armes à la main, entrèrent nombreux. Matthew ne lâcha pas le couteau.

«Si vous approchez, je la tue!»

Margaret s'était fermement mise en tête de le déjouer la prochaine fois qu'il échangerait avec les policiers.

«Ne faites pas le fou!!! Vous pourriez vous en sortir avec seulement une tentative de meurtre»

«Reculez tous, sinon je vais vous montrer comment l'on punit une pute.» Elle a fléchi le tronc et la tête tant qu'elle a pu puis elle a initié un élan en sens contraire, et aussi, en poussant avec la pointe de ses pieds sur le plancher pour finalement faire basculer la chaise vers l'arrière. Ensuite, Matthew avait cessé de regarder dans la direction des policiers pour voir Margaret et au moment même, où il s'apprêtait à s'élancer de nouveau sur elle, un agent lui a tiré une balle dans la tête, et l'autre s'écrasa au sol après avoir laissé tomber son couteau. Le policier s'est assuré de sa mort. Puis, il s'empressa à détacher l'ex-épouse qui mourut juste avant que n'arrive l'ambulance, ainsi que Nicholson. Depuis le départ de Margaret, il s'est adonné à la lecture du Srimad Bhagavatam. Soudainement, son 3e œil s'est ouvert, à son grand étonnement d'ailleurs et, sur le principe d'un projecteur, il y voyait là devant lui sa chère femme se faisant violer. Tout en remerciant à genoux ses guides, il appela la police; et ensuite, il se rendit jusque sur les lieux du triste drame; déjà des autos-patrouilles qui arrivaient silencieusement. Il vit sa femme, et il pleura amèrement.

Durant les semaines suivantes, Nicholson développa un insurmontable découragement parce qu'une trilogie de cauchemars venait le torturer à chaque fois qu'il dormait. Il se voyait au-dessus du cercueil d'Élisabeth en hurlant; devant le corps décédé de fiston Christopher et la tête de ce dernier, remplacée par de la viande hachée; quant à sa chère Margaret, il réparait désespérément ses plaies, mais plus il progressait, et plus les saignements apparaissaient, peu importe l'endroit sur le corps, et aussi ces derniers se multipliaient, à chaque minute, par un facteur d'au moins cinq. Il transpirait à profusion et ses fréquences cardiaques, et respiratoires atteignirent presque un record Guinness. L'on mentionne que les trois plus fulgurantes douleurs en médecine sont: 1) la totalité des os envahis par les métastases secondaires à un cancer de la prostate; 2) les douze côtes thoraciques montrant chacune des fractures multiples; 3) 80% du cœur gauche subissant un superbe infarctus du myocarde. La douleur qu'il ressentait dans son corps, son mental, et son âme dépassait amplement les trois autres réunies au même instant.

Totalement plus que lessivé, un certain après-midi de la mi-septembre 2006, il partit donc de chez lui, enjamba l'autoroute métropolitaine direction ouest, et il bifurqua pour circuler sur le boulevard Descaries Sud. Déjà il roulait au-dessus de la limite supérieure de la vitesse permise. Lorsqu'il a remarqué sur les divers panneaux routiers qu'il s'approchait rapidement de l'autoroute Ville-Marie, en direction centre-ville, laquelle dessinait une large courbe, il appuya au maximum sur l'accélérateur, et ne l'a jamais relâché, tout en maintenant très, mais très fermement son volant à 2 mains, à la même position. Il n'a pas fallu beaucoup de temps pour qu'il heurte le parapet de la route, le démolir par la force du choc, et son auto tomber en chute libre d'une hauteur d'au moins mille pieds du sol. Également, aussitôt que son automobile a franchi le rempart, ses 2 roues avant ont heurté une sorte de tapis bleu qui avait cette propriété d'absorber sans aucune limite, l'énergie cinétique du véhicule dans les trois dimensions de telle sorte que l'auto a ralenti considérablement sa vitesse tout en continuant de toujours rouler, et sans se briser davantage, sur cet étrange tapis qui semblait d'une longueur infinie. Celui-ci depuis la hauteur maximale de l'autoroute Ville-Marie, possédait une pente descendante; et il se terminait sur la rue Guy. Donc, il guida l'auto du médecin à suivre le parcours bleu en entier, et elle s'immobilisa en douceur dans un des stationnements étant annexés à la rue Guy. Rétrospectivement, quelques secondes avant que l'automobile ne heurte le parapet, cette entité, qui est intervenue à trois reprises dans le passé, apparut comme librement suspendue dans les airs. Il projeta, à partir du chakra de sa main droite, un rayon rouge qui avait amené vite un pur état d'inconscience à Steven, et créa en un millième de seconde un coussin très protecteur entre le corps de celui-ci, et toutes les parties du véhicule contre lesquelles il allait venir en contact lors du choc. Alors que l'auto franchissait le rempart, l'entité en se servant d'un rayon bleu a induit la formation du tapis instantanément. Steven se réveilla, sous l'action de l'entité, et fut infiniment surpris de se retrouver en auto, dans un endroit de stationnement, et infiniment surpris de toujours survivre et en plus ne pas ressentir la moindre douleur. Il a fait remorquer son auto dans un garage dans le but de le faire réparer et il a poursuivi sa route en taxi, en direction de son appartement. Là, il n'y comprenait rien, vraiment rien, n'ayant rien observé. Étant fermement plus que certain qu'il s'embarquait dans une psychose dissociative de telle manière que même s'il reconnaissait tout ce qui l'entourait, il associait ses observations à un monde imaginaire. Il n'a pas bu de boissons alcoolisées, et n'a pas dormi une seule seconde durant la nuit qui suivit, car se retrouvant dans un état d'alerte rouge concernant sa survie psychologique. Le lendemain matin, tout le Québec faisait état de ce miracle. Par l'ajout des évènements, il devint nécessairement informé, bribe par bribe, du terrible scénario. C'est à partir de ce moment-là, qu'il a regardé le bulletin de nouvelles qui lui a confirmé, qu'il ne se trouvait, ni au ciel, et encore moins dans un état de psychose de dissociation. Aussitôt après, il a verrouillé les portes, et fermé les rideaux. Il a dormi durant plus de 24 h après avoir ingurgité un demi-litre d'un spiritueux à 40 %. Durant la séquence de la tragédie, au moins 25 personnes, depuis les différents endroits au sol ont vu sans aucune exception, sauf le tapis bleu, un seul et même phénomène, c.-à-d., une auto qui avait défoncé le parapet et qui a gracieusement flotté depuis cette hauteur de l'autoroute jusque dans le stationnement près de la rue Guy; celles-ci y figuraient en 1^{ière} page des différents journaux de la métropole. Une foule de médias se présenta à l'appartement de Nicholson. Il n'est pas sorti à l'extérieur, et il a débranché le téléphone.

Le médecin a recontacté Luc Richard, tout en demeurant du point de vue psychologique fragile; ce dernier attendait déjà son appel, et il le reçut chez lui. Près de la porte d'entrée principale.

«Bonjour M. Nicholson. Comment allez-vous?»

«Pour vous le dire franchement, je ne le sais vraiment plus du tout, et je m'inquiète plus qu'horriblement.»

«A quoi attribuez-vous ce bouleversement?»

«Vous n'avez donc pas lu les journaux, et regardé la télévision !!!?»

«Je l'ai évidemment fait comme tout le monde, sauf que l'on avait identifié qu'officieusement le conducteur, et il n'a jamais montré son visage à une caméra. J'oubliais, venez vous asseoir dans le salon.»

«Le conducteur, c.-à-d., moi-même en chair et en os !!! J'aurais pu devenir absolument fou en une fraction d'une seconde, et pour le restant de mes jours. Voilà ce qui me terrifie plus, que de ne pas encore savoir trop ce qui s'est passé.»

«Voulez-vous que je vous en informe?»

«Il faut que je le sache sinon, je ne garantirai plus rien de mon équilibre psychologique.»

Luc lui a raconté en détail le déroulement des évènements touchant sa «chute». Lorsqu'il eu terminé.

«Comment se fait-il que vous puissiez me déblatérer ipso facto et avec une telle précision tous ces faits, et ne me dites certes pas que vous lisez dans je ne sais trop quoi qui m'entoure.»

«Dans votre aura, qui vous entoure.»

«Merci! Dans mon aura, car je demeurais inconscient, parce que je le sais, et aussi parce que vous me l'avez confirmé.»

«Vous avez parfaitement raison.»

«De qui, ou de quoi vous tenez ces informations archi précises?»

«D'abord, il s'agissait de qui. Deux, il concerne une entité appartenant à l'autre monde; vous pouvez le référer à un ange ou bien un archange, et la définition correspondra qu'à une demi-vérité.»

«Oh Mon Dieu!! Aidez-moi!! Je vous en supplie! Pourquoi que vous ne deviendriez pas un produit de cette franche perturbation de mon aspect psychologique dans un monde imaginaire que j'avais déclenché depuis la tentative de suicide.»

«Puis-je vous demander de vous lever debout, l'espace d'un instant?»

«Pourquoi?» Le visiteur, amplement hésitant, et confus.

  «Vos énergies vibratoires s'élèvent trop dans votre aura, et je veux les réduire en fréquence et en plus, en intensité.»

«Je ne le sais pas. Je veux me protéger parce que je viens juste de me souvenir d'une profonde inquiétude d'Élisabeth et vous concernant....»

Luc se comporte comme s'il se voulait effectivement troublé.

«À propos de quoi au juste?»

«À propos des mauvais yogis qui peuvent extirper tout le contenu de leur victime.»

«M. Nicholson, dites-moi, me percevez-vous réellement comme un de ces yogis tordus, ou un prédateur? Selon cette éventualité, je ne vous aurais pas aidé lors de vos audiences à la cour.»

«Vous avez totalement raison. Vous pouvez procéder.»

Conséquemment, Steven s'est levé debout; Luc fit de même et il plaça ses mains de chaque côté du corps physique de Nicholson, et aussi à une distance d'environ 24 cm de celui-ci; puis il les laissa descendre depuis le niveau de la tête jusqu'à ses chevilles. Cette intervention avait fait réagir Steven.

«W O W!!! Quel homme intègre!!»

Ensuite, les deux hommes reprennent leur position initiale respective.

«Si vous admettez spontanément que vous avez tenté de vous suicider, donc vous aviez vos deux pieds dans la réalité!! D'accord sur ce point précis?»

«Sous toute réserve, je vous réponds affirmativement. Cependant moi j'ai toujours appris que l'on naissait, et puis que l'on vivait, et que finalement l'on mourait. Je me retrouve autour de la cinquantaine, et je me réveille intellectuellement pour commencer à apprendre, soit qu'il persiste une fausseté, soit que l'on ne m'avait pas tout dit, mais dans le cadre d'une préméditation franchement diabolique!!!!»

«C'est un drame étant plus grand que le bilan des deux guerres mondiales auxquelles l'on aura déjà additionné les dix millions de Russes tués par Staline, et auxquels on a déjà ajouté la misère du Tiers-monde actuel.»

«Devant cette nouvelle perspective qui déborde la Terre, je me dois de toujours démarrer mentalement, de raisonnements qui se veulent les plus fondamentaux, les plus élémentaires et aussi les plus simples, mais tous nécessairement empreints, d'un degré ou bien d'un autre, de la pensée cartésienne qui se confond avec ma réalité crue la plus fiable et la plus incontestable jusqu'à ce jour, car si je perds le contrôle de moi-même, je sais plus que profondément que personne, personne sur la Terre ne pourra me sauver ou me récupérer tant soit peu.»

«Je vous suis toujours»

«Comme exemple de ce type de raisonnement, il y a quelqu'un, ou alors quelque chose qui intervint d'une façon ou d'une autre en rapport avec ma tentative de suicide pour la faire avorter.»

«Encore une fois, quelqu'un.»

«Deuxième exemple, ce quelqu'un diffère d'une créature humaine. Et un troisième, ce quelqu'un a de toute évidence, voulu m'empêcher de mourir.»

«Toujours d'accord avec vos propos.»

«J'espère de tout cœur que vous comprenez qu'avant de mettre un pied dans l'inconnu, l'autre pied doit certes se trouver absolument attaché à une chaîne avec les mailles grosses comme n'importe lequel de mes bras, et qu'en surcroît cette chaîne, il faut la noyer dans le béton fraîchement coulé du barrage de LG2. Avez-vous compris?»

«Excessivement limpide!!! Moi-même je n'aurais jamais pu le formuler de cette manière-là. Vraiment, vraiment impressionnant, et je vous parle très sérieusement.»

«Merci du plus profond de mon cœur.»

«Est-ce qu'il y a d'autres interrogations, ou même plusieurs doutes dont vous voudriez obtenir un parfait éclaircissement?»

«Maintenant, la question du siècle, pourquoi?»

«Si votre question se lie au futur je ne peux pas vous répondre pour les raisons que je vous ai déjà précisées.»

«Alors, jusqu'où pourraient s'étendre les pouvoirs de ce quelqu'un qui vient déjà d'intervenir dans mon existence?»

«Lorsqu'il intervient dans votre destinée, votre vie il possède des pouvoirs absolus afin de ne pas vous nuire.»

«Voulez-vous dire qu'il ne peut jamais commettre d'erreur?»

«Non!!! Si c'est face spécifiquement et exclusivement vis-à-vis vous seul alors non, il ne peut pas commettre d'erreurs, mais, par ailleurs, dans sa propre destinée à lui, il peut en réaliser pour la simple raison qu'il n'y en a qu'UN qui n'en a jamais commis, n'en commet pas, et qui n'en commettra jamais, et c'est Dieu.»

«Ce même quelqu'un agit-il sur d'autres personnes que moi?»

«Non, il demeure spécifiquement attitré à votre destinée à l'exclusion de toutes les autres. »

«Vient-il en interaction avec moi pour la première fois, ou s'il y en avait eu d'autres dans ma vie, dans le passé.»

«Il y a peu de jours, dans toute votre vie, où il ne se fait pas sentir sauf que certaines de ses interventions s'avèrent plus marquantes, plus décisives.»

«Pourriez-vous m'en révéler quelques-unes?»

«Au cours de votre chirurgie au cerveau, par le Dr. Arthur Thompson, ce quelqu'un a provoqué l'écoulement à partir de ce genre de kyste à la région frontale. Le but de cette manœuvre consistait à amener l'ouverture de votre 3e œil.»

«Stupéfiant.»

«Voulez-vous en entendre une autre partie? Si vous me répondez par l'affirmative, je vous recommande de bien vous asseoir.»

«OK.»

«L'entité avait causé l'arrêt de votre cœur et il l'a reparti. De plus il a encore agi quelques mois plus tard, alors que vous veniez juste de sortir des soins intensifs et que votre épouse se retrouvait assise auprès de vous dans la chambre privée, donc, il a encore permis de vous réveiller sain et sauf, en défragmentant chacun de vos neurones cérébraux.»

Steven souffre soudainement d'une importante nausée, et il cherche une poubelle. Puis, il a vomi de manière profuse; il continue pendant plusieurs minutes à faire des efforts en ce sens.

«Veuillez m'excuser! Il y a des limites à ce qu'un corps physique, que ce soit mentalement ou purement physiquement, ne peut pas dépasser sans, évidemment, qu'apparaisse nécessairement un inconvénient.»

«Donnez-moi la poubelle, s.v.p. Je vais aller la nettoyer, et passez donc à la chambre de bain pour compléter votre hygiène.»

«Merci! Luc»

Les deux s'assoient de nouveau et le médecin enchaîne,

«Il faut que vous compreniez d'une part, qu'en raison de ma notion de contrôle excessivement hypertrophiée, et c'est un euphémisme en passant, qu'apprendre que l'on manipule mes centres vitaux les plus primordiaux, cause chez moi un impact qui ferait tomber Dieu en bas de sa chaise. D'autre part, qu'en fonction spécifiquement de ma profession, l'impact se révèle d'égale magnitude.»

Luc rit à s'en péter la rate.

«Quel formidable langage coloré ! Du jamais entendu !!!»

«Merci beaucoup !»

«Puis-je maintenant vous formuler une autre règle d'or commune à cet être subtil, ainsi qu'à tous les autres.»

«Je vais m'assurer de la proximité de la poubelle.»

«Je ne pense pas que ce soit nécessaire cette fois-ci. Tout le monde de l'autre bord fait rarement ce qui nous plaît, mais ils font surtout tout ce qui devient de nature à servir le mieux nos intérêts, même si sur le plan de notre réalité terrestre, ils nous perturbent à une intensité plus ou moins catastrophique. Un corollaire à l'effet que leurs façons de voir les choses, quelles qu'elles soient en nature, s'avèreraient passablement, pour ne pas dire totalement différente de celles de tous les humains sur la terre, ces derniers étant pris individuellement ou collectivement.»

«Sur ce, je vais vous quitter; vous me voyez complètement saturé.»

«Votre être subtil assista à tout notre échange.»

«Je prendrai une bière avec lui, à une autre occasion!»

Deux polarités primordiales allaient influencer toutes ses façons d'agir. La première relevait de la soif insondable de vouloir comprendre sous toutes les coutures, et rien de moins, la réalité qui précède la mort, et celle qui existe après le décès. Jusqu'à ce jour, il retenait formellement qu'après la putréfaction de son corps physique, l'écran de cinéma reste éternellement noir. Il y avait également comme autre priorité secondaire, mais non moins importante, les réponses à une montagne de pourquoi, cette fois-ci, d'ordre vraiment universel. La deuxième polarité intéressait la disparition de tous les membres de sa propre famille, lui causant une solitude dévastatrice, et inconcevable. À ce propos, il avait dûment entreposé dans son garde-robe plusieurs vêtements différents de son épouse et de ses deux enfants. Il s'enroulait souvent dans ceux-ci lorsque son moral atteignait un niveau incompatible avec la vie. Ici aussi, une priorité secondaire, mais annexée à la seconde polarité, et consistant en la disparition de sa vraie raison de vivre nommément sa profession médicale par laquelle il aidait autrui, et là il figeait littéralement à chaque fois qu'il formulait l'interrogation suivante: depuis quand est-ce qu'aider les autres constituait une faute comparable à la peine capitale? Il ne devait jamais s'y arrêter trop longtemps, car là, il démarrait à pleurer à tout coup, et ressentant un sentiment d'impuissance équivalent à la plus petite unité de vie vivant sur la Terre. Par ailleurs, il reconnaissait une conclusion immuable comme une pierre à savoir que d'une année à l'autre, il constatait qu'à chaque période hivernale, où il se cloîtrait entre les quatre murs de son appartement, un cauchemar de plus en plus horrible, et de plus en plus débilitant progressait, et qu'à ce rythme-là, il finirait inéluctablement par hypothéquer sa santé physique et/ou mentale, tout en dépassant le point de non-retour; l'approche imminente du prochain hiver l'obsédait incroyablement. Il ne devait absolument plus en avoir un seul autre du même genre. Où allait-il commencer sa quête du savoir? Il ne le savait absolument pas. Des gens, en quantité indéfinie, ont écrit une multitude de livres et la majorité de ces auteurs ont agi pour une motivation purement financière, ou la gloire, deux assises étant totalement incompatibles avec la Vérité. Il est également totalement désorienté par cette multiplicité des sujets à lire, et encore plus déstabilisant, un même sujet traité différemment par différents auteurs, d'où en lui-même.

«C'est bien la correspondance orthodoxe avec la tour de Babel de l'Ancien Testament.»

Un jour de novembre 2006, il marchait sur le boulevard Pie 1X et il s'arrêta en face d'une bâtisse qui ne brillait pas par son élégance!!! Il y avait un écriteau sur lequel il avait noté: la société internationale de la conscience de Krsna (ISKCON). Il se voyait donc instinctivement poussé à y entrer.

Un individu plutôt amaigri, le crâne totalement nu et habillé d'une sorte de jaquette orange fait en un seul morceau, a ouvert la lourde porte dont les gonds grinçaient.

«Bonjour monsieur!»

«Bonjour à toi qui es identique à lui!»

«M'autorisez-vous à entrer?» Steven, passablement surpris, poursuivit.

«Comme vous êtes lui, et lui qui est vous, alors entrez!»

L'initié l'a fait asseoir sur un banc rudimentaire, alors que le premier s'assit en position de lotus, directement en contact avec le plancher.

«Que peut-il faire?»

Nicholson pensa que l'autre commettait une méprise.

«Pour vous l'exprimer franchement, je ne le sais pas. J'arrive à cinquante quelques années, à ce que j'appellerais la croisée des chemins, et j'ai de la difficulté à retrouver ma vraie direction.»

«La difficulté relève seulement que de vos distinctions construites par votre mental.»

Le néophyte, quelque peu ennuyé.

«Je ne sais pas si vous vivez sur la même planète que moi, mais sur la Terre, il n'y a que des distinctions?»

«Il comprend parfaitement votre point de vue, mais pour lui les distinctions n'existent plus.»

Le visiteur devint momentanément assommé, car deux erreurs de langage consécutives, et avec grande difficulté, il opta de continuer.

«Pour échanger avec moi, vous devez distinguer tous les mots, sinon votre discours apparaîtra totalement incohérent, et pire encore vous n'en auriez aucun.»

«Le silence est évidemment une grande vertu, car à chacune des fois que l'on parle, l'on ment.»

«Moi, je vous avais juste soulevé que pour parvenir à me parler, vous devriez nécessairement tenir compte des distinctions.»

«S'il demeurait muet, comment pourrait-il, en effet, vous aider? Il doit se conformer à la réalité humaine s'il veut entrer en contact avec elle, et avec toi, c.-à-d., lui.»

«L U I !!!!!!??» Steven, quelque peu dérangé.

L'autre, calme comme la flamme sous son éteignoir.

«Oui, lui.»

«Qui est-il L U I !!!!!!??»

« Il vous l'a dit, lui»

«Pouvez-vous bien me dire, diable, ce qui ne va pas avec vous?»

« Dans mon monde tout va bien.»

Le visiteur, de façon ironique.

«Ah! Je vois !! Vous possédez une double personnalité.»

«Seulement l'UNité.»

«Là, je constate que vous vous améliorez!!! Maintenant, comment puis-je m'identifier à vous, et vous le faire envers moi? Il y a nécessairement une contradiction irréductible.»

«Ce qui vous distingue carrément de lui, et seulement selon vos propres perceptions, c'est d'abord votre et son apparence physique, aussi les lieux où vous et lui habitent, vos et ses idéologies, et par extension la totalité de votre et de son mental; alors si vous enlevez toutes ces caractéristiques, que reste-t-il?»

Le très jeune néophyte a continué à faire face à un "lui" ou bien un "il" répété, et dorénavant il décida de ne plus en tenir compte, fouetté par sa curiosité.

«Plus rien, je suppose»

«Non! Il ne reste que le Vrai!»

L'autre légèrement moqueur.

«Quand même, ça doit être inconcevablement petit!»

«En effet, puisque je me réfère à votre et son âme. Oh!! Excusez-le, car il s'exprime mal, il ne reste que l'âme.»

Nicholson ne sait plus trop comment réagir.

«Vous même, vous vous exprimez tellement de façon malhabile, et c'est probablement la seule chose que vous pouvez vraiment faire!!! À vous écouter, vous semblez tout mettre dans le même panier.»

«L'autorisez-vous à phraser votre commentaire autrement?»

Il ria avec force, mais à l'intérieur de lui-même, il commençait à avoir l'autre sérieusement de travers à un certain endroit.

«Certainement!!!»

«Il ramène tout à l'UNité; si tout devient un, comment peut-il y avoir des distinctions, celles-ci s'identifiant à l'unique racine de toutes, mais toutes les souffrances qui existent partout sur la Terre.»

«La seule chose qui fait que je sois encore ici, je vous jure, se rattache seulement, et seulement à votre logique.» Nicholson s'emporte un peu.

«Pourquoi avez-vous modifié soudainement votre humeur?»

«Pour m'ajuster à vous! Ce n'est pas une tâche facile, croyez-moi.»

«Aurait-il touché à une corde sensible, il veut dire votre souffrance?»

«Comment pouvez-vous le savoir?» Le visiteur s'emporte davantage.

«Parce qu'il n'existe pas une seule personne sur la Terre qui ne souffre jamais.»

«Grosse déduction!!!»

«D'habitude, toutes autres personnes lui objecteraient que les richissimes individus ne devraient connaître que la joie. Ainsi, il doit comprendre que vous avez beaucoup souffert.»

«Je suppose que vous faites comme l'autre, et vous lisez mes pensées ou mon aura!»

«Aucunement!»

«Ma femme et mes deux enfants sont décédés.»

«Savez-vous pourquoi leur départ respectif vous fait souffrir?»

«Parce que je les aimais profondément.»

«Vous avez raison en référence aux inévitables et pénibles attachements humains.»

«Dites donc vous! Avez-vous un cœur de pierre pour parler de façon aussi ignoble?» Steven en colère.

«Il n'a pas de cœur. Simplement Je Suis. Avez-vous eu d'autres pertes ?»

«Oui! Tous mes actifs financiers. Je possédais, entre autres, une superbe maison.»

«Ah oui ! Oui! Donc les fameux, et excessivement déroutants attachements matériels.»

«Si tu continues, je vais te faire avaler tes dents!»

«Il ne se souvient pas de vous avoir forcé à venir ici.»

«Bordel!!! Veux-tu bien me dire quelle sorte de maudite bibitte que j'ai devant moi? Vous ne possédez même pas un seul attachement et ce fait conduit à une existence archi ennuyeuse à en mourir.»

«Il ne souffre pas. Que donneriez-vous pour ne plus souffrir jamais et toute condition quelle qu'elle soit?»

«Ma parole, vous rêvez beaucoup trop au Père Noël!»

«Vous n'avez pas encore répondu à sa question.»

«Sachez que vous me déculottez, pas à peu près!»

«Faites un effort, s.v.p.»

«Je donnerais presque ma vie. Je ne peux pas toute la donner, sinon je ferais un fou de moi!!!»

«Même en utilisant le mot «presque» alors vous témoignez que votre vie se résume à des souffrances, encore des souffrances.»

«J'en ai assez!!! M'entendez-vous bien!!!? Vous souffrez certainement d'autisme, conséquemment vous vivez dans votre sacrée bulle, et vous ne le savez même pas !!!» Nicholson fou de rage.

«Ce qu'il peut vous plaindre!!! Vous vous énervez comme un poisson accroché au bout d'un hameçon, alors que pour lui, il baigne dans une joie sans cesse renouvelée. Peut-il vous poser une dernière question? Je dis dernière, car vous lui donnez cette impression que vous allez le quitter d'un instant à l'autre.»

«O U I!!!» Le néophyte, totalement exaspéré.

«Aimez-vous les lacs?»

«O U I !!! Voulez-vous bien me dire quel rapport votre dernière question avait affaire avec tout le reste!!!?»

«Quand un lac manifeste-t-il sa plus grande beauté?»

«Quand j'observe la surface d'un lac, au coucher du soleil en l'absence de tout vent, je vous jure que je tombe dans une extase infinie.»

«Conséquemment, quand la surface d'un lac ne démontre aucune, mais aucune différence, c.-à-d., aucune distinction.»

«Euh oui! Puis après???»

«Si la surface ne possède aucune distinction, elle a acquis l'UNité. Cette UNité fait sourire votre âme.»

«Vous avez raison.» Steven se voit sérieusement confus.

«Il vous souhaite une bonne fin de journée, toi qui es lui et lui qui est toi, l'UNité!»

«M E R C I !!!»

Nicholson avait ouvert la porte d'entrée, quand tout à coup il se retourna vivement.

«Auriez-vous l'amabilité de m'informer de votre nom?»

«En réalité, il n'en possède pas, ne constituant ni ce corps physique ni ce mental qui l'habite. Par ailleurs, afin de faciliter la communication, on lui en a assigné un, Ananda.

«Qui veut dire quoi au juste?»

«Béatitude.»

«Alors cher Ananda auriez-vous un livre de chevet que vous pourriez me recommander?»

«Certainement!!! On a rédigé la Bhagavad-Gîta la première fois il y a plus de 5,000 ans, et depuis, l'on n'a pas modifié un seul point sur un seul 'i' au fil de ces siècles. Il pourrait vous offrir également le Srimad Bhagavatam,

une collection de dix volumes ou dix «chants», et totalisant plus de 10,000 pages de lecture.»
«Cinq mille ans! Sérieusement!!?» L'autre renversé d'étonnement.
«Naturellement!»
«J'achète seulement le premier. Je possède déjà les autres.»
«Comme il vous plaira.»

Steven ne savait plus quel état émotionnel il devait ressentir, et ce fait le troublait au plus haut point, lui qui personnifiait la logique la plus pure qui soit. D'un angle, il s'en voulait incroyablement d'avoir tombé dans le piège d'une manière aussi élémentaire, et tellement qu'il n'a pas hésité à cracher sur lui-même. D'un autre côté, il avait atteint l'orgasme de rencontrer un être d'une simplicité au-delà de l'entendement humain, d'une humeur et d'un calme rectilignes auquel s'ajoutait un charisme à en couper le souffle. Il est entré chez lui complètement démoli à tous les points de vue, il avait tellement mal à l'âme, qu'il s'interrogeait s'il allait pouvoir respirer une fois de plus. Il se demandait également de quelle façon une quantité aussi phénoménale de souffrances pouvait l'habiter? Il y répondait par la prise intempestive d'alcool!! Durant quelques moments de répit, il s'adonnait à la lecture de la philosophie hindoue. Rapidement, il constata que durant toute cette activité livresque, il se sentait bien intérieurement, cependant sans pouvoir y mettre le doigt sur la juste cause exacte. Le contenu se voulait tellement différent de tout ce qu'il avait parcouru jusqu'à ce jour. Il a mis en hypothèse une explication selon laquelle son tout nouveau passe-temps parvenait à lui faire oublier, avec la même efficacité que l'alcool, sa réalité si macabre qu'il connaissait de fond en comble. En raison des nouveaux concepts contenus dans presque chaque page, cet exercice d'analyse et d'intégration devint laborieux; il couvrit la Bhagavad-Gîta, à elle seule, sur une période de deux mois.

Déjà, deux perceptions l'accaparaient énormément. La première est le fait que l'Être Suprême, Dieu le Père est non manifesté. Cette découverte le troubla pendant un certain temps. Puis, est survenue la deuxième, c.-à-d., la réincarnation. Il se rappelait de ses lectures dans cette Bible catholique (TOB) lorsqu'il a réussi son cours classique à un collège dirigé par des Jésuites. Il se vit extrêmement surpris de se les remémorer avec autant de facilité, et il réfléchissait à ce qu'il avait statué lors d'une rencontre avec son supérieur.

«Il n'y a aucun propos à l'intérieur de la bible qui relate qu'un être humain a vu Dieu en personne; certes, l'on mentionne que sa voix se fit entendre, ou qu'il apparaissait sous forme d'une colombe, mais rien de plus!!! Même Jésus-Christ, bien qu'il conversait avec lui, ne l'a jamais vu devant lui, et il ne l'a jamais présenté à qui que ce soit, quand même!!! Son Fils!!! En ce qui touche la réincarnation, je le sais que j'ai lu, et relu dans l'Apocalypse un passage qui m'avait laissé perplexe, à un tel point que j'avais interrogé mon professeur. Ah! Il me revient, c'est le verset XX, 4: «Je vis aussi les âmes de ceux qui avaient été décapités à cause du témoignage de Jésus…. Ils revinrent à la vie et régnèrent avec le Christ pendant mille ans.»
Aussitôt l'entretien avec son mentor refit surface.
«Mon père, dans les commentaires des auteurs de la Bible (TOB), au bas de la même page (3059) où l'on retrouve ce même verset XX, 4, ceux-ci précisent: «Il s'agit d'une résurrection (**corporelle**)». Alors mon mentor lorsque notre corps physique décède, renaît-on dans le même corps ou dans un autre?»
Ce dernier instantanément rouge de colère répliqua,
«Quelle infamie que cette interrogation jeune homme!! On ne fait que lire bible, non pas l'analyser, et ni l'interpréter, car dans un cas comme dans l'autre l'on met toujours en doute les Saintes Écritures, et de plus ce que je considère personnellement comme un sacrilège! Si je t'entends parler à qui que ce soit et rien qu'une seule, seule fois de la réincarnation, je te mets définitivement à la porte de cette chrétienne institution!! En attendant, tu iras immédiatement à la confesse, et tu réciteras quotidiennement trois rosaires en ma présence durant les sept prochains jours consécutifs, et tu t'agenouilleras sur un manche à balai en bois franc durant chacune de ces récitations alors que moi, de mon côté je prierai pour sauver ton âme de l'influence du diable qui t'habite.»
«Pourtant mon très vénérable, je vous le demande. Selon vous, y a-t-il une différence entre «Ils revinrent à la vie» et le mot résurrection?»
«Résurrection vient, comme tu l'as appris plus que parfaitement du mot latin ***resurrectio,*** ce dernier dérive de ***resurgere***, donc retour de la mort à la vie. Si je m'en tiens à cette question, et uniquement à celle-ci, non, il n'y a aucune différence.»
«Avant leur décapitation, ils vivaient dans. Non! Non! Non! Je ne voulais pas m'exprimer ainsi, ils vivaient au moyen d'un corps physique, OK?»
«Petit insolent de la plus pire espèce! Évidemment que oui! Voudrais-tu me faire tourner en bourrique par hasard? Si oui, je vais t'ajouter sept rosaires additionnels à chacun des sept matins!»

«Selon cette remarque des mêmes auteurs de TOB, ils précisent bien qu'ils vivent à nouveau dans un corps physique puisque « corporelle » est l'adjectif au féminin de «corps». Ai-je fait une erreur? »

«Non certainement pas! Où veux-tu en venir au juste?»

«Dans la prière «Je crois en Dieu» que je récite le matin et soir, je dis entre autres, «Je crois à la résurrection des morts, et à la vie éternelle.» Savez-vous si ces morts vont renaître, non! Non! Et non! Je me fourvoie encore sérieusement et donc je dois me reprendre. Savez-vous si ces morts vont ressusciter, et vivre dans un corps physique comme dans le cas qu'on mentionne dans l'Apocalypse?»

«Élève Nicholson, selon moi seul, il y aurait identité formelle entre les deux groupes, cependant je peux me tromper.»

«Mon père, je veux vous soumettre un autre texte de la Bible.»

«Je t'écoute.»

«Qui es-tu? Es-tu Élie? » Et il répondit: «Je ne le suis pas.» St-Jean, 1, 21.» Comment se fait-il que les prêtres et les Lévites aient fait référence à Élie, lui qui appartenait au passé très, mais très lointain, si la réincarnation constituait le plus grotesque des mensonges?!! Quelle folie démentielle que de questionner sur Élie, à moins que…..»

«Je ne peux pas, malheureusement t'apporter une réponse qui aurait été intelligente.»

«Père, les prêtres et Lévites, et incluant nécessairement l'endossement de leur autorité suprême, en faisant une vive allusion plus que directe à Élie, ils ont démontré, hors de tout doute possible la véracité de la réincarnation, et par surcroît nous nous devons absolument de garder à l'esprit que tous, mais tous ces gens noyaient dans le Puritanisme le plus orthodoxe, le plus implacable qui soit.»

«Avez-vous un exemple dans la Bible de leur Puritanisme orthodoxe et totalement intraitable?»

«Oui, mon mentor. «Les Juifs lui dirent: «Tu n'as même pas cinquante ans et tu as vu Abraham!» Jésus leur répondit: «En vérité, en vérité, je vous le dis, avant qu'Abraham fut, Je Suis.» Alors, ils ramassèrent des pierres pour les lancer contre lui, mais Jésus se déroba et sortit du temple» St-Jean, 8, 57-59»

«Mes plus sincères félicitations étudiant Nicholson! Vous avez su trop habilement me démontrer que même les pires adversaires de Jésus ne pouvaient pas du tout, mais ne pas du tout tolérer quoi que ce soit qui allait à l'encontre de leurs fermes croyances, et aussi parmi celles-ci, la preuve irréfutable de l'existence de la réincarnation de par le fait indiscutable de leur mention d'Élie dans leur échange. Comment pourrait-on expliquer autrement ledit contexte??!!! De nouveau, mes plus sincères félicitations.»

Le médecin avait ressenti une incroyable satisfaction, et un fantastique soulagement d'avoir enfin trouvé ces deux correspondances entre deux courants de pensée quand même étant éloignés tant géographiquement qu'idéologiquement. Il devenait excessivement urgent, et primordial pour lui-même qu'il puisse concrétiser, cristalliser dans les plus brefs délais, un minimum de crédibilité significative vis-à-vis ces textes exotiques. Vers la fin de janvier 2007, Steven a décidé de revoir Ananda. Les deux discutent dans le même local de l'établissement, et en adoptant les mêmes positions corporelles que la première visite.
«Je vais essayer Ananda de faire preuve de plus de docilité cette fois-ci.»
«Vous ne le décevez pas du tout, et il ne peut pas y parvenir, parce qu'il n'éprouve pas d'impatience à votre égard, car toutes les choses arrivent seulement lorsqu'elles doivent arriver; j'exprime ici une loi universelle. De plus, il n'a aucune attente quelle qu'elle soit, et conséquemment il ne peut ressentir aucune déception. Dans le contexte d'un disciple vrai ou d'un néophyte, il s'agit seulement d'attendre que le fruit devienne mûr, et qu'il tombe doucement et passivement dans sa main à lui.»
«J'avais compris l'aspect non manifesté de Dieu, et j'ai fait mienne cette constatation suivante à l'effet que le Non Manifesté s'apparente au silence, qui lui, se définit par l'absence absolue de bruits, et de mots; même s'il est non manifesté, le silence existe quand même, et au même titre que le Non Manifesté.»
«Votre propos se veut archi conforme à la Tradition Primordiale, elle qui a survécu à l'usure du temps. Elle existait avant la création de cette Terre.»
«J'ai aussi trouvé une autre correspondance entre l'impartialité décrite dans le Srimad Bhagavatam. «Parambrahman, il ne se situe pas dans la dépendance du bien et du mal. Il est comme la lumière d'une lampe; à sa clarté, vous lisez le Bhâgavata-Purâna, et à cette même lumière, vous pouvez tuer quelqu'un» avec celle dénoncée dans la bible catholique, plus précisément dans le Nouveau Testament par St-Matthieu; «car il fait lever son soleil sur les méchants et les bons, et tomber la pluie sur les justes et les injustes» St-Matthieu, 5, 45 c.-à-d., essentiellement la même chose en utilisant des mots complètement différents. L'impartialité attribuée à ces deux désignations du Seigneur Suprême, relève essentiellement du fait qu'Ils sont tous 2 non manifestés. Par ailleurs, la situation excessivement dérangeante, que constitue l'impartialité, est totalement, mais totalement

demeurée sous silence; en d'autres mots, absolument, et excessivement honteusement camouflé par cet amour qualifié d'insondable, infiniment et incroyablement hypertrophié de Dieu, en ces divers temps modernes. J'en parviens à la conclusion qu'il y a eu à un certain moment précis, durant l'existence de Jésus-Christ, une interrelation étroite entre votre spiritualité et l'éducation de Jésus-Christ, donc certainement durant les 17 années qu'ils ont cachées de façon purement, cavalièrement et très honteusement préméditée.»

«La Vérité ne peut être autrement qu'UNe.»

«Ce qui m'intrigue actuellement c'est de comprendre comment Dieu peut agir, par son attribut fondamental de non manifesté?»

«Il opère par l'intermédiaire de ses Lois Universelles qui gouvernent d'une manière absolue, tout ce qui vit et tout ce qui demeure inerte comme une pierre. Pour vous aider à comprendre, il utilise votre mode de pensée. Vous agissez scientifiquement et donc, il puisera un exemple en ce sens. Lorsque vous déversez de l'acide fort sur du métal, il se produit une grande corrosion cependant la corrosion apparaît, et se continue sans que vous fassiez quoi que ce soit, parce que les Lois Universelles s'appliquant à la matière interviennent, alors que vous, vous demeurez le Témoin Immobile qui observe la réaction corrosive, au même titre que Dieu, le Témoin Immobile, qui regarde évoluer sa création. L'on avait mentionné dans votre Bible que l'homme est fait à l'image de son Créateur, « le jour où Dieu créa l'homme, il le fit à la ressemblance de Dieu.» Genèse, 5, 1

«C'est limpide comme de la pure eau de source! Jusqu'ici tout s'articule très bien. Maintenant, si je veux tenter d'expliquer les drames survenus dans ma vie, de quelle façon je dois m'y prendre?»

«Lui, il se doit de tenir compte avec beaucoup d'attention, d'une des Lois Universelles, dite d'action et de réaction.»

«Dans la science mécanique, la physique que j'ai étudiée, j'avais appris qu'il existait une loi d'action et de réaction. Par exemple, si je pousse sur un objet, je provoque un mouvement, car il bouge et si je cours sur mon tapis roulant, mon cœur s'accélère en fréquence. Existe-t-il une relation entre votre loi d'action et réaction, et la mienne que je viens de mettre en pratique?»

«C'est exactement la même Loi, mais dans votre monde, elle s'est ajustée à la matière, comme elle le fait pour chaque monde différent de l'autre. En passant, vous êtes conscient après avoir lu, et relu le Srîmad Bhagavatam qu'il existe une infinité de mondes dans cet univers manifesté, ou son synonyme la Création. Chacun des mondes correspond à un degré de l'Existence, synonyme de la Manifestation Universelle qui, elle-même est incroyablement plus étendue que la Création. Le mot 'monde' respecte ici rigoureusement la vraie définition de la population scientifique, selon Le Grand Robert: 'L'ensemble est formé par la Terre, et les astres visibles, conçu comme un système organisé.'»

«Quelle relation peut-il bien exister entre la Loi d'action et de réaction et les drames que j'ai vécus?»

«Elle prend alors le nom de loi karmique, seulement le nom change, et nullement dans sa manière d'agir. Vous l'avez informé que vous pratiquiez la médecine.»

«Oui, et puis?»

«Il va se servir d'un autre exemple rattaché à votre rôle de chirurgien. Le plus gros vaisseau sanguin du corps physique porte le nom suivant: l'aorte; parce qu'elle se localise dans le thorax, vous la nommez l'aorte thoracique; d'autre part, elle se prolonge dans la cavité abdominale, et vous lui donnez le qualificatif d'aorte abdominale, et pourtant l'on réfère toujours au même vaisseau sanguin et qui remplit exactement la même fonction. Il survient la même chose pour cette loi karmique et la Loi d'action et de réaction; oui, les mots changent, mais la fonction demeure immuable.»

«Avez-vous fait des études en médecine ou acquis une connaissance qui s'y apparente, tout comme avez-vous étudié la physique ou une science qui s'y rapproche étroitement? »

«Ni l'une, ni l'autre. Pourquoi cette double interrogation?»

«Vous me semblez tout connaître.»

«Lorsqu'il est enfin parvenu à l'UNité de la conscience individuelle avec la Conscience Suprême, et donc se retrouvant en communion avec elle et qu'il dit: «Je Suis» comme d'ailleurs l'a fait Jésus-Christ, « Jésus leur dit alors: « lorsque vous aurez élevé le Fils de l'homme, vous connaîtrez que « Je Suis » St-Jean, 8, 28 alors la connaissance tombe d'elle-même sur toute chose quelle qu'elle soit; c'est ici un enseignement de Ramakrsna. Il veut revenir sur le mot communion qu'il pourrait exprimer de la manière suivante: comme union.»

«Prétendriez-vous vous retrouver sur le même pied d'égalité que Dieu le Fils.»

«Quelle méprise, en raison de votre manque de connaissances!!! Si vous enleviez toutes les distinctions qui contaminent votre monde matériel, et humain, que vous reste-t-il?»

«Rien.»

«Pas exactement, car il persistera vous sans aucune distinction, et vous sans aucune distinction quelle qu'elle soit, ça revient à la même chose, dite en d'autres mots, que 'Je Suis'. Jésus-Christ en tant que conscience individuelle avait établi l'UNité avec la Conscience Suprême, lorsqu'il a dit: 'Moi et le Père nous sommes UN'. St-Jean 10,30»

«Quelle sagesse!! Qui vous remplit, et qui me renverse. Maintenant, en quoi consiste la loi karmique?»

«Durant votre existence actuelle, à moins que vous admettiez la réalité de la réincarnation, ce qui correspondrait précisément à votre cas, vous avez épuisé jusqu'à ce jour, les fruits dont vous aviez mis en semence au moment de votre précédente existence, et tout comme au cours de cette présente vie vous avez mis des choses en semence, et dont vous goûterez les fruits au cours de votre prochaine existence, ou non. C'est donc une loi d'action et de réaction. C'est une loi qui reste aussi intraitable, implacable que le fer, et aussi immuable qu'une pierre.»

«En parlant de pierre, par votre explication vous faites d'une pierre deux coups!»

«Pourriez-vous fournir plus de précisions, s.v.p.?»

«Cette loi karmique démontre encore une fois l'impartialité de Dieu.»

«Oh que oui! Peut-il ajouter une troisième pierre?»

«On établira ainsi un précédent dans toute l'histoire de cette humanité, d'une pierre trois coups!»

«Qu'à l'image de Dieu, vous êtes aussi un créateur. Maintenant, en raison de cette évidence, dans l'Ancien Testament on lit une parole de Dieu: 'Je le déclare, vous êtes des dieux' Ps. 82, 6.»

«Oui, et cette même affirmation Jésus-Christ l'a reprise lors de ses trois années d'enseignement. « Jésus leur répondit: « N'a-t-il pas été écrit dans votre Loi: J'ai dit: vous êtes des dieux? »St-Jean 10,34. Vous me renversez comme pas un n'a su le faire à n'importe quel moment de mon existence. Vous auriez donné des cours à mes supérieurs jésuites, et j'ai bien peur qu'ils n'auraient pas pu arriver à votre cheville, individuellement, ou même collectivement. Ah! Je ne suis pas parvenu encore à en revenir de votre sublime sagesse!»

«Vous acceptez donc cette loi karmique en tant qu'une corollaire de la Loi Universelle d'action et de réaction?»

«Bien…..Oui!» Le visiteur un peu hébété.

«Également, que vous êtes un créateur à l'image de Dieu?»

Il se sent profondément pris au piège, et une panique épouvantable et mortelle surgit trop vite, sans qu'il puisse en connaître, les tenants et les aboutissants.

«Attendez un instant. Peut-être que oui! Quand je mélange de la farine de l'eau, de la levure, du beurre, du sel, et du sucre je crée un pain, car chacun des ingrédients par eux-mêmes, ne pourrait pas en devenir un. Tout comme Dieu a pris de la terre, de l'air, de l'eau, du feu en raison de la chaleur corporelle, et de la matière éthérique, édifiant toutes les fonctions mentales pour faire un être humain. Comme parallélisme, il serait difficile de faire mieux!»

«Par ces deux acceptations spontanées, dont vous lui avez fait part que pourriez-vous ainsi conclure, du point de vue pratique, ou en d'autres mots, la résultante?»

«Ah bon! Parce qu'il se doit d'en avoir une! Laissez-moi réfléchir quelques instants.»

Il essaie intensivement de résoudre l'énigme durant plusieurs minutes. durant ce temps Ananda répète constamment un mantra,

«Hare Krsna Hare Krsna Krsna Krsna Hare Hare
  Hare Rama Hare Rama Rama Rama Hare Hare. »

«Je regrette, je ne trouve pas la solution.»

Le médecin sourit amplement et ajoute,

«L'on entend ces mêmes paroles dans la deuxième partie de la célèbre chanson de George Harrison, «My sweet Lord»?»

«Il ne connaît pas ni ce chanteur, ni cette chanson, et cependant si vous l'affirmez, il vous croit. Des êtres subtils spirituellement élevés devaient guider ce chanteur, parce que ce puissant mantra, et au même titre que la Bhagavad-Gîta, a persisté tel quel au fil des âges jusqu'à nos jours. Voyez en lui, un puissant mantra au même titre que celui de la Gayatri, et le plus universel de tous, l'AUM ou bien OM. Le Verbe que l'on relate dans votre bible se rattache très directement à ce monosyllabe sacré. St-Jean 1,1 'Au commencement était le Verbe'»

«Je suis vraiment content de l'apprendre»

«Donc, vous n'avez pas la réponse?»

«Non, je m'en excuse.»

«L'excuse se veut non fondée en l'absence d'une totale connaissance.»

«Si vous le dites!»

«Voici la conclusion! Steven est le seul créateur de ses bonheurs, et de ses malheurs.»

Durant plusieurs secondes, Nicholson demeura totalement immobile. Il avait définitivement entendu avec ses deux oreilles, cependant il n'avait pas encore assimilé intellectuellement. C'est donc dire qu'à la fraction de seconde que la compréhension s'accomplit, il est devenu instantanément hors de lui-même comme jamais aussi intensément de toute son existence, et de la position assise qu'il se trouvait, il s'est levé instantanément debout, et il vociférait (euphémisme),

«**P A R D O N!** Qu'est-ce que vous me dites là? Je n'en crois pas mes maudites oreilles. **Moi, je suis l'unique créateur de mes malheurs!** Vous êtes franchement malade !!! Jésus-Christ !!! Et de par quelle autorité vous vous permettez ainsi hein!!!?»

«Monsieur, qu'est-ce qui vous prend soudainement?»

«Qu'est-ce qui m'arrive!!!! Ça serait à toi de me le dire va-nu-pieds!! Qui penses-tu que je suis?!!! Un de ces pauvres patients psychiatrisés? Un psychotique? Quelqu'un qui prendrait un malin plaisir. Oh! Non!! J'ai une meilleure idée, quelqu'un qui ressentirait un superbe orgasme céleste à se charcuter lui-même les chairs avec un gros couteau infiniment aiguisé!!!!! Comme si j'avais pris un plaisir fou à élaborer mes malheurs, et qu'un peu plus tard, bordel ces mêmes malheurs m'entraînent plusieurs souffrances incroyables. Je n'ai jamais été aussi insulté de ma vie, enfant de pute! Jamais été aussi violemment tourné au ridicule, espèce d'enculé. À titre de tentative pour faire un éloge à la folie, personne n'a pu faire mieux que toi, et très certainement que tu aurais mérité un trophée Guinness. C'est tout simplement de la pure démagogie. Quand j'ai fait mon stage en psychiatrie à St-Jean de Dieu, et à St-Michel Archange à Québec, j'en ai vu plusieurs patients, complètement désorganisés mentalement, ils faisaient vraiment pitié à voir, mais toi aujourd'hui, ta performance a été la meilleure de tous les cas les plus extrêmes réunis ensemble de ces deux hôpitaux. Tu as de la merde à la place du cerveau, salopard et fils de chienne. »

Il l'a saisi par son vêtement de chaque bord de la gorge, et il l'appuie avec force contre le mur, et tout en le soulevant complètement de terre. Ananda, à court de moyens intervient,

«Tentez de vous calmer!»

«**T O I !!! Ferme ta gueule!!!** Parce que je n'ai pas encore fini! Tu t'es trop déconnecté de la Terre, sale trou-du-cul! Tu as complètement perdu la tête, et j'en ai fait renfermer dans les asiles pour moins que toi! Là, je me pose sérieusement la question à savoir si tu ne m'as pas arnaqué sale con. Je me demande qu'est-ce qui me retient pour ne pas te démolir ta gueule

au point que ta mère ne pourrait plus te reconnaître, espèce de taré débile, de dégénéré foutu, de calamiteux.»
Steven le relâche et en quittant, il saccage tout sur son passage. Ananda à juste le temps de lui dire,
« Tu n'as pas du tout blessé « Je Suis »; seulement celui que je n'ai jamais connu. »
« Blablablablablabla » en provenance du visiteur qui quitte.

Steven se sait psychologiquement KO, depuis cette sordide révélation. Sa précédente réaction releva purement d'un réflexe adrénergique afin d'éviter une dissociation psychique de la réalité, tout comme du point de vue du corps physique lorsque ce dernier doit s'ajuster d'une façon ou d'une autre, sinon il meurt certainement; alors, toutes les alertes sont élevées au rouge, l'adrénaline et la cortisone coulent à torrent. Ananda avait trop longtemps parlé avec un aplomb remarquable, pour qu'il le dénigre réellement. Le fait qu'il avait établi un lien directement entre «le créateur de ses propres malheurs » et avec la mort de chacun des membres de sa famille, là c'était trop, beaucoup trop pour ses capacités humaines d'adaptation. Il cassa le bail de son appartement, et il loua une chambre dans l'environnement immédiat d'un quartier manifestement malfamé de l'est de Montréal. Les deux seules choses qu'il apporta avec lui se résument aux livres traitant de la philosophie hindoue, et tout ce qui portait le fameux nom de boissons alcoolisées. Il buvait considérablement et ce contexte l'amenait à marcher dans les rues le soir, et de ne pas se rappeler l'adresse de son nouveau logis; alors, il couchait en retrait dans le métro ou bien dans le portique d'une église, ou dans la rue. Il s'abriait avec ce qu'il trouvait autour de lui, lorsqu'il en trouvait. En plus, il devenait foncièrement très négligent de son apparence physique. Il se rendait dans les endroits où l'on distribuait du linge de toute sorte, moyennant une somme d'argent absolument ridicule. Également, il allait périodiquement, mais souvent à un même comptoir et là, très souvent, on lui donnait de très grands sacs bourrés de linge usé, et en raison tout simplement des surplus d'inventaires. Il avait pris l'habitude de se débrouiller de cette manière. Il lui arrivait également de conclure des échanges les plus échevelés et incluant de la nourriture; concernant ce dernier besoin, il parcourait les poubelles lorsqu'il avait l'estomac dans les deux talons. Il a eu aussi recours à divers organismes communautaires, dont l'Accueil Bonneau, et d'autres services d'alimentation gratuits et/ ou populaires. Depuis de nombreux mois, il n'effectuait plus du tout l'entretien de sa barbe et de ses cheveux. Il était tellement dépressif, qu'il n'arrivait pas à se rappeler que son compte bancaire renfermait d'énormes sommes d'argent; avec le temps, il a commencé à vivre constamment dans les rues de la métropole, et allant jusqu'à mendier de l'argent.

À chacun des anniversaires du décès des membres de sa famille, il se rendait au cimetière, et pleurait des journées entières; il maigrissait à vue d'œil. Il avait évolué ainsi depuis sa dernière rencontre chez Ananda en janvier 2007 et sa condition marginale d'existence se poursuivit durant de nombreux mois. Au cours de l'été de la même année, il avait appris par ses lectures, que la présente existence terrestre se localisait à une période très avancée de l'Âge de fer, et où la dégradation, tant matérielle qu'humaine, et sous tous ses aspects imaginables, devait se poursuivre malgré « la volonté de Dieu », et se poursuivait à une plus grande vélocité. Cette prise de conscience l'amena progressivement à établir un parallèle entre cette déchéance de sa propre existence avec celle de son voisinage, à tous les points de vue, créant en quelque sorte un pont psychologique entre ses propres pertes, et celles-là en quantité indéfinie qu'il observait dans son environnement immédiat, et par un processus holographique (chaque point de cet hologramme renferme l'image complète de l'objet original, et la totalité des points composent également l'image complète), il transposa sa propre déchéance à celle de toute la Terre entière, quelles qu'en soient les modalités de manifestation de cette décadence. Cette opération s'étala jusqu'à la fin de l'automne.

Par la suite, il a noté au fil des mois, et de plus en plus fréquemment, qu'il ressentait la douleur physique, morale et psychologique qui était éprouvée par les êtres dans le milieu dans lequel il subsistait et, après plusieurs autres mois, il palpait les trois à l'échelle du monde entier, et il parvenait à ressentir ces dernières avec une telle intensité, qu'il en tombait par terre et se tordait, tant il souffrait. Évidemment, il chutait aussi au sol lorsqu'il buvait à imbiber toutes ses cellules, et à plusieurs de ces occasions, il s'infligea des fractures aux cheville(s), poignet(s), main(s), aux côtes thoraciques, aux nez, et au maxillaire inférieur. Lors de ces circonstances, il se rendait aux services d'urgence, certes le plus souvent par l'entremise d'un bon samaritain. À ces endroits aigus, l'on assistait toujours, mais toujours à tout un spectacle digne d'une vraie première. D'abord en raison de la douleur aiguë dont il souffrait, mais également parce qu'il devenait hautement paranoïaque, et en regard de n'importe quel professionnel de la santé, mais principalement et évidemment,contre les médecins. Sa rage purulente envers eux relevait vraiment de la légende. Les diverses argumentations étaient toujours trop, trop bruyantes, et de manière plus qu'automatique, il vociférait très intensément envers eux; il imposait, tel un dictateur, l'art de bien réparer les fractures et bloquait sans arrêt leurs interventions. Il posait aussi une montagne de questions simplement pour une injection, une pilule prescrite; à ce propos, il avait toujours exigé fermement, et de manière inconditionnelle à lire le Compendium des Produits Pharmaceutiques, le fameux catalogue des médicaments, étant prescrits ou non, au cas d'une éventuelle erreur minimale de la part de la personne qui le traitait. Sa liste de griefs très orduriers, qu'il faisait parvenir à l'administration de l'hôpital, n'avait jamais de fin. Et très souvent, soit que les policiers intervenaient, ou qu'il avait quitté subitement les lieux en signant un formulaire de décharge des responsabilités médicales, même si les médecins n'avaient pas terminé de le soigner.

À l'automne qui suivit, il assumait définitivement l'image d'une loque humaine, et affreusement maigre. Il boitait beaucoup suite à de mauvaises consolidations osseuses des chevilles. À cette même période, il a réalisé effectivement une parole d'Ananda «Je suis toi, tu es moi» (sa propre traduction). Il a compris que tous les êtres humains étaient tous égaux et l'UNité de ceux-ci, reposait en regard de l'identité de leur âme, les rayons du soleil étant, qualitativement, très égaux au soleil. Une autre UNité primordiale relève de toutes les cellules d'un corps humain par le même message chromosomique contenu dans leur noyau. Dans les mois qui suivirent, il demeura toujours foudroyé par une ferme compassion sans borne pour l'humanité devenue elle aussi, une vraie loque. C'est au printemps 2009, qu'il continuait toujours à boire et à se questionner, notamment quant à l'authentique sincérité de ses convictions. Entre la sempiternelle souffrance qui l'habitait, et celle de l'humanité, laquelle au juste lui importait le plus? Malgré tous ses nombreux déboires, il est demeuré au fond de son âme un puriste endurci. Lorsqu'il envisageait la première hypothèse, il se sentait malhonnête face à lui-même et face à autrui.

Entre deux bouteilles de spiritueux vides, soudainement, il se souvenait d'une parole que sa grand-mère lui avait dite lorsqu'il avait à peine 15 ans. «Steven l'amour avec un grand «A» tu le considères comme aussi sacré que Dieu lui-même et il faut vraiment savoir aimer. Normalement je ne te parlerais pas ainsi, cependant je t'ai en quelque sorte parrainé étroitement depuis ta naissance. Tu es un enfant remarquable parce que tu as toujours progressé en sagesse, et sous la faveur de la Vie. Je vais t'instruire sur la façon d'aimer. Aimer ça veut dire aspirer de tout ton cœur, et sans aucune condition préalable, au bonheur de l'autre même si de ta part cet objectif doit te demander un sacrifice, et ainsi tu aimes sans attendre un retour. Également, en surcroît, aimer quelqu'un signifie que tu l'aides à épanouir toutes ses aptitudes et ses capacités découlant de ses caractéristiques psychologiques, et si parmi ces dernières il en a qui te blessent, alors tu dois te questionner à savoir si elles te blessent réellement, ou bien qu'elles interviennent à ton profit et, de plus, sous quelle forme? Si par la suite et malgré tout, il y persistait un inconfort, alors tu dois aider l'autre, même contre sa volonté, à se libérer de cette caractéristique ou, à tout le moins tu travailles à établir des compromis lui permettant de poursuivre son plein épanouissement, parce qu'aimer réellement quelqu'un ne correspond pas à se conformer, sans un seul regret, à toutes ses simples volontés. Je sais profondément que tu es un adolescent très brillant, et aussi que tu vas comprendre tout ce bagage»

Aussitôt qu'il a bien remémoré les moindres détails précieux de cette conversation, il pleura abondamment, et longuement. La malnutrition, et la carence vitaminique étant secondaires, les deux vont faire apparaître les premiers tremblements rattachés à l'état d'un alcoolique consommé et il titubait de plus en plus. Durant les mois qui s'additionnèrent, il devint de plus en plus convaincu que ses jours achevaient. Sa difficulté de se mobiliser devenait telle, qu'un samedi de juillet 2009, il mit plus de deux heures pour se rendre à pied, de la gare Windsor à la cathédrale Marie-Reine-Du-Monde, donc une distance d'au plus un km!!! Il y pénétra vers 13.00 h et il se rendit jusqu'à l'autel. Il leva les bras hauts au ciel, et dans un effort surhumain de demeurer debout, il cria cette parole du Christ: «Mon Dieu, mon Dieu, pourquoi m'as-tu abandonné?» St-Marc, 15,34. Immédiatement après, il s'affaissa lourdement sur le plancher, comme si on lui avait subitement coupé les jambes, et il ne bougea plus.

Chapitre Cinq

Quelques minutes après l'effondrement au sol du médecin, sept entités ayant emprunté, comme le premier décrit dans le second chapitre, une forme humanoïde, l'entourèrent. Cependant, leurs visages ne portaient aucune caractéristique propre à l'homme ou bien la femme; et pour ce qui touche tout le reste de leurs corps subtils, une superbe robe qui recouvrait chacun d'eux, depuis les épaules jusqu'au-delà de leurs pieds; puis elle semblait vibrer et affichait une couleur différente pour chaque entité: blanc, rouge, orange, jaune, vert, bleu, et violet. Et ils avaient pour mission de rééquilibrer les chakras majeurs au nombre de sept en superposition à la colonne vertébrale, et répartis sur une verticale rectiligne depuis le coccyx jusqu'au sommet de la tête, comme pour tous les êtres humains, et chacun de ceux-ci avait une couleur correspondante à celle des robes. Ils devaient également remettre de l'harmonie dans les sept couches subtiles et vibratoires, entourant tout être humain, et s'étendant sur un rayon de deux mètres autour du corps physique, lui-même occupant la position centrale, également comme pour tous les êtres humains. On ne parlait pas d'une mince besogne d'abord, et surtout parce que tous les organes de Steven fonctionnaient à leur niveau le plus bas, et plusieurs d'entre eux montraient soit un état fibrotique, soit dégénératif avancé ou un mélange de ces deux touchant tout spécialement le foie devenu cirrhotique. L'on devait évaluer parcimonieusement la qualité, la durée et l'intensité de l'administration du flux énergétique à transférer, sous peine de faire apparaître des problèmes additionnels à cette montagne déjà existante, pouvant même inclure dans la liste un arrêt cardiaque irréversible. Il fallait également y respecter un ordre d'intervention de chaque entité à chaque phase, et ce même ordre pouvait changer d'une phase à l'autre, et encore là, le respect rigoureux demeurait primordial. Le travail global consistant d'abord à évaluer avec leur Haut Sens de Perception tant visuel, qu'auditif aussi kinesthésique que chaque entité possédait déjà, chaque organe de Nicholson et d'établir les corrélations nécessaires avec chaque chakra, et chaque corps subtil. Par la suite, il fallait:1) nettoyer, 2) équilibrer, 3) réparer, 4) charger le champ aurique de chaque chakra, aussi de chaque corps subtil, tout en observant les interrelations, d'abord entre ces deux derniers, et secondairement avec les retombées sur le ou les organe(s) concerné(s),en utilisant différents procédés, techniques énergétiques dont: 1) la chélation, 2) le transfert par condensation des quanta d'énergie, 3) les massages séquentiels de flux des corps subtils, et aussi des chakra, 4) la polarisation isométrique des champs, 5) la concentration de l'énergie en un point par imposition des mains subtiles au-dessus de ce point, 6) l'isolation des zones ombrées dans les chakra, et les champs auriques en comportant, 7) les transferts périodiques de ce flux énergétique, soit en mode successif ou non, 8) la distribution dissipative de l'énergie subtile à une ou plusieurs couches subtiles, 9) la désintégration énergétique de vestiges formés au cours de la présente existence du médecin, et, en plus de ses vies antérieures, 10) la correction et/ou les ajustements à apporter au niveau de l'organe ciblé par le flux énergétique qu'on lui transférait, 11) la sublimation, 12) la prise en considération des suggestions, et/ou des recommandations d'entités étant hiérarchiquement plus élevées, assistant à l'opération, tout comme une écoute attentive des anges, des archanges, et des autres entités encore plus élevées que les deux précédents.

Le traitement subtil, tenant compte des limitations initiales de Steven, dura sept heures, et malheureusement il y avait un mariage de prévu à 15.00 h à ce même endroit. Dès l'arrivée des 7 entités, d'autres se sont positionnés à toutes, mais vraiment toutes les ouvertures (les portes, les fenêtres…) qui communiquaient avec les aires communes de cette délicate opération à l'intérieur de la basilique, et vraiment personne ne possédait l'autorisation d'y pénétrer, quelle que soit la considération qui était invoquée, incluant même la question de sécurité nationale. Également, un nuage subtil, donc non visible par notre œil humain, d'une couleur or pastel et vibratoire entourait complètement l'édifice jusqu'à une distance de trois mètres autour de son périmètre externe, et verticalement, depuis le sol jusqu'à 10 mètres au dessus du point le plus haut de l'immeuble; tout élément et/ou personne purement hostile ou simplement dérangeant(e) ne pouvait pas franchir les tout premiers millimètres du nuage y compris aussi le missile balistique le plus hi-tech qui soit.

Ainsi, selon la coutume établie, les grosses limousines ont pris leurs places directement en avant de la grande basilique; et les autres véhicules se stationnèrent dans les aires se trouvant les plus rapprochées. Ensuite les premières personnes qui gravirent les marches devinrent si rapidement hésitantes en se rapprochant du nuage subtil, et à proximité de celui-ci elles se demandèrent ce qu'elles pouvaient bien faire là. Conséquemment, elles firent toutes un demi-tour, puis elles regagnèrent leur domicile. Le même scénario s'est appliqué pour tout le monde sans une exception incluant les futurs mariés, à commencer, comme d'habitude par la future femme qui est repartie dans une indifférence la plus totale. Cependant, le futur conjoint qui le suivait à peu de distance, et n'ayant jamais atteint le nuage subtil, comme tout le reste des gens du cortège prénuptial derrière lui, alors ces personnes résiduelles devinrent infiniment blessées et agressives. Tout ce beau monde gueulait, mais vraiment fort au bas des premières marches, et les pneus de toutes les voitures ont crissé sur l'asphalte. Le lendemain, dans les journaux de la métropole l'on a fait état d'un poisson d'avril au mois de juillet! Pour les gens qui avaient établi le contact avec l'élément subtil la veille, le réveil au petit matin, se révéla excessivement douloureux. En plus, chacun sans exception, se demandait pourquoi, il ou elle, avait fait demi-tour à un moment si important; et les remords, les regrets, et les craintes pleuvaient à outrance.

Après l'écoulement des sept heures, les 7 entités reculèrent d'environ un mètre, et le corps physique du médecin ne montrait pas encore un signe de vie évident, en dehors de sa seule pulsation cardiaque et sa respiration. Cependant, l'être subtil qui habitait ce vêtement physique, s'en est dissocié tranquillement tout en maintenant la communication avec sa contrepartie physique par l'intermédiaire du cordon argenté et subtil, sinon la mort de ce dernier devenait purement automatique, immédiate, et inconditionnelle, et comme pour tous les êtres humains. Ainsi, l'être subtil, qui portait le nom du Dr. Steven Nicholson, sur cette Terre, s'éleva donc en douceur vers les hauteurs, et il fut suivi, ipso facto par tous les spectateurs subtils présents précédemment à l'intérieur de la basilique. Quant au nuage qui entourait la basilique, il a disparu comme par magie et tout revint entièrement à la normale tant à l'intérieur de l'édifice qu'à l'extérieur. Il atteignit d'abord le plan astral, étant le premier de 4 plans nommé aussi le plan subtil; celui-ci comprend deux sous plans principaux: celui des degrés de subtilité fine, l'autre des degrés de subtilité grossière ou plus dense. Dans ce dernier plan, Steven s'y attarda quelques instants, bien que le temps en dehors de la réalité terrestre n'existe pas, sauf en ce qui concerne, à proprement parler, l'éternel présent. Il y a retrouvé là, une reproduction fidèle de tout ce qui existe sur la Terre. La raison se veut pourtant bien simple. Le plan astral correspond en quelque sorte à la matrice, le moule définissant parcimonieusement la réalité toute concrète, et palpable de tout ce qu'on retrouve, sans exception sur le plan de l'être humain, et de tout autre être corporel ainsi que de la matérialité associée. Pour l'exprimer autrement, l'astral correspondrait au négatif d'une photo, et la Terre à la photo étant développée; cependant, si l'on tient compte de la beauté de ces lieux de l'après-vie, alors l'astral relèverait intégralement de la photo développée, et notre planète, au négatif de celle-ci. Il existe cependant une différence primordiale et essentielle à l'effet que dans l'astral de subtilité dense, il ne pouvait absolument pas déceler, soit des vives querelles, l'expression de l'égoïsme, et aussi toutes les autres faiblesses humaines; que le gros bon sens, et l'intérêt commun; les deux scellés par l'amour inconditionnel. Sur le plan individuel, il a noté qu'il persiste quand même une forme de vie privée. Il s'est vu très surpris par le fait que les êtres pouvaient retrouver plusieurs anciens membres de leur propre famille, leur parenté de même que remonter dans l'arbre généalogique. Il a relevé qu'à cet endroit, l'on prépare un groupe très sélect d'êtres à une formation particulière qui les rendait consécutivement conformes à intervenir dans tous les futurs plans destinés pour cette Terre, et évidemment toujours dans une perspective d'amour, d'harmonie, et de spiritualité toujours plus grandissante. Ce qui a constitué un choc retentissant pour lui, et avec raison, ce sont des humains qui ont exercé la médecine dans leur vie précédente, et qui pouvaient selon leur volonté propre poursuivre cette pratique dans le plan astral, mais là, en possédant des outils de diagnostic absolument phénoménaux et de voir aussi facilement l'intérieur d'un corps subtil, tout comme sur la Terre on voit sans faire aucun effort ce qui se retrouve dans notre environnement physique. De plus dans l'astral dense, il est demeuré estomaqué par ses cinq sens, précédemment physiques, et que maintenant subtils ont vu leurs capacités considérablement accrues. Par exemple en ce qui concerne la vue au lieu de copier le fonctionnement de son œil de chair, et de voir tout au plus un angle de 120 degrés, là-haut sa portée accapara 360 degrés ou, en d'autres mots, et reflétant la véritable réalité terrestre, «il possède des yeux tout autour de la tête». Également, dans ces vastes régions, il a voyagé par la pensée; même la téléportation de la série télévisée Startreck devenait complètement désuète. Il s'agissait pour Steven de penser où il se dirige, et en moins d'un éclair, il s'y trouvait vraiment instantanément. Le même principe s'appliquait au niveau de la volonté; le pouvoir de la sienne s'accrut beaucoup, cependant ses productions devaient nécessairement, et sans aucun détour qui ne soit possible, correspondre simultanément à la notion de justice, d'amour, de pureté et de paix régnant en ces lieux. Dans ce plan dense, la physionomie extérieure de son corps subtil respectait assez fidèlement celle de son corps physique précédemment décédé, et voilà pourquoi dans l'astral, il a constaté avec beaucoup d'incrédulité qu'il y séjourne aussi des êtres subtils qui ont appartenu à la majorité des siècles de l'histoire humaine. Dans ce nouvel endroit, il a certes observé qu'il n'y a personne qui prépare les petits plats, car l'on se nourrit que de l'énergie cosmique saturant le cosmos l'univers aussi; ni de cabinet de toilette, et ni de relations sexuelles. Steven roulant sa bosse dans la fraction dense du plan astral, aurait-il mis en évidence une différence en fréquentant la partie dite subtile de la même haute région? En effet, elle aurait été d'abord ce diamant brut (la fraction dense) fraîchement extrait d'une mine, et d'autre part, ce même diamant étant habilement taillé (la partie subtile) portant le nom suivant, 'le cœur de la mer' tel qu'on l'a si bien observé dans Le Titanic (James Cameron).

Steven durant son voyage, séjourna dans le plan subtil du règne animal et végétal, le second plan existant dans l'au-delà, d'un total de 4, et où les âmes des animaux des végétaux, c.-à-d. spécifiquement leurs corps subtils jouaient le rôle absolu de rois et de maîtres en ces lieux. Aucun corps subtil appartenant à une origine humaine ne s'y retrouvait. Il se réjouit de voir les animaux qui l'habitait venir à lui tout simplement, et aussi l'accompagner dans ses pas, que l'on mentionne les chimpanzés, les boas, les scorpions, la moufette et il s'est délecté de cette incapacité de ressentir chez eux, une quelconque peur ou une agressivité. Ils avaient tous un visage détendu et le sourire facile et il n'en fallait pas davantage pour que le voyageur se retrouve dans le décor d'une bande dessinée de Disney. Une autre vision de Steven qui lui a coupé le souffle. Il y avait là, des forêts absolument vierges dans tout le sens du mot. Les plantes possédant des épines ne causaient aucune blessure, et plutôt une pure caresse. Les coloriages de tous les végétaux de cette forêt, parmi une multitude d'autres identique en leur qualité d'expression, se révélaient en accord avec la conviction même de Steven, totalement indescriptible, de par la seule raison de la pureté de la propriété pastel de chacune d'elle, et qui semble nettement vibrer, en quelque sorte donner et/ou recréer comme une troisième dimension, et conséquemment ajoutant une profondeur indicible à leur beauté. De plus, avec l'émerveillement d'un jeune enfant, il a constaté que les feuillages se mouvaient très gracieusement par une douce brise presque aphrodisiaque sur la peau subtile de Steven. Leur mouvement de balancier se faisait sentir jusqu'au cœur de la forêt, alors que sur la Terre, même un ouragan ou une tornade aurait manifesté une profonde impuissance à y parvenir. Aussi ces mouvements ondulatoires de toutes les feuilles se voulaient, par surcroît, parfaitement synchronisés; même de son humble avis la meilleure chorégraphie humaine que l'on aurait réalisée appartenait au niveau de l'école maternelle. La vision en HD, et panoramique donnait vraiment la certitude que le vent agissait en tant qu'un grand chef d'orchestre, et que le balancement qu'il notait, correspondait bien aux bras de tous les musiciens jouant des instruments à cordes avec un archet.

Puis, il se déplaça dans une prairie où coulait en cascade, une source; il prit note que l'eau possédait une limpidité telle qu'elle éblouissait sa vision. L'écoulement d'eau produisait une douce musique qui, chaque seconde, variait constamment, avec un parfait mélange des différentes sonorités, et vraiment rien de choquant à l'oreille déjà ultra-perfectionnée du visiteur. Il n'avait pu vraiment s'empêcher de se remémorer en ces lieux une valse universellement célèbre de Johann Strauss, le beau Danube bleu. Selon lui, la meilleure interprétation de celle-ci ne provenait pas de l'Orchestre Philharmonique de Vienne, mais du chef d'orchestre Eugène Ormandy et l'Orchestre Symphonique de Philadelphie!!! Cependant, ici la Nature le surpassait de beaucoup en fonction des états extatiques de l'âme de notre hôte; qui plus est, les notes engendrées par le débit d'eau semblaient danser allègrement sur un nuage. Les oiseaux en arrière-plan, avaient la fonction d'un puissant chœur, leurs chants s'amalgamaient de main de maître à cette douce mélodie de la source et qui en rajoutait infiniment aux oreilles du témoin terrestre.

Du haut des airs, Steven a scruté un rassemblement de papillons qui, par groupe de deux, semblaient se courtiser par un mouvement incessant coordonné entre tous les groupes en place, et performant toutes sortes d'acrobaties inimaginables, majestueuses à une vitesse vertigineuse et comprenant de prompts arrêts; il y avait une telle grâce, et aussi une telle perfection, qu'il n'a pu s'arrêter de les contempler, tant il se retrouvait presque en état de Samadhi. De nouveau, il s'est déplacé jusqu'à une plage et il pouvait clairement distinguer au loin des dauphins dont leurs synchronismes dépassaient de loin les meilleurs candidats humains de tous les temps dans cette discipline. Ils accompagnaient les requins les plus meurtriers sur le plan terrestre, et dans le milieu aquatique, aucune excitation, ni de course folle de la part des petits poissons à l'approche d'un autre de taille nettement plus considérable. L'eau des ruisseaux, des lacs, des rivières, et des océans qui existaient sur ce plan, brillait par sa propreté, peut importe sa profondeur, l'on y voyait clairement toujours le relief des fonds marins, au même titre que le résultat de la précise mise au point d'un appareil photo. Cependant, les vagues de cet océan valaient un spectacle à elles seules. Il y eu un moment, dans ce mouvement de va-et-vient, où il avait capté le contact simultané de deux vagues, l'une ayant déjà atteint sa pleine hauteur et qui amorçait à peine sa descente, et coïncidant parfaitement avec l'autre qui venait tout juste d'en amorcer son ascension. Ce moment en question ne dura qu'une poussière de seconde, mais les courbures divines formées dans les deux vagues lui semblaient nettement vivantes et elles ne pouvaient aucunement, aucunement subir leurs reproductions, par la main du plus prestigieux artiste connu, Michel-Ange. Pour lui, ces deux vagues communiquaient entre elles; le visiteur y signait sa certitude, tout comme ce même type de communication retrouve son application formelle en la physique quantique, concernant deux quanta d'énergie séparés l'un de l'autre (Théorème de Bell).

À nouveau, il avait voyagé dans une clairière où s'amusaient des tigres, lièvres, lions, et des zèbres. Il y régnait un calme extraordinaire et tous les animaux marchaient de manière nonchalante tout en se dandinant; encore ici, l'expression même de ces différents visages heureux avait assommé littéralement notre voyageur; il y a une telle sérénité, et une telle béatitude. L'eau présente partout, est toujours excessivement limpide même dans les rivières où les gros hippopotames, les éléphants allaient faire leur toilette. La chaleur demeurait tempérée, même en ces endroits. Sa stupéfaction monta d'un cran, sur la base du grand respect de la vie entre eux, car ils absorbaient également l'énergie cosmique par leurs chakras, et nadis; les prédateurs n'existaient pas. En se déplaçant encore, il arriva à un endroit peuplé des animaux domestiques. Les chats jouaient avec les souris, ainsi qu'avec les oiseaux; les loups profitaient du battement des ailes des poules pour se rafraîchir. Steven demeura renversé par le fait qu'ils démontraient qu'ils se réjouissaient tous d'un indicible bonheur, et qu'ils savouraient à pleines dents leur vraie liberté sans limites; ils le lui communiquaient sans équivoque par le regard de leurs yeux!! Les différentes cultures dans les champs donnaient un taux de rendement, disons-le, miraculeux!! Il avait compté douze épis de maïs pour chaque plante; nul besoin de recourir à des engrais de toutes les sortes, et pas du tout de modification génétique!!!

En poursuivant, Steven s'est arrêté au plan de l'essentialité, le troisième de 4. Là, des êtres excessivement particuliers qui dressent l'inventaire, pour chaque être humain, sans exception, de la totalité de ses pensées, paroles et gestes. Au bout du compte, ils inscrivent un bilan final, et tout comme le ferait un comptable agréé. De plus, toutes leurs activités obéissaient très rigoureusement à une des Lois Universelles. Eux-mêmes n'ont absolument aucun pouvoir décisionnel, quel qu'il soit. Donc, ils ne font qu'accumuler des données.

Il a finalement atteint le plan spirituel, le dernier des 4, le plus élevé, et le plus subtil qui soit de toute la Création manifestée. Néanmoins, le monde spirituel demeure le 'ciel' de la religion catholique pour la simple raison que son 'ciel' fait encore partie intégrante de la Manifestation Universelle et qu'il se terminera un jour et en même temps que la Manifestation Universelle, selon l'argument qu'il y persiste des êtres possédant une forme (anges, archanges,...). **'Le VRAI ciel'** parce qu'il doit être éternel, en accord expressément avec son enseignement, ne peut pas s'identifier au monde spirituel catholique, mais plutôt au Monde Non-manifesté là, où toute chose et tout être subtil débutent leur manifestation; là aussi, où toute chose et tout être subtil cessent d'être manifestés (sans formes), mais les uns et les autres ne cessent **jamais** d'exister pour autant, comme pour le silence.

À cet endroit, le niveau de subtilité, et de pureté atteignent un tel degré, que tous les êtres, et les diverses choses l'habitant échappent presque à l'œil subtil. Il est sidéré par une lumière éclatante, et infiniment douce qui parcourt ce monde purement vibratoire; et de ce fait prenant l'allure de l'immensité d'une mer très transparente comme le cristal, et s'étendant en d'éclatants horizons lointains. Concentrant davantage toute son attention, il surgit avec la forme d'une presqu'île, une contrée resplendissante gorgée d'orchidées noires les plus magnifiques, et les plus belles qui soient. Une allégresse saturée de reconnaissance envahissait les terrasses, qui en raison leur charme extatique, édifiaient par leur ascension, une colline qui dégageait une palette archi complète de couleurs qui vibraient dans une splendeur saturée de grâce, et contraignant le témoin à une adoration inconditionnelle. Il s'agit de la contrée des Orchidées. En ces endroits, l'on retrouve l'Amour avec un 'A', en tant que le principe, en tant qu'essence seulement, et conséquemment n'ayant aucune action décelable quelle qu'elle soit. En voyageant en d'autres points, notre visiteur découvre la contrée des Chrysanthèmes!!! Ici, il y contemplait des chrysanthèmes s'étendant à l'infini et investis d'une blancheur immaculée, signe de la Pureté, seulement sous l'angle de son principe, et donc non agissante. Encore un peu plus loin, il visionnait, sur ce plan lumineux, le temple des Cygnes; les esprits qui y résident assurent aux Cygnes le service le plus désintéressé qui puisse exister. Il observe également des entités assumant intégralement la fonction des vierges-cygnes, le symbole de la Justice, mais encore une fois sous l'angle de principe; ces dernières s'habillent d'un plumage d'or vraiment scintillant; par son observation minutieuse, il avait noté que les vierges-cygnes ont toutes les yeux vert émeraude. Les anges, les archanges apprécient hautement leurs chants, et les applaudissements parviennent de tous les recoins de l'univers.

Steven poursuivant son exploration arrive en face du fameux Manoir du Saint Graal, et la plus extrême limite avant d'en franchir le seuil du monde Non-Manifesté, ou en d'autres mots, la véritable résidence de Dieu le Père et simultanément cette fois-ci, le **V R A I ciel** de la religion catholique. En effet aucune entité quelle qu'elle soit, aucun esprit quel qu'il soit, et surtout aucun des primordiaux quels qu'ils soient, ces derniers étant là les plus élevés dans la hiérarchie spirituelle tout juste avant Dieu le Père, donc personne n'a franchi le seuil de ce monde non manifesté, et personne n'avait la possibilité d'y accéder. Un autre des noms variés à ce Manoir est la Cité de la Jérusalem Céleste. Dans la salle royale du Manoir, il voyait d'abord, étant situé à la position centrale de la salle, l'Arche d'Alliance dans toute sa splendeur, et sa suprématie, et elle flottait à plus de quatre mètres du plancher et elle renfermait les tables de la Loi remontant à Moïse!!! En dehors de Dieu le Père, tout chose et tout être subtil quel qu'il soit qui s'y approchait à moins de trois mètres du périmètre de l'Arche d'Alliance se voyait éternellement, complètement désintégré!!! Également, l'activité de son champ aurique s'avérait tellement gigantesque, dense qu'elle formait un nuage vibratoire à l'intérieur des limites précitées. Du côté Sud, dans cette salle royale, notre visiteur a retenu la présence des êtres subtils siégeant, et représentant tous les degrés de l'évolution des quatre plans subtils; les primordiaux qui, sous l'ordre directement de Dieu le Père constituaient les artisans de la Création humaine, sans oublier les anges et finalement les archanges. Du côté Est, il note encore d'autres primordiaux participant au principe de chacun des chiffres de 0-9. D'autres assumaient l'essence du Son; de l'Akasha, c.-à-d., la materia prima de tout l'univers manifesté, et l'essence aussi du Prana, nommément la Force qui engendre l'action à toute la matérialité et de tous les êtres vivants. Finalement, les derniers primordiaux représentaient le principe de chacune des lettres de l'alphabet de chaque langue sur la Terre. À l'Ouest, il a vu quatre trônes d'or, et de rubis situés au niveau du sol. La Vierge Marie prenait place dans le premier; elle représentait la compassion sans limites. Un bélier assis sur les marches la protégeait. Od-shi-mat-no-ke occupait le deuxième, et il signifiait la pure connaissance de la Tradition Primordiale, en d'autres mots, de la sublime Vérité, ou mieux la véracité et rigoureusement la même soulignée par un apôtre de Jésus-Christ lorsque ce dernier avait mentionné 'Vous connaîtrez la vérité, et la vérité fera de vous des hommes libres.» St-Jean 8, 32. Un taureau s'appuyant sur ses deux pattes d'en avant y montait la garde. Irmingard siégeait à ce troisième trône et il témoignait de la volonté ultra ferme, et immuable comme une pierre. Un grand aigle assurait sa sécurité. Finalement, Vasitha étant assis au quatrième siège symbolisait la discipline intraitable, et indéfectible. Un lion veillait sur lui. À la direction Nord, et suspendus dans les airs, Nicholson a aperçu trois autres trônes faits d'or et de toutes les pierres précieuses qui pouvaient exister dans la Création entière. Chacune de ces trois autorités bénéficiait de la protection d'un lion, un bélier, un aigle et aussi un taureau. La Reine Élisabeth, la détentrice de l'Amour sans limite, et inconditionnelle en mode principiel seulement, occupait le trône à la gauche du visiteur. Parzival logeait dans celui localisé à sa droite et il témoignait de la Justice, en tant qu'essence. Dans le trône central prenait place Imanuel. Il portait en son nom le chiffre sept, et reflétant la source de la Pureté, toujours en tant que le principe. Cette trilogie, de l'Amour, la Pureté et de la Justice, demeure infiniment chère à Dieu le Père, et tout comme le triumvirat, ou la Trinité composée de la Reine Élisabeth, de Parzival et aussi d'Imanuel, et les trois représentaient à Ses yeux de ce qu'il y a de plus parfait, et de plus juste après Lui. Toutes les sept suprêmes entités possédaient un habillement tout à fait superposable à celui décrit dans deuxième chapitre, excepté pour la brillance des sept couleurs primordiales, une pour chaque entité suprême, qui parvenait presque à aveugler Steven, et lesquelles couleurs auraient fait paraître un soleil éclatant, aussi sombre que la lune.

Steven s'est placé en avant des sept trônes. Il n'avait pas de besoin de parler, car dans l'au-delà, la communication se faisait par l'intermédiaire seulement de la pensée, incluant toutes les composantes émotionnelles et affectives rattachées habituellement aux propos qui sont formulés sur le plan terrestre.

«J'offre mon hommage respectueux, et sincère à chacun d'entre vous, mes très vénérables monarques. Me voilà donc ici présent, et humblement infiniment privilégié de me retrouver devant vous, moi qui ne le mérite aucunement, et ne possédant aucun de ces nobles attributs dont chacun de vous constitue un unique dispensateur. Comment pourrais-je parler davantage sans m'assurer définitivement d'aller à l'encontre de ce qui vous tient le plus à cœur?» Steven souligne.

« En tout premier lieu, je voudrais vous faire comprendre très clairement l'importance du privilège que nous vous accordons, vous permettant de nous visiter. Le contexte se comparerait à la situation dans laquelle une semaine après l'attaque terroriste du 9/11 aux États-Unis, l'on aurait invité Oussama Ben Laden à un souper à la Maison-Blanche, et tout en portant autour de sa taille une ceinture archi saturée de plastique C4, la détonation étant programmée pour un déclenchement par un signal radio de ce qu'il y a de plus sophistiqué! » Parzival déclare.

Steven avait beaucoup de mal à réagir, tant cette surprenante révélation l'abasourdissait, et il s'agenouilla temporairement en ajoutant,

«Merci du plus profond de mon cœur!!!!»

«Sur la Terre, les hommes et les femmes ont cette fâcheuse habitude de se déprécier constamment, sous cette forme d'humilité inventée par les humains, alors qu'en retenant la vraie de vraie, vous devriez simplement faire évoluer toutes vos possibilités intérieures, ou en d'autres termes, vos capacités, et vos aptitudes sans les amoindrir d'une quelconque façon, et même au contraire, de les percevoir comme un cadeau du Père qui réside en vous. Ainsi, vous demeureriez plus souvent heureux, et par voie de conséquence, vous Lui accorderiez son bonheur dans votre demeure.»

«L'on nous a toujours enseigné que le seul rapport qui devait exister entre le Créateur et nous, correspond à demeurer un grand pécheur repentant face l'Autorité Suprême remplie de bonté, d'amour.»

«Vous percevoir seulement comme un pécheur représente le barreau le plus bas de la spiritualité. Vous valez beaucoup plus.» Od-shi-mat-no-ke.

«Le cheminement que vous avez eu, démontre que vous ne témoignez d'aucun amour envers vous-même.» Reine Élisabeth explique.

Le visiteur renchérit,

«Parce qu'on nous l'a formellement interdit, sinon l'être humain se voit étiqueté de pur égoïste, d'égocentrique, de nombriliste, et même rejeté durement, avec un dégoût légendaire par ses semblables et ses proches.»

«Si vous ne vous aimez pas de la même manière, et aussi avec la même intensité dont vous «devez» aimer les autres, alors comment pouvez-vous donner adéquatement de l'amour aux autres? Que retenez-vous de ces deux pensées de la Bible TOB; 'Tu aimeras ton prochain comme toi-même.' Rm 13, 9. J'ai ajouté le même propos venant directement de la bouche de Jésus-Christ. 'Tu aimeras…ton prochain comme toi-même' St-Luc 10,27. Avec cette entière connaissance que vous avez obtenue, maintenant par un trop simple processus mathématique élémentaire ce résultat trouvé est à l'effet que vous DEVEZ vous faire le cadeau sûrement de CINQUANTE % de l'amour universel. De plus, et toujours selon votre raisonnement, Dieu le Père en deviendrait automatiquement privé, car tout démontre l'hostilité autour de Lui dans sa résidence. En passant, votre Père, ou en d'autres termes, votre vrai Moi, n'a-t-il pas une préséance légitime sur tous les autres humains?»

«Évidemment!!!!» Le visiteur balbutie.

« À partir de maintenant, si la Bible vous autorise sans réserve à vous aimer vous-mêmes, et en référence à cette description orthodoxe de ces versets, comment ne pourriez-vous pas conclure que l'humanité est en train de commettre une erreur monumentale concernant l'authentique sens de l'égoïsme réel? » Od-shi-mat-no-ke intègre.

« Poser la question, revient à y répondre. » Nicholson conclut.

«L'égoïsme, non pas celui dénaturé par l'humanité tout entière, mais le vrai, on doit le cultiver, car par lui vous augmentez l'estime en vous-même, et vous apprenez à vous respecter. Vous entretenez votre propre maison tant au niveau physique, que mental que spirituel; ainsi aux yeux du Père, vous représenterez de ce qu'il y a de plus beau, car l'amour que vous vous portez, se saturera de noblesse, de grandeur, et d'innocence fraîche; et aux yeux de ceux qui participent à votre monde vous deviendrez une figure d'inspiration à suivre, vous-même inspirant vraiment que la pure harmonie intérieure.» La Vierge Marie enseigne.

«Votre vile compassion aveugle, jetez-la aux cochons. Lorsque vous offrez votre aide, vous devez d'abord vous assurer que l'autre en a réellement de besoins, qu'ensuite, elle ne servira non seulement pour garantir un besoin physique, psychologique ou matériel, mais qu'elle l'engagera à davantage se prendre effectivement en main car le dogme «aide-toi, et le ciel t'aidera» demeure toujours un principe valable!! La philanthropie telle qu'exercée par les humains, sous tous ses aspects possibles, revient à donner seulement pour donner, et souvent ce n'est que pour acquérir une bonne conscience, fondamentalement se conforter, mais aussi demeurer simultanément dans une totale, et écœurante indifférence des vrais, réels besoins des individus, donc une forme d'hypocrisie éhontée, machiavélique étant mélangée à un dédain purulent, et aussi sans aucun discernement quel qu'il soit. De ce contexte, cette forme de philanthropie purement humaine, paradoxalement, devient maintenant la source de préjudices pour ceux qui reçoivent le secours, de par la considération qu'ils se voient incités à demeurer dans leur condition de loque humaine, et par surcroît, se dire en eux-mêmes, 'Pourquoi je devrais faire le moindre effort quand on m'apporte tout sur un plateau d'argent?'. Finalement, c'est condamnable sur le champ.» Vasitha argumente.

«J'observe que la colère contamine presque tous vos corps subtils; elle porte en elle la dégradation, la destruction.» Imanuel commente.

«Dans les Saintes Écritures, et autant dans L'Ancien Testament que le Nouveau, l'on fait mention que Dieu se fâchait à plusieurs reprises et de même pour Jésus-Christ lorsqu'il chassa les gens du Temple.» Steven.

«La colère pour qu'elle soit que constructive, et qu'elle n'entraîne aucune conséquence en regard de cette loi du karma, elle ne doit pas relever de la préméditation, et ne doit renfermer aucun instinct animal quel qu'il soit, qu'il s'agisse de vengeance, de cruauté gratuite, de rabaissement de la dignité humaine, ou bien d'une pulsion mal contrôlée. Elle se veut spontanée, et dirigée contre les Ténèbres, non contre les gens dont ils témoignent d'être l'unique support de ceux-ci. Car vous devez à tout le moins, laisser sous-entendre à l'autre que votre compassion et votre amour l'alimentent, et l'amenant conséquemment à se questionner lui-même, lui qui souffre si incroyablement en son for intérieur. Et en même temps, il démontre sa maladresse à en gérer adéquatement les raisons de ses souffrances. Néanmoins, vous devez protéger votre vie et lorsque vous discutez, vous faites en sorte de ressembler, temporairement, le plus possible à celui en face de vous. Couper court lorsque l'autre veut vous entraîner dans des situations et/ou des informations obscures. Maintenant, je constate toujours la colère qui vous habite. Pourquoi?» Imanuel précise.

«En me référant à mes réflexions, Dieu le Père a créé tous les mondes sinon il aurait vécu dans une éternelle, impitoyable solitude. Vrai?» Steven.

«Décrivez-moi l'utilité d'un bateau toujours arrimé au quai. Si Adolf Hitler avait vécu strictement seul sur la planète, l'aurait-on proclamé dictateur impitoyable et sanguinaire? Non! De même, si Oussama Ben Laden avait vécu seul sur Terre, l'aurait-on qualifié de «chef terroriste d'Al Qaida»? Encore une fois non!» Irmingard répond.

Le visiteur grogne,

«Rien, ni personne ne peux parvenir à la perfection de Dieu le Père; conséquemment tout, tout ce qu'il a créé possède moins de perfection que Lui. Conclure autrement est une royale perte de temps. **Finalement, l'on parvient à discerner, et en plus de définir très clairement le premier éloignement envers le Principe, Dieu le Père, bien avant que la Manifestation Universelle fût dans les faits réels, effectivement créée, et d'une évidence aveuglante, bien avant qu'un seul être quel qu'il soit ait pu commettre le moindre plus petit péché originel.»**

Od-shi-mat-no-ke rétorque,

«Simplement parce que la situation contraire aurait constitué une pure impossibilité. Il ne peut pas exister deux Dieux qui soient égaux !!!»

«Je comprends parfaitement que la Création ne peut pas devenir plus parfaite que Lui; pourquoi discuter pour des riens? Mais moins parfaite à 99.9%, et d'autre part, moins parfaite à 0.0000000000999%, il y a une nuance excessivement importante. **D'où provient son problème pour ne pas avoir créé la reproduction orthodoxe des conditions de vie du paradis terrestre avant la tentation d'Adam et Ève, mais évidemment adaptées à la totalité de la grandeur de l'univers? Considère-t-il qu'on lui en demande trop, lui qui peut ériger la Création tous les matins (terrestres)? Tous les êtres vivants, absolument quels qu'ils soient dans l'univers l'auraient amplement louangé éternellement du fond de leur cœur et leur âme et seulement le Bien prédominerait aux quatre coins de la Création !!!** Mais non! Car cette éventualité aurait paru trop simple et d'un autre point de vue, il devient plus amusant, plus divertissant pour Lui de se faire le spectateur, le Témoin Immobile des conséquences infinies et infiniment cruelles, diaboliques et inhumaines des Ténèbres. Mä Ananda Moyï, parmi les plus saintes femmes de l'Inde de tous les temps, fait référence à la nitya lila ou le jeu divin. **Et tout ce cirque consiste essentiellement à amuser Dieu le Père!!!!!** D'un côté, Dieu le Père qui se réjouit; de l'autre côté les êtres qui sont jetés pour **la toute, toute, toute première fois** dans la Manifestation Universelle, **étant déjà plus que saturés de la pureté spirituelle existant dans le monde non manifesté, nommément la maison de Dieu le Père.** Cependant, ils sont plus que totalement ignorants, au sortir du Non-Manifesté, que le sacré système s'est programmé à se dégrader irrémédiablement, et automatiquement et conséquemment obligeant les êtres à se retrouver de plus en plus dans les profondeurs des Ténèbres!!! Et au bout du compte souffrir éternellement, cruellement, irrémédiablement. Steven amorce.

« Qui dit la Manifestation Universelle dit également, totalement son pur synonyme c.-à-d., vraiment, et vraiment rien de moins que sa perpétuelle dégradation éternelle à ses 4 coins. Éternellement de par cet argument que cette dégradation survient à chaque cycle de 4 Âges ou des 4 Yugas, et déployant une indifférence purulente vis-à-vis l'humanité aspirant à faire que de très bonnes actions auxquelles, s'y ajoutèrent ses espoirs pour de meilleures conditions dans l'après-vie, ou bien le tunnel de lumière, l'amour infini de Dieu. De nos jours, l'on ajoutera à ce marasme trop indescriptible, la montagne infiniment haute des conditions écologiques de survie de la planète.Cette situation explique plus que facilement pourquoi le grand ménage universel se doit de procéder régulièrement, et éternellement à tous les 4 Âges consécutifs, certes corroborés par la religion catholique, et également par l'orthodoxie spirituelle hindoue en référence à ses quatre Yugas.» Le visiteur termine.

«Vous demeurez toujours dans l'exactitude.» Vierge Marie acquiesce.

«Merci! Ce grand ménage universel répété éternellement, signifie tout simplement que cette Création entière démontre précisément sa totale imperfection, cependant une imperfection non pas à cause des péchés de l'Homme, mais plutôt à plus de 99.9999999999% purement par la volonté de Dieu le Père, et là en faisant en sorte que la joute devient **toujours** et **automatiquement** perdue bien avant même qu'elle n'ait débuté, en raison même d'une Loi Universelle immuable et implacable à en faire rougir Hitler, et statuant qu'à l'intérieur de la Création tout à un commencement, et aussi une fin. Je vous fournis cet argument non négociable. Actuellement nous nous situons à un stade très avancé de l'Âge de fer. C'est actuellement fermement décidé qu'il surviendra un prochain cycle **identique** de 4 Âges (environ 700 de ces cycles **identiques** de quatre Âges (Yugas) vont se dérouler dans le futur) après la grande vadrouille à venir, et ce, totalement, totalement indépendant des trop bonnes actions de qui que ce soit, et évidemment des priorités environnementales de la plus haute importance à chaque Âge de fer. Les quatre Yugas ou (Âges) totalisent un seul cycle; quatorze de ces cycles définissent la durée d'un Manu hindou. Soixante-douze Manu égalent un Kalpa. Il existe beaucoup de Kalpa, et des Kalpa de durée différente. Conséquemment de plus en plus de longs cycles sont toujours formés; « les mystérieuses roues cosmiques » en provenance des commentaires des auteurs de la Bible en langue française (Bible TOB, p: 1027). Puis passer de l'âge d'or sursaturé du bien, de l'amour, de la pureté, et aboutir, même pas par nécessité absolue, inconditionnelle, mais par un automatisme sursaturé d'indifférence totale, implacable, immuable et aussi absolue que Dieu lui-même, à l'âge de fer rempli d'horreurs inqualifiables en mots humains. Finalement, la cerise sur le sundae, l'éternelle répétition purement mécanique; encore plus mécanique que la science de base en elle-même, et appelée physique mécanique, des 4 Âges ou des 4 Yugas. Ah! J'oubliais, le péché originel utilisé plus qu'à outrance à en vomir par la religion catholique, sous l'angle d'un fouet. Le péché originel, ou le plus honteux, putride, diabolique, purulent et machiavélique mensonge, pas du siècle, et pas de toute l'humanité, mais de toute l'éternité.»

«Je ne peux pas démolir vos raisonnements, en raison même des faits incontestables. Par ailleurs, un très petit nombre d'êtres humains pénètrent dans le ciel ou plus correctement, dans le monde absolument pas, mais absolument pas manifesté, la vraie résidence de Dieu le Père et ce que devrait être le véritable ciel de la religion catholique.» Imanuel confirme.

«Est-ce que l'on perçoit un meilleur choix de vivre éternellement dans le monde non manifesté, tel que proclamé par les plus grands sages de l'Inde, nommément les plus orthodoxes Yogis, dont Ramana Maharshi, MÄ Ananda Moyï, et Ramakrsna? Dans une telle réalité, où il ne survient rien, absolument rien, et pendant un nombre incalculable d'éternités? Je fais référence, de nos jours, à une personne devant subir pour le reste de sa vie l'état végétatif le plus pur qui soit; essayez de me trouver un seul être humain à l'échelle de toute cette planète qui irait se réjouir, un tant soit peu, de vivre une telle fatalité, et immédiatement, je vous dirais ceci: « Je vous souhaite beaucoup, mais beaucoup de chance! » Le Non-Manifesté s'identifie rigoureusement au sommeil, et dans le cadre suivant: lorsque que la personne a profité d'un excellent sommeil, et ce, durant toute la nuit (dormir comme un bébé) sans la phase REM, sans les rêves, et **sans aucune considération de ses bienfaits.** Alors, vous tous, dites-moi qui y a-t-il de formidable, et de drôle dans cette situation? À l'égard de ce film intitulé, 'Papillon' (1973) avec Steeve McQueen et Dustin Hoffman, et où un prisonnier de l'armée française basée sur une île a pris la direction du trou noir pendant cinq années consécutives. Pouvez-vous vous imaginer pendant quelques secondes qu'il a dû certes vivre un calme mortel, et une absence mortelle de mouvements? Bien sûr que vous allez me répliquer qu'il s'agit que d'un film, mais sachez que les très bons et nobles films, également les vraies et nobles chansons, dont notamment «Pardon» avec Sweet People, nous enseignent une profonde sagesse. Puis, l'autre face de la pièce de monnaie, et vivre dans cette honteuse Création, constituant le plus fantastique abattoir de toute l'éternité, et peut-être qu'avec une gouttelette de chance, l'on pourrait profiter de l'opportunité d'y savourer un instant de bonheur qui ferait suite à un nombre incalculable d'autres durs instants de sueurs à notre front, donc un bonheur qui pourra durer une heure sur 23 ou, pour les plus malchanceux, seulement une heure tous les 23 mois, et où durant cette heure dorée, nous pourrions y savourer à pleine gueule ce bonheur qui simultanément va nous faire vibrer jusqu'à toutes nos cellules de notre corps physique, et qui va aussi même faire s'esclaffer notre âme. Alors, vous tous ici qui m'écoutez, suggérez-moi un meilleur choix?» Le médecin argumente.

Toutes les entités spirituelles et les monarques sont infiniment surpris alors qu'ils se regardent mutuellement et Imanuel parle,

«Il appartient à vous, ainsi qu'à votre libre arbitre de décider. »

«Pourquoi comparez-vous la Création à un abattoir ?» Reine Élisabeth.

«En tout premier lieu, je me rappelle de la parole d'Imanuel: 'un certain nombre d'êtres humains entrent dans le ciel, la vraie résidence du Père'. Avant notre damnée éjection **la toute, toute, toute première fois** dans cette Création, nous habitions tous dans le Non-Manifesté avec le Père et signifiant que, spirituellement parlant, oui !! Nous partagions sa **sublime perfection**. Comment peut-il donc en être autrement? Dites-le-moi!!! (Sur la terre, une simpliste définition du Non-Manifesté est tout, mais tout ce qui ne peut revenir exister, après avoir déjà existé, **et** tout ce qui appartient au futur, et dont nous n'avons pas la moindre idée et/ou projection quelle(s) qu'elle(s) soit (ent) au moment présent). Avant que la Création soit érigée, il devenait totalement impossible de nous localiser à un quelconque autre endroit, car un quelconque autre endroit ne pouvait certes absolument pas exister, sauf le Non-Manifesté, car le Non-Manifesté existe de par, et en lui-même de toute éternité, ce qui n'est absolument pas le cas de la Création, et même pris dans son sens le plus large qui soit, aussi le plus universel qui soit. Maintenant, où logions-nous avant la Création du monde, et des univers dans leur totalité? Dans le Non-Manifesté, étant dûment éternel tout comme le Père qui l'habite, et tout comme notre âme individuelle. La religion catholique a convaincu ses membres, par sa Bible, de notre âme éternelle parce que chaque âme se compare à un rayon du Soleil, et que le Tout-Puissant correspond au Soleil lui-même !!! 'Ne craignez pas ceux qui tuent le corps, mais ne peuvent tuer l'âme;' selon St-Matthieu X, 28, et entièrement endossé par la spiritualité hindoue, et de par la Tradition Primordiale: 'L'âme ne connaît pas la naissance, ni la mort. Vivante, elle ne cessera jamais de l'être. Non-née, immortelle, originelle, éternelle, elle n'a jamais eu de commencement et, n'aura jamais de fin,' Bhagavad-Gîtâ, 11, 20.

En référence à cette décision de Dieu le Père, de nous envoyer, **malgré notre propre volonté**, dans sa chère Création **pour la toute, toute, toute première fois** conséquemment, l'on nous a royalement corrompus en nous associant aux Ténèbres noires, sous toutes ses présentations possibles. Et par la suite nous devons reconquérir, tout en nous enfargeant dans les embûches en quantité infinie, la Source Primordiale, le vrai de vrai ciel, le Non Manifesté! Et contrairement du ciel de la religion catholique. Il s'agit d'une pure niaiserie tout à fait identique de par le fait que la plus noble et la plus authentique famille d'un pays occidental aurait remis son nouveau-né dans les mains du führer Adolf Hitler et qui lui, l'aurait élevé jusqu'à l'âge de 35 ans, après quoi, le jeune adulte aurait eu le reste de sa vie pour devenir le Dalaï-lama!!!! Nicholson poursuit.

Deuxièmement, j'ai certes noté que dans un grand pourcentage de nos malheurs durant cette existence, que tout être humain quel qu'il soit se voit pendu avant même qu'on l'ait jugé!! Exprimé autrement, le jeu est toujours, toujours perdu d'avance avant qu'il n'ait débuté. Punition: Dans diverses circonstances de temps et de lieux, nous subissons dans une existence subséquente, toutes les conséquences de nos erreurs et de nos fautes appartenant à notre vie précédente, essentiellement par l'ignorance la plus pure qui se peut de celles-ci. Les modalités d'application de ces retombées dans la prochaine vie concernent, parmi d'autres, le corps physique (toute, mais toute déformation et toute maladie et/ou toute, mais toute anomalie génétique, et lorsque le patrimoine génétique des deux parents est 100% en santé), et/ou la composante psychologique (maladies psychiatriques souvent incurables de l'enfant, et lorsque son corps physique possède un développement strictement normalement, et où la participation génétique des parents demeure immaculée) sans y oublier dans les 2 situations, les évènements multiples et profondément malheureux qui s'y associeront intimement, et touchant le porteur. Ces mêmes modalités, mentionnées ci-haut, deviennent franchement composées (dans le même sens que les intérêts composés) et d'où ici punition ajoutée à une autre punition par le contexte plus qu'évident que les autres êtres humains qui vivent dans l'environnement très immédiat, vont certes en souffrir incroyablement les répercussions. Le visiteur prolonge.

Troisièmement, punition: Nous n'avons pas de 'copie de sauvegarde' des expériences, et de la connaissance de notre vie antérieure parce que tout s'efface entre deux existences. Je me souviens de deux évènements très désastreux. D'abord à l'âge de 8 ans, je me suis à toute fin pratique noyé de par le fait que je touchais pour la troisième fois le fond de la rivière. Je me suis étouffé sévèrement; j'ai crié pendant un bon bout de temps avant d'être vu par quelqu'un. L'autre a remonté à mes 21 ans. Le jour précédent j'ai reçu sur le tapis rouge mon permis de conduire. Le jour suivant, en plein milieu du froid mois de janvier, je quittais le renommé mondialement Forum des Canadiens de Montréal au coin de Peel et de Ste-Catherine à 20.30 h. À minuit je m'allongeais dans mon lit au campus de l'Université Laval. Je conduisais mon auto toute neuve équipée d'un moteur nerveux à plus de 150 mph sur une surface glacée, et enneigée de l'autoroute 20. À un certain moment, je n'étais vraiment aucunement sûr d'être capable de respecter une courbe, et si je l'avais dûment manqué, alors j'aurais atteint le stationnement du Père Noël au pôle Nord. Donc, en renaissant à chaque fois il faut à nouveau apprendre (à): 1) marcher. 2) Durant les deux premières années, la propreté. 3) La connaissance de base: le langage maternel, les matières scolaires…. 4) Conduire un véhicule motorisé. 5) Une nouvelle profession. 6) Les compromis entre le mari et sa femme. 6) Les chères conventions sociales….Une façon d'évaluer la profondeur de cette ignominie, et en surcroît, étant éternellement répétitive, me réfère à se remémorer les propos de tous les gens dans la soixantaine et plus: 'si je pouvais refaire ma vie avec l'expérience et la connaissance que je possède actuellement'. Un autre contexte de cette saloperie si sordide: de quelle manière une quelconque personne pourrait-elle s'épanouir, si tout ce qu'elle aurait acquis la journée précédente s'efface complètement de sa mémoire la nuit suivante (sur un mode répétitif) ?!!!!!! Punition: chacun de nous est abandonné absolument à lui-même dans cette Création, à titre de la pauvre victime de la plus pure ignorance qui puisse être de ces Lois Universelles. Pouvez-vous vous imaginer tant soit peu le résultat si dans un quelconque pays, il n'y avait personne, mais personne qui connaît une seule loi, tout comme tout nouveau-né? Ça serait la pagaille du siècle !!!» Le médecin dissèque.

Quatre: Actuellement sur la Terre, l'humanité évolue dans un degré de l'Existence, interchangeable avec la Manifestation Universelle; il s'agit ici d'un degré parmi une infinité d'autres appartenant toujours à l'Existence. Tous les êtres qui résident dans les corps physiques de qui que ce soit sur cette planète auront obligatoirement, et irrémédiablement **contre leur volonté la plus ferme qui soit** à, oui!! Subir chacun des autres degrés étant toujours en nombre indéfini de la Manifestation Universelle, **qu'ils le veuillent ou non.** Ce n'est pas tout! Dans cet actuel degré de l'Existence, les personnes humaines occupent actuellement la position centrale de ce degré; de plus, la position centrale parmi un nombre indéfini de positions qui appartiennent toutes à notre degré identique et actuel. Pourquoi la position centrale? En considération de ce simple argument par lequel les êtres humains possèdent la totalité sans exception des aptitudes et des attitudes ou en d'autres mots, l'être qui est enfin parvenu à occuper un corps humain, et ce après avoir gravi tous les échelons l'y conduisant, il possède la totalité des possibilités intrinsèques, plus extrinsèques de développement propre à son degré de l'Existence. Si nous soustrayons les unes et les autres, au même moment de l'apparition de l'homme des cavernes, alors est-ce que cette réalité terrestre matérielle serait bien ce qu'elle est aujourd'hui? Non!!!! Steven développe.

5: N'importe quel individu après sa mort voyagera dans des mondes variés de l'après-vie, avant de retourner sur la Terre ou **non.** Une telle personne pourrait ainsi vouloir habiter un autre degré plus élevé de l'Existence que son degré terrien. Cependant, vraiment rien ne garantira que ce même individu va acquérir à nouveau la position centrale dans ce nouveau degré de la Manifestation Universelle, donc équivalente à celle qu'il occupait sur la Terre. M. René Guénon m'a informé de ceci: 'Quand un être doit passer à un autre état individuel, rien ne garantit qu'il y retrouvera une position centrale, relativement aux possibilités de cet état, comme celle qu'il occupait dans celui-ci en tant qu'homme.....on peut ainsi comprendre immédiatement combien il en serait grandement désavantagé, surtout au point de vue des possibilités de développement spirituel, et cela, même si cet état constituait un degré d'existence supérieur au nôtre'. Pouvez-vous vous imaginer un seul instant qu'elle aurait été la condition de la Terre en

2008 si elle avait été habitée strictement par des singes, depuis leur première apparition sur cette même planète? » Nicholson renchérit.

6. Les Lois Universelles correspondent parfaitement à la volonté de Dieu le Père. À l'intérieur de la Manifestation Universelle, elles sont Dieu le Père agissant éternellement, encore une fois parce que Dieu le Père est non manifesté; conséquemment, il ne peut surtout pas penser, ni parler, ni agir directement, et ni personnellement parce qu'il est sans forme (c.-à-d., au-delà de toute forme quelle qu'elle soit, donc en stricte opposition avec le terme « forme » donc possédant une forme quelconque, quelle qu'elle soit). Ces lois agissent **qu'auto-activement** à l'intérieur de la totalité sans exception de la hiérarchie des mondes en nombre infini. Pour chacun de ces mondes, elles s'ajustent excessivement précisément en raison même des modalités spécifiques d'existence propre à chacun de ceux-ci. N'importe quel être quel qu'il soit humain ou non, ne peut absolument pas aller à l'encontre, et ni éviter par toute manière quelle qu'elle soit ces Lois Universelles; elles sont aussi dures, et implacables que le fer. Le médecin.

7. À quelle intensité ces Lois Universelles se comparent-elles au fer? Elles sont suffisamment sans aucune pitié, et tout en démontrant une froideur extrême inexprimable, un aspect sans-cœur inexplicable, une indifférence tellement infinie et au-delà des mots humains qu'Adolf Hitler et Staline manifesteraient instantanément une infinie pâleur et les deux pleureraient toutes les larmes de leurs corps. Certes, si tous les meurtriers sur cette Terre connaissaient ces Lois Universelles, alors fermement agenouillés, ils iraient supplier intensément pour la peine de mort et ils exprimeraient une rage légendaire à attendre une seule seconde additionnelle pour subir effectivement le décès. C'est avec un sourire extrêmement chaleureux, à faire pâlir le soleil qu'ils s'y soumettraient. Lorsque ces Lois Universelles sont analysées de plus près, l'on constate qu'elles n'ont aucune relation quelle qu'elle soit avec ces adjectifs, nommément social, individuel, collectif, religieux ou moral. Qui plus est, elles ne sont certes pas contaminées par la trilogie si chère à M. René Guénon en référence à la sentimentalité, l'affectivité, l'amour et en extra, les émotions. Le visiteur.

8. Le contenu sans exception de mes deux précédents, et consécutifs paragraphes définit très précisément une partie de la justice de Dieu le Père. L'autre composante qui détermine à 100% sa justice repose sur la place que chaque être, humain ou non, occupe dans son degré respectif et

encore une fois étant en nombre indéfini de l'Existence. Cette place que chaque être, humain ou non, s'est assignée est entièrement pour la seule et essentielle motivation qu'il est son propre créateur de ses bonheurs et de ses malheurs. Conséquemment, une fois de plus encore Dieu le Père possède l'immunité infinie, absolue, et éternelle à l'égard de toute faute, et de toute désapprobation relevant de ses actions, de ses pensées, ses agissements sans oublier son grand amour, parce qu'il est pour toujours, éternellement non manifesté, sans aucune forme quelle qu'elle soit.

Il persiste aussi le libre arbitre. Immédiatement, je ne pourrais pas aller à l'encontre de celui-ci. **Maintenant, si nous localisons à l'échelle de la Manifestation Universelle et de son évolution «temporelle» à travers l'éternel présent, alors notre libre arbitre est moindre que si n'importe lequel de nous vivrait en perpétuité sans libération conditionnelle quelle qu'elle soit, dans un trou noir de 4 pieds de large x 8 pieds de long et 7 pieds de haut de la prison démontrant les conditions de détention les plus inhumaines qui soient sur Terre.** Nicholson achève.

9. Comment se fait-il que la durée de chaque Âge ou son équivalent les Yugas, doivent demeurer précisément, et éternellement de la même durée plus ou moins une seule seconde terrienne? C'est infiniment impossible si l'on compare deux cycles complets c.-à-d., d'or, d'argent, de bronze, et de fer, d'Âge/Yugas. Autrement les actions, pensées et paroles des êtres ont été copiées, puis ont été collées de manière très orthodoxe d'un cycle complet précédent au suivant. Si je veux également m'exprimer clairement, les horloges atomiques actuelles se situeraient nécessairement à l'école maternelle en comparaison avec n'importe lequel de ces 4 Âges/4Yugas concernant leur durée. Et ce dogme hindou est présent dans des textes aussi vieux que 5,000 ans et encore de plus anciens(Védas).Je ne peux absolument pas croire que les comportements de l'humanité seront très exactement les mêmes dans chacun des 700 quelques Âges de fer (Kali Yugas) à venir. » Nicholson termine.
« Je réfère à un mécanisme inexprimable en mots humains. » Parzival.
« Une explication partielle s'exprime à l'égard de tous les êtres entre la Terre, et le Non-Manifesté. » Vasitha prudent.
« En référence au commentaire de Vasitha, ces êtres ont en commun la gigantesque, et l'infiniment pénible tâche de maintenir l'amour humain par tous les moyens possibles et impossibles; et en plus, quel qu'en soit le prix légendaire, et faramineux à payer. L'amour se révèle la suprême bouée

de sauvetage à idolâtrer, le meilleur des meilleurs vaccins contre les trois ultimes sources de la souffrance: A) celle causée par la Nature. B) Celle qui nous est infligée par qui que ce soit d'humain sur cette planète. C) Les souffrances épouvantables, infiniment déchirantes que chaque être humain dirige contre lui-même. Encore une fois, cet amour se doit d'être maintenu peut importe cette immensité du prix à défrayer, et par n'importe quel moyen imaginable et inimaginable. Allant même à une mère et/ ou père tuant tous leurs enfants, et le suicide parental afin d'éviter aux enfants les souffrances interminables de se retrouver seuls dans l'après-vie et donc nommément cette séparation absolument ahurissante entre les parents concernés, et leurs rejetons. L'on a affaire aux voies impénétrables et totalement incompréhensibles de Dieu le Père. » Irmingard élabore.

Od-shi-mat-no-ke dialogue,

« Toujours en connexion avec la réponse de Vasitha, ces mêmes êtres doivent inconditionnellement maintenir parmi les personnes humaines l'espoir par tous les moyens possibles et impossibles, et à n'importe quel prix. La cerise sur le sundae est l'espoir et l'amour pour parvenir au monde spirituel de la religion catholique alors que ce dernier sera totalement anéanti, étant en effet partie intégrante de la Manifestation Universelle, et que les êtres s'y trouvant possèdent encore une forme quoique je l'avoue manifestement très subtile. Le vrai monde spirituel, demeure seulement, et encore seulement le monde Non-Manifesté ou les êtres sont totalement, totalement sans forme quelle qu'elle soit et finalement il ne se passe absolument rien, absolument rien, et toujours absolument rien. »

« Probablement que l'on ne vous a pas inculqué que toute vérité n'est pas bonne à exprimer à une personne humaine, quelle qu'elle soit. «cet homme fut élevé jusqu'au paradis et entendit des paroles inexprimables qu'il n'est pas permis à l'homme de redire.» 2Co, 12, 4. Il y a aussi cette parole de la bouche de Jésus-Christ: «Tout m'a été remis par mon Père. Nul ne connaît le Fils si ce n'est le Père, et nul ne connaît le Père si ce n'est le Fils et celui à qui le Fils veut bien le révéler.» St-Matthieu, 11, 27. Reine Élisabeth.

« En accord avec 2 Co, X11 2-4, j'ai appris de la part de la Bible française TOB « Je connais un homme en Christ qui, voici quatorze ans – était-ce dans son corps? Je ne sais, était-ce **hors** de son corps? Je ne sais, Dieu le sait cet homme-là fut élevé jusqu'au troisième ciel. Et je sais que cet homme – était-ce dans son corps? Était-ce **sans** son corps? Je ne sais, Dieu le sait – cet homme fut élevé jusqu'au paradis et entendit des paroles inexprimables qu'il n'est pas permis à l'homme de redire. » À cette époque très, mais excessivement très éloignée, ils considéraient fortement, mais très fortement les sorties hors du corps physique. Steven intervient.

Je vous soumets la réalité entièrement concrète de la sortie hors du corps physique (Out Body Experience) et communément appelées: le voyage astral. M. Robert Monroe, fondateur de l'Institut Monroe (Virginie, U.S.A), a rédigé Le voyage hors du corps (Journeys out of the body), et M. Patrick Drouot, physicien reconnu a écrit la préface et j'extrais ici un passage: « Plus de 800 sorties hors du corps y ont été effectuées sous le contrôle strict des plus grandes universités américaines telles le Standford Research Institutes…Pionnier de l'intangible, Robert Monroe est aujourd'hui reconnu pour sa démarche scientifique. » Le visiteur poursuit.

Également de " Mémoires d'Esséniens, l'autre visage de Jésus " par les auteurs Maurois-Givaudan « Après ces paroles, le Maître fit une longue pose. Il s'éloigna un peu de nous qui attendions assis sur l'herbe. – « Allongez-vous sur le sol », dit-il enfin en revenant d'un pas tranquille. Nous obéîmes sans chercher à comprendre, subjugués par une demande aussi imprévisible. « Il est bon que vous puissiez contempler la danse des mondes », murmura-t-il en s'allongeant à son tour au centre de notre groupe… « Ne craignez rien de ces expériences…Je vais pratiquer sur vous la séparation de la conscience et de la chair. »…Le Maître demanda alors le silence absolu et l'immobilité la plus totale… « Ouvrez votre aura…» ces trois petits mots se glissèrent en nous presque imperceptibles, comme chuchotés à chacune de nos cellules. J'eus alors l'impression que quelqu'un touchait le creux de mon estomac et je me sentis fuir lentement hors de mon corps…Tout s'était passé avec une netteté étonnante…Je pouvais voir mon corps sous moi. Il semblait dormir dans une semi-rigidité…Bientôt, je me rendis compte que mes compagnons avaient fait de même : leurs enveloppes étaient abandonnées sur l'herbe. Nous n'étions plus qu'une vingtaine de corps lumineux cherchant à se stabiliser dans les airs autour d'une prodigieuse clarté: celle du Maître. Nous venions de nous décorporer sous l'effet de sa volonté. » Steven conclut.

« La prochaine explication est absolument nécessaire, et suffisante pour obtenir le meilleur résultat. » La Vierge Marie réplique.

« Chacun de nous, d'un claquement des doigts, nous pourrions modifier l'évolution de n'importe quelle partie de n'importe quel 4Âges/4Yugas afin d'obtenir encore, et encore le parfait ajustement de la durée de chaque

Âge ou Yugas; nous procédons par une méthodologie se voulant analogue, mais certainement pas d'une manière étant orthodoxe, à la représentation cinématographique intitulée 'L'effet papillon';attention, que le premier des deux films qui ont été produits, et surtout pas le deuxième ». Imanuel.

«Vous êtes tout juste parvenu à résoudre l'énigme du Sphinx. Aucun des êtres subtils dans tout l'univers n'a su accomplir ce prodigieux exploit. Mes félicitations!» La Vierge Marie constate.

«Je vous l'affirme, Dieu avait commis une seule erreur dans toute son existence, en ayant déployé cette Création, certes ultra parfaite dans sa composante purement matérielle, et à l'échelle de cet univers tout entier (comparable à une carte-mère) mais elle est totalement imparfaite dans son fonctionnement(en comparaison avec d'un logiciel de programmation) Maintenant je voudrais avoir l'opportunité de Lui montrer de quelle façon il faut procéder correctement, si vous me le permettez.»

Vasitha regarda autour de lui et il rétorque,

«Me voilà ici depuis la toute première naissance de la Terre, et jusqu'à maintenant elle a eu 12 existences, et jamais, jamais, et encore jamais un être a prononcé un discours à ce point archi structuré, et avec une telle limpidité.»

«Merci encore une fois de cet hommage!» Le visiteur commente.

«Avant tout, nous avons tous détecté clairement votre questionnement précoce, évidemment tout à fait légitime au sujet de divers faits, et aussi de textes variés touchant la religion catholique.» Vasitha mentionne.

«Entièrement vrai! Je ne peux absolument pas tolérer la contradiction ni l'insinuation.»

«L'on vous a informé à propos du documentaire suivant, probablement jamais contesté: 'Les 2000 ans du Christianisme (A&E). Vous avez appris qu'à l'époque de l'élaboration de la toute première bible, deux dignitaires sont intervenus, et tout en soignant simultanément, et parcimonieusement leur patrimoine respectif: le pape, en plus de l'empereur en fonction à cette époque précise. La spiritualité **et** la suprématie impériale débattues, et tranchées à l'intérieur de ce livre sacré.» Irmingard introduit.

«Effectivement, et aussi lors du Concile de Nice en l'an 325 après Jésus-Christ, l'empereur Constantin avait usé trop effrontément de son pouvoir. Il a forcé les évêques à retirer de tous leurs documents religieux, quels qu'ils soient, absolument tout ce qui y concernait de près ou de loin, autant directement et qu'indirectement la réincarnation. Finalement, en l'an 553 après Jésus-Christ, l'empereur Justinien a également agi en despote, en convoquant le cinquième concile général de l'Église catholique, et malgré la résistance opiniâtre du pape à cette époque; pareillement, cet empereur a guidé lui-même ledit concile, et y perpétuant la volonté de retirer tout ce qui touchait à la réincarnation.»

«Que retenez-vous de tout cet enseignement?» Od-shi-mat-no-ke.

«Que durant plusieurs siècles après l'évènement de Jésus-Christ, la soi-disant religion catholique se voulait aussi païenne que tous les autres courants spirituels régnant dans les contrées entourant Rome. Comment pouvait-il en être vraiment autrement en considérant l'intervention répétitive et abusive de l'empereur? Et plus encore, si la réincarnation avait survécu jusqu'à nos jours, ce fait aurait constitué une tâche inimaginable pour la religion catholique à motiver ses brebis à aller à son ciel; et chacune d'elle aurait répliqué: il n'y a aucune vraie urgence et si nous le manquons durant cette présente existence, il y en existera toujours une autre, tout comme pour un autre autobus. Plus je réfléchis, plus je voudrais vous demander ceci: qu'est-ce que Jésus pouvait exactement représenter en fonction de l'Église, si elle devenait ou était païenne?» Questionne le médecin.

«À tout le moins, qu'on l'avait proclamé le roi des Juifs au moment de sa crucifixion, et le tout est confirmé par Pilate. 'Les grands prêtres des Juifs dirent à Pilate «N'écris pas 'le roi des Juifs' mais bien' 'cet individu a prétendu qu'il était le roi des Juifs.» Pilate répondit «Ce que j'ai écrit, je l'ai écrit. » St-Jean, 19, 21-22. La suprématie administrative, et aussi militaire de Rome avait atteint son point culminant. Rome aspirait faire la même chose avec les considérations purement religieuses. L'on possédait un roi en chômage, mais disponible, en conséquence au Concile de Nice, ils lui ont donné une promotion, de roi à un dieu.» Reine Élisabeth intervient.

«Vraiment sérieusement?!!!! Dans un autre ordre d'idée, on lit dans la Bible que Jésus est né d'une conception immaculée, et avec l'aide du Saint-Esprit.» Le visiteur constate.

«Croyez-vous que Jésus, à au moins une seule circonstance, a pu parler inutilement, par surcroît, qu'il ait menti?» Imanuel intervient.

«Absolument jamais, bien évidemment!! Jésus avait dit: «En vérité, en vérité, je te le dis; «Nous parlons de ce que nous savons» St Jean, 3, 11»
« Dans la Bible catholique (TOB), on relate en St-Matthieu 16, 17 ce verset: «mais mon Père qui est aux cieux.» En voici une autre: «C'est ainsi que mon Père céleste vous traitera, si chacun de vous ne pardonne pas à son frère du fond du cœur.» St-Matthieu, 18, 35. «Le Fils de l'homme aussi aura honte de lui, quand il viendra dans la gloire de son Père avec les saints anges. » Marc 8, 38; « Et moi je dispose du Royaume comme mon Père en a disposé pour moi: ainsi, vous mangerez et boirez à ma table dans mon royaume »

St-Luc 22, 29-30; « Ce qui glorifie mon Père, c'est que vous portiez du fruit en abondance. » St-Jean, 15, 8; « Le Père m'aime parce que je me dessaisis de ma vie pour la reprendre ensuite. Personne ne me l'enlève mais je m'en dessaisis de moi-même; j'ai le pouvoir de m'en dessaisir et j'ai le pouvoir de la reprendre: tel est le commandement que j'ai reçu de mon Père. » St-Jean 10, 17-18; « Moi, je dis ce que j'ai vu auprès de mon Père, tandis que vous, vous faites ce que vous avez entendu auprès de votre père. » St-Jean, 8, 38. Imanuel intervient.

«Je ne vous accompagne plus du tout.» Steven réplique.

«Comment pouvez-vous expliquer, avec transparence, que Jésus-Christ **devait** exprimer ces diverses distinctions aussi inutiles, si l'Immaculée Conception survenait effectivement avec que l'aide du Saint-Esprit? Donc, conséquemment, il aurait fallu qu'il dise **Q U E** ' mon Père'; alors, pourquoi ces ajouts distinctifs de: cieux, céleste, anges, votre père, etc.?» Imanuel.

«Tout à fait d'accord avec vous parce que dans toute la Bible (TOB), il n'y a **pas un seul** verset témoignant de la présence du Père sur Terre, sous des modalités identiques à Jésus-Christ. 'Personne n'a jamais vu Dieu' St-Jean 1,18. La seule possibilité qui peut tout expliquer est que Jésus a voulu clarifier une distinction et, de là, il y a le Père dans les cieux, en plus de Joseph son père biologique; et même si je me faisais l'avocat du diable, j'énoncerais que si Jésus avait commis une telle erreur selon St- Matthieu 16,17, il n'aurait absolument pas redit une si grande méprise fâcheuse, selon St- Matthieu 18, 35, et tous les autres!!!!» Nicholson relate.

«Vous ne pouvez pas être plus exact.» Parzival acquiesce.

«Merci du plus profond de mon cœur! En passant, un certain jour je voulais vérifier une certaine citation dans la Bible, mais cette démarche m'aurait amené à me farcir environ 3,000 pages, et donc, je me servis du réseau Internet et j'ai fait ma recherche avec Google. J'ai écrit la citation dans la fenêtre vide et le moteur de recherche m'a conduit à la page web suivante: http://www.gnosis.org/naghamm/gop.html Inscription: 04/04/08 __ Là, j'ai jeté un coup d'oeil à l'index pour découvrir qu'il y recelait une quantité importante de Gospels, et j'ai exécuté un clic sur le Gospel de Philippe, inclus dans les parchemins découverts en Égypte. J'ai certes lu quelques phrases, mais sachant que je devrais utiliser beaucoup de temps, alors j'ai quitté.»

«Vous avez passé à côté de quelque chose de très intéressant, car en vous rendant au bas du texte, on vous aurait informé de ceci.

' *Il y a le Fils de l'Homme et il y a le fils du Fils de l'Homme. Le Seigneur est le Fils de l'Homme, et le fils du Fils de l'Homme est celui qui est créé par le Fils de l'Homme. Le Fils de l'Homme reçut de Dieu la capacité de créer. Il a aussi l'habileté de procréer. Celui qui a reçu l'habileté de créer conduit à une créature. Celui qui reçut l'habileté de procréer conduit à une progéniture.'»* La Vierge Marie précise.

«Je demeure bouche bée, sidéré! Donc, la naissance de Jésus relève de l'union d'un homme corporel et d'une femme corporelle, en surcroît, il est devenu également un paternel; et il a eu un (des) enfant(s). Si toute cette information se voulait absolument archi fausse, et dans le seul but de discréditer la religion catholique.» Le médecin s'exclame.

«Je comprends parfaitement votre réflexe normal. Vous avez toujours besoin d'une preuve solide étant rattachée à votre esprit cartésien. Ces parchemins sont découverts vers 1945 et renferment le Gospel de Philippe (http://www.earlychristianwritings.com/gospelphilip.html « Estimated Range of Dating: 180-250 C.E. » Inscription le 04/04/08), l'écart de la date de parution estimé entre 180-250 C.E. donc **avant** le Concile de Nice, celui qui a conçu presque entièrement tout, tout ce que l'on sait actuellement du patrimoine de la religion catholique, et de ce qu'il pourrait bien en rester. Historiquement Jésus, durant ses trois années d'enseignement, avait déjà trop, beaucoup trop d'ennemis qui parlaient et qui agissaient contre lui (lancer des pierres en sa direction), donc il n'avait surtout pas de besoin d'Antéchrist additionnel. Il me parait inutile de vouloir vous convaincre davantage sur ça. Deuxièmement, l'on n'a définitivement pas écrit ces parchemins avant que Jésus ne soit arrivé sur Terre!!! Finalement, tous ces parchemins ne se rattachent pas à un quelconque Antéchrist ou toute appellation équivalente, et voulant tuer dans l'oeuf la religion catholique, simplement parce que, **avant** l'an 325, la religion catholique n'existait **pas**, et de là, qui que ce soit ne pouvait pas ni argumenter, et ni planifier une quelconque destruction diabolique contre une chose et/ou une personne, l'un et l'autre, qui n'existe pas du tout !!! La religion a cessé de porter le qualificatif de païenne **seulement et seulement** avec l'arrivée du Concile de Nice en **325** après Jésus-Christ.» Imanuel commente.

«Mon clone humain n'aurait jamais pu me convaincre aussi bien que vous venez juste de le faire en y varlopant toutes mes montagnes de doutes. Maintenant, pouvons-nous revenir à mon projet de montrer à Dieu la façon de bien faire les choses, s'il vous plaît?» Nicholson s'enquiert.

«Il persiste une chose dont je me dois de vous enseigner.» Vasitha parle.

«Ah oui! Réellement! Veuillez m'excuser!» Le visiteur s'incline.

Od-shi-mat-no-ke souligne longuement,

«On mentionne dans le même Gospel de Philippe que le genre humain a besoin que de quatre choses: foi, connaissance, amour et espoir. La foi se compare judicieusement à une personne qui marche avec des béquilles, et même elle ira jusqu'à réagir absolument comme les tout jeunes enfants, qui vont croire absolument tout instantanément, et sans soumettre une seule question responsable, à cause spécifiquement, de leur innocence la plus pure qui soit. Nous avons observé sur la Terre les conséquences apocalyptiques, et funestes de ces très jeunes enfants et je vous propose l'exemple des enfants guerriers (n'étant pas encore des adolescents) et que l'on compte par plusieurs milliers sur votre planète. Avez-vous besoin de la foi en considérant la Vie ou le Tout-Puissant lorsque vous observez toute la Création entière parfaitement structurée et qu'au même moment, vous vous demandez qui est le premier qui possédait la connaissance, indépendamment de sa forme, ou bien de sa nature, et qui par la suite, il l'a mise en action et fabriqua des univers simultanés infiniment rodés, et même plus que l'horloge atomique sous l'angle matériel le plus pur qui soit? Bien sûr que non! Alors, à quoi sert la foi?»

«La connaissance réfère à St-Jean dans la Bible TOB: 'Connaissez la Vérité et la Vérité vous rendra libre' St-Jean 8, 32. Conséquemment, à l'égard de tout ce que vous avec acquis de patrimoine de connaissance, les autres êtres humains doivent de faire de même, et l'on est extrêmement loin de la coupe aux lèvres, de toute évidence.» La Reine Élisabeth.

Parzival élabore amplement.

«Certainement que l'amour ou bien l'Amour demeure une réalité fabuleuse (euphémisme), mais très fondamentalement il s'agit ni plus, et ni moins qu'une police d'assurance, et par laquelle lorsque le (la) bien-aimé(e) se place derrière vous, vous maintenez la certitude qu'il ne vous frappera pas, ou qu'il ne vous trahira pas. Bien qu'il y ait de nobles et de belles chansons d'amour sur la Terre, l'amour constitue le sujet le plus chanté. En référence à deux personnes mariées et authentiques, l'amour est ce qui reste après que l'on s'est tout dit, et que l'on entend, en somme que le silence, et étant totalement comparable à la définition fondamentale du bonheur, c.-à-d., l'absence totale de tout problème quel qu'il soit,rien de plus,rien de moins.»

« Je pense sérieusement que du plus profond de notre âme, qui connaît tout, vraiment tout, l'amour constitue une réaction exagérée, en termes de survie, vis-à-vis cette froideur indescriptible ressentie étant secondaire à la froideur inimaginable de l'impartialité de Dieu et, également, à une réaction exagérée, en termes de survie, en regard de l'impossibilité d'exprimer en mots humains, cet aspect totalement implacable comme de l'acier, autant de son point de vue qualitatif que celui quantitatif de ces Lois Universelles, et que notre chère âme connaît ces dernières par cœur. Du point de vue expressément humain, touchant même ceux qui ont effectivement un cœur de pierre, l'on traduit cette impartialité de Dieu automatiquement en de l'indifférence, donc quelque chose d'infiniment plus diabolique, dévastateur et apocalyptique que la haine putride et légendaire. Afin de vous faire apprécier, tant soit peu, le mélange de la froideur avec l'aspect implacable, la vie m'a octroyé cette opportunité: j'ai observé une scène impliquant un petit lézard, et au voisinage duquel, se promenait un petit cricket. Le lézard concerné possédait, au niveau de son visage, une expression totalement glaciale, l'absence totale de la moindre émotion et je dirais comme de cire, donc indescriptiblement imperturbable (et le fait que dans la séquence il n'a pas bougé une quelconque autre partie de son corps, ce fait augmentait infiniment cette vile caractéristique). Il maintiendra très rigoureusement cette même image au moment d'accaparer le cricket avec sa langue, de le bouffer, et elle persistera encore après son repas. J'ai frissonné de tout mon corps, et ma réaction se répète avec la même intensité lorsque je me remémore, une ou plusieurs fois, la scène. » Steven raconte.

«L'espoir en regard d'absolument, mais d'absolument quoi que ce soit, et de qui que ce soit. Cet espoir s'applique certes à partir de la réalité la plus insignifiante qui soit, et jusqu'à la considération la plus apocalyptique qui soit. » La Vierge Marie souligne.

«Oui !!! En effet!!! Je vais ici renchérir votre propos par une affirmation de Srî Ramakrsna lorsqu'il avait mentionné qu'en l'absence du libre arbitre, l'existence sur cette Terre aurait été excessivement, mais excessivement épouvantable (euphémisme) à vivre. À mon humble avis, le libre arbitre ne constituerait que la très fine pointe de l'iceberg, et cet espoir correspondrait absolument au reste de notre même iceberg digne, de par son volume, du record Guinness de toute l'éternité.» Le médecin conclut.

«Maintenant, nous pouvons revenir à votre projet.» Imanuel dirige.

«Merci! » Nicholson ajoute.

«La volonté, pour qu'elle démontre sa complète efficacité sur votre plan terrestre, on se doit de l'exercer de la façon suivante: Vouloir avec toute la fermeté que vous pouvez démontrer, et surtout, mais surtout aussi avec la constance, car une volonté appliquée de façon obsessionnelle, en plus avec impulsivité et acharnement, elle dresse des remparts insurmontables.

Finalement, vouloir comme si vous aviez déjà tout reçu ou tout accompli, aidera grandement à maintenir votre équilibre.» Od-shi-mat-no-ke.

«Je comprends parfaitement vos enseignements mes seigneurs, et mes Vénérables; je veux vous remercier du plus profond de mon cœur de la connaissance dont vous êtes parvenus à me soumettre!! Ma gratitude à votre égard relève du jamais vu. » Le visiteur s'exprime.

Reine Élisabeth, Parzival, Imanuel, en chœur,

«Nous pouvons vous offrir notre effort, cependant vous devrez suivre un protocole excessivement rigoureux, tout à fait identique à la manière de procéder il y avait eu plus de 5,000 de vos années terrestres!!! Une fois le protocole enclenché, vous devrez le parcourir sans aucune faille quelle qu'elle soit, sinon tout ce que vous aurez fait s'annulera totalement de plein droit, et les réalités reviendraient telles qu'elles existaient avant votre première intervention spécifique terrestre. Maintenant, nous vous décrivons la démarche à suivre: à compter du premier de chaque mois terrestre, et pendant 21 jours consécutifs vous ne mangerez pas, et ne boirez que de l'eau. Le but de cette directive consiste à purifier votre corps physique. Durant cette période, vous demeurerez très isolé de votre environnement humain, et à l'aide du japa c.-à-d., du rosaire hindou de 108 grains, vous réciterez 108 fois le mantra suivant, qu'Ananda a prononcé:

Hare Krsna Hare Krsna Krsna Krsna Hare Hare
Hare Rama Hare Rama Rama Rama Hare Hare

Pour un total de 11,664 mantras par période de 24 h, et touchant les 21 premiers jours consécutifs de chaque mois, durant 7 mois consécutifs afin de purifier votre mental, et votre âme. À la fin de chaque période de 21 jours, vous prononcez votre volonté. Vous avez sept volontés à soumettre, à raison de l'une d'elles par mois et durant sept mois consécutifs. À la fin des sept mois consécutifs, vous goûterez à l'accomplissement, dans son intégralité, de votre besogne, mais cependant absolument pas avant. Tant, et aussi longtemps que vous n'aurez pas concrétisé tous les résultats de votre mission tout, mais absolument tout, retournera à son état d'origine, avant même votre première volonté. Comprenez-vous ce protocole?»

«Parfaitement mes seigneurs, et mes Vénérables. Oh! J'oubliais! Puis-je vous soumettre une dernière question?» L'interlocuteur questionne.

«Avec plaisir!» La Reine Élisabeth l'accueille.

«Lorsque l'on a pratiqué sur moi ma chirurgie au cerveau, une entité subtile m'a causé un arrêt cardiaque. Pourquoi?»

«Parce que l'écoulement en provenance du certain kyste, en lui-même, augmentait significativement la friabilité des cellules qui composent votre cerveau ainsi que de votre moelle épinière; et évidemment, que l'addition nécessaire de la pression sanguine pour maintenir l'adéquate circulation aurait morcelé entre elles, toutes ces cellules nerveuses, et en bout de ligne, vous auriez abouti à une mort cérébrale plus que certaine. Ainsi soit-il !! Maintenant nous allons vous demander de retourner sur la Terre, et d'amorcer dans les plus brefs délais qui soient votre projet.» R. Élisabeth.

«Deux toutes dernières choses puis je pars, je l'affirme.1) Pourquoi ma présence sur Terre? A) Faire du mieux que je peux, et en considération de quoi, et de qui que ce soit. B) Pour s'aider les uns et les autres avec sincérité, intégrité et franchise. C) Ne pas faire subir aux autres ce que je ne voudrais pas que les autres me fassent subir. D) C'est rire aussi souvent que je le pourrai, et quotidiennement. E) À la fin de chaque journée: ressentir pleinement la fierté, et la satisfaction de tout ce que j'aurai accompli. F) Remercier sincèrement la Vie en regard de chaque souffrance, en reconnaissant que cette dernière me motive bien pour comprendre, et me réaliser davantage; et remercier sincèrement la Vie concernant chaque bonheur, quel qu'il soit. G) Mourir en paix. 2) **La spiritualité hindoue ne m'a jamais, mais jamais promis un seul espoir, un seul bonheur et la spiritualité hindoue ne m'a jamais, mais jamais menti**. À plusieurs reprises, je vous offre mes sincères hommages, aussi les plus respectueux, et mes remerciements les plus chaleureux.»

Steven réintégra son corps physique localisé dans la basilique Marie-Reine-Du-Monde. En raison de l'absence complète de temps dans l'au-delà, alors la totalité de ses activités en dehors de son corps physique avait eu lieu durant un très long intervalle temps qui ne pouvait nullement se quantifier. Un homme, en entrant dans l'édifice, le vit soudainement par terre et accourut vers lui. Il vérifia son pouls carotidien et il constata qu'il battait environ à 80 contractions/min, et sa respiration démontrait une fréquence approximative de 18/min. En appuyant fermement sa main sur l'épaule droite de l'autre, il le secoua,

«Monsieur! Monsieur! Allez-vous bien?»

Constatant une absence de réponse,

«Sir! Sir!, How do you do? »

Le médecin ouvrit les yeux et articula,

«I fell well. Je me porte à merveille.»

Il se retourna donc sur le dos, et il contemplait le décor tout en reprenant sa respiration d'une façon plus adéquate.

«Dois-je appeler une ambulance?»

«Non! Non! Je vous remercie! Exténué, j'ai simplement dormi.»

Le bon samaritain l'a aidé à se relever. Il constatait avec une incroyable satisfaction qu'il pouvait se maintenir debout sans aucune difficulté, et ne ressentir aucune douleur.

«Je vous remercie infiniment Monsieur…?»

«Abraham Carter!»

«M. Carter, je vous assure que je vais parfaitement bien, merci du plus profond de mon cœur.»

Steven a quitté la basilique et il a réussi à rejoindre le propriétaire de son appartement. Il lui a payé un fort montant d'argent pour le récupérer. Il s'est assis dans son fauteuil et, de la même façon qu'on exécute la manœuvre de retour en mode rapide d'une cassette vidéo, il revit tout ce qu'il a vécu dans l'au-delà, il en demeura évidemment totalement estomaqué, car ses souvenirs maintenaient la limpidité du cristal. Et en raison de sa condition quand même précaire, et malgré les prodigieux traitements subtils, il s'est soumis jusqu'au premier décembre 2009, à une diète quotidienne étant extrêmement riche en protéines, et passablement diminuée en sucre et en graisse, en plus d'un apport vitaminique étant ultra complet sur une base journalière. Également, il recommença le conditionnement physique goutte à goutte, dès le premier mois durant lequel il avait dû écraser fermement son orgueil, car il se rappelait de ses performances prodigieuses dans le bon vieux temps, tout en y expérimentant actuellement des vives douleurs indescriptibles relativement à la raideur de ses articulations, et ses muscles jusqu'à en pleurer secondairement à un grand désespoir associé. Puis, il poursuivit de façon plus intensive les mois suivants. Consécutivement, il a augmenté son poids de quelque 20 livres de chair sur une période de 4 mois. Le 30 novembre 2009, il s'est rendu à l'ashram de la Conscience de Krsna sur Pie 1X. Il adressa la requête d'échanger avec Ananda. Tout en côtoyant l'autre et en marchant lentement dans un corridor, il s'excusa à répétition, à travers des pleurs intensifs,

«Je m'excuse Ananda ! Je m'excuse ! J'avais adopté une conduite ignoble au cours de notre dernier entretien. Et je m'excuse, car tu m'as démontré tellement de bonté; en plus, tu ne méritais absolument pas mon traitement sanguinaire. Je m'excuse à nouveau, et de surcroît je ne mérite certes pas ton pardon.»

«Il te pardonne, toi qui es lui et lui qui est toi, et le tout d'une manière non distinctive.»

Les deux s'assoient chacun sur une chaise dans une salle attenante à la porte d'entrée, une sorte de boudoir. Le visiteur enchaîne,

«Pourrais-tu me vendre un japa?»

«Certainement! Il y a eu un bon bout de temps que tu n'as pas échangé avec lui. Comment allez-vous?»

«Maintenant, je vais vraiment mieux; cependant, à l'intérieur d'un laps de temps peu lointain, j'aurais moisi dans un centre de soins prolongés pour le reste de mes jours.»

«Comment expliquez-vous tout ce revirement?»

«En juillet dernier, j'ai réalisé une expérience extraordinaire, mais vraiment extraordinaire. J'ai abandonné mon enveloppe de chair, puis je suis monté jusqu'au monde spirituel, ce dernier étant une partie intégrante de cette création manifesté, mais ne constituant pas le ciel de la religion catholique, contrairement à leurs autorités religieuses qui l'affirment ad nauseam.»

«Il le sait, car il se trouvait parmi l'assemblée des êtres lorsque vous avez communiqué avec les sept grands monarques.»

«Ah! Vraiment! Je ne vous ai point remarqué.»

«Il avait l'apparence identique d'un être primordial.»

«Donc, vous connaissez déjà l'entente que j'avais conclue avec les sept Vénérables.»

«Effectivement, et il vous souhaite d'emblée la meilleure des chances dans votre projet!»

«Je vous remercie infiniment.»

«Cependant, il faut évidemment que vous sachiez qu'ils vous ont accordé un privilège extrêmement rarissime, survenant environ une fois à toutes les 50-100 milliards d'années humaines.»

L'autre sursaute passablement et rétorque,

«Comment pouvais-je avoir mérité une telle opportunité?!!! Je n'en reviens tout simplement pas!»

«On t'a accordé ce droit principalement à tes deux dernières réincarnations sur la Terre. Durant la première, tu exerçais la fonction d'un ksatrya, ou en d'autres mots, un guerrier hindou qui protégeait la caste spirituelle. Un ksatrya représente aussi une très haute distinction que celle de nos jours, nommément un amiral pour la marine. Lors de votre dernière présence sur le plan terrestre, vous y avez accompli les activités d'un brahman, c.-à-d., la plus grande autorité spirituelle de l'Inde.»

«Vraiment!!! Vous me voyez heureux de l'apprendre de votre bouche. De quelle façon pouvez-vous le savoir?»

«Lors de votre épisode en tant que guerrier, lui remplissait le rôle d'un sâdhu, c.-à-d., celui qui doit s'adonner presque exclusivement au travail manuel toute sa vie, et toujours sous l'autorité d'un supérieur. Dans son incarnation suivante, il avait chaussé les bottes d'un pur ksatrya, et il vous protégeait.»

«Vous pouvez donc vous rappeler avec une certaine aisance de vos vies antérieures?»

«Oui en effet, car lors de certaines sorties astrales, il prit contact avec les Annales Akashiques, une autre appellation aussi sanskrite, ou en d'autres termes, la mémoire du Temps.»

«Vous pouvez remonter de combien de siècles?»

«Il pense qu'il peut aller jusqu'au début de l'éternité, donc évidemment, un ruban magnétoscopique sans fin.»

«En plus de l'acquisition du jappa, j'ai une autre préoccupation, et vis-à-vis laquelle je pense que vous pourrez m'aider.»

«De quoi s'agit-il au juste?»

«Lorsque je me trouvais dans le monde spirituel, j'ai accepté le protocole que m'ont soumis les sept grands Vénérables. Cependant à ce moment-là, j'ai complètement négligé de considérer les conditions limitatives sur le plan terrestre. Je vous soumets un exemple à l'effet que je devrai boire que de l'eau pendant vingt-et-un jours, mais cette règle représente un objectif vraiment susceptible de mettre sérieusement en péril tout ce programme réparti sur sept mois, car je suis aussi simultanément obligé d'assurer ma subsistance physique. Il me paraît évident que je vais avoir besoin d'aide.»

«Quel genre d'aide espérez-vous de lui au juste?»

«Sur le plan subtil de densité faible, et aussi de densité grossière comme sur le plan de l'essentialité, tous les êtres là-bas se nourrissaient, si je peux m'exprimer ainsi, de l'énergie cosmique ou universelle, probablement par l'ouverture de tous leurs chakra majeurs et mineurs.»

«Il vous voit venir, mais il doit vous arrêter immédiatement parce que ce genre d'exercice ou de performance ne peut nullement s'appliquer dans le présent cadre terrestre. Vous n'auriez pas suffisamment de temps, même en considérant votre espérance de vie résiduelle, pour acquérir cette dure habileté.»

«Je me dirige vraiment droit vers ma déchéance, en raison du fait que je fais face à une mission impossible.»

«En vous replongeant dans vos nombreuses connaissances médicales, vous avez probablement une certaine idée des effets de l'hypothermie prolongée, sans qu'elle atteigne le point de non-retour des fonctions vitales de l'organisme physique.»

«Euh !! Bien oui!!! Globalement, il en résulte une baisse considérable des besoins métaboliques; de plus, les différentes fonctions physiologiques qui ralentissent considérablement. Je ne sais pas si vous écoutez les bulletins de nouvelles à la télévision, mais l'on a eu une preuve plus convaincante que jamais des effets de l'hypothermie. Il s'agit d'un Cubain clandestin qui se cacha là, où le train d'atterrissage avant d'un Boeing 737 se dissimule lorsque l'avion a presque atteint sa vitesse de croisière. Selon l'expérience aéronautique, à 35,000 pieds d'altitude, la température atmosphérique se situe autour de moins 53 degrés Celsius. Et la concentration en oxygène devient à ce point si faible, qu'elle ne peut absolument pas maintenir en vie un corps physique humain étant placé au repos, dans des conditions dites normales d'existence. Pourtant, cet immigré clandestin entra au Canada, depuis son départ de Cuba, et les médecins rattachés à l'aéroport P. E. Trudeau de Montréal l'évaluèrent et ces derniers ont déclaré qu'il se portait en excellente santé. Je ne crois pas que vous voulez définitivement me soumettre pendant 21 jours à une hypothermie en vivant quotidiennement dans un frigidaire de boucherie, par exemple.»

Ananda ria de bon cœur et parla,

«Non!Non! Par contre, nous pouvons certes parvenir à un résultat plus que satisfaisant par l'intermédiaire de la méditation.»

«WOW!!! Je n'ai jamais médité de toute ma vie!» Steven découragé.

«Il pense que le jeu en vaut la chandelle?»

«Je me dois de vous le concéder largement!! Mais je demeure encore sceptique.»

«Saviez-vous que n'importe quel humain, incluant nécessairement vous, possède en lui tout ce qu'il a de besoin en termes de ressources pour réussir, sauf qu'aucun de ceux-ci ne regarde dans la bonne direction. On les a trop savamment entraînés à ne regarder qu'autour d'eux, alors qu'ils doivent le faire moyennant une rotation de 180 degrés. Il veut exprimer ici, à l'intérieur d'eux-mêmes. En d'autres mots, ils cherchent la maison dans laquelle ils habitent, alors qu'ils se trouvent déjà à l'intérieur!»

«Là, je vous donne entièrement raison; je vais vous laisser poursuivre votre raisonnement.»

«Merci!! Vous savez que la respiration balance entre l'automatisme, et la maîtrise par la volonté. Le centre des contrôles de cette fonction se localise au bulbe rachidien, tout comme pour le contrôle de la circulation. Juste en arrière du bulbe rachidien, il y a le cervelet dont une partie de celui-ci que l'on appelle le *flocculus*, sous forme en quelque sorte d'un prolongement de l'hémisphère cérébelleux qui se trouve en contact on ne peut plus étroit avec le bulbe rachidien étant situé en avant; toutes ces structures internes ont pignon sur rue là, où le crâne s'appuie sur la première vertèbre du cou, donc à la partie haute de la nuque.»

Nicholson, étant encore une fois renversé par la connaissance précise d'Ananda.

«Je vous soulève haut mon chapeau Ananda. Nous aurions pu fait une formidable équipe! Oh! Excusez-moi de vous avoir interrompu!»

«Il vous rassure à l'effet que vous n'avez pas commis une seule méprise.»

Nicholson lève la main, ensuite Ananda interroge,

«Oui! Toi qui es lui, et lui qui est toi, sa présentation manquerait-elle de clarté?»

«Je ne voudrais nullement vous froisser Ananda, mais le cervelet est aussi nommé le petit cerveau ou cerveau postérieur. Selon la connaissance, et l'expérience médicale il ne participe pas à la physiologie respiratoire.»

Ananda manifestait toujours son calme légendaire et répondit,

«Vous avez tout à fait raison. Cependant, le centre spirituel siège dans le cervelet.»

«Pardon! Ah! Je ne le savais absolument pas.» Le néophyte stupéfait.

«Tout comme le cœur remplissait la fonction de dépositaire de l'intelligence avant que l'humanité, il y a quelques siècles, le relevât de cette tâche pour une autre, nommément la sentimentalité, l'affectivité, et aussi évidemment, l'amour, et elle a transféré l'intelligence au cortex cérébral, précédemment possesseur de cette populaire trilogie. La fonction spirituelle du cervelet, on la retrouve certes dans la Tradition Primordiale, et écrite par des mains non humaines. Au cours des premières ères de l'humanité, le développement du cervelet se comparait nettement à celui du cortex cérébral de nos jours. Les êtres humains à cette époque très lointaine communiquaient avec la plus grande facilité qui soit, avec les entités du monde spirituel. Cependant, l'éloignement de l'humanité vis-à-vis son Principe, et aussi son Créateur a diminué ses activités et ses aptitudes spirituelles. Conséquemment comme vous le savez très bien, un organe qui est en chômage s'atrophie à plus ou moins longue échéance, à différents degrés, et parfois même il devient inexistant.»

«En quoi est-ce que la spiritualité a de communs avec la respiration et la méditation?»

«Nous allons débuter par les exercices respiratoires. Vous allez mettre en pratique un entraînement par lequel vous abandonnez complètement le contrôle ferme de votre volonté en regard de votre rythme respiratoire, et surtout vous vous devez d'y parvenir de manière consciente. De là, vous constaterez probablement que vous respirerez très rapidement au début à la façon d'un coma métabolique, car le bulbe va se charger d'éliminer les antioxydants et tous les radicaux libres de votre circulation sanguine. Votre ventilation minute sera tellement augmentée, qu'un anesthésiste aurait immédiatement la conviction certaine de diagnostiquer chez vous une insuffisance respiratoire aiguë, et aurait à sa portée un tube endotrachéal et un laryngoscope. Lorsque ce difficile nettoyage sera terminé, alors votre rythme respiratoire va décroître à un seuil similaire à celui observé à l'état de sommeil d'un individu. À compter de ce moment-là s'amorcera plus efficacement la méditation.»

«Ah! Je vois!»

«Il aborde maintenant la méditation. D'abord, voyons la position corporelle. Il s'agit de celle du lotus, mais vous autres les Occidentaux, il vous manque suffisamment de flexibilité des articulations de telle sorte que les douleurs que cette position va initier, elles vont paraître nettement suffisantes pour vous déstabiliser de votre processus méditatif. Donc, il appartiendra à vous de définir votre position idéale, mais évidemment de la maintenir sans bouger un seul poil. Maintenant, il passe à votre activité principale lors de la méditation. Vous devez donc parvenir à ne penser qu'à une seule chose, à l'exclusion d'absolument toutes les autres quelles qu'elles soient. Les pensées secondaires, vous ne devrez leur attacher aucune, mais aucune importance. Conséquemment, elles vont s'évanouir ne se nourrissant plus de la puissance de votre mental.»

«Quelle pensée dois-je tenir compte?»

«Il vous propose la suivante: ne vous posez qu'une seule question: qui Suis-Je? Au début, un nombre considérable d'hypothèses, de possibilités, les unes et les autres, sous forme de pensées, surgiront dans votre mental. Il vous suffira d'exclure tout ce qui crée un lien avec la réalité terrestre et humaine, par surcroît, tout ce qui vous définit au moment où il vous parle. À la manière d'un entonnoir, vous en arriverez assez rapidement à une ou deux idées maîtresses. Cependant, plus les possibilités d'ordre humaines et matérielles diminuent, ainsi plus l'influence spirituelle de votre cervelet entrera en action, et elle va vous accompagner afin que votre aptitude de discernement soit de plus en plus efficace. Cette coopération spirituelle vous aidera de manière si incroyable à trancher lorsque seulement deux options persisteront. La seule qui résiste est: 'Je Suis', tout comme Jésus-Christ l'a si souvent dit, et par la suite le Non-Manifesté, qui ne correspond pas au vide, et ni au néant, et ni au « non-être », mais qui existe au même titre que le silence, va apparaître en avant de votre mental, nommément la communion avec la Conscience Suprême, l'UNicité; il n'y aura plus rien d'autre que l'UN.»

«Pourriez-vous m'établir une projection temporelle pour connaître dans combien de journées je pourrais enfin atteindre seulement une ou même deux d'hypothèses?»

«Cette projection ne peut pas s'appliquer, car il y a plusieurs facteurs qui entrent en ligne de compte.»

L'autre étant embêté dialogue,

«Je devrais probablement commencer le plus tôt possible.»

Ananda esquisse un sourire et conclut,

«Vous lui enlevez les mots de la bouche!»

«Je me proposais d'entreprendre le protocole dès demain matin, mais j'attendrai d'avoir raisonnablement maîtrisé la méditation, et aussi stabilisé mes différentes fonctions physiologiques.»

«Sage décision.» Ananda applaudit.

Les deux s'enlacèrent longuement, ensuite Steven quitta Ananda.

En arrivant à son appartement, il jeta à la poubelle toutes les boissons alcooliques présentes, et il n'allait plus en boire une seule goutte. Chaque journée spirituelle de vingt-quatre heures comprendra toutes les activités suivantes.1) Ingurgiter seulement que de l'eau. 2) Réciter 11,664 fois le mantra Hare Krsna. 3) La méditation. 4) dormir. Pour chaque période de 24 h de repos, il mange de la nourriture, et il boit des suppléments concentrés, l'une et l'autre riches en protéines. Il évalue sa condition physique ainsi que toutes les retombées psychologiques. Conscient de l'ampleur incroyable du défi, il se détermine le calendrier suivant de 264 jours. (s: journées spirituelles consécutives:10s:10 jours consécutifs de spiritualité; r: 24 hres de repos; 3r: 3 jours consécutifs).

1s : 6r / 2s :5r / 3s : 4r / 4s : 3r / 5s : 2r / 6s : 1r / 7s : 1r / 8s : 2r / 9s : 2r / 10s : 2r / 11s : 2r / 12s : 2r / 13s : 2r / 14s : 2r / 15s : 3r / 16s : 3r / 17s : 3r / 18s : 3r / 19s : 3r / 20s : 3r

Le 21 octobre 2010, en amputant une journée au dernier cycle, donc la journée coïncidant avec son anniversaire de naissance, il a commencé officiellement son protocole, et n'ayant plus qu'à y ajouter l'isolement le plus hermétique qui soit. Le 11 novembre au 21e jour, sur le coup de minuit, les circonstances amènent Steven bien malgré lui, à se lever et se tenir debout dans la pièce qu'il a consacrée qu'à la méditation, et en faisant face, à la statue de Krsna, et de Jésus-Christ. Soudainement, les statues s'illuminent presque suffisamment pour aveugler Steven. Les 2 illustres personnages lèvent les bras vers les cieux, et aussitôt un rayon lumineux en provenance directement de l'Arche d'Alliance atteindra le sommet du crâne de l'homme (7e chakra) et il illuminera aussi les six autres chakras majeurs. Immédiatement après, les deux statues reprennent leur position originale. Parzival, se plaçant entre les deux Seigneurs, instruit son docile serviteur, «Voici qu'est arrivé le moment où tu formules ta première volonté. Sois extrêmement précis dans cette description, car tu n'as absolument pas droit à la plus petite erreur qui soit, ainsi te motivant à vouloir te reprendre. Tout s'accomplira parcimonieusement, et l'énergie universelle infinie agira d'elle-même exactement comme pour édifier toute la Création manifestée actuelle.»

«Je vous remercie mon Vénérable.»

Sur ce, Parzival quitte instantanément les lieux. Le rayon toujours en force se déplace depuis le 7e chakra, il descend, et se concentre sur le premier chakra étant localisé dans le voisinage du coccyx; le chakra illuminé tourne maintenant à la vitesse de la lumière, et que l'entité avait spécialement convertie mathématiquement en un mouvement rotatoire.

Steven solennel élabore,

«Voici ma volonté. Je veux, qu'à toute l'échelle de cette planète Terre tout entière, que toutes les choses matérielles, sans une exception, servant directement et indirectement à promouvoir et faire la guerre, depuis les avions, en repassant par les navires, toutes les munitions quelles qu'elles soient, tous les missiles de tout acabit, tout véhicule militaire motorisé quel qu'il soit, mis en mouvement par toute forme d'énergie quelle qu'elle soit, fusils, grenades sans oublier les chars d'assaut de tout genre, et les bombes de toute nature, et de tout format, et de toute technologie, les guerres chimiques par des poisons et autres substances toxiques quelles qu'elles soient, et bactériologiques par tout microbe létal quel qu'il soit. Toute la technologie militaire, quelle qu'elle soit, passée, récente, actuelle et future et aussi localisée dans la pensée, sur papier ou en voie de réalisation. En définitive, que toutes ces choses matérielles, sur la terre, sous la terre, sur les mers, dans la profondeur des océans, dans les airs, dans l'espace, en construction, ou prêtes à être utiliser et même dans les cimetières de ferrailles, toute chose militaire en projet; que tous et toutes, sans exception quelle qu'elle soit, que j'ai énuméré dans cette 1re volonté, ils soient complètement désintégrés et n'apparaissent plus jamais sur cette Terre, mais à la condition absolue de protéger, et sans causer aucun préjudice quel qu'il soit à tout être humain quel qu'il soit, et en rapport si strictement avec le changement à être opéré à l'intérieur seulement et exclusivement des prochaines 5 minutes. Cette volonté est incluse dans les cellules germinales de qui que ce soit. Ainsi, soit-il!»

Aussitôt qu'il a conclu, une brume subtile de couleur rouge bourgogne s'est dégagée du premier chakra, et instantanément, elle s'est répartie autour de la planète et englobant les vaisseaux spatiaux jusqu'à Pluton; en moins d'une poussière de seconde, tout le processus se termina. Le rayon céleste a disparu et Nicholson alla dormir à nouveau. À compter de ce moment précis, mais sans qu'il ne le sache, Imanuel fit ériger autour de Steven lui-même, lors de ses divers déplacements, une protection absolue à l'aide de quatre êtres primordiaux, ayant chacun le pouvoir d'anéantir la Terre d'un simple clin d'œil. Également, il n'a pas lésiné pour assurer une telle protection absolue de tout le périmètre de son appartement en se servant des mêmes moyens qu'à la basilique Marie-Reine-Des-Cœurs.

Pentagone, 00.30 heure du matin. La standardiste répond,
«Bonjour! À qui est-ce que je parle?»
«C'est le caporal Tylor de la base militaire du Kentucky. Il faut que je discute avec le général Foster de toute urgence.»
«Je vais vous donner la communication avec sa résidence. Attendez un instant, voilà! Vous pouvez maintenant lui parler.»
«Général Foster, ici le caporal Tylor de la base du Kentucky.»
«J'espère que votre appel s'annonce de la plus haute importance, car je vous ferai sévèrement rétrograder!»
«Vous ne me croirez probablement pas, mais on ne trouve plus aucun missile dans aucun des silos.»
«Q U O I!!! Que me dites-vous là ?!!! Votre insolence vous coûtera cher!»
«Général Foster je vous le jure sur la tête de tous les membres de ma famille.»

«Et les officiers étant responsables de les surveiller, je suppose qu'ils dormaient, mais pourtant l'alarme peut réveiller tout un régiment; alors comment expliquez-vous ces faits?»

«Nous n'en savons strictement rien, en effet les alarmes n'ont pas réagi et même après leur vérification, nous avons bien obtenu la certitude qu'elles fonctionnaient très bien et leur alimentation n'a pas manqué.»

«Je vais prendre l'avion aussitôt que j'aurai déjeuné, je vais me rendre sur place. Bonsoir.»

Pentagone, 00.40 heure du matin.

«Bonjour, que puis-je pour vous?»

«Je me présente, le commandant Lagacy de la base militaire de la Caroline du Nord, je me dois de parler le plus tôt possible au général Foster.»

«Au moins, vous ne le réveillerez pas!»

«Le caporal Tylor du Kentucky vient tout juste de lui parler.»

«Ah! Lui aussi a des problèmes!»

«Commandant Lagacy, vous avez le général Foster.»

«Général Foster, ici le commandant Lagacy de la base de la Caroline du Nord. Il vient de survenir quelque chose de terrible.»

«Quoi encore!»

«Il n'existe plus aucun des 60 F18 au sol, et ni dans les garages. Le même phénomène s'est confirmé pour nos 50 supersoniques non détectables par les radars.»

«Qui les a fait réserver?»

«Personne! Général Foster.»

«Alors, comment expliquez-vous leur disparition!!?»

«Général, la sentinelle a fait sa tournée toutes les heures. À minuit elle ne signalait rien. Ensuite, à 0.15 heure du matin. il n'y en avait plus aucun.»

«Voulez-vous bien me dire ce qui se passe? Personne n'a entendu les réacteurs?»

«L'on aurait même entendu une mouche voler, général.»

«Bon! Je dois aller au Kentucky pour régler une affaire très bizarre, puis je partirai de là, pour me rendre chez vous.»

Pentagone, 00.50 heure du matin.

« Bonjour! Encore pour le général Foster?»

«En effet! Donc, plusieurs perdent aussi la raison!»

«Vous avez le général, et qui dois-je annoncer?»

«Le commandant Larsen.»

«Ici le général Foster, à qui ai-je l'honneur de parler?»

«Au commandant Larsen de la base de la Californie.»

«Vous allez me dire que les Martiens ont atterri chez vous, et ils ont tout raflé!»

«Général Foster, j'apprécie votre humour noir!!! Nous ne savons pas si les Martiens y ont participé, je n'ai plus aucun des 50 chars d'assaut ni rien des 30 hélicoptères. Selon une enquête interne, ils auraient disparu entre 0.15 heure et 00.20 heure du matin»   .

«Me voilà complètement renversé. Je vais donc d'urgence convoquer exceptionnellement pour 3.00 heures tout l'état-major. En attendant, vous demeurez en alerte rouge!»

Pentagone, 3.00 heures du matin. À la réunion, assistent le général J. Foster qui dirige les effectifs terrestres, l'amiral G. Mc Quade, les forces navales, et le général A. Meagher, de l'USAir Force.

«Mes chers collègues, ce matin j'ai reçu trois appels très alarmants, et couvrant le pays d'est en ouest; des silos vides, puis des F18 disparus de même que des chars d'assaut et des hélicoptères qui s'envolèrent par magie, sans évidemment oublier nos supersoniques indétectables.» Foster

Mc Quade renchérit,

«Je suis sincèrement content que cette réunion ait lieu. Entre minuit et 1.00 heure ce matin, nous n'avions plus la possibilité de détecter même un seul bâtiment de guerre sur tous les radars alors, au poste de contrôle, ils ont complètement tout, tout vérifié le réseau et vers les 1.30 heure, ils m'ont appelé.»

«À la base d'Edward, ce sont tous les 50 bombardiers supersoniques et indétectables par les radars ennemis, qui ont aussi disparu dans le même intervalle. J'ai également reçu cinq autres appels en provenance de tous les coins des USA, et toujours dans ce même espace de temps, tous les avions ont disparu. Depuis, le Pentagone reçoit des appels qui ont tous en commun la même histoire. Moyennant votre accord commun, nous allons en informer immédiatement le président.» Meagher conclut.

Au salon ovale de la Maison Blanche 4.00 heures Glenn Mc Quade, Arnold Meagher, John Foster, le président J.F. Kennedy Jr. et ses trois conseillers spéciaux sont, Ken Duffy, Ray Selman, et Jerry Greenberg.

Mc Quade introduit l'échange,

«M. le président, nous avons perdu des navires, des sous-marins, des avions, et des missiles stratégiques à tous les endroits des États-Unis, et sensiblement au même moment. Nous cherchons toujours la cause.»

«Messieurs, nous devons d'abord garder notre sang-froid. Moi-même, on m'a informé de ces pertes épouvantables et elles s'avèrent, je vous le dis, incontestablement véridiques. D'ici une heure, nous devrions nous fixer sur les pertes totales, mais au train où vont les choses, en dehors des effectifs humains terrestres, j'ai bien peur qu'au moment où nous nous parlons, certes il ne restera strictement plus rien, pourtant j'ai la certitude que je ne rêve pas..... » JFK Jr. Dialogue.

Le téléphone rouge sonne soudainement. Il s'agit de la ligne dite d'urgence mettant en communication le Pentagone avec le bureau et la résidence du président.

«M. le président, nous vous informons à l'instant même, que jusqu'à maintenant, on ne dénombre aucun soldat étant blessé ou tué, mais que partout dans tout le pays nous ne pouvons pas trouver une seule balle. Une sentinelle tenait fermement son arme avec ses deux mains, et puis instantanément ses mains se retrouvèrent libres. Ce dernier souffre d'un choc nerveux sévère.»

«Je vous remercie pour votre information et contactez-moi à nouveau au moindre développement futur.» JFK Jr déçu parle.

En regardant tout le monde, il commente,

« J'échangeais avec le Pentagone. Tous nos soldats sont sans moyens de se défendre, mais aucun d'eux n'a subi le moindre préjudice.»

«Nous ne savons même pas où commencer les recherches. Même nos satellites militaires, nous ne pouvons plus nous y fier. Se pourrait-il que l'ennemi en question puisse avoir conçu une arme ou un système qui, sur le principe de la lumière, changerait la longueur d'onde ou plus exactement la fréquence vibratoire des matériaux de telle sorte que nous ne les détecterions plus. Je veux dire ne plus les voir, les entendre, et les tenir? Quelque chose étant similaire à «The Philadelphia experiment.» Meagher.

«Entièrement d'accord avec Arnold quant à ce procédé utilisé sur une large échelle. La difficulté résiderait à savoir si les pièces qui sont manquantes demeurent sur place, ou bien dans une autre dimension, mais intactes ou encore si elles ont subi la destruction par le fait même. Je ne crois pas que l'on puisse répondre à cette question.» Duffy explique.

«À qui pourrait donc bien correspondre cet ennemi? Le premier que je placerais sur la liste est la Chine. En dehors de ses chicanes surtout avec le Tibet, elle reste particulièrement silencieuse.» Selman questionne.

«Le problème le plus important auquel nous aurons à faire face dans les prochaines heures, c'est de trouver les moyens, s'il en reste, pour assurer la sécurité du pays contre l'envahisseur!! Quelqu'un aurait t'il une ou des suggestion(s)?» JFK Jr. Interroge.

«Nous pourrions invoquer l'argument de la haute sécurité nationale afin de prendre possession des appareils commerciaux, pour les convertir tous en avions de guerre. Maintenant, dans un premier temps ils feraient tous de la reconnaissance. Ils pourraient aussi larguer les bombes que l'on construit présentement ou celles entreposées. Cette initiative ressemble au Patriot Act utilisé par le Président Bush, fils, et également aux raisons de sécurité nationale pour espionner, par la voie électronique, ses propres citoyens américains.» Selman argumente.

«Votre idée me séduit, cependant le premier prototype ne pourrait voir le jour avant un mois, même en pressant fortement le citron!» Meagher note.

«Plaçons tous les réservistes en uniforme, et aussi en alerte rouge jusqu'à nouvel ordre, ou encore on les envoie travailler dans les manufactures qui fabriquent l'armement militaire.» Foster suggère.

Greenberg mentionne,

«À quelle date peut-on projeter utiliser des bombes faites en série?»

«Aussitôt que l'on aura aménagé le premier avion de guerre.» Foster.

«Plus nous discutons, plus nous bâtissons une évidence criante à l'effet que si cet ennemi nous envahissait dans moins de 2-7 jours, nous nous montrerions totalement impuissants à lui riposter. Notre actuel marasme risque de ressembler fort au scénario de Hitler qui avait reconquis un pays seulement par sa simple présence à l'intérieur de celui-ci.» JFK Jr décrit.

«Il faut immédiatement cesser tous nos conflits à l'étranger, et envoyer des avions-cargos commerciaux pour rapporter l'équipement militaire lourd. En ce qui concerne les avions, nous pourrions demander au Canada de nous en prêter un certain nombre. C'est également le cas pour les navires de guerre, et aussi un porte-avion. De même, nous pourrions leur demander de faire atterrir chez eux nos bombardiers en provenance de l'Europe, de l'Asie afin qu'ils puissent se ravitailler en carburant.» Duffy résout.

«Ton idée porte en elle-même un certain intérêt, mon cher Ken, mais on ne pourrait certes rien appliquer de manière pratique, encore là, avant des semaines, et d'ailleurs cette tactique réveillerait de gros soupçons quant à notre puissance de frappe qui s'amenuise.» JFK Jr. développe.

«M. le président, sans vouloir vous manquer de respect, l'on ne peut pas rester ainsi les bras croisés sans faire quoi que ce soit!»

«Ken, celui qui s'énerve d'emblée ne parvient jamais à arranger les choses convenablement. Je n'ai évidemment pas le moindre choix que d'admettre péniblement que toute solution que l'on pourrait mettre sur la table servirait totalement, mais totalement à rien.»

Quelqu'un cogne à la porte du salon, et un officier vient vite remettre une dépêche en main propre au président. Celui-ci en prend connaissance, il tombe dans la plus grande consternation et ajoute,

«Mes chers amis, le Canada nous informe qu'ils ont, eux aussi, perdu tout leur effectif militaire excepté, encore une sainte fois, leurs soldats sans leurs armes, et que tout est survenu durant le même laps de temps déjà mentionné, c.-à-d., entre minuit et 1.00 heure. Un élément intéressant et par lequel leur sécurité nationale a déclenché l'alerte à l'effet que dans un périmètre d'un mille carré dans l'est de Montréal, tous les ordinateurs étant en fonction ont subi des dommages, ou une destruction complète par le feu; actuellement ils essaient de faire le lien à savoir si on localiserait ces machines de près ou de loin d'un éventuel épicentre. Aucune personne n'a été blessée ou tuée. Ils poursuivent leur investigation.»

Duffy est tellement surpris et parle,

«Le Canada demeure notre Allié depuis des siècles!!!»

JFK Jr. toujours calme, philosophe,

«Je considère tout le monde coupable jusqu'à preuve du contraire!»

L'on frappe à nouveau à la porte; un autre officier informe le président qu'il y a un appel téléphonique d'outre-mer en attente et le commandant en chef des armées en Irak veut lui parler sans faute. Il y a déjà trois semaines, les Américains avaient déclaré la guerre à Saddam Hussein, et depuis ce moment-là les bombardements pleuvent quotidiennement d'un côté comme de l'autre et l'infanterie progresse rapidement derrière les chars d'assaut se dirigeant vers la capitale.

«S'il vous plaît, mettez l'écoute en mode-conférence.» JFK Jr. ordonne.

«M. le président.»

«Vous parlez au président, et je vous demande de vous identifier.»

«Le général Dwight Patton, le commandant des forces armées terrestres et de l'aviation.»

«Votre intervention doit relever de la plus haute importance pour que vous vouliez échanger en personne avec moi.»

«Mais très certainement, M. le président. Il y a déjà plusieurs heures, nous embarquions probablement dans un des plus intenses combats qui ont eu lieu ici, et très soudainement, tout a cessé. Je veux dire plus aucun F18, plus aucune de nos hélicoptères dans les airs, et en plus aucun véhicule militaire

323

motorisé. Aussi étrange que la chose pourrait paraître, aucun pilote étant blessé ou tué, mais tous évoluent sous un choc psychologique profond, je veux dire qu'ils ne reconnaissent même plus leur identité.»

«Vous avez certainement battu en retraite devant l'ennemi qui allait tous vous massacrer. Alors, donnez-moi votre nouvelle position.»

«Au contraire, nous n'avons pas eu de raison de bouger.»

«Là, je vous perds totalement.»

«Quand je vous ai dit il y a quelques instants que tout avait cessé, et bien tout a terminé, autant de notre bord que du bord des Irakiens. Le miracle s'est installé tellement, mais tellement soudainement, et de plus tellement, mais tellement parfaitement synchronisé de part et d'autre. Dans le ciel il y avait eu naturellement comme un feu d'artifice visible, puis le temps d'une respiration, plus rien du tout, quand je vous dis absolument plus rien, M. le président!»

«Pourquoi ne m'en avez-vous pas informé plus tôt?»

«Tout simplement parce que je ne voulais pas passer pour le fou du roi, car tout le monde ici entretenait la certitude de se trouver sous l'influence d'un gaz hallucinogène. Cependant, 10-15 min après cet arrêt prodigieux des hostilités, l'un des hauts gradés du porte-avion Rosevelt nous a téléphoné depuis un navire commercial, et il nous informait qu'en une fraction de seconde tout l'équipage s'est retrouvé à l'eau, et qu'un navire civil battant pavillon américain apparut presque instantanément au même endroit et au même moment de la catastrophe, soit par une coïncidence, ou....»

«Q U O I???!!!!!»

«Concernant le bateau de sauvetage, on l'aurait comme prévu par, je ne sais trop quoi ou qui pour voguer sur place au bon endroit, et au bon moment, M. le président. Consécutivement à ces faits, l'hypothèse du gaz hallucinogène ne tenait plus debout. »

«Combien y a-t-il de pertes humaines parmi l'équipage?»

«Aucune perte M. le président; aucun blessé, ni de disparu et pas un seul mort.»

«Au moment où vous me parlez, les Irakiens n'avaient-ils pas à nouveau ouvert le feu?»

«Le silence total.»

«Vous essayez de me dire quoi?»

«Tout simplement que je n'arrive vraiment pas à m'expliquer pourquoi qu'ils ne nous tombent pas dessus; ce satané cirque relève tout simplement de l'impossibilité.»

«À moins que....»

«À moins que quoi M. le président?»
Soudainement, un proche collaborateur du président entre en trombe dans le salon et s'exclame,
«Je m'excuse de vous interrompre d'une manière aussi cavalière, M. le président, mais CNN vient d'annoncer en primeur que la guerre entre les Russes, et les Tchétchènes a cessé trop instantanément, il y a une heure, et que les deux battent en retraite. Le journaliste qui couvrait la guerre là-bas, a vu des généraux russes complètement consternés par la surprise qu'ils ont vécue, et il avait même pris quelques clichés de leur expression faciale. Le tout corrobore parfaitement l'hypothèse qu'il se passa quelque chose que personne sur la Terre n'aurait pu imaginer.»
JFK Jr. reprend la conversation téléphonique,
«Avez-vous pu entendre quelques bribes?»
«Oui, j'ai tout entendu et je devine ce que vous vouliez me dire à l'effet que les pertes touchent simultanément les deux côtés, donc aussi les Irakiens.»
«Conséquemment, la menace ne semblant plus exister, je vous ordonne de maintenir vos positions actuelles tout en attendant patiemment des décisions ultérieures.»
Le président met en marche la télévision. Encore une fois, CNN décrit le même scénario fantastique, et cette fois-ci il est appliqué entre l'Inde et le Pakistan.
«Il semble bien que quelqu'un ne veut plus qu'il y ait de guerre sur la Terre!» JFK Jr. note.
«Croyez-vous sincèrement que tout ce sacré chambardement soit sous l'apanage d'un seul individu?» Selman s'enquiert.
«Davantage une personne, plutôt qu'un pays!! La Suisse a toujours su démontrer sa neutralité politique, donc logiquement, elle n'avait aucun intérêt, même providentiel. Tous les autres pays, ou bien ils n'ont pas les cerveaux, ou bien ils ne possèdent pas suffisamment de capitaux, ou bien ils se lient déjà politiquement ou économiquement avec nous ou avec nos adversaires.»
«La USAir Force dans le passé avait objectivé la présence des extra-terrestres au Nouveau-Mexique, et nous avons dû étouffer l'affaire contre vents et marées, même au grave prix de menacer de mort des centaines d'individus innocents. Conséquemment, ne devrions-nous pas envisager que ceux-ci, en signe de fantastiques représailles, qu'ils se préparent à envahir la Terre et en commençant par nous enlever toute notre puissance militaire?» Meagher se souvenant.

«Arnold, vous nous apportez là un point fort pertinent, et qui constituerait l'explication la plus plausible, et logique, car pour eux, toutes les armées terrestres représentent leur ennemi commun, et expliquant ainsi ce que nous observons jusqu'à présent depuis 24 hres. Maintenant, le fait qu'ils épargnent toutes les vies humaines, doit-on considérer qu'il ne s'agisse là que d'une simple coïncidence, ou que ce fait à lui seul démolirait la source extra-terrestre?» Greenberg mentionne.

«Si cette perspective devait se cristalliser, la menace deviendrait alors infiniment plus gravissime qu'un seul adversaire terrestre. Même dans les conditions normales nous aurions eu quand même très peu de chances de les détecter avant qu'ils attaquent.» JFK Jr. propose.

Mc Quade soucieux questionne,

«M. le président que nous reste-t-il à faire à partir de ce moment-ci?»

«Attendre et…….Prier!»

Les équipages des sous-marins avaient subi le même sort que ceux des navires de guerre. Les astronautes en fonction se dématérialisèrent, et le processus contraire s'est accompli à leur domicile respectif. Strictement aucun rescapé n'avait survécu psychologiquement à cette manifestation. Ceux qui conduisaient des véhicules motorisés, et des chars d'assaut, ils ont gentiment marché le long de la longue route sur laquelle ils circulaient. Principalement en la relation avec les missiles étant enfouis dans les silos, aucune alarme n'a effectivement déclenché, et aucun chien n'a aboyé. En ce qui concerne les gens de l'armée et les autres, qui dormaient pendant le nettoyage au beau milieu de la nuit, ils n'ont pas réagi avant l'aube, car ils concluaient fermement qu'ils avaient dûment rêvé; l'on aurait eu toutes les difficultés du monde à les dissuader. Par contre, pour ceux pour qui les évènements survenaient durant leur période d'éveil, alors soit que ceux-ci couraient, étant extrêmement affolés, dans toutes les directions, soit qu'ils s'agenouillaient vite sur le champ, et en pleurant, ils priaient à la première divinité qui leur venait à leur esprit. Certains généraux ont même soulevé la possibilité du premier incident annonçant la fin du monde, et le spectre des extra-terrestres signifiait davantage pour eux un réel baume.

Ailleurs sur la planète, les fervents de l'ésotérisme clamaient sur les toits, l'arrivée de l'ère du Verseau. À Rome, le pape Jean XXX1V a fait sonner les cloches de la basilique St-Pierre durant une période de douze heures. Il a présidé à une messe en très grandes pompes. Les autorités liturgiques de tous les pays avaient suivi les premiers pas du pape. Également, ils avaient agi avec zèle afin d'aller à la recherche des brebis perdues; leur autorité, de même que leur influence se firent plus transparentes au sein de leur communauté respective. Puis, une chaîne humaine ayant une longueur égale à la circonférence de la Terre, et en témoignage de la paix retrouvée s'est dressée dans l'intervalle de dix jours, et suite aux efforts concertés; elle constitua évidemment un record Guinness.

Steven a repris son régime de protéines et autres suppléments; ensuite, il s'engagea dans sa période de 21 jours. À mi-chemin de cette étape, une certaine matinée, il s'était réveillé soudainement en raison de nombreux véhicules s'agglomérant autour de l'immeuble, et des gens qui hurlaient. Il se rendit rapidement à la fenêtre de la chambre à coucher. Il observa avec un foudroyant étonnement des policiers de la ville, la Gendarmerie Royale, et aussi bien que l'équipe SWAT qui discutaient ensemble. Soudainement, quelqu'un frappe à porte principale. Steven se déplaça vite, et l'a ouvert. Il est presque tombé à la renverse de par ce qu'il a vu, c.-à-d., un membre du SWAT dirigeant son M-16 vers lui et qui mentionne,
« Ne bougez pas, et levez vos mains au-dessus de votre tête. »
Nicholson a commencé à rire à gorge déployée et ajoute,
« Est-ce une grosse plaisanterie?!!! Ou bien l'émission 'Juste pour rire'? Ou encore le sketch de la 'caméra cachée'? Et pourquoi pas 'insolence d'une caméra'?!!! »
« Non! Rien de toutes ces choses. Faites ce que je vous ai ordonné, ou je vous tue. »
Le médecin s'amusait toujours en prétextant,
« Je pense que vous cherchez la fausse personne! »
Le SWAT a crié avec colère,
« Je vous avertis pour la dernière fois. Vous êtes sous arrestation. »
« Pour quelle raison? »
« Vous avez menacé sérieusement la sécurité nationale, en y détruisant tout l'équipement militaire. »
L'autre, en fermant la porte ajoute,
« Va chez le diable! »
Aussitôt la porte fermée, le SWAT a appuyé sur la détente, et il a fait feu durant un court moment tout en pointant vers la porte, et ensuite il l'a ouvert. Steven demeurait toujours vivant; et en plus, il ne présentait aucun saignement, et aucune souffrance. Le SWAT immédiatement éprouvant une profonde panique, il vida tout le chargeur du M 16, mais inutilement. Les balles utilisées sont tombées sur le plancher à environ un mètre du

locataire. Le type repartit dans la hâte et a fait un rapport à son officier. Ce dernier a choisi les douze policiers les plus musclés parmi le groupe avec cette mission d'attraper le prédateur. Donc, ils coururent tous rapidement jusqu'à l'appartement concerné et ils défoncent ladite porte; se déplacent jusqu'à la chambre de méditation, et les 12 se précipitèrent sur l'homme occupé. Tout survint comme si une paroi de verre épaisse claire comme du cristal entourait le médecin. En conséquence, ils ont frappé une résistance invisible et cette dernière inconnue les avait tous projetés instantanément et violemment au plancher. Ils quittèrent sans déranger l'homme calme. À l'extérieur du bâtiment, un officier très haut gradé utilisant le téléphone d'une voiture-patrouille, discute très brièvement avec le ministre canadien de la Défense nationale. Ensuite, il a rejoint un membre du SWAT, et lui a ordonné qu'une grue de démolition, et un bulldozer Caterpillar D-8 soient disponibles aussitôt que possible.

Il ajouta que tous les gens responsables de la sécurité et disponibles se devaient d'encercler l'immeuble, et s'assurer que la personne coupable ne s'échapperait pas. Environ deux heures plus tard, le lourd matériel arriva. L'on autorisa par un signe de la main, l'amorce du processus. L'opérateur de la grue a procédé à une rotation rapide de 180 degrés et la masse de plomb attachée au câble principal se dirigea vers l'édifice, mais à environ 3 mètres, elle a frappé le nuage subtil et elle a éclaté en mille morceaux. Le bulldozer fut mis en marche avant, mais à la même distance de l'immeuble, il ne pouvait plus avancer bien que ses chenilles s'enfonçaient sous le niveau de l'asphalte. Quelques deux ou trois minutes plus tard, Steven sortit. Il a passé devant tout le monde, et il a continué à marcher comme si rien ne pouvait survenir. Totalement désespérés, les officiers avaient utilisé un missile mobile sophistiqué de l'équipe SWAT, et étant combiné à des bazookas, et ils se sont postés à la prochaine intersection. Ils ont tous fait feu ensemble, cependant les divers projectiles, tout comme un faisceau de lumière dévié par un miroir angulaire, ont tous totalement évité Nicholson. Les officiers avaient causé des dégâts plus que considérables aux édifices avoisinants, et sans blesser qui que ce soit. Extrêmement découragé, tout le monde a quitté le secteur.

Le 11 décembre à minuit, Steven se lève, se dirige devant deux Déités qui élèvent leurs bras, puis le rayon de l'Arche d'Alliance apparut et touchant le 7e chakra, et suivi de l'arrivée de Parzival avec ses diverses instructions.

Par la suite, le rayon lumineux a voyagé depuis le sommet du crâne, et il avait illuminé les sept chakras principaux sur son trajet, et finalement s'est s'arrêté au deuxième chakra, au du niveau de l'ombilic. Celui-ci amorce un mouvement rotatoire à la vitesse de la lumière, et vraiment juste avant la deuxième volonté de Steven,

« Je veux que le mot « violence » sous toutes ses dénominations, toutes ses diverses expressions idéologiques, intellectuelles étant en nombre indéfini, **et** que ce même mot «violence» soit aussi pris sous toutes ses extensions les plus grandes qui puissent être, et dans le contexte de sa compréhension, de toutes, mais toutes, ses applications pratiques variées quelles qu'elles soient, aussi en nombre indéfini, donc je veux que ce même mot «violence», dans ces deux mêmes classifications énumérées et considérées sans exception quelle qu'elle soit, donc que ce même mot « violence » il soit enlevé une fois pour toutes, et cela, pour toujours de chaque pensée, chaque mot et chaque comportement de chaque être humain vivant actuellement, et s'appliquant aussi à toutes, mais toutes les personnes qui vont naître dans le futur, ce futur commençant à la toute fin de ma seconde volonté exprimée, et ces deux classifications s'appliquent à 100% très parcimonieusement, sans aucune exception quelle qu'elle soit pour ces futures personnes, parce qu' étant inscrites dans absolument toutes, mais toutes cellules germinales mâles, et femelles présentes et les futures. Cette présente volonté, elle est intimement et directement inter-reliée à ma première volonté. Voilà donc ma volonté élaborée. »

Le nuage orange s'échappa immédiatement du 2e chakra, et se répandit instantanément, uniformément à toute la surface de la planète, et aussi loin que la distance entre la Terre et Pluton; et son effet se termina en une poussière de seconde.

Plus personne ne possédait un seul pistolet, toutes les munitions quelles qu'elles soient, un fusil ou une mitraillette, même une arme blanche, ou tout autre arme quelle qu'elle soit, c.-à-d., utilisée par les soldats, la GRC, les équipes SWAT, aussi les pilotes, les enquêteurs privés, les gardiens de prison, les voleurs, les tueurs, et tous les autres types de gangsters, les chasseurs, et tous ces bons citoyens qui gardaient des armes chez eux. Les magasins qui en faisaient la vente furent certes vidés. Du côté des manufactures militaires, en plus des usines appartenant au privé, les unes et les autres fabriquant tout ce qui se rattache dans la première et la deuxième volonté, il ne restait que les quatre murs et le plafond; tous les travailleurs à la chaîne retournèrent chez eux, pétrifiés de par ce qui se passait. Dans les prisons, les détenus demeurèrent en permanence dans leur cellule déverrouillée; et les différentes autorités de chaque institution pénitentiaire ont par la suite engagé ceux qui désormais ne travaillaient plus dans les usines pour la fourniture d'armements de tout acabit, afin d'apporter les ajustements devenus vraiment nécessaires aux nouvelles mesures carcérales.

La deuxième volonté n'empêchait pas les prisonniers de vouloir s'évader, mais comment y parvenir sans vouloir blesser ou bien tuer un autre, ou se mutiler eux-mêmes de par le contexte que les niveaux de sécurité non pas du tout changé dans chaque milieu carcéral, lesquels allaient disparaître complètement au cours des 25 années suivantes?!! Du point de vue de la criminalité, les statistiques touchant les vols, le braconnage, les meurtres les délits par coups et blessures s'effondrèrent presque à zéro, car on ne pouvait plus blesser ou tuer en se servant d'une fourchette, d'un coupe-papier, d'une barre de fer, d'une pièce de bois, d'un fer à repasser, d'un quelconque poison, d'une corde pour étrangler, ni d'une auto pour se ruer sur quelqu'un ou se suicider.

La deuxième volonté incluait aussi tous les individus alcooliques et les narcomanes. Ainsi, les combats dits corps à corps dominèrent partout, conséquemment les écoles de karaté, de jiu-jitsu, de kung-fu ont poussé comme des champignons en l'espace d'un mois. Les avocats en droit criminel notèrent leur clientèle diminuer plus que significativement. Ce fut pareil en ce qui concernait cet engorgement des cours de palais de justice. Même en ce qui intéressait les contrats dans les affaires, la supervision légale ne rimait plus à rien et il ne subsistait que les causes impliquant la Nature, et elle seule. On annula tous les concours de tir, par exemple, le tir au pigeon d'argile ou sur une cible immobile. Le mot 'guerre' disparut, également la chasse et les parades militaires. Pour ce qui concernait les sauvages tueries de mammouths pour le commerce illicite de l'ivoire, alors ces derniers pouvaient dorénavant dormir en paix, de même pour les ours polaires, les phoques, les oiseaux, les poissons de toutes les espèces, les chevreuils, crabes, et les homards.

Sur le plan mondial, il y a bien eu l'euphorie qui a persisté au cours des quinze derniers jours, mais maintenant elle laissa progressivement place à une consternation, et une inquiétude montantes. L'humanité tout entière qui depuis des siècles, des siècles et encore des siècles se noyait dans la violence, en regard d'une cruauté légendaire, se vit brutalement contrainte à s'entraîner à y exercer la non-violence ou, à tout le moins, commencer à s'y apprivoiser, cependant seulement une faible minorité des êtres humains s'y montraient favorables. Toutes les poursuites au civil, en attente ou bien datées on les réglait hors cours, et sans qu'un sou ne soit versé. Les époux divorcés ne retournèrent pas tous en agréable lune de miel, mais toutes les considérations administratives et aussi légales ont cessé sur le champ. La non-violence n'incluait pas automatiquement le grand pardon, mais le plus souvent un laisser-aller en paix. La question de la non-violence devenait même sérieusement problématique. Nous devons comprendre que chaque individu étant concerné devait s'élancer dans le combat du siècle avec lui-même, relativement à ses dures résistances internes et/ou ses instincts. Elle n'a certes pas, non plus, fait disparaître les émotions douloureuses et déchirantes; et pour tous ceux en qui celles-ci résidaient encore, elles y alimentaient un terrible cauchemar avec eux-mêmes et eux-mêmes seuls, donc sans une véritable contamination de leur environnement humain.

Par ailleurs, cette violence faisant partie des mœurs au même titre que de s'alimenter et aussi dormir; ou exprimé autrement, une véritable nécessité incontournable, donc il est apparu une forme excessivement gênante de dysfonctionnement dans la manière de la vivre au quotidien, c.-à-d., une incapacité réelle, impénétrable de transférer à l'autre ses ressentiments, ses souffrances intérieures par des modalités physiques, et matérielles, laquelle incapacité s'est traduite, pour les gens étant concernés, par un manque criant d'estime pour soi-même, un manque d'affirmation et aussi une perte de combativité. Et cette trilogie ayant souvent, dans le passé, contaminé si profondément les divers secteurs d'activités professionnelles ainsi que tous les autres. Beaucoup de ceux que l'on disait des fonceurs, de quelqu'un qui n'a pas froid aux yeux, maintenant ils ne reflétaient même plus l'ombre d'eux-mêmes; cependant dans tous ces contextes, ils durent cesser d'investir leurs attentes déshumanisantes, et vilaines envers autrui. Les programmes gouvernementaux venant en aide aux enfants abusés et/ou étant psychologiquement et/ou physiquement débilités réglèrent très rapidement toutes les causes pendantes devant les tribunaux; et chacun d'eux allait profiter des services privés de tous les professionnels de la santé les plus adaptés à leurs besoins. Tous les 0-18 ans, précédemment abusés, retournèrent dans leurs familles biologiques, ou non; et l'on se baserait sur l'opinion de la toute jeune personne, ou relativement à un endroit où cette dernière leur semblait nettement la plus spontanément calme, souriante, non anxieuse, manifestant un bien-être formidable et s'épanouissant harmonieusement.

À l'échelle de la planète, cette épée de Damoclès, que constituait cette grave possibilité de la fin du monde, rendait paradoxalement un très grand nombre d'individus anxieux, et nerveux conséquemment, de par le fait qu'il s'était effectivement écoulé exactement trente jours depuis le fameux dernier bouleversement. Donc, une coïncidence qui en avait fait réfléchir un grand nombre d'individus, et surtout lorsque dans leurs considérations ils y ont automatiquement, ou instinctivement rattaché les sept plaies d'Égypte. Dans l'Apocalypse, le récit des 7 Églises; pour en rajouter, les sept péchés capitaux, plus les sept jours de la semaine, les sept couleurs de l'arc-en-ciel; l'on avait même poussé la chose jusqu'à l'humour noir en plaçant en dernière place sur cette liste, le 7-Up!!! Ainsi, une angoisse et une peur phénoménales les étranglaient tous littéralement, purement et simplement en raison de cette sacrée ignorance de ce qui allait survenir à un intervalle identique, parce que la Vie a demeuré toujours, toujours depuis les débuts de l'humanité, trop implacable au quotidien. En empruntant le modèle d'un lavage carabiné du cerveau, ils ne pouvaient absolument pas entrevoir des jours meilleurs, déjà que les améliorations produites possédaient nettement un caractère coercitif et menaçant dû au fait de la relation automatique avec la grande vadrouille universelle. Si 'vous connaitrez la vérité et la vérité fera de vous des hommes libres.' (St-Jean, 8,32), alors l'ignorance seule, et par elle-même, constitue la source la plus essentielle qui soit en termes de génération des comportements, pensées, les paroles les plus vitrioliques, les plus négatifs, et finalement les plus déshumanisants qui soient.

L'ignorance, telle que dépeinte, traîne avec elle une capacité effective de dévastation foudroyante. Dans le but d'en apprécier tant soit peu la magnitude, je mentionne qu'un quelconque être humain qui souffrirait instantanément de la totalité des maladies physiques contenues dans tous les bouquins de la médecine scientifique d'aujourd'hui, aurait encore une plus grande possibilité de survie physique, et psychologique que s'il en subissait les retombées de l'ignoble ignorance. Caricature? Pas vraiment. Lors des reportages concernant les attentats terroristes du 11 septembre

2001, du World Trade Center aussi du Pentagone, on nous en a montré un dans lequel une femme qui, depuis plus de 10 jours après les évènements, se rendait à chaque matin près des lieux du désastre. Elle priait afin que l'on retrouve son époux. Selon ses propos, il fallait absolument qu'elle parvienne à cet objectif, qu'il soit mort ou vivant, afin qu'essentiellement elle soit éclairée de façon nette et précise. Et cette volonté, elle l'a exprimé avec une détermination indéfectible dépassant l'entendement humain, tout en regardant droit dans les yeux du journaliste!!! Ce dernier, probablement par manque d'expérience ou tout simplement parce qu'il était, comme la plupart des gens à la surface du globe, totalement dépassé dans tout ce dossier, avait eu la maladresse (légitime, parce qu'il est avant tout un être humain) de lui poser cette question. « Est-il raisonnable que vous agissiez ainsi, puisque vous acceptez qu'il soit mort? »

Le cheminement spirituel de Nicholson se poursuivait progressivement. Durant cette troisième étape de ses 21 jours, il lui arrivait par moment de ressentir l'ouverture de ses chakras majeurs et aussi mineurs et se nourrir d'énergie subtile qu'il puisait dans notre univers. À l'extérieur de son appartement, strictement durant les périodes de repos, il communiquait avec tous les humains en utilisant la troisième personne du singulier. Lorsqu'on l'interpellait.
«Comment ça va Steven?»
«Il, va très bien.»
«Il? Qui?»
«Steven!»
«Rien ne va plus chez toi?»
«Dans son monde, tout va super!»
«Si tu n'es pas Steven, alors à qui ai-je affaire?»
«Je Suis, tout simplement.»
«Tes parents te reconnaissent-ils dans ta nouvelle présentation?»
«Ses parents? Le nom de ses vrais parents? Au cours de ses milliers de réincarnations, il en a connu à chaque occasion. Alors veux-tu bien lui dire lesquels correspondent à ses véritables parents?»
«Te proclames-tu encore de ce monde?»
«Ce monde est illusoire; il n'habite nulle part.»
«Fait-on encore référence à Steven Nicholson, le chirurgien?»
«Tu vois le corps physique qu'il supporte au moment de te parler.»
«Lui et toi êtes-vous différents!?»

«Effectivement; il participe de l'éternité. Cette enveloppe de chair va périr rapidement.»

«La folie t'a envahit, ou si je me trompe?»

«Si tu fais allusion à la folie de Dieu dont tu parles alors oui, il agit en fou.»

«Aurais-tu noté par hasard, les très nombreux changements importants qui surviennent depuis quelques mois?»

«Ce corps physique les a tous notés; lui, il demeure immuable, et tranquille comme un flambeau sous son éteignoir. Les divers changements dans ce monde illusoire ne l'affectent plus, tout comme les changements survenant dans ce corps physique dont il doit s'occuper.»

«Toi et ce corps physique, êtes-vous dissociés complètement?»

«La situation contraire constituerait une impossibilité!!! Lorsqu'il va quitter ce plan terrestre, il va s'en départir, tout comme vous, lorsqu'un vêtement devient trop usé, vous vous en débarrassez.»

«Vous délirez à plein tuyau, ma parole!!!»

«Seulement ce corps physique qui vous parle!»

«Souffres-tu dans ton état actuel?»

«Il ne souffre pas. Lorsque ce corps souffre, rien ne change en lui tout comme lorsque vous ressentez du mal, cette situation ne change rien à la température ambiante au moment où cette douleur survient. En réalité, vous ne démontrez pas de contrariété envers ce corps physique, et encore moins vis-à-vis lui.»

«Ah non???!!»

«C'est exclusivement sur toi-même, et aussi tes propres limitations, que tu pleures.»

«Ai-je l'air de quelqu'un qui a envie de pleurnicher?»

«Toi, tu te révèles totalement inconscient de tout ce que tu penses, dis et fais.»

«Dit donc! Tu sembles te situer sur un très haut piédestal»

«Non! C'est plutôt parce que ton âme se rappelle soudainement de sa vraie nature, c.-à-d., d'exprimer sa totale liberté, et de ne pas être soumise à ton mental et ton ego puérils et ignorants. Ton âme, ou ton vrai Moi»

L'autre, abasourdi, ajoute,

«Lorsque je t'ai rendu visite il y a à peine trois mois, si je t'aurais menacé sérieusement, de quelle manière aurais-tu réagi en tenant compte de ta nouvelle philosophie?»

«Si tu avais mis en danger la vie de ce corps physique, Steven aurait dû se défendre au meilleur de ses capacités, car Je Suis avait extrêmement besoin de son véhicule pour poursuivre son contrat terrestre. Par ailleurs, Steven t'aurait prévenu qu'il portait la ceinture noir 3e niveau, et aussi qu'il connaît le kung-fu.»

L'autre pousse l'ironie en déclarant,

«Tu veux jouer le comique, toi qui te prends pour je ne sais qui, tant qu'à faire, Dieu en personne!»

L'autre imperturbable argumente,

«Dieu existe et en même temps il n'existe pas, ou en d'autres termes il est non manifesté. Dans sa forme dite inexistante, Je Suis ne pourrait pas se prendre pour Dieu. Et dans sa possibilité existante, Dieu s'identifie à la Création tout entière comme vous l'aviez sans doute compris dans votre jeune enfance; donc encore une fois Je Suis, ne peut pas se prendre pour Dieu, c.-à-d., la Création!»

«Dieu existe ou bien Dieu n'existe pas!!!?»

«Les deux à la fois, car Dieu signe l'UNité.»

«Puisque tu veux me démontrer que tu as une réponse à tout, alors je te quitte.»

Au soir de la 21e journée de janvier de l'année suivante sur le coup de minuit, Steven s'est levé, il est demeuré droit debout devant les deux Déités….La lumière spirituelle traversa son corps, depuis le chakra de la tête jusqu'au troisième chakra, situé en projection du plexus solaire; alors, il prononça sa troisième volonté,

«Entre les deux cercles polaires arctique, et antarctique, chacun d'eux localisé très approximativement entre le 60e - 70e degré, toute la surface résiduelle de la Terre, et faisant le tour complet de la planète entre ces deux mêmes pôles, verra la température s'accroître progressivement sur une période de quatorze jours consécutifs, pour atteindre une valeur variant entre 25-30 degrés Celsius, et sans jamais, par la suite, excéder aucune de ces deux limites précises précitées, et en plus, elle demeurera éternellement entre ces deux limites. Il pleuvra la nuit, et les journées resteront ensoleillées, cette alternance de pluies et de soleil devra en tout temps assurer un maximum de bien-être à tous les êtres humains, et un maximum de forte productivité de toutes les semences, quelles qu'elles soient. De plus, les trois règnes vont s'y adapter automatiquement, et instantanément à toutes les variations de température quelles qu'elles soient sans qu'aucun, mais aucun préjudice ne leur soit imposé. Au point de jonction des cercles polaires avec la surface totale résiduelle de la Terre, il existera une barrière à la fois électromagnétique et énergétique, la dernière des deux, faite d'énergie subtile. La barrière mesurera un mètre de largeur, et sera suffisamment haute pour assurer éternellement une étanchéité absolue et parfaite, en référence à la double température, entre la surface comprise à l'intérieur de ces deux pôles, et la totalité résiduelle de la surface terrestre. Il ne surviendra aucune, aucune inondation, ni aucune accumulation excessive d'eau de façon localisée en quel que endroit que ce soit entre les deux pôles, mais il y aura transfert subtil des surplus d'eau engendrés, vers toutes les régions désertiques jusqu'à l'obtention de la saturation suffisante, et s'il devait en rester encore des excédants, alors la transmutation de celle-ci en énergie subtile aurait certes lieu. Cette volonté maintient la condition qu'aucun être vivant, humain ou non ne devra souffrir d'aucun préjudice, quel qu'il soit. Ainsi, soit-il.»

Aussitôt, de son troisième chakra, un nuage subtil de couleur jaune s'en est échappé; il se répandit instantanément autour de la Terre et y demeura les quatorze premiers jours consécutifs, puis il disparut. Pendant les trois semaines qui suivirent le 21 janvier, l'on a noté à l'échelle de la planète un formidable désastre en regard de 2 grandes raisons. D'abord, toutes les populations nordiques de tous les pays devaient déménager plus au sud en raison, en effet, des très hypothétiques et incroyables déversements d'eau, secondaires à la fonte de la neige, et des glaciers. Conséquemment, il s'était produit une horrible congestion des milieux déjà passablement peuplés, et même pires encore pour certains pays, comme la Chine, déjà surpeuplée. L'on avait tout abandonné sur place en raison de la panique que les services de sécurité publique avaient provoquée. Deuxièmement, le déplacement de cette immense marée humaine à l'échelle mondiale, a aussi subséquemment engendré des conséquences absolument néfastes survenues en termes de faillites personnelles, et des entreprises. Ces gros inconvénients ont symboliquement coûté, plus que toutes les dépenses de la NASA depuis le premier vol de son histoire, et incluant les projections pour les dix années à venir, auxquelles ces dépenses, il fallait ajouter le coût cumulatif du budget militaire américain au cours des trente dernières années, et également des vingt années à venir.En surcroît, les compagnies d'assurance n'ont jamais été capables de dédommager tous leurs clients, les requêtes n'arrivaient plus dans le contexte de volumineux courrier, mais par conteneur!!!

Devant la constatation des températures qui se maintenaient toujours bien au-delà des normales saisonnières connues, alors les grandes autorités scientifiques ont mis en cause la couche d'ozone qui selon eux seuls, se trouvait à un tel stade de détérioration, qu'à toute fin pratique, elle n'existait plus. Leur conclusion reposait sur le fait qu'ils ont réagi trop fortement secondairement à la vaste panique, bien que les différentes observations complémentaires, variées et répétées leur démontraient le contraire. En conséquence, tous les services médiatiques de tous les pays ont certes informé à outrance, par tous les moyens possibles de communication, les populations quant à l'effet non seulement nocif, mais cancérigène au plus haut point de différents rayonnements chimiques liés aux rayons du soleil. Consécutivement, la population mondiale se cloîtra littéralement sous tout ce qui s'appelait un toit, et on a vendu suffisamment de crème protégeant contre les rayons UV néfastes pour remplir plus de 1000 piscines de format olympique. Entre-temps, les adultes tout comme les enfants, avaient leurs activités à l'extérieur moyennant d'être vêtus de la tête aux pieds inclus, c.-à-d., la casquette, les chemises ayant des manches très longues, les robes, les jupes et les pantalons se terminaient au moins aux chevilles. Avec l'addition des semaines, le rapide constat de l'absence transparente des autres conséquences très fâcheuses liées à la quasi-disparition de la couche d'ozone, avait obligé à des réévaluations de toute nature, de même qu'à l'établissement des preuves irréfutables que l'on a présentées aux parties impliquées, ainsi qu'à certaines entreprises de plusieurs pays étant indépendantes, et un rapport final apparu devant le conseil mondial de la couche d'ozone et contenant les faits véridiques attestant qu'elle n'avait pas subi une seule modification significative.

Consécutivement, la situation mondiale est devenue plus facilement, et plus agréablement vivable. En effet, la sécurité publique étant appuyée de scientifiques compétents à l'échelle de la planète parvenait à la conclusion que la fonte des neiges éternelles, et des glaciers n'avait pas eu lieu dans un contexte franchement apocalyptique, mais évidemment, sans savoir pourquoi. Toutes les populations rurales et urbaines des divers pays qui avaient précédemment déménagé ont regagné leur domicile. Les igloos ont fondu. La verdure a poussé partout et l'on cueillait, à ciel ouvert, des roses dans l'ancien désert du Sahara, sans aucune irrigation d'origine humaine. Il y eut une nouvelle répartition des populations dans chaque pays, c.-à-d., une répartition nettement plus uniforme par rapport à la surface du territoire et du même coup, ce processus a décongestionné de façon importante les villes. L'on avait défriché comme au temps des premières colonies, et ainsi les compagnies forestières et du papier avaient planifié de remplir plus que de leur capacité, leurs gros coffres de sécurité. L'on a également bâti des routes, des aqueducs, des ponts et l'on a créé des nouvelles villes. L'on a statué, instauré et protégé de très nombreux et magnifiques parcs presque vierges. La sécheresse dans le monde devenait une réalité du passé, et tout comme les compétitions olympiques d'hiver.

Toutes les entreprises hivernales, que ce soit pour déblayer les routes pour assurer que celles-ci demeurent très sécuritaires, ou pour ce qui intéresse la totalité des sports hivernaux, elles ont toutes, toutes fermé définitivement leurs portes, car même dans les montagnes aussi hautes quelles soient, les neiges éternelles n'existaient plus du tout; et que de la verdure. Par contre, toutes les grandes villes ont réalisé des économies substantielles, quand on pense que, seulement à Montréal, la facture pour le déneigement atteignait des sommets entre 20-40 millions de dollars pour chaque année, et davantage à l'hiver 2007-2008 !!! En ce qui touche les routes, la facture provinciale de déneigement a disparu et les énormes frais de réparation du réseau routier s'allégèrent plus que significativement. Les sports d'été ont dominé en termes de popularité et d'expansion au niveau de la création de nouvelles ligues, la construction d'amphithéâtres, magasins de sport d'été, auxquels il fallait ajouter l'explosion du nombre de terrains de camping et d'entreprises variés de villégiature. Au cours de sa toute première année complète d'opération, le tourisme au Québec a quintuplé ses recettes. De même, les pays concernés et où, traditionnellement les gens devaient se rendre pour se faire dorer la couenne au soleil, et se baigner dans les mers chaudes, ils ont noté que l'achalandage touristique de l'année précédente avait baissé de façon très drastique et maintenait ce bas niveau chaque année. Les fabricants de piscines creusées ou hors terre ont roulé sur l'or pendant des dizaines et des dizaines d'années. Les chaînes spécialisées dans la vente de produits glacés de consommation ont suivi rapidement et accompagné par les entreprises s'occupant de décoration paysagiste. Les exportations de divers fruits et de légumes ont pratiquement cessé à l'intérieur d'un même continent, et d'un continent à un autre. À l'intérieur d'un même pays le transport de produits de la culture maraîchère et de la viande vers les régions plus au nord, et qui existait depuis presque toujours a vu ses heures comptées.

Les surfaces de terre destinées à la culture, tous les pays confondus, ont augmenté par un facteur de plus de cinquante fois, car si les températures se réchauffèrent dans les pays nordiques, de part et d'autre de l'Équateur, elles ont diminuées. Paradoxalement, l'éternel problème de la faim dans le monde n'allait probablement pas encore parvenir à sa toute fin, car les multinationales avaient prévu de faire bâtir des silos gigantesques à perte de vue, afin d'amasser les récoltes, et les entreposer, dans le but évident de maintenir les prix, et donc encaisser à outrance des profits importants. Également, elles incluaient dans toutes leurs sales et puantes projections l'envahissement des pays du Tiers-monde, pour leur fixer des taux d'intérêt faramineux dans le but de les financer afin de leur permettre d'obtenir de l'aide très technique sous la forme de conseillers grassement payés. Une approche qui amenait le peuple à acheter de la machinerie agricole et de cultiver, mais à l'égard de ceux-ci, ces chers créanciers leur vendraient les tracteurs et autres, à vraiment un très exorbitant prix. Finalement, en bout de ligne, ils escomptaient bien procéder à des saisies par jugement, et en démontrant que les débiteurs ne pouvaient plus honorer leurs créances. Un bateau de croisière «Le Princesse» qui naviguait dans les mers du Nord a traversé cette barrière invisible à la fois électromagnétique et subtile. Donc conséquemment, la moitié de sa longueur avait coincé dans les glaciers, alors que l'autre moitié baignait dans une eau chaude à 27.5C. Cependant, le coefficient de dilatation des matériaux avec lesquels l'on avait érigé tout le bâtiment souffrait d'insuffisance d'adaptation et causant ainsi dans la coque, une énorme et longue fissure qui allait nécessairement de gauche à droite. Le navire sombra, mais aucun des passagers ne fut blessé, et en surcroît, ils furent tous sauvés par un «miracle de Dieu.»

Steven a assumé l'initiative d'inscrire ses volontés toujours le 11e jour du mois, en y amputant plusieurs jours de repos, qui au fond ne devenaient presque plus nécessaires. Lorsque le minuit a sonné le 11 février, il a respecté le court cérémonial de se tenir droit debout, laisser la lumière venant du monde spirituel le parcourir depuis le chakra du sommet de sa tête, et s'arrêter cette fois-ci au chakra du cœur étant superposé à l'organe physique en question. Après, il prononça sa volonté,

«Je veux que: 1) l'orgueil. 2) L'attachement à l'argent, l'or et toutes les pierres précieuses quelle qu'elles soient. 3) Cette concupiscence et ses fruits, c'est-à-dire les plaisirs des 5 sens: les yeux, les oreilles, le nez, la langue, et le toucher, ce dernier incluant inconditionnellement les plaisirs de la chair autre, que pour la seule procréation. 4) L'envie. 5) L'égoïsme, dans sa version humaine. 6) La peur, en regard de toutes les sources quelles qu'elles soient. 7) Cette soif inassouvie, tenace de la gloire et des honneurs. Je veux donc que ces sept réalités disparaissent complètement et éternellement du cerveau et des facultés mentales de tous les êtres humains, sans exception, tout comme ceux-ci devront inconditionnellement se réaliser eux-mêmes dans leur intégralité, et en maximisant la totalité, sans exception, de leurs aptitudes, et attitudes intrinsèques et nobles qu'ils, avaient bénéficié au moment de leur naissance physique sur cette Terre. Pour cimenter ces deux prérogatives (la disparition des sept réalités et la réalisation personnelle), tout être humain quel qu'il soit considèrera tout autre être humain, comme étant son égal à part entière et expressément, sans aucune réserve quelle qu'elle soit. Cette volonté s'applique aussi éternellement dans sa totalité, également dans toutes, mais toutes les cellules germinales de qui que ce soit, et pour toutes, mais toutes les générations à venir. Ainsi, soit-il.»

Dès qu'il eut terminé, un nuage violet subtil sortit du chakra du cœur et il se répandit instantanément dans chaque neurone du cerveau, du cervelet de la moelle épinière et dans les cellules germinales, pour sa transmission héréditaire de sa totalité, sans exception, à tous les êtres humains, sans exception, et conséquemment y demeurer indéfiniment. L'effet s'est fait sentir encore instantanément, et irrévocablement. Les modifications sont survenues, en nombre indéfini, et il faut le préciser parfois incroyablement profondes dans leurs retombées secondaires et tertiaires.

Le président des États-Unis a dépêché un avion Concorde afin d'y ramener Oussama Ben Laden et Saddam Hussein. Il avait soupé avec eux dans le cadre d'une fête très somptueuse, pendant que la Russie redevenait un pays identique aux heures de gloire de Léonid Brejnev, mais sans aucune répression ni de KGB, et l'on assistait à un party monstre pendant trois journées avec les Tchétchènes. Dans toutes les prisons de la planète, l'on a observé la camaraderie la plus formidable qui puisse être entre les gardiens et les détenus. Ces derniers ne voulant absolument plus s'évader de l'enceinte des murs. L'on avait donc commué leurs diverses peines en travaux communautaires de grande envergure, et tous ont démontré un zèle exemplaire. Dans le cas des meurtriers, ils manifestèrent une joie sans borne à l'égard de leur nouvelle sentence s'appliquant pour le reste de leur vie et aucune surveillance n'était nécessaire !!! Plus tard, tous les milieux carcéraux aboutirent à leur destruction.

L'on a invité cordialement les clochards, et aussi les sans-abris à venir manger et dormir dans les grands hôtels des métropoles, tout le temps nécessaire pour qu'ils prennent une nouvelle direction dans leur vie. Cependant ceux-ci s'auto motivaient inlassablement et n'ont pas traîné longtemps dans ces lieux privilégiés, bien que la direction se montrait toujours ardemment désireuse de les loger encore un bout de temps. La question des partis au pouvoir par le truchement des élections, devenait chose du passé; entre autres, on ne parlait plus jamais des rouges et des bleus, des républicains et des démocrates, des partis de la gauche et de la droite. Il n'y a plus de coffres des partis à garnir; plus aucune dépense dite électorale quelle qu'elle soit à la grandeur de la planète.

Il y a eu ensuite, les modifications que l'on pourrait classer sous un premier vocable de:

La royauté et les riches personnes. Tous les présidents, tous les grands monarques, les rois et les reines de la planète, sans oublier la papauté, les vedettes du cinéma de la musique et du sport, et sans oublier qui que ce soit d'autre financièrement richissime, alors tous ont vendu le superflu de leurs biens excédant les besoins fondamentaux de tout être humain à long terme. La liste renfermait tous les immeubles et les palais (Buckingham, l'Élysée, le Vatican,…) dans lesquels ils vivaient, aussi également tous les objets d'art, des peintures, l'argenterie, les bijoux, et les couronnes. Ils se départirent de tous leurs valets et dorénavant, l'épouse du premier ministre préparait les repas. Les recettes des ventes incluant tout l'or répandu dans le monde, cumulaient dans le fonds mondial dirigé par le pape (sans un droit de veto possible) et aussi les douze personnes possédant l'intégrité la plus immaculée qui soit sur la Terre. Ainsi les grands défilés royaux, les cérémonies somptueuses et/ou protocolaires sur le plan social ou politique, le carrosse royal, le statut de prince, de princesse, de la grande dame des États-Unis, les limousines, la visite de hauts dignitaires incluant les terribles dépenses faramineuses que les pays receveurs devaient évidemment payer, et la notion de souveraineté d'un pays ou d'une province, toutes ces diverses préoccupations cessèrent une fois pour toutes. Tous les citoyens d'un pays qui possédaient des actifs, toute nature quels qu'ils soient, qui excédaient ce qu'il fallait pour assurer à plus que très long terme les besoins fondamentaux de chacun des êtres humains, alors ceux-ci s'en débarrassèrent vite, et avec un enthousiasme délirant. Tous les revenus d'après-vente, on les avait tous investis dans le fonds national, et ils furent administrés par les douze citoyens du pays concerné, et ceux-ci considérés comme faisant preuve de l'intégrité la plus irréprochable, à tout point de vue.

En continuant à développer les changements. **Les généralités.** Ce qui a disparu ou qui a cessé à jamais d'exister: 1) l'assurance-vie; chacun devant s'assumer. 2) L'assurance salaire, de par la rareté des maladies, et parce que celles-ci commencent toujours dans les pensées, et que ces dernières s'avéraient maintenant, de plus en plus positives, et élévatrices. Quant aux accidents variés, les précautions pour ne pas blesser notre égal par une quelconque négligence furent en nombre indéfini. 3) La corruption et les pots-de-vin, tous deux fruits de la concupiscence. 4) Les cartes de crédit, liées au plaisir des sens. 5) Le travail au noir. 6) L'assurance-chômage, car le plein emploi demeurait à 100%. 7) Le terrorisme local, mais surtout international. 8) Les guerres des religions partout dans le monde; par exemple en Ulster,en l'Irlande du Nord et en Irak (sunnites et chiites). 9) La pauvreté, remplacée par le respect de l'autre.10) La famine, en raison de l'accroissement des grandes surfaces de culture, et de la coopération au-delà de l'entendement humain des multinationales.11) le Tiers-monde, relevant de la répartition monétaire équitable à l'échelle mondiale.12) La pollution, sous toutes ses diverses modalités imaginables; ainsi les profits n'ayant plus aucune valeur, l'on avait largement investi afin de protéger l'environnement humain.13) Les intoxications alimentaires, en raison de l'absence des viandes avariées, et par le souci de ne pas nuire à notre égal.14) La contrebande quelle qu'en soit la nature, le fruit de la colère. 15) Les réseaux de drogues, toute nature quelles qu'elles soient; également, la culture de marijuana à l'insu ou non, des producteurs de céréales, et des simples cultivateurs. 16) La N.A.S.A., parce que la priorité se transpose au bien-être de la race humaine, et que dans le rapport: coût / bénéfices, dénonçait une disproportion infinie.

Contrats, ententes, et lois. Ce qui a cessé, ou qui n'existera plus. 1) La réglementation commerciale entre tous les pays, les chicanes et les procès inhérents. 2) Les ententes internationales du type ALENA ou autre. 3) Les problèmes étant liés à l'exportation du bois d'œuvre aux États-Unis. 4) Les brevets de toute nature. 5) Les lois, car dorénavant l'on régit en fonction de l'intérêt individuel fondu, et confondu avec l'intérêt collectif; à cet effet, les valeurs suivantes prévalent: le gros bon sens, la jugeote, la logique, la raison, l'entente verbale seulement et mutuelle entre les tiers partis, et l'accord qui s'appliquait toujours immédiatement. En conséquence, un nombre incroyable de fonctionnaires ont rapidement changé de vocation, et l'appareil administratif gouvernemental s'est atrophié lourdement. 6) Les embargos économiques entre tous les pays. 7) Les contrats écrits, tout nature quels qu'ils soient, pour les mêmes justifications que l'absence des lois. Les notaires goûteront au chômage. 8) Les garanties accompagnant l'achat de quelque chose de neuf, ou soit usagée, toute durée considérée. 9) Les services d'immigration, en considérant l'équité entre les pays, et le fait qu'un pays ne se veut pas plus intéressant que celui qu'un quelqu'un habite actuellement.10) Les frontières politiques et administratives entre les divers pays; seules y persistent les limites physiques. 11) Les pensions à vie des députés et des sénateurs; eux-mêmes les annulèrent par un vote unanime, dans le cadre de festivités au parlement; et on avait observé cette même conduite dans tous les pays. Également, l'on avait étendu la même politique en ce qui concerne les pensions des enseignants, aussi d'autres groupes connexes; en plus, les pensions en lien, ou pas, avec les compagnies privées, ainsi que pour les bénéfices marginaux à long terme, les primes des retraités, et des préretraites, et des départs volontaires; tous disparurent. 12) Les rapports d'impôt, les autorités gouvernementales en puisant à même le fonds national ou provincial. Par ailleurs, les citoyens avaient continué de leur propre chef, en manifestant un enthousiasme sans borne, à se départir des montants d'argent, et des actifs qui excédaient ce qu'il fallait de revenus pour assurer à un très long terme les besoins fondamentaux de tout être humain, ainsi ils placèrent tous ces surplus dans le fonds de la collectivité. 13) Les taux d'intérêt des institutions financières, des cartes de crédit, gouvernementales, ainsi que les billets signés entre deux personnes. Les mots: débiteur, créancier et aussi cette expression suivante: la cour des petites créances, on les retira tous des conversations.

La sexualité. Ce qui appartient définitivement au passé. 1) La prostitution. 2) Puis, les maisons closes. 3) Le sida et plusieurs autres maladies qui sont transmises sexuellement tombèrent tous en chute libre. 4) Le village « gay » de Montréal. Car un vif mouvement de migration s'était installé dans les deux sens; les hétérosexuels infiltrèrent ledit territoire, alors que la population précédente lorgnait en paix dans le centre-ville. Le côtoiement se faisait dans l'allégresse que ce soit sur les trottoirs, dans les bars, les restaurants, et de même à une table commune. Maintenant, se voyant socialement acceptés(es), les homosexuels(les) ont vraiment amélioré leur propre apparence en y établissant un généreux compromis entre leurs coutumes et celles des autres gens et aussi envers les communautés. Le développement commercial, et résidentiel a littéralement changé l'image ancestrale de cette contrée certes particulière de la métropole. 4b) Les manifestations souvent publiques, à la surface de la planète, afin que la population homosexuelle puisse se faire reconnaître d'emblée ou par une motivation pour un défoulement collectif, cessèrent 4c) La discrimination lorsqu'il s'agissait que l'un d'entre eux postule, peut importe la nature de l'emploi, plus aucun souci. 4d) Le mariage entre les homosexuels(les) qui a vraiment, et inconditionnellement fait partie des conventions sociales. 5) Les clubs de danseurs et danseuses, avec/sans, le caractère privé des rencontres. 6) Les interventions chirurgicales pour modifier le sexe. 7) Le Viagra et toute médication qui y est apparentée de près ou de loin, mais possédant les mêmes propriétés sauf pour traiter que tous les problèmes vasculaires sévères des enfants et des plus jeunes. 8) La pornographie infantile, dans les faits, et aussi les films. 9) L'inceste. 10) Les scandales impliquant les prêtres/les sœurs, et aussi les communautés religieuses masculines et féminines ont disparu. Les enfants fréquentant ces milieux pour des considérations académiques ne subissent plus aucuns sévices physiques, quel qu'il soit, et incluant tous ceux possédant un net caractère sexuel. 11) Le harcèlement sexuel, quelque soit la présentation. 12) Les viols. 13) Les revues franchement pornographiques, de même que les autres qui rejoignent Playboy, Hustler,…14) Les avortements en général; en ce qui touche les terminaisons de la grossesse pour le seul motif purement thérapeutique, les candidates passent par un sévère triage sur le volet (euphémisme).15) Les films pornographiques adultes, et sans que l'on impose une quelconque pression aux compagnies productrices. 16) Les jeux sexuels solitaires. 17) La zoophilie. 18) La pédophilie.

La diversité des produits. Ce qui n'existe plus. L'expression 'diversité des produits' possède comme son synonyme, la multiplicité des choses trop semblables, c.-à-d., en d'autres mots, les nombreuses possibilités. 1) Le chef de file: la mode vestimentaire. 2) Marques de bière. 3) Parfums. 4) Automobiles. 5) Pneus. 6) Marques de pain, de céréales; tous les produits de la consommation sur le plan alimentaire, tant pour les humains que les animaux. 7) Compagnies de peinture, pour l'intérieur et aussi l'extérieur.

8) Produits de beauté, et d'hygiène du corps. 9) Toutes les catégories, sans exception, d'appareillage électronique; des exemples: télévisions HD ou pas,vidéos, amplificateurs, webcam, les enceintes acoustiques, ordinateurs moniteurs, portables, iPod, la wii, la playstation, la xbox 360. 10) Modèles de lampes et tous les différents appareils ménagers. 11) Les produits pharmaceutiques, avec une insistance au niveau des médicaments sur ordonnance; également, ceux placés sur les tablettes des pharmacies. 12) Couches pour les bébés et très jeunes enfants. La liste pourrait s'allonger sur plus de cent pages. Il est survenu progressivement une unification en rapport avec chaque produit. Prenons l'exemple des divers pneus. Une seule compagnie sur la Terre entière fabriquera des pneus, celle-ci ne supportant pas dans son vocabulaire le mot «monopole». Il en sera de même pour tous les autres produits, quels qu'ils soient. Conséquemment, les centres d'achat à grande surface vont disparaître complètement.

La condition humaine. Ce que l'on ne verra plus. 1) Les tortures. 2) Les lavages de cerveau.3) Les conditions inhumaines de travail. 4) Les burnout. 5) La ségrégation, sous toutes les modalités imaginables. 6) Le racisme. 7) L'esclavage. 8) Le commerce des enfants. 9) Le commerce de différents organes, et des tissus du corps humain. 10) Les enfants négligés maltraités, battus, tués, abandonnés.11) Les drames familiaux sanglants, ou non. 12) Les concours visant l'admission à l'université; la médecine ou en regard d'une autre discipline. 13) Les mariages dissous avant la mort de l'un des deux conjoints. 14) Les systèmes de garderie. 15) La délinquance juvénile. 16) Les troubles d'apprentissage scolaire, de par le fait que les responsables instaurèrent une très haute homogénéité. 17) Le stress, peu importe la cause et son importance, 18) cruauté mentale et aussi physique. 19) L'euthanasie. 20) Les vives carences alimentaires, ou vitaminiques.21) Les déjeuners à l'école. 23) Les syndicats. 24) Les contrats de travail entre l'employeur et ses employés. 25) Les conditions salariales. 26) Les affreux lock-out. 27) Les briseurs de grève. 28) Le despotisme outrageant et même implacable des multinationales et des employeurs. 29) Les lois spéciales forçant le retour au travail. 30) Les fermetures unilatérales d'usines avec un minimum des délais accordés pour l'annoncer officiellement.

Argent et productivité. Ce que l'on a oublié à jamais. 1) Les étalons de course valant un million de dollars, et en y incluant toutes les situations similaires. 2) Les scandales et aussi les rémunérations des vedettes de la musique, du sport et du cinéma. 3) Les loteries, incluant Loto Québec, du Kentucky,…4) Les réserves monétaires fédérales. 5) L'inflation. 6) Les récessions.7) La croissance économique. 8) Les crashs monétaires. 9) Les prévisions économiques, en incluant les surplus, ou les déficits budgétaires des gouvernements. 10) Les marasmes économiques. 11) Les dettes nationales. 12) Les mines d'or et de diamants. 13) Les faillites. 14) Les coffres en Suisse pour y déposer de l'argent étant blanchi, et aussi d'autres sources. 15) Les soumissions des contrats; ni la plus haute, ni la plus basse, même aucune des deux. 16) La guerre des prix: les supermarchés, l'essence, les frais interurbains, les agences de voyages, et la grande majorité des vendeurs d'une même matérialité, quelle qu'elle soit. 17) Wall Street. 18) Les bourses de New York, celle de Toronto, de Montréal, européenne, asiatique. 19) Les rapports qualité/prix. 20) Les arnaques financières.

Internet. La sainte paix. 1) Les virus. 2) Pirates. 3) Pourriel. 4) Pop-up l'un après l'autre. 5) Annonces (ad). 6) Ordinateurs super puissants. 7) Les chips super performantes (avec double noyau). 8) Le monopole par une compagnie.9) M.L.M. ou bien les multi Level Marketing.10) Les sites pornographiques d'adultes et d'enfants de tout âge. 11) Le harcèlement des offres, et que l'on ne parvient plus du tout à dénombrer. 12) Les sites infernaux, diaboliques autres que ceux rattachés à la sexualité et ses déviations. 13) La vente des pare-feux, et de tous les autres systèmes de sécurité quel qu'il soit.

Les entreprises qui ferment leur porte. 1) Les meubles de luxe. 2) Les antiquités et aussi les reproductions antiques. 3) Les fabricants de coffres-forts; toutes les institutions financières ont enlevé ceux-ci, et l'on fait la pose de vitres normales. 3) Les systèmes de sécurité. 4) Les joailliers et les bijouteries. 4b) Les maisons d'enchères internationales telles que Christie's plus Sotheby's. 5) La chirurgie esthétique. 6) La fabrication de stylos vendus $ 5,000.00 l'unité; des montres, bagues et colliers qui varient entre $ 20,000 et $ 500,000.00, pour chaque unité. 7) Les compagnies spécialisées dans la mise en marché des logiciels antivirus et plus tous les autres. 8) Les restaurants fast-food. 9) L'alimentation surgelée. 10) Les automobiles de $ 200,000.00 et plus, produites par GMC, Ford, Chrysler, Toyota, Hyundai, Volvo, Aston Martin, Ferrari, Lamborghini, Rolls-Royce, Audi, Porche, Lexus, Jaguar, Mercedes-Benz, Land Rover, Hummer et tous(tes) les autres. 11) Les maisons étant vendues $ 300,000.00 et plus encore. 12) Les fabricants de cigarettes; concernant tous les procès reliés à cette consommation, chacun de ceux-ci obtint un règlement hors cour. 13) Les services de la police, de la GRC, FBI l'Interpol, la CIA, NSA, le Patriot Act américain. 14) L'armée de l'air, celle terrestre et la marine et leurs budgets militaires, incluant Boeing, General Dynamics et beaucoup d'autres. 15) Les avocats et les juges; les palais de justice sont devenus désertiques. 16) Les compagnies de liqueurs douces.

Les sports. Nouvelle vision. 1) Une franche camaraderie durant toute la saison, et bien davantage durant les parties éliminatoires. Les joueurs s'amusent définitivement et ne visent que la compétition, plutôt que de se battre. 2) La logique, le bon sens, le jugement, l'ingéniosité, l'intelligence la capacité de prévoir le prochain jeu, ces tactiques ont remplacé les coups vicieux, les blessures, les durs combats et les engueulades. Dorénavant, on jouera seulement pour le plaisir de jouer, la considération financière demeurant très loin derrière. Pour ce qui concerne la gloire, le prestige et enfin l'élite, les joueurs manifestent une parfaite indifférence. 3) La publicité n'intervient plus sous aucune modalité quelle qu'elle soit, et incluant celle qui concernait les joueurs vedettes; il n'y en a plus un seul. Dorénavant: purement un jeu d'équipe. 4) Il n'y a plus de trophée, que des équipes championnes, ou des individus qui deviennent de grands vainqueurs. 5) Les paris pour quoi que ce soit sont bel et bien terminés. 6) Les stéroïdes et toutes autres substances quelles qu'elles soient en vue d'améliorer tant soit peu les performances physiques déficientes, les athlètes eux-mêmes, unanimement les ont banni; de plus, les tests antidopage n'ont plus cours .7) Concernant les olympiques d'été et d'hiver, et aussi tous les autres évènements et spectacles étant de très haute importance, sous un angle culturel, social, musical et toutes les autres catégories, alors les réseaux de télévision, et par extension, la pluralité infinie des commanditaires, les deux les diffusent, mais seulement pour la valeur sacrée que représente le sport sans diverses bavures, et cette philosophie se répandit à toutes les autres catégories susmentionnées et à la surface de la Terre; ils refusent tous de percevoir un seul sou. 8) Les compétitions truquées (lutte, boxe, formule un,…) appartiennent certes au passé. 9) La médiatisation des rencontres démontrera une sobriété exemplaire. 10) L'on rit des enchères de choses qui avaient déjà appartenu à une célébrité, nonobstant le statut et/ou la compétence sous-jacente.

Cinéma et musique. Sont relégués aux oubliettes. 1) Les vedettes. 2) Les Divas. 3) Le roi d'un pur courant de musique. 4) Les Grammy Awards, les Oscars et tout ce qui se voudrait un équivalent ou de semblable. 5) Miss Univers. 6) Le meilleur clip vidéo; les films: la meilleure chanson. 7) Les records de recettes des représentations cinématographiques, ou bien de disques vendus concernant une chanson, un groupe. 8) Les records de recettes au box-office, la fin de semaine, pour un film. 9) Un puissant bélier mécanique avait varlopé, avec l'accord des autorités locales, le boulevard des célébrités à Hollywood, et l'on avait reconstruit la route complètement. 10) Les potins concernant la vie très privée des artistes. Toutes les revues qui abondaient en ce sens ont cessé leur publication d'elles-mêmes. 11) Plus aucune tête d'affiche, que des très bons acteurs, et actrices, de très bons chanteurs et chanteuses. 12) Les représentations cinématographiques disparaissant à jamais sont toutes celles contenant la violence; avec/sans toute modalité d'arme quelle qu'elle soit, même s'il n'y a qu'une seule très courte séquence dans tout le film. Aussi, où les dialogues vont à l'encontre du respect de la personne humaine dans toute son intégralité; également à l'encontre des nobles valeurs sociales et morales résiduelles; de même que la démonstration d'une affection de toute autre manière que saturée de noblesse. Finalement, les horreurs sous toutes ses formes. Seuls les films répondant rigoureusement au critère de: pour toute la famille et aussi ceux hautement applicables à la philosophie de Walt Disney, l'homme et le cinéaste et producteur et pas nécessairement les productions Disney de nos jours tout en laissant la porte ouverte aux réserves les plus pertinentes pour chacune de leurs plus récentes productions cinématographiques, quand c'est judicieusement nécessaire; ces deux avenues ont résisté à l'usure du temps.

À quelques secondes du 12 mars, Steven attendait silencieusement ce moment, puis il se leva et la lumière du monde spirituel reprit son parcours habituel et s'arrêta au 5e chakra, celui de la gorge, et il livra sa volonté,

«Je veux que tous les médecins de la Terre soient investis de la totalité de la connaissance de cette médecine énergétique, et de la totalité de ses approches, de ses outils diagnostiques et thérapeutiques. Ils ouvriront leur troisième oeil par une seule et simple pensée, et à chaque fois que la situation l'exigera et aussi sans aucun préjudice physique quel qu'il soit ne survienne. Moyennant l'aide de la vision du champ aurique, ils pourront en tout temps, et en tout lieu définir très précisément le profil psychologique, absolument sous tous ses angles, de qui que ce soit. Il en sera absolument de même pour toute maladie passée ou présente, qui aurait déjà affecté le corps physique et/ou la contrepartie dûment psychologique, cette dernière composante est évaluée sous tous les angles possibles quels qu'ils soient. Ils détecteront également, les maladies contenues dans les corps auriques, mais qui n'auraient pas encore porté atteinte à la composante physique et/ou psychologique. Ils mettront également en évidence les chirurgies pratiquées, et tous les traitements non invasifs appliqués, et finalement les séquelles de tout traumatisme, quel qu'il soit. De plus, ces constatations s'échèleront depuis la naissance jusqu'au moment d'échanger avec la personne, et demeurent applicables à toutes les catégories ci-dessus, sans exception, que je viens juste de mentionner.

Pour cette fin, je les investis tous, sans exception, de la connaissance et de l'expérience détenues jusqu'à ce jour par M. Luc Richard. Cependant, en considération de cet outil certes fantastique, je programme tout médecin à l'effet qu'il se soumettra rigoureusement à un code de déontologie, et de ne pas le divulguer à qui que ce soit, et incluant de ne jamais faire d'analyse sans l'autorisation très expresse de l'individu et toujours en sa présence. En l'absence formelle de l'âge légal, alors la responsabilité reviendra aux parents ou le tuteur légal. Chaque médecin va devoir s'en tenir qu'à la véracité. Pour tout médecin quel qu'il soit, il acquiescera à une soumission légendaire à son intuition, elle-même influencée par des entités subtiles étant elles-mêmes des thérapeutes, et qui seront les seules à faire valoir la préséance de cette nouvelle forme d'investigation et/ou de traitement, et en procédant nécessairement, différemment de la médecine scientifique. J'inclue finalement, pour chaque médecin, une immunité étant à toute épreuve face à qui que ce soit, à tout individu, tout regroupement de personnes et tout organisme, et chacun d'eux, quel qu'il soit, et quelles que soient leurs compétences, leurs idéaux, leurs obligations morales, légales, administratives et pénales. Avec un grand calme et une grande sérénité, tout médecin actuel et futur, ce futur débutant immédiatement à la fin de ma présente volonté, s'initiera à tout ce nouveau bagage. Ainsi, soit-il.»

Le chakra de la gorge s'est illuminé trop intensément pour que Steven puisse garder constamment les deux yeux ouverts et, tout de même, un nuage vert s'est expulsé aussitôt et contamina la totalité des neurones cérébraux et du 6e chakra, ou le 3e œil, de tous les médecins sur cette planète. La transmission comme d'habitude, se compléta ipso facto.

Certainement que l'un des plus grands changements à venir relevait de la disparition complète de tout instrument d'investigation traditionnelle, tant au niveau de ce que pourrait représenter ici le laboratoire le plus sophistiqué qui soit, au même titre que tout ce qu'on inclurait dans un service de radiologie plus qu'à la fine pointe de la technologie. Tous les diagnostics possédaient à la fois, l'ultime précision et la vitesse de l'éclair quant à leur obtention. Les listes d'attente ont cessé d'exister. Les économies réalisées par le gouvernement d'un pays dépassèrent toute imagination, à telle enseigne que les ministres responsables de la santé ont balbutié lorsqu'ils ont parlé d'un gros surplus monétaire dans ce secteur. La traumatologie devenait la moins affectée de toutes les disciplines médicales, en ce sens que lorsqu'un accidenté se présentait avec une fracture comminutive du fémur, la façon la plus appropriée de le réparer consiste à une réduction ouverte avec la pose de plaques et de vis métalliques et/ou, selon le cas, d'une longue et forte tige d'acier intra médullaire. Toutes les interventions chirurgicales ne nécessitaient plus la coopération d'un anesthésiste, car l'on contrôlait parfaitement toute douleur pénible quelle qu'elle soit, et donc également, plus aucun analgésique après une opération. Une seule ombre apparaissait dans ce ciel bleu, étant l'incapacité, non pas de soulager, mais de guérir complètement et définitivement toutes les maladies variées qui se connectaient directement à une conséquence des Lois Universelles appliquées dans leur intégralité et toute leur rigueur implacable, dans le cadre du patrimoine karmique, car la perfection ne se trouvant pas de ce monde. Quant aux médicaments, ils avaient tous disparu de la surface de la Terre, au dépit des compagnies pharmaceutiques toutes confondues. Conséquemment, encore des économies plus que substantielles pour les gouvernements. En dehors des spécialités chirurgicales orientées presque exclusivement vers la traumatologie, toutes les autres confondues, avaient disparu au même titre que la très vaste majorité des maladies chroniques sordides. Les autres préoccupations concernaient les pertes d'autonomie rattachées qu'au corps physique, et qui devinrent excessivement si peu fréquentes, et de telle sorte que les gens demeuraient jusqu'à un âge très avancé dans leur résidence, et tous préféraient mourir à cet endroit, parmi leurs souvenirs attachants. Ce fut davantage en termes d'usure globale de leurs différents systèmes qu'ils trépassaient, et donc de leur mort naturelle. En conséquence, les foyers d'hébergement de tout acabit disparurent. Il en sera de même pour les polices d'assurance invalidité, en référence aux maladies, qui ont cessé rapidement de trouver preneur.

Un fait important à considérer est que les désordres tant psychologiques que physiques, apparaissent toujours, toujours d'abord dans les couches subtiles qui composent l'aura, ce qui n'est pas le cas pour les blessures traumatiques qui s'impriment en simultanéité avec le moment précis du traumatisme dans les composantes subtiles. Les signes précurseurs qui précèdent toute maladie quelle qu'elle soit s'inscrivent également dans ces corps subtils, depuis plusieurs mois, voire des années. Ainsi, l'approche des maladies prit une tournure à 180 degrés, c.-à-d., que l'on avait passé d'une médecine purement curative à une autre, à toute fin pratique, dite prophylactique, et d'autant plus que les êtres humains ont tous vu leurs pensées se saturer d'harmonie, en l'absence permanente de toute source de stress, quelle qu'elle soit. La coopération, et la discipline appliquées des patients à suivre les recommandations de leur médecin, s'illuminaient d'une telle transparence, qu'aujourd'hui elles relèveraient du simple rêve, et mieux encore, d'une réalité hors de l'entendement humain. On a relégué à la poubelle plusieurs fonctions du Collège des médecins, tant provincial que national, dont le comité de discipline, le comité de l'inspection, et des enquêtes. On avait modifié en profondeur le code de déontologie, et ce dernier avait atteint une simplicité effarante à appliquer. Il n'était plus nécessaire d'acquérir une assurance obligatoire en cas d'une quelconque faute professionnelle. Les procès au civil dans le cadre des poursuites en cas des préjudices subis relevant d'un ou plusieurs médecins apparurent momentanément moins fréquents, puis ils disparurent. Les complications postopératoires appartenaient au passé. Sous l'angle de la psychiatrie, les bouleversements ont surpris par leur gigantisme. D'abord, il s'agit d'une discipline médicale, où au diagnostic se greffe une différence primordiale, comparativement à tous les autres secteurs de cette médecine, à savoir qu'il n'existe aucun examen de laboratoire, ni de radiologie pour accroître la précision du diagnostic psychiatrique ou le confirmer davantage. Le psychiatre doit nécessairement inclure des éléments purement subjectifs, sous forme de variables, de possibilités et d'impressions à son évaluation objective, elle-même ne pouvant certes pas atteindre une certitude quasi absolue. Cependant, avec cet outil performant que constitue l'analyse du profil thérapeutique par les couleurs de l'aura, alors le travail du clinicien se voit incroyablement simplifié.

Le Dr. Jimmy Parker, psychiatre au C.H. Royal Victoria, reçoit à sa clinique du jeudi matin, des patients qui ont pris un rendez-vous avec lui, moins de 24 heures après que Steven eut formulé sa volonté.

«Bonjour Mme Turner!!! Vous m'amenez votre adolescent au nom de Phil, âgé de 14 ans.»

«Oui, docteur!»

«Alors, veuillez vous assoir, et s.v.p. accordez-moi quelques minutes avant de dire quoi que ce soit.»

Avec son 3e œil, Jimmy détermine immédiatement le profil psychologique de Phil.

Essence: bleu ombré. Ego: bleu ombré. Personnalité: rouge clair. Fruits violet clair. 1e Émotion: violet ombré ; 2e Émotion: jaune ombré.

«Vous venez me consulter parce que votre cher fiston consomme de fortes doses de drogues illégales, depuis plus d'an.»

«Oui!!! Comment avez-vous fait pour le savoir, car il n'y a rien d'écrit sur le dossier, et ensuite je ne vous ai encore rien dit à son sujet!»

«Phil possède une attitude à devenir excessif dans tout ce qu'il fait, et il reste refermé sur lui-même. Il se dit porteur de la Vérité et d'une certaine manière, on pourrait croire qu'il possède une antenne qui lui permettrait de communiquer avec n'importe quoi étant différent de tout ce qu'il y a sur la Terre, nommément une puissante intuition. Si on ajoute à ce bilan que sa recherche fondamentale se situe au niveau de l'absolu en toute chose, alors au fond de lui-même très peu de réalités l'intéressent, en termes de sa satisfaction personnelle, et ceci dans tous, tous les environnements qu'il côtoie depuis sa naissance. Vous savez parfaitement qu'à la période de l'adolescence, on perçoit un nombre incalculable de remises en questions, le tout devant conduire chacun d'entre eux à son autonomie sauf que pour lui, obtenir son autonomie, ça devient plus vital que sa respiration. Donc, il n'arrive pas à demeurer sur la même longueur d'onde de qui que ce soit, certes en raison de son absolutisme. Finalement, sa seule porte de sortie est l'utilisation des drogues fortes là, où il se retrouve seul avec lui-même, séparé d'une réalité dont il ne s'ennuie absolument pas, et il éprouve des sensations fortes, c.-à-d., sa nourriture cérébrale, en ce qui le concerne. On ne peut absolument pas le récupérer; par surcroît, il faudra vous faire à cette idée. Attention!! On n'a pas du tout affaire à un autistique!»

Parker reçoit le patient suivant et ajoute,

«Bonjour Mme Deitcher! Voua amenez avec vous le jeune Don, 8 ans qui a des problèmes. Si vous voulez bien prendre une place, je veux l'observer dans ses agissements avant de vous poser des questions.»

Essence: orange clair. Ego: vert ombré. Personnalité: jaune clair. Fruits orange ombrée. 1e Émotion: violet clair, et 2e Émotion: orange clair.

«Votre fils jusqu'à ce jour a très peu communiqué avec son entourage, et il demeure comme emprisonné dans une bulle qu'il s'est créée lui-même, mais pas de façon consciente. Définitivement qu'à l'école il n'a jamais, jamais fonctionné tant soit peu.»

«De la façon dont vous le décrivez, j'ai comme l'impression que vous avez vécu avec lui depuis tout le temps. Pourtant, nous venons à peine d'arriver à Montréal. Vous êtes vraiment fantastique!»

«Votre rejeton, Mme Deitcher, souffre d'autisme, et sa forme d'autisme fait qu'il évoluera vers une non-fonctionnalité totale. Aucun traitement médical ne peut l'aider.»

«Vous voulez dire quoi par là?»

«Quel que soit l'âge qu'il aura, il ne pourra donc jamais produire de travail, même manuel; pour ce qui touche son aspect intellectuel, bien qu'il ne soit pas retardé mentalement, son incapacité d'agir est totalement sévère.»

«Comment osez-vous lui prédire un futur lointain, et aussi sombre?»

«Parce que son caractère le veut ainsi ou, en d'autres mots, son destin le programma de cette façon depuis le premier cri à la salle d'accouchement. Une grande partie de son profil psychologique, ou de son caractère qu'on appelle son essence, fait qu'il sait toujours tout instantanément, mais sans pouvoir expliquer le pourquoi de ses affirmations; et la nouveauté pour la nouveauté qui va le conduire à sa propre notion de liberté à lui, une liberté infiniment extensible. Dans son essence, il bouge tout le temps et il haït la discipline à s'en confesser, et il commence donc à fonctionner qu'à 10.00 heures.»

«Vous me voyez terrifié de vous observer le décrire précisément, et sans le connaître, et ni lui avoir posé la moindre question.»

«Dans une autre partie de son profil psychologique, c.-à-d., son ego, il se compare avantageusement à un bourreau de travail, excessivement lent à se mettre en mouvement. Lorsqu'il part du point A pour se rendre à B il doit tout connaître et ce fait l'amène a un cheminement analytique à effectuer, évidemment également lent, mais incroyablement efficace. De plus, il est marié à la discipline ferme. La stabilité de son univers, toujours dans son ego, s'appuie sur ses observations qui sont constamment archi précises. Cette contradiction profonde, à l'intérieur de lui-même, fait que lorsqu'il se rend dans son ego ou, exprimé autrement, dans toute situation quotidienne différente l'une de l'autre, et que l'on compte par centaines, alors il étouffe carrément, car il se sent comme infiniment trahi, et antirationnel par rapport à son essence. Un point important à souligner est l'absence de limites, une caractéristique fondamentale de son essence orange clair qui correspond aussi à la caractéristique fondamentale des jeunes enfants, quels qu'ils soient. En conclusion, afin de sauvegarder sa liberté, à laquelle il tient plus qu'à sa vie, et qui dérive en surcroît de deux composantes, la nouveauté, et la connaissance spontanée, il se sépare du monde en se fabriquant une bulle psychologique, et nous ne pouvons rien faire pour l'améliorer d'une façon ou d'une autre.»

Jimmy accueille la troisième personne et échange,

«Je crois M. Sam Clark, que je vous rencontre pour la première fois. Ai-je raison? »

«En effet, docteur Parker.»

Jimmy lui indique de sa main droite la chaise attenante au bureau.

«Faites comme chez vous, je vous parlerai dans une minute ou deux.»

Essence: jaune ombré. Ego: orange clair. Personnalité: violet clair. Fruits: bleu ombré. 1e Émotion: jaune ombré, et 2e Émotion: rouge ombré.

«Quel âge avez-vous, M. Clark?»

«J'ai 33 ans. Pourquoi?»

«J'observe une personne portant une extrêmement attention à son image. Vous avez une tendance exagérée à la peaufiner parce que votre beauté physique, votre sensualité représentent, pour vous seul, un culte; vous êtes également très opportuniste. Il y a en vous, une composante importante de votre sensualité, et qui fait que vous éprouvez un besoin insatiable qu'on vous touche, qu'on vous caresse. Vous recherchez qu'en fonction que tout vous rapporte gros, sauf à personne d'autre. Vous ressentez le besoin que l'on vous reconnaisse, mais sans jamais que vous ne fassiez un seul effort. Vous excellez fortement que pour les petits projets, et les petites choses; c'est l'immédiat, ou en d'autres mots, l'instantanéité du résultat qui vous aveugle. L'engagement à long terme ne fait pas partie de vous, vraiment pas. Vous adorez n'importe quel travail facile, et également vous besognez peu, cependant, il faut que les deux situations vous rapportent beaucoup, financièrement, mais aussi sous d'autres considérations, parce que tout doit se centrer vers vous.»

Sam devient pétrifié par ces révélations et critique,

«Je ne comprends pas la manière dont vous vous y prenez pour voir en moi, mais au fond, votre habileté ne m'importe guère. Cependant, je vous rencontre aujourd'hui pour une raison très importante et que j'aimerais bien vous révéler, si vous vouliez m'en accorder l'opportunité, s.v.p. docteur!!»

«Vous venez spécifiquement me consulter parce que vous avez toujours ressenti une extrême attirance envers les autres hommes; et à cet effet, il vous arrive de vous maquiller, cependant pas aussi souvent que vous le voudriez. Il y a quelque part en vous-même, un interdit qui vous dérange énormément toutefois sans en connaître la raison exacte. Vous avez déjà eu dans le passé des expériences homosexuelles, mais elles n'ont jamais bien fonctionné parce qu'à chaque fois, bien que poussé malgré vous à les vivre, vous vous sentiez terriblement déchiré à l'intérieur de vous, comme si ce que vous faisiez ne représentait pas du tout la norme face à votre environnement. Pourtant, sur le plan de votre homosexualité, ce que vous ressentez vis-à-vis l'autre homme se veut totalement sincère, totalement intense, totalement naturel et vouloir vous traiter du point de vue médical vous causerait que du tort; voilà tout votre drame.»

Sam, définitivement excédé questionne,

«Pour qui vous vous considérez?!!! Le Bon Dieu pour ainsi me violer à l'égard de mes pensées intérieures par cette précision qui me renverse, et que j'observe que vous vous comportez d'une manière aussi catégorique, et vous êtes tellement confiant en vous-même. Vous ne connaissez pas encore mon numéro d'assurance sociale cependant, vous mettez vraiment à nu mon intériorité. D'où vient votre fantastique pouvoir?»

«Disons que pour l'instant, en ce qui me touche, votre question me paraît peu importante à ce moment-ci. Cependant, vous allez devoir retenir qu'il s'agit de votre calvaire, et qu'il va certes se continuer jusqu'à votre dernier souffle.»

Le médecin introduit Kathleen Thomas dans son bureau et elle dialogue,

«Bonjour, docteur.»

«Bonjour Mme Thomas! Je me souviens de vous avoir déjà rencontré.»

«En effet il y a deux ans, lorsque ma mère mourut, et que je n'arrivais pas à faire mon deuil.»

Jimmy regarde les renseignements au dossier et enchaîne,

«Vous avez parfaitement raison et je constate, d'après mes notes que vous avez évolué très favorablement. Maintenant en quoi puis-je vous aider aujourd'hui? »

«J'ai accouché il y a une semaine, et mon enfant est mort à la naissance. Depuis ce temps-là, je souffre d'une terrible dépression, et je persiste à m'en vouloir énormément. » Elle éclate en sanglots.

«Expliquez-moi donc la raison faisant en sorte que vous vous culpabilisez maintenant. »

«Je n'ai pas joué le rôle d'une bonne mère durant ma grossesse.»

«Comment pouvez-vous dire une telle chose?»

«Je me nourrissais mal, car je ne voulais pas engraisser. De plus, je fumais beaucoup encore une fois pour la même raison, et dans mes moments de détresse, je consommais de la marijuana, et j'ai utilisé de la cocaïne, par la respiration nasale, seulement à sept ou huit reprises vers le septième et huitième mois. Par la suite, je vous le jure que je n'en ai pas consommé d'autres. J'ai cessé, parce que j'ai vu dans un programme de maternité que la drogue s'accumule dans le sang du bébé.»

«Ne me percevez pas comme un juge, ni votre confesseur. Je crois que vous viviez votre première grossesse. Ai-je raison?»

«Oui, docteur.»

«À la salle d'accouchement, est-ce que le médecin vous a dit s'il présentait une anomalie physique?»

«Il se développa normalement du point de vue physique.»

«Auriez-vous, par hasard, une photo de lui?»

«Euh! Oui! Pourquoi? Ne considérez-vous pas que vous me tournez le couteau dans la plaie avec ce que vous me demandez?»

«Vous m'en voyez profondément désolé, mais s.v.p. pourriez-vous me la montrer ?»

«Qu'espérez-vous avec cette photo au juste?!! Vous avez devant vous, la cause de son décès parce qu'il a subi une autopsie, et le médecin légiste n'a pas pu mettre en évidence une cause précise. Allez-vous me faire accroire que vous allez performer mieux que l'autre qui l'a mis en pièces. Vous n'avez pas de microscope ici!» La patiente indignée.

«S.v.p. auriez-vous la gentillesse de me la montrer?»

«Puisque vous insistez tant!»

Essence: il y a la présence d'une double essence, les deux essences sont de la même couleur: vert ombré; son Ego: rouge clair; sa Personnalité: orange clair; ses Fruits: rouge clair; 1e Émotion: violet ombré; 2e Émotion: orange clair.

«Madame Thomas, vous devrez dès à présent vous considérer comme aucunement responsable de sa mort, et je comprends pourquoi l'autopsie n'a rien révélé.»

Manifestant une colère elle gueule,

«Comment osez-vous me parler ainsi? Dites-moi donc, vous exercez la psychiatrie ou le sale charlatanisme? Après avoir regardé la photo, vous déblatérez ces conneries; et moi qui avais une totale confiance en vous!»

«Je vais vous demander de vous calmer un peu. Désirez-vous, oui ou non, connaître la réelle raison de son décès?».

«Évidemment que oui !!! Cependant, je ne vous considère absolument pas qualifié pour résoudre l'actuel problème, et ainsi, comment pourrais-je vous croire? Vous faites un maudit fou de vous-même?»

Jimmy a raffermi le ton en précisant,

«Maintenant, écoutez-moi! Je vais vous éclairer et après vous en ferez ce que vous voudrez de mon explication gratuite, OK!!? Votre enfant n'a pas accumulé, excusez-moi, je ne voulais pas élaborer de cette manière, et je dois reformuler, donc je me reprends. La Nature, ou son jeune destin ne lui avait certes pas procuré suffisamment d'énergie pour qu'il puisse soutenir une vitesse de croisière à tous ses organes. Prenons l'exemple suivant: vous essayez de faire marcher d'avant le plus gros des béliers mécaniques construits, et en vous servant que d'un moteur à gaz de quatre cylindres et totalisant 1.8 litre; vous comprenez tout de suite que même à la puissance maximale du moteur, alors le bélier mécanique va tout de même demeurer totalement immobile. Le poids de votre bébé à 4 kg se trouvait nettement dans la moyenne, même davantage. L'on a fait le dépistage des drogues, et l'on n'a rien mis en claire évidence; finalement, aucun organe interne ne montrait une quelconque défectuosité à cette autopsie. En définitive, ne considérez-vous pas que l'explication que je vous ai fournie soit plus que satisfaisante, et qu'elle corrobore plus que parfaitement toutes les autres conclusions médicales?»

«Comment arrivez-vous à déblatérer toutes ces stupidités? Moi, je n'ai pas su lui fournir suffisamment d'énergie calorique, et je vous avais donné une explication logique, et surtout réaliste alors que vous, la seule chose que vous trouvez bonne à faire consiste à me laver le cerveau! Vous êtes con, et allez au diable!!!» Folle de rage, elle vocifère.

La mère empressée, se saisit de la photo sur le bureau pour la remettre dans sa sacoche, mais en même temps une autre photo s'en échappe, et elle tombe sur le plancher. Instantanément le psychiatre se penche au-dessus de son bureau pour visualiser cette dernière et relate,

«Cette personne se trouve certainement dans une institution pour malades mentaux chroniques, ai-je raison?»

Madame Thomas, en l'espace d'une fraction de seconde, a adouci les traits de son visage et commente,

«Oui, vous avez raison. Ma propre mère vivait au Texas à cette époque-là quand elle a eu cet enfant, mais elle l'a placé dans une crèche publique. Cinq ans s'écoulèrent, puis elle l'a transféré, pour le reste de sa vie, dans une institution pour troubles mentaux, car il avait une maladie psychiatrique sévère, que ma mère ne m'a pas révélée.»

«Je connais la maladie dont souffre votre frère, et cependant voulez-vous réellement que je vous en informe?»

Les armes aux yeux, elle acquiesça d'un hochement de la tête.

Une double essence étant orange clair et orange ombré. Ego: bleu clair. Personnalité: rouge clair. Fruits: violet clair; 1ᵉ Emotion: rouge ombré; 2ᵉ Emotion: rouge ombré; 3ᵉ Emotion: vert ombré.

«Il souffrait d'une forme sévère de schizophrénie totalement intraitable.»

«Je dois vous confesser que je connaissais déjà le diagnostic médical, mais parce que je ne pouvais, en aucune manière, me fier à vous, alors j'ai menti. Maintenant, je comprends très facilement et vous ne m'avez pas du tout froissé; et s.v.p. soyez entièrement rassuré. Ce que je ne comprends absolument pas, c'est que simplement en regardant une photographie, vous obtenez plus de résultats que tout ce qu'on avait fait d'analyses jusqu'à maintenant, de plus vous paraissez tellement tranchant dans votre opinion. Quel soulagement!!! Merci!»

Le prochain rendez-vous, une épouse amène son mari. Jim les accueille, «Veuillez entrer!»

«Docteur, je ne peux plus rien faire avec lui.»

«Attendez-moi un peu que je le regarde de la tête au pied, pendant que vous vous assoyez. »

Essence: bleu ombré. Ego: violet ombré. Personnalité: jaune clair. Fruits: vert clair; 1ᵉ Émotion: orange ombré; 2ᵉ Émotion: rouge ombré.

«Excusez-moi, j'ai oublié de demander votre nom.»

Le mari avec un empressement manifeste mentionne,

«Ali Giacomin.»

«Merci! Je devine précisément que votre conjoint a bu toute sa vie. Très certainement qu'il avait expérimenté, dans son destin, plus de jours en état d'ivresse que d'autres qui étaient dominés par la pure sobriété. Il buvait passablement déjà à l'adolescence, et il n'a jamais eu de répits. Il est allé à plusieurs reprises dans les divers hôpitaux pour se faire désintoxiquer mais toujours sans succès. Également, il a fait des nombreux stages chez les Alcooliques anonymes, et aussi à plusieurs autres organismes du genre, toujours, et toujours sans succès. Ce n'est définitivement pas un mauvais gars, cependant, il possède des caractéristiques incontournables.»

«Vous avez dû certainement faire venir ses dossiers de tous les autres hôpitaux et ainsi que de tous les centres de désintoxication, pour paraître aussi précisément informé.» L'épouse absolument ébahie s'exclame.

«Comment aurais-je pu procéder de la sorte, puisque je le soigne pour la première?»

«De toute évidence, il faut que vous agissiez comme un genre de devin, ou que vous possédiez une boule de cristal pour le connaître si bien, sans ne jamais l'avoir vu.»
«Une partie de lui-même, son essence s'harmonise avec l'eau.»
«Quelle sorte de cochonneries vous me dites là?»
«Il adore les lacs, également se baigner dans ceux-ci, ou dans une piscine; et naviguer sur un bateau !! Il a en dévotion, s'il est totalement lui-même, passer des heures dans un bain ou une douche ou d'une autre manière, prendre plus d'un bain par jour ou se doucher très souvent. Finalement, se tenir debout longtemps sous la pluie battante.»
«Comment bordel !!! Pouvez-vous avoir toujours ainsi raison? La situation devient irritante à la fin!»
«L'eau réfère aussi aux liquides qu'il boit, en commençant par l'eau, et par la suite les boissons alcoolisées. Il ne consomme pas ces dernières pour noyer un problème intérieur; pas parce que son paternel ou son entourage se soûlait, et ni pour faire comme tous les autres, et pour qu'on l'accepte socialement. Je définis sa nature intime de se comporter, et s'il n'agissait pas de cette manière, il développerait sûrement des maladies. Une autre partie de lui est son ego, où là, il se perçoit certes avec raison, purement émotionnel. Il adore énormément goûter à tous les plaisirs de la vie. Dans son ego, il devient fermement convaincu qu'en consommant de la bière ou des spiritueux, conséquemment il réfléchira beaucoup mieux par la suite!! On l'observe, et aussi on le considère très social, alors vous savez comme moi que dans cette société, le houblon coule à flot. Également, une autre raison sur le pourquoi que son ego le porte à boire, il possède la conviction ferme, fondamentale, essentielle, de se sentir malheureux dans son âme, sans qu'il ait commis aucun délit quel qu'il soit. Même par une recherche intempestive en psychanalyse, ce vif blues de l'âme n'aurait jamais une quelconque racine. En définitive, si l'on additionnait ces deux tendances, et provenant de deux sources diverses de son même caractère, alors on comprend mieux pourquoi il se comporte de cette manière, et surtout pourquoi on ne peut pas faire quoi que ce soit pour le traiter.»

Tout se déroula constamment ainsi pour tout le reste de sa clinique en externe c'est-à-dire une très, très grande surprise avec la bouche bée, un étonnement constamment renouvelé, avec/sans plusieurs cris d'exaltation. Finalement, on observe qu'un psychiatre puisse toujours fournir l'image de quelqu'un aussi clairement informé, et qu'à chaque cas, il ne pose pas une seule question avant d'établir ses jugements cliniques, wow !!! Quelques heures plus tard, pour la première fois, il s'est adonné à la tournée de ses patients hospitalisés, en possédant ses nouvelles possibilités, et comme d'habitude, l'infirmière l'accompagne.

«Voici M. Marvin Kasper, chez lequel l'on avait diagnostiqué une névrose borderline.» L'infirmière décrit.

Essence: rouge clair. Ego: orange clair. Personnalité: violet ombré. Fruits: orange ombré; 1ᵉ Émotion: vert clair, et 2ᵉ Émotion: jaune ombré.

«En réalité la pathologie réfère à une personne maniaco-dépressive. Elle s'explique très bien par le fait que son essence concerne strictement la simplicité en toute chose, une personne ayant une grande morale, très affective, et qui ne vit qu'en fonction des autres, ou en d'autres mots, elle copie son environnement; lorsqu'elle s'entoure de gens, elle réalise ses meilleures performances. Aimer et servir deviennent ses priorités au même titre que la sacro-sainte routine. Son ego orange clair fait en sorte qu'elle n'a vraiment pas besoin des autres, mais vraiment pas!! Elle recherche constamment à se démarquer; et elle n'a aucun principe, aucune morale, quelle qu'elle soit. La routine la tuerait littéralement, parce que pour elle c'est constamment la nouveauté, et même jusqu'à changer pour changer. Finalement,cette dichotomie devient responsable de sa psychose, la phase dépressive relevant de son essence, la phase maniaque quant à elle, se nourrit de son ego. Nous allons vraiment substituer tous ses médicaments, mais quant à espérer la soigner pour la replacer sur le marché du travail, l'on doit faire face à un vœu franchement pieux, de même que pour tout simplement l'améliorer.»

«La patiente suivante est dame Susan Isenberg, elle fut admise dans le département, en raison d'une grave tentative de suicide. D'ailleurs, elle a eu plusieurs épisodes du genre.» Sullivan mentionne.

L'essence est vert ombré. L'ego est jaune clair. Personnalité: violet clair. Fruits: violet clair; 1ᵉ Émotion: rouge clair, et 2ᵉ Émotion: rouge ombré.

«Ses tentatives de suicide s'appuient sur une assise de sa psychose que personne, incluant moi-même n'avaient déjà mise en évidence. Il devient très difficile de classifier son état psychotique, puisqu'il ne correspond pas au contenu de ce répertoire des diagnostics des maladies mentales !!!! Lorsqu'on parle dans son cas de psychose ou d'état psychotique, l'on veut exprimer là, une dissociation irréconciliable entre deux choses. D'abord la racine de son caractère, nommément son essence, là où il y a une hyper organisation; et seulement avec le contenu de son essence, elle s'avèrerait une « femme accomplie » dans tous les sens que cette expression peut soutenir. Il faudrait également retenir qu'elle manifeste une franche lenteur dans tout ce qu'elle fait, dit et pense. Par exemple, si son cher époux lui demande, à 3.00 pm: «As-tu le goût que l'on soupe à 7.00 pm dans un restaurant ce soir?» Consécutivement, il obtiendra sa réponse que deux heures après, ou sinon un peu plus tard. Puis, une autre fraction de sa structure psychologique, l'ego, où dans son cas précis à elle, elle ne peut absolument pas s'administrer et en même temps, elle a la bougeotte et même excessivement trop ou, en d'autres termes, une source d'énergie pure et puissante, dans son processus de penser, de parler et d'agir. Et de plus, ses explications manquent vraiment, mais vraiment de transparence c.-à-d., qu'elle ne fait que nous éblouir, et pour se montrer plus précis, de nous aveugler. Aucun traitement ne peut lui venir en secours, d'aucune façon.»

«Docteur, la prochaine hospitalisée est Mme Brenda Forsman.»

«Nous avons considéré depuis des années que cette patiente souffrait d'une psychose régressive.»

Essence: jaune ombré. Ego: orange ombré. Personnalité: rouge ombré Fruits: vert clair; 1e Emotion: rouge ombré, et 2e Émotion: rouge clair.

«Maintenant, il faut diriger à nouveau le tir et déclarer que nous avons nettement affaire à une schizophrénie étant récupérable, et donc qui pourra redevenir fonctionnelle. Chez elle, les acquis matériaux demeurent très importants. La nette tendance à monopoliser autour de sa personne et le besoin de démontrer, et d'y conserver constamment par la suite, une belle image de soi; et le succès financier. Sans eux, le monde n'existerait pas. Relativement à son ego, elle se perçoit foncièrement responsable, et est un bourreau de travail. Elle vit, et voit la réalité au quotidien, de façon brute.»

«Docteur Parker, voici votre dernier patient.»

Essence: orange ombré et orange clair. Ego: orange clair. Personnalité: violet ombré. Fruits: orange clair; 1e Émotion: vert clair; 2e Émotion: orange ombré et 3e Émotion: jaune clair. »

«M. Ralph Ritchie. On va bientôt l'institutionnaliser dans ce milieu. Rien n'a fonctionné, ni la pharmacologie, et ni la sismothérapie. On a banni cette dernière de la planète, car la monothérapie par les chocs électriques cause excessivement de dommages importants au 7e chakra au sommet de la tête. Nous constatons une double essence particulière et qui explique tout le tableau clinique. En conclusion, une schizophrénie et je vous le certifie comme étant totalement intraitable, sévère absolument non fonctionnelle. J'ai eu aujourd'hui un autre cas identique à celui-ci, à la clinique externe de psychiatrie.

Jimmy Parker et l'infirmière Sullivan s'arrêtent dans le corridor adjacent à la dernière chambre qu'ils ont visitée.

«Maintenant, que nous avons terminé la tournée, j'aurais docteur une ou deux questions à vous poser.»

«Je vous écoute, infirmière Sullivan?»

«Vous avez exécuté la tournée de façon tellement imprévisible à mes yeux, et surtout dans la perspective d'y modifier des diagnostics parfois établis depuis plusieurs années. Encore plus stupéfiant, je veux faire référence à l'aspect hautement catégorique, tranchant de vos nouvelles conclusions à l'image d'un véritable calcul mathématique. Pourriez-vous m'éclairer à cet effet?»

«D'abord, j'espère que mes façons d'agir vont se répéter à la surface de la planète. Deuxièmement, les scientifiques de toutes les natures depuis le début de l'humanité, ont toujours fermement entretenu le dogme que la totalité de la structure psychologique et l'inconscient, se trouvaient inclus à l'intérieur du corps physique. Et alors que ce dernier se résume à de la poussière, et des liquides, l'un et l'autre hautement organisés, et que tout le reste se loge **effectivement** à l'extérieur de lui, c.-à-d., dans son aura étant composée des sept couches subtiles qui s'entrelacent. L'être subtil habitant dans le corps physique, s'y incorpore à l'intérieur de celui-ci à chacune des nuits de la vie de toute personne sur la Terre. Cet être subtil, c.-à-d., le **VRAI MOI** contrôle par ailleurs absolument précisément chacun des treize systèmes composant le corps physique. Il s'agit en effet d'une correspondance orthodoxe avec la situation où quelqu'un pénètrerait à l'intérieur de son véhicule motorisé, et contrôlant absolument précisément tout ce qui compose ledit véhicule; qui plus est, vous quittez l'habitacle de la même façon qu'un être subtil quitte celui d'os et de chair. Cette véracité de l'aura, on l'a objectivée par le truchement de lentilles faites à partir des composés végétaux. De nos jours, avec l'emploi de lentilles super high-tech à Silicone Valley, l'on continue de confirmer sa présence, et l'on peut même en mesurer les différentes longueurs d'onde des couleurs de l'aura. Je vais surement te surprendre, cependant cette connaissance figurait en ces temps fort lointains, et de même qu'on l'enseignait chez le peuple des Esséniens (Maurois & Givaudan *Mémoires d'Esséniens, l'autre visage de Jésus*) c.-à-d, que ce sont les gens étant spécifiquement mandatés, spécialement pour assurer l'éducation de Jésus. Un Vénérable (Essénien) instruit Simon: « Pour un être qui a su développer en lui la capacité de percevoir les trois lampes, l'aura, c'est ainsi qu'on les nomme ensemble, lui apparaît avec la beauté d'une grande enveloppe lumineuse très nettement ovoïde. On peut en fait l'assimiler à une coquille de lumière au centre de laquelle évolue l'individu. » J'en rajoute encore, et cela, toujours à partir du **même** livre. « Auparavant retiens bien ceci: la radiance (l'aura) de l'homme se compose globalement d'un grand nombre d'ondes colorées qui se mêlent les unes aux autres (les corps subtils) à partir d'une teinte de base (l'essence) révélatrice du fond de la personnalité (définition freudienne) et des dispositions (ego, et personnalité (aucun des 2 n'est freudien), fruits, émotions) de celui qui l'émet. ». De plus, ce livre confirme d'une manière excessivement orthodoxe la pure véracité de toutes les aptitudes et de la connaissance que M. Luc Richard possède et concernant l'analyse du profil psychologique par les couleurs de l'aura. Ce bouquin jette une lumière sur les 17 années de l'existence de Jésus-Christ, cachées de façon honteusement préméditée par la religion catholique. Finalement, j'ai autant de dextérité, de facilité avec mon 3e œil de voir l'aura, que j'en ai avec mes yeux de chair de vous voir, alors ce fait explique bien que je n'entretiens absolument aucun doute dans ce que j'avance.»

«Peut-il exister une marge d'erreur, même infime?»

«JAMAIS!»

«J'ai lu dans beaucoup de publications et de livres que le développement psychologique freudien, ou celui du caractère s'étalait au minimum sur cinq ans. Puis tantôt entre deux patients, vous m'avez informé que vous auriez pu mettre en évidence ces mêmes couleurs au premier cri que n'importe lequel de ces patients que l'on a vus a exprimé à la salle d'accouchement.»

«Pas toutes les couleurs, seulement l'essence. Je vais maintenant vous en donner la preuve formelle. Trois heures après que mon petit-fils soit né, j'ai été informé de sa couleur d'essence. À cette occasion, M. Luc Richard, dans le contexte d'un voyage astral, s'est rendu à la salle d'accouchement pour voir l'essence. J'ouvre une parenthèse pour préciser que le terme suivant: personnalité freudienne, est certes le synonyme excessivement orthodoxe de caractère ou son équivalent, le profil psychologique. »

«Alors, qu'arrive-t-il à toutes ces nombreuses théories des développements psychologiques, sociaux et sexuels, et par voie de conséquence de tous les traitements qui en découlent directement?»

«Encore une fois, l'on a toujours fermement considéré que le caractère de l'individu se bâtissait au fur, et à mesure de ses expériences vécues, ou en d'autres mots, que celles-ci modelaient la personnalité freudienne. Alors qu'en réalité j'affirme le contraire, et je m'explique. Il faut voir le caractère dans sa **totalité**, sous l'angle d'une potentialité pouvant se manifester à la naissance, mais il est cependant tributaire d'une manière incontournable au développement du corps physique. Je veux ici parfaire davantage mon propos. Pensez simplement à un enfant de 6 ans étant étiqueté virtuose du piano; avant cet âge décisif, l'insuffisance de développement de son corps physique lui avait enlevé toute possibilité quelle qu'elle soit d'agir. Voici un autre exemple touchant l'analyse des fruits. Ceux-ci font leurs apparitions lorsque le développement du corps physique arrive à la puberté là où le système hormonal central introduit dans le sang les hormones secondaires qui verront à parfaire, compléter le développement sexuel des deux sexes. (Cette analyse du profil psychologique par les couleurs de l'aura, décrit essentiellement, **Q U E** les outils que l'être vivant possède à la naissance, en termes d'aptitudes et aussi d'attitudes). Ce que l'on observe, se définit seulement, et seulement, en tant que le produit final de chaque interaction, d'une ou même de plusieurs des caractéristiques intrinsèques du profil psychologique avec chaque évènement que la personne vit, à chaque instant de son existence.

De là, autant les théories du développement que autant les approches thérapeutiques secondaires, on se doit de totalement toutes les refondre. Quand on pense **actuellement, et tel que reconnu mondialement,** que le caractère d'un obsessif compulsif, tout comme celui d'un de mes confrères, étant défini par la couleur orange ombré en position essence, donc ce type précis de personnalité freudienne se résume, en termes de développement psychologique, social et sexuel, hélas uniquement et essentiellement à ses expériences, ou plutôt à ses préoccupations vis-à-vis la propreté, et de la ponctualité à la phase anale afin de ramener un caractère entier à un vulgaire tas de merde!!!

La classification la plus complète qui soit, dans tous, tous les bouquins de psychiatrie, des **caractères de base,** ne dépasse pas 50 possibilités. En se fiant à l'expérience de l'analyse énergétique du profil psychologique par les couleurs de l'aura, et spécifiquement pour la personnalité freudienne de **base** suivante: la personnalité obsessive compulsive, il y a en caractères approximativement 2310 **caractères de base,** d'obsessif compulsif qui sont différents, et j'insiste dûment à répéter toujours de **base.** L'on arrive à ce résultat par un calcul mathématique de probabilités, en s'appuyant sur la totalité des possibilités de profils psychologiques différents, et se situant environ à 18 milliards.»
«Conséquemment…»

«Oui! Que toute société devrait donc s'ajuster à chaque individu, et non le contraire comme on l'a toujours malheureusement constaté, mais cette philosophie revient carrément à rêver puissamment au Père Noël!»

«Et de quelle manière le profil psychologique dans sa t o t à l i t é accompagnerait la naissance, si tout juste avant celle-ci, l'on vivait tous au ciel?»

«Pour répondre à ta question, je vais me référer à un verset de la bible catholique TOB (Traduction Œcuménique de la Bible): «Rabbi, qui a péché pour qu'il soit né aveugle, lui ou ses parents?» St-Jean, 1X, 2. Jésus-Christ se voulait avant tout un homme de principe, et qu'il n'a jamais toléré une seule modification de la Loi, ni d'un seul point sur les « i », ni d'un seul « i », comme le relève St-Matthieu en 5, 17-18: «je ne suis pas venu abroger, mais accomplir. Car, en vérité je vous le déclare, avant que ne passent le ciel et la terre, pas un i, pas un point sur l'i ne passera de la loi, que tout ne soit arrivé.» Il allait même jusqu'à chasser les vendeurs du Temple, bien qu'il n'avait même pas rabroué sévèrement ses apôtres quand, dans leurs propos, ils ont fait référence à «lui» et c.-à-d., la personne aveugle comme constituant le seul responsable d'avoir commis des péchés, et l'amenant consécutivement à souffrir de cécité. Sinon, il leur aurait certes demandé, moyennant une insistance hors du commun: «voulez-vous bien me révéler à quel moment il a pu commettre des péchés, s'il n'était même pas né?!!!». En conclusion, implicitement, et nécessairement, il possédait déjà toute l'information de manière transparente de la réincarnation,et aussi elle-même formellement reconnue par tous les esséniens, que je t'avais parlés tantôt.»

«Donc l'aveugle aurait bien commis ses péchés dans une vie antérieure. Dois-je comprendre que votre intervention irait en ce sens? Pourtant, la réincarnation n'existe pas, n'ai-je pas raison?»

«Je veux à ce moment-ci, régler une fois pour toutes la question de la pertinence, et de la véracité de cette réalité des réincarnations en me servant de la Bible: «Je vis aussi les âmes de ceux qui avaient été décapités à cause du témoignage de Jésus et de la parole de Dieu, et ceux qui n'avaient pas adoré la bête ni son image et n'avaient pas reçu la marque sur le front ni sur la main. Ils revinrent à la vie et régnèrent avec le Christ pendant mille ans.» Apocalypse, 20, 4. Dans leurs commentaires les auteurs de la Bible TOB ont ajouté: «il s'agit d'une résurrection **corporelle** pour l'avant-dernière période de l'histoire du salut.» (p: 3059). Le Grand Robert, **corporelle**: qui est relatif au corps humain. C'est en définitive, des **corps physiques** décapités, qui vont reprendre vie, bien évidemment, dans une autre existence, et sous la modalité de **corps physiques** faits de matière dense, c.-à-d., en chair, et en os!!!! La définition essentielle et orthodoxe de la réincarnation est donc la suivante: l'âme, au cours d'une existence, quitte le corps en chair et en os qu'elle habitait, pour par la suite, au cours d'une autre existence, s'incorporer dans un autre corps en chair et en os; rien de moins et rien de plus! « À l'instant de la mort, l'âme revêt un corps nouveau, l'ancien devenu inutile, de même qu'on se défait de vêtements usés pour en revêtir des neuf. » B-Gîtâ, 11, 22. Aller se cacher derrière le mot «résurrection» afin de demeurer dûment sur ses positions dogmatiques, ça constituerait à mon très humble avis, un entêtement hors de l'entendement humain, pour préserver (un ou plusieurs item(s) ou tous ceux-ci): son image, sa notoriété, sa position administrative et/ou ecclésiastique, ou pour ne pas se voir excommunié ou rejeté par son environnement humain, et social.»

«J'aurais une dernière question touchant l'analyse énergétique du profil psychologique par les couleurs de l'aura.»

«J'y répondrai avec plaisir!»

«De quelle manière pourriez-vous définir la plus grande contribution ou mieux le plus grand mérite qui soit de ce type d'analyse énergétique du profil psychologique par les couleurs de l'aura?»

«Il y a quatre grandes divisions.»

L'infirmière étonnée, s'exclame,

«Quatre grandes divisions! Alors là, vous me perdez complètement!»

«La première concerne toutes, toutes les approches médicales, quelles qu'elles soient (physique, psychologique et psychiatrique).

La deuxième.) A) Un tel enfant possède-t-il des chances de se rendre à l'université? Est-il adapté pour l'armée? La salle d'urgence? B) Réduire l'intensité et la durée d'un deuil. C) Peut-on sauver ce mariage? Sinon pourquoi? D) Ce vendeur, se voudrait-il réellement fiable? E) Ce futur employé, pourra-t-il faire le travail exigé? F) Pourquoi un adolescent aime se vêtir avec du linge féminin? G) Résoudre une crise familiale. H) Une personne manuelle, ou bien intellectuelle? I) Que peut-on faire pour cette personne afin qu'elle devienne dès plus productive, ou bien encore qu'elle s'épanouisse avec plus de facilité? J) Un bourreau de travail? K) Un vrai leader? L) Pourquoi cet enfant présente-t-il des difficultés d'apprentissage scolaire? M) Peut-on résoudre l'hyperkinésie de cet écolier? N) Aider les organisations publiques, et privées dédiées aux jeunes, aux adolescents et adultes en difficulté. O) Tempérer la sacro-sainte crise de l'adolescence. P)

Pourquoi deux époux se tolèrent-ils mutuellement durant toute leur vie matrimoniale? Q) Définir ceux qui trompent et/ou induisent en erreur qui que ce soit, et incluant les structures sociales et gouvernementales. R) Quelqu'un recherche une personne hautement créative. S) Clarifier les causes de l'alcoolisme chronique. T) Possède t-il un caractère fort, ou bien faible? U) Pourquoi une personne ne peut franchement pas se comprendre par elle-même? V) Découvrir ceux qui nécessitent une structuration. W) Peut-on diminuer sa sempiternelle insécurité? X) Pour quelle raison il verrait toujours la fin du monde quand il s'emballe? Y) Est-il impossible à motiver par une aide extérieure, peu importe son âge, son sexe; la raison? Z) Puis-je envoyer mon cadre supérieur dans les pays éloignés et qu'en même temps je peux dormir en paix.

La troisième intéresse l'individu lui-même. En se connaissant plus que parfaitement, il peut alors faire un retour en arrière, dans son passé, et ainsi mieux comprendre puis d'accepter le comment, et le pourquoi de toutes, mais toutes ses actions, et ses réactions les unes et les autres se rattachant nécessairement à chaque évènement vécu. **ATTENTION** cette analyse énergétique du profil psychologique par les couleurs de l'aura, ne prédit **PAS** le futur, mais elle ne fait **Q U E** décrire les outils (façons de penser, de parler et aussi d'agir) de la personne. Nonobstant cette ferme et indiscutable affirmation, n'allez surtout pas encourager une jeune personne qui possède une essence orange clair à établir pour son principal objectif dans la vie de se retrouver dans l'armée, car elle serait plus malheureuse qu'une pierre (puissant euphémisme).

La quatrième division: la plus magnifique contribution de l'analyse du profil psychologique par les couleurs de l'aura. La réunion des trois divisions précédentes ne représente que peu de chose comparé à cette dernière. Qui que ce soit peu obtenir l'analyse du profil psychologique par les couleurs de l'aura de tout son environnement humain, et par la suite comprendre les différents comportements de ceux-ci envers lui et de là, oui, il pourra leur **P A R D O N N E R** non pas sur la base du respect dévolu entre chaque personne; et pas davantage en raison des damnées conventions sociales, puis finalement non pas en raison de la morale reliée à la religion, mais simplement et réellement simplement, en fonction d'une compréhension dérivant de la logique, de la raison et du gros bon sens, et parvenir à **P A R D O N N E R** d'une manière excessivement spontanée, et avec un plaisir immaculé et inconcevable en intensité.»

Le 21 avril, Nicholson s'est levé sur le coup de minuit, et aussitôt en position debout, le rayon spirituel le traversa et s'arrêta au 6ᵉ chakra, ou le 3ᵉ œil, étant localisé entre les deux sourcils; alors, il prononça sa volonté,

«Tout être humain quel qu'il soit, n'interfèrera plus jamais avec la Nature, sous son triple aspect: 1) humain: a) que tout ce qui concerne de près ou de loin, autant directement qu'indirectement, l'étude de tout génome quel qu'il soit, expressément toute modalité quelle qu'elle soit de manipulation génétique, aussi finalement le clonage; tous sont immédiatement bannis à tout jamais du plan terrestre, tant sur le plan de toute installation quelle qu'elle soit, que de toute connaissance et tout souvenir contenus dans tout cerveau quel qu'il soit, et que jamais aucun désir quel qu'il soit, en faveur de cette étude de tout génome, de manipulation génétique et du clonage, ne soient plus, dès maintenant, plus jamais manifesté à la surface de toute la planète Terre. Tous les dommages, quelles qu'en soient leurs natures, déjà manifestés seront complètement corrigés dès la fin de ma présente volonté et jusqu'à ce que l'intégrité originelle en soit parfaite. b) À compter de maintenant, tout être humain naîtra que par un seul procédé, c.-à-d., la procréation humaine et physique, entre un homme mâle et une femelle, par l'intermédiaire seulement et uniquement de la copulation in vivo, cette seule technique présente en tout temps passé de l'histoire de la présente humanité. Absolument tout ce qui existe, en dehors de ce contexte précis que je viens de mentionner, est formellement non négociable, tant en termes de l'aspect matériel, que de la connaissance, aussi des souvenirs contenus dans tout cerveau quel qu'il soit, et visant à cette union du spermatozoïde et de l'ovule, et incluant toute autre modalité quelle qu'elle soit d'implantation de la Vie, tout est rayé, à partir de maintenant, et à jamais de la surface de la planète. Absolument au même titre que tout désir, et de toute installation matérielle quels qu'ils soient, et touchant le domaine de la procréation, et strictement tout autre qu'humaine, et avec deux partenaires de sexe différent, par la copulation in vivo, ce sont donc eux aussi, qui à compter de maintenant, qui ne seront plus jamais manifestés sur toute la Terre. Et tous, mais tous les dommages déjà faits sont corrigés immédiatement et totalement à la fin de ma présente volonté.

2) Le règne animal: a) En ce qui concerne les questions de l'étude du génome, du clonage, et de la manipulation génétique, ma volonté obéit rigoureusement et inconditionnellement à ce que j'ai exprimé pour le genre

humain. Tout dommage quel qu'il soit est corrigé complètement pour récupérer l'intégrité originale, et à la fin de ma volonté présente. B) La vie de tout animal quel qu'il soit, sera procréée en conformité absolue avec ce que j'ai exprimé en référence pour tous les êtres humains, mais certes adaptée au règne animal. Tout dommage quel qu'il soit sera corrigé pour obtenir la complète intégrité, mais à la fin de ma présente volonté. C) Tout additif quel qu'il soit, et quel qu'en serait ses modes d'administration, et quel que serait le but sous-jacent visé aussi noble qu'il puisse être, et visant à influencer, d'une façon ou d'une autre, et à tout degré d'intensité quel qu'il soit, un ou plusieurs organes, et un ou plusieurs systèmes, l'un et l'autre étant partie certes intégrante de l'anatomie et aussi de la physiologie de tout animal quel qu'il soit, sont proscrits formellement à compter de maintenant, et cela pour toujours. Toute installation matérielle quelle qu'elle soit, puis toute connaissance, tout souvenir et tout désir quels qu'ils soient et étant contenus dans le cerveau de qui que ce soit et reliés à l'emploi de tout additif quel qu'il soit, sont annihilés à compter de maintenant et ils ne seront plus jamais manifestés sur la planète. Conséquemment à toutes ces mesures, toutes les conditions de la vie de tout animal quel qu'il soit, seront dorénavant purement biologiques. Tout, mais tout le dommage déjà fait, est effacé immédiatement qu'à la toute fin de l'expression de ma présente volonté.

3) Le règne végétal: A) En ce qui concerne la question de l'étude du génome, du clonage et de la manipulation génétique, ma volonté obéit rigoureusement et inconditionnellement à ce que j'ai exprimé pour le genre humain, mais étant adapté très rigoureusement au règne végétal. Tout dommage quel qu'il soit est certes corrigé complètement afin de récupérer l'intégrité originale, qu'à la toute fin de ma volonté présente. B) Tout additif quel qu'il soit, et quel que serait son mode d'administration, et quel que soit le but sous-jacent aussi noble qu'il puisse être et visant à influencer, d'une façon ou d'une autre et à tout degré d'intensité quel qu'il soit, un ou plusieurs organes, et un ou plusieurs systèmes, l'un et l'autre étant partie intégrante de l'anatomie, aussi de la physiologie de toute espèce végétale quelle qu'elle soit, sont proscrits formellement à compter de maintenant et pour toujours. Toute installation matérielle quelle qu'elle soit, toute connaissance, tout souvenir et tout désir quels qu'ils soient, et contenus dans le cerveau de qui que ce soit et reliés à l'emploi de tout additif quel qu'il soit, ils seront annihilés à compter de maintenant et ils ne seront plus jamais manifestés sur la planète Terre.

Conséquemment à toutes ces mesures, toutes les conditions de la vie de toute espèce végétale quelle qu'elle soit, elles en seront dorénavant purement biologiques. Tout, mais tout le dommage déjà fait est effacé immédiatement à la toute fin de ma présente volonté. Cette volonté est incluse dans toutes les cellules germinales de tous les humains actuels et futurs, sans exception. Ainsi, soit-il.»

Instantanément, une brume dorée s'était échappée du 6e chakra, et se répandit en moins d'une demi-seconde à toute la surface de la Terre. Toutes les cliniques, tous, tous les édifices et tous les départements de compagnies et toute philosophie appartenant à tous et chacun de ceux-ci et allant contre n'importe quel aspect de la volonté de Steven, ont disparu complètement le temps d'un clin d'œil !! Toute la population administrative et scientifique concernée s'est retrouvée sans emploi et leur connaissance étant associée à n'importe quel aspect de la volonté de Steven, effacée pour toujours.

Le 21 mai, à l'heure habituelle, le rayon spirituel toucha Nicholson et s'arrêta au 7ᵉ chakra, au sommet de la tête, puis il prononça sa dernière volonté,

«Qu'en tout temps, éternellement et à compter de maintenant, tout être humain quel qu'il soit, fera de Dieu sa priorité la plus essentielle qui soit, il fera spontanément tout ce qui devient nécessaire pour atteindre le monde spirituel à la toute fin de sa vie, à moins que sa toute dernière pensée témoigne d'un but vraiment différent; et à cet effet, je transmets à chacun d'eux, la totalité de cette connaissance de la Tradition Primordiale, et je l'inclus également dans toutes les cellules germinales des humains actuels et futurs, sans une exception. Ainsi soit-il.»
Ensuite, une petite flamme est apparue à chacun des chakras majeurs secondaires et tertiaires de Steven, et son corps physique s'est consumé instantanément sans laisser aucune trace. Il est monté jusqu'au monde spirituel, sous les applaudissements nourris de tous les êtres subtils de toute hiérarchie qui le reçurent en ces hauts lieux bénis et sacrés.

«Nous voulons te remercier pour tout le travail que tu as accompli sur ton ancienne planète. Je dois te l'avouer sincèrement, il s'agit là d'une œuvre remarquable.» Parzival parle.

«J'ai tout simplement suivi mon intuition spirituelle, c'est celle qui me donne toujours l'heure juste.» Steven commente.

«Moi, j'y ai bien observé l'expression de ton amour sans borne pour tout le monde qui souffrait, d'une façon ou d'une autre.» Élisabeth ajoute.

Nicholson est silencieux pendant un court moment puis dialogue,

«De par le fait que je baignais encore dans la réalité humaine, et par surcroît, dans un corps physique, je pense encore plus que les louables considérations que vous m'apportez ajoutent une teinte additionnelle. »

«Nous comprenons que vous ne pouviez pas redevenir complètement détaché de toutes les vicissitudes de cette matérialité dense. N'oubliez pas que notre Frère Jésus-Christ a enseigné « Oui, il est plus facile à un chameau d'entrer par un trou d'aiguille qu'à un riche d'entrer dans le Royaume de Dieu » St-Luc, 18,25. Imanuel argumente.

«Cette considération que je vais vous développer m'a hanté même lors de la manifestation de mes dernières volontés. J'ai essayé d'octroyer à la matérialité dense le vrai minimum d'intérêts, afin que mes énergies subtiles ne deviennent pas contaminées, mais il me fallait mieux penser à un vœu pieux.» Le médecin ajoute.

«Considérant le contexte dans lequel vous vous trouviez, et bien que vous ayez fait des progrès sensationnels quant à cette purification de votre être, et compte tenu du peu de temps que vous y avez accordé, il apparaît superflu de dire qu'il y a encore des retouches à faire.» Irmingard conclut.

«Je ne peux que m'en prendre à moi-même, bien que j'ai effectivement réalisé que le corps physique que je possédais correspondait à une infime partie de mon être total; avant cette révélation, je baignais dans l'illusion humaine.» Steven exprime.

«Vous venez de nous souligner cette expression suivante:«l'être total». N'auriez-vous pas rencontré chez les différents auteurs dont vous avez lus, le nom de René Guénon, par hasard?» Od-shi-mat-no-ke questionne.

«Sur le plan terrestre, il devint l'un de mes pères spirituels.» Steven parle.

«Je perçois que vous l'avez apprécié au plus haut degré.»

«Oui! Que par la lecture de ses ouvrages, j'avais nettement l'impression de l'avoir toujours connu. La rigueur très intransigeante de sa rhétorique me comblait de manière indescriptible.»

«J'habitais le corps physique de ce personnage.»

«W O W! Alors là, je comprends aisément la puissance de son verbe.»

«Une interrogation flotte dans tous vos corps subtils; pourriez-vous nous en faire part?»

«Sur le plan terrestre, je me déchirais fortement intérieurement en prenant conscience que le Maître Jésus s'est incarné afin de sauver la planète Terre, lui qui pourtant baignait dans cette félicité en ces hauts lieux, et simultanément, totalement protégé du cycle éternellement répétitif des dissolutions et des renaissances de ces mondes manifestés. À plusieurs reprises j'ai certes tenté, dans mon enveloppe de chair, d'embarquer dans ses souliers, ou en d'autres mots, de m'interroger à savoir que si j'avais eu l'opportunité de prendre son rôle, n'aurais-je pas davantage profité des attributs célestes qui me revenaient de plein, plein droit, plutôt que de séjourner sur la Terre pour me voir jamais compris, en plus d'avoir à subir la cruauté humaine inimaginable?»

«Merci!» Marie exprime.

«Nous vous invitons donc à prendre le chemin du retour jusqu'à votre plan spécifiquement assigné.» Élisabeth ordonne.

Marie enseigne,

«Afin de parfaire votre cheminement spirituel, et puis aussi de toujours constamment concentrer votre pensée vers le haut, vers la Lumière.»

«Je ne peux que vous recommander vivement de reprendre, sur le plan subtil de faible densité, votre vie d'ascète là, où elle se termina après la manifestation de votre septième volonté terrestre. Même sur ce plan, l'on dénombre une quantité indéfinie d'embûches, aussi beaucoup d'écueils. En conséquence, vous demeurez constamment sur vos gardes et en faisant usage de discernement.» Irmingard en rajoute.

« À maintes reprises, je vous offre mon hommage respectueux, et je vous remercie tous de votre grande aide providentielle, et conformément à vos recommandations, je vais maintenant vous quitter.» Steven conclut.

Steven, en voyageant par la pensée, arrive instantanément au plan subtil de faible densité. Cependant, il devient outrageusement poussé par sa curiosité à vérifier si sa Margaret et Christopher occupent le même degré d'existence que lui. Aussitôt pensé, aussitôt fait, et la recherche s'avère négative. Il descend donc au plan subtil de haute densité, et les aperçoit immédiatement; et eux font de même.

«Je constate que tu possèdes une enveloppe subtile de moins que nous. Y a-t-il une raison à ce constat?» Christopher commente.

«Purement en relation avec ma progression spirituelle.» Le paternel parle.

Margaret philosophe,

«J'ai vraiment essayé durant les tout derniers instants de ma vie de me concentrer sur Dieu, à l'exclusion de quoi, et de qui que ce soit, mais tu m'avais sauvé la vie, et mon amour vis-à-vis toi demeurait tellement grand, que ces deux nobles, et attachantes réalités me faisaient constamment perdre ma concentration, sinon je n'aurais plus jamais connu le cycle éternel des renaissances et des dissolutions des créations manifestées.»

«Quant à moi-même, je suis mort en subissant des souffrances atroces interminables; conséquemment, j'ai maudit Dieu. Me voilà maintenant dans de sales draps.» Christopher argumente.

Élisabeth arrive précipitamment et s'exclame,

«Moi, je n'ai eu connaissance de vraiment rien, car j'avais trépassé sur la table d'opération!»

En la revoyant, Steven se vit instantanément repris par un fulgurant et incontrôlable sentiment d'amour pour Élisabeth, et conséquemment, il a subitement reconquis toutes les enveloppes subtiles qu'il avait perdues en cours de route, et il s'en attrista.

«Maintenant que je me retrouve sur le même pied d'égalité que vous tous, nous pourrions en ces lieux concentrer notre pensée sur la Lumière à partir de notre degré actuel d'existence.» Steven exprime.

«En ce qui me concerne, j'allais goûter aux joies de la grossesse, et de prendre un enfant dans mes bras. Je voudrais certes me réincarner pour terminer cette expérience.» Élisabeth explique.

«Moi également, je suis mort très jeune de sorte que je n'ai pas profité de la vie. J'avoue cependant que je n'ai rien fait de bon dans la précédente, et que je l'ai écourté par ma faute. Toutefois, je tiendrais à me reprendre, et donc je veux me réincarner aussi.» Christopher dialogue.

«De mon côté, j'ai connu une vie de couple extraordinaire, et me voilà la seule coupable d'avoir tout gâché et, te causer à toi, mon Steven, ta perte. Depuis mon séjour ici, je m'en voulus de façon inimaginable, et je n'ai qu'un désir et c'est réparer mes torts.» Margaret exprime.

Steven enseigne,

«On stipule très clairement dans les textes sacrés que la toute dernière pensée précédant le trépas du corps physique détermine la prochaine condition d'existence. Christopher, durant une période égale à la durée de ta vie antérieure, tu devras d'abord expier toutes tes graves fautes dans ta nouvelle existence terrestre, avant que tu rebâtisses quoi que ce soit. Élisabeth, tu auras définitivement les loisirs de satisfaire les désirs que tu as exprimés tantôt. Margaret, tu devras t'amender et en conséquence, tu vas devoir te soumettre inconditionnellement à ton prochain époux et tu ne pourras pas compter sur moi. En surcroît, il existe de fortes possibilités qu'il t'en fasse baver royalement. De mon côté, ma pensée finale concernait que mon ascension.......euh, alors j'en deviens moins certain..............»

Steven avait jeté un coup d'œil très vite à tous les membres de sa famille précédente, puis il craqua d'aplomb en révélant,

«Venez tous à moi; nous allons joindre les mains de tous et de chacun, mais surtout que tous ensemble, nous retenions qu'une seule pensée, celle de former à nouveau une famille. Je sais pertinemment que nous aurons des corps physiques différents, tout comme pour le prénom et le nom, mais ce fait n'importunera pas personne. J'espère seulement que toi Margaret, tu vas demeurer une déesse de la beauté, et que de mon côté, tu auras cette chance de me dévorer de tes yeux, et que je pourrai vraiment m'avantager d'un super équipement, comparable à ma dernière existence.

Message à vous le lecteur

Tout d'abord, J'espère très sincèrement que vous avez apprécié mon roman. Je vous soumets respectueusement deux cadeaux.

Concernant le sujet suivant: L'analyse du profil psychologique par les couleurs de l'aura si vous démontrez un intérêt à obtenir davantage d'information, conséquemment vous me faites dûment parvenir un courriel à ydmd777@hotmail.com et je vous ferai parvenir GRATUITEMENT environ 68 pages d'un manuscrit sous la présentation pdf d'Adobe. Je veux que les gens sur la terre se pardonnent les uns et les autres plus facilement et plus fréquemment; de plus, qu'ils s'aiment avec une plus grande facilité et avec la même intensité que je veux continuer à vivre en santé physique et psychologique pour le reste de ma vie.

Concernant tous les propos à caractère nettement spirituel et religieux, si vous vouliez en approfondir davantage les tenants et les aboutissants, alors faites-moi parvenir un courriel à ydmd777@hotmail.com et je vous ferai parvenir G R A T U I T E M E N T un manuscrit de 200 pages en présentation pdf d'Adobe. J'ai essayé, sans grand succès, de publier ce manuscrit, mais il a été refusé à toutes les maisons de publication, car il était trop dérangeant et que je ne veux pas l'avoir écrit inutilement. De plus, je suis vraiment né pour aider.

Yvon Dionne, doctorat en médecine.